ZUCKERMAN ACORRENTADO

Obras de Philip Roth publicadas pela Companhia das Letras:

Adeus, Columbus
O animal agonizante
O avesso da vida
Casei com um comunista
O complexo de Portnoy
Complô contra a América
Entre nós
Fantasma sai de cena
Homem comum
A humilhação
Indignação
A marca humana
Operação Shylock
Pastoral americana
O teatro de Sabbath

PHILIP ROTH

Zuckerman acorrentado

3 romances e 1 epílogo

Tradução
Alexandre Hubner

1ª reimpressão

COMPANHIA DAS LETRAS

Copyright de *Zuckerman Bound: A Trilogy and Epilogue 1979 — 1985* © 1985 by Philip Roth
Copyright de *The Ghost Writer* © 1979 by Philip Roth
Copyright de *The Zuckerman Unbound* © 1981 by Philip Roth
Copyright de *The Anatomy Lesson* © 1983 by Philip Roth

Todos os Direitos reservados

Grafia atualizada segundo o Acordo Ortográfico da Língua Portuguesa de 1990, que entrou em vigor no Brasil em 2009.

Título original
Zuckerman bound [*inclui*: The ghost writer, Zuckerman unbound, The anatomy lesson, The Prague orgy]

Capa
Jeff Fisher

Preparação
Márcia Copola
Leny Cordeiro

Revisão
Márcia Moura
Jane Pessoa

Dados Internacionais de Catalogação na Publicação (CIP)
(Câmara Brasileira do Livro, SP, Brasil)

Roth, Philip, 1933-
Zuckerman acorrentado : 3 romances e 1 epílogo / Philip Roth ; tradução Alexandre Hubner. — São Paulo : Companhia das Letras, 2011.

Título original: Zuckerman bound : The ghost writer , Zuckerman unbound , The anatomy lesson , The Prague orgy.
ISBN 978-85-359-1923-3

1. Romande norte-americano I. Título.

11-07365   CDD-813

Índice para catálogo sistemático:
1. Romances : Literatura norte-americana   813

[2021]
Todos os direitos desta edição reservados à
EDITORA SCHWARCZ S.A.
Rua Bandeira Paulista, 702, cj. 32
04532-002 — São Paulo — SP
Telefone: (11) 3707-3500
www.companhiadasletras.com.br
www.blogdacompanhia.com.br
facebook.com/companhiadasletras
instagram.com/companhiadasletras
twitter.com/cialetras

Sumário

7 O escritor fantasma

131 Zuckerman libertado

287 Lição de anatomia

491 A orgia de Praga

549 Sobre o autor

O ESCRITOR FANTASMA

Para Milan Kundera

1. Maestro

Faltava uma hora para escurecer naquela tarde de dezembro de mais de vinte anos atrás — eu tinha vinte e três anos, estava escrevendo e publicando meus primeiros contos e, à maneira de muitos protagonistas de *Bildungsroman* antes de mim, já sonhava com o meu próprio e monumental *Bildungsroman* — quando cheguei ao recanto onde me encontraria com o grande homem. A casa de madeira, sede de uma fazenda, ficava no fim de uma estrada de terra, trezentos e cinquenta metros morro acima nas Berkshires e, apesar disso, o homem que saiu do escritório para me cumprimentar cerimoniosamente envergava um terno de gabardina, uma gravata de crochê azul, fixada na camisa branca com um prendedor de prata liso, e sapatos pretos tão bem escovados e sacerdotais que me fizeram pensar que ele acabara de descer de uma cadeira de engraxate, e não do excelso altar da arte. Antes que eu conseguisse controlar suficientemente os nervos para notar o ângulo imperioso, autocrático em que ele mantinha o queixo, ou o cuidado régio, meticuloso e um tanto afetado com que ajeitara as roupas ao curvar o corpo para sentar-se — antes, enfim, que fosse capaz de notar qualquer coisa além do fato de que, a despeito de minhas origens iletradas, eu havia chegado até ali, até aquele homem —, o pensamento que me veio à cabeça foi que E. I. Lonoff lembrava antes o superintendente escolar local do que o escritor mais original da região desde Melville e Hawthorne.

Não que as coisas que eu tinha ouvido a respeito dele em Nova York houvessem me preparado para algo mais grandioso. Pouco tempo antes, ao mencionar seu nome diante dos jurados da primeira festa com figurões do mercado editorial a que eu comparecia em Manhattan — e à qual chegara, deslumbrado feito uma atriz iniciante, conduzido pelo braço por um velho editor —, Lonoff fora sem muita delonga desdenhado pelos espíritos sofisticados ali presentes, como se fosse cômico que um judeu da geração dele, que ainda por cima imigrara quando criança, tivesse se casado com a herdeira de uma família tradicional da Nova Inglaterra e vivido aqueles anos todos "no campo" — vale dizer, na região erma e gói, repleta de árvores e passarinhos, onde a América começou e tinha, fazia muito tempo, acabado. Mas, como todos os outros nomes famosos a que me referi durante a festa também parecessem ligeiramente hilários para os que sabiam das coisas, eu permanecera cético acerca da descrição satírica que haviam me feito do famoso recluso rural. A bem da verdade, pelo que vi na festa, comecei a entender por que se esconder nas montanhas, a trezentos e cinquenta metros de altitude, tendo somente as árvores e os passarinhos por perto talvez não fosse má ideia para um escritor — ele sendo ou não judeu.

A sala de estar para onde fui levado era arrumada, aconchegante e despojada: um grande tapete circular feito à mão, algumas poltronas cobertas com capas, um sofá velho, uma vasta parede de livros, um piano, uma vitrola, uma escrivaninha de carvalho, sobre a qual repousavam pilhas caprichosamente organizadas de jornais e revistas. Acima dos rodapés brancos, as paredes amarelo-claras eram desprovidas de enfeites, exceto por meia dúzia de aquarelas amadoras, retratando a velha casa de fazenda em diferentes estações do ano. Mais além dos assentos de janela almofadados e das cortinas de algodão desbotadas, atadas com esmero de ambos os lados, eu avistava através das vidraças a galharia desfolhada de bordos altos e escuros e os campos cobertos pela neve. Pureza. Serenidade. Simplicidade. Isolamento. Tudo o que a pessoa tinha de concentração e esplendor e originalidade reservados para aquela vocação árdua, elevada, transcendente. Olhei em volta e pensei: É assim que eu vou viver.

Depois de me indicar uma das poltronas ao lado da lareira, Lonoff retirou o guarda-fogo e verificou se o registro da chaminé estava aberto. Acendeu com um palito de fósforo os gravetos que aparentemente haviam sido deixados de antemão ali para o nosso encontro. Recolocou então o guarda-fogo no lugar, fazendo-o com extrema precisão, como se a grade devesse ser encaixada numa ranhura do piso. Convencido de que a madeira queimava bem — satisfeito por ter acendido o fogo sem pôr em risco a construção de duzentos anos ou seus habitantes —, ele estava finalmente pronto para juntar-se a mim. Com mãos quase femininas na celeridade e delicadeza de seus movimentos, puxou o vinco de cada perna das calças e sentou-se. Movia-se com leveza notável para alguém tão grande, tão corpulento.

"Como prefere ser chamado?", indagou-me Emanuel Isidore Lonoff. "Nathan, Nate ou Nat? Ou prefere alguma coisa totalmente diferente?" Os amigos e conhecidos o chamavam de Manny, informou-me, e era assim que eu deveria chamá-lo. "Desse modo a conversa flui com mais naturalidade."

Disso eu duvidava seriamente, porém sorri para indicar que, por maior que fosse a vertigem que aquilo decerto me faria experimentar, eu obedeceria. O mestre então cuidou de me deixar ainda mais desconcertado, pedindo-me que falasse um pouco sobre a minha vida. Nem é preciso dizer que, em 1956, não havia muito que falar sobre a minha vida — certamente não para alguém, a meu ver, tão sábio e profundo. Eu tinha sido criado por pais corujas num bairro de Newark onde viviam famílias que não eram nem ricas nem pobres; tinha um irmão mais novo que, segundo diziam, me idolatrava; saíra-me, num bom colégio local e numa excelente faculdade, como várias gerações de antepassados meus esperavam que eu me saísse; depois fizera o serviço militar a apenas uma hora de casa, redigindo folhetos informativos para um major do forte Dix, enquanto o massacre para o qual minha carcaça fora convocada era sangrentamente concluído na Coreia. Uma vez dispensado do Exército, passara a morar e escrever no quinto andar de um prediozinho sem elevador no sul de Manhattan, perto da Broadway, num apartamento que minha namorada caracterizou, no dia em que resolveu morar comigo e dar uma ajeitada no lugar, como o lar de um monge nada casto.

Para pagar minhas contas, atravessava o rio três vezes por semana, rumo a Nova Jersey, onde havia uma empresa para a qual eu trabalhava de tempos em tempos desde as minhas primeiras férias na faculdade, quando vira um anúncio prometendo comissões polpudas para vendedores agressivos. Às oito da manhã, nossa equipe de vendas era transportada para uma das inúmeras cidadezinhas fabris de Nova Jersey, onde nos púnhamos a vender assinaturas de revistas de porta em porta até as seis da tarde, quando então éramos apanhados, conforme o com-

O ESCRITOR FANTASMA 13

binado, em frente a um botequim qualquer e levados de volta para o centro de Newark por nosso supervisor, um sujeito chamado McElroy. Esse McElroy era um janota imbecil que tinha um bigodinho fino e nunca se cansava de nos alertar — dois garotos certinhos, que economizavam tudo o que ganhavam para pagar os estudos, e três velhos mofinos, sempre pálidos e ofegantes, assolados por todo tipo de infortúnio que se possa imaginar — sobre os perigos de nos engraçarmos com as donas cheias de bobes na cabeça que encontrássemos sozinhas em casa: um marido enfezado podia quebrar nosso pescoço, a coisa toda podia ser armação de alguém que depois iria nos extorquir violentamente, e ainda corríamos o risco de pegar uma das cinquenta variedades leprosas de gonorreia — isso sem contar que o dia era muito curto. "Ou vão trepar", advertia-nos com frieza, "ou vender assinaturas de *Silver Screen*. Decidam-se." Nós, os dois universitários, nos referíamos a ele como "o Moisés do Deus-Dinheiro". E, como nenhuma dona de casa jamais demonstrasse a menor intenção de me abrir a porta nem sequer para eu descansar os pés em seu vestíbulo — e eu estava permanentemente atento a qualquer indício de lascívia em qualquer mulher de qualquer idade que parecesse minimamente disposta a ouvir o que eu tinha para dizer através da porta de tela —, eu, por imposição das circunstâncias, optava pela perfeição no trabalho, não na vida, e, no final de cada longo dia de mascateagem, tinha de dez a vinte dólares para embolsar e um futuro ainda imaculado pela frente. Fazia apenas algumas semanas que renunciara àquela vida mundana — e à garota que morava comigo no prediozinho de cinco andares, que eu já não amava — e, com a ajuda do conceituado editor nova-iorquino, fora aceito pelos devotos da Colônia Quahsay para passar o inverno nesse retiro de artistas, situado do outro lado da fronteira estadual que cortava a montanha de Lonoff.

De Quahsay, enviara a Lonoff os periódicos literários em que haviam sido publicados os meus contos — quatro até então —, junto com uma carta falando da enorme importância que ele tivera para mim "alguns anos atrás", quando eu ainda estava na faculdade e tomara conhecimento de sua obra. Ao mesmo tempo, contava como havia descoberto seus "parentes próximos", Tchekhov e Gógol, e seguia em frente, dando a entender de várias outras maneiras inequívocas que eu era um sujeito seriamente dedicado à literatura — e, em consonância com isso, muito jovem. A verdade, porém, é que nunca tinha sofrido tanto para escrever uma coisa como sofri com aquela carta. Tudo o que era incontestavelmente verdadeiro parecia, tão logo ia para o papel, transparentemente falso, e, quanto mais eu me esforçava para ser sincero, pior a coisa ficava. Acabei me dando por vencido e mandei a décima versão da carta; mas ainda tentei enfiar a mão na caixa do correio para ver se conseguia fisgar de volta o envelope.

Não estava me saindo muito melhor com minha autobiografia naquela sala de estar despojada e aconchegante. Como não conseguia proferir nem a mais inocente das obscenidades diante da lareira colonial de Lonoff, minha imitação do sr. McElroy — com a qual costumava arrancar gargalhadas dos amigos — não tinha mesmo muita graça. Tampouco me sentia capaz de mencionar toda a gama de advertências que McElroy fazia, assim como estava fora de cogitação revelar o quanto teria sido tentador para mim deixá-las todas de lado na primeira oportunidade — se a oportunidade houvesse aparecido. Quem quer que ouvisse aquela versão expurgada de uma historinha de vida já em si bastante insossa pensaria que, longe de ter recebido uma carta cordial e amável do famoso escritor convidando-me para passar algumas horas aprazíveis em sua casa, eu tinha ido até lá com o intuito de apresentar um pleito da mais absoluta urgência pessoal diante do mais rigoroso dos inquisidores, e que um único passo em falso representaria a perda, para todo o sempre, de algo de valor inestimável para mim.

O que, em certa medida, era a mais pura verdade, mesmo que eu ainda não tivesse plena consciência de quão desesperado estava para conquistar o reconhecimento daquele homem, nem compreendesse por que ansiava tanto isso. Em vez de me espantar com minha elocução acanhada, esbaforida — por extraordinário que isso fosse naqueles anos tão confiantes —, eu devia era me admirar de não estar de joelhos no tapete, suplicando a seus pés. Pois, veja, eu fora até lá para apresentar-me como candidato a nada menos que filho espiritual de E. I. Lonoff, para rogar por seu patrocínio moral e, se possível, granjear a proteção mágica de seu apoio e afeição. Claro que eu já tinha um pai que me amava, a quem podia pedir este mundo e o outro, porém meu pai era calista, não artista, e ultimamente andávamos tendo problemas sérios na família por causa de um conto que eu havia escrito. Minha narrativa deixara meu pai tão desnorteado que ele tinha ido atrás de seu mentor moral, um certo juiz Leopold Wapter, para pedir-lhe que o ajudasse a fazer o filho ver a luz da razão. Em virtude disso, após duas décadas mais ou menos ininterruptas de diálogo amistoso, fazia quase cinco semanas que não nos falávamos, e eu resolvera buscar sanção patriarcal em outras paragens.

E acabara indo atrás de um pai que, além de ser artista em vez de calista, era o mais célebre asceta literário da América, aquele gigante de paciência, fortaleza de espírito e abnegação que, nos vinte e cinco anos transcorridos entre a publicação do primeiro livro de sua autoria e a do sexto (pelo qual fora agraciado com o National Book Award, prêmio que ele declinara sem fazer alarde), quase não tivera leitores nem fora reconhecido, sendo invariavelmente desprezado — quando e se mencionado — como um sobrevivente esdrúxulo dos guetos do Velho Mundo, um folclorista fora de sintonia e pateticamente alheio às principais tendências da literatura e da sociedade. Pouquíssima gente sabia quem era ele ou onde ele de fato vivia, e, por um quarto de século, praticamente ninguém procurou saber. Até entre seus leitores havia quem pensasse que as fantasias que E. I. Lonoff criava sobre os americanos tinham sido escritas em iídiche, em algum lugar da Rússia czarista, antes de ele, ao que parecia, ter morrido por lá mesmo (como, na realidade, seu pai quase morrera), em decorrência de ferimentos sofridos durante um *pogrom*. O que o tornava tão admirável para mim era não apenas a tenacidade com que ele, ao longo de todo aquele tempo, continuara a escrever seu gênero particular de narrativas curtas, como também o fato de que, uma vez "descoberto" e popularizado, Lonoff recusava todos os prêmios e honrarias, rejeitava convites para tornar-se sócio de instituições honorárias, não concedia entrevistas e não admitia ser fotografado, como se associar seu rosto a sua ficção fosse de uma irrelevância absolutamente ridícula.

A única foto que um ou outro leitor chegara a ver era o desbotado retrato em sépia que aparecera na orelha da edição de 1927 d'*O funeral é seu*: o belo e jovem artista com os líricos olhos amendoados, a proa escura de um topete de partir corações e o lábio inferior expressivo, que parecia convidar ao beijo. A figura que eu tinha diante de mim era tão diferente — não apenas devido à papada, à barriga e à careca circundada por uma faixa de cabelos brancos, mas como tipo humano no sentido mais amplo do termo — que pensei (depois de conseguir voltar a pensar) que a causa de tal metamorfose tinha de ser algo mais implacável que o tempo: só o próprio Lonoff teria sido capaz daquilo. Exceto pelas sobrancelhas bastas e lustrosas e pela inclinação vagamente empertigada do queixo, não havia de fato nada que pudesse identificá-lo, aos cinquenta e seis anos, com a foto do apaixonado, desamparado e tímido Valentino que, na década dominada pelos jovens Hemingway e Fitzgerald, escrevera um livro de contos sobre judeus errantes diferente de tudo o que havia sido escrito antes pelos judeus que tinham vindo errar na América.

Com efeito, minhas primeiras incursões no cânone de Lonoff — feitas na condição de ateu ortodoxo e aspirante a intelectual — haviam sido mais decisivas para que eu me desse conta do quanto ainda era o rebento judeu de minha família do que todas as coisas que levara comigo para a Universidade de Chicago, fossem elas provenientes das aulas de hebraico na infância ou da cozinha de minha mãe ou das discussões que costumava ouvir entre meus pais e nossos parentes sobre os perigos do casamento com não judeus, a questão do Papai Noel e a injustiça do sistema de cotas adotado pelos cursos de medicina (sistema que, como eu desde cedo compreendera, tinha sido responsável pela carreira de calista de meu pai e por seu apoio incansável e fervoroso à Liga Antidifamação da B'nai B'rith). No primário eu já era capaz de debater essas questões intricadas com quem quer que fosse (e sempre que instado o fazia); ao partir para Chicago, no entanto, a paixão se abrandara bastante, e eu estava tão pronto quanto qualquer outro adolescente para me deixar entusiasmar pelo curso de Humanidades I do professor Robert Hutchins. Então, em concomitância com dezenas de milhares de outros leitores, descobri E. I. Lonoff, cuja ficção me pareceu uma resposta ao mesmo fardo de exclusão e confinamento que ainda pesava sobre a vida daqueles que haviam me criado e que estava na origem da obsessão que tínhamos em casa pela condição dos judeus. O orgulho que meus pais sentiram em 1948 com o estabelecimento de uma pátria destinada a reunir na Palestina o que restara de judeus europeus não dizimados guardava, com efeito, alguma semelhança com o sentimento que aflorou em mim quando entrei pela primeira vez em contato com as almas frustradas, caladas e aprisionadas de Lonoff e me dei conta de que, com base em tudo o que havia de humilhante na existência da qual meu esforçado e aflito pai com muito custo nos tirara, uma literatura de espirituosidade e pungência tão austeras podia ser despudoradamente concebida. Para mim era como se as deformações alucinatórias de Gógol houvessem sido filtradas pelo ceticismo humano de Tchekhov para gerar o primeiro escritor "russo" do país. Ao menos era o que eu argumentava no ensaio que escrevi na faculdade, "analisando" o estilo de Lonoff, porém furtando-me a revelar a explicação dos sentimentos de afinidade que seus contos haviam feito renascer em mim, a súbita proximidade que tornei a sentir com nosso clã largamente americanizado, aqueles indivíduos que no começo não passavam de uns imigrantes desvalidos, pequenos comerciantes que viviam, a dez minutos de caminhada do centro financeiro de Newark, com suas colunatas e edifícios catedralescos, tal qual viviam em seus vilarejos no Leste europeu; e, ainda mais, sentimentos de afinidade com nossos desconhecidos e devotos antepassados, cujas atribulações na Galícia da Europa do Leste eu —

um rapaz criado em meio à segurança de Nova Jersey — até então considerava apenas ligeiramente menos remotas que as enfrentadas por Abraão na Terra de Canaã. Com sua sensibilidade vaudevilesca para o tom legendário e a visão panorâmica (um Chaplin, dizia eu de Lonoff em meu ensaio, sempre em busca do detalhe perfeito, capaz de dar vida a uma sociedade inteira e a seus horizontes); com seu inglês "traduzido" a emprestar um sabor levemente irônico mesmo à mais banal das expressões; com sua ressonância enigmática, muda, devaneadora, fazendo que aquelas narrativas tão breves parecessem dizer tanto — bem, eu proclamara, quem na literatura americana era como ele?

O protagonista típico das narrativas de Lonoff — o herói que em meados dos anos 50 viria a significar tanto para os americanos livrescos e que cerca de dez anos depois de Hitler parecia dizer algo de novo e excruciante aos gentios sobre os judeus e aos judeus sobre si próprios e aos leitores e escritores daquela década regenerativa sobre o problema mais genérico das ambiguidades da prudência e das ansiedades da desordem, sobre, em suas manifestações mais elementares, a fome de viver, as escolhas que a vida impõe, o pavor que é viver —, o protagonista de Lonoff no mais das vezes é um joão-ninguém vindo sabe-se lá de onde, alguém que se encontra afastado de um lar onde sua ausência não é sentida mas para o qual ele deve sem demora regressar. A inconfundível mescla de compaixão e crueldade (imortalizada como "lonoviana" pela *Time* — que por décadas o ignorara totalmente) é ainda mais assombrosa nos contos em que o aturdido quietarrão, depois de empreender um esforço herculeo para deixar a sensatez de lado, enfim descobre que sua prudência meticulosa o levou a esperar um pouco além da conta para ser capaz de ajudar a quem quer que seja, ou que, ao agir com impetuosidade audaz e atípica, equivocou-se por completo a respeito daquilo que conseguira manejar as coisas para arrancá-lo de sua existência manejável e, em virtude disso, só tornou tudo ainda pior.

Os contos mais sombrios, mais engraçados e mais perturbadores, nos quais o impiedoso autor me parece chegar à beira da autoempalação, foram escritos no curto período em que Lonoff desfrutou de sua glória literária (pois ele morreu em 1961, em decorrência de uma doença na medula; e, quando Oswald atirou em Kennedy e a fortaleza puritana deu lugar à gargantuesca república bananeira, sua ficção, e a autoridade que ela conferia a tudo o que há de proibitivo na vida, depressa perdeu "relevância" para a geração seguinte de leitores). Em vez de lhe proporcionar um novo alento, a notoriedade, pelo visto, fortaleceu as fantasias mais austeras de Lonoff, corroborando para ele visões do comedimento mais extremo, que talvez houvessem parecido insuficientemente respaldadas por experiências pessoais caso o mundo houvesse lhe negado suas recompensas até o final. Apenas quando uma parcela diminuta do ambicionado galardão foi enfim posta à sua disposição — apenas quando ficou cristalinamente claro que, para ele, possuir qualquer coisa além de sua arte, e aferrar-se a essa coisa, seria de uma impropriedade estonteante —, apenas então foi que lhe veio a inspiração para escrever aquele ciclo brilhante de parábolas cômicas (os contos "Desforra", "Piolhos", "Indiana", *"Eppes essen"* e "Publicitário"), em que, apesar dos estímulos torturantes a que é submetido, o protagonista não toma absolutamente *nenhuma* atitude — o mais ínfimo anseio de amplidão ou autoentrega, para não falar de tramas ou aventuras, peremptoriamente aniquilado pelo triunvirato em exercício: o Bom Senso, a Responsabilidade e o Amor-Próprio, sempre prontamente assistidos por seus dedicados asseclas: o horário, a chuva, a dor de cabeça, o sinal de ocupado, o engarrafamento e, mais fiel impossível, a dúvida de última hora.

Por acaso eu vendia outras revistas além de *Photoplay* e *Silver Screen*? Usava a mesma conversa em todas as casas ou variava conforme a freguesa? Que explicação eu tinha para meu sucesso como vendedor? Na minha opinião, o que procuravam as pessoas que assinavam aquelas revistas insípidas? Era um trabalho maçante? Testemunhava acontecimentos incomuns enquanto vagava por bairros sobre os quais eu nada sabia? Quantas equipes de vendedores como a do sr. McElroy havia em Nova Jersey? Como a editora conseguia me pagar três dólares por assinatura vendida? Estivera alguma vez em Hackensack? Como era lá?

Custava crer que aquilo que eu só fazia para me sustentar enquanto não conseguia viver do jeito que ele vivia pudesse ser de algum interesse para E. I. Lonoff. Era um homem extremamente educado, claro, e estava se esforçando o máximo possível para me deixar à vontade, mas o fato é que, embora eu estivesse me dedicando de corpo e alma a seu interrogatório, também pensava que ele não tardaria a encontrar uma maneira de se livrar de mim antes do jantar.

"Quem me dera saber tantas coisas sobre a venda de revistas", disse ele.

Para indicar que não me incomodava ser tratado com condescendência e que entenderia perfeitamente se dali a pouco ele me pedisse que fosse embora, enrubesci.

"Quem me dera", disse ele, "saber tantas coisas sobre um assunto qualquer. Faz trinta anos que escrevo ficção. Não acontece nada comigo."

Foi então que a extraordinária menina-mulher apareceu diante de mim — Lonoff, num tom que traía certo sentimento de aversão por si próprio, acabara de dar vazão àquele lamento incrível e eu tentava me haver com seu significado. Não acontecia nada com ele? Pois sim. E a genialidade? E a arte? Não tinham acontecido com ele? O sujeito era um visionário!

A esposa de Lonoff, a mulher grisalha que se retirara imediatamente depois de me fazer entrar na casa, havia aberto a porta do escritório, que ficava do outro lado do hall, defronte da sala de estar, e lá estava ela, cabelos pretos abundantes, olhos claros — cinza ou verdes — e uma testa oval, alta e proeminente, que lembrava a de Shakespeare. Estava sentada no tapete, em meio a uma porção de papéis e pastas, trajando uma saia new-look de tweed — já completamente fora de moda em Manhattan — e um suéter branco de lã, grande e folgado; tinha as pernas dobradas com recato sob a vasta extensão de saia e um olhar absorto, voltado para algo que nitidamente não estava ali. Onde eu tinha visto aquela beleza grave e morena antes? Onde senão num retrato de Velásquez? Lembrei-me do Lonoff da foto de 1927 — que também tinha, à sua maneira, um ar "castelhano" — e na mesma hora supus que ela era filha dele. Na mesma hora supus muito mais que isso. A sra. Lonoff ainda não havia posto a bandeja no chão, ao lado da moça, e eu já me via casado com a *infanta*, morando não muito longe dali, em nossa própria casinha de fazenda. Mas que idade teria, se a mamãe lhe levava biscoitinhos enquanto ela terminava de fazer a lição de casa no chão do escritório do papai? Com aquele rosto, cujos ossos fortes me pareciam ter sido alinhados por um escultor menos inocente que a natureza — com aquele rosto, ela *devia* ter mais que doze anos. Se bem que, se não tivesse, eu podia esperar. Achei a ideia inclusive mais interessante do que o casamento dali a alguns meses, na primavera, naquela mesma sala. Era uma prova de força de caráter, pensei. Mas o que pensaria o pai famoso? Ele, é óbvio, não precisaria ser lembrado do sólido precedente, encontrável no Velho Testamento, justificando que eu esperasse sete anos para fazer da srta. Lonoff minha noiva; por outro lado, como encararia a coisa quando me visse em meu carro, aguardando-a na saída da escola?

Nesse ínterim, Lonoff me dizia: "Eu viro frases pelo avesso. Essa é a minha vida. Escrevo uma frase e viro-a pelo avesso. Depois olho para ela e viro-a pelo avesso de novo. Depois vou almoçar. Depois volto para o escritório e escrevo outra frase. Depois tomo meu chá e viro a frase nova pelo avesso. Depois releio as duas frases e viro ambas pelo avesso. Depois me deito um pouco no sofá e fico pensando. Depois me levanto e jogo as duas frases no lixo e começo tudo de novo. E, se saio um dia que seja dessa rotina, me desespero com o tédio e a sensação de desperdício. Aos domingos, tomo o café da manhã tarde e leio os jornais com a Hope. Depois vamos dar uma volta e, enquanto caminhamos, só consigo pensar no tempo enorme que estou deixando de aproveitar. Acordo no domingo de manhã e quase enlouqueço com a perspectiva de todas aquelas horas inutilizáveis. Fico indócil, mal-humorado, mas ela é um ser humano também, entende, por isso acabo indo. Para evitar problemas, ela me obriga a deixar o relógio em casa. O resultado é que volta e meia olho para o meu pulso. Estamos andando, ela está falando alguma coisa, e então eu olho para o meu pulso — e em geral isso é a gota d'água, se o mau humor não tiver dado conta do recado antes. Ela entrega os pontos e voltamos para casa. E, em casa, o que há para diferenciar o domingo da quinta-feira? Sento-me novamente diante da minha Olivettizinha e começo a olhar para as frases e a virá-las pelo avesso. E pergunto a mim mesmo: O que acontece comigo que só consigo preencher meu tempo assim?".

No entanto, nessa altura Hope Lonoff já fechara a porta do escritório e retornara a seus afazeres. Juntos, eu e Lonoff ouvíamos o zumbido da batedeira na cozinha. Eu não sabia o que dizer. A vida que ele tinha descrito me parecia paradisíaca; que ele não conseguisse pensar em nada melhor para ocupar o tempo além de virar frases pelo avesso era, a meus olhos, uma bênção concedida não somente a ele, mas à própria literatura mundial. Indaguei-me se, apesar de sua expressão grave, eu não devia estar rindo da descrição que ele havia feito do seu dia; se aquilo não devia ser entendido com a mordacidade de uma comédia lonoviana; se bem que, por outro lado, se ele estivesse falando sério e realmente se sentisse tão deprimido quanto dava a entender que se sentia, não seria meu dever lembrá-lo de quem ele era e de sua importância para a humanidade letrada? Mas como ele podia não saber isso?

A batedeira zumbia, a lenha estalava, o vento soprava e as árvores gemiam enquanto eu, aos vinte e três anos de idade, tentava pensar num modo de aplacar a melancolia daquele homem. A sem-cerimônia com que ele falara de si mesmo, tão em desacordo com suas roupas formais e suas maneiras pedantes, deixara-me mais inseguro que tudo; não era bem assim que as pessoas que tinham o dobro da minha idade costumavam falar comigo, mesmo considerando que nas palavras dele talvez houvesse uma pequena dose de autoironia. Ainda mais se houvesse.

"Nem tentaria escrever depois de tomar o chá, se soubesse o que fazer de mim até o final da tarde", disse ele. Explicou-me que às três horas já não tinha forças, nem determinação e nem mesmo desejo de continuar. Mas fazer o quê? Se tocasse violino ou piano talvez tivesse outras atividades sérias, além da leitura, com que se ocupar quando não estava escrevendo. Ficar apenas ouvindo música era um problema, pois bastava ver-se ali sozinho com um disco para começar a revirar frases na cabeça, e o resultado era que acabava de novo sentado à escrivaninha, examinando ceticamente o produto do seu dia de trabalho. Era uma sorte imensa, claro, poder contar com a Atena. Falou com devoção das alunas dos dois cursos que ministrava lá. A faculdadezinha de Stockbridge havia lhe arrumado um lugar em seu corpo docente uns vinte anos antes de o resto do mundo acadêmico subitamente se interessar por ele, e isso era uma coisa pela qual ele seria sempre muito grato. Todavia, a verdade era que, depois de tantos anos ensinando aquelas mocinhas alegres e inteligentes, parecia-lhe que tanto ele como elas tinham começado a ficar um pouco repetitivos.

"Por que não tira um ano sabático?" Não foi com pouca emoção, depois de tudo o que eu passara em meus primeiros quinze minutos, que me ouvi dando conselhos a E. I. Lonoff sobre como viver.

"Já tirei. Foi pior. Alugamos um apartamento em Londres por um ano. Então eu tinha todos os dias para escrever. Sem contar o desgosto que causava à Hope por não querer parar e ir com ela ver os prédios. Não — não posso nem ouvir falar em outro ano sabático. Dando as minhas aulas, tenho um bom motivo para ficar pelo menos duas tardes sem escrever. Além do mais, para mim, ir para a faculdade é o clímax da semana. Levo uma pasta. Ponho um chapéu. Aceno para as pessoas ao subir a escadaria. Uso um banheiro público. Pergunte à Hope. Volto para casa zonzo com o pandemônio."

"São só vocês dois? Não têm filhos?"

Na cozinha, o telefone começou a tocar. Ignorando-o, Lonoff me informou que tinham três filhos e que a caçula se formara em Wellesley alguns anos antes; ele e a mulher viviam sozinhos fazia mais de seis anos.

De modo que não era a filha dele. Quem seria então aquela garota sentada no chão do escritório, para quem a sra. Lonoff levava lanchinhos? Uma concubina? A palavra era ridícula, a ideia em si era grotesca, mas estava lá, toldando todos os outros pensamentos dignos e sensatos. Entre as recompensas que o sujeito tinha por ser um grande artista, contavam-se o concubinato com princesas velasquianas e a admiração basbaque de rapazes como eu. Senti-me novamente perdido, acalentando expectativas tão ignóbeis na presença de minha consciência literária — mas não pertenciam elas à mesma espécie de expectativas ignóbeis que atormentavam os mestres do desprendimento em tantos contos de Lonoff? De fato, quem melhor que E. I. Lonoff para saber que não são nossos propósitos altaneiros que fazem de nós criaturas pungentes, mas nossas necessidades e desejos mais humildes? Apesar disso, pareceu-me prudente manter minhas necessidades e desejos mais humildes em segredo.

A porta da cozinha se entreabriu e a mulher de Lonoff disse baixinho: "É para você".

"Quem é? Não me diga que é o gênio de novo?"

"Se fosse ele, acha que eu diria que você estava em casa?"

"Você precisa aprender a dizer não para as pessoas. Gente assim é capaz de fazer cinquenta ligações num dia. Vem a inspiração e correm para o telefone."

"Não é ele."

"O sujeito consegue ter a opinião mais equivocada sobre tudo. Uma cabeça cheia de ideias, todas idiotas. Por que ele bate em mim quando fala? Por que precisa entender de tudo? Pare de ficar me arrumando encontros com esses intelectuais. Não consigo pensar rápido como eles."

"Já pedi desculpas. E não é ele."

"Quem é, então?"

"O Willis."

"Mas, Hope, eu estou aqui conversando com o Nathan."

"Desculpe. Vou dizer que você está trabalhando."

"Não, não dê o trabalho como desculpa. Isso eu não admito."

"Vou dizer que está com uma visita."

"Não, por favor", intercedi, querendo dizer que eu não era ninguém, nem uma visita.

"Ah, aquele deslumbramento todo", disse Lonoff para a mulher. "Sempre tão emocionado. Sempre à beira das lágrimas. O que tanto comove esse sujeito, hein?"

"Você", disse ela.

"Aquela sensibilidade à flor da pele. Por que raios alguém tem tanta necessidade de ser sensível?"

"Ele admira você", disse ela.

Abotoando o paletó, Lonoff se levantou para atender o telefonema indesejado. "Quando não são os inocentes profissionais", explicou-me, "são os pensadores profundos."

Dei de ombros para manifestar minha comiseração, obviamente me questionando se a carta que havia escrito para ele não me incluía nas duas categorias. Depois recomecei a pensar na moça detrás da porta do escritório. Será que mora na faculdade ou será que veio da Espanha passar uns tempos com os Lonoff? Será que nunca vai sair de lá de dentro? Se não sair, como faço para entrar? Se não sair, como faço para vê-la de novo a sós?

Preciso ver você de novo.

Abri uma revista, a fim de dispersar melhor aqueles devaneios insidiosos e esperar com o ar grave de um homem de letras pelo retorno de Lonoff. Folheando a revista, deparei uma matéria sobre a situação política argelina e outra sobre a indústria televisiva, ambas grifadas do começo ao fim. Lidos em sequência, os trechos grifados formavam um resumo perfeito de cada matéria e teriam servido como excelente preparação para um colegial que precisasse falar a respeito daqueles assuntos em sua aula de atualidades.

Ao voltar da cozinha — menos de um minuto depois —, Lonoff imediatamente se pôs a dar explicações acerca da *Harper's* que eu tinha nas mãos. "Estou ficando distraído", revelou-me, quase como se eu fosse um médico que tivesse dado uma passadinha por ali para indagar-lhe sobre os estranhos e perturbadores sintomas que o andavam afligindo nos últimos tempos. "Quando chego ao final da página, tento resumir para mim mesmo o que li e me dá um branco — é como se eu tivesse ficado aqueles dois ou três minutos sem fazer nada. Claro que sempre li meus livros de caneta em punho, mas agora parece que, se não faço assim, mesmo quando se trata de uma revista, não presto atenção no que tenho em minha frente."

Então ela tornou a aparecer. Mas o que à distância parecera beleza — pura, austera, simples — de perto era algo mais enigmático. Quando ela atravessou o hall e veio para a sala de estar — entrando no exato instante em que Lonoff concluía sua meticulosa descrição do problema aflitivo que o acometia ao ler uma revista —, notei que aquela cabeça extraordinária tinha sido concebida numa escala muito mais imponente e ambiciosa que o torso. O suéter volumoso e os quilos e mais quilos de tweed da saia contribuíam muito, evidentemente, para ocultar o pouco que havia dela, mas era sobretudo o drama daquele rosto, associado à doçura e à inteligência dos olhos grandes e claros, que tornava todos os outros atributos físicos (exceto a profusão de cabelos crespos) indistintos e irrelevantes. Sem dúvida, a placidez expressiva dos olhos teria sido suficiente para fazer que eu me encolhesse de timidez, mas o fato de eu não conseguir olhar direto nos olhos dela também tinha a ver com essa relação pouco harmoniosa entre corpo e crânio, e com a sugestão que a meu ver havia ali de uma desgraça pretérita, de algo vital que se perdera ou despedaçara e de algo que, para compensar essa perda, fora exagerado em extremo. Pensei num pintinho que não conseguisse tirar do ovo senão o crânio pontiagudo. Pensei naquelas rochas macrocefálicas que proliferam na ilha de Páscoa. Pensei em pacientes febris nas varandas de sanatórios suíços, inalando o ar da montanha mágica. Mas não quero exagerar o *páthos* e a originalidade de minhas impressões, sobretudo porque elas foram suplantadas com rapidez por minha nada original e irreprimível preocupação: eu pensava especialmente na glória que seria beijar aquele rosto, para não falar na loucura que seria receber um beijo seu.

"Acabei", disse ela a Lonoff, "por ora."

A expressão de solicitude melancólica que ele estampou nos olhos fez com que eu me indagasse se ela não seria sua *neta*. De uma hora para outra, Lonoff tornou-se o mais acessível dos homens, alguém livre de cuidados e responsabilidades. Quem sabe, pensei — ainda tentando entender certa estranheza que intuía nela mas não conseguia identificar —, quem sabe ela não é a filha de uma filha dele que já morreu?

"Este é o senhor Zuckerman, o escritor", disse ele, provocando-me amavelmente, agora como se fosse o *meu* avô. "Foram as obras reunidas dele que lhe dei para ler."

Levantei-me e apertei a mão dela.

"Esta é a senhorita Bellette. Foi minha aluna na Atena. Veio passar uns dias conosco e tomou a peito a incumbência de começar a pôr em ordem meus manuscritos. Há uma mobilização em andamento para me convencer a mandar para Harvard os papéis em que viro minhas frases pelo avesso. A Amy trabalha na biblioteca de lá. A biblioteca da Atena acaba de lhe fazer uma proposta de trabalho excepcional, mas Amy diz que não quer abrir mão da vida dela em Cambridge. E, aproveitando esses dias em que está hospedada aqui, tem usado de toda a sua astúcia para me persuadir a..."

"Não, não e não", disse ela enfaticamente. "Se é assim que você vê as coisas, é melhor eu desistir." Como se ela já não possuísse charme de sobra, notava-se na fala da srta. Bellette a melodia de um leve sotaque estrangeiro. "O nosso maestro", esclareceu, voltando-se para mim, "tem um temperamento extremamente não sugestionável."

"Não sugestionável também por isso", resmungou ele, registrando uma pequena queixa contra o jargão psicológico.

"Acabo de encontrar vinte e sete rascunhos de um único conto", disse-me ela.

"Qual?", indaguei avidamente.

"'A vida é um enrosco'."

"Faz tempo", disse Lonoff, "que desisti de acertar de primeira."

"Deviam erguer um monumento à sua paciência", disse Amy.

Lonoff fez um gesto vago, apontando a obesidade represada pelos botões do paletó. "Já ergueram."

"Na faculdade", contou Amy, "ele dizia para a turma de criação literária: 'Não há vida sem paciência'. Nenhuma de nós sabia do que ele estava falando."

"Você sabia. Tinha que saber. Aprendi observando você, mocinha."

"Mas eu não consigo esperar nada", disse ela.

"Mas espera."

"Explodindo de frustração."

"Se não explodisse", informou o professor, "não precisaria de paciência."

Amy colocou no armário do hall os mocassins com que chegara à sala de estar e calçou um par de meias de lã brancas e botas de neve vermelhas. Em seguida, tirou de um cabide um casaco de lã xadrez com capuz, em cuja manga fora introduzido um gorro de lã branca bastante comprido, com um pompom na extremidade. Tendo-a visto, apenas alguns segundos antes, gracejar tão despreocupadamente com o célebre escritor — tendo inclusive me sentido muito efemeramente admitido naquele círculo íntimo, por causa da tranquilidade e segurança com que ela o tratava —, fiquei surpreso com o gorro de aspecto infantil. O traje, agora que ela o vestira, parecia o de uma garotinha. Que ela pudesse ser a um só tempo tão senhora de si e tão menina foi algo que me deixou enlevado.

Fiquei ao lado de Lonoff no vão da porta da frente, acenando adeus. Agora eram duas as pessoas que eu venerava naquela casa.

Ainda havia mais vento que neve, contudo o pomar de Lonoff já se achava praticamente entregue à escuridão, e o som do que estava por vir era ameaçador. Duas dúzias de velhas macieiras silvestres formavam uma primeira barreira entre a erma estrada de terra e a casa. Em seguida vinha um arbusto viçoso e cerrado de rododendros, depois um muro largo de pedras, cujo veio central se desgastara como um molar estragado, depois uns quinze metros de jardim coberto por uma camada de neve e, por fim, perto da casa e avançando protetoramente sobre o telhado, três bordos que, pelo tamanho, pareciam ser tão velhos quanto a Nova Inglaterra. Nos fundos, a casa dava lugar a plantações que se estendiam por campos desarborizados, sem quebra-ventos, todos cobertos de branco desde as primeiras nevascas de dezembro. Para lá das plantações, as montanhas iniciavam sua formidável escalada: vertentes forradas de vegetação que subiam sem parar até o estado vizinho. Minha impressão era que mesmo o mais feroz dos hunos levaria boa parte do inverno para atravessar as quedas-d'água glaciais e os bosques castigados pelo vento daquelas montanhas agrestes, antes de chegar às plantações de feno de E. I. Lonoff, precipitar-se contra a porta anti-intempéries dos fundos, abrir caminho até o escritório e, uma vez lá dentro, girando no ar sua maça cheia de pregos, rugir sobre a Olivettizinha em que o escritor datilografava seu vigésimo sétimo rascunho: "Precisas mudar de vida!". Mas é bem possível que até o mais feroz dos hunos perdesse o ânimo e desse meia-volta para retornar ao seio de sua família bárbara ao chegar às montanhas de Massachusetts numa noite como aquela, com a hora do aperitivo se avizinhando e mais uma nevasca vinda dos confins do Ártico prestes a desabar sobre a cabeça dele. Não, ao menos por ora Lonoff não parecia ter de se preocupar com eventuais assaltos do mundo exterior.

Ficamos olhando da soleira até Lonoff certificar-se de que Amy havia limpado o para-brisa e o vidro traseiro; a neve já tinha começado a grudar-se no vidro gelado. "Vá devagar", alertou ele. Para entrar no minúsculo Renault verde, ela teve de levantar um pouco da saia comprida. Acima das botas de neve, divisei dois ou três centímetros de pele morena, e tratei de desviar os olhos para não ser apanhado em flagrante.

"Sim, vá com cuidado", gritei para ela, sob o disfarce de sr. Zuckerman, o escritor. "Está perigoso, a estrada está escorregadia."

"Ela escreve excepcionalmente bem", disse Lonoff ao voltarmos para dentro. "Nunca tive outra aluna cujo estilo se comparasse ao seu. Uma clareza notável. Um senso cômico delicioso. Uma inteligência assombrosa. Suas narrativas sobre a faculdade capturavam numa única frase a atmosfera do lugar. De tudo o que vê, ela se apodera. E é uma pianista muito boa. Toca Chopin de maneira adorável. Quando veio estudar na Atena, costumava praticar no piano da minha filha. Essa era uma alegria que eu tinha no fim do dia."

"Deve ser uma garota e tanto", disse eu pensativamente. "Não é americana, é?"

"Veio da Inglaterra."

"Mas aquele sotaque...?"

"O sotaque", admitiu Lonoff, "ela trouxe do país dos Encantos."

"Tem toda a razão", ousei dizer, e pensei: Já que é assim, chega de timidez, basta de indecisão juvenil, de mutismo deferente. Afinal, esse cara escreveu "A vida é um enrosco" — se ele não sabe das coisas, quem é que sabe?

Enquanto permanecíamos ao pé da lareira, aquecendo-nos, virei-me para Lonoff e disse: "Não sei se eu conseguiria me controlar se desse aulas numa escola com moças tão bonitas, talentosas e cheias de encanto".

Ao que ele respondeu secamente: "Então não dê".

Tive uma surpresa — sim, mais uma — quando nos sentamos para jantar. Lonoff abriu a garrafa de Chianti que já se achava em cima da mesa à nossa espera e propôs um brinde. Fazendo sinal para que sua esposa também erguesse a taça, disse: "A um escritor maravilhoso".

Bom, *isso* me descontraiu. Entusiasmado, pus-me a falar sobre o mês que havia passado em Quahsay, exaltando a tranquilidade e a beleza do lugar, as trilhas que eu percorria no final do dia, as leituras que fazia no quarto à noite — releituras de Lonoff ultimamente, mas não mencionei essa parte. Pelo brinde que ele tinha feito era evidente que eu não perdera tanto terreno quanto receara ter perdido ao confessar minha queda por universitárias bonitas e inteligentes, e não queria correr o risco de dar a impressão de o estar bajulando e, assim, melindrá-lo de novo. Ao bajulador e supersensível Willis, como eu bem me lembrava, tinham sido concedidos menos de sessenta segundos no telefone.

Contei aos Lonoff como era prazeroso acordar toda manhã sabendo que teria pela frente aquele sem-fim de horas livres para ocupar tão somente com trabalho. Nunca, como estudante, soldado ou vendedor ambulante, eu dispusera de intervalos de tempo regulares e ininterruptos para escrever, nem vivera em meio a tanta paz e isolamento ou tivera minhas poucas necessidades básicas atendidas com a discrição que distinguia a equipe de funcionários de Quahsay. Aquilo me parecia uma dádiva mirífica, milagrosa. Algumas noites antes, após uma nevasca que havia durado o dia inteiro, eu acompanhara o faz-tudo da colônia depois do jantar, quando ele saiu com o limpa-neve para desobstruir as trilhas que serpeavam por vários quilômetros no interior dos bosques de Quahsay. Descrevi para os Lonoff a sensação inebriante que experimentara ao ver a neve se encapelar sob os faróis da caminhonete e então deslizar para dentro da mata; as aguilhoadas do frio e os estalos das correntes que envolviam os pneus haviam me parecido ser tudo o que eu podia desejar no final de um longo dia de trabalho à frente da *minha* Olivetti. Tinha a impressão de estar sendo profissionalmente ingênuo, malgrado meus esforços em contrário, porém não conseguia parar de falar sobre as horas que havia passado no limpa-neve depois das horas que passara à escrivaninha: é que não queria apenas convencer Lonoff de meu espírito puro e incorruptível — a questão é que eu também queria acreditar nisso. A questão é que queria estar à altura do brinde eletrizante que ele me fizera. "Eu seria capaz de viver assim para sempre", proclamei.

"Não tente", replicou ele. "Se a sua vida se resumir a ler, escrever e olhar a neve, vai acabar como eu. Trinta anos de ficção."

Lonoff pronunciou "ficção" como se se tratasse de um cereal matinal.

Foi quando, pela primeira vez, sua esposa se aventurou a falar — ainda que, dado o caráter autoatrofiante da elocução, "limitou-se a ciciar" fosse mais exato. Era uma mulher miúda, com olhos cinzentos e afáveis, cabelos brancos sedosos e uma infinidade de rugas delgadas entrecortando a pele clara. Conquanto pudesse muito bem ter sido, como diziam os literatos escarninhos, a "bem-nascida herdeira ianque" de Lonoff — e um excelente exemplo do gênero, no que ele tinha de mais feminino e virginal —, agora mais lembrava alguém que sobrevivera ao desbravamento do Oeste, a mulher de um fazendeiro da Nova Inglaterra que havia muito tempo resolvera abandonar aquelas montanhas para recomeçar a vida no sertão americano. Para mim, o rosto enrugado e as maneiras hesitantes, medrosas, davam testemunho de uma história terrível, marcada por partos sofridíssimos e fugas dos índios, fome, febres e rigores típicos das travessias do deserto em caravanas — parecia-me inconcebível que ela tivesse ficado tão envelhecida só por passar trinta anos ao lado de E. I. Lonoff enquanto ele escrevia seus contos. Posteriormente eu viria a saber que, à exceção de dois semestres numa escola de artes plásticas em Boston e alguns meses em Nova York — e o ano em Londres tentando arrastar Lonoff até a abadia de Westminster —, Hope não se afastara mais dali do que o fizeram os proeminentes advogados e clérigos locais que eram seus antepassados e cujo legado naquela altura não compreendia nada de mais palpável que um dos "melhores" nomes das Berkshires e a casa que vinha com ele.

Conhecera o marido quando Lonoff, então com dezessete anos, foi trabalhar numa granja de frangos em Lenox. Ele próprio havia sido criado perto de Boston, apesar de ter vivido até os cinco anos na Rússia. Depois de seu pai, um joalheiro, quase morrer por causa dos ferimentos sofridos no *pogrom* de Zhitomir, a família emigrara para a Palestina primitiva. Lá, pai e mãe morreram de tifo, e ele ficara sob os cuidados de amigos da família, num assentamento judaico. Aos sete anos, fora levado para Jaffa, embarcado sozinho num navio e enviado para os parentes ricos que seu pai tinha em Brookline; aos dezessete, escolhera a vadiagem em detrimento da faculdade às expensas dos parentes; e então, aos vinte, escolhera Hope — o desenraizado Valentino do Levante tomando por companheira a sofisticada jovem do interior, que fora destinada, por criação e temperamento, a coisas mais finas, e por velhas lápides de granito, placas comemorativas no salão da igreja e uma comprida estrada na montanha com o nome de Whittlesey, a um lugar estabelecido: uma pessoa que não tinha nada de joão-ninguém e que se sabia muito bem de onde vinha, fosse qual fosse o bem que isso representava para ele.

Apesar de tudo o que conferia a Hope Lonoff, quando ela se atrevia a falar ou fazer algum movimento, o ar obediente de uma gueixa às portas da velhice, perguntei-me mesmo assim se ela não iria lembrá-lo de que a vida dele não tinha sido apenas ler, escrever e olhar a neve: tinha sido também ela e os filhos. Porém não havia nenhum vestígio de admoestação no tom de voz cordato que ela empregou ao dizer: "Querido, você não devia falar tão depreciativamente sobre suas realizações. Não fica bem". Com mais delicadeza ainda, acrescentou: "E não é verdade".

Lonoff empertigou o queixo. "Eu não estava mensurando minhas realizações. A avaliação que faço da minha obra não é nem positiva nem negativa demais. Acho que sei precisamente onde estão meu valor e minha originalidade. Sei aonde posso ir e a que distância sou capaz de chegar sem ridicularizar a coisa que todos nós amamos. Só estava sugerindo — conjecturando, seria melhor dizer — que para um escritor como o Nathan talvez seja mais profícuo levar uma vida pessoal agitada do que ficar passeando pelos bosques e assustando os veadinhos. A prosa dele é turbulenta — isso precisa ser alimentado, e não no meio do mato. Tudo o que eu estava tentando dizer é que ele não deve sufocar aquilo que é evidentemente seu maior dom."

"Me desculpe", respondeu a mulher. "Entendi mal. Achei que você estava menosprezando a sua obra." Nas palavras dela sobressaía o inconfundível sotaque da região.

"Eu de fato estava falando depreciativamente", disse Lonoff, usando o mesmo tom pedante que adotara com Amy ao referir-se à paciência da ex-aluna, e comigo, ao descrever seu problema com as leituras leves, "mas não sobre a minha obra. Eu estava falando depreciativamente sobre o alcance da minha imaginação."

Com um sorriso tímido, destinado a servir de penitência antecipada pelo atrevimento, Hope perguntou: "Da sua imaginação ou da sua experiência?".

"Faz tempo que abri mão de toda e qualquer ilusão sobre mim ou sobre o que a vida me permite experimentar."

Hope fingia recolher as migalhas que jaziam em volta da tábua de pão, isso e mais nada — quando, com inesperada e de certo modo inexplicável insistência, confessou mansamente: "Nunca sei muito bem o que você quer dizer com isso".

"Quero dizer que sei quem sou. Sei o tipo de homem e o tipo de escritor que sou. Sou um valente à minha maneira, mas, por favor, vamos parar por aqui."

Hope achou por bem acatar o pedido. Eu me lembrei do meu prato e recomecei a comer.

"Tem namorada, Nathan?", indagou Lonoff.

Expliquei a situação — até onde me pareceu apropriado explicar.

Betsy ficara sabendo do acontecido entre mim e uma garota que ela conhecia desde os tempos da escola de balé. Tínhamos nos beijado bebendo uma taça de Gallo na cozinha; brincalhona, a garota me mostrara como a ponta de sua língua ficava vermelha com o vinho, e eu, sem pensar duas vezes, arrancara-a da cadeira e a levara para o chão junto à pia. Isso foi numa noite em que Betsy estava dançando no City Center, e a amiga passou em casa para pegar um disco e investigar melhor um flerte a que havíamos dado início alguns meses antes, quando Betsy viajara por dois ou três dias com a companhia de dança. De joelhos, eu tentava tirar a roupa dela; resistindo sem muita convicção, ela, também de joelhos, dizia que eu era um canalha por estar fazendo aquilo com a Betsy. Procurei não insinuar que ela também não era uma amiga das mais leais; trocar insultos no calor da hora não era o meu tipo preferido de afrodisíaco, e eu tinha medo de dar vexame caso o experimentasse e me deixasse levar pelo entusiasmo. Assim, suportando o fardo da perfídia pelos dois, cravei sua pelve no linóleo da cozinha, enquanto ela, com lábios úmidos e sorridentes, continuava a me informar das minhas falhas de caráter. Naquela altura, eu me encontrava num estágio do meu desenvolvimento erótico em que nada *me* excitava mais do que transar no chão.

Betsy era uma garota romântica, emotiva, sensível, capaz de ficar tremendo feito vara verde ao ouvir um estouro de escapamento — de modo que, alguns dias mais tarde, quando a amiga lhe deu a entender pelo telefone que eu não era digno de confiança, ela se sentiu arrasada. E a maré já não andava boa para ela. Outra rival sua fora escolhida para fazer uma das donzelas transformadas em cisne n'*O lago dos cisnes*, o que significava que, quatro anos depois de ter sido indicada por Balanchine como uma grande promessa de dezessete anos, Betsy ainda tinha de conquistar um lugar ao sol no corpo de baile, e agora já não lhe parecia que um dia isso seria possível. E como ela se esforçava para ser a melhor! O balé era tudo para ela, o que para mim era um ponto de vista não menos atraente que os olhões pintados de cigana, o rostinho limpo de menina travessa e aquelas poses elegantes e encantadoras que ela fazia mesmo estando às voltas com algo esteticamente pouco promissor, como quando se levantava trôpega de sono no meio da noite e sentava na privada do meu banheiro para fazer xixi. Quando nos conhecemos, em Nova York, eu não sabia nada sobre balé e nunca vira uma bailarina de verdade no palco, quanto mais fora dele. Um amigo do Exército, que em criança havia sido vizinho de Betsy em Riverdale, arrumara dois ingressos para uma fantasia de Tchaikovsky, e convidara uma das bailarinas do espetáculo para tomar um café conosco perto do City Center naquela tarde. Ainda fresca do ensaio e deliciosamente cheia de si, Betsy nos divertiu com um relato sobre os horrores dos sacrifícios inerentes à sua vocação: um híbrido, segundo nos descreveu, da vida de um boxeador e da vida de uma freira. E quanta aflição! Ela dançava desde os oito anos, e nunca mais parara de se preocupar com sua altura, seu peso, suas orelhas, suas rivais, suas contusões, suas chances — naquele momento mesmo estava completamente em pânico por causa do espetáculo de mais à noite. De minha parte, não me parecia que ela tivesse motivo para ficar aflita com nada (muito menos com aquelas orelhas), de tão enfeitiçado que já estava com

32   ZUCKERMAN ACORRENTADO

toda aquela dedicação, todo aquele glamour. Infelizmente, no teatro — quando a música começou e dezenas de bailarinas entraram no palco — eu não conseguia lembrar se ela havia dito que era uma das garotas de violeta com flor rosa no cabelo ou uma das garotas de rosa com flor violeta no cabelo, de modo que passei a maior parte do tempo tentando descobrir qual delas era ela. Toda vez que pensava que as pernas e os braços que estava vendo pertenciam a Betsy, meu êxtase era tamanho que eu tinha vontade de aplaudir — mas então outra fileira de bailarinas atravessava o palco e eu dizia com meus botões: Não, ali, é *aquela*.

"Você esteve maravilhosa", disse-lhe eu quando nos encontramos depois. "Mesmo? Gostou do meu solo? Não chega a ser um solo — são só quinze segundos. Mas eu acho uma graça." "Ah, adorei", respondi, "para mim pareceram bem mais que quinze segundos."

Um ano depois, nossa aliança artística e erótica se desfez quando confessei que a amiga em comum não fora a primeira a ser arrastada para o chão nas ocasiões em que Betsy se encontrava a uma distância segura, dando tudo de si em cima de um palco, e eu não tinha nada para fazer à noite nem ninguém para me deter. Fazia algum tempo que isso vinha acontecendo e eu era o primeiro a admitir que ela não merecia ser tratada assim. Esse excesso de sinceridade obviamente produziu resultados bem mais nefastos do que se eu tivesse confessado apenas ter seduzido a sedutora ardilosa e parado por aí; ninguém havia me perguntado nada sobre mais ninguém. Contudo, deixando-me levar pela ideia de que, se só me restava assumir ter sido um sacana infiel, tentaria ao menos me comportar como um sacana infiel sincero, fui mais cruel do que precisava ou pretendia ser. Num acesso de melancolia penitente, tinha ido me esconder em Quahsay, onde por fim conseguira me absolver do pecado da luxúria e do crime da traição durante o passeio no limpa-neve, observando-o desobstruir as estradas da colônia em proveito das minhas solitárias e eufóricas caminhadas — caminhadas durante as quais não hesitava em me abraçar a árvores e ajoelhar no chão para beijar a neve rutilante, pois me sentia transbordar de gratidão, liberdade e renovação.

De tudo isso, só contei aos Lonoff a parte agradável, sobre como havíamos nos conhecido, e expliquei também que infelizmente agora estávamos dando um tempo no namoro. Quanto ao mais, o retrato que pintei de Betsy era de um pormenor tão apaixonado que, simultaneamente à perturbadora sensação de talvez estar forçando a barra com o casal idoso, sobreveio-me a indagação de como eu pudera ter sido tão idiota a ponto de renunciar àquele amor. De fato, faltou pouco para que, descrevendo as deslumbrantes qualidades de Betsy, eu não me rendesse a uma tristeza desconsolada, como se, em vez de ela ter ficado chorando de dor, dizendo para eu ir embora e nunca mais voltar, a pobre bailarina houvesse morrido nos meus braços no dia do nosso casamento.

Disse Hope Lonoff: "Eu sabia que ela era bailarina por causa da *Saturday Review*".

A *Saturday Review* publicara uma matéria sobre jovens escritores americanos ainda não conhecidos do público, com notas biográficas e fotos dos "Dez talentos em que vale a pena ficar de olho", selecionados pelos editores dos principais periódicos literários do país. Tinham me fotografado brincando com Nijinsky, o nosso gato. Eu confessara à entrevistadora que minha "amiga" fazia parte do New York City Ballet e, instado a nomear os três escritores vivos que mais admirava, tinha arrolado, em primeiro lugar, E. I. Lonoff.

Perturbava-me pensar agora que essa provavelmente fora a primeira notícia que Lonoff tivera de mim — ainda que, ao responder às perguntas descabidas da entrevistadora, eu esperasse, admito, que meus comentários pudessem chamar a atenção dele para o meu trabalho. Na manhã em que a revista chegou às bancas, devo ter lido o trecho sobre "N. Zuckerman" umas cinquenta vezes. Tentei cumprir as seis horas defronte da máquina de escrever que eu mesmo me impunha, mas não adiantou; de cinco em cinco minutos abria a revista e ficava olhando o meu retrato. Não sei o que esperava ver revelado ali — provavelmente o futuro, os títulos dos meus primeiros dez livros —, porém recordo ter me ocorrido a possibilidade de que a foto daquele jovem escritor brincando com seu gatinho, um rapaz tão sério e intenso e que, segundo dizia a revista, morava com uma jovem bailarina num prediozinho simpático do Village, viesse a deixar um número considerável de mulheres interessantes tentadas a roubar o lugar dela.

"Não teria permitido que publicassem aquilo", disse eu, "se soubesse como ia ficar. Fizeram uma entrevista de uma hora comigo e, de todas as coisas que eu disse, só usaram aquelas bobagens."

"Não precisa se justificar", retorquiu Lonoff.

"Não precisa mesmo", reforçou Hope, sorrindo para mim. "Qual é o problema de sair uma foto sua no jornal?"

"Não estava falando da foto — se bem que aquilo também, francamente. Não esperava que fossem usar justo a do gato. Pensei que fossem usar a outra, em que eu aparecia sentado diante da máquina de escrever. Devia ter imaginado que não podiam mostrar todos nós diante de nossas máquinas de escrever. A garota que veio tirar as fotos" — a qual eu tentara sem sucesso arrastar para o chão — "disse que a foto do gato era só para mim e para a Betsy."

"Não precisa se justificar", repetiu Lonoff, "a menos que tenha cem por cento de certeza de que da próxima vez vai agir de outra forma. Do contrário, dê a sua entrevista, e pronto. Não faça drama por causa disso."

"Nathan, ele só quer dizer que entende", socorreu-me Hope. "O Manny tem você na mais alta conta. Aqui só recebemos visitas de pessoas por quem ele tem muito respeito. O Manny não suporta gente sem estofo."

"Já chega, Hope", disse Lonoff.

"Só não quero que o Nathan fique magoado com você por causa de sentimentos de superioridade que você não tem."

"Minha mulher teria sido mais feliz com alguém que não fosse tão exigente."

"Mas você não é *nada* exigente", disse ela, "com ninguém, a não ser consigo mesmo. Nathan, não precisa se defender. Por que se proibir esse primeiro gostinho do reconhecimento? Quem poderia ser mais merecedor disso do que um jovem talentoso como você? Pense em toda essa gente inútil que reclama diariamente a nossa admiração: estrelas de cinema, políticos, atletas. Não é por ser um escritor que você vai negar a si mesmo o prazer muito humano de ser elogiado e aplaudido."

"Isso não tem nada a ver com prazeres humanos. Os prazeres humanos que se danem. O rapaz quer ser artista."

"Amor", replicou Hope, "para quem não o conhece direito, como o Nathan, você dá a impressão de ser alguém de um rigor quase — quase cruel. E não é isso, de jeito nenhum. Você é o homem mais generoso, compreensivo e modesto que eu conheço. Modesto até demais."

"Vamos deixar as impressões de lado e comer a sobremesa."

"Mas você é a bondade em pessoa. Verdade, Nathan. Conheceu a Amy, não conheceu?"

"A senhorita Bellette?"

"Tem ideia de tudo o que ele fez por ela? A Amy escreveu uma carta para o Manny quando tinha dezesseis anos. Aos cuidados da editora. Uma carta adorável, cheia de vida — tão ousada, tão impetuosa. Contava a história dela, e, em vez de esquecer o assunto, ele respondeu. O Manny sempre responde as cartas que recebe — até para gente idiota ele manda um bilhetinho educado."

"Como era a história dela?", indaguei.

"Deslocada de guerra", disse Lonoff. "Refugiada." Isso pareceu bastar para ele, mas não para a mulher das caravanas do Velho Oeste, a esposa sofrida que agora me surpreendia com sua insistência. Seriam os dois ou três goles de vinho que tinham lhe subido à cabeça? Ou havia alguma coisa em ebulição dentro dela?

"A Amy dizia que era uma garota de dezesseis anos, extremamente inteligente, criativa e simpática e que naquele momento estava vivendo com uma família não muito inteligente, nem muito criativa nem exatamente simpática em Bristol, na Inglaterra. Informava até o QI dela", disse Hope. "Não, não, isso foi na segunda carta. Enfim, ela dizia que queria recomeçar a vida e que pensava que o autor do conto maravilhoso que ela havia lido numa antologia escolar..."

"Não foi numa antologia, mas não tem importância, pode ir em frente."

Hope tentou a sorte com um sorriso acanhado, mas o trejeito saiu mais para muxoxo que para sorriso. "Acho que não preciso de ajuda para falar sobre isso. Estou apenas narrando os fatos e, salvo engano, de maneira muito calma. Só porque ela leu o conto numa revista e não numa antologia não quer dizer que eu tenha perdido as estribeiras. Além do mais, o assunto não é a Amy, de forma nenhuma. O assunto é a sua bondade e generosidade extraordinárias, a sua preocupação com qualquer pessoa que passe necessidades — menos com a sua pessoa, o seu eu, e as suas necessidades."

"Acontece que essa pessoa, esse 'eu' a que você se refere não existe no sentido corriqueiro da palavra. Por conseguinte, não precisa ficar enaltecendo as qualidades dele, nem se preocupar com as suas 'necessidades'."

"Mas o seu eu existe, *sim*. E tem todo o *direito* de existir — e no sentido mais corriqueiro da palavra!"

"Agora chega, Hope", tornou a sugerir Lonoff.

De modo que ela se levantou para tirar os pratos e trazer a sobremesa, quando, de repente, uma taça de vinho se espatifou na parede. O arremesso tinha sido obra dela. "Diga para eu ir embora!", exclamou. "Me ponha para fora daqui. Não me venha com aquela história de que isso não se faz. Você vai ter que fazer! Vou lavar a louça e aí você me põe para fora, ainda hoje, esta noite! Estou pedindo — prefiro viver sozinha, prefiro morrer sozinha a continuar aguentando essa sua valentia! Não posso engolir mais uma única fibra moral que seja diante das decepções da vida! Nem das suas nem das minhas! Não consigo viver com um marido leal e digno que abriu mão de toda e qualquer ilusão sobre si mesmo *nem mais um segundo!"*

Meu coração, claro, estava a mil, ainda que não totalmente porque o som de vidro se espatifando na parede ou a visão de uma mulher magoada e aos prantos fossem novidade para mim. Isso eu já tinha visto fazia mais ou menos um mês. Na última manhã que passamos juntos, Betsy quebrara todos os pratos do lindo aparelhinho de jantar que havíamos comprado juntos na Bloomingdale's, e em seguida, quando hesitei em sair do meu apartamento sem antes deixar bem claro qual era a minha posição, ela começou a quebrar os copos. O ódio que eu despertara por ter contado toda a verdade me deixou particularmente confuso. Se tivesse mentido, pensei — se houvesse dito que a amiga que insinuara que eu talvez não fosse de confiança era uma vaca que só queria criar confusão porque morria de ciúme do sucesso profissional de Betsy e provavelmente tinha até um parafuso a menos, nada daquilo estaria acontecendo. No entanto, se eu tivesse mentido para ela, eu teria *mentido* para ela. Por outro lado, o que teria dito sobre a amiga seria, em essência, verdade! Não, eu não estava entendendo. E Betsy também não entendeu quando tentei acalmá-la, fazendo-a ver que no fundo eu era um cara sensacional por ter sido tão franco e contado tudo a ela. De fato, foi aí que ela resolveu destruir os seis finíssimos copos suecos que, num dia de alegria quase nupcial, compráramos para substituir os potes de geleia alguns meses antes na Bonniers (onde tínhamos comprado também o tapete escandinavo para o qual, posteriormente, eu tentara arrastar a fotógrafa da *Saturday Review*).

Hope Lonoff estava de volta à cadeira, de onde lhe pareceu melhor dirigir suas súplicas ao marido, que se achava sentado de frente para ela. Tinha o rosto cheio de marcas vermelhas nos lugares em que, num acesso autodestrutivo, arranhara a pele macia e enrugada. O movimento irrequieto, frenético de seus dedos alarmava-me ainda mais que a consternação de seu tom de voz, e fiquei pensando se não devia estender a mão e tirar da mesa o garfo de servir, antes que ela resolvesse espetá-lo no peito, dando ao "eu" de Lonoff a oportunidade de ir atrás daquilo que, no entender dela, ele tanto necessitava. Mas, como eu era tão somente um convidado — como era "tão somente" qualquer coisa que se pudesse imaginar —, deixei os talheres onde estavam e me preparei para o pior.

"Fique com ela, Manny. Se gosta dela, fique com ela", disse Hope entre um soluço e outro, "assim não se sentirá mais tão infeliz e o mundo deixará de ser um lugar tão árido. Ela não é mais sua aluna — é uma mulher! Você tem o *direito* de ficar com ela — praticamente salvou a vida dela, é mais que direito, é a única coisa que faz sentido! Diga para ela aceitar o emprego, diga para ela ficar! É o melhor que ela tem a fazer! E eu vou embora! Porque não aguento mais ser a sua carcereira! Sua nobreza está acabando com a única coisa que resta! Você é um monumento, e não se abala, suporta tudo — mas eu não, querido, e não aguento mais! Me ponha para fora! Por favor, faça isso agora, antes que a sua bondade e a sua sabedoria nos matem!"

Lonoff e eu fomos conversar na sala depois do jantar, ambos sorvendo com temperança admirável a diminuta quantidade de conhaque que ele servira em duas taças grandes. Até então, eu só experimentara aquela bebida como paliativo caseiro para dor de dente: um pedaço de algodão embebido em conhaque era pressionado contra minha gengiva latejante até meus pais poderem me levar ao dentista. No entanto, aceitei o oferecimento de Lonoff como se fosse algo que combinava com os meus mais antigos hábitos pós-prandiais. A coisa ficou ainda mais cômica quando meu anfitrião, outro beberrão inveterado, saiu à procura das taças apropriadas. Após uma busca sistemática, finalmente as encontrou na parte de trás do compartimento inferior da cristaleira que havia no hall. "Foi um presente", explicou ele, "pensei que ainda estavam na caixa", e levou duas taças para a cozinha a fim de passar uma água nelas e tirar o pó que parecia estar se acumulando ali desde os tempos de Napoleão, cujo nome podia ser visto no rótulo da garrafa de conhaque ainda lacrada. Aproveitando o ensejo, Lonoff decidiu lavar também as outras quatro taças, tornando a guardá-las no esconderijo da cristaleira antes de juntar-se novamente a mim para darmos início a nossos folguedos diante da lareira.

Não muito tempo depois — tinham se passado uns vinte minutos, talvez, desde que ele se recusara a responder às súplicas que ela lhe fazia, pedindo para ser substituída por Amy Bellette —, Hope podia ser ouvida na cozinha, lavando os pratos que eu e Lonoff havíamos silenciosamente levado para a pia após sua partida. Tudo indicava que ela descera do quarto por uma escada secundária, situada nos fundos da casa — provavelmente para não incomodar nossa conversa.

Ao ajudar Lonoff a tirar a mesa, eu ficara sem saber o que fazer com a taça de vinho de Hope e com o pires que ela sem querer derrubara no chão quando se levantara e saíra correndo. Claramente, meu dever como debutante era poupar o corpulento homem de terno de precisar se agachar, ainda mais em se tratando de E. I. Lonoff; por outro lado, ainda estava tentando me safar do embaraço, fazendo de conta que não havia presenciado nada de anormal. Era bem possível que, para dar ao faniquito sua real dimensão, ele até preferisse que os cacos fossem deixados onde estavam, para que Hope os recolhesse mais tarde, contanto que não tivesse se suicidado no quarto antes.

Enquanto meu senso de formalismo moral e minha covardia juvenil se digladiavam com minha ingenuidade, Lonoff, gemendo um pouco por causa do esforço, recolheu os cacos de vidro com uma vassoura e uma pazinha de lixo e apanhou o pires que tinha ido parar debaixo da mesa de jantar. O pires quebrara-se uniformemente em dois e, depois de examinar as arestas, Lonoff comentou: "Acho que dá para ela colar".

Na cozinha, deixou os dois pedaços de louça em cima de uma bancada comprida de madeira, onde gerânios cor-de-rosa e brancos floresciam em vasinhos de barro sob as janelas. A cozinha era um lugar agradável, bem iluminado, com um aspecto ligeiramente mais alegre que o restante da casa. Além dos gerânios que desabrochavam abundantemente em pleno inverno, uma profusão de juncos altos e flores secas despontava de jarros, vasos e garrafinhas de formato esquisito. Os armários envidraçados eram claros, tinham um ar caseiro e inspiravam confiança: continham os principais gêneros alimentícios em embalagens com rótulos de marcas inatacáveis — atum Bumble Bee em quantidade suficiente para uma família de esquimós sobreviver em seu iglu até a primavera — e conservas de tomates, vagens, peras, maçãs silvestres e que tais, aparentemente preparadas pela própria Hope. Panelas e caçarolas com fundos de cobre reluzentes pendiam enfileiradas numa tábua com ganchos ao lado do fogão e, ao longo da parede, acima da mesa do café da manhã, viam-se meia dúzia de quadros com molduras simples de madeira, os quais na realidade eram pequenos poemas sobre a natureza que traziam a assinatura "H. L." e haviam sido transcritos com uma letra delicada e decorados com desenhos em aquarela. Parecia, de fato, o quartel-general de uma mulher que, à sua maneira despretensiosa, era capaz de colar e fazer qualquer coisa, menos descobrir como deixar o marido feliz.

Falamos de literatura, e me senti no céu — e também num suador, tamanha a seriedade com que ele me ouvia. Todo livro que para mim era novidade, Lonoff por certo havia muito anotara com sua caneta de leitura, e, no entanto, mostrava-se positivamente interessado em discutir as minhas reflexões, não as dele. O efeito de sua atenção concentrada era fazer com que eu fosse formulando uma interpretação precoce atrás da outra, para em seguida me torturar com cada suspiro e esgar seus, investindo o que eram apenas pequenos desconfortos digestivos com as implicações mais acerbas sobre o meu gosto e a minha inteligência. Embora me afligisse a impressão de estar fazendo muita força para parecer o tipo de pensador profundo pelo qual ele não tinha o menor apreço, não conseguia me controlar, pois ao deslumbramento com o homem e suas realizações, somava-se agora o feitiço do calor da lareira, da taça de conhaque que eu balançava nas mãos (ainda que não, até aquele momento, do conhaque em si) e, mais além dos assentos de janela almofadados, da neve que caía sem parar, tão fidedignamente linda e enigmática como sempre. E havia ainda os grandes escritores, cujos nomes fascinantes eu entoava ao depositar aos pés dele minhas análises de literatura comparada e meus novíssimos e ecléticos entusiasmos — Zuckerman, com Lonoff, discutindo Kafka: eu não conseguia entender, quanto mais me habituar àquilo. E havia por fim o brinde que ele fizera à mesa. Eu ainda sentia uma febre de quarenta graus toda vez que me lembrava daquelas palavras. Jurava a mim mesmo que passaria o resto da vida me esforçando para fazer jus a elas. E não teria sido justamente esse o motivo de ele as ter dito, aquele meu novo e impiedoso mestre?

"Terminei de ler o Isaak Bábel esses dias", anunciei.

Lonoff remoeu impassivelmente a informação.

"Fiquei pensando, não muito a sério, claro, que talvez ele seja o elo; são aquelas narrativas que relacionam você, se me permite mencionar sua obra..."

Lonoff cruzou as mãos sobre a barriga e as deixou ali, movimento suficiente para me levar a dizer: "Desculpe".

"Continue. Relacionado com o Bábel. Como?"

"Bom, *relacionado* obviamente não é a palavra certa. Tampouco *influência*. É da semelhança entre duas pessoas da mesma família que estou falando. É como se, do modo como vejo a coisa, você fosse um primo americano do Bábel — e o Felix Abravanel, outro. Você por conta de 'O pecado de Jesus' e de alguma coisa em *Exército de cavalaria*, por conta do devaneio irônico, da crueza descritiva e, claro, do próprio estilo. Entende o que quero dizer? Numa das narrativas sobre a guerra, o Bábel diz: 'Vorochílov penteava a crina do cavalo com sua Mauser'. Ora, é exatamente o tipo de coisa que você faz; um quadrinho atordoante em cada linha. O Bábel diz que, se um dia escrevesse uma autobiografia, o título seria: *A história de um adjetivo.* Bom, se fosse possível imaginar você escrevendo uma autobiografia — se tal coisa chegasse mesmo a ser concebível —, é bem possível que também acabasse dando a ela esse título. Não?"

"E o Abravanel?"

"Ah, com o Abravanel é o Benya Krik e o submundo de Odessa: o regozijo perverso, os gângsteres, todos aqueles tipos ciclópicos. Não que ele tome o partido dos brutos — Bábel também não faz isso. É o assombro que os dois sentem diante dessas figuras. Mesmo aterrorizados, olham para elas com assombro reverente. Dois judeus meditabundos ligeiramente encantados com o som daquele quebra-pau antitalmúdico. Dois sábios sensíveis, como diz Bábel, morrendo de vontade de trepar em árvores."

"'Na infância, eu vivia como um sábio; quando cresci, comecei a trepar em árvores.'"

"Isso, é exatamente isso, a frase é essa", disse eu, sem esperar menos de Lonoff porém ainda assim impressionado. E continuei mandando ver. "Veja o caso de *Gato escaldado.* Ali o Abravanel põe em cena chefões da indústria cinematográfica, chefões sindicalistas, chefões da bandidagem, mulheres que só precisam dos peitos para agir como chefonas — até os vagabundos que antes de entrar pelo cano eram chefões falam como se fossem os chefões dos que entraram pelo cano. É o fascínio do Bábel com os judeus que fazem e acontecem, com os cossacos que não têm a menor noção do que seja consciência, com todos os que passam por cima de quem quer que se ponha na frente deles. A Vontade como Ideia Suprema. Com a diferença de que o Bábel não pinta um retrato tão simpático e monumental de si mesmo. Não é assim que ele vê as coisas. Ele é uma espécie de Abravanel com o egocentrismo drenado. E, drenando ainda mais, bom, aí se chega a Lonoff."

"E onde entra você?"

"Eu?"

"Claro. Ainda não acabou. Você também não é um primo do clã Bábel no Novo Mundo? Onde entra o Zuckerman nisso tudo?"

"Puxa... em lugar algum. Só publiquei aqueles quatro contos. Não dá para falar em parentesco nenhum. Acho que ainda estou num ponto em que até com as coisas que *eu* escrevo meu parentesco é quase nenhum."

Assim eu disse, e mais que depressa procurei a taça de conhaque para esconder meu rosto insincero e umedecer a língua com uma gota amarga da bebida.

Porém Lonoff desmascarara direitinho o ardil do meu raciocínio; pois, ao deparar a descrição que Bábel faz do escritor judeu como um homem com outono no coração e óculos no nariz, eu me sentira estimulado a acrescentar: "e sangue no pinto", e então registrara as palavras qual um repto — uma abrasadora fórmula dedálea para atiçar a forja da *minha* alma.

"E o que mais?", indagou Lonoff. "Vamos, não se acanhe. A coisa está divertida. Fale um pouco mais, por favor."

"Sobre...?"

"Esses livros todos que você leu."

"Inclusive os seus?", inquiri.

"Como achar melhor."

Disse eu: "Penso em você como o judeu que se safou".

"E isso ajuda?"

"*Alguma* verdade há nisso, não há? Você se safou da Rússia e dos *pogroms*. Livrou-se dos expurgos — e o Bábel não. Escapou da Palestina e da pátria. Driblou Brookline e os parentes. Fugiu de Nova York..."

"E onde soube de tudo isso? Na coluna da Hedda Hopper?"

"Uma coisa ou outra, sim. O resto eu descobri por conta própria."

"Com que propósito?"

"A pessoa fica curiosa quando admira um escritor. Começa a procurar seu segredo. As peças que solucionarão o quebra-cabeça."

"Mas Nova York... Só passei três meses lá, e faz mais de vinte anos. Quem contou para você que eu fugi de Nova York?"

"Alguns dos judeus que fizeram você fugir."

"Fiquei três meses em Nova York e acho que abri a boca uma única vez. Não lembro o que disse, só sei que de uma hora para outra eu pertencia a uma facção."

"Foi por isso que fugiu?"

"Tinha também a moça por quem eu havia me apaixonado e com quem me casara. Ela não era feliz."

"Por quê?"

"Pelos mesmos motivos que eu. Na época, o lugar já estava cheio de personalidades intelectuais terríveis. Usavam fraldas e já eram verdadeiros Benyas Kriks ideológicos. Eu não tinha opiniões sólidas em quantidade suficiente para durar um ano lá. A minha Hope menos ainda."

"Por isso veio para cá, escapou de uma vez por todas."

"Dos judeus? Não exatamente. Segundo o guarda-florestal, há outros aqui em cima além de mim. Mas você está mais ou menos certo. O que deixa os fazendeiros fulos são os veados que entram no meio das plantações, não os judeus de cafetã que vez por outra eles encontram por estas bandas. Mas onde está o segredo, Nathan? Que quebra-cabeça é esse?"

"Tão afastado dos judeus, e uma narrativa sua sem um judeu é simplesmente impensável. Os veados, os fazendeiros, o guarda-florestal..."

"E não se esqueça da Hope. E dos meus filhos louros."

"E, no entanto, você só escreve sobre judeus."

"E isso mostra o quê?"

"Essa", disse eu cautelosamente, "é a pergunta que eu gostaria de lhe fazer."

Lonoff refletiu alguns instantes. "Mostra por que aquele jovem rabino de Pittsfield não consegue aceitar que eu não seja 'praticante'."

Esperei por mais, porém foi em vão.

"Conhece o Abravanel?", indaguei.

"Nathan, nessa altura você já sabe com quem está lidando."

"Como assim?"

"Eu não conheço ninguém. Eu viro frases pelo avesso, e só. Por que o Abravanel iria querer me conhecer? Eu deixo o sujeito com sono. Na primavera do ano passado, ele deu uma palestra em Amherst. Recebemos um convite e fomos até lá para ouvi-lo. Mas foi a única ocasião em que nos encontramos. Antes da palestra, ele veio até a fileira onde eu e a Hope estávamos sentados e se apresentou. Foi muito lisonjeiro. O tratamento respeitoso devido ao colega mais velho. Depois fomos tomar um drinque com ele e aquela atriz. Sujeito educadíssimo. A veia sarcástica, você só nota depois que se dá conta do perfil de *commedia dell'arte*. É lá que mora a irrisão. De frente, ele tem um quê de galã. Olhos escuros felinos e tudo o mais. E a mulherzinha israelense é lava pura. O sonho gentio da judia peituda. Com os cabelos pretos, grossos, crespos — os cabelos dele na versão feminina e comprida. Dava para arear uma panela com aqueles cabelos. Dizem que, quando ela atuou naquela superprodução bíblica, roubou a cena da Criação. E lá estavam aqueles dois, e lá estava eu, acompanhado da Hope. E disto", disse ele, tornando a pousar delicadamente as mãos na barriga. "Ouvi dizer que ele faz uma imitação engraçada de mim para os amigos. Sem maldade. Uma ex-aluna minha cruzou com ele em Paris. Ele tinha acabado de falar para um anfiteatro lotado na Sorbonne. Ela me contou que, ao ouvir alguém mencionar meu nome, o Abravanel se referiu a mim como 'o homem completo — aquele que não impressiona nem se deixa impressionar'."

"Você não gosta muito dele."

"Não estou nesse ramo. 'Gostar das pessoas' frequentemente é só mais uma forma de extorsão. Mas você tem razão em apreciar os livros dele. Aquela vaidade toda cara a cara talvez não faça muito o meu gênero, mas, quando escreve, o Abravanel não é apenas um pequeno Houyhnhnm usando os cascos para demarcar sua superioridade. Lembra mais um doutor Johnson comendo ópio — a doença da vida dele faz que ele voe. No fundo, admiro o sujeito. Admiro o que ele faz seu sistema nervoso passar. Admiro sua paixão pelo lugar na primeira fila. Mulheres bonitas, amantes bonitas, pensões alimentícias do tamanho da dívida pública, expedições polares, reportagens na frente de batalha, amigos famosos, inimigos famosos, crises depressivas, palestras, romances de quinhentas páginas a cada três anos e, apesar disso, como você disse antes, tempo e energia de sobra para todo aquele egocentrismo. Os tipos ciclópicos que aparecem nos livros *têm* de ser gigantescos, porque só assim ele encontra algo em que pensar que rivalize consigo próprio. Se gosto do Abravanel? Nem um pouco. Mas que ele me impressiona, ah, não tenha dúvida. Me impressiona demais. A coisa não é fácil lá no alto, na egosfera. Não sei quando o sujeito dorme, ou se alguma vez na vida dormiu, tirando os poucos minutos em que tomou aquele drinque comigo."

Lá fora era como um estúdio de cinema mudo, na época em que produziam tempestades de neve jogando enchimento de colchão numa máquina de vento. Coágulos de neve, grandes e esfarrapados, passavam velozmente pela janela e, ao ouvir suas extremidades gélidas arranhando a vidraça — e também os ruídos de alguém arrumando sem pressa a cozinha —, eu me lembrava da mulher de Lonoff pedindo para ser abandonada e me perguntava se suas súplicas teriam sido tão veementes num dia de sol primaveril. "Acho melhor eu chamar um táxi", disse, apontando para o meu relógio, "ou acabo perdendo o último ônibus para Quahsay."

É claro que eu não queria ir embora dali nunca. Confesso que, quando Hope estava se debulhando em lágrimas à mesa de jantar, tinha havido um breve momento em que eu desejara estar na minha cabana em Quahsay; agora, porém, a forma como a crise parecia ter se resolvido sozinha, magicamente, servia apenas para intensificar minha reverência por Lonoff, sobretudo por aquela qualidade a que ele se referira ao dizer, sem corar, que era *um valente à sua maneira*. Quem me dera ter tido a ideia de usar essa tática quando *Betsy* se descontrolara; quem me dera ter ficado de boca fechada até ela se cansar de me recriminar e então ter varrido os cacos de louça e me instalado em minha poltrona para ler mais um livro! E por que não fizera assim? Porque tinha vinte e três anos e ele cinquenta e seis? Ou porque era culpado; e ele, inocente? Sim, sua autoridade e a rápida restauração da ordem e do bom senso domésticos podiam muito bem ser em parte consequência disso. "Fique com ela! É a única coisa que faz sentido!", exclamara Hope, e a vitória fácil de Lonoff parecia residir no fato de ele nem sequer ter jamais desejado isso.

Ter de chamar um táxi também me parecia odioso por causa de Amy Bellette. Eu nutria a esperança, um tanto quanto absurda, de que, ao voltar de seu jantar com a bibliotecária da faculdade, e tendo em vista a nevasca que caía, Amy se oferecesse para me levar até o ponto de ônibus. Enquanto Lonoff servia nossas doses de conhaque — concentrado como um barman que houvesse treinado em Los Alamos com litros fissionáveis —, eu tinha indagado aonde ela havia ido. Não me atrevera a perguntar sobre sua condição de deslocada de guerra. Contudo, à mesa, quando ele disse que ela chegara à Atena na condição de refugiada, eu me lembrara das "crianças passando fome na Europa" de que tanto ouvíamos falar quando éramos crianças em Nova Jersey e nos víamos diante de um prato cheio de comida. Se Amy tinha sido uma daquelas crianças, isso talvez explicasse aquela coisa nela cujo crescimento me parecia atrofiado, apesar de sua maturidade deslumbrante e de sua beleza austera. Eu me perguntava se aquela refugiada jovem e morena com o singular sobrenome de Bellette não seria judia e não teria passado na Europa por coisas bem piores que a fome.

"Tem razão", disse Lonoff, "é melhor chamar um táxi."

Levantei-me relutantemente para partir.

"Ou, se quiser", acrescentou ele, "pode ficar e dormir no meu escritório."

"Não, preciso mesmo ir", disse eu, amaldiçoando a educação que me ensinara a conter a gulodice e nunca repetir o prato. Seria tão melhor se eu tivesse sido criado na sarjeta! Nesse caso, porém, como teria feito para sair da sarjeta e chegar ali?

"Você é quem sabe", disse Lonoff.

"Não quero ser um incômodo para a sua mulher."

"Acho que ela ficaria mais chateada se você fosse do que se ficasse. Poderia pensar que foi a responsável por sua partida. Aliás, tenho certeza de que pensaria isso."

Fiz de conta que tinha jantado em outro planeta. "Mas por quê?"

"Sente-se. Fique para o café da manhã, Nathan."

"É melhor não. É melhor eu ir."

"Já ouviu falar do Jimmy Durante?"

"Claro."

"Conhece aquele velho sucesso dele? 'Quem nunca teve a sensação de que queria ir embora e ao mesmo tempo tinha vontade de ficar?'"

"Conheço."

"Sente-se."

Sentei-me — fazendo o que mandava a minha vontade, como sugerira o homem.

"Além do mais", disse ele, "se for agora, deixará o seu conhaque quase todo na taça."

"E você o seu."

"Bom, o judeu que se safou não se safou por completo." Lonoff sorriu para mim. "Não precisa tomar tudo só porque vai ficar. Isso não está no pacote."

"Não, não, eu quero beber", disse eu, e tomei o meu maior gole da noite. Saudando-me com sua taça, ele fez o mesmo.

"A Hope vai ficar contente", disse ele. "Ela se sente muito sozinha. Tem saudade das crianças e dos amigos delas. Estudou artes plásticas em Boston antes de eu trazê-la de volta para cá e deixá-la a dezesseis verstas da estação ferroviária mais próxima. Ficou traumatizada com Manhattan, mas Boston é sua Moscou; ela se mudaria para lá amanhã. Acha que eu ia gostar de Cambridge. Mas só o que me falta são aqueles jantares. Prefiro conversar com o meu cavalo."

"Tem um cavalo?"

"Não."

Eu o amava! Sim, nada menos que amor por aquele homem sem ilusões: amor pelo trato áspero, pelo rigor escrupuloso, pela severidade, pelo alheamento; amor pelo peneiramento incansável do que há de infantil, vaidoso e insaciável no eu; amor pela obstinação artística e pela desconfiança quanto a quase tudo o mais; e amor por aquele charme escondido de que ele acabara de me dar uma pequena mostra. Sim, bastava Lonoff dizer que preferiria conversar com o cavalo, se tivesse um, para que isso suscitasse em mim o amor amaricado de um filho por seu pai, um amor filial pelo homem de virtude esplêndida e obra excelsa que compreendia a vida, compreendia o filho e o aprovava.

⋆ ⋆ ⋆

É importante mencionar aqui que, cerca de três anos antes, após algumas horas na presença de Felix Abravanel, minha capitulação não tinha sido menos completa. Contudo, se não me lancei incontinente a seus pés foi porque até um universitário como eu, imbuído de tamanha idolatria aos escritores, podia ver que com ele essa adoração imensurável — ao menos se ofertada por um jovem admirador do sexo masculino — estava fadada a permanecer não correspondida. O ardor daqueles livros — escritos na tranquilidade ensolarada de seu cânion californiano e, todavia, borbulhando com uma inocência desbragada e bravia — parecia ter muito pouco a ver com seu autor quando ele assomava com uma expressão glacial ao mundo decaído sobre o qual falara tão ardentemente enquanto estava no cânion. De fato, o escritor a quem pareciam irresistíveis todos os tipos vivazes e questionáveis, sem exclusão dos trapaceiros de ambos os sexos que faziam gato-sapato dos corações generosos de seus otimistas e arruinados protagonistas; o escritor capaz de localizar o cerne hipnótico do mais diabólico dos egoístas americanos e de o fazer revelar, em locuções de um viço todo próprio, as profundezas de sua alma ardilosa; o escritor cuja absorção "na grande discórdia humana" tornava todo parágrafo seu um pequeno romance em si mesmo, cada página sua tão abarrotada quanto as de Dickens ou Dostoiévski com as últimas novidades em manias, tentações, paixões e sonhos, com a humanidade inflamada de sentimento — bom, quando você o via em pessoa, ele dava a impressão de ter saído para o almoço.

O que não quer dizer que Felix Abravanel não tivesse charme. Pelo contrário, seu charme era como um fosso de proporções tão oceânicas que não dava para enxergar a coisa formidavelmente torreada e fortificada para cuja proteção ele fora escavado. Não dava para ver nem a ponte levadiça. Abravanel era como a própria Califórnia — para chegar lá, era necessário ir de avião. Houve momentos durante sua palestra — isso foi em Chicago, no meu último ano ali — em que ele precisou se interromper, com o intuito, ao que parecia, de refrear observações simplesmente maravilhosas demais para o público resistir. Ainda bem. Creio que invadiríamos o palco e o comeríamos vivo se ele tivesse sido um tiquinho só mais malicioso, encantador e inteligente do que foi. Abravanel era celestial, coitado (e não vai aqui nenhuma ironia): até o que nele tinha por função proteger a rosácea de seu esplendor interior era em si tão desgraçadamente belo que às multidões

O ESCRITOR FANTASMA 47

sem talento e aos amantes da arte não restava alternativa senão adorá-lo ainda mais. Se bem que, por outro lado, talvez sua intenção fosse mesmo essa. Não existe uma maneira simples de a pessoa ser um fenômeno — isso é óbvio, ou era o que eu estava começando a descobrir.

Após a palestra haveria uma recepção no clube dos professores, para a qual eu tinha sido convidado por um professor que gostava muito de mim. Depois de atravessarmos os vários círculos de admiradores, fui apresentado como o aluno cuja narrativa seria debatida na manhã seguinte, na aula de que Abravanel consentira em participar. Tendo em vista que nas fotos seu rosto traía certa arrogância, eu nunca o imaginara tão circunspecto nem com uma cabeça uma vez e meia menor do que conviria à prancha de um metro e oitenta e três centímetros que a sustentava. No meio de toda aquela gente que não se cansava de louvá-lo e papapricá-lo, ele parecia uma antena de rádio com a luzinha vermelha acesa lá no alto, para prevenir aeronaves em voo rasante. Vestia um terno de xantungue de quinhentos dólares, uma gravata de seda cor de vinho e mocassins pretos com pingentes, finos e lustrados, porém tudo o que de fato contava, tudo o que tornava possível o charme e as risadas e os livros e as crises estava compactamente armazenado lá em cima — na beira de um precipício. Era uma cabeça que os técnicos japoneses, com seu talento para a miniaturização, podiam ter concebido e depois entregado aos judeus para que a adornassem com os cabelos pretos e rarefeitos do vendedor de tapetes, os cautelosos e abalizadores olhos negros e o bico recurvado de ave tropical. Um transistorzinho completamente semitizado no topo, roupas fantásticas na base — e, apesar disso, a impressão geral era que se estava diante de um dublê.

Pensei: nos romances, nada, em momento algum, parece passar desapercebido dele; então, como é que, estando aqui, ele não está? Vai ver que o ataque aos sentidos é tão intenso que ele tem de fechar noventa por cento de si mesmo à realidade para não explodir. Ou então, tornei a pensar, vai ver que ele de fato só saiu para o almoço.

Abravanel apertou cordialmente minha mão, e estava prestes a virar-se para apertar cordialmente outra mão quando o professor repetiu meu nome. "Ah, claro", disse Abravanel, "N. Zuckerman." Ele tinha lido uma cópia mimeografada do meu conto no avião que o trouxera da Costa Oeste; e Andrea também a lera. "Amor", disse ele, "este aqui é o Zuckerman."

Bom, por onde começar? Andrea talvez fosse apenas cinco anos mais velha que eu, porém cinco anos muitíssimo bem aproveitados. Depois de se formar no Sarah Lawrence College, ela evidentemente dera prosseguimento aos estudos com Elizabeth Arden e Henri Bendel. Como todos nós sabíamos — pois sua fama a precedera —, o pai de Andrea era um dos empresários que haviam atuado como voluntários no primeiro governo Roosevelt e sua mãe era Carla Peterson Rumbough, a loquaz deputada progressista de Oregon. Ainda na faculdade, Andrea escrevera para o *Saturday Evening Post* os primeiros esboços biográficos a que deu o título de "Homens de poder" e que posteriormente reuniu num volume que chegou às listas dos livros mais vendidos. Sem dúvida (como os invejosos não perderam tempo em observar), no começo os contatos familiares a ajudaram bastante, mas o que nitidamente estimulara aqueles homens tão ocupados e poderosos a continuar falando foi a proximidade com a própria Andrea, pois Andrea era uma moça muito suculenta. Sem brincadeira, parecia que, se a espremesse um pouco, você teria um refrescante e saudável copo de Andrea para tomar no café da manhã.

Naquela altura, ela estava morando com Abravanel no retiro que ele possuía em Pacific Palisades, a alguns quilômetros da casa de seu amigo e mentor Thomas Mann. ("A grande discórdia humana" tinha sido a expressão que Mann usara para referir-se ao tema de Abravanel no edificante prefácio consagrado à edição alemã de *Gato escaldado*.) Depois do último divórcio de Abravanel (e da boataria sobre seu colapso emocional), Andrea fora entrevistá-lo para a série do *Post* e, segundo rezava uma lenda literária transcontinental, nunca mais saíra de lá. A lenda também dizia que Abravanel não fora somente o primeiro homem de letras a ser caracterizado na América como um homem de poder, mas também o primeiro homem de poder a cujas investidas Andrea havia cedido. De minha parte, fiquei pensando se Andrea não teria sido a primeira jornalista a cujas investidas Abravanel cedera. Ele dava mais a impressão de ter sido aquele que tivera de ser seduzido.

"Puxa, até que enfim nos conhecemos", disse Andrea, apertando energicamente minha mão. O vigor do cumprimento contrastava de maneira irresistível com a aparência doce e sensual. Seu rosto tinha forma de coração e era bastante delicado, porém o aperto de mão dizia: "Não se iluda, eu sou a garota que consegue tudo o que quer". Não que eu tivesse alguma dúvida disso. Já estava convencido um mês antes de pousar os olhos nela, quando trocáramos algumas cartas para tratar do hotel em que ela e Abravanel ficariam hospedados. Na condição de representante discente da Comissão de Eventos Culturais da universidade, e em conformidade com as exigências que Andrea me transmitira, eu reservara um quarto em nome de ambos no Windermere, que era o que, nas redondezas, mais se assemelhava a um hotel de luxo. "Felix Abravanel e Andrea Rumbough?", indagara o recepcionista. "São casados?" Essa pergunta me foi feita, veja bem, em março de 1953; de modo que, ao responder com a mentira que eu inventara para proteger do escândalo um herói — "A senhora Andrea Abravanel é uma jornalista famosa, mais conhecida como Andrea Rumbough, nome com que assina seus artigos" —, eu tinha certeza de que a audácia boêmia de Andrea resultaria na minha expulsão da universidade sem diploma nem nada.

"Adorei o seu conto", disse ela. "É *tão* engraçado!"

Agradeci amargamente o elogio ofertado à minha espirituosidade pela garota peituda com rosto em forma de coração, pele branca como a neve e aperto de mão firme e autoconfiante como o de um sargento do Exército. Nesse meio-tempo, tendo me repassado para Andrea a fim de que ela se desincumbisse da tarefa de me dispensar, Abravanel estava sendo exibido por outro de nossos professores a um amontoado de alunos de pós-graduação, que aguardavam encabuladamente ao lado do mestre para fazer perguntas sérias ao escritor. "Ah, vocês sabem como é", ouvi-o dizer com uma risadinha arrasadora, "não tem me sobrado tempo para pensar nas minhas 'influências' — a Andrea mantém minha agenda sempre cheia." "O Felix", dizia-me ela, "também achou o conto ótimo. Você precisava vê-lo no avião. Ria sem parar. Onde vai publicá-lo? Talvez o Felix devesse falar com o..." Andrea mencionou um nome. Era Knebel, mas, para alguém cujos contos até então só haviam aparecido na revista literária da faculdade, o efeito não teria sido mais atordoante do que se ela houvesse dito: "Depois da recepção, preciso entrevistar o marechal Tito no bar do hotel — mas, enquanto faço isso, o Felix pode dar um pulo até o céu para conversar com o autor d'*Os irmãos Karamázov* sobre essa sua historinha mimeografada tão divertida. Ficamos amigos dele na Sibéria, durante aquele nosso tour pelas prisões". Em algum lugar atrás de mim, Abravanel estava às voltas com outra pergunta séria da turma de pós-graduação. "Alienação? Ah", disse ele com aquela risadinha, "vamos deixar os alienados em paz." Ao mesmo tempo, Andrea me informava: "Ele tem uma reunião com o Sy amanhã à noite em Nova York...". (Com essa intimidade toda, ela estava se referindo a Knebel, editor fazia vinte anos do periódico nova-iorquino que reunia o suprassumo da intelectualidade americana e que eu, nos últimos dois anos, lia de fio a pavio.)

No dia seguinte, Abravanel apareceu em nossa aula de criação literária, acompanhado — para surpresa dos que estavam prontos para viver tão somente para a arte — de sua intrépida Andrea. A presença luminosa e despudorada daquela mulher (e de seu vestido de jérsei branco; e de seus cabelos dourados, saídos de algum paraíso rústico) trouxe-me à lembrança as velhas tardes de outubro em que eu, qual um prisioneiro irrequieto, ficava treinando minha caligrafia na carteira inclinada da escola, enquanto as partidas do campeonato americano de beisebol eram transmitidas ao vivo em radinhos de pilha espalhados por todos os postos de gasolina do país. Foi então que me dei conta do que dilacerava o coração dos delinquentes e bestalhões que odiavam a sala de aula e a professora e queriam que a escola pegasse fogo e terminasse em cinzas.

Com as mãos nos bolsos, recostado descontraidamente na mesa do professor, Abravanel falava de meu conto com admiração dissimulada, defendendo-o, sobretudo com sua risada, da crítica dos alunos mais bitolados, para quem meu narrador era "plano", e não "redondo" como os personagens sobre os quais eles tinham lido em *Aspectos do romance*. Porém nesse dia eu estava imune a toda e qualquer crítica destrutiva. *Andrea*, eu pensava, toda vez que a palavra *redondo* saía da boca de um daqueles idiotas.

Depois da aula, Abravanel convidou-me para tomar um café na lanchonete que havia ali perto — com Andrea, meu professor e um sujeito do Departamento de Sociologia, um velho amigo de Abravanel, dos tempos de juventude, que ficara esperando do lado de fora da sala para lhe dar um abraço nostálgico (um abraço que o escritor aceitou amavelmente, ainda que tratando ao mesmo tempo de se desvencilhar dele). Abravanel me fez o convite pessoalmente (coisa que eu não tardaria a contar para meus pais numa carta), e em sua voz havia algo que pela primeira vez soou de fato a simpatia: "Esses caras são duros de roer, Zuckerman. Venha recarregar a bateria conosco". Imaginei que ele pretendia me dizer que iria levar sua cópia do meu conto para Nova York, a fim de mostrá-la a Seymour Knebel. Eu, por uma centena de razões, estava em êxtase. Quando ele me disse para ir recarregar a bateria com eles, tive a sensação, com uma intensidade que não recordava ter experimentado antes, de que *eu* era um personagem verdadeiramente redondo. O que Mann tinha feito por ele, Abravanel estava prestes a fazer por mim. Dali a instantes sairia, ainda quente do forno, mais um episódio da história literária. Ainda bem que Andrea estava por perto para registrar tudo para a posteridade.

No entanto, na hora do cafezinho, Abravanel não abriu a boca: limitou-se a reclinar o corpo comprido e semidescarnado na cadeira, parecendo macio e cariciável como um gato em seu traje professoral de calças cinza de flanela, pulôver leve cor de malva e paletó esporte de caxemira. Com as mãos e os tornozelos elegantemente cruzados, deixou a conversa a cargo de sua jovem e lépida companheira — que nos entretinha com histórias alegres, cômicas, a maioria delas sobre o pai de Felix, um pintor de paredes em Los Angeles, e as coisas deliciosas que o velhinho lhe dizia numa mistura tosca de dois idiomas. Até o professor de sociologia acabou se rendendo, muito embora eu soubesse, graças a fofocas que circulavam no campus, que ele era amigo íntimo da primeira e litigiosa mulher de Abravanel e criticava o tratamento que o escritor dispensara a ela, primeiro em termos carnais, depois ficcionais. Além disso, dizia-se que ele censurava o comportamento de Abravanel com as mulheres em geral e, para completar, que achava meio absurdo que um romancista da estatura dele tivesse artigos a seu respeito publicados no *Saturday Evening Post*. E, contudo, agora o professor de sociologia se punha a levantar a voz para que Andrea o ouvisse. Quando menino, também tinha sido um grande fã das confusões linguísticas do pai de Felix, e queria que todos soubessem disso. "'Que tristeza, aquele sujeito'", bramiu o sociólogo, imitando Abravanel pai, "'foi desta para a melhor, se subsidiou.'" Se achava que o pintor de paredes aposentado era tão admirável assim por ter passado a vida inteira falando um inglês macarrônico, isso Abravanel não disse. Mantinha uma atitude tão aristocrática, tão imperturbável, tão elegante ao ouvir Andrea contar suas histórias, que comecei a ter minhas dúvidas. A céu aberto, o cálice de Abravanel não transbordava com a nostalgia dos velhos tempos de Los Angeles; essas efusões ele deixava para os leitores de seus romances, que haviam aprendido a amar o mundo saturado de emoção de sua infância como se tivesse sido o próprio mundo deles. Quanto a ele, preferia olhar para nós do alto e de longe, qual uma lhama ou um camelo.

"Boa sorte", foi o que Abravanel me disse quando eles se levantaram para pegar o trem para Nova York — e Andrea nem isso disse. Desta feita, como já nos conhecíamos, pegou minha mão com cinco dedos delicados, porém o toque de princesa de conto de fadas pareceu-me ter mais ou menos o mesmo significado que o aperto de mão de guarnição militar que ela me dera no clube dos professores. Deve ter se esquecido, pensei, da história do Knebel. Ou falou com o Abravanel e imaginou que ele cuidaria do assunto e ele esqueceu. Ou falou com ele e ele disse: "Esqueça". Vendo-a ser conduzida para fora da lanchonete por Abravanel — vendo seus cabelos roçar o ombro dele quando, já na rua, ela ficou na ponta dos pés para sussurrar algo em seu ouvido —, compreendi que, na noite anterior, ao voltar para o Windermere, não era bem no meu conto que eles estavam pensando.

Por tudo isso eu enfiara num envelope meus quatro contos publicados e os enviara de Quahsay para Lonoff. Felix Abravanel evidentemente não tinha vaga para um filho de vinte e três anos.

Pouco antes das nove, tendo consultado as horas em seu relógio, Lonoff bebeu sua última gota de conhaque, que repousava fazia trinta minutos no fundo da taça. Disse que, embora precisasse se recolher, eu podia ficar na sala e escutar música, ou, se preferisse, podia ir para o escritório, onde iria dormir. Sob a capa de veludo cotelê, eu verificaria que o sofá do escritório já estava arrumado com lençóis limpos. Encontraria cobertores e um travesseiro sobressalente no armário embutido, na prateleira de baixo, e toalhas limpas no armário do banheiro — que, por favor, não hesitasse em usar as listradas; eram as mais novas e enxugavam melhor —, e também nesse armário, nos fundos da segunda prateleira, eu encontraria uma escova de dentes em seu estojo plástico original e um tubinho novo de dentifrício. Alguma dúvida?

"Não."

Havia alguma outra coisa de que eu precisaria?

"Obrigado, está tudo perfeito."

Lonoff fez uma careta de dor ao se levantar — lumbago, explicou, devido ao exagero de frases viradas pelo avesso naquele dia —, e disse que ainda tinha a leitura da noite pela frente. Não conseguia fazer justiça à obra de um autor se não se dedicasse a ela por alguns dias consecutivos e em períodos de no mínimo três horas de leitura ininterrupta. De outra forma, apesar de suas anotações e grifos, perdia o contato com a vida interna do livro e era como se não tivesse lido nada. Às vezes, quando era forçado a suspender a leitura por um dia, preferia recomeçar do princípio a se afligir com a sensação de estar sendo injusto com um escritor sério.

Disse-me tudo isso com o mesmo exagero de minúcia que usara para descrever a localização da pasta de dentes e das toalhas: um sujeito seco, coloquial, indiscutivelmente avesso à grandiloquência e um gerente de loja enjoado pareciam revezar-se na condição de representantes oficiais de Lonoff no mundo real.

"Minha mulher acha que é grave", acrescentou ele. "Não consigo relaxar. Amanhã ou depois ela vai começar a dizer que preciso sair um pouco e me distrair."

"Acho que vai demorar um pouco mais", objetei.

"É compreensível", disse ele, "que para os outros eu pareça um idiota. Mas o que vou fazer? Como querem que eu leia um livro verdadeiramente profundo? Por simples 'prazer'? Para me distrair — me ajudar a pegar no sono?" Sorumbaticamente — mais predisposto para a cama, tenderia eu a pensar, dado o tom de voz cansado e irascível, do que para passar cento e oitenta minutos concentrado na vida interna de um livro profundo de um escritor sério —, Lonoff indagou: "Como querem que eu viva?".

"E como gostaria de viver?"

Bom, antes tarde do que nunca, finalmente eu escapara da prisão do acanhamento e do excesso de zelo — bem como das esporádicas tentativas de parecer espirituoso à moda lonoviana —, e fizera a ele uma pergunta simples e direta, cuja resposta me agradaria muito ouvir.

"Como eu gostaria de viver?"

Entusiasmou-me vê-lo ali, em pé no meio da sala, considerando com toda a seriedade do mundo a pergunta que eu havia feito. "Sim. Como gostaria de viver se pudesse fazer como bem entendesse?"

Coçando a nuca, Lonoff respondeu: "Iria morar numa casa de campo perto de Florença".

"Sério? Com quem?"

"Com uma mulher, claro." Respondeu isso sem pestanejar, como se eu fosse um homem adulto.

De modo que, como se eu fosse realmente um homem adulto, fui em frente e perguntei: "Que idade ela teria, essa mulher?".

Lonoff sorriu para mim. "Acho que bebemos demais."

Mostrei-lhe que eu ainda podia fazer torvelinhos com o conhaque que tinha na taça.

"Para dois beberrões como nós", acrescentou, e, dessa vez sem tomar o cuidado de segurar o vinco das calças com os dedos, de maneira até desengonçada, tornou a sentar-se na poltrona.

"Não, por favor, pode ir. Não quero atrapalhar sua leitura. Ficarei bem aqui sozinho."

"Às vezes", disse ele, "tenho prazer em imaginar que li meu último livro. E que consultei meu relógio pela última vez. Que idade acha que ela teria?", indagou. "A mulher de Florença. Como escritor, que idade daria para ela?"

"Acho que terá de me perguntar isso daqui a trinta anos. Não sei."

"Que tal trinta e cinco? O que diria disso?"

"Se acha que é trinta e cinco, para mim está bom."

"Ela teria trinta e cinco anos e tornaria a vida bela para mim. Tornaria a vida agradável, bela e nova. À tarde me levaria para San Gimignano, para a Uffizi, para Siena. Em Siena, visitaríamos a catedral e tomaríamos café na praça. No café da manhã, ela usaria camisolas compridas e bem femininas por baixo de seu lindo penhoar. Seriam coisas que eu teria comprado para ela na Ponte Vecchio. Eu trabalharia num aposento fresco, com paredes e piso de pedra e portas-balcões. Haveria um vaso com flores. Ela as colheria e as deixaria ali. E assim por diante, Nathan, nessa linha."

A maioria dos homens deseja voltar a ser criança ou ser um rei ou um craque de futebol ou um multimilionário. Tudo o que Lonoff parecia querer era uma mulher de trinta e cinco anos e um ano no estrangeiro. Pensei em Abravanel, aquele colhedor de frutas, e na atriz israelense — "lava pura" — que era sua terceira mulher. E lembrei-me também daquele personagem redondo chamado Andrea Rumbough. No quintal de quem ela estaria ciscando agora? "Se é só isso...", disse eu.

"Continue, não se acanhe. Isto aqui é uma conversa de bêbados."

"Se é só isso, não parece tão difícil assim", ouvi-me dizendo a ele.

"Ah, não? Qual das suas amigas toparia ir para a Itália com um cinquentão careca?"

"Você não se encaixa no estereótipo do cinquentão careca. Ir para a Itália com você não seria a mesma coisa que ir para a Itália com qualquer um."

"Como assim? Agora vou aproveitar os sete livros que escrevi para arrumar uma bocetinha gostosa?"

O uso inesperado do baixo calão fez que momentaneamente *eu* me sentisse o gerente de loja enjoado, com flor na lapela. "Não foi o que eu quis dizer. Muito embora essas coisas aconteçam, há quem faça isso..."

"Claro, em Nova York isso deve acontecer a três por dois."

"Em Nova York, depois de sete livros, ninguém se contenta com uma boceta só. Isso é para quem publicou dois." Falei assim, como se soubesse do que estava falando. "Só quis dizer que você não está exatamente atrás de um harém."

"Como disse aquela senhora gorda sobre o vestido de bolinhas: 'Muito bonito, mas não é Lonoff'."

"Por que não?"

"Por que não?", repetiu ele com certo desdém.

"Mas — por que não poderia ser?"

"E por que deveria ser?"

"Porque — é o que você quer."

Sua resposta: "Não é um bom motivo".

Faltou-me coragem para perguntar "Por que não?" de novo. Mesmo bêbados, continuávamos a ser apenas judeus bêbados. Chegáramos ao nosso limite, disso eu tinha certeza. E tinha razão.

"Não", disse ele, "você não manda uma mulher sair da sua vida depois de trinta e cinco anos só porque quer ver um rosto diferente enquanto toma seu suco de frutas."

Pensando na ficção dele, não pude deixar de me indagar se alguma vez Lonoff permitira uma aproximação maior da mulher, ou mesmo dos filhos, os quais, conforme ele tinha me dito antes, proporcionavam-lhe diversão e abasteciam seu mundo com um pouco de alegria quando moravam ali. Em seus sete livros de contos, não havia, até onde eu lembrava, um único protagonista que não fosse solteiro, viúvo, órfão, enjeitado ou noivo relutante.

"Mas é mais que isso", disse eu. "É mais que apenas um rosto diferente... não é?"

"Está falando da cama? Na cama eu já estive. Conheço a minha singularidade", disse Lonoff, "e o que devo a ela." Então, abruptamente, ele deu por encerrada aquela nossa conversa de bêbados. "Preciso subir, tem um livro lá em cima à minha espera. Mas antes quero lhe mostrar como funciona a vitrola. Temos uma excelente coleção de música clássica. Sabe como limpar um disco? Você pega um pano..."

Levantou-se pesadamente; vagarosa e pesadamente, como um elefante. Toda a sua obstinação parecia ter se esvaído. Se em virtude da nossa conversa ou da dor nas costas — ou da exaustão com sua singularidade —, isso eu não sabia dizer. Talvez todo dia terminasse assim.

"Senhor Lonoff... Manny", disse eu, "posso só perguntar uma coisa antes, aproveitando que estamos sozinhos — sobre os meus contos? Não sei se entendi bem o que você quis dizer com 'prosa turbulenta'. Na hora do jantar. Não que eu esteja querendo dar a isso uma importância maior do que de fato tem, mas qualquer palavra vinda de você... bom, quero ter certeza de que entendi direito. Quer dizer, estou mais que satisfeito só pelo fato de você ter lido os meus contos, e ainda não me recuperei da surpresa que foi ter sido convidado para vir jantar aqui e agora até passar a noite — tudo isso deveria ser mais que suficiente. E é. Sem falar naquele brinde" — eu sentia que minhas emoções estavam começando a fugir ao controle, tal como, para meu espanto, acontecera no dia em que recebi o diploma diante dos meus pais em Chicago —, "espero fazer jus a ele. Foi uma coisa que não esquecerei nunca. Mas, em relação aos contos em si, o que eu gostaria de saber é o que você vê de errado neles, o que acha que eu poderia fazer... para melhorar?"

Que sorriso benigno ele me deu! Muito embora tivesse levado as mãos às costas doloridas. "Errado?"

"É."

"Olhe, Nathan, hoje de manhã eu disse para a Hope: faz anos que não topo com uma voz tão irresistível como a desse rapaz, ainda mais em se tratando de alguém que está começando."

"Sério?"

"Não estou falando de estilo" — levantando um dedo para fazer a distinção. "Estou falando de voz: uma coisa que começa mais ou menos atrás dos joelhos e vai subindo até chegar bem acima da cabeça. Não se preocupe muito com o que puder haver de 'errado'. Vá em frente. Você chega lá."

Lá. Tentei vislumbrar como era lá, mas não deu. Já era muita areia para o meu caminhãozinho estar *ali*.

Hoje de manhã eu disse para a Hope.

Nesse meio-tempo, abotoando o paletó e ajeitando a gravata — e consultando o relógio com aquele olhar que arruinava todos os domingos de sua mulher —, Lonoff se pôs a cuidar do último item que tinha na agenda. O funcionamento da vitrola. Eu interrompera seu fluxo de pensamento.

"Quero lhe mostrar o que acontece se o braço não volta até o final quando o disco termina."

"Claro", disse eu, "vamos lá."

"Começou a fazer isso outro dia e ninguém consegue descobrir qual é o problema. Tem dias em que parece ter ficado bom sozinho; então, sem mais, encrenca de novo."

Aproximei-me com ele do móvel da vitrola, pensando menos em sua coleção de discos de música clássica do que naquela voz que começava atrás dos meus joelhos.

"Este aqui é o volume, claro. Este é o botão que liga e desliga. Este é o *Reject*, você aperta..."

E aquela, compreendi, era a mesma minudência excruciante, a mesma atenção enlouquecedora e meticulosa aos mínimos detalhes que o tornava um escritor formidável, que o fazia seguir em frente e que o levara até ali e que agora o arrastava ladeira abaixo. Debruçado com E. I. Lonoff sobre o braço desobediente de sua vitrola, compreendi pela primeira vez o famigerado fenômeno: um homem, seu destino, sua obra — tudo uma coisa só. Que triunfo terrível!

"E", lembrou-me ele, "será melhor para os discos e para seu próprio prazer se você não se esquecer de limpá-los primeiro."

Ah, o preciosismo, a minúcia! O gerente de loja encarnado! E pensar que ele arrancava de tal pesadelo a bênção que era sua ficção — "triunfo" era pouco para descrever aquilo.

De repente, tive vontade de dar um beijo nele. Sei que entre os homens isso ocorre com mais frequência do que se pensa, porém a masculinidade era um fenômeno recente para mim (a bem da verdade, conhecera-a fazia cerca de cinco minutos) e estava desconcertado com a intensidade de um sentimento que, depois de eu ter começado a me barbear, raras vezes experimentara em relação a meu próprio pai. Na hora pareceu ainda mais forte do que o que invariavelmente se apoderava de mim quando eu me via sozinho com aquelas amigas etéreas de Betsy, tão cheias de graça quando caminhavam com os pés virados para fora, parecendo (iguaizinhas à Betsy!) tão apetitosamente lânguidas e leves e alçáveis no ar. Contudo, naquela casa de temperança, consegui reprimir meus impulsos amorosos com mais vigor do que o fizera nos últimos tempos, à solta em Manhattan.

2. Nathan Dedalus

Quem seria capaz de dormir depois daquilo? Nem apaguei a luz para tentar. Passei uma eternidade apenas olhando para a escrivaninha que E. I. Lonoff mantinha arrumada com tanto esmero: pilhas impecáveis de papel, cada uma de uma cor clara diferente — para diferentes rascunhos, supus. Por fim me levantei e, não obstante o sacrilégio que isso decerto representava, sentei-me com minha cueca samba-canção na cadeira em que ele escrevia. Não era à toa que suas costas doíam. Não se tratava de uma cadeira feita para relaxar, não para alguém do tamanho dele. Pousei os dedos nas teclas da máquina de escrever portátil. Por que uma máquina portátil para um sujeito que não ia a lugar nenhum? Por que não uma máquina à feição de bala de canhão: preta, grande e feita para durar até o fim dos tempos? Por que não uma confortável cadeira executiva, em que ele pudesse se reclinar e ficar pensando? Por quê, hein?

Afixados num quadro de feltro ao lado da escrivaninha — os únicos verdadeiros adornos daquela cela —, viam-se um pequeno calendário de parede, com o logotipo do banco local, e duas fichas de arquivo com anotações datilografadas. Uma delas estampava um fragmento de uma frase atribuída a "Schumann, sobre o Scherzo nº 2 em si bemol menor, op. 31, de Chopin". Dizia: "... uma peça tão transbordante de ternura, atrevimento, amor e desacato que poderia ser comparada, não sem propriedade, a um poema de Byron". Fiquei sem saber como interpretar aquilo, ou melhor, como Lonoff interpretaria aquilo, até lembrar que Amy Bellette tocava Chopin de maneira adorável. Possivelmente ela havia preparado a ficha para ele, com a referência zelosa e tudo o mais — incluindo-a, quem sabe, na embalagem de um disco com que o presenteara para que ele pudesse ouvir Chopin ao cair da tarde mesmo quando ela não estivesse mais por perto. Era até possível que fosse para aquilo que ela estava olhando com uma expressão devaneadora quando a vi pela primeira vez, sentada no chão do escritório; olhando daquele jeito porque lhe ocorrera que a citação parecia aplicável tanto à música quanto a ela própria...

Se era uma deslocada de guerra, o que acontecera com a sua família? Teriam sido mortos? Isso explicava o "desacato"? Mas a quem se destinava então aquele amor transbordante? A ele? Se fosse isso, então Hope poderia muito bem ser o alvo do desacato. Se fosse, se fosse.

Não era preciso perspicácia para adivinhar o apelo da citação datilografada na outra ficha. Depois do que Lonoff passara a noite toda me dizendo, eu era perfeitamente capaz de compreender por que ele desejava ter aquelas três frases penduradas sobre a cabeça enquanto, ali embaixo, punha-se a virar suas frases pelo avesso. "Trabalhamos no escuro — fazemos o que está a nosso alcance — damos o que temos. Nossa dúvida é nossa paixão e nossa paixão é nosso ofício. O resto é a loucura da arte." Sentimentos atribuídos a um conto de Henry James que eu não conhecia, chamado "Os anos médios". Mas "a loucura da arte"? Eu teria pensado na loucura de tudo menos da arte. A arte era o que era são, não era? Ou havia alguma coisa que eu não estava percebendo? Antes que a noite chegasse ao fim, eu leria "Os anos médios" duas vezes, de cabo a rabo, como se estivesse me preparando para uma prova na manhã seguinte. Se bem que, naquela altura, isso para mim era uma lei canônica: estar pronto para escrever um ensaio de mil palavras sobre "O que Henry James queria dizer com 'a loucura da arte'?", na eventualidade de a pergunta aparecer no meu guardanapo de papel no café da manhã.

Fotos dos filhos de Lonoff estavam à vista numa prateleira de livros atrás da cadeira: um rapaz, duas moças, nenhum traço dos genes paternos em seus ossos. Uma das moças, uma garota de pele clara e sardenta, com óculos de aro de tartaruga, de fato se parecia muito com a moça tímida e aplicada que sua mãe provavelmente fora na época do curso de Artes Plásticas em Boston. Ao lado da foto dela, na moldura dupla, via-se um cartão-postal enviado num dia de agosto, nove anos antes, da Escócia para Massachusetts, e endereçado somente ao escritor. Isso talvez explicasse seu status de lembrança a ser preservada sob lâmina de vidro. Muitas coisas a respeito de sua vida sugeriam que, para Lonoff, comunicar-se com os filhos não tinha sido mais fácil do que ostentar a prodigalidade de opiniões que Manhattan esperava dele nos anos 30. "Papai querido, acabamos de chegar a Banffshire (nas Highlands) e estou no meio das ruínas do castelo de Balvenie, em Dufftown, onde Mary Stuart se hospedou uma vez. Ontem fomos de bicicleta até Cawdor (*thane* de Cawdor, c. 1050, o Macbeth de Shakespeare), onde Duncan foi morto. Nos vemos em breve, saudade, Becky."

Também atrás da escrivaninha se viam algumas prateleiras ocupadas por livros de Lonoff em traduções estrangeiras. Sentando-me no chão, tentei verter do francês e do alemão frases que anteriormente havia lido no inglês dele. Com os idiomas mais exóticos, o máximo que eu podia fazer era tentar encontrar os nomes de seus personagens em meio a centenas de páginas indecifráveis. Pechter. Marcus. Littman. Winkler. Lá estavam eles, cercados de finlandês por todo lado.

E qual seria a língua dela? Português? Italiano? Húngaro? Em qual desses idiomas ela transbordava feito um poema de Byron?

Num grande bloco pautado que tirei da minha pasta, uma pasta bojuda, digna de um *Bildungsroman* — cinco quilos de livros, cinco periódicos obscuros e papel mais que suficiente para eu escrever meu primeiro romance inteiro, caso me viesse uma súbita inspiração no ônibus —, pus-me a listar de forma metódica todos os livros das prateleiras de Lonoff que eu não tinha lido. Havia mais filosofia alemã do que eu esperava e, ao chegar ao meio da página, já estava com a impressão de ter me condenado a uma vida de trabalhos forçados. Porém continuei valorosamente — tendo por acompanhamento as palavras com que ele me elogiara antes de ir se dedicar à leitura. Fazia uma hora que aquelas palavras, e também o brinde feito à mesa, ecoavam na minha cabeça. Por fim, peguei uma folha de papel em branco e anotei o que ele havia me dito, com o intuito de entender o sentido exato de suas palavras. Todo o sentido delas.

O fato é que havia mais alguém que eu queria que entendesse aquilo, pois logo me esqueci da provação que tinha pela frente com Heidegger e Wittgenstein e me vi sentado à escrivaninha de Lonoff, bloco de anotações em punho, tentando explicar a meu pai — o pai calista, o primeiro dos meus pais — a "voz" que, de acordo com o grande vocalista E. I. Lonoff, começava atrás dos meus joelhos e ia subindo até chegar bem acima da minha cabeça. Eu estava devendo aquela carta. Fazia três semanas que meu pai esperava de mim um sinal iluminado de contrição pelas ofensas que eu passara a dirigir às pessoas que mais haviam me apoiado. E por três semanas eu o deixara arrancando os cabelos, se é assim que alguém descreve sua própria dificuldade em pensar em outra coisa ao acordar com pesadelos horríveis às quatro da madrugada.

Nossos problemas haviam começado depois que eu dera a meu pai o manuscrito de um conto baseado numa antiga disputa familiar, um desentendimento que o levara a fazer o papel de apaziguador por quase dois anos, até que os litigantes foram parar na Justiça. Era o conto mais ambicioso que eu já tinha escrito — cerca de quinze mil palavras — e, a meu ver, os motivos pelos quais o mandara para ele não eram menos benignos do que os que me faziam despachar para casa os poemas que escrevia quando estava em Chicago, para que fossem lidos pela família antes mesmo de serem publicados pela revista de poesia dos alunos da universidade. Eu não estava em busca de confusão, mas de admiração e elogios. Movido pelo mais antigo e arraigado dos hábitos, pretendia agradá-los e deixá-los orgulhosos.

Coisa que não era lá muito difícil. Fazia anos que eu enchia meu pai de orgulho apenas enviando recortes de jornais e revistas para os seus "arquivos" — uma vasta coleção de reportagens (incluindo uma série completa de transcrições do programa radiofônico *America's Town Meeting of the Air*) sobre o que ele chamava de "questões vitais". A cada vez que eu os visitava, minha mãe, que sabia ser repetitiva, invariavelmente me lembrava — também ela toda orgulhosa — da alegria em que ele ficava ao dizer para seus pacientes (depois de encaminhar a conversa para a questão vital que o preocupava no momento): "Hoje mesmo recebi pelo correio um artigo sobre isso. Foi o Nathan, meu filho, que mandou. Está na Universidade de Chicago. Só tira nota A. Foi para lá com dezesseis anos — aluno especial. Pois é, ele viu isso num jornal de Chicago e me mandou, para eu guardar nos meus arquivos".

Ah, que pais inocentes eu tinha! Para *não* os deixar orgulhosos, um filho deles tinha de ser débil mental ou sádico. E eu não era nem uma coisa nem outra; era respeitoso e solícito e estava entusiasmado demais com meu voo solo para demonstrar ingratidão pelo impulso que me pusera no ar. Não obstante as cizânias da minha adolescência — meus horários noturnos nos fins de semana, o tipo de sapato que eu usava, a lanchonete imunda que eu e meus amigos de colégio frequentávamos, minha suposta porém nunca admitida mania de dizer a última palavra sobre o que quer que fosse —, ao deixarmos para trás nossas cinquenta cenas curriculares de cisma doméstico, éramos mais ou menos a mesma família fortemente unida pelos mesmos sentimentos profundos de antes. Eu tinha batido uma porção de portas e declarado algumas guerras, mas continuava a amá-los como seu filho. E, tendo ou não plena consciência de quão vasta era a dependência, precisava muito do amor deles, do qual eu supunha haver um suprimento sem fim. Que eu não pudesse — ou não quisesse? — pensar de outra forma ajuda muito a explicar por que fui ingênuo a ponto de não esperar receber senão o costumeiro encorajamento por um conto que tomava de empréstimo de nossa história familiar alguns exemplos do que meu pai exemplar considerava serem as transgressões mais vergonhosas e infames do que deve haver de decoro e confiança no seio de uma família.

Os fatos em que eu me baseara para escrever o conto eram os seguintes:

Uma tia-avó minha, Meema Chaya, deixara para o custeio da educação de dois netos, órfãos de pai, as economias que ela diligentemente acumulara ao longo da vida, trabalhando como costureira para a alta sociedade de Newark. Quando Essie, a mãe viúva dos gêmeos, tentou avançar sobre o dinheiro com o intuito de mandá-los do curso básico em ciências para a especialização em medicina, seu irmão mais novo, Sidney, que herdaria o que restasse do espólio de Meema Chaya depois que os rapazes tivessem concluído sua formação superior, moveu uma ação para detê-la. Durante quatro anos, Sidney esperara que Richard e Robert obtivessem seu diploma na Rutgers — esperara, a se crer no que dizia a família, sobretudo em salões de apostas e botequins — para poder comprar um estacionamento no centro da cidade com a sua parte da herança. Com estardalhaço — como era próprio dele —, anunciou que não estava disposto a postergar a boa vida só para que pudesse haver mais dois doutores empetecados dirigindo seus Cadillacs pelas ruas de South Orange. Todos os familiares que execravam seus hábitos mulherengos e seus amigos de má reputação ficaram do lado dos meninos e de suas aspirações muito dignas, deixando Sidney com uma falange composta de sua maltratada e tímida esposa, Jenny, e de sua misteriosa amante polonesa, Annie, cujas roupas escandalosamente floridas eram muito comentadas em casamentos, funerais e outras reuniões familiares, embora nunca vistas.

O ESCRITOR FANTASMA   63

Também na falange — não que isso lhe fosse de grande ajuda — estava eu. Minha admiração era antiga, datava da época em que Sidney servira na Marinha e, na viagem de volta do couraçado *Kansas*, amealhara quatro mil dólares após uma noitada de pôquer, tendo, segundo se dizia, lançado nas águas do Pacífico Sul, para deleite dos tubarões, um sujeito do Mississippi que não sabia perder e que insultara o vencedor da jogatina chamando-o de judeu imundo. A ação judicial, cuja sentença dependia da avaliação de quão exaustiva Meema Chaya pretendera ser no testamento com aquele seu sonoro "formação superior", acabou sendo decidida pelo juiz — um gói — em favor de Sidney; se bem que, alguns anos depois, o estacionamento da Raymond Boulevard que ele comprou com o dinheiro tenha se valorizado tanto que acabou sendo desapropriado pela máfia. Para que Sidney não ficasse totalmente no prejuízo, pagaram-lhe um décimo do valor do terreno, e pouco depois seu coração estourou feito uma bola de encher na cama de outra sirigaita que se vestia com exagero e não professava o nosso credo. Nesse ínterim, graças à tenacidade de sua mãe, meus primos Richard e Robert formaram-se em medicina. Depois que perdeu a ação, Essie largou o emprego que tinha numa loja de departamentos, no centro da cidade, pôs o pé na estrada e passou os dez anos seguintes vendendo de porta em porta produtos isolantes para paredes e telhados. Sua persistência era tamanha que, quando afinal terminou de pagar o carpete e as persianas dos consultórios adquiridos para Richard e Robert num subúrbio elegante da região norte de Nova Jersey, não havia bairro operário no estado que Essie não houvesse revestido com manta asfáltica. Numa tarde muito quente, Essie palmilhava as ruas de Passaic em busca de clientes e, com os filhos já no último semestre da faculdade, resolveu entrar num cinema para aproveitar o ar condicionado. Dizia-se que, nos milhares de dias e noites que passara trabalhando sem descanso, essa tinha sido a primeira vez que ela parara para fazer algo diferente de comer ou telefonar para os filhos. Naquela altura, contudo, as residências médicas dos meninos, uma em ortopedia, outra em dermatologia, estavam praticamente ao alcance da mão, e a ideia de sua proximidade, combinada com o calor de agosto, fez que ela se permitisse ser apenas um pouco leviana. No escurinho do cinema, porém, antes que Essie tivesse tempo de enxugar o suor da testa, o sujeito do assento ao lado pôs a mão em seu joelho. Devia ser alguém muito solitário — era um joelho repolhudo —, mas ela quebrou a mão dele assim mesmo; aplicou-lhe um golpe violento no pulso com o martelo que sempre levava na bolsa a fim de se defender e proteger o futuro de dois filhos sem pai. Meu conto, intitulado "Formação superior", terminava com Essie mirando a mão do fulano.

"Bom, você não deixou mesmo nada de fora, deixou?"

Assim meu pai deu início a sua crítica, no domingo em que fui me despedir dele e de minha mãe antes de partir para a minha temporada de inverno em Quahsay. Algumas horas antes, em companhia de um tio e de uma tia que eu adorava e de um casal de vizinhos sem filhos — aos quais também chamava de "tio" e "tia" desde que me entendia por gente —, eu participara do tradicional *brunch* dominical da família. Cinquenta e dois domingos por ano, durante a maior parte da minha existência, meu pai ia até a esquina para comprar peixe defumado e pãezinhos quentes, meu irmão e eu arrumávamos a mesa e preparávamos o suco de frutas, e por três horas minha mãe era uma desempregada em sua própria casa. "Pareço uma rainha", era como ela descrevia a provação. Então, depois de meus pais terem lido os jornais de domingo e escutado no rádio *A Luz Eterna* — momentos marcantes da história judaica em dramatizações semanais de meia hora —, eu e meu irmão éramos arrebanhados e íamos os quatro visitar os parentes. Meu pai, que travava uma disputa antiga com um opinioso irmão mais velho pelo posto então vago de patriarca da família, geralmente fazia um sermão exortatório em algum ponto do caminho para alguém que lhe parecia estar precisando disso e depois voltávamos para casa. E sempre, ao cair da tarde, antes que tornássemos a nos reunir ao redor da mesa da cozinha para observar os últimos ritos dominicais — para compartilhar do sacro jantar, comprado na mercearia e engolido com a ajuda do refrigerante sacramental; para esperarmos juntos pela visita celestial de Jack Benny, Rochester e Phil Harris* —, os "homens", como minha mãe nos chamava, saíam para dar uma volta em passo acelerado no parque que havia ali perto. "E aí, doutor, como é que vai essa força?" Assim os vizinhos com quem cruzávamos na rua cumprimentavam o sujeito popular e falador que era meu pai e, embora ele jamais parecesse se aborrecer com isso, por algum tempo seu filhinho, sempre muito consciente das diferenças de classe, costumava pensar que, se o sistema de cotas não o tivesse impedido de tornar-se um médico *de verdade*, as pessoas o cumprimentariam de forma mais respeitosa e o chamariam de "doutor

---

* Jack Benny (1894-1974), um dos principais comediantes americanos do século xx. Seus programas no rádio e na tv, dos quais também participavam os atores Eddie Anderson (Rochester) e Phil Harris, eram muito populares nas décadas de 1940 e 1950. (N. T.)

Zuckerman". Aquele emprego informal do "doutor" era o mesmo aplicado ao farmacêutico que preparava milk-shakes e vendia pastilhas para tosse.

"Bom, Nathan", começou meu pai, "você não deixou mesmo nada de fora, deixou?"

Nessa altura eu já estava um pouco cansado de cumprir meus deveres filiais e queria voltar para Nova York o quanto antes para fazer as malas. Minha visita, que devia ter terminado após o *brunch*, estendera-se pelo dia inteiro e, para minha surpresa, fora marcada pelas idas e vindas de inúmeros parentes e velhos amigos da família, que tinham surgido em casa aparentemente apenas com o intuito de me ver. Tagarelando, relembrando o passado, contando piadas dialetais e comendo frutas a não mais poder, eu adiara minha partida até as visitas começarem a se retirar, e então ficara mais um pouco, a pedido de meu pai, para que ele pudesse me dizer o que achara do meu conto. Em tom grave, anunciou que precisava de uma hora a sós comigo.

Às quatro da tarde, encapotados e enrolados em nossos cachecóis, fomos para o parque. Um ônibus com destino a Nova York parava de meia em meia hora na Elizabeth Avenue, quase em frente à entrada do parque, e minha intenção era pegar um deles tão logo meu pai dissesse o que tinha para dizer.

"Deixei muita coisa de fora." Eu resolvera bancar o inocente em relação ao sentido de suas palavras — tão inocente quanto fora ao mandar o conto para ele, muito embora houvesse me dado conta da bobagem que tinha cometido tão logo ele disse que queria me fazer algumas "ponderações" sobre o conto (em vez de simplesmente me fazer a costumeira festa na cabeça). Por que eu não esperara para ver se conseguia realmente publicar o conto, mostrando-o já impresso para ele? Ou será que isso só teria piorado as coisas? "Precisei deixar muita coisa de fora — são só cinquenta páginas."

"Eu quis dizer", retrucou ele com tristeza, "que dos detalhes sórdidos você não esqueceu nenhum."

"Nenhum? Sério? Bom, confesso que não estava prestando muita atenção nisso quando escrevi o conto."

"Você faz todos parecerem horrivelmente egoístas, Nathan."

"Mas foi o que todos foram."

"É possível ver a coisa dessa óptica, sem dúvida."

"Era dessa óptica que o senhor mesmo via a coisa. Por isso ficava tão chateado com o fato de eles não se disporem a chegar a um acordo."

"A questão, Nathan, é que nossa família é muito mais que isso. Coisa que você está cansado de saber. Espero que o dia de hoje tenha servido para refrescar sua memória sobre o tipo de pessoas que somos. Para o caso de ter esquecido depois que se mudou para Nova York."

"Papai, foi ótimo ver todo mundo. Mas não precisava ter me dado essa aula de reforço sobre os encantos da família."

Ele, porém, não se deu por vencido. "Pessoas que, ainda por cima, adoram você. Diga o nome de alguém que não tenha ficado radiante de felicidade ao vê-lo hoje em casa. E você não poderia ter sido um menino mais doce, mais carinhoso. Observei como se comportava com sua família e com nossos velhos e queridos amigos e pensei com meus botões: Mas, então, por que esse conto? Por que tanta onda com uma história tão antiga?"

"Quando a história aconteceu, não era antiga."

"Não, na época foi só uma estupidez."

"O senhor não parecia pensar assim. Passou mais de ano se afligindo, tentando reconciliar os dois, Essie e Sidney."

"Filho, isso não muda o fato de que nossa família é muito, muito mais do que o que está no seu conto. Sua tia-avó foi a mulher mais bondosa, amorosa e trabalhadeira que poderia ter havido neste mundo. E assim foram sua avó e todas as outras irmãs delas, sem exceção. Mulheres que não pensavam em si próprias, só nos outros."

"Mas a história não é sobre elas."

"Mas elas são uma *parte* da história. Para mim, são a história *inteira*. Sem elas não haveria história alguma! Quem diabos era o Sidney? Alguém em seu juízo perfeito se lembra dele hoje em dia? Para você, que era menino, imagino que ele devia ser um personagem divertidíssimo, alguém que aparecia de vez em quando e deixava você nas nuvens. Posso imaginar como era: um gorila de um metro e oitenta e três, vestindo calças boca de sino, chacoalhando a pulseira de identificação da Marinha e falando a mil por hora, como se fosse o almirante Nimitz, e não o pobre-diabo que lavava o convés. E isso foi tudo o que ele conseguiu ser, claro. Não me esqueço da vez em que ele apareceu em casa e sentou no chão e ficou ensinando você e seu irmão a jogar dados. Só por brincadeira. Tive vontade de pegar o palerma pela orelha e levá-lo até a porta da rua."

"Eu nem me lembro disso."

"Mas eu lembro. Lembro muito bem. Me lembro de tudo. Para Meema

Chaya, o Sidney só foi fonte de preocupação e tristeza. As crianças pequenas não percebem que, por trás do fanfarrão que rola pelo tapete e as faz morrer de rir, pode haver alguém que leva outras pessoas a chorar. E não foi pouco o que ele fez sua tia-avó chorar, e fez isso desde que se viu com idade bastante para sair à rua em busca de sofrimento para causar a ela. E mesmo assim, *mesmo assim*, essa mulher deixou para ele uma parte do dinheiro que suou tanto para ganhar, e ficou rezando para que de alguma forma isso ajudasse. Pôs-se acima de toda a dor e humilhação que ele tinha lhe provocado — como só uma mulher maravilhosa como ela poderia fazer. *Chaya* quer dizer 'vida', e era isso que ela guardava dentro de si para dar para todo mundo. Mas isso você deixou de fora."

"Não deixei de fora, não. Logo na primeira página faço alusão a isso. Mas o senhor tem razão — não é da vida de Meema Chaya que trata o conto."

"Bom, isso, sim, daria um belo conto."

"Bom, mas não é esse conto."

"E você tem noção exata do que um conto como esse, quando for publicado, vai significar para as pessoas que não nos conhecem?"

Tínhamos, nessa altura, percorrido o longo declive da nossa rua e chegáramos à Elizabeth Avenue. Nenhum dos jardins por que estávamos passando, nenhum portão, garagem, poste de luz ou varanda eram desprovidos de poder sobre mim. Ali eu treinara meu arremesso baixo com efeito, ali, no meu trenó, quebrara um dente, ali tocara pela primeira vez uma menina, ali, por caçoar de um amigo, levara um tapa de minha mãe, ali soubera que meu avô tinha morrido. Era um nunca-acabar de lembranças de tudo o que havia acontecido comigo naquela rua de casas de tijolo aparente mais ou menos como a nossa, habitadas por judeus mais ou menos como nós, para quem seis cômodos e um porão com "acabamento" e uma varanda na frente dando para uma rua arborizada eram coisas que jamais poderiam ser tomadas como líquidas e certas na vida, tendo em vista a região da cidade de onde eles todos haviam saído.

Do outro lado da avenida ficava a entrada do parque. Meu pai costumava sentar lá — todo domingo no mesmo banco —, enquanto eu e meu irmão brincávamos de pega-pega, fazendo verdadeiro escarcéu depois de tantas horas de bom comportamento diante de avós e avôs, tias-avós e tios-avós, tias e tios — às vezes eu tinha a impressão de que havia mais Zuckermans do que negros em Newark. Passava-se um ano inteiro e eu não via tantos negros quanto o número de primos que via num domingo comum, ao dar uma volta de carro pela cidade com meu pai. "Puxa", dizia ele, "como vocês gostam de gritar, meninos", e, com as mãos, uma na cabeça de cada filho, alisava nossos cabelos úmidos ao sairmos do parque e partirmos rumo à velha ladeira onde morávamos. "Basta uma brincadeira com gritaria no meio", dizia ele a minha mãe, "e parece que esses dois estão no sétimo céu." Agora meu irmão caçula estava entregue ao tédio de um curso preparatório para a faculdade de odontologia, tendo aberto mão (graças aos sábios conselhos de meu pai) do sonho não muito entusiasmado de tentar a carreira de ator, e eu...? Eu, aparentemente, estava gritando de novo.

Ponderei: "Acho que talvez seja melhor eu pegar logo o ônibus. Vamos deixar o parque para quando eu voltar. Foi um dia comprido e ainda tenho que chegar em casa e arrumar as coisas para ir para Quahsay amanhã".

"Você não respondeu à minha pergunta."

"Não vale a pena, pai. A melhor coisa agora é o senhor pôr o manuscrito no correio e mandá-lo de volta para mim — e tentar esquecê-lo."

Minha sugestão foi recebida com uma risadinha sarcástica.

"Tudo bem", disse eu rispidamente, "então não esqueça."

"Acalme-se", replicou ele. "Vou até o ponto com você. Faço-lhe companhia enquanto o ônibus não vem."

"O senhor devia era voltar para casa. Está esfriando."

"Estou bem agasalhado", informou-me.

Esperamos em silêncio no ponto de ônibus.

"Esses motoristas não têm muita pressa aos domingos", disse ele por fim. "Vamos para casa, assim você janta. E vai amanhã bem cedo."

"Amanhã bem cedo eu preciso ir para Quahsay."

"Eles não podem esperar?"

"Eu é que não posso."

Fui até o meio da avenida para ver se o ônibus estava chegando.

"Vai acabar sendo atropelado se ficar aí."

"É capaz."

"E então", indagou ele quando, finalmente, sem me apressar, voltei para a calçada, "o que pretende fazer com o conto agora? Mandar para alguma revista?"

"É muito comprido para uma revista. Duvido que queiram publicar."

"Ah, vão querer. A *Saturday Review* colocou você no mapa. Foi uma oportunidade e tanto, não é todo dia que alguém da sua idade tem esse privilégio."

"Bom, vamos ver."

"Não, não. Você está indo muito bem. A *Saturday Review* bateu o recorde de vendas em todo o norte de Nova Jersey quando saiu a sua foto. Por que acha que todo mundo veio vê-lo hoje? A Frieda e o Dave, a tia Tessie, o Birdie, o Murray, os Edelman. Porque viram sua foto e estão orgulhosos de você."

"Foi o que todos me disseram."

"Escute, Nathan, me dê um minuto. Depois você vai e, quando estiver lá na montanha, na colônia de artistas, quem sabe consiga refletir com mais calma e serenidade sobre o que estou tentando fazê-lo entender. Se o seu destino fosse ser um zé-ninguém, eu não estaria levando isso tão a sério. Mas eu levo você a sério — e você tem que se levar a sério e tem que encarar com muita seriedade o que está fazendo. Pare de se preocupar com esse maldito ônibus e preste atenção no que estou dizendo, *por favor*. Pegue o *próximo*! Você não está mais na faculdade, Nathan. É meu filho mais velho e já tem sua própria vida e eu estou levando isso em consideração ao falar com você."

"Eu sei. Mas isso não significa que não possamos discordar. Significa justamente o *contrário* disso."

"Acontece que eu, como tenho a experiência de uma vida inteira nas costas, sei muito bem o que as pessoas mais simples vão pensar ao ler uma coisa como esse seu conto. Você, não. Nem poderia. Esteve protegido disso a vida toda. Foi criado aqui, neste bairro, onde ia para a escola com outras crianças judias. Quando íamos para a praia e alugávamos a casa com os Edelman, você estava sempre entre judeus, mesmo no verão. Em Chicago, seus melhores amigos, os que você trazia para casa, eram garotos judeus, sempre. Não é culpa sua que você não saiba o que os gentios pensam quando leem uma coisa assim. Mas eu sei e lhe digo. Para eles pouco importa se o que têm nas mãos é uma grande obra de arte. Eles não entendem nada de arte. Pode ser que eu mesmo não entenda. Talvez ninguém em nossa família entenda, não da maneira como você entende. Mas esta é a questão. Quando as pessoas leem um livro, não se interessam pelo que há de arte ali — querem é saber das *pessoas* que aparecem na história. E é como pessoas que as julgam. E como você acha que julgarão as pessoas que aparecem no seu conto, que conclusões acha que tirarão? Você pensou nisso?"

"Pensei."

"E a que conclusão chegou?"

"Ah, não dá para resumir numa palavra. Não aqui, no meio da rua. Não escrevi quinze mil palavras para agora resumir tudo numa só."

"Bom, para mim dá. E a rua não é um lugar impróprio para isso. Porque eu sei que palavra é essa. Eu me pergunto se você realmente se dá conta de como é limitada a simpatia de que os judeus gozam neste mundo. E não estou falando da Alemanha sob os nazistas. Estou falando dos americanos comuns, do senhor e senhora Boa Gente, que em outros aspectos eu e você consideramos completamente inofensivos. Está em toda parte, Nathan. Garanto a você que está. Eu *sei* que está. Já vi, já senti, mesmo quando não a manifestam com tantas palavras."

"Mas eu não estou *negando* isso. Afinal, por que o Sidney jogou aquele caipira branquelo do navio...?"

"O Sidney", esbravejou meu pai, "nunca jogou nenhum caipira branquelo de navio nenhum! O Sidney era um fanfarrão, Nathan! Um gangsterzinho que não estava nem aí para ninguém nem para nada e que só olhava para o próprio umbigo."

"E que existiu, pai — e que na vida real não era melhor do que o retrato que faço dele!"

"Melhor? Era pior! Você não faz *ideia* do canalha que ele era! Sei de histórias daquele desgraçado que fariam você ficar de cabelo em pé."

"E *aonde* isso nos leva? Se ele era *pior*... Ah, pai, não estamos chegando a lugar nenhum. Por favor, veja, já começou a escurecer, daqui a pouco vai nevar — *vá para casa*. Prometo que escrevo quando chegar na colônia. Mas sobre esse assunto não há mais o que conversar. Não concordamos um com o outro e ponto final."

"Está certo", disse ele secamente, "não está mais aqui quem falou!" Mas isso, como eu sabia, era só para eu me acalmar um pouco.

"Papai, por favor, vá para casa."

"Não vai doer se eu ficar esperando o ônibus com você. Não quero deixá-lo aqui sozinho."

"Já sei me virar sozinho na rua. E não é de hoje."

Uns cinco minutos depois, a alguns quarteirões de distância, divisamos o que pareciam ser os faróis do meu ônibus.

"Bom", disse eu, "nos vemos daqui a alguns meses. Prometo dar notícias... Telefono assim que chegar..."

"Nathan, aos olhos de um gentio, esse seu conto é sobre uma e uma só coisa. Me escute antes de ir. É sobre os Jacós e seus lojinhas. Os judeus mãos de vaca e sua obsessão por dinheiro. Isso é tudo o que os nossos bons amigos cristãos verão, garanto a você. Não é sobre os judeus que se tornam cientistas e professores e advogados e as obras que eles realizam em benefício dos outros. Não é sobre os imigrantes, como a Chaya, que trabalharam e economizaram e se sacrificaram para se estabelecer dignamente na América. Não é sobre os dias e noites tranquilos e maravilhosos que você passou na infância em nossa casa. Não é sobre os amigos adoráveis que sempre teve. Não, é sobre a Essie e seu martelo, sobre o Sidney e suas dançarinas de cabaré, sobre aquele advogado chicaneiro que a Essie contratou e sua boca suja e, até onde consigo ver, sobre o paspalho que fui por ter insistido tanto com eles para que chegassem a um acordo razoável antes que a família inteira acabasse sendo arrastada para a sala de audiências de um juiz gói."

"Eu não faço o senhor parecer um paspalho. Jesus do céu, longe disso. Para ser sincero", acrescentei com raiva, "pensei estar dando um abraço bem apertado no senhor."

"Ah, não diga! Bom, não é o que parece. Veja, filho, talvez eu tenha sido *mesmo* um paspalho por tentar fazer aquela gente ver a razão. Não me incomoda que caçoem de mim — no fundo, se tem uma coisa que não me incomoda é isso. Sou um homem calejado. Mas o que eu não posso aceitar é o que você não vê — o que não *quer* ver. Essa história não somos nós e, o que é pior, não é nem *você*. Você é um menino maravilhoso. Passei o dia inteiro de olho em você. Sempre estive de olho em você, desde que nasceu. Você é um rapaz generoso, afetuoso, atencioso. Não alguém que escreve esse tipo de história e depois finge que é verdade."

"Mas eu *escrevi*." O sinal ficou verde, o ônibus de Nova York atravessou o cruzamento e veio em nossa direção — e meu pai pôs os braços no meu ombro. O que só fez aumentar minha beligerância. "Eu *sou* o tipo de pessoa que escreve esse tipo de história!"

"Não é, não", suplicou ele, sacudindo-me só um tiquinho.

Mas eu subi no ônibus e atrás de mim a porta pneumática, com sua extremidade de borracha dura, fechou-se com o que me pareceu ser um mais que apropriado baque surdo, o tipo de símbolo que a gente deixa de fora quando escreve ficção. Foi um som que súbito me trouxe à lembrança as lutas de boxe no Laurel Garden, onde, uma vez por ano, eu e meu irmão apostávamos nossas moedinhas um contra o outro, cada um jogando ora no boxeador branco, ora no de cor, enquanto o dr. Zuckerman, o médico dos pés, acenava para seus poucos conhecidos na plateia de apostadores — entre eles, numa ocasião, Meyer Ellenstein, o dentista que viria a se tornar o primeiro prefeito judeu da cidade. O que eu ouvi foi o baque pungente que sobrevém ao gancho certeiro e ao nocaute, o som do atordoado peso-pesado desabando na lona do ringue. E o que eu vi, quando olhei pela janela para acenar um adeus até o fim do inverno, foi o homem baixinho, vestido com elegância, que era meu pai — especialmente endomingado para a minha visita, ostentando um casaco comprido novo que combinava com as calças cor de café e a boina xadrez, e usando, obviamente, os mesmos óculos de aro prateado, o mesmo bigodinho curto que eu agarrara no berço; o que eu vi foi meu pai, desnorteado, sozinho, na esquina quase às escuras junto ao parque que tinha sido o nosso paraíso, pensando que ele e todo o povo judeu haviam sido gratuitamente humilhados e expostos ao perigo por minha inexplicável traição.

E não parou por aí. Ele estava tão perturbado que, alguns dias mais tarde, ignorando os conselhos de minha mãe e após uma conversa desagradável por telefone com meu irmão menor — que lá de Ithaca o advertiu de que eu não iria gostar nem um pouco quando soubesse —, resolveu solicitar uma audiência com o juiz Leopold Wapter, que, depois de Ellenstein e do rabi Joachim Prinz, talvez fosse o judeu mais admirado da cidade.

Wapter era filho de judeus da Galícia e nascera nos cortiços contíguos às fábricas e fabriquetas de Newark, cerca de dez anos antes de nossa família se instalar por lá, vinda do Leste europeu, no ano de 1900. Meu pai ainda se lembrava de ter sido salvo por um dos irmãos Wapter — possivelmente o próprio futuro jurista —, quando uma gangue de arruaceiros irlandeses resolveu se divertir jogando o judeuzinho de sete anos para o alto e pegando-o no ar. Mais de uma vez eu ouvira essa história na infância, em geral quando passávamos de carro pelos jardins ornamentais e pelo casarão com ares de palácio situado na Clinton Avenue, onde Wapter vivia com a filha solteirona — uma das primeiras alunas judias do Vassar College a granjear a estima de suas professoras cristãs — e sua esposa, herdeira de uma cadeia de lojas de departamentos, cujas atividades filantrópicas haviam feito com que seu sobrenome paterno passasse a gozar, entre os judeus do condado de Essex, da mesma reputação que segundo se dizia gozava em sua Charleston natal. Como os Wapter desfrutavam em nossa casa de uma posição de prestígio e autoridade similar à conferida ao presidente e à sra. Roosevelt, eu, quando pequeno, costumava imaginar a esposa do juiz andando pelas ruas de Newark com os chapéus e vestidos de viúva importante da sra. Roosevelt e, por estranho que isso fosse para uma mulher judia, falando com os timbres assom-

O ESCRITOR FANTASMA 73

brosamente anglicizados da primeira-dama. Não me parecia que, tendo vindo da Carolina do Sul, ela realmente pudesse *ser* judia. Isso foi o mesmo que ela pensou de mim, depois de ler meu conto.

Para falar com o juiz, meu pai teve de recorrer a um primo metido a importante — um advogado que morava num subúrbio de alto padrão e que tinha sido coronel do Exército e durante vários anos presidira o templo frequentado pelo juiz Wapter em Newark. Nosso primo Teddy já o ajudara a entrar em contato com o juiz uma vez, alguns anos antes, quando meu pai pusera na cabeça que eu precisava ser um dos cinco jovens em favor dos quais Wapter escrevia anualmente cartas de recomendação para os comitês seletivos das melhores universidades do país — cartas que, dizia-se, eram infalíveis. Para me apresentar ao juiz Wapter, tive de vestir um terno azul em plena luz do dia, pegar um ônibus e depois subir, do ponto em que saltei, na Four Corners (nossa Times Square), a Market Street inteira em meio a chusmas de transeuntes que eu imaginava tendo um troço ao me ver andando àquela hora na rua com meu único terno. O juiz iria me entrevistar no tribunal do condado de Essex, em sua "sala de audiências", expressão que minha mãe havia entoado tão amiúde e com tanta reverência para nossos parentes ao longo da semana anterior que pode muito bem ter sido a causa das sete visitas que precisei fazer ao banheiro antes de finalmente conseguir me abotoar no terno azul.

Teddy telefonara na véspera para me dar algumas dicas sobre como me comportar. Isso explicava o terno e as meias de seda pretas do meu pai, que eu mantinha esticadas com um par de ligas que ele igualmente me emprestara, e também a pasta com as minhas iniciais, um presente que eu ganhara ao me formar no ginásio e que nunca saíra do fundo do meu armário. Nessa pasta reluzente eu levava as dez páginas datilografadas sobre a Declaração de Balfour que escrevera no ano anterior para o curso de Relações Internacionais.

Conforme as instruções que recebera, falei "firme e sem medo" e fui logo me oferecendo para mostrar o ensaio ao juiz. Para meu alívio, a sala de audiências era um recinto de proporções normais, não nababescas — uma sala não mais imponente que a do diretor do meu colégio. E o juiz bronzeado, gorducho e jovial tampouco ostentava a cabeleira branca para a qual eu me preparara. E, conquanto não fosse tão baixo quanto meu pai, era certamente uns trinta centímetros mais baixo que Abraham Lincoln, por cuja estátua de bronze as pessoas passam ao chegar ao tribunal. No fundo, ele parecia bem mais novo que meu sempre ansioso pai, e muito menos sério. Com fama de excelente jogador de golfe, provavelmente estava a caminho do clube ou tinha acabado de chegar de lá; foi só mais tarde, ao pensar isso, que consegui me conformar com suas meias xadrez. Mas, ao reparar nelas — quando ele se reclinou na cadeira de couro para folhear meu ensaio —, fiquei escandalizado. Era como se ele fosse o candidato inexperiente, simplório; e eu, com as ligas do meu pai esticadas feito um torniquete, o juiz. "Posso ficar com isto, Nathan?", indagou ele, sorrindo enquanto virava as minhas páginas de *op. cits.* e *ibidens*. "Gostaria de levar para casa e mostrar à minha mulher." Então teve início o interrogatório. Eu me preparara na noite anterior (de acordo com a sugestão de Teddy), lendo a Constituição dos Estados Unidos, a Declaração de Independência e os editoriais do *Evening News* de Newark. Os nomes dos integrantes do primeiro escalão do governo Truman e dos líderes da oposição e da situação em ambas as casas do Congresso eu obviamente já sabia de cor, ainda que antes de ir para a cama os houvesse repetido em voz alta para ajudar minha mãe a relaxar.

Às perguntas que o juiz fez, dei as seguintes respostas:

Jornalista. Na Universidade de Chicago. Ernie Pyle. Um irmão, mais novo. Leitura — e eventos esportivos. Os Giants, na National League, e os Tigers, na American. Mel Ott e Hank Greenberg. Li'l Abner. Thomas Wolfe.* No Canadá; em Washington, DC; em Rye, estado de Nova York; na cidade de Nova York; na Filadélfia; e no litoral de Nova Jersey. Não, senhor, na Flórida nunca.

Quando a secretária do juiz tornou públicos os nomes dos cinco garotos e garotas judeus de Newark que teriam o endosso de Wapter em suas aspirações universitárias, o meu estava entre eles.

Nunca mais vi o juiz, ainda que em minha primeira semana em Chicago, a fim de agradar a meu pai, eu tenha enviado a esse patrono uma carta em que tornava a agradecer-lhe por tudo o que fizera por mim. A carta que sete anos depois recebi de Wapter, em minha segunda semana como hóspede em Quahsay, foi a primeira notícia que me chegou do encontro que os dois haviam tido para falar sobre "Formação superior".

---

* Ernie Pyle (1900-1945), jornalista americano, célebre correspondente de guerra durante a Segunda Guerra Mundial. Mel Ott (1909-1958) e Hank Greenberg (1911-1986) foram jogadores de beisebol, respectivamente, do New York Giants e do Detroit Tigers. Li'l Abner, conhecido no Brasil como Ferdinando, é o personagem-título de uma história em quadrinhos do cartunista Al Capp (1909-1979). Thomas Wolfe (1900-1938) foi um importante escritor americano. (N. T.)

Caro Nathan,

Minhas relações de amizade com sua excelente família datam, como você deve saber, da virada do século, quando vivíamos na Prince Street e éramos uma gente pobre numa terra nova, lutando para garantir nossas necessidades básicas, nossos direitos civis e sociais e nossa dignidade espiritual. Ainda me lembro de você como um dos destacados alunos judeus formados pelo sistema público de ensino de Newark. Foi com enorme prazer que recebi de seu pai a notícia de que, na universidade, o seu desempenho se distinguiu pelo mesmo nível de excelência acadêmica que já havia assinalado sua carreira escolar entre nós e que você já está começando a obter reconhecimento literário como escritor. Como não há nada que um juiz aprecie mais do que acertar de vez em quando, estimei muito saber que a confiança que depositei em você há alguns anos, quando você concluía o colegial, já encontrou respaldo no mundo mais amplo. Creio que seus familiares e sua comunidade têm bons motivos para esperar por grandes realizações suas num futuro não muito distante.

Seu pai, sabendo do interesse que tenho pelo desenvolvimento de nossos jovens mais brilhantes, indagou-me recentemente se eu poderia usar parte do tempo que dedico às minhas obrigações judiciais para escrever-lhe com franqueza acerca da impressão que um de seus contos me causou. Ele me comunicou que você pretende mandar o conto intitulado "Formação superior" para uma importante revista de circulação nacional e queria saber se eu considerava o material contido em sua narrativa adequado a tal publicação.

Na longa e interessante conversa que tivemos aqui, na minha sala de audiências, informei a seu pai que, classicamente, ao longo dos tempos e em todas as nações, o artista sempre se considerou acima das tradições e valores morais da comunidade em que vivia. Os grandes artistas, como mostra a história, foram amiúde perseguidos pelos que, por medo e ignorância, não compreendiam que eles eram indivíduos especiais, com contribuições únicas a dar à humanidade. Sócrates foi considerado um inimigo do povo e um corruptor da juventude. O dramaturgo norueguês Henrik Ibsen, vencedor do prêmio Nobel, foi obrigado a exilar-se porque seus compatriotas eram incapazes de entender a verdade profunda de suas formidáveis peças teatrais. Expliquei a seu pai que se havia uma coisa que eu não desejava de forma alguma era um dia ver-me associado à intolerância demonstrada pelos gregos com Sócrates e pelos noruegueses com Ibsen. Por outro lado, creio firmemente que, como todos os homens, o artista tem uma responsabilidade perante seus semelhantes, perante a sociedade em que vive e perante a causa da verdade e da justiça. Tomando essa responsabilidade, e somente ela, como critério, foi que tentei emitir em nossa conversa uma opinião quanto à propriedade da publicação, numa revista de circulação nacional, do seu mais recente esforço literário.

Anexo a esta carta, você encontrará um questionário sobre o seu conto, preparado conjuntamente por mim e minha esposa. Em virtude do interesse que a sra. Wapter tem por tudo o que diz respeito à literatura e às artes — e porque não me pareceu justo confiar somente na minha leitura —, tomei a liberdade de pedir a opinião dela. As perguntas que compõem esse questionário são graves e difíceis, e eu e a sra. Wapter gostaríamos apenas que você dedicasse uma hora de seu tempo para respondê-las. Não desejamos que as responda com o intuito de nos satisfazer — queremos que suas respostas sejam satisfatórias para você mesmo. Você é um rapaz de muito potencial e, como todos acreditamos, tem plenas condições de tornar-se um grande talento. Mas, com o talento, vêm as responsabilidades e as obrigações para com os que o apoiaram no início, permitindo que esse talento florescesse. Apraz-me imaginar que, se e quando chegar o dia de você ser convidado a receber o seu Nobel em Estocolmo, teremos dado uma pequena contribuição para despertar sua consciência sobre as responsabilidades inerentes à sua vocação.

Atenciosamente,

Leopold Wapter

P.S.: Se você ainda não assistiu à produção *O diário de Anne Frank* em cartaz na Broadway, aconselho-o vivamente que o faça. A sra. Wapter e eu fomos à estreia e pensamos que era uma pena que Nathan Zuckerman não estivesse conosco para se beneficiar daquela experiência inesquecível.

O conteúdo do questionário que os Wapter prepararam para mim era o seguinte:

DEZ PERGUNTAS PARA NATHAN ZUCKERMAN

1. Se vivesse na Alemanha nazista dos anos 30, você teria escrito uma história como a que escreveu?

2. Duvida que o Shylock de Shakespeare e o Fagin de Dickens tenham sido úteis aos antissemitas?

3. Você pratica o judaísmo? Se sim, como o faz? Se não, que credenciais tem para escrever sobre a vida judaica para revistas de circulação nacional?

4. Teria coragem de afirmar que os personagens do seu conto são uma amostra representativa do gênero de pessoas que constituem uma comunidade judaica contemporânea típica?

5. Numa narrativa com pano de fundo judaico, o que justifica a inclusão de um episódio em que se descrevem intimidades físicas entre um judeu casado e uma cristã solteira? Por que numa história com pano de fundo judaico deve haver: (a) adultério; (b) brigas constantes sobre dinheiro entre os membros de uma família; (c) comportamentos desviantes de modo geral?

6. Que conjunto de valores estéticos o faz pensar que o desprezível é mais válido que o respeitável; e o chulo, mais verdadeiro que o sublime?

7. O que em seu caráter faz você associar a fealdade da vida com o povo judeu?

8. Como você explica o fato de que, a despeito de incluir um personagem que é rabino, seu conto não revele nenhum traço da grandeza oratória com que Stephen S. Wise, Abba Hillel Silver e Zvi Masliansky instigavam e comoviam suas audiências?

9. Além de seus ganhos financeiros, que benefícios você acha que adviriam da publicação dessa narrativa numa revista de circulação nacional para: (a) sua família; (b) sua comunidade; (c) a religião judaica; (d) a prosperidade do povo judeu?

10. Você diria, com sinceridade, que não há nada em sua história capaz de alegrar o coração de um Julius Streicher ou de um Joseph Goebbels?

Três semanas depois de ter notícias do juiz e da sra. Wapter, e apenas alguns dias antes de minha visita a Lonoff, fui interrompido perto da hora do almoço pela secretária de Quahsay. Ela apareceu toda encapotada em meu chalé, pediu desculpas por me importunar, mas explicou que havia uma chamada de longa distância para mim e que a pessoa do outro lado da linha dissera que se tratava de uma emergência.

Minha mãe, tão logo ouviu minha voz, começou a chorar. "Sei que não devia incomodá-lo", disse, "mas não estou aguentando mais, filho. Não consigo passar outra noite assim. Não consigo sentar à mesa para fazer outra refeição."

"Que foi? Qual é o problema?"

"Nathan, você recebeu ou não uma carta do juiz Wapter?"

"Ah, recebi, ora se recebi."

"Mas" — ela estava estupefata — "então por que não respondeu?"

"O papai não devia ter ido falar com o Wapter, mãe."

"Ah, meu amor, talvez não devesse mesmo. Mas ele foi. Ele foi porque sabe que você respeita o juiz..."

"Eu nem *conheço* esse juiz."

"Não fale *assim*. Ele ajudou tanto quando você estava tentando entrar na faculdade. Escreveu aquela carta de recomendação maravilhosa. Sabe que ele ainda tinha nos arquivos dele o ensaio que você escreveu no colégio sobre a Declaração de Balfour? A secretária pegou a pasta, e estava lá. Seu pai viu com os próprios olhos, na sala de audiências. E você não faz nem a gentileza de responder à carta dele... Seu pai está inconformado. Não consegue acreditar."

"Pois vai ter que acreditar."

"Mas tudo o que ele queria era impedir que você fizesse mal a si mesmo. Você sabe disso."

"Pensei que o que estava deixando todo mundo preocupado era o mal que eu faria aos judeus."

"Querido, por favor, é sua mãe que está pedindo, por que não responde ao juiz Wapter? Por que não concede a ele uma horinha de atenção apenas, como ele pediu? Tenho certeza de que você pode usar uma hora aí para escrever uma carta. Porque o que você não pode é, com vinte e três anos de idade, ignorar uma pessoa como ele. Não pode transformar em inimigo alguém que conta com a admiração e o afeto de tanta gente; e não é só entre os judeus, entre os gentios também."

"É isso que o papai anda dizendo?"

"Ele diz tantas coisas, Nathan. Já são três *semanas*."

"E como foi que ele soube que eu não respondi?"

"Pelo Teddy. Como não tinha notícias suas, seu pai acabou ligando para ele. Imagine só como foi. O Teddy ficou fulo da vida. É outro que não está acostumado a ser tratado desse jeito. Afinal, ele também se desdobrou por nós quando você quis ir para Chicago."

"Mamãe, detesto dizer isso, mas é bem provável que a famosa carta do juiz Wapter, obtida após tanto puxa-saquismo, tenha tido sobre a Universidade de Chicago o mesmo efeito que teria uma carta sobre as minhas qualificações escrita por Rocky Graziano."

"Ah, Nathan, o que aconteceu com a sua humildade, com a sua modéstia — o que aconteceu com aquele menino educado que você sempre foi?"

"E o que aconteceu com a *cabeça* do meu pai!?"

"Ele só quer *proteger* você."

"Proteger do quê?"

"Dos *erros*."

"É tarde demais, mãe. A senhora não leu as Dez Perguntas para Nathan Zuckerman?"

"Li, sim, querido. Ele mandou uma cópia para nós — e eu li a carta também."

"Que trio, hein, mãe? Streicher, Goebbels e o seu filho! O juiz Wapter, sim, é que é humilde! O que aconteceu com a modéstia *dele*?"

"Ele só quis dizer que o que aconteceu com os judeus..."

"Na Europa, mãe! Não em Newark! Não somos os infelizes que foram levados para Belsen! Não fomos vítimas daquele crime!"

"Mas *poderíamos* ter sido — se estivéssemos lá, *teríamos* sido. Nathan, os judeus já foram alvo de muita violência, você *sabe* disso!"

"Mamãe, se a senhora quer ver os judeus de Newark sendo alvo de violência física, precisa ir até o consultório de um cirurgião plástico, onde as moças vão consertar o nariz. É lá que corre o sangue dos judeus de Essex — é lá que batem neles — com uma marreta! É lá que marretam seus ossos — e seu orgulho!"

"Por favor, Nathan, não grite comigo. Já estou sofrendo demais com essa história toda — foi por isso que resolvi ligar. O juiz Wapter não quis dizer que *você* era Goebbels. Deus nos livre. Só ficou um pouco escandalizado quando leu o seu conto. Todos nós ficamos; isso, você há de convir, é compreensível."

"Ah, então vai ver que vocês todos se escandalizam com qualquer coisa. Os judeus são herdeiros de escândalos bem mais formidáveis do que os que eu seria capaz de causar com um conto em que aparece um vigarista como o Sidney. Ou o martelo da Essie. Ou o advogado da Essie. A senhora conhece a história de cor e salteado. A senhora *disse* coisas parecidas."

"Ah, querido, então diga isso para o juiz. Diga para ele, desse jeito mesmo que você acabou de me dizer, e pronto. Seu pai vai ficar contente. Escreva *alguma coisa* para ele. Você sabe escrever cartas tão bonitas, tão maravilhosas. Quando a vovó estava morrendo, você escreveu para ela uma carta que parecia um poema. Era como... era como ouvir alguém falando francês, de tão bonitas que eram as coisas que você dizia. E ficou tão lindo o ensaio que você escreveu sobre a Declaração de Balfour quando tinha só quinze anos. O juiz o devolveu ao seu pai e disse que ainda lembrava como havia ficado impressionado com aquilo. Ele não tem nada contra você, Nathan. Mas, se você for arrogante e o desrespeitar, aí ele passará a ter. E o Teddy também, que poderia ajudar tanto."

"Não adianta eu escrever para o Wapter, mãe. Ele não vai mudar de opinião. Nem a mulher dele."

"Você podia dizer que foi ver *O diário de Anne Frank*. Podia fazer pelo menos isso."

"Eu não vi. Li o livro. *Todo mundo* leu o livro."

"Mas gostou, não foi?"

"A questão não é essa. Como alguém poderia *des*gostar daquilo? Mamãe, não vou ficar escrevendo uma porção de babaquices só para agradar os adultos!"

"Mas bastava você dizer isso, que leu o livro e gostou... Porque o Teddy disse para o seu pai — ah, Nathan, é verdade isso? —, ele disse que ficou com a impressão de que você não gosta muito dos judeus."

"Não, mãe, o Teddy não entendeu direito. É dele que eu não gosto muito."

"Ah, querido, não seja sarcástico. Não comece com essa mania de dizer a última palavra, por favor. Só quero que você me responda. Essa história toda está me deixando tão confusa! Nathan, me diga uma coisa."

"O quê?"

"Mas não vá ficar bravo comigo, estou só repetindo o que o Teddy disse. Querido..."

"Que foi, mãe?"

"Você é mesmo antissemita?"

"E a senhora, o que acha?"

"Eu? Para mim é totalmente absurdo. Mas o Teddy..."

"Já sei, ele tem um diploma de bacharel e mora numa casa chique em Millburn. Mas há bacharéis que são burros pra chuchu também."

"Nathan!"

"Desculpe, mamãe, mas é essa a minha opinião sobre ele."

"Ah, eu não entendo mais nada — e tudo isso por causa daquele conto! Por favor, Nathan, se você não vai fazer nada do que estou pedindo, pelo menos ligue para o seu pai. Faz três semanas que ele está esperando. E você conhece o seu pai, ele não para quieto, não tem paciência. Querido, ligue para o consultório dele. Ligue já. Faça isso por mim."

"Não."

"Por favor, querido."

"Não."

"Ah, meu filho, não posso acreditar que esse seja você."

"Sou eu, *sim!*"

"Mas... e todo o amor que o seu pai tem por você?"

"Não devo explicações a ele. Sou dono do meu próprio nariz!"

No escritório de Lonoff, naquela noite, pus-me a escrever carta após carta de explicações a meu pai, mas, toda vez que me via prestes a reproduzir o elogio que E. I. Lonoff fizera a meu trabalho, rasgava tudo com raiva. Eu não devia explicações a ninguém e ele não engoliria mesmo as que eu tinha para dar, se é que chegaria a compreendê-las. O fato de minha voz começar atrás dos meus joelhos e ir subindo até chegar bem acima da minha cabeça não aplacaria sua revolta por eu ter delatado aqueles parentes execráveis que eram problema nosso e de mais ninguém. Tampouco ajudaria argumentar que, no meu conto, a cena de Essie empunhando o martelo fazia dela uma figura mais assombrosa que vexatória; não era o vexame que chamaria a atenção das outras pessoas numa mulher que agia daquele jeito e depois, no tribunal, ainda falava como se fosse um homem numa briga de bar. Apresentar a meu pai as figuras de cera do meu museu literário — dos gângsteres da Odessa de Bábel às figuras mundanas da Los Angeles de Abravanel — tampouco ajudaria a convencê-lo de que eu estava sendo fiel às responsabilidades depositadas sobre meus ombros por seu herói, o juiz. Odessa? Por que não Marte? Ele estava preocupado era com o que as pessoas diriam quando lessem aquele conto no norte de Nova Jersey, o lugar onde nossa família vivia e se constituíra. Estava preocupado era com os góis, que já nos desprezavam sem motivo e ah se não ficariam contentes de poder nos chamar a todos de judeus mãos de vaca por causa da história que eu havia escrito para o mundo inteiro ler sobre dois judeus brigando por dinheiro. Onde eu estava com a cabeça quando resolvera vazar a informação de que uma coisa dessas podia acontecer? Era pior que delação — era colaborar abertamente com o inimigo.

Ah, não adianta, pensei, é pura perda de tempo — e rasguei mais uma tentativa fracassada de me defender. Que a situação entre nós houvesse se deteriorado tão rápido — por ele ter procurado Wapter com o meu conto e por eu ter me recusado a dar satisfações àqueles a quem devia respeito — era algo que, cedo ou tarde, acabaria acontecendo. Joyce, Flaubert e Thomas Wolfe — o gênio romântico da minha lista de leituras no colégio — não tinham sido todos acusados de desleais, traidores ou imorais pelos que se consideravam difamados em seus livros? Como até o juiz sabia, a história literária era em parte a história da indignação causada pelos romancistas em seus concidadãos, familiares e amigos. Claro que o nosso desentendimento ainda não adquirira um lustro de história literária, mas, mesmo assim, escritores não eram escritores, dizia eu com meus botões, se não tinham coragem de reconhecer o caráter insolúvel desse conflito e seguir em frente.

Mas e os filhos? Não fora o pai de Flaubert ou o de Joyce que havia me acusado de irresponsável — fora o meu próprio pai. E não tinham sido os irlandeses que, na opinião dele, eu caluniara e desvirtuara, mas os judeus. Entre os quais eu me incluía. Dos quais, apenas uns cinco mil dias antes, existiam milhões a mais no mundo.

E, no entanto, a cada nova tentativa que eu fazia para explicar meus motivos, maior era a raiva que eu sentia dele. Foi o senhor que humilhou a si próprio — agora aguente, seu tolo moralista. Wapter, aquele asno falador! Aquele energúmeno! E a beldade carola com seu amor à arte! Sentada sobre uma fortuna de dez milhões, e vem censurar *a mim* por pensar em "ganhos financeiros"?! E, para completar, Abba Hillel Silver! Ah, minha senhora, não perca seu tempo falando sobre a grandeza do rabi Silver a este filho pródigo, não, guarde isso para o meu falecido primo Sidney e seus comparsas mafiosos — cite as palavras sábias de Zvi Masliansky para eles, como a senhora faz no *country club*, ao acertar o último buraco no jogo de golfe.

Por volta das onze da noite, ouvi o limpa-neve da prefeitura desobstruindo a estrada de terra em frente ao pomar de macieiras. Depois, uma caminhonete com uma pá de trator fixada no parachoque dianteiro adentrou a propriedade de Lonoff e empurrou a nevada daquela noite para o pomar, depositando-a sobre a nevada das trinta noites precedentes. Por último veio o Renaultzinho, cruzando lentamente o portão cerca de meia hora depois, um farol alto, o outro praticamente apagado e os limpadores se arrastando, moribundos, de cá para lá no para-brisa.

Assim que ouvi o som do carro de Amy chegando, apaguei todas as luzes do escritório e fui de gatinhas até a janela, com o intuito de vê-la percorrer a distância entre a garagem e a casa. Pois eu não ficara acordado até aquela hora simplesmente porque não conseguia esquecer a reprovação de meu pai e o brinde de E. I. Lonoff — também não tinha a menor intenção de estar inconsciente quando a encantadora e misteriosa hóspede (que, obviamente, tornava-se ainda mais atraente na suposta condição de rival erótica de Hope) voltasse para vestir a camisola no andar acima do meu. O que poderia fazer com isso, eu não sabia. Porém só o fato de estar acordado e nu em uma cama enquanto ela estava acordada e quase nua em outra já era melhor que nada. Já era um começo.

Mas, como era de prever, foi pior que nada e o começo de algo que não era nem um pouco novo. A lâmpada do poste de iluminação, parcialmente soterrado pela neve entre a casa e a garagem, apagou-se e, então, do lugar onde eu me achava ajoelhado, junto à porta do escritório, ouvi Amy entrar pela porta da frente. Ela passou pelo corredor e subiu os degraus atapetados da escada — e isso foi tudo o que eu soube dela até aproximadamente uma hora mais tarde, quando tive o privilégio de assistir como ouvinte a outro curso atordoante, este ministrado pelo Departamento de Matérias Noturnas e Adultas da Escola Lonoff de Artes. Quanto ao restante daquilo que me mantivera acordado até então, isso eu obviamente tive de imaginar. O que, todavia, é tarefa bem mais fácil do que ficar inventando coisas à máquina de escrever. Para esse tipo de imaginação, o sujeito não precisa ter uma foto sua estampada na *Saturday Review*. Não precisa nem conhecer o alfabeto. Ser jovem em geral basta para garantir um êxito absoluto. Mas não é preciso nem ser jovem. Não é preciso ser nada.

Se você pensa, leitor virtuoso, que todo animal fica triste após o coito, experimente se masturbar no sofá do escritório de E. I. Lonoff e veja como se sente depois. A fim de expiar a horrível sensação de torpeza, recorri imediatamente ao remédio da literatura e tirei da estante de Lonoff o volume de contos de Henry James que continha "Os anos médios", a fonte de uma das duas citações afixadas no quadro de feltro. E, no mesmo lugar onde me abandonara àquele desvio absolutamente antijamesiano das boas maneiras, li duas vezes o conto do começo ao fim, tentando descobrir tudo o que podia a respeito da dúvida que é a paixão do escritor, da paixão que é seu ofício e — por estranho que isso fosse — da loucura da arte.

Dencombe, um romancista "de renome", está convalescendo de um mal debilitante numa estância de tratamento inglesa, quando recebe o exemplar de seu último livro, *Os anos médios*, que a editora lhe enviou pelo correio. Sentado sozinho num banco de frente para o mar, ele abre relutantemente o livro — e depara o que acredita ser a distinção artística que desde sempre se mostrara esquiva. Seu gênio, porém, desabrochou num momento em que ele já não tem forças para desenvolver um "'último estilo' [...] capaz de guardar seu verdadeiro tesouro". Isso demandaria uma segunda existência, e tudo indica que a primeira está praticamente no fim.

Enquanto Dencombe reflete com apreensão sobre o término de sua vida, vem sentar no banco um rapaz tagarela que coincidentemente tem nas mãos um exemplar d'*Os anos médios*. Ao notar que aquele senhor afável também está lendo o romance, o jovem se põe a falar com ardor da façanha empreendida por Dencombe em sua mais recente obra. O admirador — "o maior admirador [...] de que ele provavelmente poderia se vangloriar" — é o dr. Hugh, médico de uma rica e excêntrica condessa inglesa que, como Dencombe, está no hotel tentando se recuperar de uma doença grave. Em seu arrebatamento por *Os anos médios*, o dr. Hugh abre o livro para ler em voz alta uma passagem particularmente bela; porém, tendo apanhado o exemplar de Dencombe por engano, verifica que o texto sofreu algumas alterações a lápis. Com isso, vendo-se na iminência de ser descoberto, o anônimo e debilitado escritor — "um revisor apaixonado", que nunca consegue chegar a uma forma definitiva — sente a enfermidade voltar a se apossar dele e desfalece.

Nos dias que se seguem, Dencombe, acamado, nutre a esperança de que uma cura milagrosamente operada por aquele médico jovem e solícito lhe restituirá as energias. Todavia, ao saber que a condessa pretende privar o dr. Hugh de uma herança polpuda, caso ele continue a negligenciá-la em favor do romancista, Dencombe incentiva o médico a ir atrás da mulher, que partira precipitadamente para Londres. O dr. Hugh, porém, não consegue superar sua idolatria apaixonada, e, quando por fim segue o conselho de Dencombe e vai à procura de sua patroa, já foi vítima de "um dano terrível", pelo qual Dencombe chega quase a acreditar ser o responsável: numa recaída provocada pelo ciúme, a condessa morre e não deixa um único centavo para o rapaz. Diz o dr. Hugh, ao regressar do túmulo da condessa para junto da cabeceira da cama em que jaz a alma moribunda que ele adora: "Eu tinha que escolher".

"E escolheu abrir mão de uma fortuna?"

"Escolhi aceitar, quaisquer que fossem elas, as consequências do meu fascínio", disse sorrindo o dr. Hugh. Depois, mais jocosamente: "O dinheiro que se dane! A culpa é do senhor, se não consigo tirar as suas coisas da cabeça".

Sob a palavra *jocosamente* via-se no livro de Lonoff um pequeno risco preto. Com uma letra quase ilegível de tão minúscula, o escritor redigira ao lado um gracejo de sua própria lavra: "E, se consigo, a culpa também é sua".

Desse ponto até o fim da página, que era a última e descrevia a morte de Dencombe, Lonoff traçara três linhas verticais em ambas as margens. De jocoso, ali não havia nada. As seis linhas pretas, riscadas com precisão cirúrgica, pareciam antes simular a sucessão de impressões sutis que, com sua insidiosa narrativa sobre a bruxaria dúbia do romancista, James gravara no cérebro iludível de Lonoff.

Depois de saber das consequências do fascínio que despertara no rapaz — consequências tão irreconciliáveis com suas honoráveis convicções que, ao se inteirar de seu papel naquilo tudo, ele chega a emitir "um gemido longo e aflito" —, Dencombe permanece deitado "horas a fio, dias a fio [...], imóvel e ausente".

Por fim ele fez um sinal para que o dr. Hugh se aproximasse e, quando este se ajoelhou junto ao travesseiro, puxou-o para bem perto de si e disse: "Você me fez pensar que foi tudo ilusão".

"Não a sua glória, meu caro", tartamudeou o jovem.

"A minha glória, não — haja dela o que houver. A glória *é* — ter sido posto à prova, ter sido dotado de uma qualidadezinha qualquer e, com um pequeno feitiço, ter hipnotizado alguém. O fundamental é ter tocado alguém. Você, obviamente, é doido, mas isso não afeta a lei."

"O senhor é um grande sucesso!", disse o dr. Hugh, dando à sua voz juvenil o timbre de um sino casamenteiro.

Dencombe ficou ruminando isso; então reuniu forças para falar mais uma vez. "A segunda chance — é *aí* que está a ilusão. Nunca poderia haver senão uma. Trabalhamos no escuro — fazemos o que está a nosso alcance — damos o que temos. Nossa dúvida é nossa paixão e nossa paixão é nosso ofício. O resto é a loucura da arte."

"Se o senhor duvidou, se se desesperou, então sempre 'fez'", argumentou com sutileza o visitante.

"A gente sempre faz uma coisa ou outra", admitiu Dencombe.

"Uma coisa ou outra é tudo. É o possível. É o *senhor!*"

"Sempre me consolando!", suspirou ironicamente o pobre Dencombe.

"Mas é verdade", insistiu o amigo.

"É verdade. É a frustração que não conta."

"A frustração é só a vida", disse o dr. Hugh.

"Tem razão, é o que fica para trás." Dencombe mal conseguia se fazer ouvir, porém tinha marcado com essas palavras o fim virtual de sua primeira e única chance.

Instantes depois de escutar vozes abafadas vindas do pavimento superior, acima da minha cabeça, pus-me de pé em cima do sofá — sem tirar o dedo com que marcava a página do livro — e, esticando-me todo, tentei decifrar o que estava sendo dito, e por quem. Ao concluir que dali seria impossível escutar direito, pensei em subir na escrivaninha de Lonoff: era quase meio metro mais alta que o sofá e me deixaria com o ouvido a apenas alguns centímetros do teto baixo. Mas, se eu caísse, se porventura tirasse um milímetro do lugar as pilhas de papel, se deixasse pegadas — não, não podia me arriscar, não devia nem estar pensando semelhante coisa. Já tivera a audácia de expropriar um canto da escrivaninha para escrever aquela meia dúzia de cartas inacabadas para o meu pai. Meu senso de decoro, sem mencionar a hospitalidade generosa do escritor, exigia que eu me impedisse de cometer tão sórdida, tão bisonha indecência.

Mas, naquele ínterim, eu já a havia cometido.

Uma mulher chorava. Qual delas, por quê, quem estava com ela, tentando reconfortá-la — ou causando-lhe as lágrimas? Se eu pudesse aproximar o ouvido só mais um pouco do teto, talvez conseguisse descobrir. Um dicionário grosso teria sido perfeito, porém o Webster's de Lonoff estava em sua prateleira de livros de referência, que ficava na altura da cadeira, e o melhor que pude fazer naquela emergência foi ganhar alguns centímetros, ajoelhando-me para introduzir, entre o tampo da escrivaninha e o meu pé, o volume de contos de Henry James.

Ah, as consequências imprevistas da arte, os usos inauditos a que ela se presta! Dencombe compreenderia. James compreenderia. Mas e Lonoff? *Não vá cair.*

"Agora você está sendo razoável." Era ele falando. "Tinha de ver por si mesma e agora viu."

Um baque surdo bem acima da minha cabeça. Alguém havia se atirado numa cadeira. O escritor cansado? Já de robe ou ainda de terno, gravata e sapatos lustrosos?

Então ouvi a voz de Amy Bellette. E o que *ela* estaria vestindo àquela hora? "Não vi nada — só mais dor, de uma maneira ou de outra. É óbvio que não posso viver aqui — mas também não consigo continuar vivendo lá. Não consigo viver em lugar nenhum. Não consigo *viver*."

"Fale mais baixo. Ela não teve um dia fácil. Deixe-a descansar, agora que dormiu."

"Ela está estragando a vida de todo mundo."

"Não a culpe pelo que você recrimina em mim. Sou eu que digo não por aqui. Agora está na hora de *você* dormir."

"Não consigo. E não quero. Vamos conversar."

"Já conversamos."

Silêncio. Será que estavam ajoelhados no assoalho, tentando *me* ouvir através das velhas tábuas? Nesse caso, já teriam escutado havia muito tempo as batidas desenfreadas do meu coração.

Um rangido de molas! Lonoff deitando-se com ela na cama!

Mas o que eu ouvi foi Amy se levantando da cama, não Lonoff se deitando ao lado dela. Seus pés pisaram com leveza no chão, apenas alguns centímetros acima dos meus lábios, e ela cruzou o aposento.

"Eu te amo. Eu te amo tanto, paizinho. Não existe nenhum outro como você. Os outros são todos uns tontos."

"Você é uma boa menina."

"Deixe-me sentar no seu colo. É só você ficar comigo um pouco no colo que eu me sentirei melhor."

"Você já está melhor. No final, sempre fica bem. Já passou por tantas coisas; sobreviveu a tudo, é uma guerreira."

"Só se for a guerreira mais covarde do mundo. Ah, conte uma história para mim. Cante uma canção. Faça uma daquelas imitações do Durante de que eu gosto tanto, estou precisando disso esta noite."

Primeiro foi como se alguém estivesse pigarreando. Mas logo comecei a ouvir melhor e, sim, ele estava cantando para ela, sem espalhafato, à maneira de Jimmy Durante — "Então ele vem pra cima de mim e eu vou pra cima dele" —, só peguei uma frase, mas foi o que bastou para eu me lembrar de Durante cantando aquela canção em seu programa de rádio, com a voz desleixada que o celebrizou, a dicção rouca, adoravelmente ingênua, que o escritor famoso agora imitava no andar de cima.

"Mais uma", disse Amy.

Será que ela estava no colo dele? Amy de camisola e Lonoff de terno?

"Vá dormir", ordenou ele.

"Mais uma. Cante 'Eu passo bem sem a Broadway'."

"'Ah, estou careca de saber que passo bem sem a Broadway — mas diz pra mim, meu bem... e a Broadway? Passa bem sem miiiiim?...'"

"Ah, Manny, poderíamos ser tão felizes — em Florença, meu amor, lá não teríamos que nos esconder."

"Não estamos nos escondendo. Nunca nos escondemos."

"Não, não quando é assim. Mas, quando não é, tudo fica tão falso, errado, triste. Podíamos ser tão felizes juntos. Eu não seria a sua menininha. Seria, claro, quando estivéssemos brincando, mas o resto do tempo eu seria a sua mulher."

"Seríamos o que sempre fomos. Pare de sonhar."

"Não, não exatamente. Sem ela..."

"Não me diga que quer ter um corpo morto na consciência? Em um ano ela teria ido desta para a melhor."

"Mas eu tenho um corpo morto na consciência." O assoalho rangeu no ponto em que subitamente pisaram os dois pés de Amy. Então ela estava *mesmo* no colo dele! "Olhe!"

"Cubra-se."

"O meu corpo."

Um arrastar de pés sobre as tábuas do assoalho. Os passos pesados de Lonoff em direção à porta.

"Boa noite."

"Olhe para mim."

"Deixe de melodrama, Amy. Cubra-se."

"Prefere uma tragédia?"

"Não esperneie. Isso não convence. Diga que vai aguentar as pontas — e aguente."

"Mas eu estou começando a enlouquecer! Não posso viver longe de você! Não sei viver longe de você. Ah, eu devia ter aceitado aquele emprego — e voltado para cá! E ela que se danasse!"

"Você fez o certo. Sempre sabe o que deve fazer."

"É, eu sei, desistir das coisas!"

"De tudo o que é sonho, isso mesmo."

"Ah, Manny, por acaso você morreria se beijasse meus seios? Ou isso também é sonho? Por acaso alguém morreria se você fizesse isso?"

"Quer fazer o favor de se cobrir?"

"Paizinho, *por favor*."

Mas em seguida ouvi os chinelos de Lonoff — sim, ele já se trocara para ir para a cama, não estava mais de terno — arrastando-se pelo corredor do andar de cima. Tão silenciosamente quanto possível, desci da escrivaninha e fui na ponta dos pés até o sofá, onde, devido ao esforço físico empreendido em minha escuta acrobática, simplesmente desabei. Meu aturdimento com o que acabara de ouvir, minha vergonha pela indesculpável quebra de confiança que cometera, meu alívio por não ter sido apanhado em flagrante — tudo isso terminou se revelando insignificante perto da frustração que logo comecei a sentir ao me dar conta de como a minha imaginação era rasa e do que isso prometia para o futuro. Paizinho, Florença, Jimmy Durante; o jeitinho infantil de Amy e seu desejo; a continência heroica e insana de Lonoff... Ah, como eu gostaria de ter sido capaz de imaginar a cena que acabara de ouvir às escondidas! Quem me dera poder inventar coisas com a imodéstia da vida real! Se um dia eu conseguisse ao menos me *aproximar* da originalidade e da efervescência daquilo que efetivamente acontece! Todavia, se um dia de fato conseguisse fazer isso, o que pensariam de mim meu pai e seu juiz? Como eles e os outros a quem eu devia respeito fariam para aguentar isso? E se não aguentassem, e se eu enfim provocasse uma ferida funda demais em seus sentimentos, como faria para aguentar seu ódio, suas injúrias, sua rejeição?

3. Femme fatale

Fazia apenas um ano que Amy contara a Lonoff toda a sua história. Chorando histericamente, ligara para ele uma noite do Biltmore Hotel, em Nova York; até onde Lonoff pôde entender, ela havia ido sozinha de trem para lá naquela manhã, com o intuito de assistir à matinê de uma peça, e depois pretendia tomar outro trem de volta para casa. Em vez disso, ao sair do teatro, entrara num hotel e pedira um quarto, e desde então se achava ali "escondida".

Era meia-noite quando, tendo acabado de se deitar depois de concluir sua leitura noturna, Lonoff pegou o carro e foi para Nova York. Chegou à cidade às quatro da manhã, e às seis Amy já lhe contara que a peça a que tinha ido assistir fora a dramatização do diário de Anne Frank, mas só por volta das dez ela conseguiu explicar com um mínimo de coerência sua ligação com o espetáculo recentemente estreado na Broadway.

"Não foi a peça em si — eu teria assistido àquilo sem problema se estivesse sozinha. O problema foram as pessoas assistindo comigo. Era um nunca-acabar de carros despejando mulheres na calçada em frente ao teatro, mulheres com casacos de pele, com sapatos e bolsas caríssimos. Pensei: Isto não é para o meu bico. Os cartazes, as fotos, a marquise, tudo isso eu podia encarar. Mas as mulheres me amedrontavam — e suas famílias, seus filhos, suas casas. Vá ao cinema, disse comigo mesma, ou a um museu. Porém, peguei meu ingresso, entrei com todo mundo, e aconteceu, claro. Tinha de acontecer. É o que acontece em todas as apresentações. As mulheres choravam. Todos à minha volta tinham lágrimas nos olhos. Então, quando estava no fim, uma mulher na fileira atrás de mim gritou: 'Oh, não'. Foi por isso que saí correndo e vim para cá. Pedi um quarto com telefone, onde pudesse ficar até encontrar meu pai. Mas tudo o que fiz ao chegar aqui foi sentar no banheiro e ficar pensando que, se ele soubesse, se eu contasse a ele, então no final de cada apresentação alguém teria de subir ao palco e anunciar: 'Mas ela está viva. Não se aflijam, ela sobreviveu, tem vinte e seis anos e está se virando muito bem'. Eu pretendia dizer a ele: 'O senhor precisa manter isso em segredo — ninguém mais pode saber, nunca'. Mas e se o flagrassem? E se nós dois fôssemos flagrados? Não consegui ligar para ele, Manny. E percebi que não conseguiria ao ouvir aquela mulher gritar: 'Oh, não'. Naquele momento eu soube o que já devia estar cansada de saber: nunca o verei de novo. Tenho de estar morta para todo mundo."

Amy estava na cama desfeita, enrolada num cobertor, enquanto Lonoff ouvia em silêncio numa cadeira junto à janela. Ao encontrar a porta destrancada e entrar no quarto, ele dera com ela sentada na banheira vazia, ainda trajando seu vestido e seu casaco mais chiques; o casaco, porque não conseguia parar de tremer; na banheira, porque queria ficar o mais longe possível da janela e não correr o risco de ser vista, no vigésimo andar, por alguém que passasse na rua.

"Você deve estar achando isso tudo patético, uma piada", disse ela.

"Uma piada? Sobre quem? Onde está a graça?"

"No fato de eu estar contando isso para você."

"Não entendi."

"É que parece um dos seus contos. Um conto de E. I. Lonoff... intitulado... ah, você saberia que título dar a ele. Saberia como contar essa história em três páginas. Uma garota desamparada, que perdeu o pai, a mãe e tudo o mais, chega da Europa, assiste às aulas do professor fazendo perguntas e comentários inteligentes, escuta os discos dele, toca o piano da filha dele, praticamente vive os últimos anos de sua juventude na casa dele, e então, um dia, quando já é mulher-feita e tem a sua própria vida, um belo dia, no Biltmore Hotel, ela anuncia com a maior indiferença que..."

Lonoff se levantou da cadeira e foi sentar-se na cama ao lado de Amy, que mais uma vez se desfazia em pranto. "É, estou vendo", disse ele, "com a maior indiferença."

"Eu não sou doida, Manny, não sou maluca, não sou uma garota — você tem que acreditar em mim — que está tentando imitar a sua arte para se fazer interessante!"

"Minha cara", retorquiu ele, agora a abraçando, embalando-a como a uma criança, "se isso que você acaba de me contar é verdade..."

"Ah, paizinho, é verdade, sim, infelizmente."

"Bom, então você pôs a coitada da minha arte no chinelo."

Essa é a história que Amy contou na manhã seguinte ao dia em que foi sozinha ao Cort Theatre para sentar-se em meio à lacrimosa e inconsolável plateia da célebre produção nova-iorquina d'*O diário de Anne Frank*. Essa é a história em que a moça de vinte e seis anos, dona de um rosto notável, de um sotaque encantador, de uma prosa deliciosa e, segundo Lonoff, de uma paciência digna de um Lonoff, essa é a história na qual ela queria que ele acreditasse.

Depois da guerra ela se tornara Amy Bellette. Não adotara o novo nome para ocultar sua identidade — naquela altura não havia necessidade disso —, mas, como então pensara, para deixar o passado para trás. Ficara várias semanas em coma, primeiro no barracão imundo, com os outros prisioneiros, todos famintos e debilitados, depois naquele lugar infecto a que chamavam de "enfermaria". Os ss haviam reunido uma dúzia de crianças moribundas e acomodaram-nas debaixo de cobertas num quarto com doze camas, a fim de impressionar os exércitos aliados que avançavam sobre Belsen, mostrando-lhes os confortos da vida nos campos de concentração. As que ainda estavam vivas quando os ingleses chegaram foram transferidas para um hospital de campanha do Exército britânico. Foi lá que ela finalmente recobrou a consciência. Às vezes entendia menos, às vezes mais, do que as enfermeiras lhe explicavam, porém não dizia nada. Procurava antes, evitando gemer ou delirar, descobrir uma maneira de acreditar que se encontrava em algum lugar da Alemanha, que ainda não tinha dezesseis anos e que sua família estava morta. Esses eram os fatos; faltava se haver com eles.

"Princesinha" era como as enfermeiras chamavam aquela menina quieta, morena, emaciada. Então, uma manhã, quando sentiu que estava pronta, ela disse que seu sobrenome era Bellette. O Amy fora inspirado num livro americano que a fizera chorar quando criança: *Mulherzinhas*. Durante seu longo período de mutismo, ela tomara a decisão de ir para a América, agora que não restava mais ninguém com quem pudesse viver em Amsterdam. Depois de Belsen, imaginou que talvez fosse melhor interpor um oceano do tamanho do Atlântico entre si e as coisas que precisava esquecer.

Soube que seu pai estava vivo enquanto aguardava que o dentista da família Lonoff examinasse seus dentes, em Stockbridge. Ela vivera três anos na Inglaterra com famílias adotivas e já tinha quase um ano de caloura na faculdade Atena quando, na sala de espera do consultório, tirou da pilha de revistas um velho exemplar da *Time* e, folheando-o sem muito interesse, topou com a foto de um empresário judeu de nome Otto Frank. Em julho de 1942, cerca de dois anos após o começo da ocupação nazista, ele, a mulher e as duas filhas tinham ido viver num esconderijo. Em companhia de outra família judia, estiveram vinte e cinco meses a salvo, instalados na parte de trás do último andar do edifício que servia de sede à empresa de Otto Frank em Amsterdam. Então, em agosto de 1944, seu paradeiro aparentemente fora denunciado por um dos empregados do armazém situado no térreo e a polícia descobriu o esconderijo. Das oito pessoas que haviam permanecido juntas nos aposentos camuflados, no sótão do edifício, apenas Otto Frank sobrevivera aos campos de concentração. Quando ele voltou para Amsterdam, a família holandesa que os ajudara e protegera durante a guerra lhe entregou os cadernos usados no esconderijo por sua filha caçula, uma menina que contava quinze anos ao morrer em Belsen: um diário, alguns cadernos de contabilidade e um maço de papéis despejados de sua pasta quando os nazistas reviraram o lugar em busca de objetos de valor. De início, Otto Frank mandou imprimir o diário e o fez circular numa edição particular, em memória de sua família; porém, em 1947, foi lançada uma edição comercial, com o título *Het Achterhuis* — "O anexo secreto". Os leitores holandeses, informava a *Time*, ficaram profundamente comovidos com o registro feito pela adolescente de como os judeus perseguidos haviam tentado levar uma vida civilizada, apesar das privações e do pavor de serem descobertos.

Junto à matéria — "As dores de um sobrevivente" —, via-se a foto do pai da autora do diário, "hoje com sessenta anos". Estava sozinho, com seu casaco e seu chapéu, em frente ao edifício situado no canal Prinsengracht, onde sua falecida família improvisara um último lar.

Em seguida vinha a parte da história que Lonoff decerto acharia implausível. Ela, porém, não conseguia achar tão estranho assim que a considerassem morta quando na realidade estava viva; ninguém que tivesse vivenciado o caos

94   ZUCKERMAN ACORRENTADO

daqueles meses derradeiros — os bombardeios aliados por todo canto, a ss batendo em retirada — diria que aquilo era implausível. Quem quer que houvesse afirmado tê-la visto morrer depois de contrair tifo em Belsen provavelmente a confundira com Margot, sua irmã mais velha, ou pensara que ela havia morrido depois de passar tanto tempo em coma, ou então a vira ser levada, já com os pés na cova, pelos *Kapos*.

"Belsen foi o terceiro campo", contou ela a Lonoff. "Primeiro nos mandaram para Westerbork, ao norte de Amsterdam. Havia outras crianças com quem podíamos conversar, estávamos novamente ao ar livre — afora o medo, no fundo não foi tão horrível assim. Papai ficou no barracão dos homens, mas, quando adoeci, ele deu um jeito e conseguiu entrar no campo feminino à noite e veio até a minha cama e segurou a minha mão. Ficamos um mês lá; depois nos embarcaram para Auschwitz. Três dias e três noites nos vagões de carga. Por fim abriram as portas, e foi a última vez que o vi. Os homens foram empurrados para um lado, as mulheres para o outro. Isso foi no começo de setembro. A última vez que vi minha mãe foi no fim de outubro. Naquela altura, ela já não conseguia nem falar direito. Quando eu e Margot fomos levadas para Belsen, não sei se ela entendeu o que estava acontecendo."

Contou a ele sobre Belsen. Os que tinham sobrevivido aos vagões de transporte de gado foram inicialmente instalados em barracas armadas no meio do brejo. Dormiam no chão, em contato direto com a terra úmida, vestidos com farrapos. Ficaram vários dias sem comida nem água e, quando as barracas foram derrubadas pelos temporais de outono, passaram a dormir expostos ao vento e à chuva. Ao serem por fim transferidos para os barracões, viram, do lado de fora do campo, algumas valas fundas, cheias de cadáveres — eram os que haviam morrido de fome ou tifo no brejo. Quando o inverno chegou, parecia que todos os que continuavam vivos estavam ou doentes ou meio loucos. Foi nessa altura que ela, enquanto via a irmã morrer lentamente, adoeceu também. Não se lembrava direito das mulheres que a haviam auxiliado no barracão após a morte de Margot, e não fazia a menor ideia de que fim tinham levado.

Também não era tão implausível assim que, depois de sua demorada convalescença no hospital, ela não tivesse ido para o lugar na Suíça que a família havia marcado como ponto de encontro caso se perdessem uns dos outros. Por que uma menina de dezesseis anos, com a saúde frágil, iria se arriscar a fazer uma viagem que demandava dinheiro, vistos — que demandava esperança —, apenas para, ao chegar a seu destino, confirmar que estava só e perdida no mundo, como ela temia?

Não, não, a parte implausível era esta: em vez de pegar o telefone, ligar para a *Time* e dizer: "Fui eu que escrevi esse diário — encontrem Otto Frank!", ela anotou em sua agenda a data estampada na capa da revista e, depois de obturar um dente, apanhou seus livros e foi para a biblioteca. O implausível — o inexplicável, o injustificável, um tormento que continuava a fustigar sua consciência — era que, calma e zelosa como sempre, ela procurou por "Frank, Anne", "Frank, Otto" e *"Het Achterhuis"* no *New York Times Index* e no *Readers' Guide to Periodical Literature* e, não encontrando nada, recorreu às estantes do subsolo da biblioteca, onde ficavam os jornais e as revistas. Passou ali a última hora antes do jantar, relendo a matéria da *Time*. Leu-a até que a soubesse de cor. Estudou a foto do pai. Hoje com sessenta anos. E essas foram as palavras que deram conta do recado — as palavras que a fizeram voltar a ser a filha que cortava o cabelo dele no sótão, a filha que fazia as lições tendo-o como tutor, a filha que corria para sua cama e se agarrava a ele embaixo das cobertas ao ouvir os bombardeiros aliados sobrevoando Amsterdam: de súbito era novamente a filha para quem ele assumira o lugar de tudo o que ela já não podia ter. Chorou muito. Mas, ao chegar ao dormitório na hora do jantar, fingiu que nada de catastrófico tornara a suceder à Anne de Otto Frank.

Ocorre que desde o início ela resolvera não falar sobre as coisas que havia passado. Resoluções eram importantes para uma menina sozinha no mundo. De que outra maneira teria conseguido sobreviver? Uma das centenas de razões por que não suportava o tio Daniel, seu primeiro pai adotivo na Inglaterra, era que cedo ou tarde ele contava tudo o que tinha acontecido com Amy durante a guerra a quem quer que aparecesse em sua casa. E havia também a srta. Giddings, a jovem professora da escola ao norte de Londres, que não se cansava de lançar olhares ternos para a pequena órfã judia nas aulas de história. Certa feita, depois da aula, a srta. Giddings levou-a para comer uma torta de limão no salão de chá das redondezas, e perguntou-lhe sobre os campos de concentração. Seus olhos marejaram de lágrimas quando Amy, sentindo-se obrigada a responder, confirmou as histórias de que ela já ouvira falar mas nas quais nunca conseguira acreditar totalmente. "Que horror", disse a srta. Giddings, "que coisa mais horrível." Amy tomava o chá e comia sua linda torta em silêncio, enquanto a srta. Giddings, tal qual seus alunos de história, tentava em vão entender o passado.

"Por que será", indagou por fim a desconsolada professora, "que há séculos as pessoas têm ódio de vocês, judeus?" Amy se levantou. Estava estupefata. "Não pergunte isso para mim!", exclamou a menina, "pergunte para os loucos que nos odeiam!" E nunca mais permitiu tamanha intimidade à srta. Giddings ou a quaisquer outras pessoas que lhe fizessem perguntas sobre algo que não tinham a menor condição de compreender.

Um sábado, apenas alguns meses depois de chegar à Inglaterra, prometendo a si mesma fugir para Southampton e embarcar clandestinamente num navio americano se ouvisse mais um "Belsen" dorido sair da boca de tio Daniel — e já não aguentando mais a compaixão esnobe com que lhe obsequiavam na escola aquelas professoras de puro sangue inglês —, ela queimou o braço ao passar a ferro uma blusa. Os vizinhos acorreram ao som de seus gritos e a levaram para o pronto-socorro. Quando o curativo foi retirado, havia uma marca vermelha quase do tamanho de um ovo no lugar onde antes ficava o seu número no campo de concentração.

Após o acidente, nome pelo qual seus pais adotivos se referiam ao episódio, tio Daniel informou ao Conselho de Bem-Estar Judaico que os problemas de saúde de sua mulher tornavam inviável a permanência de Amy junto deles. A órfã foi transferida para outra família — e depois para mais outra. Aos que lhe perguntavam sobre sua história, ela afirmava ter sido evacuada da Holanda com um grupo de crianças judias uma semana antes da chegada dos nazistas. Às vezes nem dizia que as crianças eram judias, omissão que lhe valia uma repreensão branda por parte das famílias judias que tinham se responsabilizado por ela e que ficavam incomodadas com a mentira. Mas ela não suportava aquela gente toda pousando mãos prestimosas em seus ombros por causa de Auschwitz e Belsen. Se um dia viesse a ser considerada excepcional, não queria que fosse por causa de Auschwitz e Belsen, mas pelo que havia feito de si mesma desde então.

Todos eram bondosos e solícitos e tentavam fazê-la ver que, na Inglaterra, ela não corria perigo. "Não tenha medo, aqui ninguém vai fazer mal a você", garantiam-lhe. "E não precisa se envergonhar de nada." "Eu não me envergonho. Essa é a questão." "Bom, nem sempre a questão é essa quando jovens como você tentam esconder suas origens judaicas." "Talvez para os outros não seja", respondia ela, "mas para mim é."

Na manhã do primeiro sábado depois de ter visto a foto de seu pai na *Time*, ela tomou um ônibus para Boston e procurou sem sucesso um exemplar de *Het*

Achterhuis em todas as livrarias especializadas em títulos estrangeiros. Duas semanas mais tarde, tornou a fazer a viagem de três horas a Boston, dessa vez para ir à agência central do correio, onde alugou uma caixa postal. Pagou em dinheiro e em seguida postou o envelope que trazia na bolsa e que continha uma ordem de pagamento no valor de quinze dólares, destinada à editora Contact Publishers, de Amsterdam, e a solicitação de que enviassem, com porte pago, à Pilgrim International Bookshop, Cx. Postal 152, Boston, Mass., EUA, tantos exemplares quantos aqueles quinze dólares pudessem comprar do livro *Het Achterhuis*, de Anne Frank.

Fazia cerca de quatro anos que ele a dava como morta; sua dor não aumentaria demais se continuasse pensando assim por mais um ou dois meses. Curiosamente, a dor que ela sentia também não se tornou tão mais funda, exceto à noite na cama, quando chorava e pedia perdão pela crueldade que estava fazendo com aquele pai perfeito, hoje com sessenta anos.

Quase três meses depois de ter enviado a ordem de pagamento para sua editora em Amsterdam, num dia quente e ensolarado de princípios de agosto, ela foi informada de que havia um embrulho grande demais para a caixa postal da Pilgrim Bookshop em Boston, à espera de que alguém o fosse retirar. Vestiu uma saia de linho bege e uma blusinha branca de algodão, ambas passadas na noite anterior. Também na véspera lavara e arrumara os cabelos, naquela primavera cortados ao estilo Chanel, e sua pele exibia um bronzeado uniforme. Estava nadando quase dois mil metros toda manhã e jogando tênis à tarde e, de modo geral, sentia-se tão bem-disposta e em forma quanto uma moça de vinte anos poderia sentir-se. Talvez isso explicasse por que, ao receber o pacote das mãos do funcionário do correio, não tenha se apressado em cortar o barbante com os dentes nem tenha desmaiado na mesma hora, despencando no chão de mármore. Em vez disso, foi andando até o parque Common — o pacote proveniente da Holanda suspenso por uma das mãos, balançando indolentemente no ar — e passeou por ali até achar um banco vazio. Primeiro sentou-se num banco que estava na sombra, mas então se levantou e andou mais um pouco, até encontrar um lugar perfeito, banhado pela luz do sol.

Depois de proceder a um exame minucioso dos selos holandeses — emissões do pós-guerra que ela não conhecia — e estudar o carimbo postal, verificou qual seria a melhor maneira de desfazer o embrulho. Foi uma demonstração absurda de paciência, e assim ela queria que fosse. Sentia-se a um só tempo exultante e zonza. Circunspecção, pensou. Paciência. Sem paciência não há vida. Quando por fim desatou os nós do barbante e desdobrou, sem rasgar, as várias camadas de papel pardo grosso, pareceu-lhe que o que ela havia tão meticulosamente tirado do embrulho e posto sobre o colo da asseada e bonita saia de linho bege de garota americana era a sua própria sobrevivência.

Van Anne Frank. O livro dela. Dela.

Tinham se passado menos de três semanas desde que ela começara a escrever um diário, quando Pim lhe disse que eles iriam para um esconderijo. Até chegar à última folha e ter de recorrer a livros-razões, fez suas anotações no caderno de capa dura que ganhara dele no aniversário de treze anos. Ainda recordava a maioria das coisas que haviam lhe acontecido no *achterhuis*, e era capaz de evocar algumas delas nos mais minuciosos detalhes, porém das cinquenta mil palavras que registravam tudo aquilo, não se lembrava de ter escrito nenhuma. E só guardava uma lembrança muito apagada das revelações sobre seus problemas pessoais que havia feito ali à confidente imaginária a que dera o nome de Kitty — páginas inteiras sobre suas aflições que lhe pareciam tão novas e estranhas quanto sua língua materna.

Talvez porque *Het Achterhuis* fosse o primeiro livro em holandês que ela lia desde que o havia escrito, a primeira coisa que lhe veio à cabeça ao terminar a leitura foram seus amigos de infância em Amsterdam, os meninos e meninas da escola Montessori em que ela aprendera a ler e escrever. Tentou recordar os nomes das crianças cristãs, que provavelmente tinham sobrevivido à guerra. Tentou rememorar os nomes de suas professoras, remontando aos tempos do jardim de infância. Visualizou os rostos dos comerciantes, do carteiro, do entregador de leite que a conhecia desde pequena. Imaginou os vizinhos em suas casas na Merwedeplein. E, tendo feito isso, viu cada um deles fechando o seu livro e pensando: Quem diria que ela era tão talentosa? Quem diria que tínhamos uma escritora dessa categoria entre nós?

A primeira passagem que ela releu fora escrita mais de um ano antes do nascimento de Amy Bellette. Na primeira leitura, dobrara o canto da página; na segunda, usando uma caneta tirada da bolsa, traçou uma linha significativa na margem e escreveu ao lado — em inglês, claro — "sinistro". (Tudo o que ela marcava, marcava para ele ou, no fundo, marcava imaginando ser ele.) *É goza-*

do como às vezes sou, por assim dizer, capaz de ver a mim mesma pelos olhos de outra pessoa. Então observo despreocupadamente as questões que afligem a uma certa "Anne" e folheio as páginas de sua vida, como se ela fosse uma estranha. Antes de vir para cá, quando não pensava tanto nas coisas como penso agora, vez por outra eu me surpreendia com a sensação de que não tinha muito a ver com Mansa, Pim e Margot e que sempre haveria uma grande distância entre mim e eles. De vez em quando, chegava a fazer de conta que era órfã...

Depois leu tudo de novo, desde o começo, fazendo pequenas anotações nas margens — acompanhadas de pequenas caretas — sempre que topava com algo que ele certamente consideraria "decorativo" ou "impreciso" ou "obscuro". No entanto, marcava sobretudo as passagens que não conseguia acreditar ter escrito quando era pouco mais que uma criança. Puxa, que eloquência, Anne — causava-lhe arrepios sussurrar seu próprio nome em Boston —, que elegância, que perspicácia! Seria tão bom, pensava ela, se eu conseguisse escrever assim nos trabalhos que preciso fazer para o curso de Inglês 12 do sr. Lonoff. "Está muito bom", ouvia-o dizer, "é o melhor trabalho que já fez, senhorita Bellette."

Claro que era — afinal, tinha um "grande assunto", como diziam suas colegas de faculdade. A relação entre a experiência de sua família e o que outras famílias estavam sofrendo por toda parte estivera desde o início muito clara para ela. *Não há nada que possamos fazer senão esperar, tão calmamente quanto possível, até que este suplício tenha fim. Os judeus e os cristãos esperam, a Terra inteira espera; e há muitos que esperam pela morte.* Contudo, ao escrever essas linhas ("Emoção serena e expressiva — essa é a ideia. E. I. L."), não nutria ilusões grandiosas de que um dia seu pequeno diário da vida no *achterhuis* viesse a desempenhar um papel na crônica daquele flagelo. Não fora para instruir a ninguém além de si mesma — a deixar de lado suas enormes expectativas — que ela mantivera um registro de quão sofrido tinha sido tudo. Registrar aquilo era suportar aquilo; o diário lhe servia de companhia e a mantinha lúcida, e sempre que ser a filha de seus pais lhe parecia tão angustiante quanto a própria guerra, era ali que ela buscava refúgio para se confessar. Apenas com Kitty podia falar livremente sobre quão inúteis eram os esforços que envidava para contentar sua mãe como fazia Margot; apenas com Kitty podia lastimar abertamente o fato de não conseguir nem sequer chamá-la de "Mumsie" em voz alta — e também admitir a intensidade de seus sentimentos em relação a Pim, um pai que ela queria que quisesse a ela e a mais ninguém, *não apenas como sua filha, mas por mim — por esta Anne que sou eu.*

Claro que a qualquer criança tão *ávida por livros e leituras*, mais dia, menos dia ocorreria que no fundo ela estava escrevendo um livro. Porém, na maior parte do tempo era o seu moral que ela estava sustentando, e não, aos catorze anos, ambições literárias. Quanto a seu desenvolvimento como escritora — isso ela não devia a nenhuma decisão de sentar-se todos os dias e tentar ser tal coisa, mas à vida sufocante que levavam naquele lugar. Por incrível que parecesse, isso pelo visto estimulara seu talento! De fato, se não fossem o terror e a claustrofobia do *achterhuis*, se a ela ainda fosse permitido ser uma *tagarela* rodeada de amigos, sempre *rolando de rir*, livre para ir e vir, livre para bancar a palhaça, livre para sair no encalço de todas as vontades que a acometiam, teria algum dia escrito frases tão elegantes, tão expressivas, tão espirituosas? Refletiu: Bom, talvez esse seja o meu problema no curso de Inglês 12 — não a falta de um grande assunto, mas a proximidade do lago, das quadras de tênis e de Tanglewood. O bronzeado perfeito, as saias de linho, minha reputação nascente de Palas Atena da faculdade Atena — talvez seja isso que esteja me prejudicando. É possível que, se eu me visse novamente trancada em algum lugar e só tivesse batatas podres para comer e roupas esfarrapadas para vestir e passasse o tempo inteiro completamente apavorada, é bem possível que então eu fosse capaz de escrever uma narrativa decente para o sr. Lonoff!

Foi só com a euforia suscitada pela *febre da invasão*, com a perspectiva dos desembarques aliados e do colapso alemão e do advento da era de ouro conhecida no interior do *achterhuis* como *depois da guerra*, foi só então que ela pôde declarar a Kitty que o diário talvez tivesse feito mais do que simplesmente aplacar sua solidão adolescente. Após dois anos afiando sua prosa, sentia-se pronta para a grande empreitada: *meu maior desejo é um dia me tornar jornalista e, posteriormente, uma escritora famosa*. Porém isso foi em maio de 1944, quando ser famosa um dia lhe parecia uma coisa não mais nem menos extraordinária do que voltar para a escola em setembro. Ah, aquele maio de expectativas maravilhosas! Nunca mais outro inverno no *achterhuis*. Outro inverno e ela teria enlouquecido.

O primeiro ano não tinha sido tão ruim assim; estavam todos tão ocupados se instalando na nova morada que ela não tivera tempo de sentir desespero. Com efeito, haviam trabalhado com tanta diligência para transformar o sótão numa casa *hiperprática*, que seu pai acabara levando todos a concordar em subdividir ainda mais o espaço, a fim de abrigar ainda outro judeu. Mas, com o início dos bombardeios aliados, a casa hiperprática tornou-se para ela uma câmara de tortura. Durante o dia, as duas famílias se desentendiam por qualquer motivo; e à noite ela não conseguia dormir, certa de que a Gestapo estava vindo no escuro para capturá-los. Na cama, começou a ter visões horríveis, em que Lies, sua colega de escola, a repreendia por estar deitada a salvo numa cama em Amsterdam, e não num campo de concentração, como todos os seus amigos judeus: *"Ah, Anne, por que você me abandonou? Ajude-me, ajude-me, ah, venha me tirar deste inferno!"*. Via a si mesma *num calabouço, sem mamãe e papai* — e pior. Até os últimos dias de 1943, vivia sonhando e imaginando *as coisas mais terríveis*. Mas então, de súbito, aquilo passou. Milagrosamente. *"E por quê, professor Lonoff? Veja-se Anna Kariênina. Veja-se Madame Bovary. Veja-se metade da literatura ocidental."* O milagre: desejo. Ela voltaria para a escola em setembro, porém não seria a mesma menina que voltaria às aulas. Não era mais uma menina. Lágrimas escorriam-lhe pelo rosto quando pensava numa mulher nua. Seus desagradáveis fluxos menstruais tornaram-se fonte do mais estranho prazer. À noite, na cama, excitava-se com seus seios. Apenas essas sensações — e, no entanto, todos os maus agouros que a faziam imaginar uma morte horrível de repente deram lugar a uma vontade louca de viver. Num dia, estava totalmente recuperada; no seguinte, claro, estava apaixonada. As aflições que eles passavam haviam feito dela uma mulher independente, aos catorze anos. Começou a visitar em segredo o canto isolado do andar mais alto, ocupado exclusivamente por Peter, o filho de dezessete anos dos Van Daan. O pensamento de que talvez o estivesse roubando de Margot não a deteve, como tampouco a deteve o escândalo de seus pais: primeiro, apenas visitas na hora do chá; depois, encontros noturnos — e então a carta desafiadora endereçada ao pai decepcionado. Em 3 de maio daquele maio maravilhoso: *Sou jovem e tenho muitas qualidades escondidas; sou jovem e forte e estou vivendo uma grande aventura.* E dois dias depois, ao pai que a tinha salvado do inferno que tragara Lies, ao Pim cujo ser vivo favorito ela sempre ansiara ser, uma declaração afirmando sua independência de mente e de corpo, como ela, sem cerimônia, dizia: *Cheguei ao estágio em que sou capaz de viver completamente sozinha, sem o apoio da mamãe ou de qualquer outra pessoa [...]. Não me sinto nem um pouco responsável perante nenhum de vocês [...]. Não tenho de prestar contas de minhas ações a ninguém, só a mim mesma [...].*

Bom, a força de uma mulher independente não era tudo o que ela imaginara que fosse. Como tampouco era a de um pai amoroso. Pim lhe disse que aquela havia sido a carta mais desagradável que ele recebera na vida e, quando ela se pôs a chorar de vergonha por ter sido *tão espantosamente baixa*, ele se pôs a chorar a seu lado. Ele queimou a carta, as semanas foram passando e ela começou a se desencantar com Peter. A bem da verdade, em julho já se indagava como faria para, naquelas circunstâncias, *livrar-se dele*; problema que foi resolvido para ela numa sexta-feira ensolarada de agosto, quando, no meio da manhã, no momento em que Pim auxiliava Peter com suas lições de inglês e ela estudava sozinha, a Polícia Verde holandesa veio e dissolveu para todo o sempre aquele lar secreto em que as pessoas ainda se importavam com coisas como decência, obediência, moderação, autoaperfeiçoamento e respeito mútuo. Os Frank, como família, deixaram de existir e, em consonância com isso, pensou a autora do diário, chegou ao fim aquela sua crônica dos esforços que eles faziam para continuar a ser sensatamente o que eram, apesar de tudo.

A terceira vez que ela leu o livro do início ao fim foi em sua viagem de volta a Stockbridge, naquele entardecer. Tornaria a ler outro livro um dia? Como, se não conseguia parar de ler aquele? No ônibus, da maneira mais imodesta, começou a refletir sobre o que havia escrito — sobre o que havia "realizado". Talvez tenha sido inspiração do céu tonitruoso, desmedido, eletrizado e índigo que vinha perseguindo o ônibus na estrada desde que tinham saído de Boston: lá fora, os mais estranhos efeitos cênicos, dignos de um El Greco; lá fora, um temporal bíblico, com seus adornos barrocos; e, ali dentro, Amy encolhida no assento com seu livro — e com a persistente sensação de grandeza trágica haurida naquela tarde de El Grecos de verdade, expostos no Boston Museum of Fine Arts. E ela estava exausta, coisa que tampouco deve prejudicar o pensamento fantástico. Ainda hipnotizada pelas duas primeiras leituras de *Het Achterhuis*, correra até o Isabella Stewart Gardner Museum e até o Fogg Art Museum, onde, para fechar o dia com chave de ouro, a garota bronzeada e embriagada de si mesma e dona daquele jeito tão alegre de andar fora perseguida por no mínimo uma dúzia de jovens alunos da Harvard Summer School, todos muito interessados em saber o nome dela. Três museus porque, ao voltar para a Atena, preferia contar a verdade, mais ou menos, sobre o dia formidável que tinha passado em Boston. Ao sr. Lonoff, pretendia falar exaustivamente sobre todas as novas exposições que, por sugestão de sua esposa, ela fora conferir.

A tempestade, os quadros, o cansaço — nada disso teria sido realmente necessário para inspirar o tipo de expectativas suscitadas por três leituras seguidas da edição de seu diário num só dia. A vaidade exacerbada provavelmente teria bastado. Talvez ela fosse apenas uma escritora muito jovem, num ônibus, sonhando os sonhos de uma escritora muito jovem.

Toda a sua reflexão, todo o seu raciocínio fantástico sobre a missão que seu livro estava destinado a cumprir derivava do seguinte: nada no diário permitia que ela ou seus pais fossem identificados como judeus religiosos ou praticantes. Sua mãe acendia velas na sexta-feira à noite, e era só. Quanto às festividades, ao ser apresentada ao Dia de São Nicolau no esconderijo, achou-o muito mais divertido que o *Hanucá* e, com Pim, inventou toda sorte de presentes engenhosos e até escreveu um poema para alegrar a comemoração. Quando Pim resolveu lhe dar de presente uma Bíblia para crianças — com o intuito de que ela pudesse aprender alguma coisa sobre o Novo Testamento —, Margot o censurara. O sonho de Margot era ser parteira na Palestina. Ela era a única que parecia de fato se preocupar com religião. O diário que Margot mantinha, caso houvesse sido encontrado, não teria oferecido notícias tão frugais sobre a curiosidade de sua autora pelo judaísmo ou sobre os planos que ela fazia de levar uma vida judaica. Com efeito, era impossível imaginar Margot pensando, quanto mais escrevendo esperançosamente em seu diário: *há de chegar o dia em que seremos de novo pessoas, e não somente judeus.*

É bem verdade que ela havia escrito essas palavras ainda sob o impacto da noite em que alguns ladrões entraram no armazém. Parecia-lhes que o assalto precipitaria inevitavelmente a descoberta do esconderijo pela polícia, e todos passaram vários dias doentes de medo. E, no seu caso, ao resquício de aflição e à hesitante sensação de alívio, somou-se, é claro, uma perplexidade um tanto culpada quando ela percebeu que, ao contrário de Lies, tinha sido mais uma vez poupada. Depois daquela noite horrível, quebrou a cabeça tentando entender o sentido da perseguição de que eram vítimas, pondo-se num momento a escrever sobre como era desesperador que, aos olhos de seus inimigos, eles fossem judeus e tão somente judeus, para, no momento seguinte, indagar altivamente se *não será com a nossa religião que o mundo e todos os povos aprenderão a bondade [...]. Jamais poderemos ser apenas holandeses*, lembrou ela a Kitty, *continuaremos sempre a ser judeus, mas isso é o que queremos ser também* — e então encerrou o argumento com uma declaração que seria absolutamente improvável encontrar em "O diário de

Margot Frank": *Escapei de novo e, agora, meu primeiro desejo após a guerra é tornar-me cidadã holandesa! Amo os holandeses, amo este país, amo esta língua e quero trabalhar aqui. E, mesmo que eu tenha de escrever para a própria rainha, não desistirei até atingir meu objetivo.*

Não, essa não era a Margot da mamãe; era a Anne do papai. Para Londres, aprender inglês; para Paris, olhar as roupas e estudar arte; para Hollywood, Califórnia, entrevistar as estrelas como alguém chamada "Anne Franklin" — enquanto a abnegada Margot ajudava a parir bebês no deserto. A bem da verdade, enquanto Margot pensava em Deus e na pátria judaica, os únicos deuses a que ela parecia dedicar uma atenção mais demorada eram os da mitologia greco-romana, os quais estudava o tempo todo e com os quais se deliciava. A bem da verdade, a garota de seu diário era, em comparação com Margot, apenas vagamente judia, ainda que, nesse aspecto, fosse inteiramente a filha do pai que acalmava seus receios à noite lendo em voz alta para ela não a Bíblia, mas Goethe em alemão e Dickens em inglês.

Todavia, esse era o ponto — era isso que dava a seu diário o poder de tornar real o pesadelo. Esperar que este mundo tão vasto e insensível se importasse com a filha de um pai devoto, barbudo, a viver sob forte influência de rabinos e rituais — isso seria pura estupidez. Para o homem comum, sem nenhum grande dom para tolerar sequer as diferenças mais ínfimas, o infortúnio de tal família não significaria nada. Para as pessoas comuns provavelmente pareceria que eles mesmos tinham atraído a desgraça ao teimar em repelir tudo o que era moderno e europeu — para não dizer cristão. Porém, com a família de Otto Frank a coisa mudava de figura! Nem mesmo o mais obtuso dos indivíduos poderia ignorar o que os judeus haviam sofrido *simplesmente por serem judeus*, nem mesmo o mais chucro dos gentios teria como não perceber a monstruosidade da coisa ao ler em *Het Achterhuis* que uma vez por ano os Frank entoavam uma inofensiva canção de *Hanucá*, diziam algumas palavras em hebraico, acendiam algumas velas, trocavam alguns presentes — uma cerimônia que durava cerca de dez minutos — e que só foi preciso isso para fazer deles o inimigo. Não, não foi preciso nem isso. Não foi preciso nada — esse era o horror. E essa, a verdade. E esse, o poder do seu livro. Os Frank reuniam-se em volta do rádio para escutar concertos de Mozart, Brahms e Beethoven; entretinham-se com Goethe e Dickens e Schiller; ela se debruçava, noite após noite, sobre as árvores genealógicas de todas as famílias reais europeias, à procura de noivos apropriados para as princesas Elizabeth e

Margaret Rose; escrevia apaixonadamente no diário sobre o amor que nutria pela rainha Guilhermina e sobre seu desejo de que a Holanda fosse a sua pátria — e nada disso fez a menor diferença. A Europa não era deles e eles não eram da Europa, nem mesmo sua família europeizada. Pelo contrário, a três andares de um adorável canal de Amsterdam, viviam amontoados com os Van Daan num espaço de dez metros quadrados, tão isolados e menosprezados quanto qualquer judeu do gueto. Primeiro, expulsão; em seguida, confinamento; e depois, em vagões de transporte de gado e campos de concentração e incineradores, eliminação. E por quê? Porque a questão judaica a ser resolvida, os degenerados cuja contaminação as pessoas civilizadas já não podiam tolerar, eram eles próprios: Otto e Edith Frank, e suas filhas, Margot e Anne.

Essa era a lição que, na viagem de volta a Stockbridge, ela concluiu ter o poder de ensinar. Mas apenas se pensassem que ela estava morta. Caso *Het Achterhuis* fosse conhecido como o livro de uma escritora viva, nunca seria mais do que era: o diário escrito por uma adolescente durante o sofrido período em que vivera escondida, quando a Holanda se encontrava sob ocupação alemã; algo que meninos e meninas poderiam ler à noite na cama, como faziam com as aventuras da família Robinson suíça. Morta, porém, ela poderia oferecer algo mais do que divertimento para crianças e jovens de dez a quinze anos; morta, ela havia escrito, sem que essa fosse a sua intenção, um livro com a força de uma obra-prima para levar as pessoas a finalmente cair em si.

E quando as pessoas houvessem finalmente caído em si? Quando houvessem aprendido o que ela era capaz de ensinar-lhes, e então? Por acaso o sofrimento adquiriria um significado novo para elas? Ela seria de fato capaz de torná-las criaturas humanas por um período minimamente mais extenso que as poucas horas que levariam para ler seu diário? Em seu quarto na Atena — depois de esconder na cômoda os três exemplares de *Het Achterhuis* —, refletiu sobre seus futuros leitores com mais calma do que fizera enquanto fingia ser um deles na eletrizante viagem de ônibus, em meio a relâmpagos e trovoadas. Afinal, ela não era mais a menina de quinze anos que, escondendo-se de um holocausto, podia dizer a Kitty: *Ainda acredito que em seu íntimo as pessoas são boas*. Seus ideais juvenis não haviam sofrido menos do que ela própria sofrera no vagão de carga de Westerbork, no barracão de Auschwitz e no brejo de Belsen. Não passara a odiar a raça humana por esta ser o que era — e o que podia ser senão o que era? —, porém já não se sentia bem entoando-lhe louvores.

106   ZUCKERMAN ACORRENTADO

Que aconteceria quando as pessoas finalmente caíssem em si? A única resposta realista era Nada. Acreditar em qualquer outra coisa era apenas dar vazão a sonhos que até mesmo ela, a grande sonhadora, tinha nessa altura o direito de questionar. Manter sua existência em segredo, ocultando-a do pai apenas com o intuito de aperfeiçoar a humanidade... não, não nessa altura do campeonato. O aperfeiçoamento dos vivos era problema deles, não seu; eles podiam aperfeiçoar-se por conta própria, se um dia se dispusessem a isso; e, se não, então não. Se tinha alguma responsabilidade era com os mortos — com sua irmã, sua mãe, com todas as crianças assassinadas que haviam sido suas amigas. Esse era o propósito do seu diário, essa a missão que cabia a ela cumprir: restaurar em letra impressa a condição de carne e sangue dos que estavam mortos... fosse qual fosse o bem que isso pudesse fazer a eles. O que ela realmente queria era um machado, não letras impressas. No fim do corredor do dormitório, no vão da escada, havia um machado grande, com um cabo vermelho enorme, para ser usado em caso de incêndio. Mas e em caso de ódio — e em caso de fúria assassina? Ela olhava para ele com frequência, porém nunca reunia coragem para tirá-lo da parede. Além do mais, uma vez que o tivesse nas mãos, de quem seria a cabeça que ela racharia ao meio? A quem poderia matar em Stockbridge para vingar as cinzas e as caveiras? Nem força para empunhar o machado ela possuía. Não, o que lhe tinha sido dado empunhar fora *Het Achterhuis, van Anne Frank*. E, para fazer o sangue correr com tal arma, teria de desaparecer de novo, esconder-se em outro *achterhuis*, dessa vez sem pai, completamente sozinha.

Assim ela renovou a crença no poder de suas menos de trezentas páginas e, com isso, a determinação de esconder do pai, um homem de sessenta anos, o segredo de sua sobrevivência. "Por elas", exclamou aos prantos, "por elas" significando todas as pessoas que haviam tido o destino do qual ela fora poupada e que agora simulava compartilhar. "Por Margot, por minha mãe, por Lies."

Passou a ir diariamente à biblioteca para ler o *New York Times*. Toda semana fazia uma leitura cuidadosa das revistas de atualidades. Aos domingos, lia sobre todos os livros novos que estavam sendo publicados país afora: romances classificados como "notáveis" e "importantes", nenhum dos quais tinha como ser mais notável e importante do que o seu diário publicado postumamente; best-sellers insípidos, por meio dos quais pessoas reais tomavam conhecimento de pessoas falsas, que não podiam existir e não fariam a menor diferença se existissem. Lia elogios a historiadores e biógrafos, cujos livros, qualquer que fosse seu mérito, não tinham como ser tão merecedores de reconhecimento quanto o dela. E em todas as colunas de todos os periódicos que encontrava na biblioteca — americanos, franceses, alemães, ingleses — procurava por seu verdadeiro nome. Não, aquela história não podia terminar com apenas alguns milhares de leitores holandeses balançando desconsoladamente a cabeça e retomando seus afazeres — era importante demais para isso! "Por elas, por elas" — vezes sem conta, semana após semana, "por elas, por elas" —, até que, afinal, começou a se perguntar se ter sobrevivido no *achterhuis*, se ter suportado os campos de extermínio, se estar ali, na Nova Inglaterra, fingindo ser outra pessoa, não tornava muito suspeita — e um pouco biruta — aquela ânsia inflamada por um "retorno" na condição de fantasma vingador. Começou a recear que estivesse sucumbindo a não ter sucumbido.

E por que deveria?! Quem estava fingindo ser senão aquela em que de qualquer maneira teria se transformado não fossem o *achterhuis* e os campos de extermínio? Amy não era outra pessoa. A Amy que a salvara das lembranças e a trouxera de volta à vida — aquela Amy sedutora, ajuizada, corajosa, realista — era ela mesma. Alguém que ela tinha todo o direito de ser! Responsabilidade com os mortos? Ladainha para gente carola! Não havia o que dar aos mortos — estavam mortos. "Exatamente. A importância que você vê nesse livro no fundo é uma ilusão mórbida. E bancar a morta é uma coisa melodramática e repulsiva. E se esconder do papai é pior ainda. Não há nada para ser reparado", disse Amy para Anne. "Pegue o telefone, ligue para o Pim e diga que você está viva. Ele tem sessenta anos."

A vontade que sentia agora de estar perto dele era ainda mais forte do que tinha sido na infância, quando o que ela mais queria era ser o seu único amor. Mas ela era jovem e forte e estava vivendo uma grande aventura e não fez nada para avisar a ele ou a quem quer que fosse que ainda estava viva; e então, um dia, era tarde demais. Ninguém iria acreditar nela; ninguém além de seu pai iria querer acreditar nela. Agora, as pessoas iam todos os dias conhecer o lugar que lhes servira de esconderijo e se punham a olhar as fotos das estrelas de cinema que ela pregara na parede ao lado da cama. Iam ver a tina em que ela se lavava e a mesa em que estudava. Olhavam pela janela do sótão junto à qual ela e Peter ficavam abraçados, observando as estrelas. Olhavam fixamente para a estante que escondia a porta por onde a polícia passara para levá-los dali. Olhavam as páginas abertas de seu diário secreto. É a letra dela, sussurravam, são palavras que ela escreveu. Ficavam para olhar todas as coisas que ela um dia tocara no *achterhuis*. Os corredores desprovidos de adornos, os cômodos pequenos e muito práticos que, como uma boa aluna de redação, ela havia diligentemente descrito para Kitty num holandês metódico, preciso, prosaico — o hiperprático *achterhuis* agora era um santuário, um Muro de Lamentações. As pessoas saíam em silêncio, compungidas, como se ela tivesse lhes pertencido.

Mas eram elas que lhe pertenciam. "Choram por mim", disse Amy; "têm pena de mim; rezam por mim; imploram meu perdão. Sou a encarnação dos milhões de anos não vividos de que os judeus assassinados foram espoliados. Agora é tarde demais para estar viva. Tornei-me uma santa."

Essa foi a história que Amy contou. E o que pensou Lonoff quando ela terminou de contar? Que todas as suas palavras eram sinceras e nenhuma delas verdadeira.

Depois de tomar um banho e trocar de roupa, Amy fechou a conta no hotel e Lonoff a levou para comer alguma coisa. Ligou para Hope do restaurante e explicou que Amy passaria uns dias com eles. Ela poderia passear pelos bosques, olhar as plantas, dormir em segurança na cama de Becky; ao cabo de alguns dias estaria recuperada e então teria condições de voltar para Cambridge. Tudo o que disse a respeito do colapso da ex-aluna foi que ela parecia ter tido uma crise de esgotamento. Prometera a Amy que não diria mais nada.

Na viagem de volta às Berkshires, enquanto Amy explicava como tinha sido a sensação de ser lida em vinte idiomas diferentes por vinte milhões de pessoas, Lonoff fazia planos de consultar o dr. Boyce. Boyce trabalhava no Riggs, o hospital psiquiátrico de Stockbridge. Sempre que saía um livro novo, o dr. Boyce mandava um bilhetinho amável, indagando se o escritor faria a gentileza de autografar o exemplar do médico, e anualmente os Lonoff eram convidados para o grande churrasco dos Boyce. Certa feita, a pedido do dr. Boyce, ainda que não sem alguma relutância, Lonoff aceitara participar de uma reunião de um grupo de estudos do hospital para debater "a personalidade criativa". Não queria ofender o psiquiatra; e talvez aquilo sossegasse por um tempo sua mulher, que teimava em acreditar que as coisas ficariam melhores em casa se ele saísse um pouco e se relacionasse mais com as pessoas.

As ideias que os integrantes do grupo de estudos revelaram ter sobre o processo de criação literária eram criativas demais para o gosto de Lonoff, porém ele não fez nenhum esforço para dizer que estavam errados. Não que achasse que ele estava necessariamente certo. Eles viam a coisa à maneira deles, e ele à maneira de Lonoff. Ponto final. Não tinha a intenção de mudar a opinião de ninguém. Quando o assunto era ficção, as pessoas costumavam dizer coisas estranhíssimas — pois que dissessem.

Não fazia mais que uma hora que a reunião com os psiquiatras estava em andamento, quando Lonoff disse que tinha sido um fim de tarde muito agradável mas precisava ir embora. "Ainda tenho minha leitura noturna pela frente. Sem minha leitura, não sou eu mesmo. Mas fiquem à vontade para falar sobre a minha personalidade depois que eu sair." Sorrindo afavelmente, Boyce respondeu: "Espero que o tenhamos divertido um pouco com nossas especulações ingênuas". "Eu é que gostaria de ter divertido vocês. Desculpem-me por ser tão aborrecido." "Não, de forma alguma", disse Boyce, "num homem de estatura, a passividade tem todo um charme e mistério próprios." "É mesmo?", disse Lonoff. "Preciso contar isso para a minha mulher."

No entanto, uma hora desperdiçada havia mais de cinco anos não vinha agora ao caso. Ele confiava em Boyce e sabia que o psiquiatra não trairia sua confiança quando o procurasse no dia seguinte para falar sobre a ex-aluna que era quase uma filha para ele; uma moça de vinte e seis anos que lhe revelara que, de todos os escritores e escritoras judeus, de Franz Kafka a E. I. Lonoff, ela era a mais famosa. Quanto à traição da confiança da quase filha, isso foi perdendo relevância à medida que Amy dava novos detalhes de sua alucinação obsessiva.

"Sabe por que escolhi esse nome tão doce? Não foi para me proteger das lembranças. Não estava escondendo o passado de mim nem a mim do passado. Estava me escondendo do ódio, estava me impedindo de odiar as pessoas como as pessoas odeiam as aranhas e os ratos. Eu me sentia em carne viva, Manny. Tinha a sensação de que metade do meu corpo havia sido esfolada. Metade do meu rosto havia sido esfolada e todos me olhariam com horror para o resto da vida. Ou olhariam a outra metade, a metade ainda intacta; eu os via sorrindo, fazendo de conta que a metade em carne viva não estava ali e conversando com a metade que estava. E me ouvia gritando com eles, me via botando meu lado hediondo bem diante de seus rostos imaculados para que se sentissem devidamente horrorizados. 'Eu era bonita! Eu era perfeita! Eu era uma menina alegre e sorridente! Olhem, olhem o que eles fizeram comigo!' Mas, qualquer que fosse o lado para o qual olhassem, eu sempre gritaria: 'Olhem para o outro! Por que não olham para o outro!?'. Era isso que eu pensava à noite no hospital. Como quer que olhem para mim, como quer que falem comigo, como quer que tentem me reconfortar,

110   ZUCKERMAN ACORRENTADO

sempre serei essa coisa meio esfolada. Nunca serei jovem, nunca serei gentil ou tranquila nem me apaixonarei por ninguém, e a vida inteira os odiarei.

"Por isso escolhi esse nome tão doce — para personificar tudo o que eu não era. E como eu fingia bem. Depois de algum tempo, conseguia até pensar que não estava fingindo, que havia me tornado aquilo que de qualquer maneira teria sido. Até ver o livro. O pacote chegou de Amsterdam, eu o abri, e ali estava: meu passado, eu mesma, meu nome, meu *rosto intacto* — e tudo o que desejei foi vingança. Não pelos mortos — aquilo não tinha nada a ver com a ideia de trazer de volta os mortos ou de castigar os vivos. Não eram os cadáveres que eu estava vingando — era aquela coisa perturbada e sem mãe, sem pai, sem irmã, aquela coisa cheia de rancor, de ódio, de vergonha, esfolada pela metade. Era a mim mesma. Eu queria lágrimas, queria lágrimas cristãs correndo como sangue judeu, por mim. Queria a piedade das pessoas — e da maneira mais desapiedada. E queria amor, queria ser amada inclementemente, incessantemente, tal como havia sido envilecida. Queria uma vida nova e um corpo novo, limpos e impolutos. E para isso precisava de vinte milhões de pessoas. Dez vezes vinte milhões.

"Ah, Manny, eu quero viver com você! É disso que eu preciso! Os milhões não servem — só você! Quero voltar com você para a Europa. Escute, não diga não, me espere terminar. Vi uma casinha para alugar neste verão, uma casinha de campo, toda de pedra, no alto de uma colina. Perto de Florença. Tinha um telhado cor-de-rosa e um jardim. Peguei o número do telefone e anotei. Ainda está comigo. Ah, todas as coisas lindas que eu vi na Itália me faziam pensar em como você poderia ser feliz lá — como eu seria feliz lá, cuidando de você. Pensava nas viagens que faríamos. Pensava nas tardes que passaríamos nos museus, saindo depois para tomar um café na beira do rio. Pensava em nós escutando música juntos à noite. Pensava nas refeições que eu prepararia para você. Pensava nas camisolas lindas que usaria na cama. Ah, Manny, a Anne Frank deles pertence a eles; eu quero ser a sua Anne Frank. Gostaria de finalmente pertencer a mim mesma. Já não me sinto qualificada para a posição de mártir mirim e santa. Não iriam me querer mesmo, não como sou, desejando o marido de outra, pedindo para ele largar a esposa fiel e fugir com uma garota que tem metade da idade dele. Qual é o problema, Manny, se tenho a idade da sua filha e você a idade do meu pai? Claro que adoro o paizinho que vejo em você, como poderia não adorar? E, se você ama a filha que vê em mim, o que é que tem? Não há nada de estranho nisso — é assim com meio mundo. O amor tem que começar em algum lugar, e é aí que ele começa em nós. E quanto a quem eu sou — bom", disse Amy com a voz mais doce e insinuante que ele já ouvira na vida, "a gente tem que ser alguém, não é mesmo? Isso não tem jeito."

Em casa a levaram para a cama. Depois Lonoff foi para a cozinha com a mulher e tomou o café que ela havia preparado para ele. Toda vez que imaginava Amy no consultório do dentista, lendo sobre Otto Frank na *Time*, ou na biblioteca da faculdade, procurando seu "verdadeiro" nome nas estantes de periódicos, toda vez que a imaginava no parque Common, em Boston, procedendo a uma análise detalhada do "seu" livro para o professor de redação, tinha vontade de não se segurar mais e cair no choro. Nunca sofrera tanto com o sofrimento de outro ser humano.

É claro que não disse nada a Hope sobre quem Amy pensava que era. Nem precisava, já sabia o que ela diria: tinha sido por ele, pelo grande escritor, que Amy escolhera tornar-se Anne Frank; isso explicava tudo, qualquer um percebia, não era preciso ser psiquiatra. Por ele, em virtude de seu fascínio, de sua paixão: para encantá-lo, enfeitiçá-lo, para vencer a escrupulosidade, a sabedoria, a virtude e penetrar sua imaginação e, uma vez lá dentro, no papel de Anne Frank, tornar-se a *femme fatale* de E. I. Lonoff.

4. Casado com Tolstói

Na manhã seguinte, tomamos o café da manhã juntos, os quatro, como uma família feliz. A mulher de quem Lonoff não podia se livrar depois de trinta anos só porque talvez preferisse ver um rosto diferente enquanto tomava seu suco de frutas nos falou com orgulho — enquanto tomávamos o nosso suco de frutas — das realizações dos filhos cujos lugares eu e Amy ocupávamos à mesa. Mostrou-nos fotos recentes, em que as duas moças e o rapaz apareciam com seus próprios filhos. Na noite anterior, Lonoff não mencionara que tinha netos. Mas por que o faria?

Hope dava a impressão de ter sofrido uma mudança radical durante a noite: deixara de ser a esposa envelhecida, desgostosa, solitária para tornar-se uma pessoa muito mais parecida com a autora jovial dos ternos poemas sobre a natureza afixados em molduras na parede da cozinha, a mulher que cuidava dos gerânios, aquela a quem Lonoff se referira ao dizer, com o pires quebrado na mão: "Acho que dá para ela colar". E Lonoff tampouco parecia o mesmo homem; deliberadamente, ou não, assobiava "No meu paraíso" ao chegar à mesa do café da manhã. E, tão logo sentou, deu início às palhaçadas mordazes, destinadas a deixar Hope ainda mais alegre.

E por que a transformação? Porque, depois do café da manhã, Amy voltaria para Cambridge.

Contudo, eu já não conseguia pensar nela como Amy. Era incessantemente devolvido à ficção que criara sobre ela e os Lonoff enquanto jazia às escuras no escritório, ainda em êxtase por causa dos elogios que recebera do escritor e latejando de ressentimento devido à reprovação de meu pai — e, é claro, sob o domínio do que se passara entre o meu ídolo e a moça maravilhosa antes que ele, com muita hombridade, fosse se deitar na cama ao lado da mulher.

Durante o café da manhã, meu pai, minha mãe, o juiz e a sra. Wapter não me saíam da cabeça. Eu passara a noite em claro e agora não conseguia pensar direito sobre eles, ou sobre mim mesmo, ou sobre aquela a quem chamavam de Amy. Via-me a todo instante regressando a Nova Jersey e dizendo à minha família: "Conheci uma moça maravilhosa na Nova Inglaterra. Estamos apaixonados. Vamos nos casar". "Casar? Mas assim tão rápido? Nathan, ela é judia?" "É, sim." "Mas quem é ela?" "Anne Frank".

"Estou comendo demais", disse Lonoff, enquanto Hope lhe servia água para o chá.

"Você precisa é de exercício", devolveu Hope. "Caminhar mais. Parou de caminhar à tarde, por isso começou a engordar. Já não come quase nada. Pelo menos nada que engorde. O problema é que passa o dia inteiro sentado àquela escrivaninha. E não põe o pé fora de casa."

"Não aguento mais caminhar. Não aguento mais olhar essas árvores."

"Então caminhe na outra direção."

"Caminhei dez anos na outra direção. Foi por isso que comecei a caminhar nesta direção. Além do mais, quando saio para caminhar, não me sinto caminhando. Nem vejo as árvores."

"Não é verdade", retorquiu Hope. "Ele ama a natureza", informou-me ela. "Sabe o nome das plantinhas mais minúsculas."

"Estou tentando comer menos", disse Lonoff. "Alguém divide um ovo comigo?"

Disse jovialmente Hope: "Acho que hoje você pode se dar ao luxo de ser guloso e comer um ovo inteiro, querido".

"Divide um ovo comigo, Amy?"

O convite para que a moça falasse me forneceu o primeiro ensejo de olhar sem constrangimento para ela. Era, sim. *Podia* ser. A mesma expressão de inteligência desarmada e íntegra, o mesmo ar reflexivo de expectativa serena... Não era a testa de Shakespeare — era a testa *dela*.

Amy sorria, como se também estivesse se sentindo muito bem-disposta e a recusa de Lonoff em beijar seus seios na noite anterior nunca houvesse acontecido. "Não, já comi demais", respondeu.

"Nem metade?", insistiu Lonoff.

"Nem um quarto."

Esta é a minha tia Tessie, estes são a Frieda e o Dave, este é o Birdie, este é o Murray... já deu para você perceber que somos uma família enorme. Pessoal, esta é a minha mulher. Ela é tudo o que eu sempre quis. Se duvidam de mim, vejam esse sorriso, escutem essa risada. Lembram-se dos olhos sombreados, voltados inocentemente para cima no rostinho inteligente? Lembram-se dos cabelos escuros, presos atrás da orelha com um grampo? Bom, é a própria... Anne?, diz meu pai — aquela Anne? Ah, como me enganei a respeito do meu filho. Como o compreendemos mal!

"Faça um ovo mexido, Hope", disse Lonoff. "Se você dividir comigo, eu como."

"Você pode muito bem comê-lo inteiro", replicou ela. "É só retomar suas caminhadas."

Lonoff olhou para mim e implorou: "Coma metade, Nathan".

"Não, não", disse sua mulher, e, virando-se para o fogão, anunciou triunfalmente: "Você vai comê-lo inteiro!".

Dando-se por vencido, Lonoff disse: "E, para completar, hoje de manhã joguei fora a lâmina da minha navalha".

"E o que", indagou Amy, ainda fingindo também estar em seu paraíso, "o levou a fazer uma coisa dessas?"

"Ah, foi resultado de muita reflexão. Meus filhos estão todos formados. Já terminei de pagar o financiamento da casa. Conto com um seguro de vida e um excelente plano de saúde. Tenho um Ford 56 na garagem. Ontem chegou do Brasil um cheque de quarenta e cinco dólares em pagamento por direitos autorais — um dinheiro com que eu simplesmente não contava. Então eu disse com meus botões: Jogue esta lâmina fora e faça a barba com uma nova. Mas em seguida pensei: Não, ainda dá para fazer uma barba com ela, quem sabe até duas. Por que ser perdulário? Mas depois pensei melhor: Meus sete livros continuam vendendo bem, tenho obras publicadas em vinte países, outro dia mandei refazer o telhado da casa, instalei uma caldeira nova e silenciosa no porão e troquei o encanamento do banheiro da Hope. As contas estão pagas e temos uma poupança no banco rendendo três por cento ao ano para a nossa velhice. Para o inferno com isto, pensei, chega de lenga-lenga — e pus uma lâmina nova na navalha. E vejam só como me cortei. Por pouco não fico sem orelha."

Amy: "É para aprender a não ser tão impulsivo".

"Eu só queria experimentar como era viver do mesmo modo que as outras pessoas."

"E?", indagou Hope, de volta à mesa, frigideira em punho.

"Já disse. Por pouco não fico sem orelha."

"Aqui está o seu ovo."

"Só quero metade."

"Coma, querido, se refestele um pouco", disse Hope, beijando-lhe a cabeça.

Queridos mamãe e papai, faz três dias que nos encontramos com o pai da Anne. Desde que chegamos, os dois estão numa euforia comovente...

"E aqui está a correspondência", disse Hope.

"Eu não costumava ler essas coisas de manhã. Deixava para o fim do dia", explicou-me ele.

"Não lia nem as manchetes do jornal", comentou Hope. "Até poucos anos atrás, ele nem sequer tomava o café da manhã conosco. Mas, quando nossos filhos saíram de casa, eu disse que não admitia ficar sentada aqui sozinha."

"Só que eu também não deixava você falar comigo, deixava? Isso é novidade."

"Vou fazer mais um ovo para você", disse ela.

Lonoff empurrou o prato vazio para o lado. "Não, amor, não aguento mais nada."

Queridos papai e mamãe, a Anne ficou grávida e está que não se aguenta de tanta felicidade. Ela achava que nunca voltaria a experimentar um sentimento tão maravilhoso assim...

Lonoff começou a separar a meia dúzia de cartas que tinha nas mãos. Disse-me: "E isto é só o que a editora me encaminha. Uma em cem vale a pena abrir. Uma em quinhentas".

"Por que não contrata uma secretária para fazer isso?", indaguei.

"Ele é muito consciencioso", explicou Hope. "Não tem coragem de delegar esse tipo de coisa. Sem contar que uma secretária seria mais uma pessoa. Não podemos transformar esta casa numa estação ferroviária."

"Uma secretária seriam mais seis pessoas", informou ele à mulher.

"O que é desta vez?", indagou ela quando Lonoff se pôs a virar as folhas escritas a lápis. "Leia, Manny."

"Leia você." Estendeu a carta para a mulher. "Vamos mostrar ao Nathan o que significa ser tirado da obscuridade. Para depois ele não vir desesperado atrás de nós dizendo que não foi avisado."

Hope enxugou as mãos no avental e pegou a carta. Estava tendo uma manhã e tanto; era praticamente o começo de uma vida nova. E por quê? Porque Amy estava de partida.

"'Caro Senhor Lonoff'", leu ela. "'Sugiro que o senhor com seu talento escreva uma história com o seguinte enredo. Um sujeito que não é judeu se muda do Oeste para Nova York e pela primeira vez na vida conhece alguns judeus. Sendo uma pessoa de bom coração, presta-lhes favores. Quando ele abre mão de parte de sua hora de almoço no trabalho para ajudá-los, eles bancam os espertalhões, tentando se aproveitar de seu tempo o máximo possível. Quando ele favorece os colegas de trabalho, arrumando-lhes canetas esferográficas por atacado, a coisa se repete. Tentam fazer com que ele compre algumas para terceiros, dizendo: "Um conhecido meu quer comprar uma dúzia de canetas", e depois dizem: "Não, eu não pedi para você comprar as canetas para ele. Só disse que eu queria duas dúzias, e não venha me dizer agora que eu pedi para você comprar duas dúzias para ele, porque não é verdade". Em virtude disso, o sujeito acaba sentindo aversão pelos judeus. Tempos depois, ele descobre que alguns não judeus que nunca haviam tentado abusar dele estão tentando botá-lo no olho da rua, ao passo que os judeus tomam seu partido quando o chefe resolve demiti-lo. Quando ele adoece, os judeus doam sangue para ele. No fim, ele tem uma conversa com uma pessoa, graças à qual fica sabendo como a história dos judeus os induziu ao vezo do oportunismo. Sinceramente, Ray W. Oliver. P.S.: Também sou escritor. Estou disposto a colaborar com o senhor num conto com esse enredo.'"

"Eu também", disse Amy.

"São as consequências do fascínio", comentei. Uma citação de "Os anos médios", porém nem Lonoff pareceu lembrar-se dela. "Como disse Henry James", acrescentei, vermelho como um pimentão. "'O resto é a loucura da arte.'"

"Ah-ah", disse Lonoff.

Imbecil! Idiota! Eu tinha sido apanhado — por cair na besteira de pavonear minha erudição! *Ah-ah.* Ele sabia de tudo.

Mas, em vez de pedir que eu me levantasse e fosse embora por causa da maneira como me comportara no escritório dele, Lonoff abriu outro envelope e tirou de seu interior uma ficha de arquivo. Leu-a e a entregou a Hope.

"Ah, mais uma", disse ela. "Isso me deixa tão revoltada."

"Pelo menos tem estilo", disse Lonoff. "Gosto da ausência de cabeçalho. Vão logo mandando brasa. Leia, Hopie."

"Detesto essas coisas."

"Vamos, leia. É pelo bem do Nathan."

Então ele *não* sabia. Ou sabia e me perdoava.

"'Acabo de ler aquele seu conto brilhante: "Indiana"'", leu em voz alta Hope. "'O que um judeuzinho de merda como você sabe sobre o Meio-Oeste? Para as pessoas comuns, essa sua onisciência judaica é tão agradável quanto o seu senso muquirana de "arte". Sally M., Fort Wayne.'"

Lonoff, enquanto isso, abria com todo o cuidado um aerograma azul, proveniente do exterior.

"Nova Delhi", anunciou.

"Devem estar querendo condecorá-lo com o título de brâmane honorário", disse Amy.

Hope sorriu para a moça, que em menos de uma hora estaria longe dali. "Ele não vai aceitar."

"Bom", retrucou Amy, "vai ver que ele está com sorte e o título é de intocável."

"Ou coisa pior", disse Lonoff, e entregou a carta a Hope.

"Não se pode ter tudo", disse Amy.

Hope leu, dessa vez sem precisar ser instada a fazê-lo. "'Caro Senhor, sou um rapaz indiano de vinte e dois anos. Se me apresento assim é porque não tenho outra maneira de me aproximar do senhor. Talvez não lhe agrade a ideia de relacionar-se com um estranho que pretende explorá-lo.'" A confiança de Hope pareceu fraquejar de repente, e ela olhou para Lonoff sem saber o que fazer.

"Continue", disse ele.

"'... 'que pretende explorá-lo. Suplico sua ajuda plenamente consciente das barreiras de casta, credo etc. que nos separam. Como, apesar das aparências, sou apenas um mendigo, apresentarei meu pedido com bastante ousadia. Meu desejo é ir para a América. O senhor poderia fazer o favor de me tirar do meu país? Se minhas qualificações educacionais não me qualificarem para entrar nos Estados Unidos como estudante, e se todas as outras alternativas falharem, o senhor poderia, em último caso, me adotar? Envergonha-me fazer tal pedido, pois já não sou criança e tenho pais que dependem de mim para se sustentar na velhice. Estou disposto a realizar qualquer tipo de trabalho e me esforçarei o máximo possível em lhe ser útil. Tenho certeza de que nessa altura o senhor já formou a imagem inexpressiva de um indiano baixinho, moreno, ambicioso, com um caráter a que não falta boa dose de inveja. Se pensou desse modo, terá uma grande surpresa. Pois a descrição acima é perfeita para mim. Quero fugir das realidades cruéis que me cercam e viver com um pouco de paz e fazer um curso superior de meio período. Peço que o senhor faça a gentileza de me informar se pode auxiliar este seu humilde criado...'"

Hope levou a carta ao peito — viu que Amy havia empurrado a cadeira para trás e se levantara. "Me desculpe", disse ela.

"Por quê?", inquiriu Amy, forçando um sorriso.

As mãos de Hope começaram a tremer.

Olhei de relance para Lonoff, porém ele não parecia disposto a abrir a boca.

Com apenas um leve toque de exasperação na voz, Amy disse: "Não entendo por que você deveria se desculpar".

Hope se pôs a dobrar a carta proveniente da Índia, ainda que o fizesse, até onde eu podia perceber, sem nenhum método. Tinha os olhos voltados para os gerânios quando disse: "Não tive a intenção de constranger você".

"Mas eu não estou constrangida", respondeu Amy com inocência.

"Eu não *disse* que você estava", admitiu Hope. "O que eu disse foi que não tive a *intenção* de constrangê-la."

Amy não entendeu — a brincadeira era essa. Esperou que Hope se explicasse melhor.

"Por favor, esqueça", disse Hope.

"Ela já esqueceu", interveio Lonoff delicadamente.

"Eu vou indo", disse Amy para ele.

"Não vai nem terminar seu café?", indagou Lonoff.

"Você já está meia hora atrasado", retorquiu Amy. "E, com toda essa socialização promíscua em torno do seu ovo, é capaz que leve a manhã inteira para se recuperar."

"Pois é", disse eu, levantando-me de um salto, "também preciso ir andando."

"Os ônibus não passam assim tão cedo", informou-me Lonoff. "O primeiro chega só às onze e vinte."

"Mas, se a Amy puder me dar uma carona, acho que prefiro fazer um pouco de hora na cidade — quer dizer, se não for fora de mão para você", acrescentei, olhando tão encabuladamente quanto olhara na véspera para a garota que eu havia coberto com tantos véus da minha imaginação e *mesmo assim* não conseguia ver com clareza.

"Você é quem sabe", disse Lonoff.

Levantou-se e contornou a mesa para dar um beijo no rosto de Amy. "Mande notícias", disse. "E obrigado pela ajuda."

"Acho que consegui pelo menos separar os livros. Pelo menos isso ficou em ordem."

"Ótimo. O resto eu mesmo tenho de fazer. E preciso pensar no assunto. Não sei se isso é para mim, Amy."

"Por favor", disse ela, "prometa que não vai destruir nada."

Podia ser um jogo de palavras, mas ainda assim entendi que ela estava se referindo aos rascunhos dos contos antigos que estivera organizando para a coleção de manuscritos de Harvard. Para Hope, porém, a intenção do pedido era evidentemente menos inocente. Antes que os dois pudessem dizer mais alguma coisa de duplo sentido em sua presença, ela se retirou da cozinha.

Ouvimos quando subiu a escada e, ato contínuo, bateu a porta do quarto com um estrondo.

"Me deem licença um instante", disse Lonoff, e, abotoando o paletó, foi atrás da mulher.

Em silêncio, Amy e eu tiramos nossas coisas do closet do hall e nos vestimos para enfrentar a neve. Depois, ficamos ali, tentando decidir o que fazer em seguida. Tive de me esforçar o máximo possível para não dizer: "Quem nunca teve a sensação de que queria ir embora e ao mesmo tempo tinha vontade de ficar?".

O que enfim encontrei para dizer não foi muito melhor. "Ontem à noite, durante o jantar, o senhor Lonoff contou sobre a carta que você mandou da Inglaterra para ele."

Amy registrou isso e retomou a atitude de espera. Em sua cabeça, via-se o gorro de lã branca comprido que terminava com um pompom. Claro! Lonoff o havia dado para ela em seu primeiro inverno ali, nas Berkshires; e agora ela não conseguia se separar do gorro, assim como não conseguia se separar dele, seu segundo Pim.

"Quando foi isso?", perguntei. "Quando foi que morou na Inglaterra?"

"Ah, meu Deus." Ela fechou os olhos e levou uma das mãos à testa. Então pude ver como estava esgotada. Nenhum de nós dois tinha dormido à noite;

120   ZUCKERMAN ACORRENTADO

Amy pensando em quem ela poderia ser, vivendo em Florença com Lonoff; eu pensando em quem ela poderia ter sido. Quando a manga de seu casaco subiu um pouco, revelando o antebraço, obviamente vi que não havia nenhuma cicatriz ali. Nenhuma cicatriz, nenhum livro, nenhum Pim. Não, o pai amoroso a quem era preciso renunciar em favor da arte da criança não era o dela; era o meu. "Eu era baixinha, morena, ambiciosa — e tinha dezesseis anos. Foi há onze anos", disse Amy.

Exatamente a idade que teria Anne Frank, se houvesse sobrevivido.

"Onde vivia antes de ir para a Inglaterra?"

"É uma longa história."

"Viveu a guerra?"

"Escapei dela."

"Como?"

Ela sorriu com educação. Eu a estava irritando. "Sorte."

"Acho que foi assim também que escapei", disse eu.

"E o que viveu em vez da guerra?", indagou ela.

"A minha infância. E o que *você* viveu?"

"A de outra pessoa", respondeu ela secamente. "É melhor a gente ir. Está ficando tarde. E a viagem é longa."

"Não posso ir sem me despedir."

"Eu também não, mas é o melhor que temos a fazer."

"Tenho certeza de que ele gostaria que esperássemos."

"Ah, gostaria?", disse ela de um jeito estranho, e eu a segui até a sala de estar, onde nos sentamos nas poltronas junto à lareira. Amy ocupou a poltrona de Lonoff e eu me instalei na outra. Com azedume, ela tirou o gorro.

"Ele foi extremamente generoso comigo", expliquei. "Foi uma visita e tanto. Para mim", acrescentei.

"Ele é um homem generoso."

"Ajudou você a vir para a América."

"Foi."

"Da Inglaterra."

Amy pegou a revista que eu havia folheado na véspera enquanto Lonoff falava no telefone.

Disse eu: "Sei que estou sendo insistente...".

Amy esboçou um sorriso e se pôs a virar as páginas.

"É que... há alguma coisa em você que me lembra a Anne Frank."

Um arrepio percorreu minha espinha quando ela respondeu: "Já me disseram isso antes".

"*Sério?*"

"Mas", disse Amy, olhando nos meus olhos com aqueles seus olhos inteligentes, "não sou ela."

Silêncio.

"Mas leu o livro dela, não leu?"

"Para dizer a verdade, não", respondeu Amy. "Só dei uma espiada."

"Ah, mas é um livro e tanto."

"É mesmo?"

"É, sim. Ela era uma escritora formidável. Um fenômeno para uma menina de treze anos. É como assistir a um filme, em câmera rápida, que registra a formação de um rosto num feto, é incrível como ela vai dominando a coisa. Você devia ler. De repente ela descobre o tom reflexivo, em seguida se põe a fazer descrições, esboços de personagens, depois apresenta um episódio mais demorado, cheio de voltas e viravoltas, narrado com tanta elegância que parece ter sido reescrito dezenas de vezes. E sem aquela preocupação nociva em ser *interessante* ou *séria*. Ela simplesmente *é*." Meu corpo estava empapado de suor por causa do esforço em resumir minhas reflexões e apresentá-las a ela antes que Lonoff retornasse para me inibir. "O ardor que a gente sente nela, a vivacidade dela — é uma menina que não para, a todo instante começa coisas novas; para ela, ser entediante é tão insuportável quanto sentir-se entediada —, uma escritora sensacional, falando sério. E tão encantadora. Outro dia eu estava pensando" — o pensamento, obviamente, acabara de me ocorrer, em meio ao arroubo que sentia por me ver enchendo a bola de Anne Frank diante de alguém que podia inclusive ser a própria Anne Frank — "que ela lembra uma irmãzinha entusiasmada de Kafka, sua filhinha perdida — até as feições são parecidas. Eu acho. As águas-furtadas e os armários de Kafka, os sótãos ocultos onde são proferidas as acusações, as portas camufladas — tudo o que ele sonhou em Praga era, para ela, vida real em Amsterdam. O que ele inventou, ela sofreu. Lembra-se da primeira frase d'*O processo*? Estávamos justamente falando sobre isso na noite passada, eu e o senhor Lonoff. Serviria de epígrafe para o livro dela. 'Certamente alguém havia caluniado Anne F., pois uma manhã ela foi detida sem que tivesse feito mal algum.'"

122   ZUCKERMAN ACORRENTADO

No entanto, apesar do *meu* ardor, Amy estava com a cabeça em outro lugar. Se bem que a minha também não estava ali — e sim em Nova Jersey, onde eu tivera a sorte de passar a infância. Se pudesse me casar com você, pensava eu, ah, minha defensora inatacável, minha aliada invulnerável, meu escudo contra as acusações que fazem de mim um desertor, um traidor, um delator irresponsável, abominável! Ah, case-se comigo, Anne Frank, livre-me, perante meus ultrajados pais e benfeitores, dessas acusações idiotas! Descuidado do sentimento judaico? Indiferente à sobrevivência dos judeus? Insensível a seu bem-estar? Quem se atreve a imputar esses crimes estouvados ao marido de Anne Frank?!

Mas, ai, eu não conseguia fazê-la sair daquele livro sacro e transformá-la num personagem desta vida. Em vez disso, via-me defronte de uma Amy Bellette (quem quer que *ela* fosse) que virava as páginas da revista de Lonoff e, saboreando cada grifo dele, esperava para ver se no último minuto ele não se resolvia a mudar de vida, mudando assim a vida dela também. O resto era uma ficção exorbitante, a resposta incontestável que eu queria dar ao questionário dos Wapter. E, longe de ser incontestável, longe de me absolver de suas acusações e restaurar minha acalentada inculpabilidade, uma ficção que lhes pareceria uma profanação ainda mais abjeta do que aquela que haviam lido.

Hope vinha descendo a escada. Estava pronta para sair, trajando um impermeável verde com capuz e botas de neve sobre as calças de lã. Com uma das mãos, apoiava-se no corrimão — para prevenir uma queda; na outra levava uma pequena bolsa de viagem.

Lonoff falou-lhe do alto da escada. "Não faça assim", disse com delicadeza. "Isso é pura..."

"Que tal cada um fazer o que tem vontade?" Isso ela disse sem olhar para trás; em seu estado de nervos, tinha de prestar atenção para não tropeçar nos degraus.

"Mas a sua vontade não é essa."

Hope estacou — "Ao contrário, é a minha vontade há *anos*" — e mais uma vez deu prosseguimento ao seu abandono do lar.

"Volte aqui. Você não sabe o que está dizendo."

"Você só está com medo", disse ela entre os dentes, "de abrir mão do seu tédio."

"Não estou ouvindo você, Hope."

Agora em segurança, na base da escada, a mulherzinha se virou e olhou para cima. "Eu disse que você só está aflito porque não sabe como vai fazer para escrever a partir de hoje, como vai fazer para se dedicar à leitura e à reflexão sem se entediar com a minha presença. Bom, querido, que tal se entediar com outra pessoa no meu lugar? Deixe outra pessoa passar o tempo inteiro se preocupando em não fazer nada que o aborreça!"

"Volte aqui, Hope, por favor."

Em vez de fazer o que ele pedia, Hope pegou a bolsa e irrompeu na sala de estar. Só eu me levantei para recebê-la.

"Tire o casaco", disse ela para Amy. "Agora é sua vez de aguentar trinta e cinco anos desta vida!" E, com isso, caiu num choro convulso.

Lonoff agora empreendia uma aproximação cautelosa, descendo vagarosamente a escada. "Hope, isso é puro drama. É um exagero."

"*Eu vou embora*", disse ela.

"Você não vai a lugar nenhum. Largue essa bolsa, Hope."

"Não! Estou indo para Boston! Mas não se aflija — ela sabe onde fica tudo. É praticamente a casa dela. Nem um minuto do seu tempo precioso será perdido. É só ela pendurar as coisas de volta no closet e estará pronta para começar a entediá-lo assim que eu sair pela porta da frente. Você nem vai notar a diferença."

Não podendo mais assistir à cena, Amy baixou a cabeça e cravou os olhos no próprio colo, incitando Hope a dizer: "Ah, ela acha que não. É claro. Eu a vi acariciando cada folha de cada rascunho de cada conto seu. Deve achar que, estando a seu lado, isto aqui vai ser a religião da arte em período integral. Ah, se vai! Deixe-a tentar agradá-lo, Manny! Deixe-a servir de pano de fundo para suas reflexões durante trinta e cinco anos. Deixe-a ver como você é nobre e heroico ao chegar ao vigésimo sétimo rascunho. Deixe-a preparar refeições maravilhosas e acender velas para o seu jantar. Deixe-a aprontar tudo para fazê-lo feliz e então ver a expressão que você estampa nesse seu rosto de pedra ao sair do escritório à noite e sentar-se à mesa. Uma surpresa para o jantar? Ah, mocinha, ele tem mais do que direito a isso após um dia de trabalho sem conseguir escrever uma mísera frase decente. *Isso* não chega a aborrecê-lo. E as velas nos velhos castiçais de estanho? Velas, após todos esses anos? Que tocante da parte dela, ele pensa, que coisa mais vulgar, que recordação mais tristonha dos salões de chá de outrora. Isso, deixe-a preparar dois banhos quentes por dia para as coitadas das suas costas e depois passar uma semana sem ouvir uma palavra sua — para não falar em carinhos na cama. Pergunte a ele quando estiverem deitados: 'Que foi, amor, qual é o problema?'. Mas é claro que você sabe perfeitamente qual é o problema — você sabe por que ele não a abraça, sabe por que nem se dá conta de que você está *ali*. O quinquagésimo rascunho!".

"Já chega", disse Lonoff. "Foi uma descrição bastante realista, muito fiel aos acontecimentos, mas já chega."

"Acariciando aqueles papéis! Ah, ela vai ver só! Fui mais acariciada por desconhecidos na hora do rush no metrô, nos dois meses que passei em Nova York em 1935, do que nos últimos vinte anos que vivi nesta casa! Tire o casaco, Amy — você fica. Os sonhos da época da faculdade se realizaram! Você fica com o escritor de ficção — e eu dou o fora!"

"Ela não vai ficar", disse Lonoff, de novo com delicadeza. "Quem vai ficar é você."

"Não para viver mais trinta e cinco anos assim!"

"Ah, Hopie." Lonoff estendeu a mão na direção do rosto dela, onde as lágrimas continuavam a correr.

"Estou indo para Boston! Estou de partida para a Europa! Agora não adianta mais tocar em mim! Vou dar uma volta ao mundo e nunca mais vou voltar! E você", disse ela, baixando os olhos para fitar Amy na poltrona, "*você* não vai a lugar nenhum. *Você* não vai ver nada. Se tiver a chance de sair para jantar, se em seis meses conseguir fazer com que ele aceite um convite para ir à casa de alguém, então vai ser pior ainda — então, uma hora antes de vocês saírem de casa, sua vida será um inferno, você terá de aguentá-lo resmungando, bufando, perguntando como vai ser quando as pessoas começarem a falar sobre as *ideias* que elas têm. E, se você se atrever a trocar o moedor de *pimenta*, ele vai querer saber qual é o problema, o que havia de errado com o antigo? São necessários três meses só para ele se acostumar com uma marca nova de *sabonete*. Mude o sabonete e ele sai *fungando* pela casa, como se houvesse alguma coisa morta na pia do banheiro, e não um simples Palmolive. Não se pode tocar em nada, não se pode mudar nada, todo mundo tem de fazer silêncio, as crianças não podem abrir a boca, seus amigos não podem vir vê-las antes das quatro... Essa é a religião da arte que ele cultua, minha jovem sucessora: a negação da vida! É do *não* viver que ele tira sua maravilhosa ficção! E a partir de agora você será a pessoa com quem ele não vai viver!"

Amy levantou-se com esforço da poltrona e vestiu o gorro infantil com o pompom na extremidade. Desviando o olhar de Hope, disse para Lonoff: "Vou indo".

"*Eu* vou indo", gritou Hope.

Para mim, Amy disse: "Estou de saída. Se quiser uma carona até a cidade, venha".

"*Eu* estou de saída", disse Hope para ela. "Tire esse gorrinho bobo da cabeça! Acabou a faculdade! Você tem vinte e sete anos! Esta é a sua casa, oficialmente sua!"

"Não, Hope", retrucou Amy, finalmente começando a chorar. "Esta é a sua casa."

E parecia tão arrasada e patética naquele momento de capitulação, que pensei: Mas é óbvio que ontem à noite não foi a primeira vez que ela se aninhou no colo dele — claro que ele já a tinha visto antes sem roupa. Eles eram amantes! E, no entanto, quando tentei imaginar E. I. Lonoff sem o terno, em decúbito dorsal, com Amy nua montada sobre ele, não consegui, porque, afinal de contas, filho nenhum consegue.

Não sei se eu conseguiria me controlar se desse aulas numa escola com moças tão bonitas, talentosas e cheias de encanto.

Então não dê.

Ah, pai, é verdade isso? Você foi amante dessa refugiada, dessa filha carente que o venera e tem metade da sua idade? E isso sabendo que nunca abandonaria a Hope? O senhor também sucumbiu? Como assim? *O senhor?*

Está falando da cama? Na cama eu já estive.

Convencido, naquela altura, de que isso não era verdade — certo de que ninguém, absolutamente ninguém, *jamais* estivera na cama —, insisti, porém, em acreditar no contrário.

"Faça o que estou dizendo!" Hope de novo, dando ordens a Amy. "Você fica e cuida dele! Ele não pode ficar aqui sozinho!"

"Mas eu não vou ficar sozinho", esclareceu Lonoff. "Você sabe que não vou ficar sozinho. Chega, Hopie, chega, pelo seu próprio bem. O que aconteceu foi que tivemos visitas. Uma pessoa nova passou a noite conosco. Tivemos companhia, tomamos o café da manhã todos juntos e você se entusiasmou, ficou excitada. Agora eles estão indo embora — e você não aguentou. Sentiu solidão. Teve medo. É compreensível."

"Olhe aqui, Manny, a criança é *ela* — não se atreva a tratar *a mim* como criança! Agora a menina-noiva aqui é ela..."

Contudo, antes que Hope pudesse descrevê-la com mais detalhes, Amy atravessou-lhe o caminho e saiu pela porta da frente.

"Ah, a piranhazinha!", exclamou Hope.

"Hope", disse Lonoff. "Não. Essa cena de novo, não."

Mas não fez menção de detê-la quando também ela saiu porta afora, bolsa de viagem em punho.

Perguntei: "Quer que eu... faça alguma coisa?".

"Não, não. Já vai passar. Está quase no fim."

"Certo."

"Sossegue, Nathan. Vamos todos nos acalmar, um de cada vez."

Então ouvimos Hope dar um grito.

Segui-o até a janela da frente, imaginando que veria a neve tingida de sangue. Em vez disso, lá estava Hope, esparramada no chão a poucos metros da casa, enquanto o carro de Amy saía lentamente da garagem, de marcha a ré. Exceto pela fumaça do escapamento, tudo lá fora brilhava. Era como se naquela manhã tivesse nascido não um sol, mas dois.

Hope olhava, nós olhávamos. O carro manobrou no interior da propriedade. Depois saiu para a estrada e desapareceu.

"A senhora Lonoff caiu."

"É, estou vendo", disse ele com tristeza.

Ficamos olhando enquanto ela se levantava. Lonoff bateu com os nós dos dedos na janela coberta de gelo. Sem se dar o trabalho de olhar para trás, Hope resgatou a bolsa do chão e, com passinhos cuidadosos, prosseguiu até a garagem, onde entrou no Ford do casal. Mas, quando foi ligar o carro, ele apenas gemeu; tentativa após tentativa, o motor só produzia aquele que é o mais triste dos sons do inverno.

"É a bateria", explicou Lonoff.

"Vai ver que afogou."

Hope tentou de novo, sem resultado.

"Não, é a bateria", disse Lonoff. "Passou o mês todo fazendo isso. Já recarreguei, mas não adiantou."

"Então é melhor trocar", disse eu, já que era sobre isso que ele queria conversar.

"Não, não faz sentido. O carro é praticamente zero. Só o usamos para ir à cidade."

Ficamos esperando até que, por fim, Hope desceu do carro.

"Bom, foi um defeito providencial", disse eu.

"Providencial para quem, Nathan?" Lonoff foi até o corredor e abriu a porta da frente. Eu continuei olhando pela janela.

"Hope", chamou ele. "Entre. Já acabou."

"Não!"

"Mas como eu vou fazer para viver sozinho?"

"Diga para o rapaz vir morar com você."

"Não seja boba. O rapaz está de partida. Venha para dentro. Se escorregar de novo, é capaz de se machucar. Querida, o chão está escorregadio, aí fora está um frio de rachar..."

"Vou para Boston."

"Como?"

"Se não tiver outro jeito, vou a pé."

"Hope, está fazendo quase dez graus abaixo de zero. Volte para dentro, venha se aquecer, logo você vai se acalmar. Vamos tomar uma xícara de chá juntos. Depois falamos sobre a mudança para Boston."

Então, com as duas mãos, ela atirou a bolsa na neve, junto a seus pés. "Ah, Manny, se nem para Stockbridge você quer ir porque as ruas são asfaltadas, como vou fazer para levá-lo para Boston? E, no fim das contas, por que as coisas seriam diferentes em Boston? Você continuaria o mesmo — ficaria ainda pior. Como faria para se concentrar com aquele mundaréu de gente por perto? Lá, alguém seria até capaz de perguntar sobre o seu trabalho!"

"Nesse caso, talvez seja melhor continuarmos aqui."

"Mas aqui você também não consegue se concentrar direito, eu o incomodo até quando faço uma torrada na cozinha — tenho de tirá-la da torradeira antes que ela pule para você não ouvir lá no escritório!"

"Ah, Hopie", disse ele, rindo um pouco, "assim você também já está exagerando. De agora em diante, e pelos próximos trinta e cinco anos, faça a sua torrada e não se preocupe comigo."

"*Eu não consigo.*"

"Consegue, é só se esforçar", retrucou ele com severidade.

"Não!" Tornando a apanhar a bolsa, Hope se virou e começou a caminhar em direção à estrada. Lonoff fechou a porta. Fiquei olhando pela janela para ver se ela não caía de novo. O limpa-neve municipal amontoara tanta neve na beira da estrada que, ao chegar ali, Hope desapareceu imediatamente de vista. Se bem que ela também não era lá muito alta.

Lonoff estava no closet do hall, brigando com as galochas.

"Quer que eu vá junto? Não vai precisar de ajuda?", indaguei.

"Não, não. Vai ser bom fazer um pouco de exercício depois daquele ovo." Bateu os pés no chão, na esperança de não ter de se curvar novamente para calçar direito as botas. "Além do mais, você deve ter anotações para fazer. Tem papel na minha escrivaninha."

"Papel para quê?"

"Para as suas anotações febris." Tirou do closet um casacão escuro, cinturado — não *exatamente* um cafetã —, e eu o ajudei a vesti-lo. Pondo um chapéu preto na cabeça calva, completou a figura do rabino principal, do arcediago, do professoral e alto sacerdote das aflições perpétuas. Apanhei seu cachecol, que tinha caído da manga de um casaco e jazia no chão, e o entreguei a ele. "Foi uma manhã e tanto", disse Lonoff.

Dei de ombros. "Não, não foi nada demais."

"E o que foi demais? Ontem à noite?"

"Ontem à noite?" Quer dizer que ele sabe tudo o que eu sei? Mas o que eu *sei*, além do que sou capaz de imaginar?

"Estou curioso para ver como nos sairemos. Deve dar um conto interessante. Você, quando escreve, não é tão amável e gentil assim", disse ele. "Vira outra pessoa."

"Viro?"

"Espero que sim." Então, como se houvesse concluído os ritos da minha confirmação, apertou-me a mão gravemente. "Para que lado ela foi? Para a esquerda?"

"Foi. Morro abaixo."

Encontrou as luvas no bolso do casaco e, depois de consultar rapidamente o relógio, abriu a porta da frente. "É como estar casado com Tolstói", disse ele, deixando-me entregue às minhas anotações febris enquanto corria atrás da esposa fugitiva, nessa altura a cinco minutos de distância, em sua malfadada jornada em busca de uma vocação menos nobre.

ZUCKERMAN LIBERTADO

Para Philip Guston
(1913-1980)

Vamos mostrar ao Nathan o que significa ser tirado da obscuridade. Para depois ele não vir desesperado atrás de nós dizendo que não foi avisado.

E. I. Lonoff, em diálogo com a mulher,
10 de dezembro de 1956

1. "Sou o Alvin Pepler"

"Que diabos você está fazendo num ônibus, com a grana toda que tem?"

Foi um rapaz atarracado, robusto, de cabelos curtos e terno novo quem quis saber; contemplava, absorto, uma revista automotiva quando notou quem estava sentado a seu lado. Foi o que bastou para ficar a mil.

Sem se abalar com a resposta malcriada de Zuckerman — num ônibus para se locomover no espaço —, deu alegremente seu conselho. Era o que todos andavam fazendo, quando conseguiam encontrá-lo. "Devia comprar um helicóptero. É o que eu faria. Arrendaria direitos de aterrissagem no alto de edifícios residenciais e nunca mais pisaria em cocô de cachorro. Ei, está vendo este cara?" Essa segunda pergunta foi dirigida a um sujeito que se achava em pé no corredor, lendo o seu *New York Times*.

Tendo deixado para trás o novo apartamento de Zuckerman no Upper East Side, o ônibus avançava pela Quinta Avenida, rumo ao centro financeiro de Manhattan. Zuckerman tinha uma reunião com um consultor de investimentos na rua 52, uma conversa marcada por iniciativa de seu agente, André Schevitz, que queria que ele diversificasse suas aplicações financeiras. Era passado o tempo em que Zuckerman tinha de se preocupar apenas em fazer Zuckerman ganhar dinheiro: de agora em diante teria de se preocupar em fazer seu dinheiro ganhar dinheiro. "Onde mantém suas economias atualmente?", perguntara o consultor quando Zuckerman finalmente telefonou para ele. "No sapato", respondeu Zuckerman. O sujeito riu. "Pretende deixá-las aí?" Embora a resposta fosse sim, por ora era mais fácil dizer não. Em seu íntimo, Zuckerman declarara uma moratória de um ano no tocante a toda e qualquer decisão mais séria que envolvesse questões suscitadas por seu sucesso retumbante. Quando voltasse a ter clareza das coisas, tornaria a lidar com elas. Aquilo, aquela sorte incrível — que significado tinha? Acontecera de forma tão imprevista e numa escala tal que o efeito não era menos desnorteador que o de uma desgraça.

Como normalmente Zuckerman não ia a lugar nenhum durante o rush matinal — exceto a seu escritório, aonde ia com uma xícara de café, a fim de reler os parágrafos escritos na véspera —, foi só quando já era tarde demais que ele se deu conta de que aquela era uma péssima hora para pegar um ônibus. Se bem que ainda não admitisse ter sofrido, nas últimas seis semanas, nenhuma diminuição em sua liberdade de ir e vir como e quando bem entendesse sem antes ter de lembrar quem era. As indagações que as pessoas se fazem corriqueira e cotidianamente sobre quem são já o acometiam em quantidade mais que suficiente — não tinha por que sair por aí com uma corcova extra de narcisismo nas costas.

"Ei. *Ei*." O animado vizinho de assento de Zuckerman tentava mais uma vez fazer com que o sujeito do corredor abandonasse a leitura do jornal. "Está vendo este cara aqui?"

"Agora estou", foi a resposta ríspida, exasperada.

"Foi ele que escreveu *Carnovsky*. Não soube da história pelos jornais? Faturou um milhão de dólares e continua andando de ônibus."

Ao se inteirar da presença de um milionário a bordo, duas meninas que trajavam uniformes cinza idênticos — duas crianças delicadas, de aparência meiga, sem dúvida bem-educadas irmãzinhas a caminho do colégio de freiras — viraram-se para olhar para ele.

"Veronica", disse a menor, "é o homem que escreveu o livro que a mamãe está lendo. É o Carnovsky."

As duas se ajoelharam no banco para ficar de frente para Zuckerman. Do outro lado do corredor, um casal de meia-idade também se virou para olhar.

"Vamos, meninas", disse ele com bom humor. "Tratem de fazer a lição de casa."

"A mamãe", disse a garota mais velha, assumindo o comando, "está lendo o seu livro, senhor Carnovsky."

"Legal. Mas ela não ia gostar de saber que vocês ficam encarando as pessoas no ônibus."

Sem chance. O Saint Mary aparentemente incluíra aulas de frenologia no currículo.

Nesse meio-tempo, o companheiro de Zuckerman tinha se virado para explicar à mulher do banco detrás o motivo de tanta agitação. Fazê-la participar da história. A família do homem. "Estou sentado ao lado de um cara que acabou de faturar uma bolada. Um milhão. Se bobear, dois."

"Bom", disse a voz de uma senhora afável e distinta, "espero que com esse dinheiro todo ele não se torne outra pessoa."

A quinze quarteirões do escritório do consultor financeiro, Zuckerman puxou a cordinha para descer. Com certeza ali, nos jardins da anomia, ainda dava para andar pela rua como um joão-ninguém na hora do rush. Do contrário, amigo, o jeito é deixar crescer o bigode. A ideia talvez passe um pouco ao largo da vida como você a sente, vê, conhece e deseja conhecer, mas, se tudo se resolve com um simples bigode, então, pelo amor de Deus, deixe crescer o bigode. Você pode não ser o Paul Newman, mas também não é quem costumava ser. Um bigode. Lentes de contato. Roupas coloridas também seriam uma boa. Experimente se vestir como todo mundo se veste hoje em dia, em vez de se vestir como todo mundo se vestia há vinte anos, no curso de Humanidades II. Menos para Albert Einstein e mais para Jimi Hendrix; assim não chamará tanta atenção. E por que não aproveita e dá um jeito nesse seu jeito de andar? Fazia tempo que ele estava mesmo querendo cuidar disso. Zuckerman caminhava com os joelhos muito juntos, e seu passo era excessivamente acelerado. Um sujeito de um metro e oitenta e três de altura precisava andar com mais *ginga*. Mas, depois dos dez primeiros passos, ele nunca se lembrava de gingar — e com vinte, trinta passos, já estava perdido em pensamentos, e não pensando em suas passadas. Bom, era chegado o momento de se haver com o problema; ainda mais agora que suas credenciais sexuais estavam sob o escrutínio da imprensa. Tinha de andar com a mesma agressividade com que escrevia. Você é um milionário, bicho, ande como tal. Tem gente olhando.

O negócio era com ele. Havia alguém atrás dele — a mulher a quem fora preciso explicar o motivo da excitação que tomara conta do ônibus. Uma senhora alta, magra, com o rosto bastante maquiado... por que raios vinha correndo em seu encalço? E abrindo o fecho da bolsa? De repente a adrenalina deu o alerta: melhor dar no pé.

Sabe como é, nem todo mundo tinha se deliciado com o livro que estava fazendo Zuckerman ganhar rios de dinheiro. Muita gente já havia escrito para recriminá-lo. "Por retratar judeus num verdadeiro show de perversão, por mostrar judeus às voltas com atos de adultério, exibicionismo, masturbação, sodomia, fetichismo e putaria", alguém que usava um papel timbrado tão imponente quanto o da Casa Branca chegara mesmo a insinuar que ele "merecia uma bala na cabeça". E na primavera de 1969 isso não era simples força de expressão. O Vietnã era uma carnificina e, tanto no campo de batalha como fora dele, muitos americanos haviam perdido as estribeiras. Fazia mais ou menos um ano que Martin Luther King e Robert Kennedy tinham sido assassinados. Nem era preciso ir tão longe: um ex-professor de Zuckerman vivia escondido desde que a janela de sua cozinha fora estilhaçada por um tiro de espingarda, numa noite em que ele se achava sentado à mesa, com um copo de leite quente numa das mãos e um romance de Wodehouse na outra. Durante trinta e cinco anos, o solteirão aposentado dera aulas de inglês médio na Universidade de Chicago. Uma matéria difícil pra chuchu, mas não tão difícil assim. O problema era que narizes amassados não satisfaziam mais. Nas fantasias dos contrariados, o murro bem dado fora substituído pela ideia de mandar o antagonista pelos ares: somente o aniquilamento proporcionava satisfação duradoura. Na convenção democrata do ano anterior, centenas de pessoas haviam sido espancadas com cassetetes e pisoteadas por cavalos e lançadas através de vidraças por terem cometido atentados à ordem e ao pudor bem menos graves do que os que Zuckerman, na opinião de não poucos de seus correspondentes, tinha cometido. Não lhe parecia improvável que, em algum lugar miserável, a capa da *Life* que trazia sua cara (sem bigode) estampada tivesse sido pregada na parede, à distância de um lançamento de dardo da cama de um lunático qualquer. Se aquelas matérias de capa já eram uma provação para os amigos escritores de um escritor, que dizer de seus efeitos em psicopatas semianalfabetos que talvez não estivessem a par de todas as boas ações que Zuckerman praticava no PEN Club? Ah, madame, se a senhora soubesse como eu sou de verdade! Não atire! Sou um escritor sério, igualzinho aos outros!

Porém era tarde demais para tentar se defender. Atrás dos óculos sem aro, os maquiados olhos verde-claros de fanática religiosa achavam-se convictamente vidrados: ela o agarrou à queima-roupa pelo braço. "Não" — o peso dos anos lhe tirara o fôlego —, "não deixe esse dinheirão mudar você, seja você quem for. Dinheiro não traz felicidade a ninguém. Só Deus Nosso Senhor é capaz disso." E, da bolsinha que devia abrigar a pistola, tirou um cartão-postal com uma imagem de Jesus Cristo e o depositou na mão de Zuckerman. "'Não há homem justo sobre a Terra', lembrou-lhe ela, "'que faça o bem e não peque. Se dissermos que não temos pecado nenhum, a nós mesmos nos enganamos, e a verdade não está em nós.'"

Horas mais tarde, depois de sair do escritório do consultor financeiro e entrar numa lanchonete, Zuckerman estava tomando um café — examinando, pela primeira vez na vida, a seção de finanças do jornal matutino — quando uma mulher de meia-idade se acercou dele toda sorridente para contar que, graças ao que lera em *Carnovsky* sobre sua liberação sexual, deixara de ser tão "certinha". E na agência bancária da Rockefeller Plaza, onde ele foi descontar um cheque, o vigilante de cabelos compridos perguntou em voz baixa se podia tocar o paletó do sr. Zuckerman: queria contar o acontecido para a esposa ao chegar em casa à noite. E, quando ele estava dando uma volta pelo parque, uma moça muito bem vestida, a típica mamãe do East Side levando o bebê e o cachorro para passear, atravessou-lhe o caminho para dizer: "Você precisa de amor. Amor em período integral. Dá dó ver alguém assim". E, na seção de periódicos da Biblioteca Pública, um senhor idoso bateu de leve em seu ombro e, num inglês cheio de sotaque — o sotaque do avô de Zuckerman —, falou-lhe da pena que sentia de seus pais. "Você não pôs sua vida inteira no livro", disse com pesar. "Sua vida é bem mais que isso. Mas preferiu deixar as outras coisas de fora. Só para se desforrar." E, por fim, ao chegar em casa, um homem negro, corpulento e bem-humorado, que o aguardava no hall do prédio para efetuar a leitura do relógio de luz: "Ei, você faz mesmo aquelas coisas que diz no livro? Com aquelas gatas todas? Sensacional, cara". O leitor do relógio de luz. É que as pessoas já não leem apenas relógios de luz, leem também o seu livro.

Zuckerman era alto, porém não tão alto quanto Wilt Chamberlain. Era magro, porém não tão magro quanto Mahatma Gandhi. Em seu traje habitual, composto de paletó de veludo cotelê marrom, suéter cinza com gola rulê e calças de algodão cáqui, estava sempre apresentável, mas faltava muito para ser um Rubirosa. E, em Nova York, os cabelos escuros e o nariz proeminente tampouco eram os traços distintivos que seriam em Reykjavík ou Helsinki. O que não impedia que, duas, três, quatro vezes por semana, ele fosse reconhecido na rua. "É o Carnovsky!" "Ei, Carnovsky, se cuida! Esse negócio dá cana!" "Ei, quer ver a minha lingerie, Gil?" No começo, quando alguém o chamava de Carnovsky, Zuckerman acenava com a mão para mostrar que sabia levar a coisa na esportiva. Era o mais fácil a fazer, por isso agia assim. Depois passou a ser mais fácil fazer de conta que não tinha escutado e continuar andando como se não fosse com ele. Depois ficou mais fácil fazer de conta que estava escutando coisas, assumir que tudo aquilo se passava num mundo que não existia. As pessoas haviam confundido representação com confissão: estavam falando com um personagem que habitava um livro. Tentou encarar aquilo como um crédito para sua arte — fizera pessoas reais acreditar que Carnovsky também era real —, mas por fim concluiu que o melhor era fingir ser apenas ele mesmo e dar no pé com passinhos ligeiros.

Ao entardecer, foi dar uma volta pelas ruas do Upper East Side e, afastando-se de sua nova vizinhança, partiu rumo a Yorkville, encontrando, na Segunda Avenida, o refúgio que procurava. O lugar ideal para ficar em paz com o jornal vespertino — ou pelo menos foi o que Zuckerman pensou ao espiar por entre os salames pendurados na vitrine: uma garçonete sexagenária com um borrão de maquiagem em volta dos olhos e chinelos em petição de miséria e, atrás do balcão, envergando um avental tão branco quanto a neve acumulada nas sarjetas de Manhattan, um gigante de facão em punho. Não eram nem seis e quinze. Comeria um sanduíche e às sete estaria de volta ao apartamento.

"Com licença?"

Zuckerman tirou os olhos do cardápio surrado e deu com um sujeito de impermeável escuro parado ao lado de sua mesa. As outras dez ou doze mesas estavam vazias. O desconhecido tinha um chapéu nas mãos, e o segurava de uma maneira que devolvia a essa expressão seu brilho metafórico original.

"Perdoe a intromissão. Só queria lhe agradecer."

Era um homem grande, de tronco avantajado, ombros curvados e pescoço taludo. Um único fio de cabelo varava de fora a fora sua cabeça calva, mas, exceto por esse detalhe, o rosto era de menino: bochechas lisas e lustrosas, olhos castanhos emotivos e um narizinho insolente, que lembrava um bico de coruja.

"Agradecer? Pelo quê?" Foi a primeira vez em seis semanas que ocorreu a Zuckerman fingir ser outra pessoa. Estava aprendendo.

O admirador viu nisso um sinal de modéstia. A emoção tornou mais fundos os olhos vivos e lacrimosos. "Deus do céu! Por tudo. Pelo humor. Pela compaixão. Pela compreensão dos nossos impulsos mais recônditos. Por tudo o que nos fez lembrar da comédia humana."

Compaixão? Compreensão? Poucas horas antes o velhinho da biblioteca dissera que morria de pena de seus familiares. Aquela gente tirara o dia para baratiná-lo.

"Ora", disse Zuckerman, "é muita gentileza."

O desconhecido apontou para o cardápio que Zuckerman tinha nas mãos. "Por favor, faça o seu pedido. Não quero interrompê-lo. Eu estava no banheiro e, quando saí, mal pude acreditar nos meus olhos. Encontrá-lo num lugar como este! Eu precisava transmitir o meu agradecimento antes de ir embora."

"Está muito bem."

"O mais incrível é que também sou de Newark."

"Não diga!"

"Nascido e criado lá. Mudou-se em 49, não foi? Bom, hoje é outra cidade. Está irreconhecível. Nem queira saber."

"É o que dizem."

"Mas continuo lá, firme e forte."

Zuckerman assentiu com a cabeça e fez um sinal para a garçonete.

"Acho que só quem é de lá consegue avaliar o que você está fazendo pela velha Newark."

Zuckerman pediu um sanduíche e um chá. Como esse cara soube que eu me mudei em 49? Deve ter lido na *Life*.

Sorriu e esperou que o sujeito tomasse seu rumo, voltando para o lado de lá do rio.

"Você é o nosso Marcel Proust, Zuckerman."

Zuckerman riu. Não era bem assim que via a coisa.

"No duro. Não estou brincando, não. Deus me livre. É você e o Stephen Crane. Para mim são os dois grandes escritores de Newark."

"Ora, é muita gentileza sua."

"Tem também a Mary Mapes Dodge, mas, por mais admirável que seja, *Hans Brinker* é apenas um livro para crianças. Sou obrigado a deixá-la em terceiro lugar. Depois tem o LeRoi Jones, mas esse eu não me importo de colocar em quarto. Digo isso sem preconceito de cor e independentemente da tragédia que aconteceu com a cidade nos últimos anos. Só que o que ele faz não é literatura. A meu ver é proselitismo racial. Não, nas letras temos você e o Stephen Crane, nos palcos e nas telas temos o Rod Steiger e a Vivian Blaine, na dramaturgia temos a Dore Schary, no jazz temos a Sarah Vaughan, e nos esportes temos o Gene Hermanski e o Herb Krautblatt. Não que algum feito esportivo chegue aos pés da façanha que você realizou. Tenho certeza de que no futuro as escolas levarão seus alunos a Newark para conhecer..."

"Ah", disse Zuckerman, novamente divertido, porém ressabiado com o que estaria alimentando tamanha efusão, "acho que não serei o melhor atrativo para as crianças. Ainda mais com o Empire fechado." O Empire era a casa de striptease da Washington Street, havia muito defunta, em cuja meia-luz muitos meninos de Nova Jersey tinham visto sua primeira calcinha sexy. Zuckerman era um deles; Gilbert Carnovsky, outro.

O sujeito levantou os braços — e o chapéu: o gesto da mais completa rendição. "Vê-se que não é só escrevendo que você tem um senso de humor fantástico. Não sou páreo para tamanha espirituosidade. Mas espere e verá. Será a você que recorrerão no futuro quando quiserem lembrar como eram as coisas nos velhos tempos. *Carnovsky* deixou registrado para todo o sempre como era para um menino judeu crescer naquela cidade."

"Bom, obrigado de novo. Obrigado por todos esses comentários gentis."

A garçonete apareceu com o sanduíche. Isso daria fim à coisa. E terminaria, afinal de contas, tudo bem. Por trás da efusão havia apenas alguém que gostara de um livro. Ótimo. "Obrigado", disse Zuckerman — pela quarta vez —, e, cerimoniosamente, ergueu metade do sanduíche.

"Estudei no South Side. Turma de 43."

South Side, no centro decadente da velha cidade fabril, um colégio em que quase metade dos alunos era negra mesmo na época de Zuckerman, quando Newark ainda era majoritariamente branca. Seu distrito escolar, situado nos arrabaldes de uma Newark mais nova e residencial, fora ocupado nos anos 20 e 30 por judeus que haviam deixado os degradados enclaves de imigrantes da região central para criar filhos destinados às universidades e às profissões liberais e, a seu devido tempo, aos subúrbios abastados do município de Orange, onde o próprio irmão de Zuckerman, Henry, agora era proprietário de uma casa espaçosa.

"Você era da turma de 49 da Weequahic."

"Olhe", disse Zuckerman como que se desculpando, "preciso comer e sair correndo. Sinto muito."

"Eu é que peço desculpas. Só queria dizer... bom, acho que já disse, não é mesmo?" Sorriu, arrependido da insistência. "Obrigado, obrigado mais uma vez. Por tudo. Foi um prazer. Foi sensacional. Deus sabe que eu não queria incomodá-lo."

Zuckerman observou o sujeito dirigir-se ao caixa para pagar a conta. Mais jovem do que aparentava ser em virtude das roupas escuras, do corpanzil e do ar derrotado, porém mais deselegante e, por causa do andar arrastado imposto pelos pés chatos, mais patético do que Zuckerman notara inicialmente.

"Mil perdões. Desculpe."

De novo o chapéu nas mãos. Zuckerman tinha certeza de tê-lo visto sair pela porta com o chapéu na cabeça.

"Pois não?"

"Sei que provavelmente vai rir disso. Mas o fato é que estou tentando escrever. Não precisa se preocupar com a concorrência, isso eu lhe garanto. É diante do papel em branco que a pessoa se dá conta da proeza realizada por alguém como você. A paciência necessária, por si só, é prodigiosa. Dia sim, dia não diante daquela folha de papel em branco."

Pouco antes, Zuckerman pensara que devia fazer a bondade de oferecer uma cadeira ao sujeito e papear um pouco com ele, nem que fosse por cinco minutos. Começara mesmo a sentir uma ligação sentimental ao lembrar-se do anúncio que ele havia feito ao pé da mesa: "Também sou de Newark". Estava menos sentimental agora, com a informação de que, além de seu conterrâneo, o indivíduo novamente parado ao pé de sua mesa era escritor.

"Fiquei pensando que talvez você soubesse de algum editor ou agente literário que pudesse ser de ajuda para alguém como eu."

"Não."

"Está certo. Tudo bem. Perguntei por perguntar. Já tenho um produtor, sabe? O homem quer fazer um musical baseado na minha vida. Eu, particularmente, achava melhor publicar a coisa em livro antes. Um livro sério, contando toda a verdade."

Silêncio.

"Deve estar achando isso um disparate, eu sei, embora seja educado demais para dizê-lo. Mas não estou inventando, não. E, também, isso não quer dizer que eu seja alguém de importância. Não sou ninguém e não tenho a menor importância. A pessoa bate o olho em mim e vê isso. É o que aconteceu comigo que vai dar um belo musical."

Silêncio.

"Sou o Alvin Pepler."

Bom, não era o Houdini. Por instantes isso pareceu possível.

Alvin Pepler esperou para ouvir o que Nathan Zuckerman achava de conhecer Alvin Pepler. Não ouvindo nada, saiu em socorro de Zuckerman. E de si próprio. "Claro que esse nome, para alguém como você, não diz nada. Tem coisas melhores para fazer do que desperdiçar seu tempo em frente à TV. Mas, como somos *landsmen*,* pensei que alguém da sua família podia ter falado de mim para você. Não contei antes porque não achei que fosse o caso, mas tem uma prima do seu pai, a Essie Slifer, que estudou na Central com a Lottie, uma irmã da minha mãe. Tinham um ano de diferença entre si. Não sei se ajuda, mas era a mim que os jornais chamavam de 'Pepler, o Homem do Povo'. Sou o 'Alvin, o Fuzileiro Judeu'."

"Agora estou lembrando", disse Zuckerman, aliviado por finalmente ter alguma coisa para dizer. "O sujeito dos concursos de perguntas e respostas, não é? Você participava daqueles programas."

Ah, era bem mais que isso. Os olhos castanhos visguentos ganharam um colorido triste e zangado, enchendo-se não de lágrimas, mas, o que era pior, de *verdade*. "Fui o líder, Zuckerman, por três semanas seguidas, do mais importante daqueles programas todos. Mais que *Vinte e Um*. Em termos de prêmios distribuídos, mais importante que *A Questão de 64 Mil Dólares*. Fiquei em primeiro lugar em *Dinheiro Esperto*."

Zuckerman não se lembrava de ter visto nenhum daqueles programas tão populares no final dos anos 50, e não sabia dizer qual era um, qual era outro; ele e Betsy, sua primeira mulher, nem tinham aparelho de TV em casa. Contudo, lembrava que uma parente sua — muito provavelmente a prima Essie — certa vez mencionara uma família de Newark cujo sobrenome era Pepler e cujo filho, um ex-fuzileiro naval meio esquisito, participava daquelas coisas.

"Foi no Alvin Pepler que passaram a perna para abrir caminho para o gran-

---

* Termo iídiche originalmente aplicado a imigrantes judeus provenientes da mesma cidade, região ou país do Leste europeu. (N. T.)

de Hewlett Lincoln. Esse é o assunto do meu livro. A farsa de que o público americano foi vítima. A manipulação da confiança de milhões de pessoas inocentes. E a minha transformação em pária por ter admitido isso. Eles me criaram, depois me destruíram — e ainda não acabaram comigo, Zuckerman. Os outros envolvidos foram todos em frente, escalaram vários degraus na hierarquia da América corporativa, e ninguém dá a mínima se agiram como ladrões e mentirosos. Mas, por ter me recusado a mentir em favor daqueles vigaristas, passei dez anos como um homem marcado. Qualquer um que tenha sido vítima de McCarthy está em melhor situação que eu. O país inteiro se voltou contra o canalha; absolveram os inocentes e assim por diante, até as injustiças serem minimamente reparadas. Mas a ficha de Alvin Pepler na televisão americana continua suja até hoje."

Zuckerman agora estava se lembrando com mais clareza do furor em torno daqueles programas de perguntas e respostas, lembrando-se não propriamente de Pepler, mas de Hewlett Lincoln, o jovem e filosófico jornalista interiorano, filho do governador republicano do Maine, e, enquanto durou sua participação, a celebridade mais ilustre da televisão americana, admirado pelas crianças e por seus professores, seus pais e seus avós — até que o escândalo estourou e as crianças foram informadas de que as respostas que Hewlett Lincoln sempre tinha na ponta da língua lhe eram sopradas pelos produtores do programa dias antes de ele entrar na cabine de isolamento em que ficavam os concorrentes. A história foi parar nas manchetes dos jornais e, como Zuckerman agora lembrava, o final grotesco tinha sido um inquérito parlamentar.

"Nem em sonho", dizia Pepler, "eu ousaria nos comparar. Um artista culto como você e um sujeito que calhou de nascer com uma memória fotográfica são coisas bem distintas. Mas, enquanto participei de *Dinheiro Esperto*, eu desfrutava, fazendo ou não por merecê-lo, do respeito do país inteiro. Modéstia à parte, não creio ter sido prejudicial aos judeus que um ex-fuzileiro naval, veterano de duas guerras, os representasse em horário nobre e em cadeia nacional de TV por três semanas consecutivas. Você pode achar que os programas de perguntas e respostas são o fim da picada, mesmo quando não tem marmelada. Está no seu direito — você, mais que qualquer um. Mas não era assim que as pessoas comuns viam a coisa naquela época. Foi por isso que, do alto da glória daquelas três semanas fenomenais, não me furtei a revelar minha religião. Declarei-a em alto e bom som. Queria que os americanos soubessem que um judeu do Corpo de Fuzileiros Navais era tão durão quanto qualquer outro no campo de batalha. Nunca declarei ter sido herói de guerra. Longe disso. Tremia como os que dividiam as trincheiras comigo, mas nunca fugi, nem sob fogo pesado. Claro que havia uma porção de judeus em combate, inclusive gente mais corajosa que eu. Mas coube a mim fazer o grosso do povo americano entender isso, e, se o fiz por meio de um programa de perguntas e respostas... bom, era o que eu tinha a meu alcance. Então, claro, a *Variety* deu início aos xingamentos — me chamaram de vendido para baixo —, e foi aí que a vaca começou a ir pro brejo. Vendido. Justo eu, o único que não queria as respostas deles! Justo eu, que só queria que me dissessem qual era o assunto, que me deixassem estudar e decorar a matéria e então travar uma disputa limpa e justa! Eu seria capaz de escrever livros e mais livros sobre aquela gente e o que fizeram comigo. É por isso que topar com você, dar de cara, assim, sem mais nem menos, com o grande escritor de Newark... bom, considerando o meu momento atual, é difícil não pensar que se trata praticamente de um milagre. Porque acredito, falando sério, que se eu conseguisse escrever um livro em condições de ser publicado, as pessoas o leriam e acreditariam em mim. Meu nome voltaria a ser o que era. Aquela pequena contribuição que dei não permaneceria esquecida para sempre, como agora. Quaisquer inocentes que eu tenha prejudicado ou desacreditado, os milhões de pessoas que decepcionei, em especial os judeus... bom, finalmente todos ficariam sabendo o que de fato aconteceu. E me perdoariam."

O sujeito não permanecia insensível à sua própria ária. As íris castanho-escuras eram cadinhos de minério recém-saídos da fornalha — como se, de tão incandescentes, uma gota que caísse dos olhos de Pepler fosse capaz de perfurar seu interlocutor.

"Bom, se é assim", disse Zuckerman, "faz bem em investir nisso."

"Já investi." Pepler sorriu o melhor que pôde. "Dez anos da minha vida. Posso?" Apontou a cadeira vazia do outro lado da mesa.

"Claro, por que não?", disse Zuckerman, tentando não pensar em todos os porquês.

"Não fiz outra coisa", disse Pepler, atirando-se animadamente na cadeira. "Ocupei todas as minhas noites apenas com isso *durante dez anos*. Mas não tenho talento. Pelo menos é o que dizem. Mandei meu livro para vinte e duas editoras. Reescrevi tudo cinco vezes. Pago uma professorinha da Columbia High, lá de South Orange, que ainda é considerada uma excelente escola — pago-a por hora para corrigir todos os meus erros de gramática e pontuação. Para mim teria sido impensável mostrar uma única página desse livro a quem quer que fosse sem antes pedir a ela para corrigir os meus erros. É algo importante demais para isso. Mas, se eles dizem que eu não tenho talento... bom, não adianta ficar dando murro em ponta de faca. Talvez você esteja achando que o problema é o meu ressentimento. Em seu lugar eu também pensaria assim. Mas a senhorita Diamond, essa professora que trabalha para mim, ela concorda: nessa altura, tão logo veem que o autor é Alvin Pepler, jogam o manuscrito na pilha dos originais rejeitados. Duvido que leiam uma única palavra depois que veem o meu nome. Virei piada até para o mais reles dos editores que há no mercado editorial." O tom era apaixonado, e no entanto o olhar, agora que Pepler se sentara à mesa, parecia fixo no pedaço de sanduíche que Zuckerman deixara no prato. "Foi por isso que pensei que talvez você pudesse me indicar um agente, um editor — alguém que não tivesse um pé atrás comigo. Alguém que entendesse que isso é *sério*."

Conquanto fosse fã da seriedade, Zuckerman continuava pouco inclinado a entabular uma conversa sobre agentes e editores. Se um dia um escritor americano tiver motivo para buscar asilo na China Vermelha, será para ficar a quinze mil quilômetros de distância dessas conversas.

"Tem também o musical", lembrou-lhe Zuckerman.

"Livro sério é uma coisa, musical da Broadway é outra."

Mais um assunto que Zuckerman fazia questão de evitar. Parecia tema de curso da New School for Social Research.

"Se é que", disse Pepler com desânimo, "vão mesmo produzi-lo."

Zuckerman, o otimista: "Ora, até produtor você já tem...".

"É, mas por enquanto a coisa é só de boca. Ninguém pôs a mão no bolso, ninguém assinou nada. Ficamos de acertar tudo quando ele voltar. Aí é que vamos pôr o preto no branco."

"Bom, já é *alguma* coisa."

"Por isso vim para Nova York. Estou morando na casa dele; e passo o dia falando com o gravador. Nisso ele se parece com os figurões do mercado editorial: não está nem um pouco a fim de ler o que eu escrevi. Mandou eu ficar falando com o gravador até ele voltar. E disse para eu deixar as reflexões de lado. Só está interessado nas minhas histórias. Bom, quem pede não escolhe."

Boa deixa para cair fora.

"Mas", disse Pepler ao ver Zuckerman se levantando, "você só comeu metade do sanduíche!"

"Não posso." Apontou para o relógio que tinha no pulso. "Estou atrasado. Tenho um encontro."

"Ah, mil perdões, Zuckerman."

"Boa sorte com o musical." Apertou a mão de Pepler, que continuava sentado. "Tomara que dê tudo certo." Pepler não conseguia disfarçar a decepção. Pepler não conseguia disfarçar *nada*. Ou estaria disfarçando tudo? Impossível saber, e mais um motivo para ir embora.

"Nem sei como agradecer." Então, com resignação: "Escute, passando do sublime para o...".

O quê, agora?

"Não se importa, não é mesmo, se eu comer os seus picles?"

O sujeito estava brincando? Estava de gozação?

"Não consigo resistir", explicou. "Desde criança sou fissurado nisso."

"Por favor", disse Zuckerman, "não faça cerimônia."

"Tem certeza de que não vai...?"

"Absoluta."

Pepler também olhava fixamente para a metade intacta do sanduíche de Zuckerman. E de fato não estava brincando. O olhar era guloso demais para isso. "Bom, já que...", disse ele com um sorriso desdenhoso para consigo mesmo.

"Claro, vá em frente."

"Sabe o que é? A geladeira deles vive vazia. Passo o dia falando com o gravador, conto histórias que não acabam mais e aí fico morrendo de fome. Acordo no meio da noite lembrando de algo que esqueci de contar e não encontro nada para comer." Embrulhou o que restava do sanduíche num guardanapo de papel. "Lá eles só pedem comida pelo telefone."

Porém Zuckerman já estava de saída. Deixou uma nota de cinco dólares no caixa e foi em frente.

Pepler reapareceu dois quarteirões adiante, abordando-o enquanto ele esperava o sinal abrir para atravessar a Lexington Avenue. "Só mais uma coisa..."

"Olhe aqui..."

"Não se preocupe", disse Pepler. "Não vou pedir para você ler o meu livro. Sou doido" — a admissão produziu um baque surdo no peito de Zuckerman —, "mas não a esse ponto. Jamais pediria para o Einstein conferir meus extratos bancários."

A lisonja não diminuiu em nada a apreensão do escritor. "Que quer de mim, senhor Pepler?"

"Só gostaria de saber se acha que esse projeto tem a ver com um produtor como o Marty Paté. Porque quem está por trás disso é ele. Não pretendia ficar me gabando, mas tudo bem, é ele. Não é nem a questão da grana. Claro que não quero que me passem a perna — já chega uma vez —, mas no momento não estou dando a mínima para o dinheiro. Só não sei se posso confiar nele para fazer justiça à minha vida, para fazer justiça ao que sofri neste país *a vida inteira*."

Desprezo, traição, humilhação — os olhos revelavam a Zuckerman tudo o que Pepler havia sofrido, e sem "reflexões".

Zuckerman procurou um táxi. "Não sei dizer."

"Mas o Paté é seu amigo."

"Nunca vi mais gordo."

"Marty Paté. O produtor da Broadway."

"Não sei quem é."

"Mas..." Pepler agora lembrava um animal no abatedouro; um animalão estuporado depois de ser golpeado na cabeça, porém ainda consciente. Parecia agonizar. "Mas... ele conhece *você*. Vocês se conheceram... A Caesara o apresentou a você. Naquela viagem para a Irlanda. Quando foram comemorar o aniversário dela."

Segundo os colunistas sociais, a atriz Caesara O'Shea e o escritor Nathan Zuckerman estavam tendo um caso. Na realidade, fora das telas, Zuckerman só a vira uma vez na vida, num jantar que os Schevitz haviam oferecido cerca de dez dias antes.

"Ah, e por falar nisso, como vai a Caesara? Eu tinha vontade", disse Pepler, subitamente nostálgico, "tinha vontade de dizer a ela — gostaria que você dissesse a ela *por* mim — que ela é uma mulher maravilhosa. Para o público. Na minha opinião, das grandes divas do cinema, só restou ela. Nada do que essa gente diz é capaz de manchar a reputação de Caesara O'Shea. Falando sério."

"Eu dou o recado." A saída mais simples. O sujeito estava pedindo.

"Na terça-feira, fiquei assistindo TV até mais tarde só para vê-la no Late Show. *Divine Mission*. Mais uma coincidência incrível. Assistir aquilo e depois topar com você. O pai do Paté assistiu comigo. Lembra do velho? Estava na Irlanda também. O senhor Perlmutter."

"Vagamente." Por que não? Para baixar a febre do sujeito, valia qualquer coisa.

O sinal já abrira e fechara diversas vezes. Quando Zuckerman atravessou a avenida, Pepler foi atrás.

"Mora com o Paté. Na casa que ele tem aqui. Precisa ver que espetáculo de lugar", disse Pepler. "Usam o térreo inteiro como escritório. Fotos autografadas do começo ao fim do corredor de entrada. Adivinhe só de quem. Victor Hugo, Sarah Bernhardt, Enrico Caruso. O Marty tem um agente que consegue essas coisas para ele. Nomes assim, de baciada. Sem contar o candelabro de catorze quilates, o retrato a óleo de Napoleão, as cortinas de veludo do teto ao chão. E estamos falando só do escritório. Você entra no hall e dá de cara com uma harpa. Diz o velho Perlmutter que é o próprio Marty quem cuida da decoração. Com base em fotos de Versailles. Ele tem uma coleção da era napoleônica que vale uma fortuna. Os copos e as taças têm até aros de ouro, como os do próprio Napoleão. Mas, no andar de cima, onde o Marty mora, onde é a parte residencial, o estilo é moderno. Couro vermelho, iluminação indireta, paredes pretas. Plantas como num oásis. E você tem de ver o banheiro. Ele enche o *banheiro* com flores. Só a conta da floricultura chega a mil pratas por mês. Lavabos que lembram delfins, e todas as torneiras e os outros metais dourados. E comida, só comprada fora, até o sal e a pimenta. Ninguém cozinha nada. Ninguém lava um prato. A cozinha do cara deve ter custado um milhão e só é usada quando alguém precisa de água para tomar uma aspirina. Eles têm uma linha direta com o restaurante da esquina. O velho liga e, em dois tempos, *shish kebab*. Pelando. Sabe quem mais está morando lá? Claro que ela não para em casa, mas foi quem abriu a porta para mim quando eu cheguei com a minha maleta de viagem na segunda-feira. Mostrou onde era o meu quarto. Arrumou toalhas para mim. A Gayle Gibraltar."

O nome não significava nada para Zuckerman. A única coisa em que ele conseguia pensar era que, se continuasse andando, arrastaria Pepler consigo até a porta de casa e, se chamasse um táxi, o sujeito era capaz de entrar no carro com ele.

"Não quero tirá-lo do seu caminho", disse Zuckerman.

"Não se preocupe. A casa do Paté fica na 62 com a Madison. Somos praticamente vizinhos."

Como ele sabia disso?

"Você é um cara realmente acessível, não é? Fiquei na maior paúra ao me aproximar de você. Estava com o coração na mão. Pensei que não ia ter coragem. Li no *Star-Ledger* que você estava tão de saco cheio dos fãs que agora circulava por aí numa limusine, com as cortinas fechadas e dois gorilas servindo de guarda-costas." O *Star-Ledger* era o matutino de Newark.

"Está me confundindo com o Sinatra."

Pepler gostou dessa. "Bom, como dizem os críticos, ninguém é tão rápido no gatilho como você. Claro, o Sinatra também é de Nova Jersey. Nascido e criado em Hoboken. Ainda aparece por lá para ver a mãe. As pessoas não sabem, mas nós estamos em toda parte."

"Nós?"

"Gente famosa nascida em Nova Jersey. Não vai se aborrecer, vai?, se eu comer o sanduíche agora? Se demorar muito, vai ficar todo engordurado."

"Você é quem sabe."

"Não quero que passe vexame por minha causa. O conterrâneo caipira. Você mora aqui e, sendo quem é..."

"Não estou nem aí, senhor Pepler."

Abrindo com cuidado o guardanapo de papel, como se fosse um curativo cirúrgico, inclinando-se para a frente a fim de não sujar a roupa, Pepler preparou-se para a primeira mordida. "Eu não devia estar comendo isto", explicou a Zuckerman. "Não posso mais. Na Marinha eu era o cara que comia de tudo. Faziam até piada. Pepler, a draga humana. Todo mundo me conhecia por causa disso. Na Coreia, quando estávamos sob fogo pesado, eu engolia uma gororoba que nem para cachorro comer servia. E, para molhar a goela, um pouco de neve. Você não acreditaria se visse as coisas que eu tinha de comer. Mas então aqueles canalhas me obrigaram a perder para o Lincoln quando eu ainda estava só na terceira semana — uma pergunta em três partes sobre a América que eu seria capaz de responder dormindo —, e naquela noite mesmo começaram os meus problemas digestivos. Naquela noite mesmo começaram *todos* os meus problemas. Isso é fato. Foi aquela noite que acabou comigo. Tenho os relatórios dos médicos para provar que não é invenção minha. Está tudo no livro." Dito isto, deu uma mordida. Depois mais uma. Depois outra. E era uma vez sanduíche. Não fazia sentido prolongar a agonia.

Zuckerman ofereceu seu lenço a ele.

"Agradecido", disse Pepler. "Meu Deus, olhem só para mim, limpando a boca com o lenço de Nathan Zuckerman."

Zuckerman levantou a mão para indicar que não havia nada de mais nisso. Pepler gargalhou gostosamente.

"Mas", disse ele, limpando os dedos com cuidado, "voltando ao Paté, o que você estava dizendo, Nathan..."

Nathan.

"... é que, com um produtor da categoria dele, com o tipo de espetáculo que ele costuma produzir, não tenho por que me preocupar."

"Não falei nada disso."

"Mas" — pânico! o abatedouro de novo! — "você o conhece, esteve com ele na Irlanda. Você mesmo disse!"

"Foi um encontro muito rápido."

"Ah, mas com o Marty é assim mesmo. Do contrário ele não dava conta. Toca o telefone e a secretária chama o velho pelo interfone, diz que a ligação é para ele, e você não faz ideia de quem está do outro lado da linha."

"Victor Hugo em pessoa."

Pepler quase estourou de rir. "Quase isso, Nathan, quase isso." Agora o sujeito estava adorando. E, era forçoso admitir, Zuckerman também. Quando você relaxava, o sujeito tinha lá sua graça. Era possível encontrar tipos bem piores no caminho de volta da delicatéssen para casa.

Mas como ele sabe que somos praticamente vizinhos? E como faço para me livrar dele?

"Você não imagina os telefonemas que eles recebem naquele lugar. É um Quem é Quem do Showbiz Internacional. Vou lhe contar o que mais me faz acreditar que esse projeto vai mesmo sair do papel, e foi justamente para lá que o Marty viajou. A negócios. Adivinhe."

"Não tenho ideia."

"Dê um chute. É de cair o queixo, ainda mais para você."

"Ainda mais para mim."

"É."

"Agora você me pegou, Alvin." Alvin.

"Israel", anunciou Pepler. "Para conversar com o Moshe Dayan."

"Caramba."

"A Guerra dos Seis Dias é contratualmente do Marty, para ele produzir um musical. O Yul Brynner está quase acertado para fazer o papel do Dayan. E, com o Brynner no palco, os judeus vão delirar."

"E o Paté também, não é?"

"Por acaso ele dá ponto sem nó? Ele vai se entupir de ganhar dinheiro. O primeiro ano já está quase todo vendido para associações beneficentes que querem levantar fundos com a revenda de ingressos. E olha que nem roteiro eles têm ainda. Foi o senhor Perlmutter que falou com todo mundo. Ficaram deslumbrados só de imaginar a coisa. E vou lhe contar mais um segredo. É informação estritamente confidencial: eu não me surpreenderia se, ao chegar de Israel na semana que vem, o Marty encomendasse a Nathan Zuckerman a adaptação da guerra para o palco."

"Estão pensando em mim."

"Em você, no Herman Wouk e no Harold Pinter. É com esses nomes que estão trabalhando."

"Senhor Pepler."

"Vamos continuar com o 'Alvin'."

"Alvin, quem lhe contou tudo isso?"

"A Gayle. A Gayle Gibraltar."

"E como ela teve acesso a informações tão confidenciais?"

"Ah, puxa, meu Deus. Para começo de conversa, a Gayle tem um tino comercial incrível. As pessoas não se dão conta disso, porque só veem a beleza dela. Mas, antes de ser Playmate do Mês, a Gayle trabalhava como guia na sede da ONU. Fala quatro línguas. As fotos na *Playboy* é que fizeram a carreira dela deslanchar, claro."

"Carreira de?"

"De tudo o que você possa imaginar. Ela e o Paté não param um minuto, literalmente. O segredo do movimento perpétuo são aqueles dois. Antes de embarcar para Israel, o Marty descobriu que era aniversário do filho do Dayan, então a Gayle foi correndo comprar um presente para o menino: um tabuleiro de xadrez de chocolate, com as peças e tudo. O garoto adorou. Ontem à noite ela foi até Massachusetts porque hoje ia saltar de um avião para a Unesco. Um evento beneficente. E, no filme que acabaram de rodar na Sardenha, fez questão de executar ela própria as acrobacias em cima do cavalo."

"Quer dizer que é atriz também. E faz filmes na Sardenha."

"Bom, a produção é de lá. Mas o lançamento vai ser mundial. Sabe" — de repente a timidez se apossou de Pepler —, "a Gayle não é nenhuma Caesarea O'Shea, claro que não. A Caesarea tem estilo. Tem classe. A Gayle é uma pessoa que... não tem vergonha de nada. É a impressão que ela causa, entende? Quando você está com ela."

Pepler ficou vermelho como um pimentão ao falar sobre a impressão que Gayle Gibraltar causava quando você estava com ela.

"Quais são as quatro línguas que ela fala?", indagou Zuckerman.

"Não sei bem. Inglês é uma, óbvio. As outras eu não tive oportunidade de verificar."

"Se eu fosse você, tentava descobrir."

"Claro, tudo bem, vou fazer isso. Boa ideia. Letão ela também deve falar. Nasceu na Letônia."

"E o pai do Paté? Quais são as quatro línguas que ele fala?"

Pepler percebeu que estava sendo vítima de alfinetadas. Não eram, contudo, provenientes de um sujeito qualquer; e, após alguns instantes, respondeu às insinuações com mais uma sonora gargalhada, dando a entender que compreendia a zombaria. "Ah, não precisa se preocupar. Com aquele sujeito é pão, pão, queijo, queijo. É um daqueles homens à antiga, como não se fazem mais. A qualquer hora que apareça por lá, você é recebido com um aperto de mão. Sempre muito bem vestido, mas sem exagero. Sempre muito gentil, respeitoso, delicado. Não, falando sério, se tem alguém ali que me inspira confiança é aquele senhor distinto, simpaticíssimo. Cuida de toda a contabilidade, assina todos os cheques e, quando as decisões são tomadas, acredite em mim, ele vai lá e, com aquele jeito tranquilo, respeitoso, faz o negócio andar. Não tem a energia espalha-brasas do Marty, mas é um rochedo, um arrimo."

"Assim espero."

"Não, por favor, não se preocupe comigo. Aprendi a minha lição. Você não tem ideia do tombo que eu levei quando fizeram o que fizeram comigo. Nunca mais fui o mesmo. Me levanto depois da guerra e vem a Coreia. Me levanto de novo depois disso, dou tudo de mim, e quando estou lá em cima, no degrau mais alto, pimba. Sem exagero, esta é a minha melhor semana nos últimos dez anos; esses dias todos em Nova York e finalmente, *finalmente*, começo a ver uma luz no fim do túnel. Meu nome, minha saúde, meu passado de fuzileiro naval e, para completar, minha noiva, uma moça tão linda, tão leal, tomando chá de sumiço. Nunca mais a vi. Passei a ser o vexame em pessoa por causa daqueles salafrários, e se tem uma coisa que nunca mais vai acontecer, é eu abrir a guarda daquele jeito de novo. Sei o que está querendo dizer com essas suas ironias deliciosas. Mas não precisa se preocupar, já saquei tudo. Estou de olhos abertos. Não sou mais o garotão ingênuo e simplório que era em 1959. Já não fico pensando que estou diante de um homem do mais fino quilate só porque o cara tem cem pares de sapatos no armário e uma Jacuzzi de três metros de comprimento no banheiro.

Sabia que queriam me pôr no telejornal de domingo para dar as notícias esportivas? Era para eu ser o Stan Lomax hoje. Era para eu ser o Bill Stern."

"Mas puxaram o seu tapete", disse Zuckerman.

"Posso ser franco com você, Nathan? Eu daria qualquer coisa para sentar uma noite dessas com você, qualquer noite, quando você pudesse, e então contar o que aconteceu a este país durante o reinado de Ike, o Grande.* Na minha opinião, o que havia de bom neste país começou a acabar com aqueles programas de perguntas e respostas e com os vigaristas que os levavam ao ar e com o público que os engolia como se fosse um bando de tapados. Foi assim que começou e foi assim que deu no que deu, em mais uma guerra — com a diferença de que desta vez é uma guerra que faz a gente vomitar. E um mentiroso feito o Nixon na Presidência dos Estados Unidos. Presente do Eisenhower para os americanos. O *schmegeggy*** com sapatos de golfe — foi o que ele deixou para a posteridade. Mas eu conto tudo isso no meu livro, tim-tim por tim-tim, explico passo a passo como foi que tudo o que havia de honesto na América virou um amontoado de mentiras e mentirosos. Você há de convir que tenho motivos para ficar com um certo receio de atrelar o meu futuro a alguém, mesmo quando se trata de Marty Paté. Afinal de contas, não é esse o tipo de crítica social que costuma ser levado aos palcos da Broadway. Concorda comigo? Que garantias eu tenho de que, ao transformarem isso num musical, não vão adoçar as acusações que faço ao sistema?"

"Não sei."

"Prometeram um emprego de locutor esportivo para mim se eu não revelasse ao promotor que desde o primeiro dia a coisa era toda armada, que até para aquela menina que eles levaram ao ar, com onze anos e trancinhas no cabelo, até para ela davam as respostas — e não contavam nada para a mãe. Iam me pôr na TV todas as noites de domingo com os resultados esportivos. Já estava tudo certo. Foi o que me disseram. *Al Pepler e os Melhores Lances da Rodada*. E daí para a narração dos jogos dos Yankees em casa. A questão era que não podiam deixar um judeu ficar muito tempo na liderança de *Dinheiro Esperto*. Ainda mais um judeu que não disfarçava que era judeu. Estavam preocupados com a audiência. Mor-

---

* Referência a Dwight Eisenhower (1890-1969), presidente dos Estados Unidos entre 1953 e 1961. (N. T.)
** Idiota, imbecil em iídiche. (N. T.)

riam de medo de provocar uma reação negativa. Os produtores do programa, o Bateman e o Schachtman, faziam reuniões e falavam sobre esse tipo de coisa até altas horas. Discutiam se seria melhor contratar um segurança armado para levar as perguntas para o palco ou convidar um banqueiro para fazer isso. Discutiam se a cabine de isolamento devia estar no palco desde o início do programa ou se devia ser levada para lá por um pelotão de escoteiros. Passavam a noite inteira discutindo — dois marmanjos — o tipo de gravata que eu devia usar. No duro, Nathan. Mas o fundamental é que, analisando esses programas do jeito que eu fiz, todos os fatos comprovam a minha tese sobre a questão dos judeus. Foram vinte programas de perguntas e respostas em três canais de televisão, sendo que sete deles iam ao ar cinco vezes por semana. O valor distribuído era, em média, de meio milhão de dólares por semana. Estou considerando só os programas de perguntas e respostas propriamente ditos; não estou incluindo os que eram feitos no formato de mesa-redonda, nem os que envolviam proezas físicas e acrobacias, nem aquelas simulações de filantropia de que o sujeito só podia participar se fosse paralítico ou aleijado. Meio milhão de dólares semanalmente, e apesar disso, entre 1955 e 1958, os anos de ouro desses programas, você não encontra um só judeu que tenha faturado mais de cem mil dólares. Isso era o máximo que um judeu podia ganhar, e estamos falando de programas cujos produtores eram, quase sem exceção, todos judeus. Para quebrar a banca, só um gói como o Hewlett. Quanto maior o gói, maior a bolada. Isso em programas *dirigidos* por judeus. É o que até hoje me deixa doido. 'Estudarei e me prepararei e então talvez eu tenha a minha chance.' Sabe quem disse isso? Abraham Lincoln. O verdadeiro Lincoln. Foi a ele que eu citei em cadeia nacional de TV na minha noite de estreia no programa, antes de entrar na cabine. Nem de longe eu imaginava que, não tendo por pai o governador do Maine e não tendo estudado no Dartmouth College, minha chance não seria a mesma que a do sujeito que viria depois de mim; não desconfiava que três semanas mais tarde eu estaria liquidado. Porque eu não frequentava os bosques do Maine para comungar com a natureza, entende? Porque, enquanto o Hewlett aprendia a mentir no Dartmouth College, eu estava servindo a este país em *duas* guerras. Dois anos na Segunda Guerra, e me convocam de novo para a Coreia! Mas isso está tudo no meu livro. Se vai estar no musical, são outros quinhentos. Não adianta querer tapar o sol com a peneira. Você conhece este país melhor do que ninguém. Tem pessoas que, tão logo souberem que estou trabalhando no que estou trabalhando com o

Marty Paté, vão pressioná-lo a se livrar de mim como se eu fosse uma batata quente. Não descarto nem eventuais ofertas financeiras por parte das redes de TV. Não excluo a possibilidade de o pessoal da FCC* chamá-lo para uma conversinha. Sou capaz de imaginar o próprio Nixon envolvido na tentativa de fazer essa coisa ir por água abaixo. Tenho fama de ser uma pessoa perturbada, instável, sabe? É o que dirão ao Marty para amedrontá-lo. Foi o que disseram para todo mundo, inclusive para mim, inclusive para os pais da idiota da minha noiva, inclusive, por fim, para uma subcomissão especial da Câmara dos Deputados dos Estados Unidos da América. Foi essa a história que contaram quando me recusei a concordar com o destronamento injustificado a que quiseram me submeter depois de apenas três semanas. O Bateman quase foi às lágrimas de tão aflito que ficou com a minha estabilidade mental. 'Se você soubesse as conversas que tivemos sobre a sua personalidade, Alvin. Se soubesse a surpresa que foi para nós descobrir que você não é o sujeito digno de confiança que imaginávamos ser. Ficamos tão preocupados', diz ele, 'que resolvemos pagar um psiquiatra para você. Queremos que se trate com o doutor Eisenberg até se recuperar dessa sua neurose e voltar a ser você mesmo.' 'Está certíssimo', diz o Schachtman. 'Se eu me trato com o doutor Eisenberg, por que o Alvin não poderia se tratar com ele? Esta empresa não vai deixar de se responsabilizar pela estabilidade mental do Alvin só para economizar uns trocados.' Era assim que pretendiam me desacreditar, me fazendo passar por louco. Bom, não demorou para a conversa mudar de tom. Porque, em primeiro lugar, eu não ia me tratar com psiquiatra nenhum, e em segundo, o que eu exigia era que me garantissem por escrito que eu e o Hewlett ficaríamos empatados por três semanas seguidas e *depois* eu cairia fora. E dali a um mês teria de acontecer, a pedidos do público, uma revanche que ele venceria por um triz, no último segundo. Mas não com perguntas que testassem os meus conhecimentos em História, Sociedade e Cultura do Povo Americano. Eu não ia deixar um gói derrotar um judeu de novo nessa área, não com o país inteiro assistindo. Ele que me vença num tema como Árvores, eu disse, já que é a especialidade deles e não significa mesmo nada para ninguém. Mas eu me recusava a permitir que os judeus fizessem feio em horário nobre na TV por conta de uma suposta deficiência em seus conhecimentos sobre História, Sociedade e Cul-

---

* Federal Communications Commission: agência reguladora das telecomunicações nos Estados Unidos. (N. T.)

tura do Povo Americano. Ou me garantiam isso tudo por escrito, eu disse, ou eu procuraria os jornais e contaria a verdade, incluindo o lance com a menina de tranças no cabelo e a maneira como armaram para cima dela também, primeiro dando as respostas certas, depois a fazendo errar. Você precisava ouvir as coisas que o Bateman me disse ao ouvir isso, tinha de ver como ele ficou preocupado com a minha sanidade mental. 'Quer arruinar a minha carreira, Alvin? Por quê? Por que eu? Por que Schachtman & Bateman depois de tudo o que fizemos por você? Não pagamos a limpeza dos seus dentes? Não arrumamos ternos novos e elegantes para você? Um dermatologista? É assim que pretende nos retribuir, parando as pessoas na rua e dizendo a elas que o Hewlett é uma farsa? Essas ameaças todas, essas chantagens todas. Nós não somos bandidos, Alvin — isto aqui é show business. Não dá para fazer um programa com perguntas absolutamente aleatórias. Queremos que *Dinheiro Esperto* seja uma fonte semanal de entretenimento para o público americano. Mas você sabe muito bem que, se fizermos apenas perguntas ao acaso, ninguém vai acertar mais do que duas seguidas. Vai ser um fiasco após o outro, e fiascos não são entretenimento. Você tem que ter uma trama, como em *Hamlet* ou qualquer outra coisa de primeira linha. Para o público, Alvin, talvez vocês sejam apenas participantes, candidatos. Mas para nós são muito mais que isso. São atores. São artistas. Artistas fazendo arte para a América, exatamente como Shakespeare fazia para a Inglaterra na época dele. E isso significa que é necessária uma trama, e também conflito, suspense, e um desfecho. E o desfecho é que você perde para o Hewlett e dá lugar a um rosto novo no programa. Por acaso o Hamlet se levanta do chão e diz que não quer morrer no final da peça? Não, o papel dele terminou e ele fica caído. A bem da verdade, essa é a diferença entre o mundo do brega e a arte. Num espetáculo brega, pode tudo e ninguém está nem aí para nada, só querem saber da grana, mas a arte é *controlada*, a arte é *conduzida*, a arte é *sempre* uma fraude. É assim que ela penetra o coração dos homens.' E é aqui que o Schachtman começa com o canto de sereia e diz que vão me transformar em locutor esportivo; essa é a recompensa, desde que eu fique com a boca fechada e aceite beijar a lona. Então eu faço a minha parte. Mas e eles, será que *eles* fazem a parte deles depois de me dizer que *eu* não era digno de confiança?"

"Não", disse Zuckerman.

"Pois é. Três semanas, e fim de papo. Limparam os meus dentes, lamberam as minhas botas e durante três semanas fui um herói para eles. Até ao gabinete do prefeito me levaram. Tinha contado isso para você? 'Alvin, você honrou o nome da cidade de Newark diante de todo o país.' O prefeito disse isso na frente de todos os vereadores, que aplaudiram. Fui jantar no Lindy's e autografei uma foto minha para pregarem na parede. O Milton Berle veio até a minha mesa e improvisou duas ou três perguntas e arrancou risadas do restaurante inteiro. Numa semana, me levam para comer *cheesecake* no Lindy's; na semana seguinte, dizem que acabou para mim. E, como se não bastasse, ainda me xingam. 'Alvin', diz o Schachtman, 'é isso que você vai ser? Você, que fez tanto por Newark, pela sua família, pelos fuzileiros, pelos judeus? Só mais um exibicionista movido exclusivamente pela ganância?' Fiquei fulo da vida. 'E você, Schachtman, é movido pelo quê? E o Bateman? E o patrocinador deste troço, pelo que é movido? E os donos desta TV?' E a verdade é que aquilo não tinha nada a ver com ganância. O que estava em jogo naquela altura era a minha autoestima. A minha reputação como homem! Como veterano de guerra! Como veterano de duas guerras! Como filho de Newark! Como judeu! O que eles estavam dizendo, e tenho certeza de que você já entendeu o espírito do negócio, o que eles estavam dizendo era que todas aquelas coisas de que Alvin Pepler e o orgulho que ele tinha de si mesmo eram feitos, tudo aquilo era cocô perto de um Hewlett Lincoln. Cento e setenta e três mil dólares foi a bolada que o charlatão levou. Trinta mil cartas de fãs. Entrevistado por mais de quinhentos jornalistas do mundo inteiro. Outro rosto? Outra *religião*, essa é a verdade nem um pouco bonita da coisa! Doeu em mim, Nathan. E ainda dói, e não é uma dor meramente egoísta, juro que não. É por isso que luto contra eles, é por isso que vou lutar contra eles até o fim, sem descanso, até que a verdade da minha história seja revelada ao público americano. Se o Paté é a minha chance, por que é tão difícil assim entender que eu *preciso* agarrá-la? Se tiver que ser o musical primeiro e *depois* o livro, é assim que vai ser até eu limpar o meu nome!"

O suor escorria sob o chapéu impermeável e, usando o lenço que Zuckerman havia lhe emprestado antes, Pepler pôs-se a enxugar o rosto — dando a Zuckerman a oportunidade de se afastar da caixa de correio junto à qual ele o encurralara. Em quinze minutos, os dois conterrâneos de Newark tinham atravessado um quarteirão.

Do outro lado da rua, via-se uma sorveteria Baskin-Robbins. A temperatura baixara com o anoitecer e, no entanto, os fregueses entravam e saíam de lá como se já fosse verão. No interior iluminado, as pessoas se aglomeravam junto ao balcão, esperando a vez de ser atendidas.

Como não tinha a menor ideia do que responder, e provavelmente porque Pepler suava em bicas, Zuckerman pegou-se formulando o convite: "Que tal um sorvete?". Obviamente, o que Pepler teria preferido ouvir era isto: *Você foi roubado, humilhado, traído da pior maneira possível — o autor de* Carnovsky *empenha seu prestígio na reparação da injustiça cometida contra Alvin Pepler.* Mas o melhor que Zuckerman podia fazer era oferecer um sorvete de casquinha. E duvidava que alguém pudesse fazer mais que isso.

"Puxa, desculpe", disse Pepler. "Desculpe mesmo. Claro, você deve estar morrendo de fome. E não é por menos. Me ponho a falar pelos cotovelos e ainda vou e traço metade do seu jantar. Por favor, me perdoe se me exaltei um pouco com o assunto. É que encontrar você me deixou meio pirado. Normalmente eu não saio feito louco por aí, falando das minhas aflições para o primeiro que vejo na rua. Sou a tranquilidade em pessoa. Tanto que, num primeiro momento, deixo muita gente com a impressão de que estou com algum problema de saúde, de tão sossegado que sou. Pessoas como a Gayle Gibraltar, por exemplo", disse ele, enrubescendo, "pensam que eu sou praticamente surdo-mudo. Já sei! *Eu* vou pagar um sorvete para *você*."

"Não, não. Não precisa."

Mas, enquanto atravessavam a rua, Pepler insistiu. "Depois de todo o prazer que me proporcionou como leitor? Depois de toda a lenga-lenga que fiz você escutar?". Recusando-se inclusive a permitir que Zuckerman entrasse na sorveteria com a carteira, Pepler exclamou: "Nada disso, faço questão de pagar esse sorvete. É o mínimo que posso fazer por um conterrâneo tão ilustre, esse escritor que, saído de Newark, enfeitiçou o país inteiro! Esse mágico formidável, capaz de tirar um Carnovsky tão real, tão cheio de vida, de sua cartola de artista! Um personagem que hipnotizou os Estados Unidos da América! Aqui está o autor desse livro fantástico!". E então, de repente, pôs-se a olhar para Zuckerman com a expressão enternecida do pai que leva o filhinho para passear. "Com granulado colorido em cima, Nathan?"

"É."

"E o sabor?"

"Chocolate."

"Duas bolas?"

"Isso."

Batendo comicamente com o indicador na testa para sinalizar que o pedido estava armazenado com segurança na memória fotográfica que no passado tinha sido o orgulho de Newark, da América e dos judeus, Pepler precipitou-se sorveteria adentro. Zuckerman ficou esperando sozinho na calçada.

Mas esperando o quê?

Mary Mapes Dodge esperaria assim por um sorvete de casquinha?

E Frank Sinatra?

E uma criança de dez anos com algum miolo na cabeça?

Como se estivesse matando o tempo num agradável princípio de noite, Zuckerman caminhou até a esquina, exercitando sua ginga. Então dobrou à esquerda e se pôs a correr. Sem ninguém em seu encalço.

2. "Você é o Nathan Zuckerman"

Apesar de seu novo número não estar na lista telefônica, Zuckerman pagava trinta dólares mensais por um serviço que interceptava as ligações que ele recebia e identificava os autores das chamadas. "Como vai o nosso escritor bonitão?", perguntou Rochelle quando, depois do encontro com Pepler, Zuckerman voltou para casa e ligou para saber os recados do dia. Rochelle era a gerente do negócio e tratava clientes que ela nunca tinha visto em pessoa como velhos amigos. "Quando virá nos visitar e dar um pouco de emoção às meninas?" Zuckerman respondeu que já dava emoção suficiente a elas quando bisbilhotavam suas conversas telefônicas. Foi apenas um gracejo bem-humorado, muito embora desconfiasse que elas realmente faziam isso. Mas era melhor que o bisbilhotassem do que ser obrigado a enfrentar aquela gente desagradável que parecia não ter a menor dificuldade em descobrir seu número de telefone. Devia haver uma quadrilha de pilantras que, por vinte e cinco pratas o nome, fornecia todos os números que as pessoas famosas mantinham fora da lista. Os caras podiam inclusive estar mancomunados com aquele serviço de interceptação de chamadas. Podiam inclusive ser os próprios responsáveis pelo serviço.

"O Rei dos Rollmops ligou. Está louco por você, meu bem. Você é o Charles Dickens judeu. Foi o que ele disse. Ficou magoado por você não ter retornado a ligação." O Rei dos Rollmops queria porque queria que Zuckerman fosse o garoto-propaganda de seus petiscos nos anúncios de televisão — uma atriz poderia fazer o papel de sua mãe, caso ela não estivesse disponível para o trabalho. "Ele vai ter que se virar sem mim. O próximo." "Mas você gosta de arenque... Está no livro." "Todo mundo gosta de arenque, Rochelle." "Então por que não faz o anúncio?" "O próximo." "Aquele italiano. Duas ligações pela manhã e duas à tarde." Se Zuckerman não lhe concedesse uma entrevista, o italiano, um jornalista de Roma, perderia o emprego. "Acha que é verdade, bonitão?" "Tomara que sim." "Ele diz que não entende por que você o trata desse jeito. Ficou todo choroso quando eu disse que o que eu fazia era só prestar serviços para você. Sabe o que me dá medo? Que ele resolva inventar a coisa, uma entrevista exclusiva com Nathan Zuckerman, e que isso acabe sendo publicado em Roma como se fosse verdade." "Ele disse alguma coisa nesse sentido?" "Disse muitas coisas, em muitos sentidos. Sabe como são os italianos quando estão desesperados." "Alguém mais ligou?" "Ele deixou uma pergunta, Zuckerman. Uma só." "Já respondi à minha última pergunta. Quem mais?"

Laura era o nome que ele queria ouvir.

"Uma tal de Melanie. Três ligações." "Não disse o sobrenome?" "Não. Diga apenas que a Melanie ligou a cobrar de Rhode Island. Ele sabe quem é." "Tem muita gente em Rhode Island — não sei." "Poderia saber, se concordasse em pagar aquela taxa adicional. Aí, saberia tudo", disse Rochelle, agora com uma voz sedutoramente rouca, "e seria apenas um dólar a mais na sua conta. Depois poderia abater do imposto de renda." "Prefiro economizar." Rochelle gostou. "Não o censuro. Nisso você é bom, Zuckerman. Duvido que o Leão consiga morder você como morde a mim." "O Leão morde todo mundo igual." "Mas e aquelas deduções? Você não investe em macadâmia?" "Não." "Nem em gado?" "Rochelle, não posso fazer nada pelo Rei dos Rollmops nem pelo italiano nem por essa tal de Melanie e, por mais que eu queira, não tenho como ajudá-la. Não entendo nada de deduções." "Quer dizer que não tem nenhuma dedução? Com essa renda toda? De cada dólar que põe no bolso, você deve recolher uns setenta centavos em impostos. Como faz? Usa a lavanderia da turma do entretenimento?" "Para a tristeza do meu contador, meus livros não são fonte de grande entretenimento."

"Mas *como* você faz, então? Sem deduções, sem entretenimento e, além da alíquota normal, a sobretaxa do Johnson.* Vai me desculpar, Zuckerman, mas, se é realmente como você diz, o Tio Sam devia se ajoelhar e beijar a sua bunda."

Mais ou menos o que o consultor financeiro havia dito pela manhã. Um senhor elegante, alto, culto, não muito mais velho que Zuckerman, com um Picasso na parede do escritório. Mary Schevitz, que fazia as vezes de conselheira profissional do marido André, o agente de Zuckerman, e que pretendia fazer as vezes de mãe dos clientes dele, tinha a esperança de que Bill Wallace fosse capaz de influenciar Nathan, usando seu sotaque brâmane para falar sobre dinheiro com o escritor. Wallace também tinha escrito um livro que fora parar nas listas dos mais vendidos, uma crítica espirituosa ao establishment financeiro feita por um de seus sócios de carteirinha. Segundo Mary, bastava um exemplar da diatribe de Wallace, intitulada *Lucros indignos*, para aplacar os tormentos de consciência de todos aqueles judeus endinheirados que investiam no mercado de capitais mas gostavam de se considerar céticos acerca do sistema.

Mary não se deixava enganar por ninguém; nem mesmo no quarteirão mais sofisticado da Park Avenue perdia o contato com a alma da ralé. Sua mãe, uma irlandesa, tinha sido lavadeira no Bronx — tinha sido, pelo que ela dizia, *a* lavadeira irlandesa do bairro —, e Mary pusera Zuckerman na categoria daqueles filhos de imigrantes cujo desejo secreto era ser aceito entre os quatrocentões da Nova Inglaterra. Que a família de Laura pertencesse, pelos padrões de uma lavadeira, à fina flor da sociedade ianque, era apenas o começo. "Você acha", disse-lhe Mary certa feita, "que, se fingir que não dá bola para o dinheiro, ninguém verá em você um judeu de Newark." "Infelizmente, há outros traços que não dá para disfarçar." "Não fuja do assunto com essas gracinhas de vocês. Sabe muito bem do que estou falando. Um judeu muquirana."

O consultor de investimentos brâmane não poderia ter sido mais simpático, Zuckerman não poderia ter sido mais brâmane, e o Picasso da fase azul não poderia ter se importado menos: Não ouço, não vejo e nunca penso em dinheiro. O sofrimento trágico que servia de tema ao quadro purificava totalmente o ar. Num ponto Mary tinha razão. Ninguém diria que os dois estavam conversando sobre aquilo que leva as pessoas a mendigar, mentir, matar ou simplesmente

---

* Referência a um aumento temporário de impostos determinado pelo governo de Lyndon Johnson (1963-69) com o intuito de financiar a guerra do Vietnã. (N. T.)

166 ZUCKERMAN ACORRENTADO

trabalhar de segunda a sexta, das nove às cinco. Era como se estivessem conversando sobre nada.

"O André me contou que, quando o assunto é finanças, você é mais conservador do que quando escreve ficção."

Embora não estivesse vestido com o apuro do consultor, Zuckerman adotou para a ocasião um tom de voz igualmente suave. "Nos livros, eu não tenho nada a perder."

"Não, não. Você é apenas um sujeito sensato, e faz como qualquer sujeito sensato faria. Não entende de dinheiro, sabe que não entende de dinheiro e, compreensivelmente, reluta em tomar uma atitude."

No decorrer da hora seguinte, como se fosse o primeiro dia de aula na Harvard Business School, Wallace explicou a Zuckerman os fundamentos do mercado financeiro e o que acontecia com o dinheiro que permanecia muito tempo guardado num sapato.

Quando Zuckerman se levantou para ir embora, Wallace disse afavelmente: "Se um dia precisar de ajuda...". Uma retificação.

"Vou precisar..."

Trocaram um aperto de mão para indicar que não apenas se entendiam, como sabiam moldar o mundo à sua maneira. Não era assim no escritório de Zuckerman.

"Olhando para mim, talvez não dê para perceber, mas hoje estou perfeitamente familiarizado com o tipo de objetivo que os artistas traçam para si mesmos. Nos últimos anos, prestei auxílio a alguns colegas seus."

Exibição de modéstia. Os colegas eram três dos maiores nomes das artes plásticas nos EUA.

Wallace sorriu. "Não entendiam nada de ações, títulos e essas coisas, mas hoje estão todos garantidos financeiramente. Assim como seus herdeiros. E não foi apenas vendendo quadros que conseguiram isso. Querem se manter tão distantes da mascateagem quanto você. E por que você haveria de se preocupar com esse tipo de coisa? Tem é que se dedicar à sua ficção, sem dar a mínima para o mercado, e precisa fazer isso pelo tempo que for necessário. 'Quando achar que meus frutos estão maduros, não me recusarei a vendê-los e, se forem bons, não declinarei dos aplausos. Nesse meio-tempo, não quero esfolar o público. A coisa se resume a isso.' Flaubert."

Nada mau. Principalmente se os Schevitz não houvessem lhe revelado de antemão o ponto sensível do milionário.

"Se começarmos a recorrer a frases célebres para negar tudo menos a integridade da minha vocação singularmente pura", disse Zuckerman, "só vamos sair daqui amanhã à meia-noite. É melhor eu ir para casa e conversar com o meu sapato."

Claro que era com Laura que ele queria conversar. Tinha tudo para conversar com Laura, porém não podia mais contar com o bom senso dela, justo agora que o bom senso dele estava sendo posto à prova como nunca. Se tivesse feito uma consulta prévia à ajuizada Laura sobre a decisão de abandoná-la, talvez não a houvesse abandonado jamais. Se os dois tivessem sentado no escritório de Zuckerman, cada qual com um lápis e um bloquinho de anotações amarelo nas mãos, poderiam ter, à sua maneira de hábito metódica e pragmática, arrolado as consequências absolutamente previsíveis de sua decisão de recomeçar a vida do zero às vésperas da publicação de *Carnovsky*. Todavia, ele decidira recomeçar a vida porque, entre outras coisas, não aguentava mais sentar com um bloquinho de anotações e um lápis para, como de hábito, examinar a situação com Laura.

Fazia mais de dois meses que os homens da transportadora haviam chegado ao edifício de um apartamento por andar, na Bank Street, em Greenwich Village, para retirar de lá sua máquina de escrever, sua escrivaninha, sua cadeira ortopédica e quatro arquivos repletos de manuscritos abandonados, diários esquecidos, anotações de leitura, recortes de jornal e pastas bojudas contendo sua correspondência desde os anos da faculdade. Também tinham retirado, segundo estimativas deles próprios, quase meia tonelada de livros. Apesar de a judiciosa Laura insistir para que Nathan levasse consigo metade de tudo o que os dois haviam acumulado juntos — incluindo as toalhas, os talheres e os cobertores —, Nathan insistiu em não levar nada além dos móveis de seu escritório. Debateram a questão de mãos dadas e às lágrimas.

Levar seus livros de uma vida para outra não era novidade para Zuckerman. Em 1949, ele saíra da casa dos pais e se mudara para Chicago levando na mala as obras anotadas de Thomas Wolfe e o *Roget's Thesaurus*. Quatro anos mais tarde, contando então vinte anos, deixara Chicago com as cinco caixas de papelão em que acondicionara os clássicos adquiridos a duras penas em sebos, e as levara para o sótão da casa de seus pais, onde ficaram durante os dois anos em que serviu o Exército. Em 1960, quando se separou de Betsy, foram necessárias trinta caixas para transportar os livros retirados de estantes que não lhe pertenciam mais; em 1965, ao se separar de Virginia, as caixas chegavam a quase sessen-

168   ZUCKERMAN ACORRENTADO

ta; em 1969, mudou-se da Bank Street com oitenta e uma caixas de livros. Para abrigá-los, novas estantes de três metros e meio de altura haviam sido instaladas, de acordo com suas instruções, em três paredes do novo escritório; mas, embora já houvessem se passado dois meses e os livros geralmente fossem os primeiros de seus pertences a encontrar o devido lugar quando ele se mudava de um local para outro, dessa vez eles permaneciam nas caixas. Meio milhão de páginas abandonadas, intocadas. O único livro que parecia existir era o seu. E, sempre que ele tentava esquecê-lo, alguém se encarregava de refrescar sua memória.

Zuckerman fizera encomendas ao marceneiro, comprara uma TV em cores e um tapete persa, tudo no dia de sua mudança para o Upper East Side. Estava decidido, apesar das lágrimas da despedida, a agir com determinação. Contudo, o tapete persa fora sua primeira e última investida no terreno da decoração. Desde então as aquisições tinham se tornado raras e esparsas: uma panela, uma frigideira, um prato, um pano de prato, uma cortina para o boxe, uma cadeira diretor, uma mesinha, um cesto de lixo — uma coisa por vez, e só quando se tornava necessária. Depois de passar várias semanas na cama de armar de seu antigo escritório, depois de passar várias semanas se perguntando se não teria sido um equívoco terrível separar-se de Laura, reuniu coragem e saiu para comprar uma cama de verdade. Na Bloomingdale's, enquanto permanecia deitado em decúbito dorsal para verificar qual dos modelos era o mais firme — e enquanto se espalhava pelo piso da loja a notícia de que Carnovsky estava ali em pessoa, experimentando colchões para sabia Deus quem ou quantos mais —, Zuckerman dizia a si mesmo: Não se preocupe, não é dinheiro jogado fora, isso não muda absolutamente nada; se um dia os homens da transportadora tiverem de levar os livros de volta, a cama nova vai também. Ele e Laura poderiam substituir a cama em que haviam dormido juntos — ou em que não haviam dormido juntos — durante quase três anos.

Ah, quanto afeto e admiração as pessoas tinham por Laura! Mães aflitas, pais desgostosos, namoradas desesperadas, todos lhe enviavam regularmente presentes para agradecer o apoio que ela dava a seus garotões queridos, refugiados no Canadá para escapar do alistamento militar. As compotas caseiras, ela e Zuckerman comiam no café da manhã; as caixas de bombons, ela distribuía entre as crianças da vizinhança; as singelas peças de tricô, ela levava para os quacres do brechó Paz e Reconciliação, na MacDougal Street. E os cartões que acompanhavam os presentes, aqueles bilhetes e cartas tão comoventes, tão agoniados, ela arquivava nas pastas destinadas às suas recordações mais diletas. Por questão de segurança, caso o FBI resolvesse fazer uma busca no apartamento, as pastas ficavam no apartamento de Rosemary Ditson, a professora aposentada que morava sozinha no subsolo do prédio vizinho e que também era louca por Laura. Da saúde e do bem-estar geral de Rosemary, Laura passara a cuidar poucos dias depois que ela e Zuckerman se mudaram para lá, ao ver a velhinha frágil e descabelada tentar descer a íngreme escada de concreto sem deixar cair no chão as compras do supermercado nem quebrar a bacia.

Como era possível *não* amar aquela Laura tão generosa, dedicada, solícita, bondosa? Como era possível que *ele* não a amasse? Todavia, em seus últimos meses juntos no apartamento da Bank Street, os dois praticamente só compartilhavam a copiadora Xerox que haviam alugado e instalado ao lado da banheira, no espaçoso banheiro azulejado.

Laura montara seu escritório de advocacia na sala de estar, na parte da frente do apartamento, e Zuckerman trabalhava no quarto dos fundos, que dava para um pátio tranquilo. Em dias produtivos, às vezes acontecia de ele ter de esperar junto à porta do banheiro enquanto Laura xerocava apressadamente documentos que tinham de ser despachados com a maior urgência. Se o texto que ele precisava reproduzir era muito grande, Zuckerman procurava deixar para fazer isso mais à noite, quando Laura ia tomar banho, pois assim podiam ficar papeando enquanto a máquina cuspia as folhas de papel. Uma tarde haviam até feito sexo no tapetinho do banheiro, ao lado da copiadora, mas isso muito tempo antes, no período em que a instalaram ali. Topar um com o outro ao longo do dia, originais datilografados nas mãos, ainda tinha um quê de novidade; naquela altura muitas coisas eram novidade. Em seu último ano juntos, porém, mesmo na cama era raro fazerem sexo. O rosto de Laura continuava encantador, seus seios continuavam firmes, e quem haveria de duvidar que seu coração estava no lugar certo? Quem haveria de questionar sua virtude, sua integridade, seu propósito? Contudo, ao chegarem ao terceiro ano de convivência, Zuckerman começara a se perguntar se o propósito de Laura não seria o escudo atrás do qual ele continuava a esconder, inclusive de si próprio, o seu propósito.

Ainda que advogar pelos pacifistas, pelos desertores e pelos que se declaravam moralmente impedidos de servir o Exército a mantivesse ocupada dias, noites e fins de semana, Laura arrumava tempo para anotar na agenda a data de aniversário de todas as crianças que moravam na Bank Street, e, na manhã do dia marcado, deixava um presentinho na caixa de correio da família do aniversariante: "Feliz aniversário, Laura e Nathan Z.". O mesmo valia para os amigos deles, cujos aniversários ela também anotava na agenda, ao lado das datas de suas viagens para Toronto ou das audiências no tribunal da Foley Square. E, sempre que encontrava uma criança no supermercado ou no ônibus, Laura a puxava de lado e a ensinava a fazer um origami de cavalo alado. Certa vez, Zuckerman a vira atravessar um vagão de metrô lotado para chamar a atenção de um passageiro cuja carteira estava quase caindo do bolso detrás da calça — quase caindo, notou Zuckerman, porque se tratava de um bêbado maltrapilho que muito provavelmente encontrara a carteira numa lata de lixo ou a roubara de outro bêbado. Embora Laura não tivesse um pingo de maquiagem no rosto, ainda que seu único adorno fosse um brochinho de ágata, em forma de pomba, espetado no impermeável, o beberrão aparentemente a tomou por uma prostituta atrevida à procura de freguês e, agarrando as calças, mandou-a ir se catar. Zuckerman comentou mais tarde que o sujeito talvez tivesse alguma razão. Laura bem que poderia deixar os bêbados para o Exército da Salvação. Discutiram sua ansiedade em praticar boas ações. Zuckerman sugeriu que talvez fosse bom estabelecer alguns limites. "Por quê?", perguntou Laura peremptoriamente. Isso foi em janeiro, a apenas três meses da publicação de *Carnovsky*.

Na semana seguinte, sem nada que o mantivesse trancado no escritório, onde normalmente passava seus dias complicando a vida para si mesmo no papel, Zuckerman fez uma mala e recomeçou a complicar sua vida no mundo. Com as provas do livro e a mala, mudou-se para um hotel. O amor por Laura tinha acabado. Escrever aquele livro pusera um ponto final na coisa. Ou vai ver que pôr um ponto final no livro lhe dera tempo para finalmente olhar e ver o que tinha acabado; em geral era assim que funcionava com suas mulheres. A Laura é boa demais para você, dizia ele com seus botões, lendo as provas do livro na cama do hotel. Ela é o rosto respeitável que você mostra para toda essa gente respeitável, o rosto que a vida inteira você mostrou para essa gente. Não são nem as virtudes da Laura que fazem você chorar de tédio — é esse seu rosto respeitável, responsável, deprimentemente virtuoso. E não é à toa que você se entedia com ele. Esse seu rosto é uma tragédia. Traidor frio das confissões mais íntimas, caricaturista cruel de um pai e de uma mãe que o amam tanto, repórter detalhista dos embates com mulheres a quem esteve ligado profundamente pela confiança, pelo sexo, pelo amor — não, a esparrela virtuosa não cai bem em você. É apenas a sua fraqueza — uma fraqueza infantil, vergonhosa, indefensável — que o condena a provar a respeito de si mesmo algo que você não faz senão subverter com tudo o que anima a sua prosa. *Então pare de tentar provar isso.* A Laura pertence a causa da retidão; a você, a arte da representação. É inacreditável que um sujeito inteligente como você leve meia vida para entender a diferença.

Em março, Zuckerman mudou-se para o apartamento novo, quase no último quarteirão do Upper East Side, dessa maneira interpondo boa parte de Manhattan entre si e o zelo missionário e a reputação moral de Laura.

Depois de encerrar a sessão dos recados e antes de dar início à da correspondência, Zuckerman pegou a lista telefônica e procurou por "Paté, Martin". Não encontrou nada. Tampouco encontrou algo que se assemelhasse a "Paté Productions", nem na lista de assinantes nem nas Páginas Amarelas.

Tornou a ligar para o serviço de interceptação de chamadas.

"Rochelle, estou tentando localizar a atriz Gayle Gibraltar."

"Garota de sorte."

"Vocês têm algum tipo de lista telefônica do showbiz?"

"Temos tudo o que um homem pode desejar, Zuckerman. Vou dar uma olhada." Após alguns instantes, Rochelle voltou à linha e disse: "Não encontrei nenhuma Gayle Gibraltar. Com nome de base naval, só temos uma tal de Roberta Plymouth. Tem certeza de que é o nome artístico da moça? Será que não é o nome real?".

"Para mim não parece real. Se bem que, ultimamente, quase nada parece. Ela acabou de fazer um filme na Sardenha."

"Me dê um minuto, Zuckerman." Mas, quando voltou, Rochelle continuava sem informações. "Não estou encontrando nada sobre ela. Como a conheceu? Numa festa?"

"Não a conheci. É amiga de um amigo meu."

"Entendi."

"Ele me contou que recentemente ela posou para a *Playboy*."

"Certo, vamos tentar por aí." Porém nas listas de modelos também não havia nenhuma Gibraltar. "Descreva-a para mim, Zuckerman, fisicamente."

"Não tem necessidade", disse ele, e pôs o fone no gancho.

Abriu a lista telefônica no sobrenome "Perlmutter". Nenhum "Martin". E, dos outros dezesseis Perlmutter ali incluídos, nenhum morava na rua 62.

172 ZUCKERMAN ACORRENTADO

A correspondência. Abra a correspondência. Você está se deixando levar por nada. Claro, só pode ser "Sardenha Produções". Não que houvesse motivo para tirar isso a limpo. Assim como não havia motivo para fugir. Pare de fugir. De que você está fugindo, meu Deus? Deixe de ver em toda demonstração de interesse um atentado a sua privacidade, uma ofensa a sua dignidade — pior ainda, uma ameaça a sua integridade física. Você nem é tão famoso assim. Não nos esqueçamos de que a maior parte do país, a maior parte da *cidade*, estaria pouco se lixando se você saísse por aí com o seu nome e o seu número de telefone estampados num anúncio-sanduíche. Mesmo entre os escritores, mesmo entre os escritores com alguma pretensão à seriedade, falta muito para você ser um titã. Não estou dizendo que você não tem motivo para ficar confuso com uma mudança desse porte, só estou dizendo que assumir a condição, ainda que temporária, de indivíduo moderadamente célebre — moderadamente, claro, em comparação com Charles Manson, ou mesmo Mick Jagger ou Jean Genet...

A correspondência.

Zuckerman chegara à conclusão de que, se tinha a intenção de retomar o trabalho, era melhor fechar o dia com a correspondência, em vez de começar por ela; se tinha realmente a intenção de retomar o trabalho, melhor mesmo seria ignorar de vez a correspondência. Mas até que ponto poderia continuar ignorando, rejeitando ou tentando se esquivar das coisas — sem virar um cadáver como os da funerária da esquina?

O telefone! Laura! Fazia três dias que ele deixava recados e ela não ligava de volta. Dessa vez era ela, só podia ser ela — Laura sentia-se tão sozinha e perdida quanto ele. Por via das dúvidas, porém, esperou que o serviço telefônico interceptasse a chamada para só então tirar silenciosamente o fone do gancho.

Rochelle precisou pedir várias vezes ao sujeito do outro lado da linha que falasse mais claramente. Zuckerman, escutando sem dar um pio, tampouco conseguia entendê-lo. Seria o italiano da entrevista? O Rei dos Rollmops? Um homem tentando falar como um animal ou um animal tentando falar como um homem? Difícil dizer.

"De novo, *por favor*", disse Rochelle.

Em contato com Zuckerman. Urgente. Passe a ligação para ele.

Rochelle pediu ao sujeito que deixasse nome e telefone.

Passe para ele.

Rochelle perguntou novamente o nome do sujeito, e a ligação foi cortada.

Zuckerman interveio. "Alô, estou aqui. Que foi isso?"

"Ah, alô, Zuckerman."

"Que *foi* isso? Pode me explicar?"

"Acho que era um desses malucos com espírito de porco. No seu lugar, eu não esquentaria a cabeça."

Rochelle fazia o turno da noite; devia saber o que estava falando. "Não ficou com a impressão de que ele estava tentando disfarçar a voz?"

"Talvez. Também podia estar drogado. Se eu fosse você, Zuckerman, não me preocuparia."

A correspondência.

Naquela noite eram onze cartas — uma do escritório que André tinha na Costa Oeste e dez (a média diária ainda era mais ou menos essa) encaminhadas num envelope grande por seu editor. Destas, seis haviam sido endereçadas a Nathan Zuckerman, três a Gilbert Carnovsky, e uma, postada aos cuidados da editora, tinha como destinatário apenas "O Inimigo dos Judeus" e, ao contrário das outras, continuava fechada. De bobas, as meninas que cuidavam da correspondência na editora não tinham nada.

As únicas cartas que ofereciam algum atrativo eram as que vinham com a advertência: "Foto Evite Dobrar", e naquele lote não havia nenhuma desse tipo. Tinham sido cinco até então, a primeira ainda ocupando o posto de a mais intrigante, enviada por uma jovem secretária de Nova Jersey que incluíra no envelope uma foto colorida de si mesma, na qual aparecia deitada, de calcinha e sutiã pretos, no gramado dos fundos de sua casa, em Livingston, lendo um romance de John Updike. Num dos cantos da imagem, um triciclo caído no chão parecia desmentir o estado civil de solteira declarado no *curriculum vitae* anexo. No entanto, averiguações levadas a efeito com a lente de aumento do *Compact Oxford English Dictionary* de Zuckerman não revelaram indícios de que aquele corpo houvesse dado à luz uma criança ou que a jovem tivesse com o que se afligir no mundo. Será que o dono do triciclo só estava de passagem, tendo descido às pressas ao ser convocado para empunhar a câmera e disparar o obturador? Depois de passar boa parte de uma manhã às voltas com a foto, perscrutando-a de quando em quando, Zuckerman resolveu mandá-la para Massachusetts com um bilhete em que pedia a Updike a gentileza de fazer o mesmo com as fotos que lhe fossem enviadas por engano pelos leitores de Zuckerman.

Do escritório de André, um recorte da *Variety* com as iniciais de sua secretária na Costa Oeste, cuja admiração pelos livros de Zuckerman a levava a mandar artigos e reportagens sobre o showbiz que, de outro modo, ele corria o risco de perder. O último estava sublinhado em vermelho: "[...] Bob 'Sleepy' Lagoon, o produtor independente, pagou quase um milhão de dólares pela continuação ainda inacabada do best-seller de Nathan Zuckerman...".

Não diga! Que continuação? Quem é esse Lagoon? Amigo do Paté e da Gibraltar? Por que ela manda essas coisas para mim!?

"... continuação ainda inacabada..."

Ah, jogue isso fora, tenha um pouco de senso de humor, você fica se esquivando quando deveria estar sorrindo.

Caro Gilbert Carnovsky,

Esqueça esse negócio de prazer. A questão não é se o Carnovsky é feliz ou se o Carnovsky tem direito à felicidade. O que você tem de se perguntar é o seguinte: Fiz tudo o que estava a meu alcance? Um homem não pode viver de olho no barômetro da felicidade, do contrário fracassa. Um homem tem que...

Caro Sr. Zuckerman,

Il faut laver son linge sale en famille!*

Caro Sr. Zuckerman,

Esta carta foi escrita em memória dos que sofreram o horror dos Campos de Concentração...

Caro Sr. Zuckerman,

É difícil imaginar alguém escrevendo sobre os judeus com mais rancor, desconsideração e ódio...

O telefone.

Dessa vez Zuckerman atendeu sem pensar — exatamente como costumava fazer ao pegar um ônibus ou sair para jantar ou caminhar sozinho pelo parque. "Lorelai!", exclamou com entusiasmo. Como se isso a levasse a se materializar do outro lado da linha, trazendo consigo todo aquele tédio maravilhoso em que

---

* Versão francesa do provérbio "roupa suja se lava em casa". (N. T.)

os dois viviam na Bank Street. A vida novamente sob controle. O rosto respeitável que ele mostrava ao mundo.

"Não desligue, Zuckerman. Se desligar, a coisa vai ficar feia pro seu lado."

O fulano que Rochelle atendera antes. A voz rouca e estrepitosa, com a entonação ligeiramente abobalhada. Lembrava o latido de um animal de grande porte, isso mesmo, como uma foca ágil e diligente que de súbito se visse dotada de fala humana. Era a fala, ao que parecia, do retardado mental.

"Tenho um recado importante para você, Zuckerman. Ouça com atenção."

"Quem está falando?"

"Quero uma parte do dinheiro."

"Que dinheiro?"

"Não se faça de bobo. Você se chama Nathan Zuckerman, Zuckerman. O seu dinheiro."

"Escute aqui, seja lá quem você for, não estou achando a menor graça nisso. Pode acabar se metendo em encrenca, sabia? Mesmo que a imitação pretenda ser cômica. Está tentando se fazer passar pelo quê? Por um pugilista molenga que levou muito na cabeça ou pelo Marlon Brando?" O ridículo estava passando da conta. Desligue. Não diga mais nada e ponha o fone no gancho.

Porém Zuckerman não conseguiu desligar — não depois de ouvir a voz dizer: "Sua mãe mora no 1167 da Silver Crescent Drive, em Miami Beach. É um prédio. No mesmo andar moram a Essie, aquela prima velha de vocês, e o marido dela, o tal de Metz, o que é louco por bridge. O apartamento deles é o 402; o da sua mãe é o 401. Às terças-feiras, ela tem uma faxineira chamada Olivia. Nas noites de sexta, vai jantar com a Essie e com o pessoal dela em Century Beach. Nas manhãs de domingo, vai ao templo ajudar no bazar. Nas tardes de quinta, é a vez do clube. Sentam-se à beira da piscina e jogam canastra: Bea Wirth, Sylvia Adlerstein, Lily Sobol, a cunhada dela, Flora, e a sua mãe. Quando não está fazendo essas coisas, ela vai ver o seu velho no asilo. Se não quer que ela desapareça, escute o que tenho a dizer e não perca tempo fazendo piadinhas sobre a minha voz. Foi a voz que Deus me deu. Nem todo mundo é perfeito como você".

"Quem está falando?"

"Um fã. Isso eu não posso negar, apesar dos insultos. Sou um admirador seu, Zuckerman. Alguém que acompanha sua carreira há anos. Fazia muito tempo que eu esperava por esse seu sucesso todo. Sabia que mais dia, menos dia isso iria acontecer. Era inevitável. Você esbanja talento. Sabe como dar vida às coisas. Apesar de que, sinceramente, não acho que este seja o seu melhor livro."

"Ah, não acha?"

"Isso, me humilhe, mas o fato é que o livro é fraco. Tem brilho, claro; mas não profundidade. Foi algo que você teve de escrever para recomeçar do zero. Daí a impressão de que é uma coisa inacabada, em estado bruto; daí a pirotecnia. Mas eu entendo isso. Chego mesmo a admirar isso. Tentar fazer as coisas de um jeito novo é o único jeito de crescer. Vejo você crescendo uma enormidade como escritor, se não perder a verve."

"E você pretende crescer comigo, é essa a ideia?"

A risada sombria do vilão teatral. "Ha. Ha. Ha."

Zuckerman desligou. Era o que devia ter feito tão logo percebeu quem era e quem não era. Mais um exemplo das coisas às quais precisava se acostumar. Banal, insignificante, totalmente esperado — afinal, ele não tinha escrito nenhum *Tom Swift*.* Sim, Rochelle tinha razão. "É só um desses malucos com espírito de porco, Zuckerman. No seu lugar, eu não esquentaria a cabeça."

Contudo, indagava-se se não devia ligar para a polícia. O que o sujeito havia dito sobre sua mãe *era* perturbador. Mas, com a matéria de capa na *Life* e a atenção que os jornais de Miami passaram a dedicar à mãe de Zuckerman, quem quisesse obter informações detalhadas sobre ela não precisaria, de fato, procurar muito. Sua mãe resistira bravamente a toda a adulação, sedução e intimidação dos jornalistas que queriam convencê-la a dar uma entrevista "exclusiva"; fora a solitária Flora Sobol, a cunhada de Lily que ficara viúva pouco tempo antes, quem sucumbira ao massacre. Apesar de Flora jurar de pés juntos que só tinha falado alguns minutinhos pelo telefone com a jornalista, o *Miami Herald* publicara em seu caderno de fim de semana uma matéria de meia página com o título: "Eu jogo canastra com a mãe de Carnovsky". Numa foto ao lado da reportagem, via-se a viúva solitária e atraente, um tanto avançada em anos, e seus dois pequineses.

Cerca de seis semanas antes do lançamento do livro — quando ele começava a divisar o tamanho do sucesso que estava por vir e já tinha pistas de que o Coro de Aleluia talvez não fosse inteiramente prazeroso do início ao fim —

---

* Série de livros infantojuvenis com histórias de aventura e ficção científica. (N. T.)

Zuckerman pegara um avião para Miami a fim de preparar sua mãe para os repórteres. Em virtude do que ele lhe disse durante o jantar, ela não conseguiu pregar o olho naquela noite e por fim teve que atravessar o corredor e ir bater na porta de Essie para pedir um tranquilizante e perguntar se podiam conversar um pouco.

A única coisa que tenho a dizer é que sinto muito orgulho do meu filho. Obrigada e até logo.

Essa era a linha que talvez fosse mais prudente ela adotar quando começasse a receber ligações dos jornalistas. Obviamente, se não se incomodasse com a notoriedade, se *quisesse* ver seu nome nos jornais...

"Você está falando com a sua mãe, querido, não com a Elizabeth Taylor."

De modo que, enquanto jantavam frutos do mar, ele fingiu ser um repórter que não tinha nada melhor para fazer do que ligar para ela e perguntar sobre o treinamento a que Nathan se dedicara no banheiro durante a adolescência. Por sua vez, ela devia fazer de conta que coisas assim passariam a acontecer diariamente depois que o livro novo de Zuckerman chegasse às livrarias.

"'E o que diz de ser a mãe de Carnovsky? Sejamos francos, senhora Zuckerman, é isso que a senhora é agora.'"

"'Tenho dois filhos maravilhosos e sinto muito orgulho deles.'"

"Essa foi boa, mãe. Se quiser colocar as coisas nesses termos, está muito bem. Mas, se não quiser, nem isso a senhora precisa dizer. Se preferir, pode apenas rir."

"Rir na cara da pessoa?"

"Não, não é isso — não precisa ofender ninguém. Isso também não seria uma boa ideia. Estou apenas sugerindo que a senhora responda com uma risadinha. Ou simplesmente não diga nada. O silêncio já está bom. Aliás, é o que funciona melhor."

"Certo."

"'Senhora Zuckerman?'"

"'Pois não?'"

"'O mundo inteiro quer saber. As pessoas leram tudo a respeito de Gilbert Carnovsky e da mãe dele no livro do seu filho e agora querem saber: como se sente sendo tão famosa?'"

"'Não sei dizer. Agradeço o interesse pelo meu filho.'"

"Está ótimo, mãe. Mas o que eu estou tentando explicar é que a senhora não precisa dar trela para essa gente. Eles não desistem nunca, de modo que basta a senhora dizer até logo e desligar."

"'Até logo.'"

"'Ah, não, só mais um minutinho, senhora Zuckerman, por favor! Não posso voltar para a redação sem essa entrevista. Tenho um filho pequeno, uma casa nova, estou cheio de contas para pagar... uma matéria sobre o Nathan pode significar um bom aumento.'"

"'Ah, tenho certeza de que, com ou sem entrevista, você receberá um aumento.'"

"Excelente, mãe. Continue."

"'Obrigada pelo seu telefonema. Até logo.'"

"'Senhora Zuckerman, só dois minutos em off?'"

"'Obrigada, até logo.'"

"'Então *um* minuto. Uma *frase*. Ah, por favor, senhora Z., uma frasezinha para a matéria que estou fazendo sobre o seu filho extraordinário?'"

"'Não, não. Até logo.'"

"Mãe, preste atenção, a senhora não precisa nem ficar dizendo até logo. Sei que é difícil para uma pessoa educada entender isso. Mas nessa altura a senhora poderia ir em frente e desligar sem receio de estar sendo malcriada."

Na hora da sobremesa, ele a pôs novamente à prova, só para ter certeza de que estava preparada. Era de admirar que à meia-noite ela precisasse de um Valium?

Fazia apenas três semanas que, em sua mais recente viagem a Miami, ele soubera da perturbação que aquela visita causara à mãe. Primeiro foram ver seu pai no asilo. Desde o último derrame, o dr. Zuckerman não conseguia se exprimir verbalmente com clareza — pronunciava apenas palavras pela metade e sílabas truncadas —, e havia ocasiões em que, num primeiro momento, não reconhecia a esposa. Olhava para ela e movia os lábios para dizer "Molly", o nome de sua falecida irmã. Que já não fosse possível determinar o grau de compreensão que ele tinha das coisas era o que tornava tão infernais as visitas que ela lhe fazia diariamente. Apesar disso, naquele dia, ela parecia muito bem-disposta; fazia anos que Nathan não a via assim: ainda que não fosse nem sombra da jovem madona de cabelos cacheados abraçando o primogênito carrancudo na foto — tirada numa praia em 1935 — que enfeitava o criado-mudo de seu pai, decerto não estava tão abatida a ponto de deixar as pessoas assustadas com a saúde *dela*. Desde que começara a provação que estava sendo cuidar do pai dele, quatro anos antes — quatro anos durante os quais o dr. Zuckerman não a deixava sair de seu campo de visão —, ela lembrava bem menos a mãe enérgica e indômita de quem Nathan herdara o lustro vívido dos olhos (e a ligeira comédia da silhueta) do que a macilenta, silenciosa e derrotada avó dele, a viúva espectral do lojista tirânico que fora o pai dela.

Quando chegaram em casa, ela precisou se deitar no sofá com um lenço úmido na testa.

"Apesar de tudo, a senhora parece melhor, mãe."

"Com ele lá, é mais fácil. Detesto dizer isso, Nathan. Mas só agora estou voltando a me sentir eu mesma." Fazia mais ou menos doze semanas que o pai dele estava no asilo.

"Claro que é mais fácil", respondeu o filho. "Essa era a ideia."

"Hoje ele não teve um bom dia. É pena que você o tenha visto assim."

"Não faz mal."

"Mas tenho certeza de que reconheceu você."

Zuckerman não tinha tanta certeza, porém disse: "Reconheceu, sim".

"Eu queria tanto que ele soubesse como as coisas estão dando certo para você. Todo esse sucesso. Mas é tão difícil com o seu pai assim, querido. Eu não conseguiria explicar para ele."

"E também não faz mal que ele não saiba. O importante é deixar que ele descanse confortavelmente."

Nesse ponto ela cobriu os olhos com o lenço. Estava começando a chorar, e não queria que ele visse.

"Que foi, mãe?"

"É que eu estou tão aliviada, filho. Não disse nada para você, preferi guardar para mim mesma, mas, no dia em que você veio e me contou tudo o que ia acontecer por causa desse livro, eu pensei... bom, eu pensei que você estava prestes a sofrer um golpe terrível. Pensei que, dessa vez, como não tinha o seu pai por perto, sempre pronto para sair em seu socorro... receei que, como só podia contar consigo mesmo, você ficasse meio perdido. E então o senhor Metz" — o novo marido de Essie, a prima do dr. Zuckerman — "disse que, para ele, aquilo parecia 'delírio de grandeza'. Não foi por mal que ele disse isso, o senhor Metz... Todo domingo ele pega o jornal e vai visitar o seu pai no asilo e lê para ele a 'Retrospectiva da Semana'. É ótima pessoa, mas foi o que ele pensou. E aí a Essie começou com a lenga-lenga dela. Disse que o seu pai sempre teve delírios de grandeza — que, mesmo na infância, ele não sossegava enquanto não desse um jeito de falar para as pessoas como elas deviam viver, intrometendo-se em assuntos que não lhe diziam respeito. Sabe como é a Essie, com aquela boca que ela tem. Então eu disse: 'Essie, vamos deixar de lado as suas desavenças com o Victor. O coitado não consegue falar direito, não consegue se fazer entender, de modo que talvez seja melhor pararmos por aqui'. Mas as coisas que eles disseram me deixaram de cabelo em pé, querido. Pensei: Pode ser verdade... vai ver que é alguma coisa que ele puxou do pai. Mas eu devia ter imaginado que ninguém faz o meu meninão de bobo. É maravilhosa a maneira como você está lidando com tudo isso. As pessoas me perguntam: 'Como o Nathan reagiu depois que todos os jornais começaram a publicar fotos dele?'. E eu respondo que você é uma pessoa que nunca se fez nem nunca se fará de importante."

"Mas, mamãe, a senhora não pode deixar que as pessoas a aborreçam com essa história de mãe do Carnovsky."

De repente ele teve a impressão de estar ao lado de uma criança na cama, uma criança que havia sido cruelmente molestada na escola e que chegara em casa febril e aos prantos.

Com um sorriso valente, retirando o lenço e revelando o lustro dos olhos dele no rosto dela, sua mãe disse: "Eu tento".

"Mas é difícil."

"Confesso que às vezes é, querido. Com os jornalistas eu tenho conseguido me virar, graças a você. Se visse, sentiria orgulho de mim."

No fim dessa frase, Zuckerman acrescentou silenciosamente a palavra *papai*. Conhecera o pai dela e sabia que ele não permitia que ela e as irmãs saíssem da linha. Primeiro, o pai dominador, depois o marido dominador dominado pelo próprio pai. Como pais, Zuckerman tinha a filha e o filho mais obedientes do mundo.

"Ah, você precisava me ver no telefone, Nathan. Sou educada, claro, mas os deixo falando sozinhos, como você me ensinou. Mas com as pessoas que encontro socialmente é diferente. Vêm me dizer — e sem rodeios, sem parar para pensar: 'Não sabia que você era tão doida assim, Selma'. Digo-lhes que não sou. Falo o que você me disse para falar: que é uma história, que ela é personagem de um livro. Então retrucam: 'Por que ele escreveria um livro como esse se não fosse verdade?'. E eu vou dizer o quê... como faço para que acreditem em mim?"

"Fique quieta, mãe. Não diga nada."

"Não posso, Nathan. Se eu não falar nada, vão achar que têm razão."

"Então diga a eles que o seu filho é biruta. Diga que a senhora não é responsável pelas coisas que ele inventa. E que dá graças a Deus por ele não inventar coisas ainda piores. Isso não chega a ser mentira. A senhora sabe que a senhora é a senhora e não a senhora Carnovsky, e eu sei que a senhora é a senhora e não a senhora Carnovsky. Eu e a senhora sabemos que trinta anos atrás era quase um paraíso."

"Ah, amor, está falando sério?"

"Claro que sim."

"Mas não é isso que está no livro. Quer dizer, não é isso que as pessoas pensam quando leem o livro. E pensam mesmo quando *não* leem o livro."

"Quanto ao que as pessoas pensam, mãe, não podemos fazer nada, exceto prestar o mínimo possível de atenção."

"Na piscina, quando não estou por lá, dizem que você quer distância de mim. Dá para acreditar? Falam isso para a Essie. Alguns dizem que você quer distância de mim, outros dizem que eu quero distância de você, e há quem diga que eu vivo no bem-bom graças ao dinheirão que você manda para mim. Corre por aí que eu tenho um Cadillac na garagem, presente do meu filho milionário. Que acha disso? A Essie diz para eles que eu não sei nem dirigir, mas não se dão por achados. O Cadillac tem um motorista negro."

"Daqui a pouco vão dizer que ele é seu amante."

"Não me espantaria se já estivessem falando isso. Falam cada coisa! Todo dia eu ouço uma história nova. Algumas nem tenho coragem de repetir. Dou graças a Deus que o seu pai não esteja em condições de ouvi-las."

"Talvez fosse melhor que a Essie não ficasse repetindo para a senhora tudo o que as pessoas dizem. Se quiser, eu converso com ela."

"Houve um debate sobre o seu livro no nosso Centro Judaico."

"Não diga!"

"Querido, a Essie diz que o seu livro já é o principal tópico de discussão em todo casamento judaico, em todo bar mitzvah, em todo clube, em toda associação feminina, em todo congresso feminista e em todo banquete de confraternização da América. Não sei em detalhes o que anda acontecendo nos outros lugares, mas no nosso Centro a coisa se transformou numa discussão sobre você. A Essie e o senhor Metz estavam lá. Achei que eu fazia melhor ficando em casa. Um tal de Posner fez uma palestra. Depois veio o debate. Sabe quem é ele, Nathan? A Essie disse que é um rapaz da sua idade."

"Não sei, não."

"No fim, ela foi lá na frente e disse poucas e boas para ele. Você sabe como é a Essie quando fica esquentada. Deixava o seu pai furibundo, mas é a sua maior defensora. Claro que nunca leu um livro na vida, mas isso, para ela, não vem ao caso. Diz que você é igualzinho a ela, e que já era assim na época em que escreveu aquele conto sobre ela e sobre o testamento da Meema Chaya. Fala o que pensa, e danem-se os outros."

"É, mãe, eu e a Essie jogamos no mesmo time."

Ela sorriu. "Sempre fazendo piada." Se a piada servira para aplacar sua aflição era outra história. "Nathan, a filha do senhor Metz veio visitá-lo na semana passada e foi um doce de pessoa comigo. É professora numa escola na Filadélfia, uma mocinha linda que só vendo, e ela me puxou de lado de um jeito extremamente carinhoso para dizer que eu não devia dar ouvidos ao que as pessoas falam sobre o conteúdo do seu livro. Na opinião dela e do marido, o livro é muito bem escrito. E ele é advogado. Ela contou que você é um dos mais importantes escritores vivos, não só da América, mas do mundo inteiro. Que acha disso?"

"É um comentário muito gentil."

"Ah, eu te amo tanto, querido. Você é o meu menino adorado, e o que quer que faça está direito. Só queria que o seu pai estivesse em condições de apreciar toda essa fama que você conquistou."

"Talvez ele não ficasse muito contente, como a senhora sabe."

"Ele sempre o defendeu, sempre."

"Não deve ter sido fácil para ele."

"Mas ele defendia você."

"Que bom."

"No começo, ele não gostava de algumas coisas que você escrevia — aquelas histórias sobre o primo Sidney e os amigos que o Sidney tinha. Não estava acostumado com aquilo, e cometeu alguns equívocos. Eu jamais me atreveria a dizer a ele, porque ele seria capaz de me cortar o pescoço, mas posso dizer a você: seu pai era uma pessoa incansável, alguém que não ficava em casa esperando as coisas acontecerem; tinha uma missão na vida, e era por isso que todos gostavam dele e o respeitavam, mas eu sei muito bem que, às vezes, no afã de fazer a coisa certa, ele sem querer metia os pés pelas mãos. Mas, quer você se dê conta disso quer não, o fato é que você abriu os olhos dele, querido. É verdade. Era você virar as costas, para ele começar a falar como você. Usava até as mesmas palavras, mesmo que vez por outra se zangasse e brigasse com você. Isso era só um costume. Porque ele era seu pai. Mas, diante dos outros, sempre o defendia com unhas e dentes, até o dia em que adoeceu." Zuckerman percebeu que a voz da mãe estava fraquejando de novo. "É claro que, como você sabe, e eu também, infelizmente ele se tornou outra pessoa depois que o puseram naquela cadeira de rodas."

"Como assim, mãe?"

"Ah, é que foi tudo de uma vez."

"Está falando da Laura?" Zuckerman finalmente contara para sua mãe — semanas depois de deixar a Bank Street — que ele e Laura não estavam mais juntos. Esperara até que ela absorvesse o choque inicial de ver o marido transferido para um asilo de onde ele jamais sairia para tornar a viver com ela. Uma coisa por vez, pensara Zuckerman, se bem que, como agora ele se dava conta, mesmo assim tinha sido tudo de uma vez para ela. Obviamente, não fora de todo ruim que seu pai não estivesse em condições de receber a notícia; todos, inclusive Laura, concordaram que ele não precisava saber, sobretudo considerando que, no passado, sempre que Zuckerman abandonava uma esposa, seu pai sofria, se afligia e não parava de ruminar a coisa, até que, profundamente desgostoso, pegava o telefone e ligava para a "coitada da moça" no meio da noite para se desculpar pela atitude do filho. Cenas haviam acontecido por causa desses telefonemas, cenas que remetiam aos piores momentos da adolescência do filho.

"Tem certeza de que ela está bem?", indagou sua mãe.

"Absoluta. Ela tem o trabalho dela. A senhora não precisa se preocupar com a Laura."

"E você vai se divorciar, Nathan? Outra vez?"

"Mamãe, lamento estar construindo um histórico conjugal tão ruim. Em dias sombrios eu também me desprezo por não ser um membro ideal do meu sexo. Acontece que não tenho talento para manter uma ligação amorosa com uma mulher pela vida toda. Perco o interesse e preciso ir embora. Talvez o meu talento seja para a troca de parceiras: uma mulher encantadora a cada cinco anos. São todas moças maravilhosas, lindas, dedicadas, como a senhora bem sabe. Isso é importante que se diga em meu favor. Só trago coisa fina para casa."

"Mas eu nunca disse que você tinha um histórico ruim... ah, meu querido, não eu, jamais, jamais, nem em um milhão de anos eu diria uma coisa dessas. Você é meu filho, e o que quer que decida está certo. Como quer que viva está correto. Contanto que saiba o que está fazendo."

"Eu sei, sim."

"E contanto que saiba que é o certo."

"É o certo, sim."

"Então estamos do seu lado. Sempre estivemos, desde o princípio. Como o seu pai sempre diz: O que é uma família, se as pessoas não se mantêm unidas?"

Zuckerman, nem é preciso dizer, não era a pessoa mais indicada para responder a essa pergunta.

Caro Sr. Zuckerman,

Li meu primeiro livro erótico sete anos atrás, quando tinha treze anos. Depois, houve um interregno em que as leituras excitantes (e emocionalmente estimulantes) deram lugar ao sexo de verdade (sete anos com o mesmo pinto). Quando isso acabou, neste último inverno, voltei aos livros para esquecer, lembrar, escapar. Foi um período meio negro, por isso achei que seria bom ler o seu livro e dar algumas risadas. E agora é como se eu estivesse apaixonada. Bom, talvez não apaixonada, mas é uma coisa igualmente intensa. O senhor é perfeito para as minhas inclinações emocionais, sr. Zuckerman (como me atrever a chamá-lo de Nathan?) — além de me ajudar a expandir o meu vocabulário. Pode me chamar de louca (minhas amigas me chamam de Julia, a Louca), pode me chamar de tiete literária, mas o fato é que o senhor fala a minha língua. É tão terapêutico quanto meu analista — e cobra apenas oito e noventa e cinco por sessão. Numa época em que as pessoas não parecem ter muito que compartilhar umas com as outras além de rancor, culpa, ódio e que tais, pensei em expressar a gratidão, o entusiasmo e o afeto que sinto pelo senhor, pela sua espirituosidade deliciosa, pela sua inteligência afiada e por tudo o que o senhor representa.

Ah, claro, tem mais uma coisa que me levou a escrever esta carta. O senhor se animaria a fazer uma maluquice do tipo ir para a Europa comigo? No feriado do meio do semestre, por exemplo? Conheço um pouco a Suíça (tenho uma conta numerada no maior banco de lá) e adoraria enlouquecê-lo com algumas das experiências mais surreais e tocantes que aquele país tem para oferecer. Podemos visitar a casa em que Thomas Mann viveu seus últimos anos. A viúva e o filho dele ainda moram lá, numa cidade chamada Kilchberg, no cantão de Zurique. Podemos visitar as famosas fábricas de chocolate, as sólidas instituições bancárias, as montanhas, os lagos, a cachoeira em que Sherlock Holmes encontrou seu destino... Preciso continuar?

Julia, a Não-Tão-Louca

Conta nº 776043

Cara Julia,

Também não sou tão louco e serei obrigado a recusar o seu convite. Estou certo de que você é uma pessoa completamente inofensiva, mas vivemos tempos esquisitos, se não na Suíça, decerto na América. Gostaria de poder ser mais simpático, já que você parece bastante simpática e afetuosa, além de brincalhona e rica. Mas infelizmente terá de visitar as fábricas de chocolate sem mim.

Sinceramente,

Nathan Zuckerman

Bankers Trust 4863589

Querido Nathan,

Fiquei tão aborrecida por ter partido sem me despedir! Mas, quando a Fortuna troca de cavalo, leva junto o cavaleiro.

Essa, porém, era uma carta de verdade, escrita por alguém que ele conhecia. Assinada com um C. Encontrou o envelope no cesto de lixo. Fora postado alguns dias antes, em Havana.

Querido Nathan,

Fiquei tão aborrecida por ter partido sem me despedir! Mas, quando a Fortuna troca de cavalo, leva junto o cavaleiro. E, assim, cá estou. A Mary sempre quis que nos conhecêssemos e eu nunca me esquecerei de como minha vida se iluminou nos momentos — infelizmente breves — que passamos juntos.

Lembranças imprecisas, só lembranças.

C.

"Lembranças imprecisas, só lembranças" era Yeats. "A Fortuna troca de cavalo" era Byron. Tirando isso, pensou Zuckerman sem condescendência, parecia a carta-padrão. Até o "C." íntimo. Essa era a inicial de Caesara O'Shea, detentora da voz mais suave e melodiosa das telas e dona de um ar lânguido tão triste e sedutor que uma velha raposa da Warner Brothers explicou da seguinte maneira seu efeito mágico sobre as bilheterias: "Toda a melancolia irlandesa, mas com aquelas tetas divinas". Caesara chegara a Nova York duas semanas antes, vinda de sua casa em Connemara, e André Schevitz ligara para Zuckerman, intimando-o a servir de companhia para a atriz durante o jantar que ele e a mulher ofereceriam na casa deles. Mais um butim proporcionado por *Carnovsky*. Caesara mencionara especificamente seu nome.

"Você conhece a maioria dos convidados", disse André.

"E a Caesara, você precisa conhecer", disse-lhe Mary. "Está mais que na hora."

"Por quê?", indagou Zuckerman.

"Ah, Nathan", disse Mary, "não torça o nariz só porque as hordas transformaram a moça num símbolo sexual. Caso ainda não saiba, fizeram isso com você também."

"Não se deixe intimidar pela beleza", disse André. "Nem pela imprensa. Todo mundo alterna mau humor e timidez, e não há por que ter medo dela. É uma mulher simples, simpática e inteligente. Quando está na Irlanda, sua vida se resume a cozinhar, cuidar do jardim e passar a noite lendo em frente à lareira. Em Nova York, ela se contenta em passear no parque ou ir ao cinema."

"E sempre teve muito azar com os homens", acrescentou Mary, "homens que eu gostaria de esganar, sem brincadeira. Escute o que estou lhe dizendo, Nathan, porque você, com as mulheres, é igual a ela com os homens: um desastre. Já vi você arrumar a pessoa errada três vezes. Primeiro, casou com a dançarina esquisita, aquela fadinha que você podia esmagar com um dedo; depois foi parar nos braços da neurótica da alta sociedade que queria trair a própria classe; e, até onde consigo ver, essa última era uma santa com registro em cartório. Falando sério, jamais vou entender como você foi se engraçar com aquela Madre Superiora. Se bem que há um pouco de Madre Superiora em você também, não é mesmo? Ou vai ver que faz parte do papel. Mantendo o Judeu no Armário. Mais gói que os Pais Puritanos da América."

"Desvendou o meu mistério, Mary. Ninguém engana você."

"Duvido que você engane a si mesmo. Pelo amor de Deus, Nathan, você precisa parar de posar de intelectual e esquecer essa censura asquerosa aos perdidos que curtem a vida. Que sentido tem isso depois do livro que escreveu? Você mandou à merda toda aquela babaquice professoral — agora, viva como um homem de verdade. E, dessa vez, ao lado de uma *mulher* com registro em cartório. Você faz ideia do que vai encontrar em Caesara O'Shea? Afora a coisa mais linda em toda a Criação? Dignidade, Nathan. Bravura. Força. Poesia. Deus do céu, é a Irlanda em estado bruto que você vai encontrar nela!"

"Mary, eu também leio as revistas de cinema. Pelo jeito, o avô dela cortava turfa para aquecer a cabana de Maria Madalena. Acho que não estou à altura disso."

"Acredite em mim, Nathan", disse André, "ela é tão insegura quanto você."

"E quem não é?", retrucou Zuckerman. "Fora a Mary e o Muhammad Ali?"

"O que o André está querendo dizer é que, quando estiver com ela", disse Mary, "você poderá ser você mesmo."

"E quem é esse?"

"Você descobre, não se preocupe", garantiu-lhe André.

O vestido que ela estava usando era uma composição espetacular de véus flamejantes, contas de madeira colorida e plumas de cacatua, seus cabelos pretos escorriam pelas costas numa trança pesada e comprida, e seus olhos eram os seus olhos. Ao se servir durante o jantar, Caesara deixou cair um pouco da musse de arenque no chão, dando a Zuckerman o ensejo de olhar diretamente nos festejados olhos irlandeses e dizer coisas que fizessem sentido. Dando-lhe esse ensejo até ele compreender que talvez essa tivesse sido a razão de ela ter deixado cair a musse. Toda vez que se virava para ela, lá estava aquele rosto saído daqueles filmes.

Foi somente depois do jantar, quando puderam se afastar dos demais convidados e da intimidade presunçosa dos cartões que estampavam seus nomes a apenas alguns centímetros de distância um do outro, foi somente então que eles conseguiram entabular uma conversa mais íntima. Durou apenas cinco minutos, mas não prescindiu de fervor, nem de um lado nem de outro. Ambos tinham lido a biografia de Joyce escrita por Ellmann e, ao que parecia, nunca ousaram confessar a ninguém a admiração que sentiam pelo livro; dado o tom abafado de suas vozes, poder-se-ia pensar que era crime fazer isso. Zuckerman contou que uma vez estivera com o professor Ellmann em Yale. Na realidade, encontraram-se em Nova York, numa cerimônia em que ambos haviam sido agraciados com prêmios literários, porém Zuckerman não queria dar a impressão de estar tentando impressioná-la, tendo em vista o quanto estava se esforçando para fazer isso.

O encontro com Ellmann resolveu a parada. Zuckerman não teria se saído melhor se fosse o próprio Joyce. Suas têmporas estavam úmidas de suor e Caesara mantinha comovidamente as mãos junto aos seios. Foi quando ele perguntou se poderia levá-la para casa mais tarde. Com um sussurro indistinto, Caesara disse sim duas vezes, e saiu singrando com seus véus pelo salão — não queria parecer indiferente a todos os outros convidados com os quais até então se mostrara tão absolutamente indiferente. Assim ela disse.

Insegura? Havia margem para questionamento.

Na rua, enquanto Zuckerman tentava chamar um táxi que se encontrava a um quarteirão de distância, uma limusine parou diante deles. "Me leva neste?", pediu Caesara.

Encolhida ao lado de Zuckerman no assento detrás, Caesara contou que, a qualquer hora do dia ou da noite que ligasse da Irlanda, Mary estava pronta para levantar o seu astral e enumerar as pessoas que ela devia odiar e maldizer. Zuckerman disse que contava mais ou menos com os mesmos préstimos em Nova York. Caesara falou-lhe sobre tudo o que os Schevitz haviam feito pelos três filhos dela, e ele explicou como tinha sido convalescer na casa de praia do casal, em Southampton, depois de quase ter morrido em virtude de um apêndice rompido. Zuckerman percebia que estava falando como se quase tivesse morrido em virtude de ferimentos sofridos ao lado de Byron na luta pela independência da Grécia, mas, conversando com Caesara O'Shea no banco aveludado de uma limusine preta, a pessoa acabava falando um pouco como Caesara O'Shea no banco aveludado de uma limusine preta. Uma apendicite assumia os contornos de um drama apaixonado, poético. Zuckerman ouvia a si mesmo falando com emoção sobre a "luz oblíqua" que lambia a praia de Southampton em suas caminhadas matinais. Papagueava sobre a tal luz oblíqua, quando, segundo reportagem saída naquele dia, a certa passagem de seu livro era atribuído um aumento de cinquenta por cento nas vendas de lingerie de seda preta nas lojas de departamentos mais sofisticadas de Nova York.

Você descobre, não se preocupe, havia dito André. E foi isto: a luz oblíqua e a minha cirurgia.

Perguntou se ela recebera aquele nome em homenagem a alguém. Quem tinha sido a Caesara I?

Com a voz mais doce que se possa imaginar, ela contou. "... é o nome de uma mulher hebreia, a sobrinha de Noé. Ela foi se refugiar do dilúvio universal na Irlanda. Minha gente", esclareceu Caesara, levando a mão de dedos alvos à alvíssima garganta, "foi a primeira a ser enterrada lá. Os primeiros dos fantasmas irlandeses."

"Acredita em fantasmas?" E por que não? Teria pergunta melhor a fazer? Qual deve ser a reação do Movimento Contra a Guerra se Nixon minar o porto de Haiphong? Já não teve sua cota disso com a Laura? Olhe só para essa mulher.

"Digamos que os fantasmas acreditam em mim", respondeu Caesara.

"Entendo as razões deles", disse Zuckerman. Qual era o problema? Diversão era diversão. Vivendo como um homem de verdade.

Todavia, não fez nenhuma tentativa de enlaçá-la, nem enquanto ela permanecia femininamente encolhida no banco detrás da limusine, apascentando-o com sua sedução meiga, inofensiva, hipnótica, nem quando ela parou esplendorosamente diante dele no vão de entrada do Pierre, uma mulher quase da altura de Zuckerman, com sua trança de cabelos pretos e seus pesados brincos de ouro e seu vestido de véus e contas e plumas, lembrando, no conjunto, a deusa pagã em cuja honra se ofereciam sacrifícios num dos filmes estrelados por ela a que Zuckerman assistira na faculdade. Talvez houvesse se aventurado a trazê-la para junto de si se, ao entrar no carro, não tivesse visto um exemplar de *Carnovsky* no assento ao lado do motorista. O rapaz de bigode provavelmente se dedicara à leitura para matar o tempo enquanto a srta. O'Shea estava no jantar. Um garboso Jack do Espaço, de óculos escuros e uniforme, o nariz enterrado no livro de Zuckerman. Não, não estava disposto a encarnar seu fogoso protagonista para maior entretenimento dos fãs.

Sob as luzes do pórtico do hotel, com o Jack do Espaço olhando de soslaio de dentro do carro, Zuckerman optou por um aperto de mão. Não podia deixar o motorista confuso quanto à natureza hipotética da ficção. Era importante que, ao voltar à garagem para participar do seminário com os mecânicos, o sujeito tivesse entendido a matéria direito.

Zuckerman se sentia exatamente como o intelectual idiota que Mary Schevitz achava que ele era. "Depois de tudo o que passou", ouviu-se dizendo a Caesara, "você deve ter um certo pé-atrás com os homens."

Com a mão livre, ela levou o xale de seda ao pescoço. "Pelo contrário", garantiu-lhe, "eu os admiro. Gostaria de ter nascido homem."

"Vindo de você, parece um desejo inverossímil."

"Se eu fosse homem, poderia ter protegido minha mãe. Poderia tê-la defendido do meu pai. Ele se embebedava com uísque e batia nela."

Ao que Zuckerman só conseguiu pensar em responder: "Boa noite, Caesara". Beijou-a de leve. Quase tropeçou ao ver aquele rosto aproximando-se do seu. Foi como beijar um cartaz.

Observou-a desaparecer no interior do hotel. Ah, se ele *fosse* Carnovsky. Em vez disso, iria para casa e tomaria nota de tudo. Em vez de ficar com Caesara, ficaria com suas anotações.

"Escute...", chamou-a, precipitando-se saguão adentro.

Caesara virou-se e sorriu. "Achei que o professor Ellmann estava à sua espera."

"Tenho uma proposta. Que tal se a gente parasse com a embromação e fosse tomar um drinque?"

"As duas coisas me agradam."

"Onde?"

"Por que não vamos aonde vão todos os escritores?"

"À Biblioteca Pública de Nova York? A esta hora?"

Agora Caesara caminhava junto dele, apoiada em seu braço, voltando para a entrada do hotel, onde a limusine ainda os esperava. O motorista conhecia Zuckerman melhor que o próprio Zuckerman. Ou conhecia o fascínio exercido pela srta. O'Shea.

"Não", disse ela, "estou falando daquele lugar de que eles todos gostam tanto, na Segunda Avenida."

"O Elaine's? Ah, acho que não sou a pessoa mais indicada para levar você ao Elaine's, Caesara. Quando estive lá com a minha mulher" — uma noite Zuckerman fora jantar com Laura no Elaine's para ver se conseguia entender o porquê de tanta badalação —, "puseram-nos o mais perto que podiam do banheiro sem ter de nos outorgar a concessão das toalhas de rosto. É melhor você ir com o Salinger quando ele estiver na cidade."

"O Salinger só vai ao El Morocco, Nathan."

Casais atravancavam a porta, esperando para entrar, e quatro fileiras de clientes se aglomeravam junto ao bar, esperando uma mesa, mas dessa vez Zuckerman e sua acompanhante foram instalados a uma mesa com um floreio de braços do gerente, e tão longe do banheiro que o escritor talvez se visse em sérios apuros se precisasse usá-lo com urgência.

"Promoveram você", cochichou Caesara.

Todos olhavam para ela, que fingia continuar no carro, a sós com ele. "E ainda fazem fila na rua. Como se isto fosse um bordel do marquês de Sade", disse Caesara, "e não apenas um lugar onde as pessoas vêm falar mal umas das outras. Ah, como eu odeio essas espeluncas."

"Sério? Então por que viemos?"

"Pensei que seria interessante ver você espumando de ódio também."

"Espumando de ódio? Para mim está sendo uma noite inesquecível."

"É, dá para ver pela tensão dos seus maxilares."

"Sentado aqui com você", disse Zuckerman, "sinto meu rosto desbotar. É como se, numa foto de dois veículos envolvidos num acidente grave, eu fosse o sinal de trânsito que ficou fora de foco. É assim em toda parte?"

"Não, debaixo de chuva em Connemara não é assim, não."

Conquanto ainda não tivessem feito o pedido, o garçom apareceu com uma garrafa de champanhe. Presente de um senhor sorridente, sentado a uma mesa de canto.

"Para você", indagou Zuckerman a Caesara, "ou para mim?", e, ato contínuo, soergueu-se da cadeira para agradecer a generosidade.

"De qualquer maneira", disse Caesara, "é melhor ir até lá — são capazes de falar mal de você se não for."

Zuckerman avançou entre as mesas para apertar a mão do sujeito: um homem alegre, parrudo, bastante bronzeado, que apresentou como esposa a mulher bastante bronzeada sentada à mesa com ele.

"É muita gentileza do senhor."

"O prazer é meu. Só queria parabenizá-lo pelo trabalho sensacional que fez com a senhorita O'Shea."

"Obrigado."

"Bastou ela entrar com esse vestido para ter o restaurante inteiro na palma da mão. Está maravilhosa. Continua com tudo. A trágica imperatriz do sexo. Depois de tanto tempo. O senhor trabalhou muito bem."

"Para mim ou para você?", indagou Caesara quando Zuckerman retornou.

"Para você."

"De que estavam falando?"

"Do trabalho sensacional que fiz com você. Devem achar que sou o seu cabeleireiro. Ou o seu agente."

O garçom abriu o champanhe e eles ergueram suas taças para a mesa de canto. "Agora me conte, Nathan, quem são os outros famosos... além de você? Quem é aquele sujeito famoso?"

Zuckerman sabia que ela sabia — o mundo inteiro sabia —, mas talvez pudessem começar a se divertir um pouco. Era por isso que estavam ali, e não na Biblioteca Pública.

"Aquele", disse, "é um romancista. O arruaceiro do establishment."

"E o homem que está bebendo com ele?"

"Um jornalista durão de coração mole. O fiel escudeiro do romancista, o Bertoldo do Lugar-Comum."

"Ah, eu sabia", disse Caesara, com toda a melodia daquela voz, "eu sabia que havia muito mais em Nathan Zuckerman do que boas maneiras e sapatos limpos. Continue."

"Aquele ali é o *auteur*, o intelectual dos palermas. A mocinha ingênua é sua prima-dona, a palerma dos intelectuais. Aquele é o editor, o judeu dos gentios, e aquele outro, que está olhando gulosamente para você, é o prefeito de Nova York, o gentio dos judeus."

"E, antes que seja tarde e ele resolva fazer uma cena", disse Caesara, "saiba que o sujeito sentado na mesa atrás daquela, e que está olhando furtivamente para você, é o pai do meu filho caçula."

"Sério?"

"O engulho que sinto quando o vejo é infalível."

"Por quê? Como ele está olhando para *você*?"

"Não está olhando. Nem vai olhar. Eu era a 'fêmea' dele. Dei para ele e ele nunca me perdoará por isso. Não é só um monstro, é um moralista e tanto também. Filho de uma santa lavradora que não se cansa de agradecer a Jesus Cristo por todo o sofrimento de que é vítima. Concebi um filho dele e não permiti que o reconhecesse. Ficou esperando do lado de fora da sala de parto com um advogado. Tinha papéis exigindo que a criança ostentasse o honrado nome da família dele. Eu preferia estrangular a criança no berço a concordar com uma afronta dessas. Precisaram chamar a polícia para fazê-lo parar de gritar e levá-lo embora. Com a cobertura completa do *Los Angeles Times*."

"Não o reconheci com esses óculos pesados e esse terno de banqueiro. A força vital latina."

Caesara o corrigiu. "O cocô latino. O latino doido, cafajeste e mentiroso."

"Como se envolveu com ele?"

"Como acontece de alguém se envolver com gente doida, cafajeste e mentirosa? Nos filmes, eu trabalho com os machões; é assim que acontece. Sozinha numa locação, num hotel horrível, num desses lugares estranhos onde a gente não fala a língua das pessoas — no caso, a janela do meu quarto dava para duas latas de lixo e três ratos fuçando em volta delas. Aí começa a chover e você fica dias e dias de plantão, e se o machão quiser agradar e ajudar você a se divertir um pouco, e se você não estiver a fim de passar dezesseis horas por dia lendo no quarto, e se quiser companhia para jantar nesse hotel horrível, provinciano..."

"Você podia ter tirado a criança."

"É verdade. Nessa altura eu poderia ter feito três abortos. Mas não fui criada para me livrar de crianças. Fui criada para ser mãe delas. Ou mãe ou freira. As meninas irlandesas não recebem criação para esse tipo de coisa."

"Aos olhos do mundo, você sabe se virar."

"O mesmo vale para você. A fama é uma coisa muito bruta, Nathan. Para lidar com ela, é preciso ser mais insolente do que eu sou capaz de ser. É preciso ser um desses doidos tremendamente cafajestes."

"Não gosta de ver o seu rosto em todos os cartazes?"

"Quando tinha vinte anos, gostava. Você não faz ideia do prazer que eu sentia aos vinte anos só em me olhar no espelho. Me olhava e pensava que não era possível alguém ter um rosto tão perfeito."

"E agora?"

"Estou um pouco cansada do meu rosto. Estou um pouco cansada do que ele parece fazer com os homens."

"E o que ele parece fazer com os homens?"

"Bom, faz com que me entrevistem deste jeito, não é? Eles me tratam como se eu fosse um objeto sagrado. Todo mundo morre de medo de encostar o dedo em mim. Provavelmente até o autor de *Carnovsky*."

"Mas deve haver os que morrem de vontade de encostar o dedo em você só porque você é um objeto sagrado."

"Tem razão. E os meus filhos são a progenitura deles. Primeiro, dormem com a sua imagem, e, depois que conseguem isso, dormem com a sua maquiadora. Tão logo cai a ficha e se dão conta de que o seu você não é o você do mundo, os coitados ficam num desconsolo só. É compreensível. Com que frequência o sujeito terá a emoção de deflorar a noviça genuflectora de dezenove anos daquele primeiro filme tão tocante se ela está com trinta e cinco e é mãe de três filhos? Ah, a verdade é que de fato já não sou infantil o bastante. Aos vinte era uma delícia, mas não vejo mais tanta graça na coisa. Você vê? Talvez eu tenha chegado ao fim do meu futuro maravilhoso. Nem observar esses absurdos desprezíveis me diverte mais. Foi uma má ideia vir aqui. Má ideia minha. É melhor irmos embora. A menos que você esteja se divertindo muito."

"Não, já aproveitei mais que o suficiente."

"Preciso dar um alô para o pai do meu filho. Antes de irmos embora. Não é mesmo?"

"Não sei como funcionam essas coisas."

"Acha que está todo mundo esperando para ver se sou capaz disso?"

"Imagino que seja o tipo de coisa que alguns se disponham a esperar para ver."

Esvaíra-se quase por completo a confiança que o deslumbrara tanto durante o jantar na casa dos Schevitz; agora Caesara O'Shea parecia menos segura de si do que qualquer uma das jovens modelos que permaneciam com os namorados na calçada, esperando a vez de entrar e ver de perto gente como Caesara O'Shea. Não obstante isso, ela se levantou e atravessou o restaurante para dar um alô ao pai de seu filho, enquanto Zuckerman se deixava ficar à mesa, bebericando o champanhe ofertado ao cabeleireiro dela. Ele admirou aquela travessia. Sob o olhar embasbacado de todos aqueles basbaques, foi uma verdadeira proeza dramática. Zuckerman admirou a mistura saborosíssima, no tempero como na carne: o flerte que debocha de si mesmo, a vaidade arraigada, o ódio calmo e indiferente, os gracejos, a coragem, a temeridade, a sagacidade. E a beleza inclemente. E o charme. E os olhos. Dava, sem dúvida, para manter um homem entretido e longe do trabalho para o resto da vida.

Quando estavam saindo do restaurante, Zuckerman perguntou: "Como ele foi com você?".

"Extremamente frio. Extremamente reservado. Extremamente educado. Ele se ampara na civilidade mais cerimoniosa e pérfida. Quando perde o pé, é isso ou a crueldade. Além do mais, não está só com a jovem amante que arrumou outro dia; tem também a Jessica, a Virgem Maria do Radcliffe College. Filha da primeira masoquista sortuda que fez um filme nos braços dele. A inocentezinha ainda não teve tempo de descobrir a criatura pervertida, asquerosa e abjeta que é o pai."

De volta à limusine, Caesara guardou-se empertigadamente no interior de seus véus flamejantes e se pôs a olhar pela janela.

"Como você foi se meter nisso", indagou ele, enquanto o carro deslizava pela rua, "se a criaram para ser freira ou mãe?"

"'Nisso' o quê?", indagou ela rispidamente. "O showbiz? O masoquismo? O meretrício? Como fui me meter nisso? Você fala como se estivesse na cama com uma prostituta."

"Mais uma criatura pervertida, asquerosa e abjeta."

"Ah, Nathan, me desculpe." Agarrou o braço dele e o segurou como se houvessem estado juntos a vida inteira. "Ah, eu me meti nisso da forma mais inocente possível. Representando Anne Frank no Gate Theatre. Tinha dezenove anos. Deixei metade de Dublin aos prantos."

"Puxa, disso eu não sabia", disse Zuckerman.

Estavam de volta ao Pierre. "Quer subir? Ah, é óbvio que quer", disse Caesara. Nenhuma falsa modéstia no tocante a seu fascínio; se bem que, por outro lado, nenhuma empáfia também: um fato era um fato. Zuckerman a seguiu até o saguão, seu rosto novamente se desbotando, enquanto o dela colhia o olhar siderado das pessoas que deixavam o hotel. Pensou em Caesara iniciando a carreira aos dezenove anos, no papel da encantadora Anne Frank, e nas fotos de estrelas de cinema, como a encantadora Caesara, que Anne Frank colava junto à sua cama, na parede daquele sótão. Que Anne Frank se materializasse para ele naquele corpo. Que ele a conhecesse na casa de seu agente literário, envergando um vestido de véus e contas e plumas de cacatua. Que ele a levasse ao Elaine's para ser admirada. Que ela o convidasse a subir a sua suíte, na cobertura do Pierre. É, pensou Zuckerman, a vida tem ideias muito próprias e irreverentes de como lidar com caras sérios como Zuckerman. É só esperar, que ela oferece um curso completo sobre a arte da galhofa.

A primeira coisa que Zuckerman viu na sala de Caesara foi uma pilha de livros novos em cima do aparador; três eram de sua autoria — exemplares em brochura de *Formação superior*, *Salada de emoções* e *Intenções às avessas*. Ao lado dos livros, havia um vaso com duas dúzias de rosas amarelas. Zuckerman indagou-se quem as teria mandado e, enquanto Caesara tirava o xale e ia ao banheiro, aproximou-se furtivamente do aparador e leu o cartão. "Para a minha rosa irlandesa, Com amor, amor, amor, F." Quando ela voltou, Zuckerman estava sentado numa bergère — da qual se avistava, do outro lado do parque, os arranha-céus de Central Park West —, folheando o livro que encontrara aberto na mesinha ao lado da poltrona. Um livro, quem diria, de Søren Kierkegaard. Intitulado *A crise na vida de uma atriz*.

"E qual é a crise na vida de uma atriz?", indagou ele.

Caesara fez uma careta de tristeza e se atirou no sofá em frente à bergère. "Ficar velha."

"Na opinião de Kierkegaard ou na sua?"

"De nós dois." Estendeu a mão e ele lhe passou o livro. Folheou-o até encontrar a página certa. "'Com trinta anos'", leu Caesara, "'ela está' — a atriz — 'essencialmente passada.'"

"Talvez na Dinamarca, em 1850. Eu não levaria isso a sério se fosse você. Por que está lendo esse livro?"

Zuckerman se perguntava se o livro não teria vindo com as rosas, da parte de F.

"Algum motivo para não o ler?", retrucou Caesara.

"De jeito nenhum. Imagino que todo mundo o devesse ler. Que mais você sublinhou?"

"O que todo mundo sublinha", disse ela. "Tudo o que diz 'eu'."

"Posso ver?" Zuckerman se inclinou para pegar o livro de volta.

"Quer beber alguma coisa?", perguntou Caesara.

"Não, obrigado. Quero o livro."

"Daqui dá para ver o apartamento do Mike Nichols, do outro lado do parque. É aquele triplex com as luzes acesas. Conhece o Mike?"

"Caesara, todo mundo conhece o Mike Nichols", disse Zuckerman. "Conhecer o Mike Nichols não significa nada nesta cidade. Vamos, passe esse livro para cá. Nunca tinha ouvido falar dele."

"Está debochando de mim", disse ela. "Por deixar o Kierkegaard à vista para impressionar você. Mas também deixei os seus livros à vista para impressioná-lo."

"Vamos, Caesara, quero ver que coisas são essas que a interessam tanto."

Por fim ela devolveu o livro. "Bom, *eu* vou beber alguma coisa", disse, levantando-se e servindo-se de um pouco do vinho contido numa garrafa que jazia aberta junto ao vaso de flores. Lafite-Rothschild — também da parte de F.? "Eu devia ter imaginado que seria submetida a uma avaliação."

"'E ela'", Zuckerman leu em voz alta, "'que, por ser mulher, é sensível no tocante a seu nome — como apenas uma mulher é capaz de ser sensível —, ela percebe que seu nome está na boca do povo até quando limpam a boca com o lenço!' Você percebe isso?"

"Percebo, percebo coisas inclusive menos amáveis que isso, nem preciso dizer."

"Diga assim mesmo."

"Não, não acrescentaria nada. Só que não era exatamente o que minha mãe tinha em mente ao me arrumar com o meu vestido de golinha Peter Pan e me levar de Dublin a Londres para eu fazer um teste e concorrer a uma bolsa de estudos na Royal Academic of Dramatic Arts."

O telefone tocou, mas ela o ignorou. F., G. ou H.?

"'Ela sabe que é o assunto da conversa aclamatória de toda a gente'", leu-lhe Zuckerman, "'inclusive daqueles que se encontram numa aflição terrível por não ter o que dizer. Ela vive assim ano após ano. Parece uma vida esplêndida; tem-se a impressão de que é realmente algo maravilhoso. Contudo, se, num sentido mais elevado, ela tivesse de viver à base do rico alimento dessa aclamação, extraindo-lhe encorajamento, recebendo dela energia e inspiração para esforços renovados — e visto que mesmo a pessoa mais absurdamente talentosa, em especial uma mulher, pode, num momento de fraqueza, sucumbir ao desânimo por falta de demonstrações de apreço genuíno —, num tal momento ela efetivamente sentiria aquilo de que sem dúvida já se dera conta muitas vezes: a fatuidade disso tudo e o erro que é invejar-lhe esse esplendor opressivo.' As agruras", disse Zuckerman, "da mulher idolatrada." Recomeçou a virar as páginas, à procura de outros trechos sublinhados.

"Pode levar o livro emprestado, Nathan. Ou, se preferir, pode continuar lendo aqui mesmo."

Zuckerman riu. "E o que você vai fazer?"

"O que sempre faço quando trago um homem para o quarto e ele senta numa poltrona e se põe a ler. Me atirar pela janela."

"O seu problema são esses livros, Caesara. Se tivesse apenas Harold Robbins no criado-mudo, como as outras atrizes, ficaria mais fácil prestar atenção em você."

"Pensei em impressioná-lo com a minha inteligência, mas foi com a inteligência de Kierkegaard que você se impressionou."

"Sempre há esse risco", disse Zuckerman.

Dessa vez, quando o telefone começou a tocar, Caesara tirou o fone do gancho e o pôs rapidamente de volta no lugar. Depois tornou a tirá-lo do gancho e ligou para a telefonista do hotel. "Por favor, não passe mais nenhuma ligação para mim. Só amanhã a partir do meio-dia... Está bem. Eu sei. Eu *sei*. Recebi o recado. Por favor, eu agradeceria muito se você fizesse o que estou pedindo. Já recebi todos os recados, *obrigada*."

"Quer que eu vá embora?", indagou Zuckerman.

"Você quer ir?"

"Claro que não."

"Certo", disse ela. "Onde estávamos? Ah. Agora é sua vez. Qual é a crise na vida de um escritor? Que obstáculos *ele* precisa superar em seu relacionamento com o público?"

"Primeiro, a indiferença; depois, se tiver sorte, a atenção. O seu trabalho é fazer com que as pessoas olhem para você, mas eu não consigo me acostumar com os queixos caídos e os olhos arregalados. Prefiro o exibicionismo a léguas de distância."

"A Mary diz que você nem sai mais de casa."

"Diga para a Mary que eu já não saía muito de casa *antes*. Veja, não optei por essa carreira para deixar as massas alvoroçadas."

"E por que foi?"

"Qual era a minha motivação? Ah, eu também era um bom menino com a minha golinha Peter Pan e acreditava em tudo o que Aristóteles me ensinava sobre literatura. A tragédia esgota a comiseração e o medo ao excitar em extremo essas emoções, e a comédia deixa o público num estado de espírito alegre e despreocupado ao mostrar que seria absurdo levar a sério a ação imitada. Bom, Aristóteles me decepcionou. Não me falou nada sobre o teatro do ridículo em que agora faço o papel principal — por causa da literatura."

"Ah, nem tudo é ridículo. Você tem essa impressão só porque sofre de ânsia de intensidade."

"E de quem é o diagnóstico? Da Mary também?"

"Não, é meu. Sofro do mesmo mal."

"Nesse vestido?"

"Neste vestido. Não se deixe enganar pelo vestido."

O telefone recomeçou a tocar.

"Parece que a sentinela não deu conta do recado", disse Zuckerman, abrindo o livro para matar o tempo enquanto Caesara decidia se atendia ou não. *Passemos então à metamorfose*, leu ele. *Essa atriz era constituída por juventude feminina, ainda que não no sentido usual da expressão. Aquilo a que normalmente chamamos juventude é vítima do tempo; pois, embora amoroso e delicado, o abraço do tempo ainda assim se apodera de tudo o que é finito. Porém nessa atriz havia uma índole substancial que correspondia à própria ideia: juventude feminina. Trata-se de uma ideia, e uma ideia é algo muito diverso...*

"Está lendo esse meu livrinho para provar que não há a menor semelhança entre você e o célebre personagem do seu livro? Ou", indagou Caesara quando o telefone parou de tocar, "para deixar claro que não sente atração por mim?"

"Nem uma coisa nem outra", disse Zuckerman. "Seu charme é desconcertante. E você não faz ideia de como eu sou depravado."

"Então fique com o livro e leia depois em casa."

Eram quase quatro da manhã quando Zuckerman despontou no saguão do hotel com o Kierkegaard na mão. Tão logo ele saiu pela porta giratória, a limusine de Caesara encostou no meio-fio, e lá estava o motorista dela, o leitor de *Carnovsky*, acenando pela janela aberta do veículo. "Quer uma carona, senhor Zuckerman?"

Mais essa? Será que o sujeito havia sido orientado a esperar até as quatro? Ou a noite inteira, se necessário? Caesara acordara Zuckerman e dissera: "Acho que prefiro amanhecer sozinha". "Tem faxineira amanhã cedo?" "Não. Mas não estou preparada para toda aquela escovação de dentes e descargas na privada." Doce surpresa. Um primeiro e tênue indício da menina com a golinha Peter Pan. Tinha de admitir que ele também se sentia saturado.

"Quero, sim", disse para o motorista. "Me leva para casa?"

"Claro." Mas o sujeito não desceu do carro para abrir a porta como fazia quando a srta. O'Shea estava presente. Bom, pensou Zuckerman, vai ver que ele terminou de ler o livro.

Enquanto avançavam lentamente pela Madison Avenue, Zuckerman lia o Kierkegaard de Caesara no assento macio do compartimento traseiro da limusine... *Ela percebe que seu nome está na boca do povo até quando limpam a boca com o lenço!* Não sabia se era tão somente o entusiasmo com uma nova mulher, a excitação com o desconhecido — e com todo aquele glamour — ou se era possível que tivesse se apaixonado em apenas oito horas, mas o fato é que devorava o parágrafo como se *fosse* baseado nela. Não conseguia acreditar em sua sorte. E nem parecia uma desgraça tão grande assim. "Não, não é de todo ridículo. Há um lado bastante positivo em deixar as massas alvoroçadas, se foi isso que deixou você alvoroçada também. Não vou desdenhar do que me trouxe até aqui." Para ela, e em silêncio, Zuckerman disse isso e depois limpou a boca, ligeiramente atordoado. Tudo por causa da literatura. Que coisa. Não gostaria de ter de confessar isso para o professor Leavis,* mas não se sentia nem um pouco sacrílego.

Defronte do seu prédio, o motorista recusou os dez dólares oferecidos por Zuckerman. "Não, não, senhor Z., foi um prazer." Em seguida, tirou um cartão de visita da carteira e o entregou pela janela. "Se um dia pudermos ajudá-lo a relaxar", e acelerou enquanto Zuckerman se aproximava do poste de luz para ler o cartão.

TARIFAS

Valor da hora

Motorista armado e limusine.. 27,50

Motorista desarmado e acompanhante armado
   com limusine... 32,50

Motorista armado e acompanhante armado
   com limusine... 36,00

Acompanhantes armados adicionais 14,50

Mínimo de cinco horas

Aceitamos os principais cartões de crédito

(212) 555-8830

Passou o resto da noite lendo — o livro dela — e às nove da manhã ligou para o hotel, cuja telefonista o lembrou de que a srta. O'Shea só receberia ligações a partir do meio-dia. Deixou um recado, pondo-se a pensar no que faria de si mesmo e de sua euforia até que eles se encontrassem às duas da tarde para dar uma volta pelo parque — Caesara havia dito que não seria preciso mais do que isso para sentir-se imensamente feliz. Zuckerman já não podia nem olhar para *A crise na vida de uma atriz* ou para os dois ensaios sobre teatro que completavam o pequeno volume. Já os lera duas vezes — a segunda às seis da manhã, tomando notas no caderno em que registrava suas observações de leitura. Não conseguia parar de pensar em Caesara, mas isso era melhor do que tentar entender o que as pessoas andavam pensando, falando e escrevendo sobre ele — há uma coisa chamada autossaturação. "Vocês hão de convir", disse para as estantes de livros

---

* F. R. Leavis (1895-1978), importante crítico literário inglês, para quem obras literárias de valor deveriam conter um elevado senso de comprometimento moral. (N. T.)

vazias, ao entrar em casa, "que, depois de um vinho no jantar, um champanhe no Elaine's e uma trepada com a Caesara, eu não faria mal em deixar a lição de casa para amanhã cedo e descansar um pouco." Contudo, sentado à escrivaninha com um caderno, uma caneta e um livro nas mãos, ele ao menos se sentira um pouco menos palerma do que deitado na cama com o nome dela nos lábios como o resto dos fãs. Claro que não era a mesma coisa que uma boa noite de trabalho; Zuckerman não experimentava o entusiasmo de varar a noite trabalhando desde as últimas semanas dedicadas à conclusão de *Carnovsky*. Tampouco podia dizer que encontrara uma ideia nova e empolgante sobre que livro escrever em seguida. As ideias novas e empolgantes permaneciam tão encaixotadas quanto os livros acondicionados naquelas oitenta e uma caixas de papelão. Mas ao menos pudera se concentrar em algo que não tinha a ver com sensação de estar sendo submetido à engorda no cocho das inanidades. Agora estava se refestelando com Caesara.

Ligou para o Pierre, não conseguiu falar com ela, e ficou sem saber o que fazer de si. Comece a desencaixotar essa meia tonelada de livros, ora! A Bank Street já era! A Laura já era! Desencaixote esses gênios encaixotados! Depois desencaixote o seu gênio!

Mas teve uma ideia ainda melhor. O alfaiate do André! Deixe os livros para outra hora e vá encomendar um terno! Para a viagem de avião até Veneza — para quando fossem se registrar no Cipriani! (Quando Zuckerman estava de saída, Caesara admitira que o único hotel do mundo em que realmente sentia prazer ao acordar de manhã era o Cipriani.)

Na carteira, encontrou o cartão do alfaiate de André, o cartão da camisaria de André, o cartão do depósito onde André comprava suas bebidas e o cartão da concessionária Jaguar onde André comprava seus carros. Ele havia sido presenteado cerimoniosamente com esses cartões durante um almoço no Oak Room, no dia em que André concluíra a venda dos direitos cinematográficos de *Carnovsky* para a Paramount, elevando a renda de Zuckerman no ano de 1969 a pouco mais de um milhão de dólares, ou cerca de novecentos e oitenta e cinco mil dólares a mais do que ele ganhara em qualquer outro ano de sua vida. Ao guardar na carteira os cartões do agente literário, Zuckerman sacara um cartão preparado por ele próprio na noite anterior e entregara a André: uma ficha de arquivo grande, em que ele havia datilografado uma frase extraída da correspondência de Henry James. *Isso tudo está longe de ser a vida como a sinto, como a vejo, como a conheço e como desejo conhecê-la.* Todavia, André não achara a coisa nem edificante nem divertida. "O mundo é seu, Nathan, não se esconda dele atrás de Henry James. Já é uma pena que tenha sido atrás disso que ele se escondeu. Procure o senhor White, diga-lhe quem o recomendou e peça que ele vista você como veste o governador Rockefeller. Está na hora de você perder esse ar de garoto de Harvard e assumir o seu papel na história."

Pois bem, na alfaiataria do sr. White naquela manhã — enquanto Caesara não se levantava — ele encomendou seis ternos. Se você começa a suar frio ao pensar em um, por que *não* seis? Mas por que suar frio? Dinheiro ele tinha. Agora só precisava da vocação.

De que lado se vestia?, indagou o sr. White. Zuckerman levou alguns instantes para entender a pergunta e outros tantos para se dar conta de que não sabia a resposta. Se *Carnovsky* servia como pista, ele passara trinta e seis anos dedicando mais atenção a seus genitais do que a maioria das pessoas, porém o lado das calças para o qual eles pendiam enquanto ele lidava com os assuntos não carnais do dia, isso era algo que Zuckerman ignorava.

"Pensando bem, de lado nenhum", respondeu.

"Agradecido", disse o sr. White, anotando a informação.

A nova braguilha seria provida de botões. Pelo que Zuckerman lembrava, era marcante na vida de um menino o dia em que seus pais o consideravam suficientemente crescido para não correr mais o risco de se prender com um zíper e, assim, poder dizer adeus às braguilhas com botões. Mas, quando o sr. White, um inglês de elegância e modos impecáveis, conjecturou em voz alta que o sr. Zuckerman talvez preferisse mudar para os botões, Zuckerman captou o tom da coisa e, limpando o suor do rosto, respondeu: "Ah, sem dúvida". Tudo a que tem direito o governador. E o Dean Acheson. A foto do secretário de Estado do governo Truman também figurava entre as personalidades que decoravam as paredes revestidas de madeira do sr. White.

Uma vez tiradas as medidas, o sr. White e um assistente idoso ajudaram Zuckerman a vestir seu paletó, sem todavia deixar transparecer que estavam manuseando um pedaço de trapo. Até o assistente se achava vestido para uma reunião do conselho de administração da AT&T.

Então, como se estivessem se retirando para a seção de livros raros da Bodleian Library, os três se voltaram para o lugar onde ficavam guardados os rolos de tecido. Fazendas que vestiriam o sr. Zuckerman para a cidade e para o clube; para o campo e para os fins de semana; para o teatro, para a ópera, para os jantares. Cada rolo foi retirado de sua prateleira pelo assistente a fim de que o sr. Zuckerman pudesse sentir o tecido em seus dedos. Informado de que, na América do Norte, devido às enormes variações climáticas, doze ternos seria um número mais apropriado para atender a todas as contingências, o sr. Zuckerman bateu o pé e se manteve firme nos seis. O suor já o empapava.

Depois foi a vez dos forros. Lavanda para o terno cinza. Dourado para o marrom. Uma estampa floral mais ousada para o esportivo de sarja... Depois o corte. Duas ou três peças? Com uma ou duas fileiras de botões? Dois ou três botões? Lapelas dessa largura ou desta outra? Aberturas centrais ou laterais? O bolso interno do paletó: um ou dois? De que tamanho? Os bolsos detrás das calças: botão do lado esquerdo ou direito? Pretende usar suspensórios?

Usaria? No Cipriani? Na hora de se registrar no hotel?

Estavam decidindo o corte das calças — o sr. White argumentando, muito respeitosamente, em favor de uma discreta boca de sino para a calça de sarja — quando Zuckerman notou que enfim era meio-dia. Um telefonema urgente, anunciou. "Pois não, senhor Zuckerman", e o deixaram a sós, entre os rolos de tecido, para ligar para o Pierre.

Contudo, Caesara não estava mais lá. Deixara o hotel. Algum recado para o sr. Zuckerman? Não. Ela recebera o recado *dele*? Sim. Mas para onde tinha ido? Ninguém sabia — porém de repente Zuckerman soube. Mudou-se para a casa do André e da Mary! Deixou o hotel para se livrar do pretendente inoportuno. Tomara uma decisão, e o escolhido era ele!

Errou. O escolhido tinha sido o outro.

"*Nathan*", disse Mary Schevitz. "Passei a manhã inteira atrás de *você*."

"Estou no alfaiate, Mary, encomendando ternos para todas as contingências. Onde ela está, se não está com vocês?"

"Tente entender, Nathan... ela foi aos prantos. Nunca a vi tão abalada. *Eu* fiquei morrendo de dó. 'O Nathan foi a melhor coisa que me aconteceu nesse último ano.'"

"Então para onde ela foi? E por quê?"

"Ela está na Cidade do México, Nathan. De lá, vai pegar um avião para Havana. Nathan, querido, eu não sabia de nada. Ninguém sabe. É o segredo mais bem guardado do mundo. Ela só me contou porque queria que eu entendesse como estava se sentindo mal em relação a você."

"Contou o quê?"

"Ela está tendo um caso, Nathan. Desde março. Com o Fidel Castro. Mas você não pode contar isso para ninguém, ouviu? Ela quer acabar com ele, sabe que a coisa não tem futuro. Está arrependida até de ter começado. Mas o Fidel não aceita não como resposta."

"É, o mundo inteiro sabe como ele é difícil."

"Foi a Caesara pôr os pés em Nova York para o embaixador dele na ONU começar a ligar para ela de cinco em cinco minutos. E, hoje, o sujeito apareceu no hotel e fez questão de acompanhá-la no café da manhã. Então ela ligou para mim e disse que estava indo, tinha de ir. Ah, Nathan, estou me sentindo tão culpada."

"Não, Mary. O Kennedy não pôde com ele, o Johnson não pôde com ele, e o Nixon também não vai poder. O que você poderia ter feito? Ou eu?"

"E vocês ficaram tão bem juntos! Viu o *Post* de hoje?"

"Estou preso na alfaiataria, Mary."

"Tem uma nota na coluna do Leonard Lyons sobre a passagem de vocês dois pelo Elaine's."

Algumas horas mais tarde, sua mãe ligou para dizer que tinham dado a notícia no rádio também; de fato, ela estava ligando para conferir se havia alguma verdade naquilo — não acreditava que ele pudesse ter viajado para a Irlanda sem dar nem um telefonema de despedida.

"É lógico que eu teria ligado antes", sossegou-a.

"Quer dizer que não vai?"

"Não."

"A Bea Wirth acabou de me ligar para dizer que viu na TV: Nathan Zuckerman está de partida para a Irlanda, onde ficará hospedado na suntuosa fazenda de Caesara O'Shea. Foi no programa da Virginia Graham. Eu nem sabia que vocês eram amigos."

"E não somos."

"Eu achava mesmo que não eram. Ela é tão mais velha que você."

"Não é, não. Mas isso não vem ao caso."

"É, sim, querido. A primeira vez que seu pai e eu a vimos foi muitos anos atrás, num filme em que ela fazia o papel de uma freira."

"O papel era de noviça. Ela era quase uma criança na época."

"Pelo que falam dela nos jornais, nunca pensei que fosse uma criança."

"É, imagino que não."

"Mas está tudo certo? Você está bem?"

"Estou. Como vai o papai?"

"Um pouco melhor. E não estou dizendo isso só para me sentir bem. O senhor Metz tem lido o *Times* para ele todas as tardes. Diz que ele parece entender tudo. Tem certeza de que entende, porque seu pai fica furibundo toda vez que ouve o nome do Nixon."

"Formidável, hein?"

"Mas você viajar sem me dizer nada... eu falei para a Bea que não podia ser verdade. O Nathan nem sonharia ir tão longe sem me avisar, porque, Deus nos livre, pode acontecer alguma coisa com o pai dele e eu não vou saber onde encontrá-lo."

"Tem razão."

"Mas por que a Virginia Graham disse que você iria? E ainda por cima na TV?"

"Alguém deve ter contado uma mentira para ela, mãe."

"Será? Mas por quê?"

Caro Sr. Zuckerman,

Há alguns anos planejo produzir uma série de documentários (em cores) para a televisão, com meia hora de duração, intitulados *Um Dia na Vida de...* O formato, que não é senão um decalque da antiga Tragédia Grega, consiste num registro hora a hora das atividades de uma pessoa famosa, oferecendo um olhar íntimo sobre alguém que, no curso normal dos acontecimentos, o público jamais veria ou encontraria pessoalmente. Minha empresa, a Renowned Productions, encontra-se em ótima situação financeira e está pronta para embarcar na produção do programa de abertura. Trata-se, em resumo, de filmar um dia inteiro, do momento em que a pessoa toma o café da manhã até a hora em que vai para a cama, da vida de uma celebridade capaz de despertar o interesse de milhões de telespectadores. Para obtermos um dia sem intervalos entediantes, a ideia é filmar, em média, quatro dias de material autêntico e espontâneo.

Escolhi o senhor como nossa primeira celebridade porque duvido que alguém tenha um dia tão interessante quanto imagino que seja o seu. Além disso, há um interesse generalizado pelo senhor e pela sua vida "fora dos palcos". Creio que todos se enriqueceriam assistindo a um retrato franco e sem artifícios do senhor enquanto trabalha e se diverte. Aposto que uma produção assim impulsionaria a sua carreira — e a minha também.

Peço-lhe que me transmita suas impressões. Se o senhor estiver de acordo, mandarei dois ou três repórteres para começar o trabalho inicial de pesquisa.

Atenciosamente,
Gary Wyman
Presidente

Caro Sr. Wyman,

Creio que o senhor subestima o número de dias, semanas e anos de filmagem necessários para eliminar todos os intervalos entediantes do seu *Um Dia na Vida de...* sobre mim. Um retrato franco e sem artifícios de minha vida cotidiana provavelmente faria milhões de telespectadores dormir na frente da TV e, longe de impulsionar sua carreira, a destruiria para todo o sempre. Melhor começar com outro. Desculpe.

Atenciosamente,
Nathan Zuckerman

Caro Sr. Zuckerman,

Escrevi um pequeno romance de aproximadamente cinquenta mil palavras. Os personagens são universitários e há cenas de sexo explícito, mas a história é bem-humorada e tem outros aspectos interessantes também, além de uma trama original. Como em seu último livro, a atividade sexual é parte constitutiva da trama, e, portanto, essencial.

Pretendia mandar o manuscrito para a Playboy Press, mas desisti porque poderia haver repercussões. Eu e minha mulher somos aposentados e vivemos felizes num vilarejo de Tampa, cujos habitantes são, em sua maioria, gente idosa e aposentada. Se o livro fizesse sucesso e as pessoas daqui descobrissem que fui eu quem o escrevi, perderíamos nossos amigos e provavelmente teríamos de vender a nossa casa e nos mudar para outro lugar.

Não me conformo em ter de deixar o livro inédito, pois creio que a história agradaria aos leitores que gostam de sexo explícito e também aos que não se incomodam com cenas picantes quando vêm acompanhadas de algo que valha a pena ler. O senhor é um escritor renomado e pode publicar um livro assim, como, aliás, já fez, sem se preocupar com reações adversas.

Peço-lhe que me escreva, dizendo se posso enviar o manuscrito para o senhor. Não se esqueça de informar o endereço para o qual devo encaminhá-lo. Caso goste do livro, talvez se interesse em comprar os direitos autorais, como uma forma de investimento, e publicá-lo sob um pseudônimo.

Atenciosamente,
Harry Nicholson

O telefone.

"Muito bem", esbravejou Zuckerman, *"quem está falando?"*

"Por ora só estamos pedindo cinquenta mil. Porque ainda não fizemos o serviço. Sequestros são operações caras. Exigem muita organização, muito planejamento e pessoal altamente treinado. Se tivermos de ir em frente e fazer o serviço, cinquenta mil não vão dar nem para pagar as despesas. Para eu não ficar no prejuízo, um sequestro assim não sai por menos de trezentos mil. Num sequestro assim, com ampla cobertura pela imprensa, o risco é enorme, e todos os envolvidos precisam ser bem remunerados. Isso sem falar nos gastos com armas e outros equipamentos. E sem falar no tempo despendido. Mas, se você prefere assim, vamos em frente. Bata de novo o telefone na minha cara e verá uma coisa. Meu pessoal já está na rua."

"Na rua, onde, molengão?" Pois era ainda com o tom caricato de um pugilista atordoado que o sujeito estava tentando disfarçar a voz — e ameaçando sequestrar a mãe de Zuckerman. "Escute", disse Zuckerman, "isso não tem a menor graça."

"Arrume cinquenta mil em dinheiro. Senão vamos botar pra quebrar e aí você vai morrer com trezentos mil, no mínimo. Sem contar os maus bocados que a sua velha vai passar. Pense um pouco nela, Zuck. Já não a fez sofrer bastante com esse seu livro? Não piore ainda mais as coisas. Não a faça lamentar o dia em que você nasceu, meu filho."

"Escute, este é o seu terceiro telefonema, e a coisa já passou do limite, já virou uma brincadeira psicopática, sádica, imoral..."

"Ah, não venha me falar em brincadeiras imorais! Não você! Não me xingue, seu intelectualzinho de merda! Seu fingido! Não depois do que fez à própria família, seu cafajeste sem coração — e em nome de quê? Da Grande Arte!? Eu, no dia a dia, sou um sujeito cem vezes melhor que você, seu bosta. Todo mundo que me conhece sabe disso. Detesto violência. Detesto sofrimento. Fico doente quando vejo as coisas que andam acontecendo neste país. O Robert Kennedy era um líder de verdade, e o filho da mãe daquele árabe maluco o matou. O

Robert Kennedy teria posto este país nos eixos! Mas o que as pessoas veem em mim como ser humano não é da sua conta. Deus sabe que não preciso provar nada para um sujeito dissimulado como você. Até agora estávamos falando estritamente de dinheiro, e na nossa conversa não havia nada de mais imoral do que nas conversas que você tem com o seu contador. Você tem cinquenta mil dólares, Zuck, e eu quero esse dinheiro. É simples assim. Não conheço ninguém que, na sua situação financeira, pensaria duas vezes se precisasse desembolsar cinquenta mil para poupar a mãe de uma experiência tão traumática. E se fosse um câncer, você chamaria a coisa de brincadeira imoral também? Faria sua mãe passar por isso também, em vez de tirar alguns tostões daquela conta que você abriu no banco só para especular na bolsa? Jesus do céu, você acaba de ganhar outra bolada de quase um milhão de dólares pela continuação do *Carnovsky*. De quanto mais precisa num ano? Pelo que dizem por aí, você é tão puro que tapa o nariz ao receber o troco do taxista. Seu fingido, seu hipócrita! O talento eu não posso tirar de você, mas como um ser humano que explora outros seres humanos, você está longe de ser o maioral, sabia? Por isso trate de descer do pedestal e fale direito comigo. Porque se fosse com a minha mãe, escute só, ninguém estaria aqui jogando conversa fora. Eu já teria tomado todas as providências. Se bem que, para começo de conversa, eu nunca deixaria a minha mãe numa situação assim. Não teria talento para tanto. Não teria o dom de explorar meus familiares e fazer deles motivo de riso como você fez. Não sou tão prendado para fazer esse tipo de coisa."

"Então faz este tipo de coisa", disse Zuckerman, simultaneamente indagando a si mesmo o que *ele* deveria fazer. O que Joseph Conrad faria? Liev Tolstói? Anton Tchekhov? Quando começou a escrever, ainda na faculdade, sempre se punha os dilemas dessa maneira. Mas isso não parecia de muita ajuda agora. Talvez fosse melhor perguntar o que Al Capone faria.

"Exatamente", foi a resposta, "então faço este tipo de coisa. Mas sem violência, e só com gente que aguenta o tranco. Coleto as informações. E, levando em conta os custos operacionais, os resgates que eu peço não são nenhuma exorbitância. Não quero causar sofrimento. Detesto sofrimento. Na minha vida, já vi sofrimento que não se acaba. Minha única preocupação é obter um retorno razoável para o meu investimento e para as minhas horas de trabalho. E fazer o que eu faço com responsabilidade. Fique sabendo que nem todo mundo é responsável como eu. Nem todo mundo pensa com cuidado nas coisas antes. Tem sequestrador por aí que dá a impressão de ter um parafuso a menos, sequestram as pessoas como se fossem ginasianos, e é aí que o negócio fede. Meu orgulho não permite isso. Meus escrúpulos não permitem isso. Faço de tudo para evitar isso. E consigo, sempre que do outro lado há alguém com escrúpulos iguais aos meus. Trabalho nesse ramo há anos, e até hoje os únicos que se estreparam foram os que, por conta da ganância, estavam pedindo para se estrepar."

"Onde ouviu dizer que eu acabo de ganhar um milhão pela 'continuação do *Carnovsky*'?" Se ao menos tivesse um gravador à mão. Mas o pequeno Sony ficara na Bank Street, no escritório de Laura. Tudo de que necessitava ficara lá.

"Não 'ouvi dizer'. Não é assim que eu trabalho. Tenho tudo aqui na sua pasta. Estou lendo agora. Na *Variety* de quarta-feira. '... Bob "Sleepy" Lagoon, o produtor independente, pagou quase um milhão...'"

"Mas isso é mentira. Esse tal de Lagoon está se promovendo às minhas custas. Não tem continuação nenhuma."

Não era essa a atitude que a pessoa devia adotar? Não era isso que recomendavam os jornais? Abrir o jogo com o sequestrador, levá-lo a sério, ficar amigo do sujeito, tratá-lo de igual para igual?

"Não foi bem isso que o Lagoon contou para o meu pessoal. Gozado, não sei por que mas tendo a acreditar mais no meu pessoal do que em você."

"O Lagoon está só se autopromovendo, amigo." É o Peppler, pensou Zuckerman. Alvin Peppler, o Fuzileiro Judeu!

"Ha, ha, ha. Muito engraçado. Eu não poderia esperar menos do humorista mais feroz das letras americanas."

"Escute, quem está falando?"

"Quero cinquenta mil em moeda americana. Em notas de cem. Mas sem marcas, por favor."

"E como faço para entregar a você esses cinquenta mil dólares em notas de cem?"

"Ah, assim é que se fala, agora estamos começando a nos entender. Você vai até o seu banco, na Rockefeller Plaza, e saca o dinheiro. Avisaremos quando for a hora. Depois você sai andando. Mais simples, impossível. Não precisa nem de diploma universitário. Põe o dinheiro na pasta, sai do banco e começa a andar. A partir daí, é por nossa conta. Só não pense em botar a polícia no meio, Nathan. Se você estiver cheirando a polícia, o tempo vai fechar. Odeio violência. Meus filhos não assistem TV por causa da violência. O Jack Ruby,* aquele imbecil, agora é o padroeiro da América! A violência deixou o ar deste país irrespirável. Você não é o único que é contra essa guerra imunda. Isso é um pesadelo, uma desgraça nacional. Farei tudo que estiver a meu alcance para evitar a violência. Mas se eu sentir cheiro de polícia, Nathan, vou achar que estou correndo perigo e vou ter de agir como um homem que está correndo perigo. E isso vale para cheiro de polícia tanto em Miami, como em Nova York."

"Amigo", disse Zuckerman, mudando de tática, "você anda assistindo filmes B demais. O jeito de falar, a risada, tudo. Muito batido. Não convence. É arte de segunda."

"Ha, ha, ha. Pode ser, Zuck. Ha, ha, ha. Ou pode ser pra valer. Ligo depois para combinarmos a hora."

Dessa vez não foi o romancista que bateu o telefone.

---

* Jack Ruby (1910-1967), filho de judeus ortodoxos, assassinou Lee Harvey Oswald em 24 de novembro de 1963, dois dias depois de Oswald ter sido preso pelo assassinato de John F. Kennedy (N. T.)

3. Oswald, Ruby et al.

Da janela da frente de seu novo apartamento, olhando para a esquina da rua, Zuckerman podia ver a Frank E. Campbell, a funerária da Madison Avenue onde se processam para descarte os defuntos mais ricos, glamorosos e célebres de Nova York. Em exibição pública na capela, na manhã seguinte a Alvin Pepler e às ameaças telefônicas, jazia Nick "o Príncipe" Seratelli, uma figura do submundo que morrera na véspera, vítima de hemorragia cerebral — e não de uma saraivada de balas —, numa cantina italiana do centro da cidade. Às nove da manhã, alguns curiosos já se aglomeravam às portas da Campbell's para identificar os artistas, atletas, políticos e criminosos que viriam se despedir do Príncipe. Pelas frestas da persiana, Zuckerman observava dois policiais montados conversando com os três policiais encarregados da vigilância da porta lateral da funerária, que dava para a rua 81, a aproximadamente cinquenta metros do prédio de Zuckerman. Decerto havia mais policiais junto à entrada principal, na Madison, e pelo menos uma dúzia de homens à paisana devia estar rondando as ruas da vizinhança. Era esse o tipo de proteção policial que ele passara a noite toda pensando em dar à sua mãe.

Aquele era apenas o terceiro ou quarto velório de alto luxo que Zuckerman testemunhava na Campbell's, desde que se mudara para o bairro. Entretanto,

212 ZUCKERMAN ACORRENTADO

velórios mais modestos, de gente não tão insigne, aconteciam todos os dias. De modo que ele estava quase aprendendo a ignorar as pessoas vestidas de preto e o carro funerário estacionado em frente à porta lateral, do outro lado da rua, ao sair de casa pela manhã. Mas não era fácil, principalmente nas manhãs em que o sol brilhava sobre o East Side, colhendo em cheio os rostos enlutados, como se pertencessem aos felizardos turistas de um cruzeiro pelo Caribe, e tampouco era fácil nas manhãs em que a chuva castigava seus guarda-chuvas, enquanto eles esperavam a saída do cortejo, e o mesmo se aplicava às manhãs cinzentas de quase todos os dias, quando não chovia nem fazia sol. Ainda não houvera manhã capaz de transformar a visão de alguém encerrado num ataúde em algo de que Zuckerman pudesse se esquecer com facilidade.

Os caixões chegavam durante o dia e eram descarregados por uma empilhadeira e em seguida transportados pelo elevador de carga para o necrotério, no subsolo do edifício. Para baixo e mais para baixo, o primeiro teste de esforço. As flores que caíam das coroas destinadas ao cemitério ou ao crematório eram varridas pelo porteiro, um negro de uniforme, depois que o préstito sumia de vista com o defunto. As pétalas mortas que o porteiro não varria, o caminhão de lixo da prefeitura recolhia na terça ou quinta-feira seguintes, quando passava para apanhar os detritos acumulados na sarjeta. Quanto aos corpos, chegavam em macas estreitas, dentro de sacos escuros, em geral depois que as luzes da rua estavam acesas. Uma ambulância, por vezes uma caminhonete, estacionava na vaga privativa da Campbell's, e o saco era levado às pressas pela porta lateral. Tudo em questão de segundos — e, no entanto, em seus primeiros meses no Upper East Side, Zuckerman tinha a impressão de que sempre passava a tempo de assistir ao espetáculo. Os andares superiores da casa funerária permaneciam permanentemente iluminados. Por mais tarde que fosse, sempre que ele ia até a sala para apagar a luz, via as luzes deles acesas. E não porque lá houvesse alguém acordado, alguém lendo ou sem sono. Luzes que não mantinham ninguém acordado, a não ser Zuckerman em sua cama, lembrando-se delas.

Às vezes, entre os que aguardavam na calçada pela saída do caixão, um ou outro olhava para Zuckerman passando do outro lado da rua. Porque era Zuckerman ou porque estava olhando para eles? Impossível dizer, mas como preferia não perturbar ninguém num momento como aquele, fosse consigo próprio ou com seu livro, em poucas semanas ele aprendeu a dominar o baque que sentia ao topar logo cedo com tal ajuntamento de pessoas estacionado praticamente na porta de sua casa e, como se a morte não lhe inspirasse senão indiferença, saía apressado para comprar seu jornal e seu pãozinho de cebola.

Ficara a noite inteira acordado, não só por causa das luzes acesas no interior da Campbell's. Estava esperando para ver se o sequestrador telefonaria de novo ou se a brincadeira tinha acabado. Às três da manhã, por pouco não estendeu a mão em direção ao criado-mudo e ligou para Laura. Às quatro, por pouco não ligou para a polícia. Às seis, por pouco não ligou para Miami Beach. Às oito, levantou-se e olhou pela janela da frente e, quando viu o policial montado diante da casa funerária, pensou em seu pai no asilo. Pensara em seu pai também às três, às quatro e às seis. Muitas vezes pensava nele quando via as luzes da Campbell's acesas a noite inteira. Não conseguia tirar da cabeça uma canção intitulada "Tzena, Tzena". Eram uma família de gente que assobiava enquanto trabalhava, e seu pai assobiara "Tzena, Tzena" por anos a fio, depois de passar uma década assobiando "Bei mir bist du schoen". "Essa canção", dizia o dr. Zuckerman à sua família, "conquistará mais corações para a causa judaica do que qualquer outro acontecimento da história mundial." O calista chegara mesmo a ir a uma loja de discos para comprar aquele que talvez fosse o quinto disco de sua vida. Quando Zuckerman estava no segundo ano da faculdade e foi passar os feriados de Natal em casa, a vitrola tocava "Tzena, Tzena" todas as noites antes do jantar. "Essa é a canção", dizia o dr. Zuckerman, "que vai pôr o Estado de Israel no mapa." Por azar, Nathan estava se instruindo sobre o uso da antítese em seu curso de Humanidades, de modo que quando, durante o jantar, o pai cometeu o equívoco de pedir jovialmente a opinião musical do filho mais velho, teve de ouvir que o futuro de Israel seria determinado pela correlação internacional de forças e não pela oferta de "cafonices judaicas" aos gentios. Levando o dr. Zuckerman a esmurrar a mesa: "Aí é que você se engana! Aí é que se mostra incapaz de compreender os sentimentos das pessoas comuns!". Os dois tinham passado o Natal inteiro se desentendendo, e não apenas sobre o valor de "Tzena, Tzena". Porém, em meados dos anos 60, quando seu pai o fez ouvir o disco em que as Barry Sisters haviam gravado as canções de *Um violinista no telhado*, a batalha estava praticamente terminada. Nessa altura, o pai se encontrava numa cadeira de rodas, em Miami Beach, o filho mais velho era um escritor reconhecido, havia muito saído dos bancos escolares, e depois de se sentar para escutar do começo ao fim a trilha sonora do musical, Nathan era só elogios. "Na semana passada, depois do culto", disse sua mãe, "o chantre cantou para nós a faixa-tema. Você precisava ver o silêncio em que a sinagoga ficou." Desde que sofrera seu primeiro derrame, o dr. Zuckerman tinha passado a frequentar os serviços religiosos de sexta-feira à noite com a mãe de Zuckerman. Era a primeira vez na vida que o faziam. Não queriam que o rabino responsável pelo enterro dele fosse um completo desconhecido. Não que alguém precisasse dizer isso com todas as letras. "Essas Barry Sisters", declarou seu pai, "e esse disco farão mais pelos judeus do que qualquer outra coisa desde 'Tzena, Tzena'." "É bem capaz", disse Nathan. E por que não? Não estava mais no curso de Humanidades II, o dano que causara aos judeus ao escrever seu primeiro livro já não era uma das obsessões inabaláveis de seu pai e ainda faltavam três anos para *Carnovsky*.

Em vez de ligar para Laura, para a polícia ou para a Flórida, Zuckerman pôs a cabeça para funcionar e às dez da manhã resolveu ligar para André, que certamente saberia como lidar com aquelas ameaças. Os galantes modos europeus, os cabelos grisalhos ondulados, os resquícios de iídiche do sotaque — tudo isso havia muito conferira ao agente literário o *nom de guerre* um tanto quanto irônico de "o maître"; mas para aqueles cujos interesses ele representava, ainda que não exatamente para aqueles diante dos quais os representava, André Schevitz era mais digno de apreço que isso. Além de zelar por um elenco internacional de escritores, André cuidava da megalomania, do alcoolismo, da satiríase e das tragédias tributárias de quinze estrelas de cinema mundialmente famosas. Pegava o primeiro avião para segurar suas mãos no set de filmagem e, a cada dois ou três meses, fazia questão de ligar para os meninos e meninas cujas mamães estavam longe de casa, filmando sagas na Espanha, ou cujos papais se encontravam em Liechtenstein, às voltas com suas empresas de fachada. No verão, qualquer criança que por pouco não tivesse ficado órfã em virtude de cataclismos domésticos noticiados na capa da *National Enquirer* acabava indo passar as férias escolares com André e Mary em Southampton; em dias quentes de agosto, não era raro ver duas ou três réplicas em miniatura dos rostos mais fotografados do cinema se refestelando com fatias de melancia na beira da piscina dos Schevitz. O primeiro divórcio de Zuckerman, com o qual ele dissolvera dolorosamente, nove anos antes, seu relacionamento com Betsy, fora conduzido de forma indolor e a um custo módico pelo advogado de André (e da sra. Rockefeller); havia dois anos, sua vida tinha sido salva pelo badalado cirurgião de André; e a casa de praia dos Schevitz, em Southampton, fora o cenário em que ele convalescera do apêndice rompido e da peritonite: tendo à disposição uma empregada e uma cozinheira dos Schevitz — e, nos fins de semana, a própria Laura —, Zuckerman cochilara na varanda ensolarada, espadanara na piscina e recuperara os dez quilos perdidos em um mês de hospital. E começara a escrever *Carnovsky*.

Ah, mas aquelas ameaças, aquelas ameaças eram só mais um elemento de ridículo — e Zuckerman não precisava de seu agente para lembrá-lo disso. Encontrou um caderno com folhas pautadas em branco e, em vez de ligar para André, pôs-se a registrar o que ainda recordava dos negócios da véspera. Porque este *era* o seu negócio: não comprar e vender, mas ver e acreditar. Opressivo, talvez, de um ponto de vista pessoal, mas e do ponto de vista dos negócios? Meu Deus, do ponto de vista dos negócios, o dia de ontem foi sensacional! Devia fazer negócios assim todos os dias. *Não pagamos a limpeza dos seus dentes? Não arrumamos ternos novos e elegantes para você? Um dermatologista? Nós não somos bandidos, Alvin — isto aqui é show business. Ficamos tão preocupados, diz ele, que resolvemos pagar um psiquiatra para você. Queremos que se trate com o doutor Eisenberg até se recuperar dessa sua neurose e voltar a ser você mesmo. Está certíssimo, diz o Schachtman. Se eu me trato com o doutor Eisenberg, por que o Alvin não poderia se tratar com ele?*

Escreveu por mais de uma hora, sem parar, registrando cada palavra irada do depoimento de Pepler, e então, de repente, começou a suar frio e ligou para o escritório de André e o inteirou de todos os detalhes daqueles telefonemas, incluindo os ha-ha-has.

"Que você resista às tentações que eu ponho no seu caminho, isso eu entendo. Que se rebele com o rumo que sua vida está tomando", disse André, realçando, em prol da ironia, as inflexões centro-europeias, "que não possa aceitar o que aconteceu com você, isso eu também entendo. Embora você tenha chutado o pau da própria barraca, todo mundo está sujeito a ser pego de surpresa com o que acontece quando chuta o pau da barraca. Principalmente um menino com a sua criação. Com o papai dizendo para você ser justo, a mamãe dizendo para você ser educado e a Universidade de Chicago o submetendo a quatro anos de treinamento em Decisões Humanísticas Avançadas, bom, que chance você tinha de levar uma vida decente? Mandar você para aquele lugar aos dezesseis anos! É como arrancar um filhotinho de babuíno dos galhos das árvores, dar de comer a ele na cozinha, deixar que ele durma na sua cama, tolerar que ele brinque com o interruptor de luz, permitir que ele vista pequenas camisas e calças sociais com bolsos e então, quando ele está crescido, peludo e cheio de si mesmo, conceder-lhe um diploma em Civilização Ocidental e mandá-lo de volta para a selva. Sou capaz de imaginar o babuinozinho encantador que você era na Universidade de Chicago. Esmurrando a mesa de seminários, escrevendo em inglês na lousa, dizendo aos berros que a classe inteira estava errada — você devia pintar e bordar. Mais ou menos como nesse seu livrinho desaforado."

"Aonde você quer chegar, André? Tem um cara ameaçando sequestrar a minha mãe."

"Só quero dizer que transformar um babuíno selvagem num babuíno intelectualmente sofisticado é um processo cruel, irreversível. Compreendo a razão de você não se sentir mais feliz perto do laguinho. Mas paranoia é outra coisa. E o ponto a que quero chegar, a pergunta que quero fazer a você é: até onde vai se deixar levar pela paranoia antes que ela dê no que costuma dar?"

"A pergunta é até onde *eles* vão se deixar levar pelo tal livrinho desaforado."

"Nathan, quem são 'eles'? Quer fazer o favor de parar com essas birutices?"

"Recebi três telefonemas de um maluco ontem à noite, e o sujeito está ameaçando sequestrar a minha mãe. Parece birutice, *mas aconteceu*. O que estou tentando descobrir agora é o que fazer com isso que não seja birutice. Pensei que um sujeito calejado e cético como você talvez tivesse alguma experiência nesse tipo de coisa."

"Só posso lhe dizer que não tenho. Algumas das estrelas mais ricas e famosas do mundo são minhas clientes, mas, até onde sei, nunca 'aconteceu' nada assim com nenhuma delas."

"Comigo também nunca tinha acontecido. Talvez isso justifique certo destempero da minha parte."

"Perfeitamente. Mas faz algum tempo que você anda destemperado. Está assim desde o dia em que isso começou. Em todos esses meus anos de convivência com prima-donas histéricas, nunca vi ninguém fazer tanta onda com a fama e a fortuna. Já vi gente se permitir os prazeres mais esquisitos, mas sentir prazer com esse tipo de coisa, isso eu nunca tinha visto. Se mortificar por causa de uma maré tão boa? Por quê?"

"Por causa desses doidos que ficam ligando para mim, por exemplo."

"Então não atenda o telefone. Mantenha-se longe do telefone, assim você resolve o problema do telefone. Para resolver o problema do ônibus, é só parar de andar de ônibus. E, aproveitando o embalo, pare de comer nessas delicatessens imundas. Você é um homem rico."

"Quem diz que eu como em delicatessens imundas? O *News* ou o *Post*?"

"Eu digo. Ou estou mentindo? Você compra pedaços de frango grelhado em lanchonetezinhas nojentas e os leva para casa e os come com as mãos nesse seu apartamento mal-assombrado. Vive se escondendo no Shloimie's Pastrami Haven, fingindo ser o inofensivo Senhor Ninguém de Lugar Nenhum. E agora o negócio começou a perder o charme excêntrico, Nathan, e passou a exalar um odor definitivamente paranoico. O que está querendo, afinal? Pôs na cabeça que precisa aplacar os deuses? Está tentando mostrar para o pessoal lá de cima e para os caras lá da *Commentary* que você é apenas um humilde e discreto *yeshivá bucher*,* e não o autor endiabrado desse livro indecente? Sei tudo sobre essas fichas de arquivo que você leva por aí na carteira: frases encorajadoras dos maiores esnobes literários dizendo que a fama só satisfaz vaidades medíocres. Bom, não acredite nisso. A vida tem muito a oferecer para um escritor na sua situação, mas não no Shloimie's. Esses ônibus. Você, para começo de conversa, devia ter um carro com motorista. O Thomas Mann tinha, Nathan."

"Quem disse?"

"Ninguém. Andei no carro com ele. Você devia ter uma moça que cuidasse da correspondência e fizesse o serviço de rua para você. Devia ter alguém que levasse suas roupas sujas dentro de uma fronha pela Madison Avenue afora — alguém em vez de você. Podia pelo menos arrumar uma lavanderia que recolhesse o saco de roupa suja e depois o devolvesse."

"Eles se penduram na campainha quando veem buscar a roupa — atrapalha a minha concentração."

"Uma empregada devia atender à campainha. Você devia ter alguém que cozinhasse para você, alguém que fizesse as compras e lidasse com os vendedores que batem na porta. Você não precisa mais ficar empurrando o carrinho de compras pelos corredores do Gristede's."

"Preciso, sim, se quiser saber quanto custa um tablete de manteiga."

"E por que quer saber isso?"

"André, é ao Gristede's que nós, pobres escritores, vamos para levar uma vida de verdade — não queira tirar até o Gristede's de mim. É lá que eu sinto o pulso do país."

"Se quer ser bom nisso, faça como eu: mantenha-se informado sobre o preço da carne humana. Falando sério. Você devia ter um motorista, uma empregada, uma cozinheira, uma secretária..."

---

* Em iídiche no original: estudante de seminário rabínico. (N. T.)

"E onde vou me esconder no meio dessa multidão. Onde vou escrever?"

"Mude-se para um lugar maior."

"Acabei de me mudar para um lugar maior. André, isso seria tornar a coisa *mais*, e não menos, ridícula. Acabei de vir para cá. É tranquilo, o espaço é mais que suficiente para mim e, a quinhentas pratas por mês, em plena rua 81, não se pode dizer que seja um barraco de favelado."

"Você devia comprar um duplex na United Nations Plaza."

"Não *quero*."

"Nathan, você não é mais o garotinho intelectual que eu tirei das páginas da *Esquire*. Um sucesso como o que você fez só meia dúzia de escritores chega a fazer — então pare de se comportar como os que não fazem. Antes você se trancava para incendiar a sua imaginação, agora se tranca porque incendiou a deles. E, enquanto isso, o mundo inteiro está querendo conhecer você. O Trudeau esteve por aqui e disse que queria se encontrar com você. O Abba Eban veio me ver e perguntou de você. O Yves Saint Laurent vai dar uma festa de arromba e o pessoal do escritório dele ligou pedindo o seu telefone. Mas quem diz que eu me atrevo a dar? E quem diz que você iria à festa?"

"Já tive um encontro com a Caesara, André. Acho que por ora está de bom tamanho. E, por falar nisso, diga à Mary que recebi de Havana a minha carta 'Você é um amor, mas o meu coração já tem dono'. Ela pode ligar para o *Women's Wear Daily* e dar a notícia. Eu mesmo me encarrego de mandar uma cópia para eles por mensageiro."

"Pelo menos a Caesara tirou você da toca por uma noite. Quem me dera ter outra isca adorável como ela. Meu caro rapaz, você passa dia e noite enfiado nesse apartamento e, pelo que vejo, não faz outra coisa senão pensar em si mesmo. E nas raras vezes em que se arrisca a ir para a rua, é pior ainda. Todo mundo olha para você, todo mundo tenta chegar perto de você, todo mundo quer amarrar você numa cama ou cuspir na sua cara. Todo mundo acha que você é o Gilbert Carnovsky, quando qualquer pessoa com algum miolo na cabeça devia saber que você é realmente você. Mas, se está lembrado, Nathan querido, ser realmente você era o que, há poucos anos, estava deixando você pirado. Pelo menos era o que você dizia. Sentia que se imbecilizava escrevendo romances 'dignos, responsáveis'. Tinha a impressão de se anular sob a máscara de um 'rosto aborrecidamente virtuoso'. Achava-se um babaca quando, noite após noite, se sentava na cadeira para fazer as anotações que o permitiriam escrever mais um

Grande Livro.* 'Até quando vou desperdiçar a vida me preparando para o meu exame de final de curso? Estou velho demais para ficar escrevendo trabalhos de fim de semestre.' Você se sentia um idiota por ligar todos os domingos para a Flórida, como um bom filho, sentia-se um idiota por assinar petições pelo fim da guerra, como um bom cidadão, sentia-se um idiota, principalmente, por viver com uma boa samaritana como a sua mulher. O país se desvairando e você com a bunda na cadeira, fazendo a lição de casa. Bom, seu experimento ficcional deu certo e, agora que você ficou famoso em todos os cantos do país desvairado por ser, você próprio, um desvairado, está se achando mais idiota que antes. E, se não bastasse isso, exaspera-o que não seja do conhecimento geral como no fundo você é correto, responsável e aborrecidamente virtuoso e que nem todos se deem conta da façanha que representa para o gênero humano o fato de tal modelo de Comportamento Adulto Maduro ter sido capaz de brindar o público leitor com um Gilbert Carnovsky. Você quis submeter sua natureza moralizadora a um ato de sabotagem, quis sujeitar toda a sua distinta e magnânima temperança a uma humilhação, e agora que fez isso, e o fez com o apetite de um sabotador de verdade, agora se sente humilhado, seu idiota, porque ninguém além de você mesmo parece ver nisso uma ação profundamente moral e magnânima! 'Eles' não o compreendem. E quanto aos que o compreendem, gente que o conhece há cinco, dez, quinze anos, desses você também quer distância. Pelo que sei, não tem visto nenhum dos seus amigos. As pessoas me ligam para saber o que aconteceu com você. Seus amigos mais íntimos acham que você está viajando. Outro dia me ligaram para perguntar se era verdade que você estava no Payne Whitney."**

"Ah, agora estão falando que eu pirei de vez?"

"Nathan, você é a mais recente celebridade da década — as pessoas vão falar todo tipo de coisa. O que eu quero saber é por que nem os velhos amigos você procura mais."

Simples. Porque não podia ficar se queixando a eles de ser a mais recente celebridade da década. Porque ser um pobre milionário incompreendido não é um assunto que indivíduos inteligentes se disponham a discutir por muito tempo.

---

* Referência a uma coleção de 54 volumes publicada pela Enciclopédia Britânica e intitulada *Os grandes livros do mundo ocidental*. Lançada em 1952, a série começava com Homero e terminava com Freud. (N. T.)

** Hospital psiquiátrico de Manhattan. (N. T.)

Nem que sejam amigos. Ainda mais se forem amigos, e especialmente se forem escritores. Zuckerman não queria que se pusessem a falar sobre como ele falava sem parar sobre sua manhã com o consultor de investimentos e sobre sua noite com Caesara O'Shea e sobre como ela o trocara pela Revolução. E era só sobre isso que ele conseguia falar, pelo menos consigo mesmo. Não seria boa companhia para nenhum dos que tinha na conta de amigos. Ficaria se lamentando sobre todos os lugares em que não podia mais dar as caras sem causar alvoroço, e em pouquíssimo tempo os transformaria em inimigos. Ficaria reclamando do Rei dos Rollmops e das colunas de fofocas e da batelada de cartas malucas que recebia todos os dias, e quem teria *estômago* para ouvir? Começaria a falar a eles sobre aqueles ternos. Seis ternos. Três mil dólares em ternos para ficar em casa, sentado diante da máquina de escrever. Quando poderia escrever pelado, se fosse preciso; quando poderia ficar ali, como sempre ficara, com sua camisa e suas calças esporte, perfeitamente satisfeito. Com três mil dólares, poderia ter comprado cem calças e quatrocentas camisas (tinha feito a conta). Poderia comprar sessenta pares de mocassins de camurça do tipo que usava desde que fora para Chicago. Poderia comprar mil e duzentas meias Interwoven (quatrocentos pares azuis, quatrocentos marrons, quatrocentos cinza). Com três mil dólares, dava para ele ter abastecido o guarda-roupa para o resto da vida. Em vez disso, agora, duas vezes por semana, tinha sessões de provas com o sr. White, conversas com o sr. White sobre o enchimento dos ombros e a largura da cintura, e quem teria paciência de escutar Zuckerman papagaiando sobre essas coisas? Ele próprio mal conseguia escutar — mas, ai!, a sós com seus botões, não conseguia calar. Era melhor que pensassem que estava no Payne Whitney. Talvez devesse estar. Porque havia a televisão também — não conseguia desligá-la. Lá na Bank Street, a única coisa a que costumavam assistir era o jornal. Às sete e às onze, ele e Laura se sentavam na sala para ver as chamas do Vietnã: aldeias em chamas, florestas em chamas, vietnamitas em chamas. Depois retornavam ao trabalho para cumprir o turno da noite, ela com seus desertores, ele com seus Grandes Livros. Nas últimas semanas de solidão, porém, Zuckerman provavelmente passara mais horas em frente à tv do que desde as primeiras transmissões experimentais, realizadas quando ele ainda estava terminando o colégio. Era das poucas coisas em que conseguia se concentrar — sem contar a esquisitice que era você estar sentado em seu tapete persa, enrolado em seu roupão, comendo pedaços de frango grelhado para viagem e de repente ouvir alguém falando de *você*. Não conseguia achar isso normal. Uma noite, uma cantora de rock bonitinha, que Zuckerman nunca tinha visto na vida, contou a Johnny Carson sobre a primeira e "Graças a Deus" única vez que saíra com Nathan Zuckerman. A plateia veio abaixo com a descrição dos "trajes" que ele recomendara que ela usasse no jantar caso quisesse "deixá-lo excitado". E no domingo anterior, no Canal 5, Zuckerman vira três terapeutas sentados em poltronas confortáveis, analisando com o apresentador do programa seu complexo de castração. Todos concordaram que o problema era grave. Na manhã seguinte, o advogado de André precisou explicar-lhe muito educadamente que não havia como abrir um processo por difamação. "Nathan, suas loucuras agora estão em domínio público."

À sua maneira, eles tinham razão — ele *estava* no hospício.

"As ameaças, as ameaças, as *ameaças*. André", exclamou Zuckerman, "e essas ameaças? É delas que estamos falando."

"Pelo que me contou, não parecem lá muito sérias, sinceramente. Mas não sou você e não tenho essa sensação de que de uma hora para a outra tudo fugiu ao controle. Se está mesmo preocupado, ligue para a polícia e pergunte o que eles acham."

"Mas, na sua opinião, não passa de brincadeira."

"Não me surpreenderia que fosse só isso."

"E se não for? E se minha mãe acabar no porta-malas de um carro nos pântanos da Flórida?"

"Se isto, se aquilo. Me ouça, Nathan. Você quer um conselho, estou lhe dando um. Ligue para a polícia."

"E o que eles poderão fazer? Essa é a próxima pergunta."

"Não sei o que poderão fazer, já que, para todos os efeitos, não aconteceu nada com ninguém. O que eu quero é aplacar a mania de perseguição, Nathan. Esse é o trabalho de um agente literário. Gostaria que você recuperasse um pouco da paz de espírito."

"Coisa que dificilmente vai acontecer se eu ligar para a polícia. Ligar para a polícia é o mesmo que ligar para a editoria de cidades. Ligando para a polícia, amanhã isso vai estar na coluna do Leonard Lyons, se é que não vai parar numa manchete de primeira página. PUGILISTA AMEAÇA MÃE PORNÔ. O sequestro da senhora Carnovsky — para eles, seria realmente o suprassumo dos anos 60. O Susskind vai ter de chamar três especialistas para debater isso com ele. 'Quem em Nossa Sociedade Enferma é Responsável?' O Sevareid vai explicar o significado disso para o Futuro do Mundo Livre. O Reston vai escrever uma coluna sobre o Colapso dos Valores. Se acontece uma coisa dessas, o sofrimento da minha mãe vai ser fichinha perto do que o resto do país vai ter de aguentar."

"Ah, agora você está parecendo o sujeito divertido que costumava ser."

"É mesmo? O sujeito divertido que eu costumava ser? Não o reconheceria nem se o visse na minha frente. E, por falar nisso, quem é esse tal de Sleepy Lagoon? Que história é essa que saiu na *Variety* sobre ele ter pago um milhão de dólares pela continuação do *Carnovsky*?"

"Bob Lagoon. Eu esperaria um pouco antes de gastar o dinheiro dele."

"Mas ele existe."

"De tempos em tempos."

"E o Marty Paté? Quem é?"

"Não conheço."

"Nunca ouviu falar de um produtor chamado Marty Paté, da rua 62?"

"Paté como em '*paté de foie gras*'? Ainda não. Por que quer saber?"

Não, melhor deixar para lá. "E a Gayle Gibraltar?"

André riu. "Parece que temos uma continuação em andamento. Isso está me cheirando a coisa do Carnovsky."

"Não é do Carnovsky, não. Eu devia era contratar um guarda-costas. Para a minha mãe. Não acha?"

"Bom, se é disso que você precisa para sossegar..."

"Ela é que não ficará muito sossegada, não é mesmo? Detesto imaginá-la diante do sujeito na hora em que ele tirar o paletó para almoçar e ela vir o coldre pendurado no ombro dele."

"Então por que não segura as pontas, Nathan? Por que não espera para ver se o fulano liga de novo? Se o telefonema para acertar os detalhes do dinheiro da extorsão não acontecer, o caso está encerrado. Era só alguém querendo tirar um sarro de você. Se o telefonema acontecer..."

"Aí eu aviso a polícia, o FBI, e a despeito do que sair nos jornais..."

"Isso mesmo."

"A segurança dela, se e quando esse negócio der em nada, não terá sido posta em risco."

"E você terá certeza de que fez o melhor por ela."

"Só que nessa altura a história estará nos jornais. E algum maníaco pode ter a brilhante ideia de tentar algo parecido."

"Você se preocupa demais com os maníacos."

"Mas eles estão vivinhos da silva. Os maníacos vivem melhor que nós. Eles prosperam. O mundo é deles, André. Você devia ler a minha correspondência."

"Nathan, você leva tudo muito a sério, começando pela correspondência e terminando por você mesmo. Ou vai ver que é começando por você e terminando pela correspondência. Vai ver que é justamente isso que o sequestrador está tentando lhe dizer."

"Uma contribuição ao meu aprendizado, não é? Daqui a pouco vou começar a achar que é você quem está por trás desses telefonemas."

"Bem que eu gostaria de dizer que estou. Quem dera eu fosse esperto o bastante para ter pensado nisso."

"Quem dera você fosse mesmo. Quem dera alguém fosse, menos quem foi, seja lá quem for."

"Ou não for."

Assim que pôs o fone no gancho, Zuckerman começou a procurar o cartão que o motorista de Caesara O'Shea havia lhe dado. Precisava ligar para eles e pedir que lhe indicassem um segurança armado em Miami. Precisava pegar um avião para Miami. Precisava ligar para o escritório regional do FBI em Miami. Precisava parar de comer em delicatessens. Precisava mobiliar o apartamento. Precisava desencaixotar os livros. Precisava tirar o dinheiro do sapato e deixar que Wallace o investisse. Precisava esquecer Caesara e arrumar outra namorada. Havia centenas de Julias Não-Tão-Loucas por aí, morrendo de vontade de levá-lo para a Suíça e mostrar para ele as fábricas de chocolate. Precisava parar de comprar frangos para viagem. Precisava se encontrar com U Thant.* Precisava parar de levar a sério aqueles Tocquevilles de *talk show*. Precisava parar de levar a sério as ligações de gente esquisita. Precisava parar de levar a correspondência a sério. Precisava parar de se levar a sério. Precisava parar de andar de ônibus. Precisava ligar de novo para André e pedir pelo amor de Deus para ele não falar nada a Mary sobre o sequestrador — do contrário a coisa acabaria na coluna "Suzy Says"!

Em vez de tudo isso, porém, Zuckerman sentou-se novamente à escrivaninha e passou mais uma hora registrando no caderno de folhas pautadas tudo o

---

* U Thant (1909-1974), diplomata da Birmânia (atual Myanmar), secretário-geral das Nações Unidas entre 1962 e 1971. (N. T.)

que o sequestrador lhe havia dito. Apesar da aflição em que se encontrava, ele sorriu consigo mesmo ao ver no papel as coisas que ouvira ao telefone na noite anterior. Lembrou-se de uma história que se conta sobre Flaubert, segundo a qual, ao sair certo dia de seu escritório e ver uma prima sua, uma moça casada, cuidando dos filhos, o romancista francês teria dito pesarosamente: *"Ils sont dans le vrai".** Um título provisório, pensou Zuckerman, e no espaço em branco que havia na capa do caderno, escreveu as palavras *Dans le vrai*. Esses cadernos que Zuckerman usava para fazer suas anotações eram encadernados com as capas duras de estampa preta e branca marmorizada que gerações de americanos ainda hoje veem em sonhos ruins sobre lições não aprendidas. Na face interna da capa, de frente para as pautas azuis da primeira página, ficava o quadro em que o aluno deveria inserir os horários de suas aulas ao longo da semana. Ali Zuckerman compôs seu subtítulo, ocupando com letras de fôrma as fileiras de retângulos reservados para o nome de cada matéria, sala e professor: "Ou, Da Onda que Fiz com a Fama e com a Fortuna em Meu Tempo Livre".

"'Tzena, Tzena', 1950."

Zuckerman estava na esquina de sua rua, na calçada oposta à da Campbell's, esperando o sinal ficar verde para os pedestres. O título da canção fora anunciado às suas costas. Sem dar por si, estivera assobiando, e não apenas na rua, mas durante boa parte da manhã. Aquela mesma cançãozinha, vezes e vezes sem conta.

"Adaptação de um sucesso israelense, letra em inglês de Mitchell Parish, gravadora Decca, com Gordon Jenkins e os Weavers."

Quem informava era Alvin Pepler. O dia estava claro e a temperatura era amena, porém Pepler continuava com o impermeável e o chapéu pretos. Óculos escuros, porém, completavam o visual naquela manhã. Será que alguém o acertara no olho na noite anterior? Alguma celebridade de pavio mais curto que Zuckerman? Ou os óculos serviam para que ele próprio pensasse estar com pinta de celebridade? Ou a história agora era que, para completar, ele infelizmente tinha ficado cego? ENCICLOPÉDIA AMBULANTE, EX-SENSAÇÃO DOS PROGRAMAS DE PERGUNTAS E RESPOSTAS, PERDI A VISÃO. ME AJUDE PELO AMOR DE DEUS.

* Expressão francesa que significa "eles é que estão certos". Porém o vocábulo *vrai* também tem o sentido de "verdadeiro", "real", "autêntico", permitindo um jogo de palavras. (N. T.)

"Bom dia", disse Zuckerman, dando um passo para trás.

"Acordou cedo para não perder a festa?"

O comentário espirituoso, acompanhado do sorriso largo e cômico. Zuckerman preferiu não responder.

"Imagine só, a pessoa sai para tomar um cafezinho e topa com o velório do Príncipe Seratelli."

A pessoa sai para tomar um cafezinho na rua 62 e topa com o Seratelli na 81?

"É por isso que invejo os nova-iorquinos", disse Pepler. "A pessoa entra no elevador — isso aconteceu comigo, sério, no dia em que cheguei aqui — e dá de cara com Victor Borge, na maior estica. Vai comprar um jornal, e quem salta de um táxi na sua frente? À meia-noite? A Twiggy! Sai do banheiro de uma pequena delicatéssen e vê você numa mesa! O Victor Borge, a Twiggy e você — só nas minhas primeiras quarenta e oito horas. O policial a cavalo ali me disse que o Sonny Liston está para chegar." Pepler apontou os policiais e os curiosos reunidos junto à entrada principal da funerária. Também no local havia uma câmera e uma equipe de TV. "Mas até agora", completou, "você não perdeu nada."

Nem uma palavra sobre o desaparecimento de Zuckerman diante da Baskin-Robbins na véspera. Ou sobre os telefonemas.

Zuckerman imaginou que Pepler o seguira. Óculos escuros para maquinações obscuras. A possibilidade havia lhe passado pela cabeça antes mesmo de sair de casa: Pepler no vão de uma das portas que se estendiam ao longo da rua, escondido e pronto para dar o bote. Mas não podia ficar lá sentado, esperando o telefone tocar, só porque o sequestrador mandara que ele fizesse assim. Isso *era* birutice. Especialmente se o sequestrador fosse aquele aloprado.

"Que mais você conhece de 1950?"

"Como é?"

"Que outras canções", indagou-lhe Pepler, "de 1950? É capaz de me dizer quais foram as Quinze Mais Tocadas?"

Tendo ou não sido seguido, Zuckerman viu-se obrigado a sorrir. "Aí você me pegou. De 1950, eu não seria capaz de dizer nem as Dez Mais."

"Quer que eu diga? Todas as quinze?"

"Estou atrasado, preciso ir."

"Para começar, esse foi o ano em que havia três canções com a palavra *cake* no título. 'Candy and cake.' 'If I knew you were comin' I'd 'ave baked a cake.' E 'Sunshine cake'. Depois, em ordem alfabética" — para isso, Pepler plantou os dois pés com firmeza na calçada —, "'Autumn leaves', 'A bushel and a peck', 'C'est si bon', 'It's a lovely day today', 'Music, music, music', 'My heart cries for you', 'Rag mop', 'Sam's song', 'The thing', 'Tzena, Tzena' — com que eu tinha começado —, 'Wilhelmina' e 'You, wonderful you'. Quinze. E o Hewlett Lincoln não seria capaz de lembrar nem de cinco. Sem as respostas no bolso, o desgraçado não lembraria nem de *uma*. Não, em se tratando das Paradas de Sucesso de Todos os Tempos, Alvin Pepler era O Homem Sem Parada. Até que me pararam para o gói seguir em frente."

"Tinha me esquecido de 'Rag mop'", disse Zuckerman.

Pepler gargalhou gostosamente. Caramba, ele de fato parecia inofensivo. Óculos escuros? Capricho de turista. Em fase de aclimatação. "Assobie mais alguma", disse Pepler. "Qualquer uma. A mais antiga que quiser."

"Preciso ir, desculpe."

"Por favor, Nathan. Para você ver do que sou capaz. Para eu provar para você que estou falando a verdade. Para mostrar que sou Alvin Pepler em carne e osso!"

Bom, era durante a guerra, as sirenes tinham soado, e seu pai, líder do grupo de sentinelas responsáveis pelas providências antiaéreas da rua deles, saíra de casa dentro dos sessenta segundos prescritos. Henry, Nathan e sua mãe estavam sentados a uma mesa de bridge meio bamba, no porão, jogando escopa à luz de velas. Era só um exercício, não um ataque para valer; na América os ataques nunca eram para valer, se bem que, claro, para um americano de dez anos, tudo era possível. Podiam errar o aeroporto de Newark e atingir a casa dos Zuckerman. Mas logo soou o aviso suspendendo o estado de alerta e o dr. Zuckerman apareceu na escada do porão com seu quepe de sentinela, assobiando e brincando com o facho da lanterna nos olhos dos meninos. Nenhum avião fora avistado, nenhuma bomba fora lançada, os Sonnenfeld do fim da rua, um casal de velhos decrépitos, tinham instalado sozinhos as persianas próprias para as horas de blecaute, e nenhum dos filhos dele havia escrito ainda um livro nem tocado uma menina e muito menos se divorciado dela. Por que, então, ele não haveria de estar assobiando? Acendeu a luz e beijou um de cada vez. "Quero jogar também", disse.

A canção que seu pai assobiava ao descer a escada do porão, Nathan assobiou para Pepler. Em vez de sair correndo.

Três notas bastaram. "'I'll be seeing you', 1943. Vinte e quatro semanas nas paradas de sucessos", disse Pepler, "dez delas em primeiro lugar. Gravações de Frank Sinatra e Hildegarde. E agora as Quinze Mais Tocadas de 1943 — está pronto, Nathan?"

Ah, se ele estava pronto. *Dans le vrai*, e mais do que na hora também. André tinha razão em ralhar com ele: primeiro você se tranca para incendiar a sua imaginação, depois se tranca porque incendiou a deles. Que espécie de ficção vai escrever assim? Se a vida da alta-roda com a Caesara não deu certo, que tal a da ralé? Onde foi parar a sua curiosidade? Onde está o sujeito divertido que você costumava ser? Contra quem você cometeu qual afronta passível de punição a ponto de agora ter de andar às escondidas, como um foragido da Justiça? Você não tem nada a ver com a esparrela virtuosa! Nunca teve! Que besteira ter achado que tinha! Foi disso que você escapou — para cair nos braços do portentoso *vrai*! "Manda bala, Alvin." Locução temerária, mas Zuckerman não queria nem saber. Não aguentava mais se proteger de sua própria erupção. Receba o que é dado! Aceite o que você inspira! Acolha os gênios libertados por esse seu livro! Isso vale para o dinheiro, isso vale para a fama e isso vale para este Anjo das Delícias Maníacas.

Que de qualquer forma já dera a partida e ia longe:

"'Comin' in on a wing and a prayer.' 'I couldn't sleep a wink last night.' 'I'll be seeing you.' 'It's love, love, love.' 'I've heard that song before.' 'A lovely way to spend an evening.' 'Mairzy Doats.' 'Oh, what a beautiful mornin'.' E, diga-se de passagem, é *mornin'*, não *morning*, como a maioria pensa — a começar pelo Hewlett Lincoln. Muito embora ninguém tenha perguntado isso para ele, claro. Não naquele programa. 'People will say we're in love.' 'Pistol packin' mama.' 'Sunday, Monday or always.' 'They're either too young or too old.' 'Tico-tico.' 'You keep coming back like a song.' 'You'll never know.' Quinze." Pepler relaxou o corpo, arqueou-o, a bem dizer, recordando a colher de chá que haviam dado a Hewlett naquele programa.

"Como você faz isso, Alvin?"

Pepler tirou os óculos escuros e, revirando seus olhos escuros (em que ninguém acertara soco nenhum ainda), fez um gracejo. "Sou mágico", confessou.

Zuckerman não se fez de rogado. "'It's magic'. Doris Day. Mil novecentos e... quarenta e seis."

"Quase", exclamou Pepler jovialmente. "Foi por pouco, Nathan, mas a resposta certa é quarenta e oito. Sinto muito. Mais sorte da próxima vez. Letra de Sammy Cahn, música de Jule Styne. Incluída na trilha sonora do filme *Romance em alto-mar*. Com Jack Carson e, claro, Dodo, a divina Doris Day."

Zuckerman agora ria às bandeiras despregadas. "Alvin, você é fantástico."

Ao que Pepler respondeu sem demora: "'You're sensational.' 'You're devastating.' 'You're my everything.' 'You're nobody till somebody loves you.' 'You're breaking my heart.' 'You're getting to be a habit with me.' 'You're...'"

"Puxa, mas que show! Ah, que arraso, que delícia", Zuckerman não conseguia parar de rir. Não que Pepler parecesse se incomodar.

"'... a grand old flag.' 'You're a million miles from nowhere (When you're one little mile from home).' 'You're my thrill.' Chega?" Coberto de suor, quase tão exultante quanto um viciado em adrenalina poderia estar, perguntou: "Chega, garoto? Ou quer mais?".

"Não, chega", gemeu Zuckerman, "chega, por favor", mas ah como era bom se divertir um pouco. E na rua! Em público! À solta! Livre! Tirado de sua prisão por Pepler! "Pegue leve comigo. Por favor, por favor", sussurrou Zuckerman, "tem um velório do outro lado da rua."

"Rua", anunciou Pepler. "'The streets of New York.' Do outro lado. 'Across the alley from the Alamo'. Velório. Essa é difícil, preciso de um tempo para pensar. Por favor. 'Please don't talk about me when I'm gone.' Mais. 'The more I see you.' Não. 'No other love.' Agora, vejamos, 'velório'... Não, aposto minha reputação nisso: não há, na história da música popular americana, uma única canção cuja letra contenha a palavra velório. Por razões óbvias."

Não tinha preço. O *vrai*. Insuperável. Ainda mais suculento em pormenores insignificantes do que o fabuloso James Joyce.

"Uma correção", disse Pepler. "'The more I see *of* you.' Do filme *Mulheres e diamantes*. Twentieth Century-Fox. 1945. Interpretação de Dick Haymes."

Agora ninguém o parava mais. Mas por que alguém haveria de querer pará-lo? Não, não se foge de fenômenos como Alvin Pepler, não quando se é um ficcionista com algum miolo na cabeça. Lembre-se do quanto Hemingway andou só para ver um leão. Ao passo que Zuckerman mal tinha saído de casa. Sim, senhor, encaixote os livros! Saia do escritório e vá para a rua! Finalmente em sintonia com a década! Ah, que *romance* esse cara daria! Tudo o que voa fica. Ele é goma-arábica, mata-moscas mental, não esquece de nada. Tudo o que é interferência estática ele coleciona. Que *ficcionista* esse sujeito daria! Já deu! Paté, Gibraltar, Perlmutter, Moshe Dayan — isso é um romance, e o protagonista é ele! Dos jornais e da borra da memória, esse é o romance que ele evoca! Não se pode dizer que falte convicção, por mais que fique devendo em *finesse*. E lá vai ele!

"'You'll never know', Decca, 1943. 'Little white lies', Decca, 1948." Os dois discos mais vendidos de Dick Haymes, segundo Pepler. Em quem Zuckerman não via razão para não acreditar.

"Perry Como", perguntou Zuckerman. "Os maiores sucessos *dele*."

"'Temptation.' 'A hubba hubba hubba.' 'Till the end of time.' Todos pela RCA Victor, 1945. 1946, 'Prisoner of love.' 1947, 'When you were sweet sixteen.' 1949..."

Zuckerman esquecera por completo o sequestrador. Varrera momentaneamente tudo da cabeça, todas as suas preocupações e angústias. Afinal, eram imaginárias, não eram?

Pepler estava em Nat "King" Cole — "'Darling, je vous aime beaucoup', 1955; 'Ramblin' Rose', 1962" —, quando Zuckerman percebeu o microfone a alguns centímetros de sua boca. Em seguida, a câmera portátil, apoiada no ombro de alguém e apontada para ele.

"Senhor Zuckerman, o senhor está aqui nesta manhã para prestar sua homenagem a Príncipe Seratelli..."

"Eu?"

O repórter de cabelos escuros — um sujeito bem-apanhado, esbanjando vitalidade —, Zuckerman lembrou-se de já ter visto num dos telejornais locais. "Vem", indagou o repórter, "como amigo do falecido ou da família?"

A comédia estava ficando forte. Ah, que manhã. "'Oh, what a beautiful mornin'!" *Oklahoma!* Rodgers and Hammerstein. Essa até ele sabia.

Rindo, fazendo sinal com as mãos para que o deixassem em paz, Zuckerman disse: "Não, não, estou só de passagem". Apontou para Pepler. "Com um amigo."

Ouviu, muito nitidamente, o amigo pigarrear. Os óculos escuros tinham desaparecido, o peito estava estufado e Pepler parecia pronto para fazer o mundo rememorar todo o sofrimento que havia lhe causado. Zuckerman observou que o ajuntamento de pessoas em frente à Campbell's se voltara para eles.

Uma voz do outro lado da rua. *"Quem?"*

"Koufax! Koufax!"

"Não, não, não." Zuckerman estava começando a se exaltar, mas o repórter agressivo pareceu afinal ter se dado conta do equívoco e gesticulou para o câmera interromper a filmagem.

"Desculpe", disse para Zuckerman.

"Aquele não é o Koufax, imbecil."

"Quem é, então?"

"Ninguém."

"Sinto muito", disse o repórter, agora oferecendo um sorriso de desculpas a Pepler, enquanto a equipe se deslocava rapidamente para o lugar onde as coisas estavam começando a acontecer. Uma limusine encostara no meio-fio do outro lado rua. Todos tentavam ver se em seu interior estava Sonny Liston.

"Aquele", disse Pepler, indicando o repórter da tv, "era J. K. Cranford. Entrou para a lista dos melhores jogadores de futebol americano quando estava na Rutgers University."

Nesse meio-tempo, um policial a cavalo havia se aproximado dos dois e agora se inclinava na sela para dar uma boa olhada neles. "Ei, camarada", disse para Zuckerman, "quem é você?"

"Ninguém com que precise se preocupar." Zuckerman bateu com a mão no bolso superior do paletó de veludo para mostrar que não estava armado.

O policial tinha senso de humor, ainda que não tanto quanto o comparsa de Zuckerman. "Mas é um figurão, não é?", indagou. "A tv acabou de entrevistar você."

"Não, não", esclareceu Zuckerman. "Me confundiram com outra pessoa."

"Não esteve no programa da Dinah Shore na semana passada?"

"Não, senhor. Estava em casa, na cama."

Pepler não podia permitir que aquele homem da lei, tão durão e imponente no alto de seu cavalo, continuasse a fazer papel de bobo. "O senhor não sabe quem é esse cara? Está diante de Nathan Zuckerman!"

O policial olhou com tédio embatucado para o sujeito de óculos escuros e capa de chuva e chapéu pretos.

"O *escritor*", acrescentou Pepler.

"Ah, é?", disse o policial. "E o que ele escreveu?"

"Está falando sério? O que Nathan Zuckerman escreveu?" E foi tão triunfal o tom com que Pepler anunciou o título do quarto livro de Zuckerman que o belo cavalo, conquanto adestrado para enfrentar badernas cívicas, fez menção de empinar e precisou ser contido.

"Nunca ouvi falar", retorquiu o policial e, girando o animal, atravessou garbosamente em direção à Campbell's quando o sinal ficou verde.

Pepler, com desdém: "É dos cavalos que devem estar falando quando dizem que essa polícia é o orgulho de Nova York".

Juntos, olharam para o outro lado da rua, onde a estrela do futebol americano, J. K. Cranford, entrevistava um homenzinho que acabara de saltar de um táxi. Manuel Não-Sei-das-Quantas, disse Pepler. O jóquei. Pepler ficou surpreso ao vê-lo desacompanhado de sua atraente esposa, a dançarina.

Depois do jóquei, um senhor grisalho, muito distinto em seu terno escuro com colete. Em resposta às perguntas de Cranford, balançava a cabeça com pesar. Não queria dar entrevistas. "Quem será aquele?", indagou Zuckerman.

Foi prontamente informado: um advogado da máfia nova-iorquina, recém-saído de uma penitenciária federal. Para Zuckerman, impressionado com o bronzeado do sujeito, ele parecia recém-saído das Bahamas.

Pepler passou os instantes seguintes identificando cada um dos que, ao chegar ao velório, eram abordados por Cranford e sua equipe.

"Você é um espetáculo, Alvin."

"Acha? Por causa *disso*? Devia ter me visto em *Dinheiro Esperto*. Isso é só uma *amostra*. O charlatão do Hewlett *dependia* da tramoia. Aos domingos, quando o Schachtman vinha trazer as respostas, muitas vezes eu tinha de corrigi-lo, quando se enganavam a respeito de alguma coisa. Se eu vejo a fisionomia de alguém, está feito. Lembro do rosto de toda e qualquer pessoa que já tenha saído no jornal, seja um cardeal aspirante a papa ou uma aeromoça belga falecida num acidente aéreo. Com a minha memória não tem jeito, a coisa fica gravada para sempre. Mesmo que eu queira, não consigo esquecer. Você precisava ter me visto no auge, Nathan, precisava ter me visto naquelas três semanas. Eu vivia de uma terça-feira a outra. 'Ele é medonho, sabe tudo.' Era assim que me apresentavam no programa. Para eles, só mais uma frase de efeito com que enrolar os idiotas dos telespectadores. A tragédia é que, no caso, era a pura verdade. E o que eu não sabia, aprendia. Bastava ver a coisa na minha frente, só precisavam apertar o botão certo, e a informação jorrava. Eu era capaz, por exemplo, de mencionar todos os acontecimentos históricos que contivessem o número 98. Ainda consigo fazer isso. Todo mundo já ouviu falar de 1066, mas quem sabe o que aconteceu em 1098? Todo mundo decora a data de 1492, mas quem sabe o que aconteceu em 1498? Savonarola morre na fogueira em Florença, a primeira casa de penhores alemã é inaugurada em Nuremberg, Vasco da Gama descobre o caminho marítimo para a Índia. Mas por que continuar? No fim das contas, o que ganhei com isso? 1598: Shakespeare escreve

Muito barulho por nada, o almirante coreano Yi Sun-sin inventa os encouraçados. 1698: tem início a fabricação de papel na América do Norte, Leopold de Anhalt--Dessau introduz o passo de ganso e a vareta de espingarda no exército prussiano. 1798: morre Casanova, a Batalha das Pirâmides faz de Napoleão senhor do Egito. E eu poderia continuar pelo dia afora. Pela noite adentro. Mas de que adiantaria? De que vale o conhecimento se não é aproveitado? As pessoas em Nova Jersey finalmente começavam a sentir respeito pelo conhecimento, pela história, pelos fatos reais da vida, em vez de se aferrar a suas opiniões obtusas, estreitas e preconceituosas. Por minha causa! E agora? Sabe onde eu tinha o direito de estar agora? Do lado de lá da rua. Eu deveria ser J. K. Cranford."

Era tão ávido o olhar que Pepler dirigia a Zuckerman em busca de confirmação que não tinha cabimento dar outra resposta que não fosse: "Não vejo por que não".

"*Sério?*"

E a essa súplica ardente? "Claro, por que não?", respondeu Zuckerman.

"Ah, meu bom Jesus, você teria um minuto, Nathan? Faria o favor de ler uma coisa que eu escrevi? Daria sua opinião mais sincera? Para mim seria importantíssimo. Não é o meu livro, é outra coisa. Uma coisa nova."

"Que coisa?"

"Bom, crítica literária."

Pegando leve. "Você não tinha me dito que ainda por cima era crítico."

Mais uma tirada espirituosa de Zuckerman, a que Pepler deu o devido crédito. Chegou mesmo a ousar rebatê-la com uma de sua própria lavra. "Achava que você sabia. Pela maneira como deu no pé ontem à noite, pensei que sabia." Mas, então, diante do silêncio severo de Zuckerman, acrescentou: "Só estava devolvendo a piada, Nathan. Quando saí da sorveteria, entendi que você estava com pressa, tinha um compromisso, não podia esperar. E você me conhece: acabei tomando o seu sorvete também. E paguei por isso a noite inteira. Não, não se preocupe, não sou crítico. Tenho minhas preferências, tenho minha úlcera, mas não sou crítico, não no sentido oficial do termo. Acontece que ontem ouvi falar sobre a dança das cadeiras no *Times*. Para você, é notícia velha, mas eu só fiquei sabendo ontem à noite".

"Dança das cadeiras?"

"O crítico de teatro vai cair, e é provável que o sujeito que faz as resenhas de livros também dance. Faz tempo que está para acontecer."

"Ah, é?"

"Não sabia?"

"Não."

"*Sério?* Bom, eu soube pelo velho Perlmutter. Ele é unha e carne com o Sulzberger, o dono do jornal. Conhece a família inteira. Vão à mesma sinagoga."

Perlmutter? O mítico e cavalheiresco pai do mítico produtor Paté? Conhece o Sulzberger também? Esse romance é um romance e tanto.

"Quer dizer que vai tentar o emprego?", disse Zuckerman.

Pepler enrubesceu. "Não, não, de jeito nenhum. Só fiquei pensando. Me deu vontade de ver se eu levaria jeito para a coisa. 'Estudarei e me prepararei e então talvez eu tenha a minha chance.' Até para mim é estranho que, depois de tudo o que passei, eu não tenha virado um cético, que eu ainda seja este fã da Terra das Oportunidades. Mas como poderia ser diferente? Conheço este país como a palma da minha mão. Servi a este país em duas guerras. Não é só a música popular — é tudo. São os esportes, é o rádio antigo, são as gírias, os provérbios, os comerciais, os navios famosos, a Constituição, as grandes batalhas, as longitudes e latitudes — e por aí afora, e se o assunto é História, Sociedade e Cultura do Povo Americano, ninguém me segura, conheço essa matéria de trás para a frente. E *sem* as respostas no bolso. Com elas na *cabeça*. Acredito neste país. Acredito porque, para começo de conversa, é um país em que um homem pode se recuperar das derrotas mais humilhantes pela simples força da perseverança. É só não perder a fé em si mesmo. Veja a nossa história. Veja o Nixon. Não é incrível essa história de sobrevivência? Dedico quinze páginas do meu livro a esse impostor. E outras tantas àquele língua de trapo do Johnson. Afinal, onde estaria Lyndon Johnson, hoje, se não fosse por Lee Harvey Oswald? Vendendo imóveis no bengaleiro do Senado."

Oswald? Por acaso Alvin Pepler mencionara Lee Harvey Oswald? Na noite passada, o sujeito do outro lado da linha não dissera que o "imbecil do Jack Ruby" era o novo padroeiro da América? Não se referira a Sirhan Sirhan? *O Robert Kennedy era um líder de verdade, e o filho da mãe daquele árabe maluco o matou.* Estava tudo registrado nas anotações de Zuckerman.

Hora de cair fora.

Mas qual era o perigo? Não havia policiais por toda parte? E, em Dallas, eles também não estavam em toda parte? O presidente não se estrepara mesmo assim?

234 ZUCKERMAN ACORRENTADO

Ah, quer dizer então que ele, o autor de *Carnovsky*, agora tinha na América uma posição comparável à da Presidência?

"... a resenha do livro."

"Como?" Ele perdera o fio da meada. Seu batimento cardíaco também acelerara.

"Só comecei a escrever ontem à meia-noite."

Depois do seu último telefonema, pensou Zuckerman. Sim, sim, o sujeito que tenho diante de mim é o sequestrador da minha mãe. Quem mais poderia ser?

"Não deu tempo de chegar ao romance propriamente dito. São apenas algumas impressões iniciais. Se parecer cerebral demais, bom, tenho consciência disso. É que estou tendo que me controlar para não pôr logo no papel aquilo que obviamente não é nenhum grande segredo, pelo menos para mim. A saber, que sob muitos aspectos esse livro é a história da minha vida tanto quanto da sua."

Quer dizer que era uma resenha justamente do livro de Zuckerman? Estava na hora de cair fora, sem dúvida. Esqueça Oswald e Ruby. Quando o leão vem até Hemingway com sua resenha de "A vida breve e feliz de Francis Macomber", é hora de abandonar a selva e voltar para casa.

"Não estou falando apenas de Newark. É mais que evidente o significado que isso tem para mim. Me refiro aos... complexos. Aos complexos psicológicos", disse ele, vermelho como um pimentão, "de um bom menino judeu. Acho que, cada um à sua maneira, todos se identificaram com o livro. Daí ele ter feito tanto sucesso. O que estou querendo dizer é que, se eu fosse capaz de escrever um romance, bom, esse romance seria *Carnovsky*."

Zuckerman consultou o relógio. "Preciso ir, Alvin."

"Mas e a resenha?"

"Mande-a para mim, está bem?" Fim da temporada nas ruas. Rápido para o escritório. Hora de desencaixotar os livros.

"Mas, olhe, tenho-a aqui comigo." Pepler tirou um caderninho de espiral do bolso interno do impermeável. Localizou de pronto a página e a ofereceu à leitura de Zuckerman.

Havia uma caixa de correio atrás dele. Pepler o encurralara contra ela, exatamente como fizera na véspera. Na véspera! *O sujeito é louco. E tem fixação por mim. Quem é a pessoa atrás desses óculos escuros? Nathan Zuckerman! Ele pensa que é Nathan Zuckerman!*

Contendo o impulso de jogar o caderninho na caixa de correio e simplesmente sair andando, uma celebridade livre, Zuckerman baixou os olhos e leu. Passara a vida lendo. Que perigo poderia haver nisso?

"O Marcel Proust de Nova Jersey" era o título da resenha de Pepler.

"Por enquanto só escrevi o parágrafo inicial", explicou ele. "Mas, se achar que estou na direção certa, hoje à noite, na casa do Paté, escrevo o resto. E na sexta o Perlmutter pode levar para o Sulzberger."

"Entendi."

Pepler também entendeu — a incredulidade de Zuckerman. E tratou de sossegá-lo. "Tem gente bem mais tapada que eu resenhando livros, Nathan."

Bom, sobre isso não havia o que discutir. A tirada de Pepler arrancou uma gargalhada de Zuckerman. E Zuckerman não era avesso a gargalhadas, como bem atestavam seus fãs. Assim, emparedado contra a caixa de correio, mergulhou na leitura. Não seria uma página a mais que o mataria.

A letra era pequena, caprichada, detalhista, tudo menos açodada. E o estilo tampouco era o homem.

Ficção não é autobiografia, e todavia estou convencido de que toda ficção está, em alguma medida, enraizada na autobiografia, ainda que a relação com os acontecimentos reais seja tênue, quando não inexistente. Somos, afinal de contas, a soma de nossas experiências, e aí se incluem não apenas as coisas que efetivamente fazemos, como as que imaginamos em nosso íntimo. Um escritor não pode escrever sobre o que não conhece, e o leitor precisa dar crédito a seu material. No entanto, escrever nos calcanhares da experiência imediata comporta riscos: sente-se a falta de algum rigor, talvez, e certa propensão à indulgência, e uma ânsia em justificar o autor perante os homens. O distanciamento, por outro lado, tem por efeito seja obscurecer a experiência, seja elevá-la. Para a maioria de nós, ela é misericordiosamente obscurecida; mas para os escritores que evitam pôr as vergonhas à mostra antes de forrá-las com discernimento, ela é elevada.

Antes mesmo que Zuckerman pudesse abrir a boca para falar — não que estivesse com pressa —, Pepler se pôs a explicar sua metodologia. "Discuto o problema da autobiografia antes de chegar ao conteúdo do livro. Isso eu vou fazer hoje à noite. Tenho tudo esquematizado na cabeça. Quero começar pela minha teoria literária, criar a minha própria miniversão de *O que é arte?*, de Liev

Tolstói, traduzido pela primeira vez para o inglês em 1898. Que foi?", disse ele, quando Zuckerman devolveu o caderno.

"Nada. Está ótimo. Bom começo."

"Não me enrole, Nathan." Pepler abriu o caderninho e contemplou a própria letra, tão esmerada, tão legível, tão decididamente tudo o que o Professor jamais poderia esperar do aluno grandalhão e desajeitado do fundo da sala. "Onde foi que eu errei? Você precisa me dizer. Não quero que o Sulzberger leia se estiver ruim. Eu quero a verdade. É pela verdade que tenho lutado e sofrido a vida inteira. Não me venha com conversa fiada, por favor. Onde foi que eu errei? Só assim vou poder aprender, só assim vou poder melhorar e recuperar o lugar que é meu de direito!"

Não, ele não havia copiado aquilo. Não que fizesse alguma diferença, mas Pepler evidentemente compusera a pachouchada sozinho, um olho no *New York Times*, o outro em Tolstói. À meia-noite, depois da última série vil de ha-ha-has. *Farei tudo que estiver a meu alcance para evitar a violência, mas se achar que estou correndo perigo, vou ter de agir como um homem que está correndo perigo.* Isso era o que estava escrito no caderno de *Zuckerman*.

"Acredite em mim, não está ruim, não."

"Está, sim! Você sabe que está! Só quero que me diga *o que está errado*. Como vou aprender se você não me diz!?"

"Bom", disse Zuckerman, dando-se por vencido, "acho que não se pode dizer que o texto peque pela concisão, Alvin."

"Não?"

Zuckerman fez que não com a cabeça.

"Tão ruim assim?"

Tentou parecer prestativo. "Não, claro que não está 'ruim'..."

"Mas não está bom. O.k. Certo. E o que me diz das ideias, a mensagem que estou tentando passar? O estilo eu posso melhorar na próxima versão, quando tiver mais tempo. Se você acha que o problema é esse, vou pedir uma mãozinha para a senhorita Diamond. Mas é claro que as ideias, as ideias em si mesmas..."

"As ideias", disse Zuckerman taciturnamente, quando o caderninho foi posto de novo em suas mãos. Do outro lado da rua, uma senhora estava sendo entrevistada não por Alvin Pepler, mas por J. K. Cranford. Magra, bonita, apoiada numa bengala. A viúva de Seratelli? A mãe dele? Quem me dera ser aquela senhora, pensou Zuckerman. Qualquer coisa menos ter de falar sobre essas "ideias".

Ficção, leu em silêncio, *não é autobiografia, e todavia estou convencido de que toda ficção está, em alguma medida, enraizada na autobiografia, ainda que a relação com os acontecimentos reais...*

"Esqueça o estilo por enquanto", orientou Pepler. "Dessa vez, preste atenção só na reflexão."

Zuckerman lançou um olhar embotado para a página. Ouviu o leão dizendo para Hemingway: "Preste atenção só na reflexão".

"Quando eu li, já estava prestando atenção nas duas coisas." Pôs a mão no peito de Pepler e o empurrou com delicadeza para trás. Sabia que não era o recomendado a fazer, mas que alternativa tinha? Isso permitiu que ele se afastasse da caixa de correio. Tornou a devolver o caderno. Pepler parecia ter sido atingido por um golpe de alabarda.

"E?"

"E o quê?"

"A verdade! É a minha *vida* que está em jogo, a chance de eu ter uma segunda chance. Preciso saber a verdade!"

"Bom, a verdade é que" — mas, vendo o suor escorrendo pelo rosto de Pepler, pensou melhor e concluiu — "para um artigo de jornal está bom."

"Mas? Há um grande 'mas' na sua voz, Nathan. Mas *o quê?*"

Zuckerman calculou o número de policiais armados que havia em frente à Frank Campbell's. A pé eram quatro; a cavalo, dois. "Bom, acho que você não precisa ir para o deserto e trepar numa coluna para chegar a uma 'reflexão' como essa. Na minha opinião. Já que faz questão de saber."

"Puxa." Pepler pôs-se a bater febrilmente com o caderninho na palma da mão. "Você não é mesmo de medir as palavras, Nathan. Caramba. Esse seu livro não saiu do nada, isso não se discute. Quer dizer, sarcasmo é com você mesmo. Uau."

"Alvin, me escute. O Sulzberger é bem capaz de adorar o seu texto. Tenho certeza de que os critérios dele são completamente diferentes dos meus. Não deixe de pedir para o Perlmutter mostrar isso para ele só por causa da minha opinião."

"Bah", disse Pepler com desânimo. "Quando se trata de texto escrito, a autoridade é você." E, como se estivesse cravando um punhal no peito, enfiou o caderninho no bolso.

238 ZUCKERMAN ACORRENTADO

"Há quem não pense assim naquela redação."

"Bah, bah, não adianta fazer pouco-caso de si mesmo. Não pense que me engana com falsa modéstia. Sabemos quem é e quem não é bom em quê aqui." Ato contínuo, tirou de novo o caderninho do bolso e pôs-se a bater nele ferozmente com a mão livre. "E quando digo que o escritor tem que forrar as vergonhas com discernimento antes de pôr as vergonhas à mostra? Que acha *disso?*"

Zuckerman, o do sarcasmo, permaneceu em silêncio.

"É de chorar também?", indagou Pepler. "Não seja condescendente comigo, seja *franco!*"

"Claro que não é 'de chorar'."

"*Mas?*"

"Mas é um pouco forçado, não acha?" E, encarnando o mais sério e rigoroso dos homens de letras, acrescentou: "Fico me perguntando se vale o esforço".

"Aí é que você se engana. Não tem esforço nenhum nessa frase. Saiu assim mesmo. Com essas palavras. É a única frase aqui em que eu *não* passei a borracha, em palavra nenhuma."

"Então vai ver que o problema é esse."

"Entendi." Pepler balançou a cabeça com força por causa do que havia entendido. "Comigo, se a coisa não for suada, não presta, e se for, presta menos ainda."

"Estou falando só dessa frase."

"Entendiiiii", volveu Pepler sinistramente. "Mas essa, sem dúvida, é a pior de todas, é de doer, é uma tristeza, essa frase sobre pôr as vergonhas à mostra."

"O Sulzberger pode pensar diferente."

"Foda-se o Sulzberger! Não estou perguntando para o Sulzberger! Estou perguntando para você! E o que você está me dizendo é o seguinte. Primeiro, o estilo é de chorar. Segundo, as reflexões são de chorar. Terceiro, minha melhor frase é o que há de pior. O que você está me dizendo é que, para começo de conversa, simples mortais como eu não devem nem mesmo ousar escrever sobre o seu livro. Foi ou não foi mais ou menos isso que você me disse *com base em um parágrafo de uma versão preliminar?*"

"Não, de maneira nenhuma."

"Não, de maneira nenhuma." Pepler o arremedava. Tirara os óculos escuros para fazer uma cara afetada e exibi-la a Zuckerman. "Não, de maneira nenhuma."

"Não comece a engrossar, Alvin. Você queria saber a verdade, ora essa."

"Ora essa. Ora essa."

"Escute aqui", disse Zuckerman, "quer *mesmo* saber a verdade?"

"Quero!" Olhos enormes, olhos saltando das órbitas, olhos ardendo num rosto em chamas. "Quero! Mas a verdade *isenta*, isto é o que eu quero! Não a verdade distorcida pelo fato de que você só escreveu esse livro porque podia! Porque teve todas as chances do mundo! Enquanto que os que não tiveram, obviamente não podiam! A verdade não deturpada pelo fato de que aqueles complexos sobre os quais você escreveu na realidade eram meus, e você sabia disso — e os roubou de mim!"

"Sabia o quê? Roubei o quê?"

"O que a minha tia Lottie contou para a sua prima Essie que contou para a sua mãe que contou para você. Sobre mim. Sobre o meu passado."

Ah, se não era hora de cair fora dali!

O sinal estava vermelho. Será que nunca mais pegaria um sinal verde quando precisasse? Sem mais críticas ou recomendações a fazer, Zuckerman virou-se para partir.

"Newark!" Às suas costas, Pepler despejou a palavra bem no tímpano dele. "O que você sabe sobre Newark, Chuchuzinho da Mamãe!? Eu li essa bosta de livro que você escreveu! Para você, Newark é ir até o centro da cidade aos domingos para comer *chop-suey* no Chink's! É ser um índio Leni-Lenape na peça da escola! É o tio Max de camiseta, regando os rabanetes à noite! E o Nick Etten na primeira base dos Bears! Nick Etten! Babaca! *Babaca!* Newark é um preto com uma navalha! Newark é uma puta com mal de franga! Newark são os *junkies* cagando nos corredores do seu prédio e o quebra-quebra generalizado! Newark são os vigilantes carcamanos caçando os crioulos com chaves de roda. Newark são as fábricas fechando as portas! Newark é tudo caindo aos pedaços! Newark é entulho e lixo por toda parte! Dê uma volta de carro por Newark e descubra a verdadeira Newark! Aí você pode escrever *dez* livros sobre Newark! Cortam o seu pescoço para ficar com os seus pneus radiais! Cortam o seu saco para pegar o seu relógio! E, se você for branco, cortam o seu pau também, só por diversão!"

O sinal ficou verde. Zuckerman se precipitou em direção ao policial montado. "Idiota! Choramingando porque a mamãe não limpava a sua bunda três vezes por dia! Newark acabou, seu imbecil! Newark são as hordas de bárbaros e a Queda de Roma! Mas como você ia saber disso vivendo no fru-fru do East Side de Manhattan? Você só fala merda sobre Newark e ainda se apropria da minha vida..."

Passando pelo cavalo arisco e pelos curiosos de queixo caído, passando por J. K. Cranford e sua equipe de filmagem ("Opa, e aí, Nathan?"), passando pelo porteiro uniformizado e avançando funerária adentro.

O amplo saguão de entrada lembrava um teatro da Broadway na hora do intervalo de uma noite de estreia: patrocinadores e colunáveis a caráter, e a conversa a mil, como se o primeiro ato tivesse sido só risadas e o sucesso do espetáculo estivesse garantido.

Zuckerman procurou um canto vazio, e imediatamente um dos jovens gerentes funerários veio em seu encalço, abrindo caminho entre o amontoado de gente. Já vira o sujeito algumas vezes, em geral à tarde, parado na calçada junto à cabine do caminhão que fazia a entrega dos caixões, conversando com o motorista. Uma noite, pegara-o com um cigarro na boca, o nó da gravata frouxo, mantendo a porta lateral aberta para a entrada de um defunto. Quando um dos funcionários que transportava a maca tropeçou na soleira, o corpo se mexeu no interior do saco e Zuckerman pensou em seu pai.

Para o velório de Príncipe Seratelli, o rapaz envergava um fraque com um cravo na lapela. Maxilares fortes, corpo atlético, voz de contratenor. "Senhor Zuckerman?"

"Sim?"

"Posso ajudá-lo?"

"Não, não, obrigado. Só vim dar meus pêsames."

O rapaz assentiu com a cabeça. Se engoliu a história eram outros quinhentos. Com a barba por fazer, Zuckerman não parecia tão pesaroso assim.

"Se preferir, quando quiser ir embora, o senhor pode sair pelos fundos."

"Não, não. Estou só me refazendo. Está tudo bem."

De olho na entrada, Zuckerman aguardou com os mafiosos, os ex-presidiários e as outras celebridades. Parecia até que *havia* de fato um Oswald à sua espreita. Que ele *era* de fato um Kennedy ou um Martin Luther King. Mas não era justamente isso que ele era para Pepler? E o que era Oswald antes de puxar o gatilho e sair em todos os jornais? E não nos cadernos de cultura. Um sujeito porventura menos ofendido, ignorante, ressentido? Não tão lelé ou bem mais extraordinário? Motivado por razões que faziam muito mais "sentido"? Não! Bangue, bangue, você está morto. O sentido que se pretendia dar ao ato era só esse. Eu sou eu e você é você, e por isso, só por isso, você tem que morrer. Até os assassinos profissionais, entre os quais nesse momento Zuckerman se acotovelava, eram menos temíveis que isso. Não que fosse necessariamente proveitoso ficar muito mais tempo entre eles. Com a barba por fazer, trajando um velho terno de veludo cotelê e uma blusa de gola alta e sapatos de camurça gastos, era mais provável que o confundissem com um repórter bisbilhoteiro do que com alguém que ainda estava estudando para seu exame de final de curso. Principalmente porque, enquanto esperava a barra ficar limpa, Zuckerman fazia anotações febris no verso de um folheto da Frank E. Campbell. Mais um escritor com suas "reflexões" urgentes.

Em busca dos sucessos perdidos. Meus picles foram a madeleine dele. Por que, em vez de ser um fichário, P. não é o Proust da música popular? A monotonia da escrita é demais para ele. E para quem não é? A memória maníaca sem o desejo maníaco da compreensão. Afogando-se sem distanciamento. A memória não se aglutina em torno de nada (a não ser em torno do desespero dostoievskiano que a fama desperta nele). Com ele não tem tempo perdido. Tudo é agora. P. lembra do que não aconteceu com ele; Proust, de tudo o que aconteceu. Conhece as pessoas na seção "Gente" da *Time*. Mais uma personalidade agressiva para a calçada do Elaine's. Mas: o ego dominador, a audácia pessoal, a intratabilidade natural, o gosto pelos encontros extenuantes — que dons! Bastava misturar a energia inesgotável e o cérebro mata-moscas com um pouco de talento... Mas ele sabe disso também. É a falta de talento que o enlouquece. A força bruta, a tenacidade delirante, a fome desesperada — os produtores tinham razão em achar que ele deixaria o país com medo. O Judeu Impróprio Para a Sala de Visitas. Que é exatamente o que a América de Johnny Carson pensa de mim agora. Essa barragem de artilharia pepleriana é o quê? Transbordamento do *Zeitgeist*? Poltergeist de Newark? Retribuição tribal? O parceiro secreto? P. como meu eu pop? É mais ou menos assim que P. vê a coisa. Quem fantasiou outros agora fantasia de outros. Livro: *A vingança do vrai* — as formas que o fascínio deles assume, o contrafeitiço lançado sobre mim.

Ao ver o jovem gerente funerário, Zuckerman levantou a mão. Mas não muito alto.

Sairia pelos fundos, por mais escuros e úmidos que fossem os corredores subterrâneos que precisasse percorrer.

Todavia, o corredor a que ele foi conduzido não passava de um corredor acarpetado, com portas dando para salinhas de escritório de ambos os lados.

Nenhum belzebu veio tirar suas medidas. Podiam até instalar uma agência da Receita Federal ali.

Seu jovem guia indicou a porta reservada para ele. "Me daria um segundo, senhor Zuckerman? Só para eu pegar uma coisa na minha mesa?" Voltou com um exemplar de *Carnovsky*. "Será que o senhor?... 'Para John P. Driscoll'... Ah, muito obrigado."

Na Quinta Avenida, Zuckerman conseguiu um táxi. "Toca para a Bank Street. Pisa fundo." O taxista, um senhor negro, achou graça no gangsterismo e, dando a impressão de querer entrar no espírito da coisa, levou-o ao Village em tempo recorde. Tempo suficiente, porém, para Zuckerman calcular o que o aguardava no encontro com Laura. *Não venha buzinar no meu ouvido aquela história de como foi sem graça viver três anos comigo.* Não foi sem graça viver três anos com você. *Você não sente mais prazer comigo, Nathan. Por que complicar as coisas?* É de sexo que estamos falando? Então, vamos lá. *Não temos nada para falar sobre sexo. Nós dois sabemos como se faz. Tenho certeza de que não falta, nem a você, nem a mim, quem possa atestar isso. O resto eu não estou a fim de ouvir. Seu estado atual fez você se esquecer de como me achava enfadonha. Não aguentava esse meu jeito sem sal, como você dizia. Entediava-se com a minha maneira de contar as coisas. Achava a minha conversa e as minhas ideias uma chatice. Achava o meu trabalho um porre. Achava os meus amigos uns xaropes. Achava as minhas roupas insossas. Eu o aborrecia na cama. E não ir para a cama comigo o aborrecia ainda mais.* Você não me aborrecia na cama. Pelo contrário. *Na época, aborrecia. Alguma coisa o aborrecia, Nathan. Esse tipo de coisa você não tem dificuldade em deixar bem claro. Quando está insatisfeito com alguma coisa, seu comportamento não é, para usar a sua expressão, nem um pouco sem sal.* Eu me expressei mal. Desculpe. *Não se desculpe. Foi isso mesmo que você quis dizer. Pare de fingir, Nathan. Você estava de saco cheio e queria levar uma vida diferente.* Eu me enganei. Preciso de você. Você me faz tão bem. Eu te amo. *Ah, não, por favor, não brinque assim comigo. Passei por maus bocados também. Prefiro acreditar que a parte mais difícil ficou para trás. Tem de ter ficado. Eu não conseguiria enfrentar aquelas primeiras semanas de novo.* Bom, eu não conseguiria enfrentar aquelas, não estou conseguindo enfrentar estas e as que vêm pela frente eu não estou a fim de enfrentar. *Vai ter que enfrentar. Por favor, escute, não tente me beijar, não tente me abraçar e nunca mais diga que me ama. Se continuar brincando assim comigo, vou ser obrigada a cortar de vez relações com você.* Mas a solução é essa, não é, Laura? Isso que você está chamando de "brincar", pode ser que... *Uma vez chega, obrigada. Não quero ouvir de novo que não sirvo. Talvez só agora você esteja sentindo os efeitos da separação, mas eu não mudei. Continuo a ser a mesma pessoa que não serve. Implacavelmente sensata e emocionalmente imperturbável, se é que não seriamente reprimida. Ainda tenho a minha cabeça pragmática e o meu jeito monótono de falar e a minha compulsão cristã a fazer o bem ao próximo, e nada disso serve. Continuo na "esparrela virtuosa".* Também me expressei mal quando disse isso. Estava maldizendo mais a mim mesmo do que a você. *Dá no mesmo, não dá? Foi assim que me tornei tão "sem graça".* Eu me expressei muito mal, Laura, fiz uma confusão danada. Acabei falando coisas que não sinto. *Não, Nathan, você falou exatamente o que sente, e sabe disso. Depois das mulheres histéricas que não largavam do seu pé, eu parecia perfeita. Nada de lágrimas, nada de faniquitos, nada de euforia, nada de chiliques em restaurantes ou em festas. Comigo você conseguia trabalhar. Podia se concentrar e se ensimesmar a seu bel-prazer. Nem em filhos eu pensava. Tinha meu próprio trabalho. Não precisava ser entretida nem precisava entreter você, a não ser naquela meia hora pela manhã, quando ficávamos enrolando para sair da cama. Coisa que me deliciava. Eu adorava brincar de Lorelai com você, Nathan. Era tudo tão divertido para mim, e continuou sendo, inclusive, por mais tempo do que foi para você. Mas isso ficou para trás. Agora você precisa de outra personalidade dramática.* Personalidade dramática uma ova. Preciso é de você. *Deixe-me terminar. Você vivia me esculhambando por eu ser uma quatrocentona ingênua, boazinha e sem sal que nunca dizia tudo o que estava pensando. Pois deixe-me dizer agora e nunca mais será preciso dizer de novo. Você quer se renovar, é disso que o seu trabalho precisa neste momento. O que quer que tenha chegado ao fim aí, foi algo que deu fim ao seu interesse por alguém como eu. Você não quer mais a nossa vida. Se acha que quer é só porque ainda não apareceu nada para pôr no lugar, a não ser esse rebuliço todo em torno do seu livro. Mas assim que aparecer alguma coisa, você vai ver que tenho razão em não querer que você volte. Verá que estava certíssimo em ir embora: depois de escrever um livro como esse, você tinha que ir embora. Foi por isso, aliás, que o escreveu.*

E como ele responderia a isso? Tudo o que ela diria soava tão honesto e persuasivo, e tudo o que ele diria soava tão falso e inconsequente. Sua única esperança era que ela não se mostrasse capaz de incriminá-lo tão bem quanto ele próprio. Contudo, conhecendo-a como conhecia, Zuckerman sabia que eram reduzidas as chances de isso acontecer. Ah, aquela sua Lorelai tão valente, lúcida, séria e bem-intencionada! E, no entanto, dera o fora nela. Escrevendo um livro que pretensamente contava a história de outro sujeito tentando se libertar de seus constrangimentos habituais.

Na Bank Street, deu uma gorjeta de cinco dólares para o taxista, em reconhecimento pela bravura demonstrada na West Side Highway. Não teria lhe parecido exagero dar cem dólares. Estava em casa.

Mas Laura não. Zuckerman ficou um tempão tocando a campainha. Então correu para o edifício vizinho e desceu a escada de concreto que levava ao apartamento do subsolo. Bateu com força na porta. Rosemary, a professora aposentada, perscrutou demoradamente pelo olho mágico antes de começar a abrir suas fechaduras.

Laura estava na Pensilvânia, em Allenwood, conversando com Douglas Muller sobre seu pedido de liberdade condicional. Rosemary contou isso com a corrente de um último trinco ainda no fecho. Então, com relutância, acabou abrindo de vez a porta.

Allenwood era a penitenciária de segurança mínima, para onde o governo federal mandava os criminosos não violentos. Douglas, um dos clientes de Laura, era um jovem jesuíta que abandonara a Igreja para lutar contra o alistamento militar obrigatório sem o escudo da condição clerical. No ano anterior, quando Zuckerman fora com Laura visitá-lo na prisão, Douglas lhe revelara outro motivo para abdicar do sacerdócio: em Harvard, onde, sob os auspícios de sua ordem religiosa, estudava línguas médio-orientais, ele perdera a virgindade. "Pode acontecer com qualquer um", disse Zuckerman, "que saia andando sem colarinho pelas ruas de Cambridge." Douglas só usava o colarinho romano quando participava de manifestações de apoio ao sindicalista rural Cesar Chávez ou de protestos contra a guerra; no dia a dia, vestia-se com camisas esporte e calças jeans. Nascido e criado no Meio-Oeste, era um rapaz tímido e introvertido de vinte e poucos anos, cuja dedicação a tão abnegada causa se estampava por inteiro no brilho gélido de seus olhos azul-claros.

Por intermédio de Laura, Douglas soubera alguma coisa sobre o romance que Zuckerman estava terminando e, durante a visita, entretivera o escritor com episódios da infeliz batalha que ele travara no colégio contra o pecado da masturbação. Sorrindo e com as faces ruborizadas, rememorou para Zuckerman os dias em Milwaukee em que, tendo principiado a manhã confessando os excessos da noite anterior, voltava uma hora depois para se confessar de novo. E não havia, neste mundo ou no outro, nada que pudesse lhe servir de socorro:

nem a contemplação da paixão de Cristo, nem a promessa da Ressurreição, nem o padre do seminário jesuítico que, conquanto muito compreensivo, viu-se obrigado a recusar-lhe a absolvição mais de uma vez por dia. Recicladas e mescladas às lembranças do próprio Nathan, algumas das melhores histórias de Douglas foram parar na vida de Carnovsky, uma alma em botão, à qual, na Nova Jersey judaica, o onanismo não atormentava menos que ao adolescente Douglas na Wisconsin católica. Ao receber em Allewood um exemplar da primeira edição do livro, enviado pelo autor com uma dedicatória, o detento respondera com uma nota breve e compassiva: "Diga ao coitado do Carnovsky que rezo pela saúde dele. Pe. Douglas Muller".

"Ela volta amanhã", disse Rosemary junto à porta, aguardando que Nathan se retirasse. Agia como se ele houvesse entrado à força em sua sala e como se ela estivesse determinada a impedir que ele levasse a invasão adiante.

No armário do hall de Rosemary jaziam as pastas em que Laura armazenava sua correspondência. Protegê-las de uma operação de busca e apreensão do FBI dotara a mulher solitária de uma razão de viver. E Laura também. Fazia três anos que Laura paparicava Rosemary como uma filha paparica a mãe: levara-a ao oculista, fora com ela ao cabeleireiro, ajudara-a a se livrar dos comprimidos para dormir, preparara um bolo enorme para comemorar seu aniversário de setenta anos...

Pensando nessa lista interminável e na mulher bondosa que a compusera, Zuckerman se deu conta de que precisava sentar.

Rosemary, ainda que nem um pouco satisfeita com isso, também sentou. Sua poltrona era a poltrona dinamarquesa que antes ficava no escritório de Zuckerman, a velha poltrona de leitura que ele deixara para trás. O surrado pufe marroquino que ela tinha a seus pés também pertencera a ele antes da mudança para o Upper East Side.

"Como vai de apartamento novo, Nathan?"

"Sozinho, muito sozinho."

Rosemary assentiu com a cabeça, como se ele houvesse dito: "Tudo certo". "E o trabalho?"

"O trabalho? Péssimo. Não consigo trabalhar. Faz meses que não escrevo uma linha."

"E como vai a sua mãe, aquele doce de pessoa?"

"Só Deus sabe."

As mãos da professora aposentada sempre tremiam, e as respostas de Zuckerman não estavam ajudando. Ela continuava com o aspecto de alguém que precisava de uma boa refeição. Nathan recordava que às vezes Laura descia e se sentava à mesa enquanto Rosemary jantava, só para ter certeza de que ela comeria alguma coisa.

"Como está a Laura, Rosemary?"

"Bom, ela anda preocupada com o Douglas. Foi de novo ao Congresso falar com o deputado Koch sobre a condicional do rapaz, mas não voltou muito esperançosa. E o pobrezinho já não está se aguentando lá na penitenciária."

"É, imagino que não."

"Essa guerra é um crime. Uma coisa imperdoável. Me dá vontade de chorar quando penso no que estão fazendo com os nossos melhores jovens."

Laura transformara Rosemary em crítica da guerra — outra façanha e tanto. Sob influência do irmão, um solteirão já falecido, ex-coronel da Aeronáutica, por vários anos Rosemary recebera em sua caixa de correio as publicações da John Birch Society.* Agora tomava conta das pastas de Laura e se afligia com o bem-estar de seus desertores. E achava Zuckerman um... Um o quê? Por acaso ele iria se importar até com a opinião de Rosemary Ditson?

"Como a Laura tem passado", perguntou, "quando não está se preocupando com o Douglas? Como ela vai de resto?"

Chegara aos ouvidos de Zuckerman o boato de que três figurões do Movimento andavam com afinco atrás de Laura: um filantropo bonitão, munido de enorme consciência social, recentemente divorciado; um advogado barbudo, especialista em direitos políticos e sociais, que tinha salvo-conduto para circular desacompanhado pelo Harlem inteiro, também recém-divorciado; e um pacifista grandalhão, muito despachado, que acabara de voltar de Hanói com Dave Dellinger,** ainda solteiro.

"Você não devia ficar ligando para ela."

"Não?"

---

* Grupo de pressão fundado em 1958 com o objetivo de combater o comunismo e defender causas ultraconservadoras. (N. T.)

** David Dellinger (1915-2004), líder pacifista. Esteve algumas vezes no Vietnã, usando de sua proximidade com Ho-Chi-Minh para garantir a libertação de soldados americanos capturados pelos norte-vietnamitas. (N. T.)

Rosemary segurava os braços da poltrona — poltrona que, para todos os efeitos, pertencia a Zuckerman — a fim de estancar o tremor das mãos. Vestia duas malhas de lã e, apesar da temperatura agradável que fazia naquele mês de maio, mantinha aceso a seu lado um pequeno aquecedor elétrico. Zuckerman se lembrava do dia em que Laura saíra para comprar o aparelho.

Não era fácil para Rosemary dizer o que tinha para dizer, porém ela reuniu coragem e desabafou. "Será que você não percebe que toda vez que deixa uma mensagem com a sua voz gravada na secretária eletrônica dela, a coitadinha volta dois meses no tempo!?"

A veemência atípica o pegou de surpresa. "Sério? Por quê?"

"Você precisa parar com isso, Nathan. Por favor. Você quis ir embora, era um direito seu. Mas não pode ficar atormentando a moça. Ela precisa tocar a vida dela em frente. Ligar para ela, depois do que você fez... Não, deixe-me terminar, por favor..."

"Continue", disse ele, embora não tivesse feito menção de interrompê-la.

"Não, não quero me intrometer. Sou apenas uma vizinha. Não é da minha conta. Esqueça."

"O que não é da sua conta, Rosemary?"

"Bom... essas coisas que você escreve nos seus livros. Sem falar que um sujeito renomado como você jamais daria ouvidos a alguém como eu... Mas que você tenha tido a coragem de fazer o que fez com a Laura..."

"E o que foi que eu fiz?"

"As coisas que escreveu sobre ela nesse livro."

"Sobre a Laura? Não está falando da namorada do Carnovsky, está?"

"Não se esconda atrás dessa história de 'Carnovsky'. Não tente sair pela tangente, por favor."

"Preciso confessar, Rosemary, que muito me espanta que uma mulher como você, alguém que por mais de trinta anos foi professora de inglês da rede de ensino de Nova York, seja incapaz de perceber a diferença entre o ilusionista e a ilusão. Talvez você esteja confundindo o ventríloquo tagarela com o boneco endiabrado."

"E não se esconda atrás do sarcasmo. Estou velha, mas ainda sou um ser humano."

"Mas você acha mesmo, Rosemary — justo você —, que a Laura que nós dois conhecemos tem alguma coisa a ver com a mulher retratada no meu livro?

Acha mesmo que era aquilo que acontecia no prédio ao lado, entre mim, ela e a máquina de xerox? Pois era exatamente aquilo que *não* acontecia."

A cabeça de Rosemary começou a tremer um pouco, porém ela não pretendia se deixar intimidar. "Não faço ideia das coisas a que você a submetia. É sete anos mais velho que ela, é um homem experiente, já foi casado três vezes. E imaginação você tem de sobra."

"Puxa, você já está exagerando um pouco, não está? Até parece que não me conhece."

"Pois acho que não o conheço, Nathan. Eu conhecia um rapaz gentil, educado, o Nathan encantador. Esse eu conhecia."

"O encantador de serpentes."

"Pode até ser. Li o seu livro, se quer saber. Li até onde tive estômago para ler. Tenho certeza de que agora, com essa fama toda e com esse dinheiro todo, você vai poder arrumar uma porção de mulheres do tipo que você gosta. Mas a Laura não está mais sob os efeitos do seu feitiço, e você não tem o direito de tentar prendê-la em suas garras de novo."

"Pelo visto, estou mais para Svengali* do que para Carnovsky."

"Você fica implorando no telefone: 'Laura, Laura, liga pra mim', e aí ela vai ler o jornal e dá de cara com isto."

"Dá de cara com o quê?"

Rosemary estendeu dois recortes de jornal para Zuckerman. Estavam bem ali, em cima da mesa que havia ao lado da poltrona.

Eu sei, eu sei, vocês só querem mesmo saber quem está fazendo o quê com quem. Bom, NATHAN ZUCKERMAN e CAESARA O'SHEA continuam a formar o par mais adorável de Manhattan. Estavam bem próximos no jantarzinho oferecido pelo agente ANDRÉ SCHEVITZ e sua esposa MARY, em que KAY GRAHAM conversou com WILLIAM STYRON e TONY RANDALL conversou com LEONARD BERNSTEIN e LAUREN BACALL conversou com GORE VIDAL e Nathan e Caesara conversaram um com o outro.

O segundo recorte era mais prosaico, ainda que não tão colado às circunstâncias tal como ele se lembrava delas.

---

* Vilão de *Trilby* (1894), romance de George du Maurier. Dotado de várias das deformidades físicas e morais que, em fins do século XIX, a imaginação antissemita costumava atribuir aos judeus do Leste europeu, Svengali hipnotiza e mantém sob seu controle a graciosa, simples e ingênua Trilby. (N. T.)

Dançando ao som de Duchin no Maisonette: Zuckerman, o Escritor Maroto, e O'Shea, a Superstar Sexy...

"É este o dossiê completo?", perguntou Zuckerman. "Quem foi a boa alma que recortou essas coisas para a Laura? Você, Rosemary? Não me lembrava desse interesse dela pela imprensa marrom."

"Com a educação que você tem, com os pais admiráveis que você tem, com esse seu talento literário maravilhoso, com tudo isso, fazer o que você fez com a Laura..."

Zuckerman se levantou para ir embora. Aquilo era ridículo. Era tudo um ridículo só. Não seria de admirar que Manhattan fosse outra parte da floresta e sua dignidade tivesse sido entregue a Oberon e Puck. Entregue, diga-se de passagem, por ele próprio! Onde já se viu ficar tirando satisfações daquela senhora indefesa, transformá-la em bode expiatório de tudo que o andava enlouquecendo... Não, não fazia sentido continuar com aquilo.

"Fique sabendo", continuou ele, "que não fiz nada, absolutamente nada de mal à Laura."

"Talvez até você pensasse de outra forma, se ainda morasse nesta rua e ouvisse as barbaridades que sou obrigada a ouvir sobre essa moça maravilhosa."

"Então é isso? As fofoqueiras? Quem são? A mulher da floricultura? A da mercearia? Aquelas senhoras distintas que não saem da confeitaria? Faça como a Laura, Rosemary", aconselhou Zuckerman, "não dê trela para essa gente." Confiava mais em Laura do que em si próprio. "Não posso crer que eu tenha nascido, mesmo tendo os pais adoráveis que tenho, para proporcionar segurança moral à dona da mercearia. Se a Laura estivesse aqui, ela concordaria comigo."

"Então é assim que você faz", disse Rosemary, espumando. "Você realmente diz a si mesmo que uma moça boa como a Laura não tem sentimentos!"

A conversa cresceu em exasperação e infâmia e prosseguiu por mais dez minutos. A cada hora que passava, o mundo de Zuckerman ia se tornando mais idiota, e ele também.

Rosemary foi até a janela para vê-lo sumir para sempre da vida de Laura. Zuckerman galgou os degraus da escada de concreto e saiu andando a passos largos rumo à Abingdon Square. Então, ao chegar à esquina, deu meia-volta e entrou por conta própria no apartamento de Laura. No apartamento deles. Cinco meses, e ainda levava as chaves no bolso.

"Em casa!", bramiu, e correu para o quarto.

Tal como o deixara! Os cartazes contra a guerra, os pôsteres pós-impressionistas, a colcha de retalhos da avó de Laura cobrindo a cama. Aquela cama! O que ele não havia feito da indiferença que sentia por Laura naquela cama! Como se *fosse* Carnovsky e o impelisse a obsessão de Carnovsky! Como se, entre todos os leitores contaminados por aquele livro, o escritor precisasse ter sido o primeiro a se deixar levar. Como se Rosemary tivesse razão e não houvesse ilusão nenhuma.

Em seguida, o banheiro. Lá estava ela, a máquina de xerox, a terceira integrante de seu *ménage à trois*. Apanhando uma folha de papel usada no cesto de lixo junto à banheira, Zuckerman garatujou com sua caneta no verso em branco e tirou dez cópias: "TE AMO. PAZ AGORA". Mas ao entrar com seus panfletos no cômodo que antes lhe servia de escritório, viu um saco de dormir estendido com capricho no chão e, a seu lado, uma mochila com as iniciais "W. K.", gravadas em estêncil. Não contava encontrar nada ali, só o amplo aposento vazio — para o qual ele, num dia próximo, despacharia de volta sua escrivaninha e sua cadeira —, e as quatro paredes de estantes vazias, em que tornaria a dispor seus livros em ordem alfabética. Porém as estantes não estavam de todo vazias. Empilhados na prateleira junto ao saco de dormir, viam-se dez ou doze livros. Examinou-os um a um: Dietrich Bonhoeffer, Simone Weil, Danilo Dolci, Albert Camus... Abriu o armário onde antes guardava suas resmas de papel e pendurava suas roupas. Vazio, salvo por um paletó cinza não engomado e uma camisa branca. Só reparou no colarinho romano ao pegar a camisa e segurá-la contra a luz sob o pretexto de avaliar a espessura do pescoço de seu sucessor.

Um padre tomara o lugar dele. Padre W. K.

Foi até o escritório de Laura para admirar sua escrivaninha perfeitamente organizada e suas estantes de livros perfeitamente arrumadas e verificar se estava enganado a respeito do padre e se por acaso sua foto continuava no porta-retratos junto ao telefone. Não. Rasgou os panfletos que tinha pensado em deixar na caixa de correspondência de Laura e enfiou os pedacinhos de papel no bolso. Jamais teria de se atormentar com o tédio que ela lhe causava de novo. A um homem caído, como ele próprio, Zuckerman talvez pudesse desafiar, mas não era páreo para um daqueles padres tão santos, decerto mais um rapaz que, como

Douglas Muller, lutava contra as forças do mal. Também não queria estar por ali quando Laura chegasse com o padre W. K. da visita a Douglas na penitenciária de Allenwood. Como poderiam levar a sério alguém com os seus problemas? Como ele podia se levar a sério?

Usou o telefone de Laura para ligar para o serviço de interceptação de chamadas. Sempre fora preciso supor que a linha de Laura estava grampeada, porém Zuckerman, ao menos, já não tinha segredos: lia sobre eles na coluna do Leonard Lyons. Só queria saber se o sequestrador ligara para falar sobre o dinheiro ou se dessa vez Pepler abriria mão do disfarce.

Um recado apenas, deixado por sua prima Essie, de Miami Beach. *Urgente. Ligue para mim assim que puder.*

Quer dizer que tinha acontecido, naquela manhã, enquanto ele andava pela cidade tentando esquecer o assunto, enquanto andava pelas ruas fazendo de conta que aquilo era só uma travessura abilolada de Alvin Pepler! Não pudera aguardar em casa pelo telefonema do sequestrador, não conseguira ficar, um homem com o seu prestígio, à espera de que o fizessem novamente de bobo — e, assim, tinha acontecido. E com ela. E por causa dele e de seu prestígio e do personagem daquele livro!

E com *ela*. Não com a mãe de Carnovsky, mas com sua própria mãe! E quem era ela, o que era ela, para que uma coisa dessas acontecesse com *ela*? Intimidada pelo pai tirânico, dedicada à mãe solitária, a mais fiel das esposas para o marido assoberbante — ah, para o marido, muito mais que isso. Fidelidade não era nada, fidelidade ela oferecia com as duas mãos atadas nas costas. (Zuckerman via as mãos dela amarradas com uma corda, a boca tapada com um trapo velho, as pernas desnudas acorrentadas a uma estaca fincada no chão.) Quantas não haviam sido as noites em que ela precisara aturar aquelas histórias sobre a infância miserável do marido, e sem bocejar, resmungar ou gritar: "Não, pelo amor de Deus, você, o papai e a fábrica de chapéus de novo, não". Não, ela tricotava malhas, brunia prata, virava colarinhos e, sem reclamar, escutava pela centésima vez a história de como tinha sido por um triz que o dr. Zuckerman escapara da fábrica de chapéus. Uma vez por ano, brigavam. Quando, findo o inverno, os pesados tapetes de lã eram levados para o sótão, ele tentava ensiná-la a enrolá-los no papel betumado, e a cena invariavelmente terminava em gritos e lágrimas. O marido aos gritos, a mulher às lágrimas. Salvo nessas ocasiões, jamais o contrariava; tudo o que ele fazia estava direito.

Essa era a mulher à qual aquilo tinha acontecido.

Na época em que Henry ainda usava o carrinho de bebê — isto é, por volta de 1937 —, um caminhoneiro assobiara para ela. Foi no verão. Estava sentada na escada da frente com as crianças. O caminhão diminuiu a velocidade, o motorista assobiou, e Zuckerman nunca mais se esqueceu do odor lácteo que lhe chegou às narinas, saído da mamadeira de Henry, quando, em seu triciclo, ele levantou a cabeça e viu sua mãe puxar o vestido para cobrir os joelhos e apertar os lábios para não sorrir. Na hora do jantar, naquela noite, quando ela contou a história ao marido, ele reclinou na cadeira e riu. Sua esposa, uma mulher atraente? Que lisonja. Homens admirando suas pernas? Por que não? Eram pernas dignas de orgulho. Nathan, que não tinha cinco anos ainda, estava perplexo; mas não o dr. Zuckerman: nenhuma garota com que ele houvesse se casado conheceria o sentido do verbo perder-se.

E com ela, justo com ela, fora acontecer aquilo.

Certa vez, sua mãe tinha ido a uma festa com uma flor no cabelo. Nathan devia ter seis ou sete anos. Levou semanas para se recuperar.

E o que mais ela havia feito para merecer tamanha crueldade?

Celia, a irmã mais nova da mãe de Zuckerman, falecera na casa deles. Hospedara-se ali para convalescer de uma cirurgia. Sua mãe caminhava com tia Celia pela sala de estar — ele ainda guardava bem viva na lembrança a imagem daquele espantalho assustador, de roupão e chinelo, apoiando-se debilmente no braço de sua mãe. Tia Celia tinha acabado de se formar no curso normal e ia dar aulas de música na rede de ensino de Newark. Esse, pelo menos, era o sonho de todos; Celia era a bem-dotada da família. Depois da cirurgia, contudo, não conseguia nem comer sozinha, quanto mais encontrar força nas mãos para tocar acordes no piano. Não conseguia ir da cristaleira até o rádio sem parar para se apoiar no sofá de três lugares, depois no de dois lugares, e então na poltrona do dr. Zuckerman. Mas se não a arrastassem pela sala, pegaria uma pneumonia e morreria disso. "Só mais uma vez, Celia, e aí chega. Um pouquinho todos os dias", dizia-lhe sua mãe, "e logo você vai estar mais forte. Logo voltará a ser você mesma." Depois do exercício, Celia, adernando, retornava para a cama e sua mãe se trancava no banheiro e chorava. Nos fins de semana era seu pai que a levava para caminhar. "Isso, Celia, você está indo muito bem. Isto é que é andar. Boa menina." Com a cunhada moribunda apoiada no braço, o dr. Zuckerman assobiava suavemente, sem se deixar abater: *"I can't give you anything but love, baby*". Contava para todo mundo que, no enterro, sua esposa aguentara "firme como um soldado".

O que essa mulher entendia da selvageria das pessoas? Que condições tinha de suportar tal coisa? Fatiar. Bater. Picar. Moer. Fora da cozinha, essas ideias jamais lhe passavam pela cabeça. Toda a violência que ela praticava estava concentrada na preparação do jantar. Do contrário, paz.

Filha de seus pais, irmã de sua irmã, esposa de seu marido, mãe de seus filhos. Que mais havia ali? Ela mesma seria a primeira a dizer "nada". Era mais que suficiente. Aí gastara toda a sua *kayech*, suas forças.

Que forças teria para enfrentar aquilo?

Mas ela não tinha sido sequestrada. Era seu pai: um enfarte. "Agora é pra valer", disse-lhe Essie. "Venha logo." Ao chegar à rua 81 — a fim de fazer uma mala antes de ir para Newark, onde encontraria seu irmão e pegaria com ele o voo das quatro da manhã para Miami —, deu com um envelope grande, de papel manilha, parcialmente introduzido em sua caixa de correio, no corredor de entrada do edifício. Algumas semanas antes, depois de extrair um envelope entregue em mãos e endereçado: "Judeu Filho da Puta, apto. 2B", Zuckerman removera dali a plaquinha com seu nome. No lugar dela, pusera uma plaquinha com suas iniciais. Mais recentemente, pensara em tirar as iniciais e deixar o espaço em branco, porém não fizera isso porque... porque se recusava a fazer isso.

De uma extremidade a outra do envelope, alguém rabiscara com uma hidrográfica vermelha: "Prestige Paté International". Em seu interior havia um lenço úmido e amarrotado. Era o lenço que Zuckerman oferecera na véspera a Pepler para que ele limpasse as mãos depois de comer o que restara do sanduíche de Zuckerman. Nenhum bilhete. Só, à guisa de mensagem, um odor acre e cediço que não lhe foi difícil identificar. Evidência, se é que evidências eram necessárias, do "complexo" que Pepler compartilhava com Gilbert Carnovsky e que Zuckerman roubara dele para escrever aquele livro.

4. Não esqueça as origens

Em cima da mesinha ao lado da cama, viam-se cópias xerox de cada página de cada carta de protesto que o dr. Zuckerman enviara para Lyndon Johnson enquanto Johnson estivera na Presidência. À diferença da reunião da correspondência do dr. Zuckerman com Hubert Humphrey, a pasta de Johnson, presa com um elástico, era quase tão bojuda quanto *Guerra e paz*. O caráter esporádico e abreviado das cartas dirigidas a Humphrey — assim como seu sarcasmo, sua causticidade insolente — era uma indicação de como caíra no conceito do dr. Zuckerman aquele que tinha sido o ídolo dos americanos progressistas. Na maior parte das vezes, Humphrey era brindado apenas com uma linha de desprezo e três pontos de exclamação. E em cartões-postais, para que qualquer um que recolhesse a correspondência soubesse do acovardamento do vice-presidente. Mas com o presidente dos Estados Unidos, por mais salafrário, cabeçudo e arrogante que ele fosse, o dr. Zuckerman tentava ser razoável em papel timbrado, invocando em todas as oportunidades o nome de Franklin Delano Roosevelt, e esclarecendo seu posicionamento contra a guerra com adágios — nem sempre atribuídos da forma mais exata — do Talmude e de uma solteirona havia muito falecida, chamada Helen MacMurphy. A srta. MacMurphy, como a família toda sabia (como o mundo inteiro sabia por causa do conto que emprestava o título a

Formação superior, Nathan Zuckerman, 1959), tinha sido sua professora na oitava série. Em 1912, ela procurara o pai do dr. Zuckerman, um trabalhador fabril subempregado, para exigir que o pequeno Victor, um aluno brilhante, fosse mandado para o colegial, e não para a fábrica de chapéus local, onde um irmão mais velho seu já passava catorze horas por dia aleijando os dedos num formilho. E como o mundo inteiro sabia, a srta. MacMurphy levara a melhor.

Ainda que Lyndon Johnson demonstrasse não ter tempo nem — nas palavras da sra. Zuckerman — "um pingo de consideração" para responder às cartas despachadas da Flórida pelo velho democrata adoentado, o dr. Zuckerman continuou ditando para a mulher cerca de três ou quatro páginas quase todos os dias, instruindo o presidente em aspectos da história americana, da história judaica e de sua própria filosofia pessoal. Depois do derrame que acabara com a coerência de sua fala, o dr. Zuckerman não parecia fazer ideia do que acontecia em seu quarto, quanto mais no Salão Oval, onde, nessa altura, seu arqui-inimigo Nixon estava pondo tudo a perder; mas, então, os médicos tornaram a observar pequenas melhoras — sua força de vontade, disseram à sra. Zuckerman, era assombrosa. O sr. Metz começou a lhe fazer visitas, durante as quais lia em voz alta matérias do *New York Times*, até que, certa tarde, o dr. Zuckerman conseguiu comunicar à esposa o desejo de que lhe fossem trazidas de casa as pastas de correspondência que ele deixara em cima da mesa, ao lado da cadeira de rodas. Desse dia em diante, ela se sentava a seu lado e ficava virando as folhas de papel para que ele pudesse ver tudo o que já havia escrito e em breve estaria escrevendo de novo. Atendendo a um pedido seu, ela mostrava as cartas para os médicos e enfermeiras que passavam pelo leito para lhe ministrar cuidados. Ele estava recobrando a lucidez, estava mesmo começando a manifestar algo de sua velha "gana", quando, um dia, pouco depois de o sr. Metz ter ido embora e de a sra. Zuckerman chegar para assumir o turno vespertino, perdeu a consciência e teve de ser levado às pressas para o hospital. Quando deu por si, a sra. Zuckerman estava dentro da ambulância com as pastas de correspondência nas mãos. "Qualquer coisa, qualquer coisa", disse ela, explicando posteriormente a Zuckerman o estado de ânimo em que se encontrava, "qualquer coisa para dar a ele a vontade de continuar vivo." Zuckerman se indagou se ao menos para si mesma ela não teria sido capaz de dizer: "Tomara que dessa ele não escape. Não aguento mais vê-lo se aguentando assim".

Acontece que ela era a esposa cujos pensamentos eram todos pensados pelo marido desde que tinha vinte anos, não o filho que ainda antes dos vinte questionava todos os pensamentos dele. No voo para Miami, Zuckerman se pusera a relembrar o verão de vinte anos antes, aquele agosto que precedera sua ida para a universidade, durante o qual ele tinha lido três mil páginas de Thomas Wolfe na varanda dos fundos da casa abafada — abafada naquele mês de agosto não menos por causa do pai que do calor sufocante que fazia. "Ele acreditava, então, que era o centro da vida; que as montanhas ladeavam o coração do mundo; que de todo o caos do acaso irrompera o acontecimento inevitável que viera, no momento inexorável, acrescentar-se à soma de sua vida." Inevitável. Inexorável. "É isso!", anotou o sufocado Nathan na margem de seu exemplar de *Look homeward, angel*, sem se dar conta de que o retumbante clangor privativo dos adjetivos alatinados poderia não ser tão excitante quando a pessoa dava com o inevitável e o inexorável no centro de sua vida, e não na varanda dos fundos da casa de seus pais. Tudo o que ele queria aos dezesseis anos era ser um gênio romântico como Thomas Wolfe e trocar o pequeno estado de Nova Jersey e todos os provincianos rasos que lá viviam pelo profundo e emancipatório mundo da Arte. Acabara arrastando toda aquela gente consigo.

O pai de Zuckerman alternou "melhoras" e pioras ao longo da primeira noite que Nathan passou em Miami, e continuou assim durante a maior parte do dia seguinte. Por vezes, quando recuperava a consciência, dava à esposa a impressão de inclinar a cabeça na direção das cartas acondicionadas na pasta ao lado da cama, coisa que ela entendia como um sinal de que ele estava pensando em algo para dizer ao novo presidente. Considerando, conjecturou Zuckerman, que ainda fosse capaz de pensar alguma coisa. Ela mesma não andava regulando muito bem — fazia vinte e quatro horas que não dormia e quatro anos que não dormia direito —, e para Zuckerman acabou sendo mais fácil que difícil fingir que sua mãe talvez tivesse razão. Tirou um bloco de notas amarelo de sua pasta e escreveu em letras grandes: "NÃO À GUERRA"; um pouco mais abaixo, assinou pelo pai: "Dr. Victor Zuckerman". Mas quando mostrou o papel para ele, não obteve resposta. De tempos em tempos, o dr. Zuckerman produzia alguns sons, porém nada que lembrasse palavras discerníveis. Pareciam mais chiados de camundongo. Era horrível.

Ao cair da tarde, depois de o dr. Zuckerman passar mais algumas horas inconsciente, o médico-residente levou Nathan para um canto e disse-lhe que em breve estaria tudo terminado. Seria um fim tranquilo e silencioso, prognosticou, mas o fato é que o sujeito não conhecia o pai de Nathan tão bem quanto sua família. Com efeito, perto do fim, como sucede às vezes com os que têm sorte — ou azar —, o moribundo abriu os olhos e de súbito pareceu ver a todos, e vê-los juntos, e compreender tão bem quanto qualquer um dos outros presentes no quarto exatamente o que estava por vir. Isso também foi, de outra maneira, horrível. Foi ainda pior. Os olhos mansos e enevoados do dr. Zuckerman se arregalaram uma enormidade, recurvando as figuras deles e atraindo-as para si, como um espelho convexo. Seu queixo tremia — não em virtude de algum esforço malsucedido em falar, mas devido ao reconhecimento de que naquela altura todo esforço era vão. E a sua tinha sido a mais esforçada das vidas. Ser Victor Zuckerman não era para qualquer um. Turnos diurnos e noturnos, expedientes nos fins de semana, à noite, nas férias — não muito diferente, no tocante ao número de horas trabalhadas, do que era ser seu filho.

Reunidos em torno dele, quando o dr. Zuckerman voltou a si, estavam Henry, Nathan, sua mãe, a prima Essie e o mais novo integrante da família, o simpático e jovial marido de Essie, o sr. Metz, um contador aposentado de setenta e cinco anos que guardava distância benigna das velhas complicações familiares, não censurando ninguém por coisa nenhuma e preocupando-se mormente em jogar bridge. Cada um deles deveria ter ficado apenas cinco minutos com o dr. Zuckerman, mas como Nathan era Nathan, o médico responsável tinha feito uma exceção às normas do hospital.

Todos haviam chegado mais perto para observar aquela expressão de pavor e súplica. Essie, que aos setenta e quatro anos continuava dura na queda, pegou a mão dele e se pôs a falar sobre a prensa de vinho que havia no porão da casa da Mercer Street, relembrando o prazer com que os primos todos se reuniam ali no outono para ver o pai do dr. Zuckerman espremer as uvas Concord. Falava com o tom de voz alto e imperativo de sempre e, ao passar da prensa de vinho do pai de Victor para os biscoitos de amêndoas de sua mãe, uma enfermeira surgiu no vão da porta com o dedo nos lábios, a fim de lembrar-lhe que havia doentes por perto.

Coberto com o lençol até o pescoço, o dr. Zuckerman poderia ser confundido com um garotinho amedrontado ao qual estivessem contando uma história na hora de dormir, não fosse pelo bigode e pelas coisas que três derrames e um enfarte haviam feito a seu rosto. Mantinha os suplicantes olhos cinza fixos em Essie, enquanto ela rememorava como tinha sido para a nova família o princípio do século na América. Porventura aquilo estaria chegando até ele? A velha prensa de vinho, as novas crianças americanas, o porão e seu odor adocicado, os biscoitos de amêndoas crocantes e a mãe, aquela mãe simples e adorada que assava os biscoitos de amêndoas? Supondo que ele se lembrasse de tudo, que recordasse as sensações mais caras experimentadas na vida de que estava se despedindo — seria necessariamente a maneira mais fácil de partir? Tendo enterrado os seus, Essie talvez soubesse o que estava fazendo. Não que o fato de não saber alguma vez a houvesse perturbado. O tempo urgia, porém Essie não era de economizar nos detalhes e, agora que ela tomara a palavra, Nathan não sabia como fazer para interrompê-la. Além do mais, já não conseguia impor limites a ninguém — já não conseguia impor limites nem a si mesmo. Depois de um dia e meio, finalmente estava chorando. Havia tubos que levavam oxigênio aos pulmões de seu pai, tubos que drenavam a urina de sua bexiga, tubos que gotejavam dextrose em suas veias, e nenhum deles faria a menor diferença. Por alguns instantes foi ele quem se sentiu o garotinho, atordoado ao perceber, pela primeira vez na vida, a extensão do desamparo a que seu protetor estava sujeito.

"Lembra do tio Markish, Victor?"

Do privilegiado ponto de vista de Essie, Markish, o malandro sem-teto, tinha sido o personagem estrambótico da família; do ponto de vista do dr. Zuckerman (e de seu primogênito — cf. "Formação superior"), esse personagem tinha sido Essie. Tio Markish pintava os apartamentos deles e dormia no poço de suas escadas e então, um dia, pegou o macacão de pintor e se mandou para Xangai. "Você vai acabar como o Markish", era o que se dizia naquele clã às crianças que voltavam da escola com conceitos inferiores a B. Se quisesse trocar Nova Jersey pela China, a pessoa tinha de fazê-lo por intermédio do Departamento de Estudos Orientais de alguma universidade de primeira linha, e não levando apenas uma lata de tinta e um pincel debaixo do braço. Na família deles, ou você fazia as coisas direito, de preferência na condição de dentista, médico, advogado ou professor universitário, ou era melhor não fazer nada. Lei decretada pelo filho daquela mãe incansável que assava os biscoitos de amêndoas e nunca dizia um ai e daquele pai diligente e inexpugnável que espremia as uvas para fazer o próprio vinho.

Durante o voo para Miami, Zuckerman se dedicara à leitura de um livro ilustrado, uma obra para leigos sobre a criação do universo e a evolução da vida. O autor era um cientista da NASA que recentemente ganhara fama explicando astronomia elementar num programa semanal da TV pública. Zuckerman comprara o livro num estande do aeroporto de Newark, depois de se encontrar com Henry para fazer o check-in. Nas caixas empilhadas em seu apartamento, havia livros que poderiam ter significado mais para ele numa viagem que ele fazia com o intuito de ver seu pai morrer, mas estavam fora de alcance, de modo que ele saíra de casa de mãos abanando. De qualquer forma, o que aqueles livros tinham a ver com seu pai? Se algum dia houvessem significado para seu pai o que a descoberta deles na escola significara para ele, aquela teria sido outra família, outra infância, outra vida. Portanto, em vez de ficar com os pensamentos que os grandes pensadores haviam tido sobre a morte, Zuckerman ficara com seus próprios pensamentos. Eram mais que suficientes para um voo de três horas: planos para o futuro de sua mãe, memórias da vida de seu pai, a origem de sua salada de emoções. *Salada de emoções* era o título de seu segundo livro. Não deixara seu pai menos confuso do que *Formação superior*, o livro de estreia de Zuckerman. Por que as emoções tinham de ser uma salada? Não eram assim em seu tempo de menino.

Zuckerman localizara Henry em seu consultório, recém-chegado de uma conferência em Montreal. Seu irmão não estava sabendo de nada e, ao receber a notícia — "Parece que dessa vez ele não escapa" —, emitiu o mais pungente dos soluços. Outra razão para Zuckerman dispensar as leituras inspiradoras durante o voo para Miami. Tinha o irmão caçula para reconfortar, um sujeito emocionalmente mais frágil do que lhe agradava aparentar ser.

Contudo, quando Henry chegou ao aeroporto, trajando um terno escuro de risca de giz e levando numa pasta, em que se via o seu monograma, os últimos números de uma revista de odontologia, cuja leitura pretendia pôr em dia, ele não lembrava nem um pouco o irmão caçula. E assim Zuckerman, ligeiramente decepcionado com a constatação de que não precisaria se preocupar em consolá-lo e um tanto intrigado com o fato de sentir-se um pouco decepcionado — e um pouco atônito, também, por haver imaginado que teria sob seus cuidados um menino de dez anos durante o voo para o Sul —, Zuckerman se pôs a ler sobre a origem de tudo.

Por conseguinte, quando chegou sua vez de se despedir de seu pai, não quis repisar a história dos biscoitos de amêndoas da avó. Os biscoitos de sua avó eram maravilhosos, porém Essie discorrera sobre eles tão minuciosamente quanto possível, de modo que, em vez de falar sobre isso, Zuckerman resolveu explicar a seu pai a teoria do Big Bang, tal como a compreendera na véspera. Tentaria levar até ele o entendimento de como fazia tempo que as coisas experimentavam um momento de incandescência, ao qual sobrevinha um período de resfriamento;

quem sabe isso também não chegava ao entendimento de seus familiares. Podia não servir de consolo, mas o fato é que não era só um pai que estava morrendo, nem só um filho, nem só um primo, nem só um marido: era a criação inteira.

Um tempo anterior aos biscoitos de amêndoas da vovó, portanto. Anterior à própria vovó.

"No avião, eu li sobre o começo do universo. Está me ouvindo, pai?"

"Ele ouve, não se preocupe", disse Essie. "Agora ele ouve tudo. Nunca ficou sem entender uma piada na vida. Não é, Victor?"

"Não do mundo", disse Nathan para os olhos perquiridores de seu pai. "Do universo. Os cientistas agora acham que tudo começou há dez ou vinte bilhões de anos."

Pousou de leve a mão no braço do pai. Parecia impossível — aquele braço não valia mais nada. Na infância, os dois Zuckermanzinhos observavam deliciados quando seu pai fingia inflar os bíceps soprando ar pelos dedões. Bom, estavam murchos agora, os bíceps de Popeye de seu pai, sumidos como o ovo primordial de energia de hidrogênio em que o universo tinha sido concebido... Sim, não obstante a sensação cada vez mais aguda de que embarcara numa evidente demonstração de presunçosa e inútil tolice professoral, Zuckerman continuou ensinando: o ovo original que um belo dia, ao atingir uma temperatura de milhares de bilhões de graus Celsius, explodiu e, qual uma fornalha em erupção, forjou ali mesmo todos os elementos que viriam a existir. "Tudo isso", informou ele ao pai, "na primeira meia hora daquele primeiro dia."

O dr. Zuckerman não se mostrou impressionado. Por que deveria? O que era a primeira meia hora do primeiro dia da Criação perto da última meia hora do último dia da vida do sujeito?

Ah, os biscoitos de amêndoas eram uma ideia muito melhor. Doméstica, tangível e perfeitamente adequada à vida que Victor Zuckerman vivera e à reunião de uma família judaica em torno do leito de morte de um dos seus. Todavia, a oração sobre os biscoitos de amêndoas era Essie fazendo o papel de Essie, e aquilo, por mais idiota que fosse, era ele no papel dele mesmo. Vamos lá, Nathan, continue dando uma de pai para cima do seu pai. Última chance para ensinar a ele o que ele ainda não sabe. Derradeira oportunidade para fazê-lo ver as coisas de outra maneira. Você ainda consegue mudar o cara.

"... e desde então o universo está em expansão, as galáxias foram se espalhando pelo espaço, impulsionadas por aquela primeira grande explosão. E vai continuar assim, com o universo se dilatando mais e mais, por cinquenta bilhões de anos."

Nada, ainda.

"Continue, ele está escutando." Essie dando ordens.

"O problema", disse baixinho a ela, "é que esse negócio já é dificil quando a gente está se sentindo bem..."

"Não se preocupe. Continue. Nossa família é mais inteligente do que você imagina."

"Disso eu não tenho dúvidas, Esther. Era na minha estupidez que eu estava pensando."

"Fale com *ele*, Nathan." Sua mãe, às lágrimas. "Essie, por favor, não vamos mexer em vespeiro, pelo menos não esta noite."

Nathan olhou para Henry do outro lado da cama. Seu irmão segurava com força uma das mãos de seu pai, porém também chorava copiosamente, e não parecia em condições de dizer o que quer que fosse à guisa de despedida. O amor indizível vindo à tona, ou o ódio reprimido? Henry era o filho bonzinho, mas isso tinha um custo, ou pelo menos assim Zuckerman tendia a achar. Seu irmão era de longe o mais alto, o mais moreno e o mais bem-apanhado dos homens da família, um Zuckerman trigueiro e viril, um Zuckerman do deserto, cujos genes — caso único no clã — pareciam ter se transferido direto da Judeia para Nova Jersey, sem o desvio da Diáspora. Tinha uma voz doce e suave e as maneiras mais gentis e amáveis — o médico em pessoa — e suas pacientes invariavelmente se apaixonavam por ele. E ele se apaixonava por algumas delas. Coisa que só Zuckerman sabia. Cerca de dois anos antes, Henry pegara o carro no meio da noite e fora para Nova York, disposto a dormir no escritório de Nathan com um pijama de Nathan porque não aguentava mais dormir na mesma cama que a mulher. Ver Carol tirando a roupa para se deitar fizera que ele se lembrasse (não que tivesse motivo para esquecer) do corpo da paciente de que ele próprio tirara a roupa algumas horas antes num motel ao norte de Jersey, e Henry se mandara para Nova York às duas da manhã sem sequer se dar ao trabalho de pôr as meias antes de calçar os mocassins. Passara a noite acordado, falando ao irmão mais velho sobre a amante, falando, aos ouvidos de Zuckerman, como uma daquelas almas aflitas, apaixonadas e sensíveis da grande literatura de adultério do século XIX.

E continuava falando às sete da manhã, quando Carol ligou. Ela não sabia o que havia feito de errado e implorou que ele voltasse para casa. Zuckerman pegou a extensão para ouvir a conversa. Henry chorava, Carol suplicava. "... você queria plantas iguais às que sua avó tinha na sala, eu providenciei as plantas. Um dia você disse qualquer coisa sobre comer ovos quentes numa tigela própria para ovos quentes nas férias que passava em Lakewood quando criança — na manhã seguinte eu servi o seu ovo quente numa tigelinha daquelas. E você *parecia* uma criança, de tão doce, de tão alegre, de tão contente que ficava por coisinhas à toa como essa. Não via a hora de o Leslie crescer para você poder chamá-lo de 'filhão'. E não se aguentou, já o chamava assim antes de ele *tirar as fraldas*. Se jogava com ele no chão e ele mordia a sua orelha, e isso deixava você no sétimo céu. Você ia até a calçada quando o jantar estava na mesa: 'Venha para casa, fi-lhão, está na hora do jantar'. Fazia isso com a Ruthie também. E até hoje faz com a Ellen. Corre para a porta assim que eu aviso que a comida está pronta. 'Amorzinho, venha, vamos jantar.' É só a Ruthie começar a tocar 'Twinkle, twinkle, little star' no violino que você começa a chorar, seu bobo, de tão feliz que fica. O Leslie diz para você que todas as coisas são feitas de moléculas e você se enche de orgulho, passa a noite inteira repetindo isso para qualquer um que ligue para casa. Ah, Henry, você é o homem mais doce, mais gentil, mais carinhoso e comovente do mundo, e a verdade é que, lá no fundo do coração, você se contenta com tão pouco..."

De modo que Henry foi para casa.

O mais doce, o mais gentil, o mais carinhoso. Responsabilidade. Generosidade. Devoção. Era assim que todos falavam de Henry. Acho que se eu fosse o Henry e tivesse o coração dele, também não me atreveria a pôr isso em jogo. Deve ser muito bom ser alguém tão bom. A não ser quando não é bom. E, no fim das contas, isso também deve ser bom. Autossacrifício.

Já não eram os irmãos que tinham sido.

Uma mão tocou de leve o ombro de Nathan — o asseado, bronzeado, bem-intencionado marido de Essie. "Termine a história", disse com suavidade o sr. Metz. "É muito bonito o que você estava dizendo."

Zuckerman se interrompera para observar aquele seu irmão emotivo, mas então sorriu e garantiu ao sr. Metz que prosseguiria. Era a primeira vez que o sr. Metz chamava de "história" algo saído da lavra de Zuckerman. Os contos de Zuckerman, ele chamava de artigos. "Sua mãe me mostrou aquele artigo seu que saiu na revista. Muito bom, muito bom." Tinha fama de fazer média com todo mundo, ao passo que Essie era conhecida por não poupar ninguém. O show daqueles dois era algo que Zuckerman fazia questão de não perder, sempre que visitava os pais na Flórida. Ao lado de seu pai, poderiam ter formado um trio: o dr. Zuckerman era célebre pela devoção fanática. Franklin Delano Roosevelt encabeçava a lista, seguido por Eleanor Roosevelt, Harry Truman, David Ben-Gurion e os autores de *Um violinista no telhado*.

"Você é bom com as palavras", cochichou o sr. Metz. "Fale por eles. Expresse o que todos estão sentindo."

Zuckerman tornou a encarar o pai: a morte não chegara mais perto, embora a vida continuasse a léguas de distância. "Pai, preste atenção." Pelo sim, pelo não, também sorriu para ele. O último sorriso. "Tem uma teoria agora, pai... Não sei se o senhor está me acompanhando."

Essie: "Está acompanhando, sim".

"Tem uma teoria agora que diz que, terminados esses cinquenta bilhões de anos, em vez de tudo desaparecer, em vez de o esgotamento da energia fazer com que as luzes todas se apaguem, é a gravidade que vai assumir o comando. A força da gravidade", repetiu, como se fosse o nome tantas vezes repetido de um dos netos adorados que o dr. Zuckerman tinha em South Orange. "Quando faltar só um tiquinho para o fim, o universo vai começar a se contrair todo, as coisas vão ser sugadas de volta para o centro. Está me entendendo? Isso também vai levar cinquenta bilhões de anos, até que tudo seja sugado para o interior daquele ovo original, daquela gotícula ultraconcentrada com que tudo começou. E então, entende, calor e energia vão se acumular de novo e, bum, vai haver outra explosão daquelas e as coisas todas vão sair voando espaço afora de novo, um novo lance de dados, uma criação novinha em folha, diferente de tudo o que existiu antes. Se a teoria estiver correta, o universo vai continuar nesse vaivém para sempre. Se for assim — e eu quero que o senhor preste bastante atenção agora, é isto o que eu quero que o senhor ouça com atenção, é isto o que todo mundo aqui quer dizer para o senhor..."

"A resposta da charada", disse o sr. Metz.

"Se for assim, isso significa que o universo sempre *esteve* nesse vaivém: cinquenta bilhões de anos para cá, cinquenta bilhões de anos para lá. Imagine só. Um universo renascendo e renascendo e renascendo sem parar."

Aqui Zuckerman se absteve de mencionar ao pai a objeção levantada contra a teoria, da qual ele também se inteirara no voo da véspera, aquela objeção considerável, uma objeção a bem dizer devastadora, relacionada com o fato de a densidade da matéria existente no universo ser ligeiramente insuficiente para que a amiga, confiável força da gravidade tome as rédeas e interrompa a expansão antes do apagar da última chama. Se não fosse por esse pequeno detalhe, a coisa toda de fato poderia ficar indo e voltando para todo o sempre. Entretanto, segundo o livro que continuava no bolso do paletó de Zuckerman, por ora eles não encontrariam aquilo de que necessitavam em lugar nenhum, e as perspectivas da vida eterna não pareciam nada boas.

Porém seu pai poderia muito bem viver sem essa informação. De tudo o que o dr. Zuckerman até então vivera sem e que Nathan teria preferido que ele vivesse *com*, o conhecimento do fator de densidade faltante era o que menos importava. Não dava mais para ficar discutindo se as coisas eram assim ou assado. Não dava mais para ficar falando de ciência, de arte, de pais e filhos.

Um avanço e tanto para a vida de Nathan e Victor Zuckerman, mas a questão é que a unidade coronariana do Miami Biscayne Hospital não é o Goddard Institute for Space Studies, como bem sabe qualquer um que já tenha passado por lá.

Ainda que, oficialmente, o dr. Zuckerman só viesse a expirar na manhã seguinte, foi então que ele proferiu suas últimas palavras. Palavra. Quase inaudível, mas pronunciada com esmero. "Puto", ele disse.

Referindo-se a quem? Lyndon Johnson? Hubert Humphrey? Richard Nixon? Referindo-se Àquele que não houvera por bem conceder a Seu próprio universo o tal pedacinho mínimo de matéria faltante, um miserável atomozinho de hidrogênio para cada volume de dez pés cúbicos? E que tampouco se dignara de conceder ao dr. Zuckerman, um moralista ardente desde os tempos de colégio, o prêmio tão simples de uma velhice saudável e de uma vida mais longa? Ocorre que, ao proferir essa sua última palavra, não era para as pastas de correspondência e nem para o alto, para a face de seu Deus invisível, que o dr. Zuckerman olhava. Não, nesse momento ele tinha os olhos fixos nos olhos de apóstata do seu filho.

O enterro foi um desconforto só. Para começar, fazia um calor infernal. Sobre o cemitério de Miami, o sol dava a conhecer sua presença a Zuckerman como nenhum Iahweh fizera antes; se fosse ao sol que todos se dirigiam, talvez ele houvesse participado dos ritos fúnebres de seu povo com algo mais que mera consideração pelos sentimentos de sua mãe. Desde o momento em que saíram da limusine refrigerada e se puseram a andar em meio a fileiras de irrigadores giratórios para chegar ao local do sepultamento, ela teve de ser amparada por um filho em cada braço. O dr. Zuckerman comprara dois jazigos, um para ele e outro para a esposa, seis anos antes, na mesma semana em que adquirira o apartamento deles no edifício Harbor Beach Retirement Village. Os joelhos da sra. Zuckerman fraquejaram junto ao túmulo, mas como a doença do marido a reduzira a pouco mais que quarenta e cinco quilos, Henry e Nathan não tiveram dificuldade em mantê-la em pé até que o caixão fosse baixado e eles pudessem se abrigar do calor. Às suas costas, Zuckerman ouviu Essie dizer ao sr. Metz: "Essas palavras, esses sermões, essas citações todas, e não importa o que digam, o fim é o fim". Pouco antes, ao descer da limusine, ela se virara para Zuckerman para transmitir sua impressão sobre a jornada que estava prestes a ter início para o homem no féretro. "Quem viaja assim não vê a paisagem." Pois é, ele e Essie eram os que se permitiam falar qualquer coisa.

Zuckerman, seu irmão e o rabino eram, de longe, os homens mais jovens ali presentes. Fora os três, o agrupamento que derretia sob o calor escaldante era composto ou de vizinhos idosos de seus pais em Harbor Beach ou de velhos amigos de Newark que também curtiam a aposentadoria na Flórida. Alguns haviam chegado a brincar com o dr. Zuckerman nas ruas do centro da cidade antes da Primeira Guerra. A maioria, Zuckerman não via desde criança, quando eram homens não muito mais velhos do que ele agora. Escutava as vozes familiares saindo dos rostos enrugados, flácidos, murchos, e pensava: Quem dera eu ainda estivesse escrevendo *Carnovsky*. Que lembranças não despertavam aqueles tons de voz! As saunas da Charlton Street e as férias em Lakewood, as caminhadas que eles faziam pela praia para ir pescar na enseada do rio Shark! Antes do enterro, todos foram abraçá-lo. Ninguém mencionou o livro; provavelmente nenhum deles o lera. Entre todos os obstáculos que aqueles vendedores e negociantes e industriais aposentados tinham enfrentado e superado na vida, ainda não figurava a leitura de um livro. Grande coisa. Nem o jovem rabino falara de *Carnovsky* com o autor. Talvez em respeito ao morto. Tanto melhor. Ele não estava ali na condição de "autor" — o autor tinha ficado em Manhattan. Ali ele era o Nathan. Às vezes, um despojamento simples como esse é o que de mais poderoso a vida tem para oferecer.

Zuckerman recitou o *kadish* dos enlutados. Diante de um caixão que desce à sepultura, até um incréu precisa de algumas palavras para entoar, e *"Yisgadal*

266 ZUCKERMAN ACORRENTADO

v'yiskadash..." fazia mais sentido para ele do que "Contra a luz que se extingue, grita, vocifera". Se um dia houve um homem que devia ser enterrado como judeu, esse homem era seu pai. Nathan provavelmente acabaria deixando que o enterrassem assim também. Melhor assim do que como boêmio.

"Meus dois meninos", dizia sua mãe, enquanto a amparavam no caminho de volta para o carro. "Meus dois meninos altos, fortes e bonitos."

No retorno ao apartamento, ao passar por Miami, a limusine parou num semáforo que ficava junto a um supermercado; as freguesas, em sua maioria cubanas de meia-idade, vestiam frentes únicas e shortinhos e sandálias de salto alto. Protoplasma demais para encarar logo após uma visita ao lar da pós-aposentadoria dos mortos. Zuckerman notou que Henry também estava olhando. As frentes únicas sempre haviam lhe parecido peças de vestuário particularmente provocantes — vestes que não chegavam a vestir —, porém aquelas mulheres de carnes transbordantes só o faziam pensar em seu pai se decompondo. Não conseguia ocupar a cabeça com pensamentos muito diversos desde que se sentara com seus familiares na primeira fila do templo e o jovem rabino — com uma barba que lembrava muito a de Che Guevara — subira ao altar para enaltecer as virtudes do falecido. O rabino louvou o dr. Zuckerman não apenas como pai, marido e homem de família, mas também como um "indivíduo político, que se engajava em todos os aspectos da vida e se afligia com o sofrimento dos seres humanos". Falou dos inúmeros jornais e revistas que ele assinava e estudava, das incontáveis cartas de protesto que redigia diligentemente, falou de seu entusiasmo pela democracia americana, de sua paixão pela sobrevivência de Israel, de sua repulsa pela carnificina no Vietnã, de seu temor pela situação dos judeus na União Soviética, e enquanto isso a única coisa que Zuckerman tinha na cabeça era a palavra extinto. Todo aquele moralismo respeitável, todos aqueles sermões repressores, todas aquelas proibições supérfluas, aquela fornalha de piedades, aquele Lúcifer da retidão, aquele Hércules do mal-entendido, tudo aquilo extinto.

Estranho. Era o oposto do que deveria acontecer. E, no entanto, ele jamais contemplara a vida de seu pai com olhos tão insensíveis. Era como se estivessem enterrando o pai de outros filhos. Quanto ao homem descrito pelo rabino, bom, ninguém jamais havia se equivocado tanto sobre o dr. Zuckerman. Talvez a intenção do rabino fosse apenas distanciá-lo do pai que aparecia em *Carnovsky*, mas com aquela descrição as pessoas acabariam confundindo o dr. Zuckerman com o Schweitzer. Só faltavam o órgão e os leprosos.* Mas, por que não? A quem isso prejudicava? Era um enterro, não um romance, e muito menos o Juízo Final.

Qual a razão de tanto desconforto? Afora o calor insuportável e a figura perdida, indefesa, aparentemente sem pernas de sua mãe? Afora a visão deplorável daqueles velhos amigos da família olhando para o interior da cova em que também haveriam de ser depositados dali a trinta, sessenta, noventa dias — os gigantes mexeriqueiros de suas recordações mais antigas, alguns tão frágeis agora, não obstante o bronzeado saudável, que, se fossem empurrados para junto de seu pai, não conseguiriam sair do buraco por conta própria...? Afora tudo isso, havia as emoções de Zuckerman. O desconforto que era não sentir nenhum pesar. A perplexidade. A vergonha. O regozijo. A vergonha disso. Acontece que tudo o que ele tinha para chorar sobre o corpo do pai, Nathan havia chorado quando contava doze e quinze e vinte e um anos; a dor por todas as coisas para as quais seu pai estivera morto enquanto estava vivo. Para essa dor, a morte era um alívio.

E dias depois, ao embarcar com Henry no avião para Newark, parecia um alívio para ainda mais que isso. Zuckerman não conseguia explicar de todo — e tampouco controlar — a onda de euforia que o levava para longe de todas as distrações inanes. Muito provavelmente era o tal sentimento inebriado de liberdade sem peias que pessoas como Mary e André esperavam que ele começasse a experimentar por ter se tornado um nome famoso. Na realidade, tinha mais a ver com aquela estada desconfortável de quatro dias na Flórida, com as providências nada inanes que ele tivera de tomar para organizar o enterro de um dos pais e a sobrevivência do outro, fazendo-o se esquecer do nome famoso e do Coro de Aleluia. Voltara a ser ele mesmo — ainda que com o acréscimo de um detalhe incognoscível: já não era filho de homem algum. Esqueça as figuras paternas, disse a si próprio. No plural.

Esqueça os sequestradores também. Nos quatro dias que Zuckerman passara fora de casa, o serviço de interceptação de chamadas não recebera mensagens de nenhum arremedo de pugilista sinistro ou de Alvins Peplers babélicos. Teria o *landsman* de Zuckerman gastado em seu lenço o que restara da enfurecida e

---

* Albert Schweitzer (1875-1965), teólogo, filósofo, organista e médico missionário, cujo hospital, situado no Gabão, acomodava uma colônia de leprosos. Recebeu o Nobel da paz em 1952. (N. T.)

odienta adoração que nutria por ele? Teria sido o fim daquela barragem de artilharia? Ou a imaginação de Zuckerman engendraria ainda outros Peplers com ficções extraídas das suas — ficções que vestiam a fantasia da própria realidade, pretendendo ser nada menos que o real? Zuckerman, o sublimador prodígio, semeando zuckermaníacos! Um livro, um fragmento de ficção contido entre duas capas, parindo ficções vivas que pululavam pelas ruas — inescritas, ilegíveis, inexplicáveis, irreprimíveis —, em vez de fazer o que Aristóteles, em Humanidades II, prometia que a arte fazia e oferecer percepções morais para nos suprir com o entendimento do que é bom ou mau. Ah, quem dera Alvin tivesse estudado Aristóteles com ele em Chicago! Quem dera o sujeito entendesse que são os escritores que devem inspirar medo e compaixão nos leitores, e não o inverso!

Nunca na vida Zuckerman sentira tanto prazer com uma decolagem. Relaxou os joelhos e, à medida que o avião desabalava pela pista como uma caranga envenenada, era como se fosse sua a força motriz da fuselagem. E quando o aparelho levantou voo — alçando-se no ar qual uma esplêndida e pomposa reflexão tardia —, ele de repente se lembrou da imagem de Mussolini pendurado pelos pés na praça Loreto. Jamais se esquecera da foto que saíra estampada nas primeiras páginas dos jornais. E quem, de sua geração de jovens americanos, poderia esquecer? Mas relembrar o justiçamento do tirano infame depois da morte de um pai respeitador das leis, um pai antifascista, adepto da não violência, um pai que tinha sido líder do grupo de sentinelas responsáveis pelas providências antiaéreas da Keer Avenue e que passara a vida se batendo pela Liga Antidifamação da B'nai B'rith? Advertência ao sujeito aqui de fora sobre o sujeito lá de dentro com quem ele está lidando.

É claro que fazia cerca de setenta e duas horas que Zuckerman se perguntava se a última palavra de seu pai poderia realmente ter sido "Puto". Sob o efeito desgastante daquela vigília prolongada, seu sentido auditivo não devia estar muito aguçado. Puto? Querendo dizer o quê? *Você nunca foi digno de ser meu filho, seu puto.* Mas algum dia aquele pai estivera à altura de um pensamento tão iniludível assim? Se bem que isso pode ter sido o que ele leu nos meus olhos: *O Henry é o seu garoto, pai, não eu.* Mas leu isso nos meus dois olhos? Não, não, para algumas coisas, longe da segurança do escritório, eu também não sou iniludível o bastante. Talvez ele tenha simplesmente dito "Upa". Falando para a Morte dar cabo do serviço do mesmo jeito que dizia para a esposa enrolar os tapetes de lã e mandava Henry fazer a lição de casa quando o menino começava a embromar. "Puxa"?

Atônito com a imensidão do universo? Improvável. Para seu pai, na morte como na vida, e não obstante a aula de cosmologia proferida por Nathan, toda a imensidão se reduzia a dois pontos de referência: a família e Hitler. Havia os malditos, mas havia também os justos. Justo. Claro! Não "Puto", mas "Justo". Princípio primeiro, preceito derradeiro. Não mais luz, e sim mais virtude. Ele só quisera dizer aos filhos que fossem sempre homens justos. "Puto" era o desejo fantasioso do escritor, ainda que não propriamente o do filho. Uma cena melhor, um remédio mais potente, o repúdio definitivo do Pai. Todavia, quando não estava escrevendo, Zuckerman também era tão somente humano, e não fazia a menor questão de que a cena tivesse sido tão boa. Kafka certa feita escreveu: "Penso que devemos ler apenas os livros que nos mordem e aferroam. Se o livro que estamos lendo não nos desperta com uma pancada na cabeça, por que nos dedicar a sua leitura?". De acordo, mas no tocante aos livros. Quanto à vida, por que imaginar uma pancada na cabeça onde não houve intenção de pancada nenhuma? Arte, sim; mitomania, não.

Mitomania? Alvin Pepler. A palavra em si é como um sino que traz você de volta para mim.

Que as credenciais de Pepler estavam em ordem — ainda que nada mais estivesse —, Essie havia atestado a Zuckerman no dia do enterro, à noite, quando os outros já dormiam. Achavam-se na cozinha do apartamento dela, comendo o que restara do bolo de canela servido aos convidados horas antes. Até onde ia a memória de Zuckerman, Essie sempre parecera decidida a se empanturrar até morrer. E a fumar também. Era uma dos muitos com quem seu pai não se importava em perder tempo, ministrando-lhes preleções sobre a maneira correta de viver. "Ele costumava ficar sentado perto da janela", disse Essie a Nathan, "ficava sentado naquela cadeira de rodas e gritava com as pessoas que estacionavam o carro em frente ao prédio. Não estacionavam direito, na opinião dele. Ontem mesmo encontrei uma mulher com quem até hoje sua mãe tem medo de falar por causa dele. A velha senhora Oxburg. Uma miliardária de Cincinnati. Basta vê-la chegando que sua mãezinha sai correndo na direção contrária. Um dia o Victor deu com a Oxburg sentada no saguão do prédio, perto de uma saída de ar-condicionado, entretida consigo mesma, e disse para ela sair dali, ou pegaria uma pneumonia. E a Oxburg respondeu: 'Cuide da sua vida, doutor Zuckerman. Eu me sento onde bem entender'. Mas é claro que ele não ia aceitar isso como resposta. Pôs-se a contar como a nossa priminha Sylvia morreu de gripe em 1918, e como ela era bonita e alegre, e como a tia Gracie ficou transtornada com a morte dela. Sua mãe não conseguia interrompê-lo. Toda vez que tentava empurrar a cadeira para saírem dali, ele parecia que ia ter um troço. Ela precisou ir ao médico para pedir um Valium, e o Valium tinha de ficar aqui em casa porque, se o seu pai visse, criaria o maior caso, diria que ela ia acabar virando uma viciada."

"Aquela cadeira de rodas fazia com que ele passasse um pouco dos limites, Essie. A gente sabe disso."

"Coitado do Hubert Humphrey. Quando penso que o cretino talvez lesse as cartas que recebia do seu pai, fico com pena dele. Que diabos o Humphrey podia fazer, Nathan? Ele não era o presidente, o Vietnã não tinha sido ideia dele. No lugar dele, qualquer um ficaria sem saber o que fazer. Mas isso o Victor não entendia."

"Bom, o Humphrey não tem mais com que se preocupar."

"Nem o Victor."

"Pois é."

"O.k., Nathan — vamos mudar de assunto. Você é como eu: não tem medo de pôr o pé na lama. Quero aproveitar a chance para me inteirar das últimas. E sem a sua mãe por perto, dando a entender que você continua a usar o pipizinho só para fazer xixi. Me conte sobre a estrela de cinema. O que aconteceu entre vocês? Foi você quem deu o fora nela ou ela em você?"

"Conto tudo sobre a estrela de cinema, mas antes me fale sobre os Pepler."

"De Newark? Os pais daquele rapaz? O Alvin?"

"Isso. O Alvin de Newark. O que sabe sobre ele?"

"Bom, ele chegou a aparecer na televisão. Num daqueles concursos de perguntas e respostas, lembra? Acho que ganhou vinte e cinco mil pratas. Publicaram até uma matéria enorme sobre ele no *Star-Ledger*. Isso faz muitos anos. Antes tinha sido fuzileiro naval. Estou enganada ou foi a ele que condecoraram por ter sido ferido em combate? Acertaram a cabeça dele, acho. Ou foi o pé. Enfim, o fato é que quando ele aparecia no programa, costumavam homenageá-lo com o hino dos fuzileiros. Mas por que o interesse?"

"Cruzei com ele em Nova York. Veio falar comigo na rua. Não sei não, mas pela conversa dele, o ferimento deve ter sido na cabeça, não no pé."

"Ah é? Não está batendo bem? Bom, diziam que em História, Sociedade e Cultura do Povo Americano ele não tinha adversário — foi por isso que faturou aquela bolada. Se bem que, de qualquer forma, os organizadores davam as respostas para eles. O escândalo foi esse. Por um tempo, em Newark, só se falava nele. Estudei com uma tia do Alvin, a Lottie, no primeiro colegial. Por isso, quando ele começou a participar do programa, todas as semanas eu assistia. Aí ele perdeu e eu não soube mais dele. Quer dizer que ficou maluco?"

"Um pouco."

"Bom, isso é o que dizem de você, sabe? E não dizem que é só um pouco."

"E o que você responde?"

"Digo que é verdade, que você precisa de uma camisa de força para ir ao banco. É o que basta para calar a boca dessa gente. Mas e a estrela de cinema? Quem deu o fora em quem?"

"Eu dei o fora nela."

"Bestalhão. Ela é linda, e deve ser cheia da nota. Jesus do céu, por quê?"

"Ela é linda e é cheia da nota, mas não professa a nossa fé, Esther."

"Não me lembro de você dar bola para isso antes. Pensava, aqui com os meus botões, que era algo que o atraía. Então a quem anda enlouquecendo agora?"

"A Golda Meir."

"Ah, seu maganão, e ainda faz o tipo inofensivo com esses óculos de professor. Sempre caçoando da gente, desde pequeno. Seu irmão era o anjinho, o chefe dos escoteiros que nunca deixava de ir para a cama na hora certa, já você achava mesmo era que não passávamos de um bando de patifes ignorantões. Mas uma coisa eu preciso admitir: você pregou uma bela peça em todo mundo com esse livro. No seu lugar, eu não daria ouvidos a patavina do que as pessoas andam dizendo."

O aviso para que os passageiros mantivessem os cintos de segurança afivelados tinha se apagado e Henry reclinara o assento e se pusera a bebericar o martíni solicitado à aeromoça antes da decolagem. Estava longe de ser um homem que gostava de beber, e, de fato, sorvia o martíni como se fosse uma beberagem medicinal ligeiramente insalubre. Havia qualquer coisa de doentio — em vez de romântico — em sua tez morena naquela manhã, como se tivessem esfregado cinzas na pele dele. A última vez que Zuckerman se lembrava de ter visto o irmão tão abalado emocionalmente fora treze anos antes, num fim de semana em que Henry chegara em casa, vindo de Cornell, onde fazia o segundo ano do curso básico na área de Química, e anunciara que pretendia pedir transferência para "Artes Dramáticas". Estava entusiasmado com seu desempenho como o Catador de Papel, em *A louca de Chaillot*. Encarnara um dos personagens principais na primeira produção teatral universitária a cujo elenco havia se candidatado e agora, na hora do jantar, falava com reverência das duas novas influências em sua vida: John Carradine, que fizera o Catador de Papel na Broadway e a quem ele esperava imitar no palco (e na aparência — já perdera quatro quilos tentando), e seu colega Timmy, o jovem diretor da peça em Cornell. Timmy passara o verão do ano anterior pintando telas cenográficas em Provincetown, onde seus pais possuíam uma casa de veraneio. Tinha certeza de que também conseguiria arrumar trabalho por lá para Henry, numa "companhia de repertório". "E quando vai ser isso?", indagou a sra. Zuckerman, ainda desconcertada com a magreza do filho. "O Jimmy acha que neste verão", respondeu Henry. "Em junho." "E como ficam os Chernick?", perguntou seu pai. No verão dos últimos dois anos, Henry trabalhara como monitor de esportes aquáticos para dois professores de educação física de Newark que eram proprietários de um acampamento para crianças judias nas Adirondacks. Embora Henry ainda fosse muito jovem, os Chernick haviam lhe oferecido o emprego como um favor especial a seu pai. "E quanto à sua responsabilidade perante Lou e Buddy Chernick?", foi-lhe questionado. Como costuma acontecer com crianças vulneráveis, cerimoniosas e inteligentes que passam a vida manifestando obediência na forma de um caudal de emoção, Henry não tinha como dar ao pai o tipo de resposta que poderia lhe ter sido sugerido num curso de Ética — de modo que se limitou a sair da mesa às carreiras. Como, na viagem de Ithaca a Newark, ele não deixara, nem por um instante, de esperar pelo pior — como passara três dias sem comer, apavorado justamente com a perspectiva daquele jantar —, Henry sucumbiu antes mesmo que o perrengue chegasse à metade do que previra a Timmy que chegaria. Por dias a fio, os dois rapazes haviam ensaiado a cena juntos no dormitório da universidade, com Timmy fazendo o dr. Zuckerman como um Lear em miniatura e Henry numa versão bastante franca e loquaz de si mesmo — Henry fingindo ser Nathan.

Bastaram três horas para que Nathan tivesse de ser alcançado em Manhattan por um telefonema — feito às escondidas, e às lágrimas, por sua mãe — e instado a ir às pressas para casa a fim de promover as pazes entre o Catador de Papel e seu pai. Indo e voltando com recados de Henry — trancado no quarto, citando Timmy e *Babbitt*, de Sinclair Lewis — e de seu pai — na sala de estar, enumerando as oportunidades que lhe haviam sido negadas em 1918 e que a vida agora oferecia a Henry numa bandeja de prata —, Nathan conseguiu fechar um acordo às três da manhã. Todas as decisões relacionadas com a carreira de Henry seriam adiadas por doze meses. Ele poderia continuar atuando em peças estudantis, mas, ao mesmo tempo, teria de dar prosseguimento ao curso de Química e cumprir sua "obrigação", ainda que só mais uma vez, com os Chernick. Então, dali a um ano, todos se reuniriam para reavaliar a situação... Coisa que não chegou a acontecer, porque no outono seguinte Henry ficou noivo de Carol Goff, uma moça que, no entender do pai de Henry, tinha "a cabeça no lugar", e nunca mais eles ouviram falar em John Carradine ou mesmo em Timmy. *Timmy!* O nome cristão do estudante de teatro não poderia ter soado mais cristão, ou mais sedicioso, como soou na boca de seu pai no calor da refrega. Durante aquela memorável batalha familiar, travada numa noite de sexta-feira de 1956, Nathan a certa altura se atrevera a contra-atacar, ele próprio, com o sacro nome de Paul Muni, porém *"Timmy!"*, trovejara seu pai, como um brado de guerra, *"Timmy!"*, e Nathan compreendera que nem Paul Muni no papel do astuto Clarence Darrow, nem Paul Muni representando o paciente Louis Pasteur, ao vivo, na sala de estar da casa deles seria capaz de convencer o dr. Zuckerman de que um judeu com o rosto maquiado em cima de um palco provavelmente não pareceria, aos olhos de Deus, nem mais nem menos ridículo do que um judeu de avental obturando dentes. Então Henry conheceu a doce e aplicada Carol Goff, uma aluna a que a direção da universidade concedera uma bolsa de estudos, e presenteou-a com o seu broche da ZBT* — encerrando de vez a questão. Zuckerman pensava que essa tinha sido a razão de ele ter dado o broche a ela, ainda que oficialmente tivesse sido, como ele sabia, em comemoração à perda da virgindade de Carol algumas horas antes. No semestre seguinte, quando Henry tentou reaver o broche, Carol e seus familiares caíram num tal desconsolo que duas semanas depois ele mudou de ideia e ficou noivo da moça. E quando estavam no último ano da faculdade, a cuidadosa tentativa que Henry fez de romper o noivado teve como desfecho seu casamento um mês após a formatura. Não, Henry não tinha como suportar a visão daquela criatura meiga, atenciosa, dedicada, inofensiva e abnegada sofrendo

---

* Sigla da *fraternity* judaica Zeta Beta Tau, uma das várias associações estudantis, muito disseminadas até a década de 1960, em torno das quais girava parte da vida social dos universitários americanos. (N. T.)

tanto, e sofrendo tanto por causa dele. Henry não suportava causar sofrimento a ninguém que o amasse. Não conseguia ser tão egoísta ou cruel.

Nos dias que se seguiram ao enterro, algumas vezes acontecera de Henry começar a soluçar, sem quê nem pra quê, no meio de uma conversa — no meio de uma frase qualquer, que nem tinha a ver com a morte de seu pai — e então, a fim de se recompor, ele saía para fazer uma longa caminhada sozinho. Uma manhã, poucos minutos depois de Henry ter escapulido do apartamento — ainda barbudo e novamente à beira das lágrimas —, Zuckerman pedira a Essie para fazer companhia a sua mãe no desjejum e saíra no encalço do irmão. Henry parecia tão perturbado, tão necessitado de consolo. No entanto, ao emergir do saguão do edifício e adentrar a esplanada ensolarada junto à piscina, ele divisara Henry já na calçada, fazendo uma ligação numa cabine telefônica. Outra aventura amorosa, portanto. Esse tormento também. *A crise*, pensara Zuckerman, *na vida de um marido.*

Em Miami Beach, Nathan se contivera e acabara não falando com o irmão a respeito da cena ocorrida no leito de morte do dr. Zuckerman. Sua mãe estava quase sempre por perto, e, quando os dois se achavam a sós, ou Henry parecia abalado demais para entabular uma conversa, ou os dois se punham a fazer planos para o futuro dela. Para a consternação de ambos, ela se recusara a voltar com eles para Nova Jersey a fim de passar uns tempos com Henry e Carol e as crianças. Quem sabe depois, mas por ora ela fazia questão de permanecer "perto" do marido. Essie dormiria no sofá-cama da sala para que ela não se sentisse sozinha à noite, e as amigas do clube de canastra tinham se oferecido para fazer um revezamento com a viúva chorosa durante o dia. Zuckerman disse a Essie que talvez fosse prudente dispensar Flora Sobol da obrigação. Não seria do agrado de nenhum deles a publicação de uma matéria no *Miami Herald* intitulada "Fiquei de luto com a mãe de Carnovsky".

No avião, Zuckerman teve sua primeira chance de saber o que Henry pensava sobre aquilo que ele próprio ainda não conseguira deslindar. "Me diga uma coisa. Qual foi a última palavra do papai naquela noite? O que foi que ele disse: 'Justo'?"

"'Justo'? Pode ser. Eu entendi 'Trituro'."

Zuckerman sorriu. Como em "Vem, tritura-me o coração, Deus trino" ou "Triture as amêndoas"? "Tem certeza?"

"Certeza? Não. Mas foi o que eu entendi, por conta do que a Essie estava falando sobre a vovó e a infância deles. Pensei que ele tinha voltado no tempo e estava ajudando a vovó a preparar os biscoitos de amêndoas."

Bom, temos Tolstói, pensou Zuckerman, para corroborar a conjectura de Henry. "Tornar-me um menininho, perto de mamãe." Frase que Tolstói havia escrito poucos dias antes de morrer. "Me pegue, mamãe, venha me ninar..."

"Fiquei com a impressão de que ele disse 'Puto'," confidenciou Zuckerman ao irmão.

Foi a vez de Henry sorrir. O sorriso pelo qual suas pacientes se apaixonavam. "Não, não foi isso que eu ouvi."

"Pensei que talvez ele estivesse escrevendo uma última carta para o Lyndon Johnson."

"Ah, santo Deus", disse Henry. "As cartas", e, sem sorrir, tornou a bebericar o drinque. Henry recebera a sua cota: depois do quase abandono em Cornell, uma carta por semana começando com "Querido filho".

Instantes depois, acrescentou: "Até o Leslie, com sete anos, virou correspondente do papai, sabia?".

"Não."

"Coitado do menino. Nunca recebeu outra carta, nem antes nem depois. Mas agora sempre pensa que tem correspondência para ele, por causa das três cartas que o avô mandou de Miami."

"E o que ele dizia nelas?"

"'Querido neto. Procure ser mais bonzinho com as suas irmãs.'"

"Bom, de agora em diante, o Leslie pode ser tão malvado quanto quiser. Agora", acrescentou Zuckerman, recordando as fugas do irmão até a cabine telefônica, "todos nós podemos ser tão malvados quanto quisermos."

Zuckerman também pediu um martíni. Seria a primeira vez na vida que iria tomar um drinque só uma hora depois dos ovos do café da manhã. O mesmo decerto se aplicava a Henry. Mas o sujeito lá de dentro estava se esbaldando.

Terminaram o primeiro drinque e pediram mais um para cada.

"Sabe qual era a única coisa em que eu conseguia pensar na hora do enterro?", indagou Henry. "Como é que pode ele estar dentro desse caixote de madeira?"

"É mais ou menos o que todo mundo pensa", sossegou-o Zuckerman.

"Fecham a tampa e você se dá conta de que dali ele não vai sair nunca."

Estavam sobrevoando a zona agrícola da Carolina. Dez mil metros acima de onde Mondrian teve a ideia. As toneladas de terra cultivada, a teia fibrosa de vegetação enraizada, e seu pai debaixo daquilo tudo. Não só a tampa, não só os dois ou três metros cúbicos da greda farinhenta da Flórida e a digna lápide de mármore por vir, porém todo o invólucro externo deste planeta de seis sextiliões de toneladas.

"Sabe por que me casei com ela?", disse subitamente Henry.

Ah, então é esse aí que está dentro do caixote e não vai sair nunca. Querido filho. Encaixotado sob a tonelagem dessas duas palavrinhas.

"Por quê?", indagou Zuckerman.

Henry fechou os olhos. "Não vai acreditar."

"Acredito em tudo", disse Zuckerman. "Deformidade profissional."

"Eu mesmo custo a acreditar." Parecia doente de autorrecriminação, como se estivesse arrependido de ter escondido uma bomba na mala. O desequilíbrio voltara por inteiro. Ele não devia estar bebendo, pensou Zuckerman. Haveria recriminações piores depois se fosse em frente e revelasse algum segredo humilhante. Contudo, Zuckerman não mexeu uma palha para salvar o irmão de si próprio. Tinha uma queda enorme por segredos assim. Deformidade profissional.

"Sabe por que me casei com a Carol?" Dessa vez, usou o nome dela, como se sua intenção expressa fosse tornar o que estava em vias de confessar ainda mais brutalmente indiscreto. Mas a selvageria, no fundo, não era de Henry, e sim de sua consciência, que o assaltava antes mesmo de ele se pôr a violar seus dogmas.

"Não", respondeu Zuckerman, que sempre achara Carol uma mulher bonita, porém apagada, "para ser franco, não."

"Não foi porque ela chorou. Não foi porque se enamorou do broche e noivou com o anel. Não foi nem mesmo porque nossos pais achavam que íamos... Emprestei um livro para a Carol, e sabia que nunca mais veria aquele livro se não me casasse com ela."

"Que livro?"

"*A preparação do ator*. Um livro do Stanislávski."

"Não dava para comprar outro?"

"Minhas anotações estavam lá — as anotações que fiz enquanto ensaiava o *Catador de Papel*. Lembra quando participei daquela peça?"

"Ah, se lembro."

"Lembra aquele fim de semana que passei em casa?"

"Claro que lembro, Henry. Por que não pediu o livro de volta?"

"Estava no quarto dela, no dormitório feminino. Pensei em convencer a melhor amiga dela a pegá-lo para mim sem ela saber. Falando sério. Pensei em entrar lá às escondidas e pegá-lo eu mesmo. Só não conseguia criar coragem para dizer que queria o livro de volta. Não queria que ela soubesse que eu estava pensando em romper o noivado. Não queria que depois ela ficasse pensando que, num momento como aquele, a única coisa que me preocupava era o livro."

"Mas por que diabos foi dar o livro para ela?"

"Eu era uma criança, Nate. Ela era a minha 'garota'. Emprestei o livro para ela depois da primeira vez que saímos juntos. Para que ela visse as minhas anotações. Estava me exibindo, claro. Ah, você sabe por que a gente empresta um livro para alguém. É a coisa mais natural do mundo. Você se entusiasma e empresta o livro para a pessoa. Eu tinha feito amizade com um cara que eu achava o máximo..."

"O Timmy."

"Puxa, isso mesmo. O Timmy. Então você lembra. Os Provincetown Players e o Timmy. Não que eu tivesse um pingo de talento. Não, aquilo não teria dado em nada. E não é que eu não goste do que faço. Gosto muito, e sou bom pra chuchu. Mas o livro tinha um significado especial para mim. E eu queria que a Carol entendesse isso. 'Leia isto', falei para ela. E quando dei por mim, estávamos casados."

"Pelo menos recuperou o livro."

Henry entornou o que restava de seu segundo drinque. "Mas o preço foi salgado."

Então, ajude-o, pensou Zuckerman. Foi por isso que ele o escolheu para confessor. Ajude-o a levantar essa tampa que até hoje o mantém preso. Dê uma mão a ele. Como o pai deles costumava dizer: "Ele é seu irmão — *trate-o* como um irmão".

"Naquele ano, em Cornell, você chegou a fazer alguma peça do Tchekhov?"

"Minha carreira teatral se resumiu a duas peças. Nenhuma delas era do Tchekhov."

"Quando o Tchekhov já era homem-feito, sabe o que ele falou sobre a juventude dele? Ele disse que teve de espremer gota a gota de si mesmo o servo que havia nele. Talvez o que você precise começar a espremer de si mesmo seja o filho obediente."

Sem resposta. Henry tinha fechado os olhos de novo — talvez não estivesse nem escutando.

"Você não é mais aquele rapaz, Henry, que se sentia em dívida com uma gente estreita e convencional cujas fantasias sobre a vida era sua obrigação realizar. Além de estar dentro daquele caixote de madeira, com a tampa fechada, ele também está morto. Você o amava e ele amava você — mas ele tentou transformar você em alguém que nunca fizesse, nem fosse, nada que o *Jewish News* não pudesse publicar sob a foto da sua colação de grau. A porção judaica da carolice americana — foi disso que nós dois nos alimentamos por anos a fio. Ele tinha escapado dos bairros miseráveis, tinha convivido com os arruaceiros — devia ter pavor de que nos tornássemos uns vadios como o Sidney. O primo Sidney vivia dos trocados que os meninos ganhavam vendendo bilhetes de loteria. Mas, para o papai, ele era o braço direito do Longy Zwillman. Para o papai, ele era o Lepke."*

"Para o papai, estudar teatro em Cornell fazia do sujeito um Lepke." Os olhos permaneciam fechados e o sorriso era de sarcasmo.

"Bom, nessa altura do campeonato, um pouco de Lepke não mataria você."

"Não é a mim que me preocupa matar."

"Ora, vamos, Henry, não aceite esse papel menor. O ator se prepara. Faz trinta e dois anos que você está se preparando. Agora suba no palco e bote pra quebrar. Você não é obrigado a representar o personagem que escolheram para você — se é isso que o está enlouquecendo."

Inventar pessoas. Uma atividade razoavelmente benigna quando você está datilografando no aconchego do seu escritório — mas seria esse o trabalho dele no mundo inescrito? Se Henry pudesse fazer outro papel, não o teria encarnado havia muito? Você não devia pôr essas ideias na cabeça do Henry, ainda mais considerando que ele já está meio zonzo. Se bem que é justamente quando o sujeito está zonzo que dá para você acertá-lo de jeito no queixo. Além do mais, nessa altura Zuckerman estava meio alto, o mesmo acontecendo com seu irmão caçula, e, por algum motivo, estando meio alto, parecia-lhe uma estupidez que Henry não tivesse o que desejava. Havia alguém de quem ele fosse mais próximo? Provavelmente tinha mais genes em comum com Henry do que com qualquer outro animal da espécie. Mais lembranças em comum, também. Quartos, banheiros, deveres, doenças, remédios, geladeiras, tabus, brinquedos, viagens, professores, vizinhos, parentes, quintais, varandas, escadas, piadas, nomes, lugares, carros, meninas, meninos, linhas de ônibus...

* Abner "Longy" Zwillman (1889-1959), gângster judeu, conhecido como o Al Capone de Nova Jersey. Louis "Lepke" Buchalter (1897-1944), chefe de um grupo de assassinos profissionais. (N. T.)

Triturar as amêndoas. E despejá-las na mistura que o tempo havia batido para fazer Zuckermans. Suponha que o seu pai tenha liquidado a questão assim: Meninos, vocês são o que eu assei. Dois biscoitos muito diferentes, mas Deus abençoe a ambos. Neste mundo há lugar para todos os tipos.

Nem o Pai da Virtude, nem o Pai do Vício, mas sim o Pai dos Prazeres Racionais e das Alternativas Razoáveis. Ah, isso teria sido realmente muito bom. Mas não é assim que funciona: você herda o que herda e o resto é por sua conta.

"Está ruim a coisa em casa, Henry?"

A resposta foi proferida com os olhos bem fechados: "Pior que a morte".

"Então comece a espremer, pelo amor de Deus."

No aeroporto de Newark, Zuckerman tinha uma limusine à sua espera. Ligara de Miami naquela manhã, pedindo um carro com motorista armado. Era a mesma agência que levava Caesara para cá e para lá quando ela estava em Nova York. Encontrara o cartão deles no lugar em que o deixara: servindo de marcador no Kierkegaard de Caesara. Por via das dúvidas, antes de ir para Miami, Zuckerman pusera o cartão no bolso. O livro ele ainda pretendia devolver, mas diversas vezes precisara se conter para não despachá-lo, aos cuidados de Fidel Castro, para Cuba.

Dormira mal na noite anterior, pensando na volta a Manhattan e na possibilidade de que o ato de violação que Pepler levara a efeito em seu lenço não tivesse sido o fim de sua profanação, mas apenas o começo. E se o despudorado ex-fuzileiro naval tivesse arrumado uma arma? E se estivesse escondido no elevador e tentasse estrangulá-lo? Zuckerman era capaz não apenas de imaginar a cena — às quatro da manhã, sentia o seu cheiro. Pepler pesava uma tonelada e fedia a Aqua Velva. Acabara de se barbear. Para executar o assassinato ou para conceder a subsequente entrevista à TV? *Você me roubou, Nathan! Meu complexo! Meu segredo! Meu dinheiro! Minha fama!* PUNHETEIRO NOIA ESTRANGULA BARDO DA BRONHA; ZUCKERMAN ASSASSINADO POR MÃOS ONANISTAS. Que decepção, ver-se de novo nas garras desses medos elementares — medos que ao raiar do dia haviam praticamente desaparecido; e, mesmo assim, Zuckerman achara por bem ligar antes de sair e contratar alguém que o protegesse ao menos durante o estágio inicial da reentrada. Porém ao ver a limusine pensou: *Eu devia ter pegado um ônibus. Esqueça essa história de retaliação. Isso também acabou. Não há vingadores.*

Caminhou até a limusine. Era o jovem motorista de Caesara, de uniforme e óculos escuros. "Não imaginava que me veria de novo, hein?", disse Zuckerman.

"Ah, imaginava sim."

Voltou até o lugar onde ficara o irmão. Henry o aguardava para se despedir, antes de ir apanhar o carro no estacionamento.

"Estou morando sozinho", disse Zuckerman. "Caso precise de um lugar para dormir."

Henry esboçou um movimento de repulsa diante da sugestão. "Os pacientes estão à minha espera, Nathan."

"Me liga, se precisar de mim?"

"Não vou precisar", disse Henry.

Ele está irritado, pensou Zuckerman. Agora tem de ir para casa sabendo que não tem de ir para casa. Eu devia tê-lo deixado em paz. Você pode se separar dela, se quiser. Só que ele não quer.

Trocaram um aperto de mãos em frente ao terminal. Ninguém que estivesse olhando suspeitaria que no passado eles tinham feito dez mil refeições juntos ou que, fazia apenas uma hora, haviam experimentado por alguns instantes uma proximidade tão grande quanto a que sentiam quando nenhum deles havia escrito um livro nem tocado uma menina. Um avião levantou voo de Newark, rugindo nos ouvidos de Nathan.

"O que ele disse foi 'puto', sim. Chamou você de puto, Nathan."

"Como é?"

De repente Henry estava furioso — e chorando. "Você *é* um puto. Um puto inescrupuloso e sem coração. O que significa fidelidade para você? O que significa responsabilidade para você? O que significa abnegação, *moderação* — por acaso essas coisas significam alguma coisa para você? Você acha que tem tudo à disposição! E que pode pôr tudo em *exposição*! Moralidade judaica, perseverança judaica, sabedoria judaica, famílias judaicas — tudo é matéria-prima para a sua fábrica de piadas. Até as suas *shiksas** você chuta para escanteio quando param de fazer cócegas na sua imaginação. Amor, casamento, filhos, que importância isso tem para você? Para você tudo é diversão e brincadeira. *Mas não é assim que funciona para nós, pobres mortais.* E o pior é que ainda o poupamos de saber o que no fundo você é. E o que fez! Você o matou, Nathan. Ninguém vai lhe dizer isso

---

* Em iídiche no original: moças não judias, geralmente usado em sentido depreciativo. (N. T.)

— as pessoas não têm coragem de dizer uma coisa dessas a você. Acham que é famoso demais para que possam criticá-lo — pensam que você não está mais no mesmo plano que os seres humanos normais. Mas você o matou, Nathan. Com esse livro. É *claro* que o papai disse 'Puto'. Ele viu! Ele viu o que você fez com ele e com a mamãe nesse livro!"

"Como assim, viu? Do que você está falando, Henry?"

Mas ele sabia. Sabia, sim. Sabia, e não era de agora. Soubera-o ao ouvir Essie comentar, durante o lanche que haviam feito juntos à meia-noite: "No seu lugar, eu não daria ouvidos a patavina do que as pessoas andam dizendo". Soubera-o ao ouvir o necrológio do rabino. E já o sabia antes disso. Soubera-o quando estava escrevendo o livro. E o escrevera mesmo assim. Então, como uma bênção, seu pai havia sofrido o derrame que o mandara para o asilo e, quando *Carnovsky* chegou às livrarias, achava-se debilitado demais para ler o que quer que fosse. Zuckerman achou que tinha sobrevivido ao perigo. E escapado do castigo. Não tinha.

"Como ele pode ter visto, Henry?"

"O Metz. Aquele idiota do Metz, sempre cheio de boas intenções. O papai o convenceu a levar o livro para ele. Não acredita em mim, não é mesmo? Não acredita que o que você escreve sobre as pessoas possa ter *consequências reais*. Vai ver que acha isso engraçado também. Seus leitores é que vão morrer de rir quando escutarem esta última! *Mas não foi de tanto rir que o papai morreu.* Foi de desgosto. De decepção. Uma coisa, Nathan, é submeter a sua imaginação aos seus instintos, outra coisa, seu desgraçado, é submeter a sua *família* a eles! Coitada da mamãe! Implorando para que ninguém falasse nada a você! A nossa mãe, engolindo tudo o que está sendo obrigada a engolir naquele lugar por sua causa — e com um sorriso no rosto! E insistindo em poupar você da verdade do que você fez! Você e o seu sentimento de superioridade! Você e as suas traquinagens! Você e o seu livro 'libertador'! Acha mesmo que a consciência é uma invenção judaica a que você está imune? Acha mesmo que pode cair na gandaia e fazer as maiores surubas sem pôr a mão na consciência? Sem ligar para nada, só se preocupando em descobrir como ser engraçado a respeito das pessoas que mais o amaram no mundo? A origem do universo! Quando tudo que ele queria ouvir era: 'Eu te amo!'. 'Papai, eu te amo' — bastava isso! Ah, seu puto, não venha me falar sobre pais e filhos! Eu *tenho* um filho! Eu sei o que é amar um filho, e você não sabe, seu egoísta sacana, e nunca vai saber!"

★ ★ ★

Antes da primavera de 1941, quando Nathan tinha oito anos e Henry quatro e eles se mudaram para a casa de tijolinhos vermelhos, situada no alto da ladeira arborizada que descia até o parque, os Zuckerman moravam na extremidade menos favorecida do bairro judaico, num pequeno prédio de apartamentos, na esquina da Lyons Avenue com a Leslie Street. O encanamento, a calefação, o elevador e o esgoto nunca funcionavam todos ao mesmo tempo, a filha do zelador ucraniano era Thea Perereca, uma garota mais velha, de busto avantajado e má reputação, e não era em todos os apartamentos que, se o ruim ficasse pior, daria para lamber o chão da cozinha como na casa dos Zuckerman. Todavia, como o aluguel era baixo e havia um ponto de ônibus em frente ao prédio, o lugar era perfeito para o consultório de um jovem calista. Naquele tempo, o consultório do dr. Zuckerman ainda ocupava a sala da frente, onde a família se reunia à noite para escutar o rádio.

Na rua dos fundos, para a qual se abria a janela do quarto dos meninos, via-se, do lado de lá de uma alta cerca de arame, um orfanato católico ladeado por uma horta, em que os órfãos trabalhavam quando não estavam assistindo às aulas — e, como deduziam Nathan e seus amiguinhos, apanhando de vara — dos padres da escola católica. Na horta também trabalhavam dois cavalos velhos, uma visão inusitada para a vizinhança; se bem que a visão de um padre comprando um maço de Lucky Strike na confeitaria da rua, ou passando por ali em seu Buick com o rádio ligado, fosse ainda mais inusitada. O que sabia sobre cavalos, Nathan aprendera em *Beleza Negra*; de padres e freiras, entendia menos ainda — só sabia que eles detestavam os judeus. Um de seus primeiros contos, escrito quando ele estava no primeiro colegial e intitulado "Órfãos", falava de um garotinho judeu que olhava da janela de seu quarto para um orfanato católico e indagava a si mesmo como seria a vida do lado de lá da cerca deles em comparação com o que era a vida do lado de cá da sua cerca. Um dia, uma freira parruda e de pele escura viera do orfanato para que seu pai lhe arrancasse uma unha encravada. Depois de ela ter ido embora, Nathan esperara (em vão) que sua mãe fosse com um balde e um pano até o consultório de seu pai para limpar as maçanetas que a freira havia tocado ao entrar e sair. Nada havia lhe despertado tanta curiosidade na vida quanto os pés descalços da freira, porém naquela noite seu pai não fez nenhum comentário perto das crianças e, aos seis anos, Nathan não era nem novo nem velho o bastante para ir em frente e perguntar como eram os pés dela. Sete anos depois, a visita da freira tornou-se o episódio central de "Órfãos", um conto de extensão bastante reduzida que Zuckerman, sob o pseudônimo de Nicholas Zack, enviou para os editores da *Liberty* e depois para os da *Collier's* e depois para os do *Saturday Evening Post* e que lhe valeu o primeiro lote de cartas contendo reprovações à sua prosa.

Em vez de ir direto para Nova York, Zuckerman pediu ao motorista que seguisse a placa que dizia "Newark", adiando apenas por mais alguns instantes a vida do Nathan Zuckerman em que o emudecido e inglório Zack tão inopinadamente se transformara. Guiou o rapaz pela via expressa e pela rampa de acesso à Frelinghuysen Avenue; depois pelo parque e pela ponta do lago onde ele e Henry tinham aprendido a patinar no gelo e pelo longo aclive da Lyons Avenue; pelo hospital em que ele fora dado à luz e circuncidado e, seguindo em frente, rumo à cerca que tinha sido a primeira coisa sobre a qual ele escrevera. O motorista estava armado. Condição indispensável, segundo Pepler, para quem pretendesse adentrar aquela cidade nos dias de hoje.

Zuckerman pressionou o botão que baixava a divisória de vidro. "Que revólver você usa?", perguntou ao motorista.

"Um trinta e oito, senhor Z."

"Onde o carrega?"

O rapaz bateu com a mão no lado direito da cintura. "Quer ver?"

Sim, precisava ver. Ver é acreditar e acreditar é saber e saber é vencer a ignorância e o desconhecido.

"Quero."

O motorista soergueu o paletó e abriu o coldre que tinha enganchado no cinto, um coldre não muito maior que uma caixa de óculos. Quando pararam num sinal vermelho, Zuckerman recebeu na mão direita um revólver minúsculo, com um tambor preto e compacto.

O que é a Arte?, pensou Zuckerman.

"O sujeito que se meter a besta a três passos dessa belezinha está arriscado a levar um baita susto."

A arma cheirava a óleo. "Está limpinho", disse Zuckerman.

"Limpei-o hoje."

"E atirou com ele?"

"No estande, ontem à noite."

"Pode guardá-lo."

Como era previsível, o prédio de dois andares em que Zuckerman morara até os oito anos pareceu-lhe uma réplica liliputiana da fortaleza de tijolinhos vermelhos dotada de cobertura que sua memória o teria feito descrever. Houvera uma cobertura? Se houvera, não havia mais. A porta da frente do edifício também desaparecera; restavam apenas as dobradiças. E, de ambos os lados do batente, os janelões que davam para o hall de entrada tinham perdido suas vidraças e estavam fechados com tábuas. O prédio se tornara um cortiço.

Do outro lado da rua, a alfaiataria dera lugar a uma loja especializada em artigos para idólatras — estatuária sagrada em exibição na vitrine, ao lado de outros "Acessórios Espirituais". Na esquina, o imóvel que antes abrigava uma mercearia, agora pertencia e era ocupado pela Assembleia Evangélica do Calvário. Quatro negras corpulentas, com sacolas de compras nas mãos, conversavam no ponto de ônibus. Quando Zuckerman era pequeno, quatro negras no ponto de ônibus seriam domésticas provenientes da Springfield Avenue, que estavam ali para fazer faxina na casa das judias das ruas de Weequahic. Agora saíam de Weequahic, onde elas próprias moravam, para fazer faxina para as judias nos subúrbios residenciais da cidade. Exceto pela gente idosa retida nos conjuntos habitacionais, os judeus tinham desaparecido dos arredores. O mesmo valia para quase todos os brancos, incluindo os órfãos católicos. O orfanato parecia ter sido convertido numa espécie de escola municipal, e na esquina onde antes ficava a horta, via-se um prediozinho sem graça. Um banco. Olhando em volta, Zuckerman indagou-se onde estariam os clientes do banco. Tirando as velas, os incensos e a estatuária sacra, já não parecia haver nada à venda na Lyons Avenue. Pelo jeito não havia onde comprar um pãozinho, um quilo de carne, um pote de sorvete ou um vidro de aspirina, quanto mais um vestido, um relógio, uma poltrona. A avenidazinha de lojas e lojistas estava morta.

Exatamente o que ele queria ver. "Terminado", pensou. Todo o sentimento lírico que nutria por aquele lugar, ele despejara em *Carnovsky*. Assim tivera de ser — não havia onde mais despejá-lo. "Terminado. Terminado. Terminado. Terminado. Terminado. Cumpri a minha pena."

Mandou o motorista seguir devagar até o fim do quarteirão, em direção à Chancellor Avenue, o trajeto que fazia todas as manhãs para ir para a escola. "Pare", disse, e olhou para uma passagem estreita entre duas casas que conduzia à garagem a que Thea, a filha cheia de caprichos do zelador, e Doris, a filha do merceeiro, o haviam atraído um dia, dizendo que ele era muito bonitinho. 1939? 1940? Quando as duas fecharam as portas da garagem, ele temeu pelo pior — sua mãe o havia advertido de que Thea era "desenvolvida" demais para sua idade, e ninguém precisava lembrá-lo de que ela também era cristã. Porém tudo o que Thea o obrigou a fazer foi ficar parado ao lado de uma grande poça de óleo e repetir tudo o que ela dizia. As palavras não significavam nada para ele, mas evidentemente tinham enorme significado para Thea e para a filha do merceeiro, que não conseguiam parar de rir e de se abraçar. Foi sua primeira experiência intensa com o poder da língua e o poder das meninas; tal como a cerca do orfanato visto da janela de seu quarto havia sido seu primeiro encontro momentoso com as noções de casta e oportunidade, com o mistério que é o destino de cada um.

Um rapaz negro, com a cabeça toda raspada, saiu com um pastor-alemão de uma das casas e ficou olhando para a limusine parada diante de sua garagem e para o homem branco que se achava sentado no banco detrás do carro, bisbilhotando sua propriedade. Uma corrente circundava a casa de três andares e o jardinzinho de ervas daninhas da frente. Se o sujeito estivesse interessado em saber, Zuckerman não teria tido a menor dificuldade em lhe dizer os nomes das famílias que, antes da Segunda Guerra, ocupavam os apartamentos de cada um dos três andares da casa. Mas não era isso que aquele homem negro estava interessado em saber. "Procurando alguém, malandro?", perguntou ele.

"Não, ninguém", respondeu Zuckerman, e foi isso que pôs fim à coisa. Você já não é filho de homem algum, já não é marido de uma boa mulher, já não é o irmão do seu irmão e também não veio de lugar nenhum. Deixaram para trás a escola primária e o parquinho e a banca de cachorros-quentes e tomaram o rumo de Nova York, passando, no caminho para a Parkway, pela sinagoga onde até os treze anos ele havia estudado hebraico depois da escola. Agora era uma Igreja Metodista Episcopal Africana.

LIÇÃO DE ANATOMIA

Para Richard Stern

O principal obstáculo a um diagnóstico correto quando o paciente se queixa de dor é o fato de que o sintoma com frequência é sentido a alguma distância de sua origem.

Manual de medicina ortopédica,
James Cyriax, M. D.

1. O colar

Doente, todo homem quer a mãe. Se ela não está por perto, o jeito é se virar com outras mulheres. Zuckerman estava se virando com quatro. Nunca tivera tantas mulheres ao mesmo tempo, nem consultado tantos médicos, nem bebido tanta vodca, nem trabalhado tão pouco, nem experimentado um desespero de proporções tão avassaladoras. Contudo, não parecia ter nenhuma doença que pudesse ser levada a sério. Só a dor — no pescoço, nos braços e nos ombros, uma dor em virtude da qual era um sacrifício para ele caminhar mais que dois ou três quarteirões seguidos ou mesmo permanecer em pé muito tempo num lugar. Ser dotado de pescoço, braços e ombros era como sair por aí carregando alguém no colo. Dez minutos na rua fazendo compras, e ele tinha de voltar para casa para se deitar. Tampouco podia transportar mais que uma sacola leve por viagem, e mesmo assim, precisava abraçá-la contra o peito, como um velho de oitenta anos. Levá-la na mão, com o braço estendido junto ao corpo, só fazia aumentar a dor. Doía quando ele se debruçava para arrumar a cama. Doía quando se postava em pé diante do fogão, fritando um ovo com nada de mais pesado do que uma escumadeira na mão. Não conseguia nem abrir uma janela — não se para abri-la fosse necessário usar um pouco de força. Por conseguinte, eram as mulheres que abriam as janelas para ele: abriam-lhe as janelas, fritavam-lhe os ovos, arrumavam-lhe a cama, faziam-lhe as compras e, sem esforço nenhum, com vigor másculo, levavam suas sacolas para casa. Uma mulher dificilmente precisaria de mais que uma ou duas horas por dia para dar conta, sozinha, de tudo o que era necessário fazer, porém Zuckerman já não tinha uma mulher. Foi assim que acabou arrumando quatro.

Para se sentar numa cadeira e ler, Zuckerman precisava usar um colar ortopédico, um losango de espuma, com uma capa de tecido branco estriado, que ele prendia em volta do pescoço a fim de manter as vértebras cervicais alinhadas e impedir-se de virar a cabeça sem apoio. Às vezes o colar ortopédico ajudava, às vezes não, mas usá-lo era tão enlouquecedor quanto a própria dor. Não conseguia se concentrar em mais nada, só em si mesmo e naquele colar.

O texto em tela remontava a seus tempos de faculdade: *The Oxford book of seventeenth century verse*. Na página de rosto, acima do nome de Zuckerman e da data, inscritos com tinta azul, via-se uma única anotação, feita a lápis, com a letra que ele tinha em 1949, um insight de calouro: "Os poetas metafísicos passam com facilidade do trivial para o sublime". Era a primeira vez em vinte e quatro anos que recorria aos poemas de George Herbert. Tirara o livro da estante para ler "O colarinho", na esperança de encontrar naqueles versos algo que o ajudasse a usar o seu colar. Essa era uma das funções que em geral se atribuíam à literatura: antídoto para o sofrimento por meio da descrição de nossa sina comum. Como Zuckerman estava aprendendo, a dor era capaz de transformar as pessoas em seres tremendamente primitivos, caso não fosse neutralizada por doses firmes e regulares de reflexão filosófica. Quem sabe Herbert não tinha alguma dica para dar.

> [...] Vou ficar aqui de joelhos?
> Colhendo só esses espinhos
> Que ferem sem, com frutos tônicos,
> Indenizar o que perdi?
> Claro, havia o vinho,
> Antes que o sorvessem meus ais; e o trigo,
> Antes que o debulhasse meu pranto.
> É só para mim que se estraga o ano?
> Fico sem louros? Sem o riso
> Das flores, das guirlandas? Terá sido

> *Tudo, tudo em vão?*
> *[...] Mas, crescendo raiva e rancor,*
> *A cada insulto que eu dizia,*
> *Parecia-me ouvir alguém chamar:* Meu filho,
> *Ao que eu respondia:* Senhor.

Com a força que tinha no braço dolorido, Zuckerman atirou o livro longe. De jeito nenhum! Recusava-se a fazer daquele colar ortopédico ou do desconforto que ele tinha por objetivo aliviar uma metáfora de algo grandioso. Talvez os poetas metafísicos passassem com facilidade do trivial para o sublime, mas, considerando a experiência dos dezoito meses precedentes, parecia que ele, quando muito, avançava em sentido oposto.

Escrever a última página de um livro fora o mais perto que Zuckerman já chegara do sublime, e fazia quatro anos que isso não acontecia. Não se lembrava da última vez em que havia escrito uma página *legível*. Mesmo nos momentos em que estava usando o colar ortopédico, o espasmo que o castigava na parte superior do músculo trapézio e a dor que se irradiava por ambos os lados da espinha dorsal transformavam em suplício até tarefas simples, como datilografar o nome e o endereço de alguém num envelope. Quando um ortopedista do Mount Sinai Hospital atribuiu suas aflições aos vinte anos que ele passara martelando as teclas mecânicas de suas máquinas de escrever portáteis, Zuckerman foi na mesma hora comprar uma IBM Selectric II. Contudo, ao voltar para casa e sentar para trabalhar, verificou que sentia tanta dor diante daquele teclado estranho quanto diante da última de suas Olivettizinhas. Bastava ver a Olivetti em seu surrado estojo de viagem, largada no fundo do armário do quarto, para que a depressão o levasse de roldão — um desgosto provavelmente semelhante ao que Bojangles Robinson experimentava ao olhar para seus velhos sapatos de dança. Como era simples, na época em que ainda gozava de saúde, empurrar a máquina para o lado e abrir espaço na escrivaninha para seu almoço ou suas anotações ou suas leituras ou sua correspondência! Como gostava de empurrá-las de um lado para outro, aquelas parceiras silenciosas que apanhavam sem se queixar — e a que pancadaria as submetera dos vinte anos em diante! E elas ali, sempre de prontidão, para que ele pagasse a pensão da ex-mulher e respondesse às cartas dos fãs, para que apoiasse a cabeça a seu lado, nos momentos em que se sentia subjugado pela beleza ou pela feiura do que acabara de compor, para que escrevesse cada página de cada rascunho dos quatro romances que havia publicado e dos três que enterrara vivos — se as Olivettis falassem, os leitores teriam um retrato do romancista nu em pelo. Ao passo que com a IBM prescrita pelo primeiro ortopedista não teriam nada — só o zumbido elegante, puritano e aplicado com que a máquina elétrica falava de si e de todas as suas virtudes: sou uma Correcting Selectric II. Nunca faço nada errado. Esse sujeito aí, eu não sei quem é. E, pelo jeito, ele também não.

De nada valia tentar escrever à mão. Mesmo nos velhos e bons tempos, sempre que corria a mão esquerda pelo papel, Zuckerman parecia um sujeito de boa alma, valente e determinado, aprendendo a usar um membro artificial. E não era fácil decifrar o resultado. Não havia atividade para a qual ele levasse menos jeito do que escrever à mão. Saía-se melhor dançando rumba do que escrevendo à mão. Segurava a caneta com muita força. Trincava os dentes e fazia caretas horríveis. Projetava o cotovelo para longe do corpo, como se fosse iniciar uma braçada de peito, depois fazia um gancho com a mão, voltando-a contra o antebraço, de maneira a formar as letras a partir de cima, e não de baixo — a técnica contorcionista por meio da qual tantas crianças canhotas haviam aprendido a não borrar as palavras enquanto avançavam da esquerda para a direita do papel na época dos tinteiros. Um osteopata muito conceituado chegara mesmo à conclusão de que a origem dos problemas de Zuckerman era apenas esta: o esforçado garotinho canhoto que, desdobrando-se para superar o problema da tinta úmida, começara a torcer microscopicamente a coluna do escritor, tirando-a de seu eixo vertical e pressionando-a de viés contra o sacro. Sua caixa torácica estava torta. Sua clavícula estava desalinhada. A extremidade inferior de sua escápula esquerda flectia para fora, como a de uma galinha. Até o úmero se achava excessivamente comprimido na cavidade do ombro e adentrava a junta na diagonal. Ainda que para olhos não adestrados, Zuckerman parecesse mais ou menos simétrico e razoavelmente bem-proporcionado, por dentro era tão deformado quanto Ricardo III. Segundo o osteopata, ele vinha se acorcundando a um ritmo constante desde os sete anos. Começara com a lição de casa. Começara com sua primeira redação sobre a vida em Nova Jersey. "Em 1666, o governador Carteret pôs um intérprete e um guia à disposição de Robert Treat para que ele subisse o rio Hackensack e se encontrasse com um representante de Oraton, o velho chefe dos Hackensack. Robert Treat pretendia deixar claro a Oraton que os colonizadores brancos só desejavam a paz." Começara aos dez anos, com a Newark de

Robert Treat e com a elegância eufônica de *intérprete* e *representante*, e fora dar na Newark de Gilbert Carnovsky e no calão de *pica* e *boceta*. Esse tinha sido o Hackensack que o escritor subira, só para ancorar no porto da dor.

Quando a dor que ele sentia sentado diante da máquina de escrever torna-se insuportável, Zuckerman tentava se reclinar numa poltrona e arranjar-se o melhor que podia com sua caligrafia imperfeita. Tinha o colar ortopédico para sustentar o pescoço, o encosto firme da poltrona estofada para amparar a coluna e uma tábua de compensado, cortada segundo suas especificações, para, apoiada nos braços da poltrona, servir de escrivaninha portátil para seus cadernos de redação. O apartamento era silencioso o bastante para garantir um estado de concentração total. Zuckerman instalara vidros duplos nos janelões do escritório, de modo que a algazarra dos televisores e toca-discos do prédio dos fundos não lhe chegava aos ouvidos, e o teto recebera um revestimento à prova de som, para que ele não fosse perturbado pelas unhas dos dois pequineses do vizinho do andar de cima. O piso do escritório era acarpetado — um carpete de lã marrom--escuro —, e as janelas eram protegidas por cortinas de veludo em tom creme que iam do teto ao chão. Era um aposento aconchegante, tranquilo, abarrotado de livros. Zuckerman passara metade de sua vida enclausurado em lugares assim. Em cima do pequeno armário em que ficavam sua garrafa de vodca e seu copo, viam-se, em molduras de acrílico, algumas fotos antigas pelas quais ele tinha especial predileção: os pais, já falecidos, no quintal da casa de seus avós, logo após o casamento dos dois; ex-mulheres esbanjando saúde nas praias de Nantucket; o irmão que não falava mais com ele, formando-se em Cornell em 1957 — um diplomando (e tábula rasa) de beca e capelo. Se durante o dia Zuckerman chegava a abrir a boca, era para conversar com aquelas fotos; salvo em tais ocasiões, o silêncio ali era suficiente para deixar até Proust satisfeito. Zuckerman tinha silêncio, conforto, tempo, dinheiro, porém escrever à mão fazia a parte superior de seu braço latejar com uma dor que em pouco tempo estava lhe causando engulhos no estômago. Ele massageava o músculo com a mão direita e continuava escrevendo com a esquerda. Tentava não pensar na dor. Fazia de conta que não era o seu braço que estava doendo, mas o de outra pessoa. Parava e recomeçava, na esperança de ludibriar a dor. Se fazia uma interrupção mais demorada, isso proporcionava alívio maior, mas prejudicava a qualidade do que ele escrevia; na décima interrupção, já não tinha o que escrever, e não tendo o que escrever, não tinha razão de ser. Quando arrancava o colar ortopédico e se atirava no chão, o ruído áspero que o fecho de Velcro fazia ao se abrir era um som que bem poderia estar saindo de suas entranhas. Todos os pensamentos e emoções capturados pelo egoísmo da dor.

Numa loja de móveis infantis da rua 57, Zuckerman comprara um tapetinho de atividades para bebês, forrado com plástico vermelho, que agora ficava permanentemente estendido no chão de seu escritório, entre a escrivaninha e a poltrona. Quando não aguentava mais continuar sentado, deitava-se em decúbito dorsal no tapetinho, a cabeça apoiada num dicionário de sinônimos. Passara a se desincumbir da maior parte dos assuntos do dia a dia no tapetinho. Ali, não tendo de escorar a parte superior de um tronco nem de sustentar sete quilos de cabeça, fazia telefonemas, recebia visitas e acompanhava o Watergate na TV. Em vez de seus óculos de grau normais, usava óculos prismáticos, que lhe permitiam enxergar em ângulos retos. Projetados para pessoas impossibilitadas de se levantar da cama, eram fabricados por uma óptica do centro da cidade, indicada por seu fisioterapeuta. Com a ajuda dos óculos prismáticos, Zuckerman acompanhava a chicana do nosso presidente: os gestos postiços, a transpiração satânica, as mentiras cabeludas, acobertadoras. Chegava quase a ter pena do sujeito, o único outro americano, entre os que ele via diariamente, que parecia estar em situação tão ruim quanto a sua. Estendido no chão, Zuckerman também podia ver qual de suas mulheres se achava sentada no sofá. O que a mulher de turno via era a base fosca e retangular dos óculos protuberantes e Zuckerman falando de Nixon para o teto.

Deitado no tapetinho, Zuckerman tentou ditar ficção para uma secretária, porém faltava-lhe fluência e às vezes ele passava uma hora sem ter o que dizer. Não conseguia escrever sem ver o que estava escrevendo; embora fosse capaz de visualizar as cenas que as frases descreviam, era incapaz de visualizar as frases propriamente ditas, a menos que as visse se estendendo e se ligando umas às outras no papel. A secretária tinha apenas vinte anos e, em especial nas primeiras semanas, deixava-se influenciar com muita facilidade pela angústia de Zuckerman. As sessões eram uma tortura para ambos e geralmente terminavam com a secretária no tapetinho. Cópula, felação e cunilíngua, Zuckerman suportava mais ou menos sem dor, contanto que permanecesse deitado de costas e tivesse o dicionário de sinônimos para apoiar a cabeça. A espessura do dicionário era perfeita para impedir que seu crânio ficasse abaixo da linha dos ombros, resguardando-o da dor no pescoço. Na folha de rosto, via-se a dedicatória: "Do papai —

Tenho plena confiança em você", e a data: "24 de junho de 1946". Um livro para enriquecer seu vocabulário, no dia em que concluiu o ensino fundamental.

Para se deitar com ele no tapetinho, vinham as quatro mulheres. Eram tudo o que ele tinha de vibrante na vida: secretária-confidente-cozinheira-faxineira- -companheira — afora as doses de sofrimento diário de Nixon, sua diversão se resumia a elas. Deitado de costas, Zuckerman sentia-se a prostituta delas, pagando em sexo para que trouxessem o jornal e o leite para ele. Falavam dos problemas que tinham, tiravam a roupa e baixavam os orifícios para que Zuckerman pudesse ocupá-los. Na ausência de uma vocação assoberbante ou de um prognóstico que lhe desse esperanças, o escritor permitia que fizessem dele o que bem entendessem; quanto mais evidente seu desamparo, mais franco o desejo delas. Depois iam embora. Tomavam um banho, engoliam uma xícara de café, ajoelhavam-se para dar um beijo de despedida e saíam apressadas para desaparecer em vidas de verdade. Deixando Zuckerman, de costas no tapetinho, entregue a quem quer que tocasse a campainha em seguida.

Enquanto estivera bem de saúde e pudera se dedicar ao trabalho, Zuckerman jamais perdera tempo com ligações amorosas desse tipo, nem mesmo quando fora grande a tentação. Tivera esposas demais num espaço de anos muito reduzido para poder colecionar amantes. O casamento funcionara para ele como um dique contra a tremenda distração das mulheres. Casara-se por causa da ordem, da intimidade, do companheirismo constante, da rotina e da regularidade da vida monogâmica; casara-se para nunca mais se desgastar com outra aventura amorosa nem morrer de tédio em outra festa nem se ver sozinho à noite na sala de estar depois de ter passado o dia inteiro sozinho no escritório. Ficar sozinho noite após noite, dedicando-se às leituras que ele precisava fazer para se preparar para as horas que passaria escrevendo a sós no dia seguinte, estava além da conta até para a determinação de Zuckerman, de modo que para aquela austeridade voluptuosa ele atraíra uma mulher — uma por vez —, uma mulher tranquila, pensativa, séria, culta, autossuficiente, que não fazia questão de que ele a levasse para passear, uma mulher que se contentava em ficar lendo em silêncio após o jantar, de frente para ele e seu livro.

Nos meses que se seguiam a cada divórcio, Zuckerman redescobria que um homem solteiro tinha de levar as mulheres para passear: levá-las para jantar fora e fazer caminhadas pelo parque, ir a museus, à ópera e ao cinema — não somente ir ao cinema, mas também conversar sobre o filme depois. Se passavam à condição de namoradas, surgia o problema de como escapulir de manhã cedo, enquanto ele ainda estava com a cabeça fresca para escrever. Algumas esperavam que Zuckerman tomasse o café da manhã com elas, esperavam inclusive que ele conversasse com elas durante o café, como faziam os outros seres humanos. Às vezes elas queriam voltar para a cama. *Ele* queria voltar para a cama. Com certeza seria mais animado na cama com elas do que diante da máquina de escrever com o livro. Bem menos frustrante também. Na cama você de fato podia levar a cabo o que se propunha a fazer sem precisar ensaiar dez começos em falso e completar dezesseis versões preliminares e gastar a sola do sapato de tanto ficar andando de um lado para outro. De modo que ele baixava a guarda — e lá se ia a manhã.

Esse tipo de tentação, as esposas não ofereciam — não com o decorrer do tempo.

A dor, porém, mudara tudo. Quem quer que passasse a noite com ele recebia um convite não só para tomar o café da manhã, como também, se estivesse à toa (e ninguém mais fosse aparecer antes do jantar), para ficar para o almoço. Zuckerman punha uma toalhinha úmida e uma bolsa de gelo grande sob o roupão felpudo e, enquanto o gelo anestesiava a parte superior de seu músculo trapézio (e o colar ortopédico sustentava seu pescoço), reclinava-se na poltrona de veludo vermelho e escutava. Tivera uma queda fatal por parceiras carolas na época em que só pensava em se dedicar ao trabalho; a imobilidade dava a ele uma ótima oportunidade para experimentar moças não tão previsivelmente dignas como suas três ex-mulheres. Talvez aprendesse alguma coisa, talvez não, mas ao menos elas o ajudariam a se distrair e, de acordo com o reumatologista da New York University, a distração, quando perseguida pelo paciente com persistência genuína, podia reduzir a níveis toleráveis até a mais terrível das dores.

O psicanalista com quem ele se consultava tinha opinião diferente: a certa altura, conjecturou em voz alta se Zuckerman não teria desistido de lutar contra a dor para *conservar* (com a consciência razoavelmente tranquila) seu "harém de Florence Nightingales". Zuckerman ficou tão ofendido com o gracejo que quase se levantou do divã e foi embora. Desistido? O que ele poderia fazer que não havia feito — o que mais poderia tentar que não estivesse disposto a experimentar? Desde que as dores haviam começado para valer, dezoito meses antes, ele esperara a vez de ser atendido no consultório de três ortopedistas, dois neurologistas, um fisioterapeuta, um reumatologista, um radiologista, um

300   ZUCKERMAN ACORRENTADO

osteopata, um vitaminoterapeuta, um acupunturista e agora o analista. O acupunturista espetara nele doze agulhas em quinze ocasiões diferentes, cento e oitenta agulhas no total, sem que nenhuma delas tivesse algum efeito. Zuckerman permanecia sentado, sem camisa, numa das oito salinhas em que o acupunturista atendia seus pacientes, as agulhas espalhadas pelo corpo, lendo o *New York Times* — permanecia quinze minutos sentado, obedientemente, depois pagava vinte e cinco dólares e voltava para casa, urrando de dor toda vez que o taxista passava num buraco. O vitaminoterapeuta aplicou-lhe uma série de cinco injeções de vitamina B$_{12}$. O osteopata suspendeu sua caixa torácica com um safanão, quase arrancou fora seus braços e fez seu pescoço estalar violentamente para um lado e para outro. O fisioterapeuta o tratou com bolsas de água quente, ultrassom e massagem. Um ortopedista optou por injeções locais de anestésicos e disse para ele jogar fora a Olivetti e comprar a IBM; o seguinte, tendo informado a Zuckerman que também era escritor, ainda que não de "best-sellers", examinou-o deitado, em pé e curvado e, depois que Zuckerman tinha se vestido, mandou-o embora do consultório, anunciando à recepcionista que não queria mais perder tempo com hipocondríacos naquela semana. O terceiro ortopedista receitou um banho quente de vinte minutos todas as manhãs, seguidos de uma série de exercícios de alongamento. Os banhos eram bastante agradáveis — Zuckerman ficava escutando Mahler pela porta aberta —, porém os exercícios, ainda que simples, acentuaram de tal modo suas dores que dali a uma semana ele estava de volta ao consultório do primeiro ortopedista, que lhe aplicou uma segunda rodada de injeções locais de anestésicos, que não adiantaram nada. O radiologista tirou radiografias de seu peito, de suas costas, de seu pescoço, de seu crânio, de seus ombros e de seus braços. O primeiro neurologista que viu as radiografias disse que queria ter uma coluna em tão boas condições quanto a dele; o segundo recomendou hospitalização: duas semanas de tração para aliviar a pressão num disco cervical — se não a pior experiência de Zuckerman na vida, de longe a mais humilhante. Não queria nem pensar naquilo, e entre as coisas que aconteciam com ele dificilmente havia algo, por ruim que fosse, em que ele não quisesse pensar. No entanto, sua covardia o deixou estarrecido. Mesmo a sedação, em vez de ajudar, fez com que a imobilização fosse ainda mais assustadora e opressiva. Ele sabia que perderia o controle assim que amarrassem os pesos ao arreio que prendia sua cabeça. Na oitava manhã, conquanto não houvesse ninguém no quarto para ouvi-lo, Zuckerman pôs-se a berrar na cama a que se achava atado: "Quero levantar! Quero sair daqui!", e em quinze minutos tinha de novo as roupas no corpo e estava no térreo, pagando a conta no caixa do hospital. Só quando se viu a salvo na rua, fazendo sinal para um táxi, foi que pensou: "E se o que estivesse acontecendo com você fosse uma tragédia pra valer? E aí?".

Jenny viera do interior para ajudá-lo com o que deveriam ter sido duas semanas de tração cervical. Visitava as galerias de arte e os museus pela manhã e depois do almoço ia para o hospital, onde, durante duas horas, lia *A montanha mágica* para ele. Parecera o catatau mais apropriado para a ocasião, porém Zuckerman, amarrado e inerte em seu leito estreito, foi progressivamente se irritando com Hans Castorp e as dinâmicas oportunidades de amadurecimento que a tuberculose lhe oferecia. Tampouco se podia dizer que, no quarto 611 do New York Hospital, a vida chegasse aos pés dos esplendores suntuosos de um sanatório suíço antes da Primeira Guerra, nem a mil e quinhentos dólares por semana. "Isso parece", disse ele a Jenny, "uma mistura de Salzburg Seminars com o luxo do velho *Queen Mary*. Cinco refeições formidáveis por dia, seguidas de aulas enfadonhas, proferidas por intelectuais europeus a que não faltam os gracejos eruditos. Filosofia a rodo. Neve que não acaba mais. Me lembra a Universidade de Chicago."

Zuckerman conhecera Jenny durante uma visita à casa de campo que alguns amigos tinham em Bearsville, um vilarejo encravado na encosta verdejante de uma montanha, rio Hudson acima. Filha de uma professora local, Jenny estudara artes plásticas na Cooper Union, em Nova York, depois passara três anos viajando pela Europa com uma mochila nas costas e agora, de volta ao ponto de partida, vivia sozinha numa casinha de madeira, com um gato, suas pinturas e um velho aquecedor a lenha. Tinha vinte e oito anos. Era uma moça forte, solitária, de modos abrutalhados, com uma tez rosada e uns dentões brancos saudáveis, cabelos muito ruivos e finos e músculos impressionantes nos braços. Nada de dedos longilíneos de vampe como Diana, a secretária de Zuckerman — o que ela tinha eram *mãos*. "Um dia, se quiser", disse a ele, "conto para você algumas histórias sobre os empregos que tive: 'Dos meus bíceps e de como os arrumei'." Antes de voltar para Manhattan, Zuckerman passara pela casa de Jenny, a pretexto de ver as paisagens que ela pintava. Céus, árvores, colinas e estradas rudes como ela própria. Van Gogh sem o sol em transe. Citações das cartas que Van Gogh escrevera para o irmão estavam fixadas com tachinhas ao lado do cavalete, e um exemplar caindo aos pedaços da edição francesa das cartas, o mesmo que

Jenny levara na mochila pela Europa afora, jazia entre os livros de arte empilhados junto ao sofá. Nas paredes de tábuas de compensado, viam-se desenhos a lápis: vacas, cavalos, porcos, ninhos de passarinho, flores, legumes — todos anunciando com o mesmo charme peremptório: "Estou aqui e sou real".

Foram dar uma volta por um pomar abandonado que havia atrás da casinha, colhendo e experimentando uma ou outra amostra da safra de frutos retorcidos. Jenny perguntou: "Por que volta e meia você põe a mão no ombro?". Zuckerman nem se dera conta do que estava fazendo; nessa altura, a dor sitiava cerca de um quarto de sua existência apenas, e ele ainda pensava nela como algo semelhante a uma mancha no paletó, uma mancha que com uma boa esfregada ele faria desaparecer. Contudo, por mais forte que esfregasse, não acontecia nada. "Um torcicolozinho", respondeu. "De tanto desviar dos críticos?", perguntou Jenny. "Acho que foi de tanto desviar de mim mesmo. Como é viver sozinha aqui em cima?" "Passo um tempão pintando, cuidando da horta e me masturbando. Deve ser legal ter dinheiro e comprar coisas. Qual foi a coisa mais extravagante que você já fez?" A mais extravagante, a mais idiota, a mais sacana, a mais eletrizante — ele respondia, depois era a vez dela. Horas e horas de perguntas e respostas, mas por algum tempo não mais que isso. "Nosso fantástico *affair* sem sexo", era como ela se referia à coisa nas longas conversas telefônicas que os dois tinham à noite. "Posso até sair perdendo, mas não quero ser uma das suas namoradas. Prefiro ficar com o meu martelo, fazendo um assoalho novo para a minha casa." "Como aprendeu a fazer um assoalho novo?" "É fácil."

Uma noite Jenny ligou para dizer que estivera colhendo verduras ao luar. "O pessoal daqui diz que vem vindo um frio de rachar. Vou descer até Lemnos para ver você lamber as suas feridas." "Lemnos? Agora você me pegou." "É a ilha onde os gregos largaram o Filoctetes e o pé dele."

Jenny ficou três dias em Lemnos. Injetava anestésicos de cloreto de etila na base do pescoço de Zuckerman; sentava-se escarranchada e sem roupa sobre as costas nodosas dele e massageava a região entre as escápulas; preparava o jantar, *coq au vin* e *cassoulet* — pratos com acentuado sabor de bacon — e verduras que ela havia colhido antes da geada; contava a ele sobre a França e as aventuras que tivera por lá com homens e mulheres. Uma noite, ao sair do banheiro, pronto para ir para a cama, Zuckerman a surpreendeu junto à escrivaninha do escritório, bisbilhotando sua agenda. Disse ele: "Não imaginava que, sendo tão franca com tudo, você gostasse de ficar espionando as coisas dos outros". Jenny apenas riu e

LIÇÃO DE ANATOMIA **303**

retrucou: "Você, se não fizesse coisa pior, não escreveria nada. Quem é essa 'D'? E essa 'G'? Quantas somos no total?". "Por quê? Gostaria de conhecer algumas das outras?" "Não, obrigada. Acho que não tenho estômago para esse tipo de coisa. Era disso que eu estava me desintoxicando no alto da minha montanha." Na última manhã daquela primeira visita, Zuckerman quis dar alguma coisa para ela — alguma coisa que não fosse um livro. Passara a vida inteira presenteando as mulheres com livros (e com as aulas expositivas que lhes serviam de acompanhamento). Deu-lhe dez notas de cem dólares. "Por que isso?", indagou Jenny. "Você acaba de me dizer que detesta vir para cá parecendo uma caipira. E tem essa sua curiosidade sobre as extravagâncias. O Van Gogh tinha o irmão dele, você tem a mim. Aceite." Jenny voltou três horas depois, com um casaco de caxemira vermelho, botas roxas e um vidro grande de Bal à Versailles. "Fui à Bergdorf's", disse ela, um pouco tímida, mas orgulhosa — "aqui está o troco", e entregou a Zuckerman duas moedas de vinte e cinco centavos, uma de dez e três de um. Tirou as roupas de caipira e vestiu-se só com o casaco e as botas. "Quer saber?", disse ela, olhando-se no espelho. "Estou me achando bonita." "Você *é* bonita." Abriu o vidro de perfume e salpicou-se com a haste da tampa; perfumou a ponta da língua. E voltou para o espelho. Um olhar demorado. "Estou me sentindo alta." Isso ela não era, nem viria a ser. Naquela noite, Jenny ligou do interior para falar da reação de sua mãe quando passara pela casa dela — vestida com o casaco e cheirando a Bal à Versailles — e lhe contara que tinha ganhado aquelas coisas de um homem. "Ela falou: 'Quero só ver o que a sua avó vai dizer quando vir você com esse casaco'." Bom, um harém é um harém, pensou Zuckerman. "Pergunte o número da sua avó e eu compro um para ela também."

As duas semanas de tração hospitalar começaram com Jenny lendo *A montanha mágica* à tarde para ele, e depois, à noite, de volta ao apartamento de Zuckerman, fazendo esboços em seu caderno de desenhos, retratando a escrivaninha dele, a cadeira dele, as estantes de livros dele e as roupas dele, esboços que na visita seguinte ela colava com fita adesiva na parede do quarto do hospital. Todos os dias, Jenny fazia um desenho de algum bordado americano antigo, com um adágio edificante no centro, e também esses desenhos ela grudava na parede que Zuckerman conseguia ver. "Para ampliar seus horizontes", dizia-lhe.

O único antídoto para o sofrimento mental é a dor física.
KARL MARX

Não se ama menos um lugar por se ter sofrido nele.

JANE AUSTEN

Se a pessoa é forte o bastante para resistir a certos choques, se é capaz de superar problemas físicos mais ou menos complicados, então, entre os quarenta e os cinquenta anos, volta a experimentar uma maré relativamente boa.

V. VAN GOGH

Jenny montou uma tabela para registrar o progresso do tratamento a que resolvera submeter os horizontes de Zuckerman. Ao cabo de sete dias, a situação era a seguinte:

DIA	Elã	Humor	Sanidade mental	Apetite	Simpatia	Estoicismo	Libido	Intolerância (ausência de)	Rabugice e queixume	Amabilidade com Jenny
1	A	A	A	A	A	A	F	A	A	A
2	B	A	B	A	A	A	F	C	C	A
3	A	A	A	A	A	A	F	B	B	A
4	C	B	C	A	C	B	A	C	C	A
5	C	B	A	C	B	A	F	B	B	B
6	C	C	C	C	C	C	C	C	B	A
7	F	D	F	F	C	D	F	D	B	F
8										
9										
10										
11										
12										
13										
14										

Na tarde do oitavo dia, quando Jenny chegou ao quarto 611 com seu bloco de desenhos, Zuckerman tinha ido embora; encontrou-o em casa, no tapetinho de atividades, meio bêbado. "Estava encafifado demais para ampliar meus horizontes", explicou ele. "Aquilo é muito claustrofóbico. Não aguentei o isolamento. Surtei."

"Ah", disse ela em tom despreocupado, "que surto que nada. Eu não teria aguentado nem uma hora."

"A vida ficando menor, menor, menor. Eu acordava pensando no meu pescoço. Dormia pensando no meu pescoço. E a cabeça martelando: que médico vou procurar quando o meu pescoço não sarar com isto. Tinha ido para ficar bom e sabia que estava piorando. O Hans Castorp é melhor que eu nesse troço, Jennifer. Não tinha nada naquela cama além de mim. Só um pescoço pensando assuntos de pescoço. Nenhum Settembrini, nenhum Naphta, nenhuma neve. Nenhuma viagem intelectual glamorosa. Tento encontrar uma saída e só faço afundar mais e mais. É uma derrota atrás da outra, uma humilhação atrás da outra." E irritação suficiente para fazê-lo gritar.

"Não, a culpa foi minha." Jenny serviu-lhe outro drinque. "Quem me dera ser uma pessoa mais divertida. Quem me dera não ser esta brutamontes sem graça. Bom, deixa pra lá. Tentamos — não deu certo."

Zuckerman sentou-se à mesa da cozinha, massageando o pescoço e dando cabo da vodca, enquanto Jenny preparava seu ensopado de cordeiro regado a bacon. Não queria perdê-la de vista. Ajuizada Jenny, limitemos a coisa toda ao ramerrame doméstico — fique comigo e seja a minha doce brutamontes sem graça. Estava quase a ponto de pedir que ela viesse morar com ele. "Eu dizia com os meus botões na cama: 'Aconteça o que acontecer, quando sair daqui, vou mergulhar no trabalho. Se doer, que se dane, não quero saber. Falei para mim mesmo: 'Ponha a cabeça para funcionar e passe por cima disso'."

"E?"

"É uma coisa elementar demais para ser entendida. O entendimento não penetra nem a casca desse negócio. Eu me aflijo, faço mil e uma conjecturas, resolvo bancar o durão, penso em me tratar de mil e uma maneiras, tento simplesmente ignorar, quebro a cabeça para descobrir que raios é isso — minha introspecção de costume fica parecendo a Times Square no réveillon. Quando a gente sente dor só consegue pensar em não sentir mais dor. Fica dando voltas e mais voltas e mais voltas em torno dessa obsessão. Eu não devia ter pedido para você vir. Devia ter feito isso sozinho. Mesmo assim arriei. E com você de testemunha."

"Testemunha de quê? Olhe, tendo em vista os *meus* horizontes, não foi nada mal. Você não faz ideia do prazer que tenho sentido em poder andar de saia por aí. Faz tanto tempo que levo a vida com esse meu jeito de moça sisuda, valentona. Bom, com você eu consigo ser mais delicada, mais gentil, mais mansa — cuidar de você me dá a chance de ser mais feminina. E ninguém precisa se sentir mal por causa disso. É uma temporada sem culpas, Nathan, para nós dois. Vou ser útil para você e você para mim, e a gente não precisa pensar nas consequências. Minha avó se encarrega disso."

Ficar com a Jenny? Seria tentador, se ela topasse. Seu brio, sua saúde, sua independência, suas citações de Van Gogh, sua força de vontade ferrenha — como isso tudo aplacava o frenesi inválido! Mas o que aconteceria quando ele sarasse? Ficar com a Jenny por causa dos traços que a aproximam das sras. Zuckerman I, II e III? É o melhor motivo para não ficar com ela. Ficar com ela como um paciente que precisa de uma enfermeira? Uma mulher fazendo as vezes de Band-Aid? Numa situação crítica como essa, o melhor é não se precipitar. Deixar como está para ver como é que fica.

Foi a profunda depressão suscitada pelos oito dias de tração cervical — e pela ideia de deixar como está para ver como é que fica — que o fez correr para o psicanalista. Os dois, todavia, não entraram em acordo. O sujeito discorria sobre os atrativos da doença, aludia a enfermidades recorrentes, falava a Zuckerman sobre as compensações psíquicas obtidas pelo paciente. Zuckerman admitia que em casos enigmáticos similares ao seu era bem possível que houvesse recompensas a serem levadas em consideração, mas argumentava que ele, pelo menos, detestava estar doente: não havia absolutamente nada que pudesse compensá-lo por aquele sofrimento físico tão debilitante. Os "ganhos secundários" que o analista apontava não davam nem para começar a reparar o prejuízo principal. Mas, insistia o analista, o Zuckerman que estava obtendo a compensação poderia não ser o eu com quem ele se identificava, e sim a criança inextirpável, o penitente em busca de expiação, o pária culpado — talvez fosse o filho cheio de remorsos pela morte dos pais, o autor de *Carnovsky*.

O psicanalista precisou de três semanas para dizer isso em voz alta. Era bem possível que levasse ainda alguns meses para anunciar o sintoma de conversão histérica.

"Expiação pelo sofrimento?", disse Zuckerman. "A dor representando o julgamento que faço de mim mesmo e daquele livro?"

"Não será isso?", indagou o analista.

"Não", respondeu Zuckerman, e três semanas depois de ter começado, deu por encerrada a análise, levantou-se e foi embora.

Um médico prescreveu um tratamento à base de doze aspirinas por dia; outro receitou Butazolidin; outro, Robaxin; outro, Percodan; outro, Valium; outro, Prednisone; outro recomendou que ele jogasse todos os comprimidos fora, a começar por aquele veneno do Prednisone, e aprendesse a "conviver com a dor". Dores intratáveis, de origem desconhecida, são uma das vicissitudes da vida — por mais que prejudiquem os movimentos físicos, continuam a ser plenamente compatíveis com um estado de saúde perfeito. Zuckerman era apenas um homem saudável que sofria de dores nas costas. "E tenho por hábito", prosseguiu o médico avesso a porra-louquismos, "não tratar quem não esteja doente. E por falar nisso", aconselhou, "depois de sair daqui, mantenha distância dos psicossomatólogos. Já chega dessas bobagens." "O que é um psicossomatólogo?" "Um doutorzinho perdido. A personalização freudiana de todo tipo de dor e incômodo é a arma mais cruel que deixaram nas mãos dessa gente desde a época das sanguessugas. Se as dores fossem apenas expressão de alguma outra coisa, tudo bem. Acontece que, infelizmente, a vida não é organizada com essa lógica toda. A dor é um fenômeno a mais. Existem pessoas histéricas, claro, capazes de mimetizar qualquer doença, mas são uma espécie de camaleão muito mais exótica do que os psicossomatólogos levam vocês, sofredores crédulos, a acreditar que são. E você não é um réptil desses. Caso encerrado."

Foi apenas alguns dias depois de o psicanalista tê-lo acusado, pela primeira vez, de desistir de lutar contra a dor, que Diana, sua secretária de meio período, levou Zuckerman — ainda em condições de dirigir para a frente, mas não de virar a cabeça para dar a ré — num carro alugado até o laboratório de Long Island onde haviam acabado de inventar um supressor eletrônico de dores. No caderno de economia do *Times* de domingo, Zuckerman lera uma matéria informando que o laboratório obtivera a patente do aparelho e, às nove da manhã do dia seguinte, telefonara para marcar uma reunião. O diretor e o engenheiro chefe aguardavam no estacionamento para lhes dar as boas-vindas; estavam entusiasmados com o fato de que Nathan Zuckerman fosse seu primeiro "paciente dorsálgico", e sacaram uma Polaroid para tirar uma foto dele em frente à entrada do laboratório. O engenheiro chefe explicou que bolara o aparelho para aliviar as dores de cabeça da mulher do diretor, causadas por uma sinusite aguda. Ainda estavam num estágio bastante experimental, buscando o aprimoramento técnico que lhes permitiria tratar as formas mais recalcitrantes de dor crônica. Pediu a Zuckerman que tirasse a camisa e o ensinou a usar o aparelho. No final da sessão demonstrativa, Zuckerman não se sentia nem melhor nem pior, porém o diretor lhe assegurou que sua esposa era uma nova mulher, e fez questão de que ele levasse o supressor de dores para casa e o experimentasse pelo tempo que quisesse.

O Isherwood é uma câmera com o obturador aberto, eu sou um experimento em dor crônica.

O aparelho tinha mais ou menos o tamanho de um despertador. Zuckerman regulava o *timer*, posicionava dois eletrodos umedecidos acima e abaixo do local da dor, e seis vezes ao dia aplicava em si mesmo, por cinco minutos, um choque de baixa voltagem. E seis vezes ao dia esperava que a dor fosse embora — a bem da verdade, esperava que a dor fosse embora uma centena de vezes ao dia. Tendo esperado o suficiente, tomava um Valium ou uma aspirina ou um Butazolidin ou um Percodan ou um Robaxin. Às cinco da tarde, mandava tudo para o inferno e começava a beber vodca. E, como milhões de russos sabem há centenas de anos, analgésico como esse não há.

Em dezembro de 1973, Zuckerman perdera as esperanças de encontrar um tratamento, um remédio, um médico ou uma cura — certamente não tinha mais esperanças de encontrar uma doença que jogasse limpo com ele. Convivia com a dor, mas não porque tivesse descoberto uma maneira de conviver com ela. O que havia descoberto era que algo decisivo acontecera com ele, e fosse qual fosse a razão insondável disso, ele e sua existência não eram nem de longe o que haviam sido entre 1933 e 1971. Zuckerman entendia de confinamento solitário: desde os vinte e poucos anos passara praticamente todos os dias de sua vida escrevendo sozinho entre as quatro paredes de um aposento; cumprira quase vinte anos dessa pena, com obediência e comportamento irrepreensíveis. Mas no confinamento de agora ele não podia escrever, e estava aguentando só um pouquinho melhor do que aguentara os oito dias que passara arreado ao leito do quarto 611. De fato, Zuckerman jamais deixara de se recriminar com a pergunta que o perseguira à saída do hospital, após sua fuga: E se o que estivesse acontecendo com você fosse uma tragédia pra valer?

No entanto, ainda que, na escala das desgraças universais, aquilo não pudesse ser classificado como uma tragédia, para Zuckerman parecia uma tragédia. Sentia-se inválido, inútil, imprestável e estava atônito com o fato de que aquela coisa lhe *parecesse* uma tragédia tão formidável e o deixasse tão rendido — desnorteado com a derrota numa linha de frente em que ele nem se dera conta de que estava combatendo. Libertara-se muito jovem das exigências sentimentais de uma família convencional e protetora em que era adorado, superara a pureza sedutora de uma grande universidade, escapara do quebra-cabeça dos casamentos desapaixonados com três mulheres exemplares, assim como da correção moral de seus primeiros livros, suara muito para conquistar um lugar ao sol como escritor — ávido por reconhecimento em meio aos esforços de seus vinte anos, desesperado por um pouco de paz na celebridade dos trinta —, só para ser subjugado, aos quarenta, por uma doença quimérica que não tinha nome nem causa nem tratamento. Não era leucemia nem lúpus nem diabetes, não era esclerose múltipla nem distrofia muscular e nem mesmo artrite reumatoide — não era nada. E, todavia, por conta dessa coisa que não era nada, Zuckerman estava perdendo sua confiança, sua sanidade mental e sua autoestima.

Também estava perdendo os cabelos. Por causa daquela preocupação toda ou por conta de todos aqueles remédios. Via fios de cabelo espalhados sobre o dicionário de sinônimos ao término das sessões no tapetinho de atividades. O pente ficava cheio de fios de cabelo quando ele se arrumava na frente do espelho do banheiro para mais um de seus dias vazios. Debaixo do chuveiro, ao passar o xampu, notou que a quantidade de fios encaracolados nas palmas de suas mãos duplicava e triplicava a cada lavagem — esperava ver as coisas melhorando e, uma lavagem após a outra, só faziam piorar.

Nas Páginas Amarelas, encontrou a "Anton Associates Trichological Clinic" — o menos exótico dos anúncios incluídos na seção "Cuidados Capilares" — e partiu em direção ao subsolo do Commodore Hotel para ver se eles honravam a módica promessa de "controlar todos os problemas capilares controláveis". Zuckerman tinha tempo, tinha problemas capilares e haveria um quê de aventura em sair de seu tapetinho de atividades e ir até Midtown Manhattan uma tarde por semana. Os tratamentos não poderiam ser menos eficazes que os oferecidos pelas melhores unidades médicas de Manhattan para seu pescoço, seus braços e seus ombros. Em tempos mais ditosos, talvez ele houvesse se conformado em emitir não mais que um gemido queixoso diante da modificação consternadora de que sua aparência estava sendo vítima, mas com tantas outras coisas entrando em colapso na vida, Zuckerman resolveu: "Já chega"; profissionalmente bloqueado, fisicamente inválido, sexualmente destrambelhado, intelectualmente inerte, espiritualmente deprimido — mas não careca de uma hora para outra, não mais essa agora.

A primeira consulta foi realizada numa sala de azulejos brancos, com diplomas pregados na parede. A figura de Anton, um vegetariano e praticante de ioga, além de especialista capilar, deixou Zuckerman com a sensação de que tinha cem anos, pensando que era uma sorte ainda não estar usando dentadura. Anton era um homenzinho vibrante que, na casa dos sessenta, parecia um quarentão; seus cabelos, reluzentes como um capacete preto encerado, chegavam quase às sobrancelhas e às maçãs do rosto. Contou a Zuckerman que, quando menino, havia sido campeão de ginástica olímpica em Budapeste e que desde então se dedicava à preservação do bem-estar físico por meio de exercícios, dietas e um estilo de vida ético. Inteirando-se da história de Zuckerman, ficou particularmente preocupado ao saber do consumo excessivo de álcool. Perguntou se ele andava estressado: o estresse era uma das principais causas da queda prematura de cabelos. "Ando estressado", respondeu Zuckerman, "com a queda prematura dos meus cabelos." Não pretendia falar da dor, não estava em condições de expor esse enigma para mais um especialista com a parede cheia de diplomas. Na realidade, preferia ter ficado em casa. Seus cabelos ocupando posição central em sua vida! As entradas de sua testa no lugar que antes pertencia à sua ficção! Anton dirigiu um foco de luz para o couro cabeludo de Zuckerman e, com movimentos delicados, penteou de um lado para outro os cabelos cada vez mais ralos. Depois tirou dos dentes do pente os fios que tinham se soltado durante o exame e os reuniu cuidadosamente num lenço de papel, a fim de submetê-los a uma análise laboratorial.

Zuckerman sentia-se do tamanho da rodelazinha calva que tinha no cocoruto ao ser levado por um corredor estreito e branco rumo ao interior da clínica — uma dúzia de salinhas abastecidas com água corrente e dotadas de cortinas, em que cabiam apenas uma esteticista especializada em tricologia e um homem em vias de ficar careca. Zuckerman foi apresentado a uma moça pequena, delicada, vestida com um avental branco bastante folgado, cuja bainha ficava abaixo de seus joelhos, e com um lenço branco na cabeça, ambos conferindo a ela o aspecto de uma freira devota e circunspecta, uma noviça de uma ordem de freiras

LIÇÃO DE ANATOMIA 311

enfermeiras. Jaga era polonesa; seu nome, esclareceu Anton, era pronunciado com "I", mas tinha como inicial a letra "J". O sr. Zuckerman, informou ele a Jaga — "o conhecido escritor americano" — sofria de calvície prematura.

Zuckerman sentou-se diante do espelho e observou seu princípio de calvície enquanto Anton discorria sobre o tratamento: essência branca de mentol para fortalecer os folículos, pasta preta de alcatrão para limpar e desinfectar, vaporizador para estimular a circulação, depois massagem com as pontas dos dedos, seguida de massagem elétrica sueca e dois minutos de raios ultravioleta. Para terminar, o preparado número sete e quinze gotas da solução hormonal especial, cinco nas entradas de cada têmpora e cinco no alto da cabeça, onde o cabelo estava mais ralo. Em casa, o próprio Zuckerman aplicaria as gotas todas as manhãs: as gotas para estimular o crescimento e, com moderação, o preparado cor-de-rosa para evitar as pontas duplas e quebradiças nos cabelos que lhe restavam. Jaga assentiu com a cabeça, Anton partiu com suas amostras rumo ao laboratório e na salinha teve início o tratamento, trazendo à lembrança de Zuckerman um segundo protagonista de Mann com quem ele agora tinha uma afinidade suspeita: Herr von Aschenbach, tingindo o cabelo e avivando o rosto com ruge numa barbearia veneziana.

Ao cabo da sessão de uma hora, Anton regressou para levar Zuckerman de volta ao consultório. Sentados à mesa de Anton, um de frente para o outro, falaram sobre os resultados laboratoriais.

"Concluí a análise microscópica das suas amostras capilares e do material que colhi do seu couro cabeludo. Você está com um problema chamado foliculite simples, em que ocorre um entupimento dos folículos capilares. Isso causou, por certo tempo, alguma queda capilar. E ao impedir o fluxo sebáceo natural, gerou também ressecamento, provocando quebra e secionamento dos fios — coisas que, por sua vez, podem levar a uma queda capilar mais generalizada. Infelizmente", disse Anton, nem um pouco disposto a suavizar o golpe, "em seu couro cabeludo é grande a presença de folículos sem cabelo. Tenho a esperança de que, ao menos em alguns deles, a papila esteja só debilitada, não destruída. Assim, os cabelos poderiam voltar a crescer nessas áreas. Mas isso só o tempo dirá. No entanto, deixando de lado a questão dos folículos vazios, acho que o prognóstico do seu caso é favorável, e com um tratamento adequado e regular, e com a sua colaboração, seus cabelos e seu couro cabeludo devem se recuperar, readquirindo uma condição saudável. Creio que conseguiremos interromper o processo de entupimento, obtendo um fluxo sebáceo mais livre e restituindo a elasticidade aos fios; assim eles recobrarão o viço, fazendo com que, no geral, o aspecto seja o de um cabelo consideravelmente mais volumoso. O fundamental é impedir que os cabelos continuem a cair."

Era o diagnóstico mais extenso, mais sério, mais detalhado e atencioso que Zuckerman já ouvira sobre o que quer que já houvesse sofrido na vida. E, de longe, o mais otimista dos últimos dezoito meses. Não se lembrava de nenhum crítico que tivesse submetido um romance seu a uma análise tão abrangente, precisa e rigorosa quanto a que Anton fizera de seu couro cabeludo. "Obrigado, Anton", disse Zuckerman.

"Mas."

"Sim?"

"Tem um senão", disse Anton em tom grave.

"Qual?"

"Seu comportamento em casa é tão importante quanto as sessões de tratamento que fará aqui. Em primeiro lugar, não pode exagerar na bebida. Tem de parar imediatamente com isso. Em segundo lugar, qualquer que seja o motivo do seu estresse, está na hora de resolver o problema. Para saber que está estressado, eu não preciso de microscópio. Basta olhar para você com os meus dois olhos. O que quer que esteja acontecendo, precisa tirar isso da sua frente. Do contrário, vou ser sincero com você, esta é uma batalha perdida."

No espelho de corpo inteiro que tinha na porta do banheiro, Zuckerman via, ao romper de cada novo dia, um velho descarnado segurando o pijama de Nathan: cabeça calva, quadris pelancudos, ossos protuberantes, barriga flácida. Dezoito meses sem os exercícios que fazia regularmente pela manhã e sem as longas caminhadas a que se entregava à tarde tinham envelhecido seu corpo em vinte anos. Despertando sem demora às oito, como sempre, ele agora se empenhava — com a mesma determinação obstinada com que antes investia uma manhã de trabalho no ataque a uma única página recalcitrante — em pegar no sono de novo e dormir até o meio-dia. O Zuckerman persistente, obsessivo, incansável, normalmente incapaz de passar meia hora sem abrir um bloco de anotações para escrever alguma coisa ou um livro para sublinhar alguma frase, agora cobria a cabeça com o lençol na esperança de encurtar o tempo até o fim da tarde e poder começar a encher a cara. O Zuckerman da autodisciplina, esvaziando mais uma garrafa, o Zuckerman do autocontrole, fumando uma ponta de baseado, o Zuckerman da autossuficiência, agarrando-se com desamparo a seu harém (ampliado para incluir a esteticista especializada em tricologia). Qualquer coisa que o alegrasse ou que o fizesse capotar.

As pessoas com quem Zuckerman procurava se consolar diziam que aquilo era só tensão e que ele precisava aprender a relaxar. Diziam que seu problema era solidão e que tudo passaria tão logo ele voltasse a ler após o jantar de frente para mais uma esposa digna. Insinuavam que ele vivia encontrando novas maneiras de ser infeliz e que não sabia se divertir se não estivesse sofrendo. Concordavam com a opinião do psicanalista de que a dor era uma punição que ele estava infligindo a si mesmo: a penitência pela popularidade de *Carnovsky*, o merecido castigo pela bonança financeira — a invejável e reconfortante história americana de sucesso destroçada pelas células furibundas. Zuckerman, diziam, estava reativando a simbiose entre dor e castigo contida na origem latina (*poena*) da palavra *penalidade*: penalidade por conta do retrato que ele apresentara de uma família que para o país inteiro evidentemente era a sua própria família, penalidade pelo mau gosto que ofendera milhões e pelo descaramento que enfurecera sua tribo. O aleijão na parte superior de seu tronco era, cristalinamente, a punição que seu crime semeara: mutilação como justiça primitiva. Se o braço que escreve te leva a pecar, corta-o e lança-o para longe de ti. Sob a carapaça irônica de um espírito tolerante, Zuckerman era o mais impiedoso Iahweh de todos. Quem mais poderia ter escrito de modo tão blasfemo sobre a asfixia moral judaica senão um judeu que asfixiava a si mesmo como Nathan? Sim, a doença é uma necessidade sua — esse era o resumo da ópera —, e o que impede o seu restabelecimento é você mesmo, é a sua opção por ser incurável, o constrangimento a que você submete o seu desejo inato de ficar bem. Inconscientemente, Zuckerman tinha medo de tudo — outra suposição de larga aceitação entre os que faziam seu diagnóstico: tinha medo do sucesso e do fracasso; tinha medo de ser conhecido e de ser esquecido; tinha medo de que o vissem como uma aberração e de que o considerassem um bocó; tinha medo de ser admirado e de ser desprezado, tinha medo de ficar sozinho e de estar no meio das pessoas; tinha medo, depois de *Carnovsky*, de si mesmo e de seus impulsos, e tinha medo de ter medo. Traidor covarde de sua vida verbal — colaborador dos inimigos de sua boca suja. Reprimindo inconscientemente seu talento por medo do que ele faria a seguir.

Porém Zuckerman não engolia essa história. Seu inconsciente não era tão inconsciente assim. Não era tão convencional assim. Seu inconsciente, convivendo com um escritor que nos idos de 1953 já tivera um conto publicado, compreendia as exigências do trabalho. Zuckerman levava muita fé em seu inconsciente — nunca teria chegado tão longe sem ele. Seu inconsciente era mais duro na queda e mais esperto que ele, isto sim. Provavelmente era o que o *protegia* da inveja dos rivais, do desdém dos mandarins, do ultraje dos judeus, da acusação de seu irmão Henry de que o que abalara de vez a saúde frágil de seu pai, causando o enfarte que lhe tirara a vida em 1969, fora o best-seller cheio de ódio e escárnio que Zuckerman publicara naquele ano. Se o código morse de sua psique estava de fato sendo transmitido pelas linhas de telégrafo do sofrimento físico, a mensagem tinha de ser mais original do que "Nunca mais escreva esse tipo de coisa".

Claro que uma dificuldade como aquela sempre poderia ser interpretada como um teste de caráter. Mas o que eram vinte anos escrevendo ficção? Seu caráter não precisava ser testado. Obstinação ele já tinha para a vida inteira. Princípios artísticos? Estava mergulhado neles até o pescoço. Se a ideia era congregar ainda mais determinação ferrenha em face de trabalhos literários prolongados, então sua dor se achava lamentavelmente mal informada. Zuckerman poderia fazer isso por conta própria. A simples passagem do tempo o condenava a isso. A paciência resoluta de que já dispunha tornava a vida ano após ano mais excruciante. Mais vinte anos como os últimos vinte e não haveria frustração que fosse páreo para ele.

Não, se a intenção da dor era realizar algo realmente meritório, longe de reforçar sua tenacidade, ela trataria de *relaxar* a chave de braço. De fato, podia muito bem ser que o que estava pulsando nas fibras de seus nervos fosse a mensagem de um Nathan subterrâneo: Deixe que os outros escrevam os livros. Deixe o destino da literatura nas boas mãos deles e renegue a vida solitária que você leva enfiado no escritório. Isso não é vida, não é você. São dez garras agadanhando vinte e seis letras. Se você visse um animal agindo assim no zoológico, acharia a coisa medonha. "Bem que poderiam pendurar um pneu para ele se balançar — poderiam pelo menos trazer uma femeazinha para rolar com ele no chão." Se visse um louco de carteirinha sentado a uma mesa, gemendo no interior de sua cela acanhada, se o visse tentando fazer algo sensato com qwertyuiop, asdfghjkl e zxcvbnm, se o visse completamente absorto com essas três palavras absurdas, ficaria tão consternado que não se aguentaria. Pegaria o enfermeiro pelo braço e perguntaria: "Será que não dá para fazer alguma coisa? Que tal um antialuci-nógeno, uma intervenção cirúrgica?". Mas, antes mesmo que o enfermeiro pu-desse responder: "Não — é um caso perdido", o maluco estaria em pé, fora de si, gritando pela grade da cela: "Parem de fazer tanto barulho! Parem de gritar no meu ouvido! Como vou terminar a minha obra-prima com todos esses visitantes basbaques e a barulheira infernal que eles fazem!?".

Talvez a dor tivesse vindo, então, não para lhe cortar as asinhas, como o "Senhor" de Herbert, ou para lhe ensinar boas maneiras, como a tia de Tom Sawyer, ou para fazer dele um judeu como Jó, mas sim para salvá-lo da vocação errada. Quem sabe a dor não estivesse lhe oferecendo um verdadeiro negócio da China, uma maneira de cair fora de algo em que ele jamais deveria ter entrado? O direito de ser idiota. O direito de ser preguiçoso. O direito de não ser nada nem ninguém. Em vez de solidão, companhia; em vez de silêncio, vozes; em vez de projetos, aventuras; em vez de mais vinte, trinta, quarenta anos de concentração tenaz e dúvidas atrozes, um futuro de variedade, ócio e libertinagem. Deixar o que é dado intato. Capitular a qwertyuiop, asdfghjkl e zxcvbnm, permitir que essas três palavras digam tudo.

Dor para proporcionar a Nathan prazeres infecundos. Vai ver que, para des-virtuá-lo, só mesmo com uma boa dose de agonia. Bebidas? Drogas? O pecado intelectual da diversão leve, da idiotia conquistada por vontade própria? Bom, se não tinha outro jeito... E aquelas mulheres todas? Mulheres chegando e partindo em turnos; uma delas, pouco mais que uma criança; outra, casada com o seu consultor financeiro. Em geral, é o contador que engana o cliente, não o contrá-rio. Mas o que ele podia fazer se a dor exigia isso? Não estava mais no comando, a carência impotente o desobrigara de todos os escrúpulos. Tinha de baixar o facho e obedecer — esquecer a administração das horas e parar de reprimir os impulsos e de supersupervisionar todos os assuntos, e, dali em diante, deixar-se ficar à *deriva*, completamente ao sabor dos acontecimentos, render-se ao que quer que proporcionasse alívio, ficar deitado ali embaixo, observando o refrigé-rio chegar de cima. Entregar-se à entrega, estava mais do que na hora.

Todavia, se de fato essa era a injunção da psique, qual o seu fim? Ficar *sem* fim? Dar fim aos fins? Escapar de vez das garras da autojustificação? Aprender a levar uma vida absolutamente indesculpável, injustificável — e aprender a gostar disso? Se é assim, pensou Zuckerman, se esse é o futuro que a minha dor tem em mente para mim, então vai ser um teste de caráter como nenhum outro.

2. Na pior

Zuckerman perdera seu tema. A saúde, os cabelos e o tema. Assim como já não encontrava posição para escrever. Não existiam mais as coisas a partir das quais ele construíra sua ficção — de sua cidade natal só restava o terreno calcinado de um conflito racial, e as pessoas que para ele tinham sido gigantes estavam todas mortas. A principal batalha judaica estava sendo travada com os Estados árabes; ali, havia terminado; a margem direita do baixo Hudson, sua Cisjordânia, agora ocupada por uma tribo adventícia. Nenhuma nova Newark tornaria a surgir para Zuckerman, não como a primeira: nenhum pai como aqueles pioneiros pais judeus, com tabus saindo pelo ladrão, nem filhos como seus filhos, borbulhando com tentações, nem lealdades, nem ambições, nem rebeldias, nem capitulações, nem desentendimentos tão convulsos de novo. Nunca mais experimentar aquela emoção suavíssima nem aquela vontade enorme de dar o fora. Sem um pai, sem uma mãe e sem um torrão natal, ele não era mais um romancista. Se não era mais um filho, não era mais um escritor. Tudo o que o animava estava extinto, deixando-o sem nada que fosse inconfundivelmente seu e de mais ninguém para que ele pudesse reivindicar, explorar, aumentar e reconstruir.

Esses eram os pensamentos que atormentavam Zuckerman, deitado e ocioso em seu tapetinho de atividades.

A acusação feita por seu irmão — de que *Carnovsky* precipitara o enfarte fulminante de seu pai — por muito tempo o atormentara. Lembranças dos últimos anos da vida de seu pai, da tensão entre os dois, do azedume, do distanciamento absurdo, somavam-se à acusação dúbia de Henry para acossá-lo; e o mesmo acontecia com o xingamento que seu pai lhe atirara na cara ao dar o último suspiro; e também com a ideia de que ele escrevera o que escrevera, do jeito que escrevera, só para ser detestável, a ideia de que em seu livro havia pouco mais que provocações pirracentas a um calista digno de respeito. Não tendo escrito nenhuma página que merecesse ser preservada desde que ouvira aquele impropério pré-agônico, Zuckerman estava quase começando a acreditar que, se não fossem os nervos irritadiços, os princípios rígidos e a visão tacanha de seu pai, ele nem teria se tornado escritor. Um pai americano de primeira geração, possuído por demônios judeus; um filho americano de segunda geração, possuído pelo exorcismo deles: a isso se resumia a sua história.

A mãe de Zuckerman, uma mulher discreta e simples, sempre lhe dera, por obediente e inofensiva que fosse, a impressão de ser um espírito mais livre e descontraído. A reparação de injustiças históricas, a correção de iniquidades intoleráveis, a alteração do curso trágico da história judaica — tudo isso ela de bom grado deixava que seu pai se encarregasse de realizar durante o jantar. O barulho e as opiniões eram com ele; ela se contentava em preparar a comida e alimentar as crianças e desfrutar da harmoniosa, enquanto durou, vida familiar. Um ano após a morte do dr. Zuckerman, ela descobriu que tinha um tumor no cérebro. Fazia meses que se queixava de tonturas, dores de cabeça e pequenos lapsos de memória. Da primeira vez que precisou ser levada para o hospital, os médicos diagnosticaram um pequeno derrame, nada que fosse deixá-la seriamente debilitada; quatro meses depois, quando teve de ser hospitalizada de novo, conseguiu reconhecer o neurologista ao vê-lo entrar no quarto, mas quando ele lhe pediu que escrevesse o nome num pedaço de papel, a sra. Zuckerman tomou a caneta da mão dele e, em vez de Selma, grafou a palavra Holocausto — direitinho, sem nenhum erro de ortografia. Isso aconteceu em Miami Beach, em 1970, com uma mulher que até então se limitara a usar a escrita para anotar receitas culinárias em fichas de arquivo, redigir dezenas de milhares de cartões de agradecimento e colecionar um sem-fim de receitas de tricô. Zuckerman tinha quase certeza de que até aquela manhã sua mãe não havia nem sequer dito a palavra em voz alta. Não era responsabilidade dela ficar ruminando horrores, e sim sentar-se à noite

318   ZUCKERMAN ACORRENTADO

com a cestinha de tricô no colo, enquanto pensava nos afazeres do dia seguinte. Acontece que ela tinha um tumor do tamanho de um limão na cabeça e, ao que parecia, o troço botara para fora tudo o que havia lá dentro, menos aquela palavra. Isso não fora possível desalojar. É bem provável que estivesse o tempo todo lá, e eles nem desconfiavam.

Faria três anos naquele mês. 21 de dezembro. Em 1970, tinha caído numa segunda-feira. Pelo telefone, o neurologista explicara a Zuckerman que o tumor poderia levar de duas a quatro semanas para provocar o óbito, mas quando ele chegou ao quarto do hospital, vindo do aeroporto, o leito já estava vazio. Seu irmão, que chegara uma hora antes em outro voo, achava-se sentado numa poltrona junto à janela, os maxilares tensos, o semblante vazio, como se, apesar do porte robusto e da estatura elevada, fosse feito de gesso. Um tranco bem dado e se desfaria em pedaços. "A mamãe se foi", disse ele.

De todas as palavras que Zuckerman tinha lido, escrito, dito ou escutado na vida, não lhe ocorria nenhuma cuja eficácia retórica chegasse aos pés daquelas quatro palavrinhas. Não a mamãe está indo; não a mamãe irá; mas *a mamãe se foi*.

Zuckerman não via o interior de uma sinagoga desde o começo dos anos 60, época em que todos os meses saía em giro pelos templos judaicos, proferindo palestras em defesa de *Formação superior*. E, no entanto, o ateu se perguntava se sua mãe não deveria ser sepultada à maneira ortodoxa — lavada com água, envolta numa mortalha e enterrada num caixão simples de madeira. Mesmo antes do aparecimento dos primeiros sinais debilitantes da doença fatal, os quatro anos que ela passara cuidando do marido inválido já a haviam reduzido a uma réplica da mãe dela em idade avançada, e foi no necrotério do hospital, enquanto ele mirava aturdidamente o nariz ancestral que despontava no craniozinho de proporções infantis, típico da família, aquela foice curva de onde despencava a cunha oblíqua do rosto sofrido, foi então que Zuckerman pensou num enterro ortodoxo. Porém Henry quis vê-la com o vestido de crepe cinza-claro que lhe caíra tão bem na noite em que ele e Carol a haviam levado ao Lincoln Center para ouvir Theodore Bikel, e Zuckerman achou melhor não criar caso. Estava mais preocupado em encontrar um *lugar* para aquele corpo, associar o que acontecera com sua mãe ao que acontecera à mãe dela, cujo enterro ele presenciara quando criança. Queria descobrir em que ponto, na vida, eles estavam. Quanto aos trajes em que ela se decomporia, Henry podia fazer como bem entendesse. O importante agora era completar essa última tarefa da forma menos traumática

LIÇÃO DE ANATOMIA   319

possível; depois, ele e Henry não teriam mais de entrar em acordo sobre coisa nenhuma e não precisariam voltar a falar um com o outro. Afinal, fora só o bem--estar dela que os mantivera em contato; junto ao leito hospitalar que ela deixara vazio, os dois haviam se encontrado pela primeira vez desde o enterro do pai, ocorrido ali mesmo, na Flórida, um ano antes.

Sim, ela era toda de Henry agora. O cunho furioso de sua eficiência organizacional deixou claro para todo mundo que eventuais dúvidas sobre o enterro deveriam ser endereçadas ao filho caçula. Quando o rabino esteve no apartamento da sra. Zuckerman para acertar os detalhes do serviço religioso — o mesmo rapaz de barba rala que oficiara junto à sepultura de seu pai —, Nathan foi sentar num canto e permaneceu de boca fechada, enquanto Henry, que acabara de voltar da agência funerária, inquiria o fulano sobre como ele pretendia conduzir a cerimônia. "Estou pensando em ler alguns versos", disse o rabino, "algo sobre cultivar coisas. Sei como ela gostava das plantinhas dela." Os três olharam para as plantas do apartamento como se elas fossem os bebês órfãos da sra. Zuckerman. Era cedo para ver as coisas como elas de fato eram — fossem as plantas que jaziam no parapeito da janela ou a travessa de macarrão que ela deixara na geladeira ou o canhoto da lavanderia que eles haviam encontrado em sua bolsa. "Depois pretendo ler alguns salmos", acrescentou o rabino. "E gostaria de encerrar, se não se importarem, com algumas observações pessoais. Convivi com os seus pais no templo. Conheci-os bastante bem. Sei o quanto gostavam um do outro e o quanto apreciavam a vida conjugal. Sei como amavam a família que tinham." "Ótimo", disse Henry. "E quanto ao senhor?", indagou o rabino a Nathan. "Gostaria de compartilhar recordações suas, senhor Zuckerman? Seria um prazer incluí-las em minha fala." Tirou um lápis e um bloco de anotações do paletó para registrar o que o escritor tinha a dizer, todavia Nathan se limitou a balançar a cabeça. "As recordações", disse, "vêm a seu tempo." "Rabino", interveio Henry, "o necrológio fica por *minha* conta." Pouco antes, ele havia dito que não estava em condições emocionais de se encarregar disso. "Se o senhor acha que consegue, mesmo com tudo o que está sofrendo", disse o rabino, "tenho certeza de que será maravilhoso." "E, se eu começar a chorar", replicou Henry, "não tem importância. Ela foi a melhor mãe do mundo."

Ou seja: a correção histórica estava finalmente a caminho. Henry apagaria da memória das pessoas que tinham convivido com sua mãe na Flórida o retrato difamatório apresentado em *Carnovsky*. Vida e arte são coisas distintas, pensou

Zuckerman; o que pode ser mais óbvio que isso? Mas a distinção é para lá de elusiva. O fato de uma narrativa ser obra da imaginação é algo que parece surpreender e irritar a todos.

Carol chegou com os dois filhos mais velhos num voo noturno, e Henry os instalou em seu hotel, na Collins Avenue. Zuckerman passou a noite sozinho no apartamento de sua mãe. Não se deu o trabalho de trocar a roupa de cama, e, entre os lençóis que apenas duas noites antes a tinham envolvido, afundou o rosto no travesseiro dela. "Onde está você, mamãe?" Ele sabia muito bem onde ela estava: na funerária, com o vestido de crepe cinza; mas não conseguia parar de perguntar. Sua mãezinha de um metro e cinquenta e oito de altura desaparecera na enormidade da morte. Provavelmente a maior coisa em que ela entrara antes tinha sido a loja de departamentos L. Bamberger's, na Market Street, em Newark.

Até aquela noite, Zuckerman ignorava quem eram os mortos e a que distância eles se encontravam. Sua mãe lhe apareceu em sonhos, murmurando coisas; contudo, por mais que ele aguçasse os ouvidos, não entendia o que ela dizia. Um centímetro os separava, nada os separava, eram indivisíveis — e, no entanto, as mensagens não chegavam até ele. Parecia estar sonhando que era surdo. No sonho, Zuckerman pensava: "Ela não se foi para o além, foi-se para ainda mais além que o além", e acordava no escuro, babando, encharcando com sua saliva o travesseiro dela. "Coitadinha", dizia, condoendo-se como se *ela* fosse a filha, a filha dele, como se ela tivesse morrido aos dez anos, e não aos sessenta e seis. Sentia na cabeça uma dor do tamanho de um limão. Era o tumor dela.

Na manhã seguinte, enquanto fazia força para acordar, lutando para se libertar de um último sonho em que um objeto próximo parecia estar a uma distância terrível, Zuckerman começou a se preparar para encontrar sua mãe a seu lado. Não precisava ter medo. A última coisa que ela faria seria voltar para pregar um susto nele. No entanto, quando abriu os olhos e viu a luz do dia e se virou no colchão, não deu com nenhuma mulher morta do outro lado da cama. Não havia maneira de vê-la a seu lado de novo.

Levantou-se para escovar os dentes, depois voltou para o quarto e, ainda de pijama, entrou no closet e se postou entre as roupas dela. Introduziu a mão no bolso de uma capa de chuva de popelina que parecia ter sido muito pouco usada e encontrou ali um pacotinho aberto de lenços de papel. Um dos lenços jazia dobrado junto à costura do bolso. Zuckerman o levou até o nariz, porém só sentiu o cheiro do próprio lenço.

De uma caixinha de plástico que se achava no fundo do bolso, retirou um capuz de chuva transparente. Várias vezes dobrado, tinha meio centímetro de espessura e as dimensões de um Band-Aid, contudo o fato de estar acondicionado com tanto esmero não queria dizer que ela nunca o houvesse usado. A caixinha era azul-clara e trazia os dizeres: "Com os cumprimentos de SYLVIA'S, Moda Elegante, Boca Raton". No S de Sylvia's se entrelaçava uma rosa, detalhe que decerto a agradara. Seus cartões de agradecimento eram sempre enfeitados com florzinhas nas margens. As mulheres de Zuckerman vez por outra eram brindadas com cartões de agradecimento apenas por terem feito um interurbano gentil.

No outro bolso, algo de textura macia e rarefeita. A extração do item oculto foi um momento desagradável. Não era exatamente do feitio de sua mãe andar por aí, feito bêbada, com uma peça de lingerie no bolso. Teria o tumor causado um ou outro lapso mental mais infeliz, de que eles nem tinham ficado sabendo? Mas não se tratava de sutiã nem de calcinha; era só uma touca de chiffon bege para ser usada na volta do salão de beleza para casa. Fios de cabelo de um novo penteado, dela, pelo menos foi o que Zuckerman pensou, enquanto segurava a touca junto ao nariz, à procura de alguma fragrância de que se lembrasse. Os odores marcantes, os ruídos decisivos, os ideais americanos, o ardor sionista, a indignação judaica, tudo o que para um menino era vívido e estimulante, quase sobre-humano, pertencera a seu pai; a mãe que tinha sido tão enorme para ele em seus dez primeiros anos de vida era, em sua memória, uma presença tão diáfana quanto aquela touca de chiffon. Um seio, depois um colo, depois uma voz soando já distante às suas costas: "Tome cuidado". Depois um longo intervalo em que não havia nada dela para ser relembrado, só alguém invisível, fazendo força para agradar, contando para ele, pelo telefone, como estava o tempo em Nova Jersey. Depois a aposentadoria na Flórida e os cabelos louros. Vestida com bom gosto para os trópicos, trajando calças de algodão cor-de-rosa e uma blusa branca com monograma (e um broche de pérola que ele comprara para ela anos antes, no aeroporto de Orly, no primeiro verão que passara na França), uma mulherzinha morena, de cabelos louros, que o aguardava no fim do corredor quando ele saía com a mala do elevador: o sorriso incontido, os olhos escuros envolventes, o abraço apertado e triste, imediatamente seguido da gratidão. Quanta gratidão! Era como se o presidente dos Estados Unidos estivesse chegando ao prédio para fazer uma visita à felizarda cidadã que tivera o nome e o endereço sorteados num concurso.

A última coisa que Zuckerman encontrou no bolso da capa de chuva foi um recorte do *New York Times*. Decerto algum conhecido de Nova Jersey mandara para ela. Provavelmente ela o tirara do envelope ainda defronte da caixa de correio, no saguão do edifício, depois guardara no bolso e partira rumo ao salão de beleza ou à Sylvia's, em Boca Raton. Com as dores de cabeça e as tonturas ainda incorretamente diagnosticadas, saíra em companhia de uma amiga, numa tarde chuvosa, para comprar um vestido. Às quatro da tarde, as duas viúvas sem dúvida já haviam escolhido um restaurante para o jantar vespertino. Examinando o cardápio, ela deve ter pensado: "O Victor pediria isto. O Nathan pediria isto. O Henry pediria isto". Só então faria seu pedido. "Meu marido", deve ter dito para a garçonete, "adorava mariscos. Se estiverem frescos e forem dos grandes, vou querer um prato de mariscos, por favor."

No recorte do *Times*, um pequeno parágrafo tinha sido destacado com um retângulo de rabiscos feitos a lápis. Não por ela. Qualquer realce seu teria sido traçado com capricho e com um lápis bem apontado. O parágrafo pertencia a uma matéria extraída da seção "Nova Jersey", com data de "Domingo, 6 de dezembro de 1970". Ela tinha morrido quinze dias depois.

Newark também produziu muitas pessoas famosas, do escritor Nathan Zuckerman ao comediante Jerry Lewis. Os filhos mais famosos do município de Elizabeth são militares: o general Winfield Scott, que viveu no século XIX, e o almirante William "Bull" Halsey, herói da Segunda Guerra.

Num dos armários da cozinha, Zuckerman encontrou um regador de plástico amarelo, enfeitado com margaridas brancas, e se pôs a enchê-lo com água da torneira. Foi até a sala de estar para regar as plantas que ela deixara murchar. Tão doente e atrapalhada e esquecida naquela última semana que nem cuidara de seu jardim. Zuckerman ligou o rádio, manteve-o na mesma estação FM que ela deixara sintonizada e, escutando o tipo de música de que sua mãe mais gostava — sucessos de velhos musicais, em arranjos adocicados para cordas —, percorreu com o regador o parapeito da janela. Teve a impressão de reconhecer plantas da época de Nova Jersey, de seus tempos de colégio. Seria possível? Tantos anos em companhia dela? Abriu a persiana. Apesar do edifício recentemente erguido no terreno vizinho, ainda dava para ver uma fatia generosa da baía. Antes da morte do dr. Zuckerman, contemplar a baía da varanda do quarto era um ritual a que o casal se entregava todas as noites depois de jantar e assistir ao noticiário na TV. "Ah, Nathan, você precisava ter visto o pôr do sol que fez ontem — só você teria palavras para descrever aquilo." Porém após a morte do marido, ela não conseguia encarar aquela beleza inefável sozinha, e permanecia na sala, assistindo ao que quer que estivesse passando na TV.

Ainda não se viam veleiros na água. Não eram nem sete da manhã. Contudo, dois andares abaixo, na garagem de superfície que separava os dois edifícios, um senhor de idade avançada, com calças verdes berrantes, boné verde berrante e blusa amarelo-canário, fazia sua caminhada matinal, indo e voltando com passos não muito firmes entre as fileiras de carros reluzentes. Ao parar para se apoiar no capô de um Cadillac bicolor novinho em folha, possivelmente seu mesmo, o velho olhou para cima e viu Zuckerman de pijama junto à janela panorâmica. Acenou; Zuckerman acenou de volta e por algum motivo mostrou-lhe o regador que tinha na mão. O sujeito gritou qualquer coisa, mas com uma voz fraca demais para que Zuckerman pudesse ouvi-lo com o rádio ligado. A FM preferida de sua mãe tocava um *pot-pourri* da trilha sonora de *O caminho do arco-íris*. "How are things in Glocca Morra, this fine day...?" Sentiu um espasmo de emoção: por onde andava ela naquele dia lindo que fazia em Glocca Morra? A próxima seria "All the things you are", e aí ele não se aguentaria. Essa havia sido a canção com que ela o ensinara a dançar, dias antes de seu *bar mitzvá*. Depois que Nathan terminava a lição de casa, os dois treinavam os passos na faixa de assoalho margeada pelos tapetes persas das salas de estar e de jantar, enquanto Henry, com uma clarineta imaginária entre os dedos, fazia de conta que era Artie Shaw. Henry abria e fechava a boca, articulando em silêncio as palavras que Helen Forrest cantava — qualquer coisa para não ficar de fora, mesmo que, de pijama e pantufas, estivesse caindo de sono. Na festa, realizada num salão da Bergen Street muito inferior em luxo e prestígio ao Schary Manor, todos os seus familiares aplaudiram (e todos os seus amigos emitiram apupos zombeteiros) quando Nathan e a sra. Zuckerman se postaram sob o arco-íris de luzes e deram início ao foxtrote. E, quando o jovem líder da banda largou seu saxofone e começou a cantar — "Você é/ o beijo que a primavera prometeu que me daria" —, ela olhou com orgulho nos olhos de seu parceiro de treze anos — que mantinha a mão alguns centímetros abaixo de onde imaginava estar sujeito a encostar, mesmo que inadvertidamente, na tira do sutiã dela — e disse com suavidade no ouvido dele: "Você *é*, querido".

O apartamento, adquirido dez anos antes pelo dr. Zuckerman, fora decorado com a ajuda da mulher de Henry. Na parede mais extensa tinham sido penduradas duas grandes reproduções, emolduradas com madeira clara de artemísia: uma rua parisiense que Utrillo pintou de branco e as colinas de uma ilha lilás de Gauguin. No linho cintilante que sogra e nora haviam escolhido para forrar as almofadas dos sofás de bambu da sala de estar, estampavam-se galhos carregados de limas e limões. Um Éden tropical — tinha sido essa a ideia, mesmo com os derrames já cavando a sepultura do marido. Ela dera o melhor de si, mas a oposição orgânica levara a melhor e a derrotara.

A tristeza dela não tinha remédio. E se porventura tivera, agora não adiantava mais.

Enquanto Zuckerman observava o velho claudicar na garagem, passando de uma fileira de carros a outra, uma chave virou na fechadura da porta. Apesar do brilho inequívoco da baía — aquela dança luminosa em que os vivos exultam, proclamando: "A existência ensolarada não está nem aí para a morte!" —, a probabilidade do reaparecimento de sua mãe subitamente lhe pareceu tão grande quanto lhe parecera nos instantes em que ele se deixara ficar na cama, aturdido com as horas que passara sonhando no travesseiro dela. Vai ver que, mesmo em pé, o aturdimento não se desfizera.

Não havia por que ter medo do fantasma de sua mãe. Ela só voltaria para ver como ele estava, para ter certeza de que não emagrecera nos três meses que haviam se passado desde sua última visita, só voltaria para sentar-se à mesa com ele e escutar as coisas que ele tinha para contar. Zuckerman lembrou-se da primeira vez que estivera em casa depois de ter entrado na faculdade, a noite de quarta-feira de seu primeiro feriado de Ação de Graças — lembrou-se de como, numa efusão imprevista, pusera-se a falar a ela sobre os livros que estava lendo na escola. Isso foi após terem tirado a mesa; seu irmão saíra ainda antes da sobremesa por causa de um jogo do time de basquete da AZA na YMHA,* e seu pai retornara ao consultório para se desincumbir dos últimos procedimentos burocráticos do dia. Lembrou-se do avental dela, do vestido que ela usava para ficar em casa, dos cabelos escuros que começavam a ficar grisalhos, lembrou-se do velho sofá que ela mandara estofar — no ano em que ele fora para Chicago — com um

---

* Aleph Zadik Aleph: associação internacional de adolescentes judeus; Young Men's Hebrew Association: organização judaica que guarda semelhanças com a Associação Cristã de Moços. (N. T.)

LIÇÃO DE ANATOMIA   325

tecido de "xadrez escocês" sóbrio, utilitário, à prova de manchas. Ela se esticara no sofá da sala, exibindo um sorriso débil diante de tudo o que ele lhe explicava, rendendo-se imperceptivelmente ao sono. Zuckerman a nocauteara com sua falação sobre Hobbes e o Contrato Social. Mas como ela adorava que ele soubesse tudo aquilo! Que sedativo poderoso, o mais forte que tivera coragem de tomar antes de perder o marido, quando foi preciso sedá-la com fenobarbital.

Emoção que não acabava mais. Zuckerman indagou-se se não seria apenas para compensar o mal que diziam que ele causara a ela com a mãe retratada em *Carnovsky*, se não seria essa a origem do enternecimento a que tais lembranças comovidas o induziam enquanto ele regava as plantas. Indagou-se se regar as plantas não seria em si mesmo algo postiço, artificial, um truquezinho digno de um drama água com açúcar da Broadway, tão forçado quanto as lágrimas que ele derramara ao ouvir a canção kitsch predileta dela. Foi nisso que deu minha dedicação à literatura? Esse esquadrinhamento deliberado de mim mesmo — e agora nem o choque causado pela morte da minha própria mãe eu consigo sentir sem lucubrações adicionais? Nem quando estou chorando sei direito qual é a minha.

Teve de sorrir quando viu quem estava entrando no apartamento: não, não era o espectro de sua mãe, regressando do reino dos mortos com uma chave de casa, agora para ouvi-lo falar sobre Locke e Rousseau, mas sim alguém que ele não conhecia, uma mulherzinha atarracada, de aspecto bastante terrestre e cor de chocolate amargo. Estava vestida com um conjuntinho largo de cor turquesa e usava uma peruca de cachinhos pretos e brilhantes. Devia ser Olivia, a faxineira de oitenta e três anos. Quanto à identidade do homem de pijama que cantarolava a música predileta da sra. Zuckerman enquanto molhava suas plantas com o regador de florzinhas, isso ela levou mais tempo para descobrir.

"Que história é essa!?", gritou, batendo o pé no chão e fazendo sinal para ele dar o fora dali.

"A senhora deve ser a dona Olivia. Pode ficar sossegada, dona Olivia. Eu sou o Nathan, filho da Selma. De Nova York. Dormi aqui esta noite. Pode entrar e fechar a porta." Estendeu a mão. "Prazer, dona Olivia."

"Ai, Jesus, que susto que o senhor me deu. Me deixou com o coração na mão. Quer dizer que o senhor é o seu Nathan?"

"Sou."

"Trabalha em quê?"

"Sou o escritor."

Olivia foi apertar a mão dele. "Puxa, o senhor é bem do bonitão, hein, seu Nathan?"

"A senhora também é bonita. Como tem passado?"

"Quede a sua mãe?"

Zuckerman contou-lhe e a mulher arriou no sofá. "A dona Selminha? A dona Selminha? Aquela coisinha mais linda? Não acredito! Eu vi ela na quinta passada. Tava toda arrumadinha pra passear. Com aquele casaquinho branco de gola grande. Eu disse pra ela: 'Ai, dona Selma, que linda que a senhora está'. *Como* que ela foi morrer, justo a dona Selminha?"

Zuckerman sentou-se ao lado dela no sofá, segurando e afagando sua mão até que, por fim, Olivia se consolou.

"O senhor quer que eu faça a faxina mesmo assim?", indagou.

"Se acha que consegue, por que não?"

"Quer que eu faça um ovo pro senhor?"

"Não, não quero nada, obrigado. A senhora sempre chega cedo desse jeito?"

"Geralmente às seis e meia eu tô aqui. Eu e a dona Selma, a gente é de pegar cedo no batente. Ai, nem acredito que ela morreu. As pessoas não para de morrer, mas a gente não acostuma nunca. Mulher boa que nem a dona Selma não tinha."

"Foi rápido, dona Olivia. Ela não sentiu nada."

"Eu falava pra ela: 'Dona Selma, a senhora não tem sossego. Desse jeito eu fico sem o que fazer'."

"É, eu sei como ela era."

"Eu vivia falando pra ela: 'Dona Selma, a senhora paga eu pra quê? Este apartamento está sempre um brinco. Ainda que eu tento esfregar as coisas pra ver se dá mais brilho, mas a senhora deixa tudo limpo que é uma beleza'. Não tinha vez que eu chegava aqui, seu Nathan, que a gente não se abraçava e se beijava logo que se via. Ela era boa pra todo mundo. As outra madame vinha aqui e a dona Selma sentava nessa poltrona e elas pedia conselho pra ela. E com os viúvo era igualzinho. Ela ia lá embaixo e ensinava como é que eles tinha que dobrar a roupa quando tirava da secadora. E no dia mesmo que o seu pai morreu já tava tudo querendo casar com ela. O velho do apartamento aí de cima queria levar ela pra viajar num navio todo do chique, e tinha os que ficava lá embaixo, no saguão, fazendo fila que nem se fosse mocinho, pra levar ela no cinema no domingo à tarde. Mas ela gostava demais do seu pai pra ficar de sem-vergonhice por aí. Não, ela não era dessas, não. Vivia falando pra mim, depois que o seu Victor morreu: 'Eu tive muita sorte na vida, Olivia. Deus me deu os três melhor homem do mundo'. Ela me contava todas as história de quando o senhor e o seu irmão dentista era criança. Nesses livro que o senhor escreve, do que é que o senhor fala, hein, seu Nathan?"

"Boa pergunta", disse ele.

"Tá certo, pode continuar o que o senhor estava fazendo. Já melhorei." E como se tivesse apenas interrompido o serviço para jogar um pouco de conversa fora, a faxineira se levantou e foi com sua sacola para o banheiro. Reapareceu com um gorro de algodão vermelho na cabeça e um avental vermelho comprido por cima do conjuntinho turquesa. "O senhor quer que eu passe um spray na sapateira?"

"Faça como costuma fazer."

"Quase sempre eu passo. Os sapato dura mais."

"Então passe."

Henry levou quase uma hora para ler seu necrológio. Nathan contou cada página que o irmão tirava do alto da pilha e punha embaixo das demais. Dezessete no total — cerca de cinco mil palavras. Para escrever cinco mil palavras, Nathan teria levado uma semana, porém Henry só precisara de uma noite, e fizera aquilo num quarto de hotel, com três crianças e a mulher por perto. Zuckerman não conseguia escrever nem com um gato por perto. Essa era uma das diferenças entre os dois.

Cerca de cem pessoas compareceram à capela mortuária, em sua maioria viúvas judias solitárias que, na casa dos sessenta e setenta, depois de passar a vida inteira em Nova York e Nova Jersey, tinham sido transplantadas para o Sul. No final do discurso de Henry, todas desejavam ter um filho como aquele, e não apenas por causa da altura, da atitude, do perfil e da profissão lucrativa do moço; estavam encantadas com a intensidade da devoção filial. Disse Zuckerman com seus botões: Se os filhos fossem assim, até eu teria tido um. Não que a intenção de Henry fosse engabelá-las; não caiu no ridículo de apresentar um retrato idealizado de si mesmo, longe disso — as virtudes eram todas dela. Mas eram virtudes do tipo que alegra a vida de um menino. Tchekhov, recorrendo a um material similar ao de Henry, escrevera um conto chamado "Queridinha", com um terço daquela extensão. Porém Tchekhov não pretendia desfazer o mal causado por *Carnovsky*.

Do cemitério, dirigiram-se ao apartamento da prima Essie, vizinha de andar de sua mãe, a fim de receber com comes e bebes as pessoas que viriam lhes prestar condolências. Algumas das mulheres pediram a Henry uma cópia do necrológio. Henry prometeu cuidar do assunto assim que chegasse ao consultório, onde sua recepcionista se encarregaria de xerocar o texto e mandá-lo pelo correio para elas. "Esse é o dentista", Zuckerman ouviu uma das viúvas cochichar, "mas escreve melhor que o escritor." Zuckerman ficou sabendo também, por intermédio de várias das amigas de sua mãe, como ela fazia para ensinar os viúvos a dobrar a roupa que tiravam da secadora. Um sujeito de físico robusto, com uma faixa de cabelos brancos em volta da cabeça e um rosto bronzeado, veio apertar sua mão. "Meu nome é Maltz — sinto muito pela sua mãe." "Obrigado." "Quando chegou de Nova York?" "Ontem de manhã." "E o tempo por lá, como estava? Muito frio?" "Até que não." "Me arrependo tanto de ter vindo para a Flórida", disse Maltz. "Estou só esperando terminar de pagar o financiamento do apartamento. Mais dois anos. Se não bater as botas antes, vou estar com oitenta e cinco. Aí eu volto pra lá. Tenho catorze netos em Nova Jersey. Algum deles arruma um cantinho para eu ficar." Enquanto o sr. Maltz falava, uma mulher de óculos escuros permanecia ao lado deles, escutando a conversa. Zuckerman tinha a impressão de que talvez ela fosse cega, embora parecesse estar desacompanhada. Disse ele: "Sou o Nathan, como vai?". "Ah, eu sei. Sua mãe vivia falando de você." "É mesmo?" "Eu dizia para ela: 'Da próxima vez que ele vier, traga-o aqui, Selma — sei de um bocado de histórias que ele poderia usar nos livros dele'. Tenho um irmão que é dono de um asilo em Lakewood, no sul de Nova Jersey, e ele me conta coisas que acontecem por lá que são do arco-da-velha. Se alguém escrevesse um livro sobre essas coisas, prestaria um belo serviço à humanidade." "E o que acontece por lá?", perguntou Zuckerman. "Uma barbaridade pior que a outra. Tem uma senhora que passa o dia inteiro sentada junto à porta do asilo. Leva uma cadeira e fica ali sentada. Um dia, meu irmão perguntou o que ela estava fazendo e ela disse: 'Estou esperando o meu filho'. Na visita seguinte do filho, meu irmão disse para ele: 'Sua mãe fica todos os dias aí na porta, esperando você. Por que não vem mais vezes?'. E sabe o que ele respondeu? Como se fosse difícil adivinhar... Ele disse: 'Você tem ideia do trânsito que a gente pega pra vir do Brooklyn até aqui?'."

A coisa se estendeu por várias horas — as velhinhas e os velhinhos não arredavam pé. Conversavam com ele, conversavam com Henry, conversavam uns com os outros e, embora ninguém tivesse pedido um drinque, quase acabaram com a comida, e Zuckerman pensou: Não, não deve ser fácil para essa turma quando alguém do prédio morre — devem ficar se perguntando quem vai ser o próximo. E um deles vai ser.

Henry voltou com as crianças para Nova Jersey e para seus pacientes, deixando Carol encarregada de examinar o apartamento com Nathan e decidir o que doar para as instituições de caridade judaicas — Carol, para não haver brigas. A cunhada de Zuckerman nunca brigava com ninguém — "o temperamento mais doce do mundo", segundo seus sogros. Tinha trinta e quatro anos e estava sempre muito animada e bem-disposta — uma mulher atraente, com jeito de menina, que mantinha os cabelos curtos e gostava de usar meias três-quartos de lã — e a respeito de quem Zuckerman não sabia dizer muito mais que isso, embora estivesse casada com seu irmão havia quase quinze anos. Sempre que Nathan se achava por perto, ela fingia não saber de nada, não ter lido nada, não ter opinião sobre coisa alguma; com ele na sala, ela não tinha coragem nem de contar uma piada, apesar de Zuckerman amiúde ouvir sua mãe dizer que Carol era "divertidíssima" quando ela e Henry se punham a entreter a família. Porém Carol, receando revelar alguma coisa que ele pudesse criticar ou ridicularizar, não revelava coisa alguma. Tudo o que ele sabia com segurança a seu respeito era que ela não queria ir parar nas páginas de um livro.

Esvaziaram as duas gavetas rasas da penteadeira e espalharam as caixinhas de sua mãe em cima da mesa de jantar. Abriram-nas uma por vez. Carol ofereceu a Nathan um anel com uma etiqueta em que se lia: "Aliança da vovó Shechner". Zuckerman recordou como na infância o impressionara ouvir sua mãe contar que havia tirado a aliança do dedo da mãe dela instantes depois de a velha dar seu último suspiro: tocara um cadáver e depois voltara para casa e preparara o jantar para eles. "Não", disse Nathan, "guarde com você — as joias ficam para as meninas. Dê para elas quando crescerem. Ou para a mulher do Leslie." Carol sorriu — Leslie, seu filho, tinha dez anos. "Mas você precisa ficar com alguma lembrança dela", insistiu. "Não está certo a gente ficar com tudo." Carol não sabia que ele já tinha uma recordação — o pedaço de papel em que sua mãe escrevera a palavra Holocausto. "Não quis jogar fora", dissera-lhe o neurologista, "sem antes mostrar para você." Nathan agradecera e guardara o papel na carteira; agora era *ele* que não tinha coragem de jogar aquilo fora.

330   ZUCKERMAN ACORRENTADO

Numa das caixinhas, Carol encontrou o broche de ouro redondo que sua mãe ganhara por ter sido presidente da Associação de Pais e Mestres, quando Nathan e Henry estavam no primário: na frente, o nome da escola deles, gravado acima de uma árvore florida; no verso, a inscrição: "Selma Zuckerman, 1944-45". Eu ficaria mais contente, pensou ele, andando com isso na carteira. Mesmo assim, mandou Carol levar o broche para Henry. Em seu necrológio, Henry gastara quase uma página falando do período em que sua mãe fora presidente da APM e do orgulho que ele sentira por isso.

Ao abrir uma caixinha de tartaruga, Zuckerman deu com uma série de receitas de tricô. A letra era dela, como o eram a minúcia e o raciocínio pragmático. "1 carr. p.b. a volta inteira, pressionando para manter baixo... frente igual à parte de trás até a cava... manga de 5 cm com 46 pts. sanfona 2 x 2 / acrescentar 1 p. a cada 5 carr..." Cada folha de instruções estava dobrada ao meio e trazia na face externa o nome do neto, da sobrinha, do sobrinho, da nora para quem ela estava preparando o presente. Zuckerman leu o nome de cada uma de suas esposas na caligrafia de sua mãe. "Blusa para Betsy." "Cardigã raglã — Virginia." "Suéter azul-marinho da Laura." "Acho que vou ficar com isso", disse ele. Amarrou o maço de papéis com um pedaço de linha rosa-claro que encontrou no fundo da caixa — uma amostra, imaginou, para ela levar até o armarinho, onde escolheria os novelos que usaria em alguma ideia nova que tivera anteontem mesmo. No fundo da caixa havia uma foto: um retrato dele. Expressão grave, circunspecta, cabelos escuros abundantes, camisa polo limpa, bermudas cáqui, meias brancas, tênis brancos devidamente emporcalhados e, na mão, um Modern Library Giant. A figura alta e magra parecia tensa, como se aguardasse com impaciência a chegada do futuro tão absoluta e enormemente desconhecido. No verso da foto, sua mãe anotara: "N. Dia do Trabalho, 1949. De partida para a faculdade". A foto tinha sido tirada por seu pai, no quintal da casa de Newark. Zuckerman lembrou da Kodak novinha em folha e de como seu pai estava convicto de que era preciso que a luz do sol incidisse na objetiva. Lembrou do título do Modern Library Giant: *Das Kapital*.

Esperou que Carol dissesse: "E essa é a mulher que para o mundo será sempre a senhora Carnovsky, essa mulher que o adorava". Porém, tendo visto o modo como a mãe dele identificara a foto, Carol guardou as acusações para si mesma. Tudo o que fez foi tapar os olhos com a mão, como se a claridade irradiada pela baía lhe parecesse momentaneamente excessiva. Também ela passara a noite em claro, compreendeu Nathan, ajudando Henry a redigir suas dezessete páginas. Talvez ela própria as houvesse escrito. Carol tinha fama de escrever cartas maravilhosas para os sogros, contando nos mínimos detalhes tudo o que ela e Henry viam e comiam quando saíam de férias. Lia vorazmente também, e não os livros que Zuckerman tenderia a associar à máscara de meiguice inócua que ela estampava o tempo todo diante dele. Uma vez, no sobrado de South Orange, tendo subido ao quarto do casal para usar o telefone, Zuckerman investigara os livros empilhados no criado-mudo da cunhada: um bloco repleto de anotações deixado entre as páginas do segundo volume de uma história das Cruzadas, um exemplar todo grifado do livro de Huizinga sobre a Idade Média e pelo menos seis livros sobre Carlos Magno emprestados da biblioteca da Seton Hall University, obras de historiografia escritas em francês. Nos idos de 1964, quando Henry se mandara para Manhattan e passara a noite em claro no apartamento de Nathan, tentando decidir se tinha o direito de abandonar Carol e as crianças para ficar com a paciente com quem estava tendo um caso, naquela ocasião Henry falara com arrebatamento do "brilhantismo" da esposa, chamando-a, numa excepcional efusão lírica, de "meu cérebro, meus olhos, meu discernimento". Quando viajavam para o exterior nas férias de Henry, era graças ao francês fluente dela que eles podiam ver tudo, ir a todos os lugares e aproveitar todas as coisas que havia para aproveitar; da primeira vez que ele juntara um dinheirinho para investir, Carol se informara sobre o mercado de capitais e lhe dera conselhos mais proveitosos do que o sujeito da Merrill Lynch; o jardim florido que ela plantara no quintal da casa deles, um sucesso tão espetacular que ganhara as páginas do semanário local, com direito a fotos e texto elogioso, só se tornara realidade depois de um inverno de paciente planejamento em papel milimetrado e diversas leituras sobre paisagismo. Henry falara com emoção de como Carol havia amparado os pais quando seu irmão gêmeo morreu de meningite no segundo ano da faculdade de Direito. "Se pelo menos ela tivesse feito o doutorado." Repetira esse lamento uma dezena de vezes. "Ela era *perfeita* para o doutorado" — como se, caso a mulher, tal como o marido (a mulher, *em vez* do marido), tivesse continuado a estudar depois do casamento precoce e tivesse feito três anos de pós-graduação, de alguma maneira Henry teria se sentido livre para ignorar as imposições da lealdade, do hábito, do dever e da consciência, bem como as perspectivas de recriminação social e danação eterna — e não teria visto então mal algum em fugir com a amante cujo brilhantismo parecia residir basicamente numa alta dose de magnetismo sexual.

Zuckerman esperou que Carol olhasse para ele e dissesse: "Essa mulher, essa mulher tocante, inofensiva, que guardou essa foto nessa caixinha, que escreveu 'N. de partida para a faculdade' — é isso que ela recebe em troca". Porém Carol, que mesmo depois daqueles anos todos, jamais falara a Nathan — nem em inglês, nem em francês — sobre a morte trágica do irmão, sobre o outono da Idade Média, sobre o mercado de capitais e tampouco sobre jardinagem, Carol não se poria agora a esfregar na cara dele seus defeitos como filho. Não, não faria isso, ainda mais com um romancista que escrevia primeiro e perguntava depois. Se bem que, como era do conhecimento geral, Carol não brigava com ninguém, e fora justamente por isso que Henry a deixara em Miami com a delicada incumbência de decidir quem ficaria com o quê da penteadeira da mãe deles. Possivelmente Henry também a houvesse deixado para trás por conta de uma questão ainda mais delicada: a amante — uma amante nova ou quem sabe a mesma de antes —, com a qual seria mais fácil marcar um encontro se a mulher ficasse alguns dias a mais na Flórida. Tinha sido um necrológio exemplar, digno de todos os elogios que lhe foram feitos — e longe de Zuckerman pôr em dúvida a sinceridade dos sentimentos do irmão; porém Henry era somente humano, por mais heroicos que fossem os esforços que ele fazia para disfarçar isso. De fato, um sujeito com a devoção filial de Henry poderia mesmo sentir, no vazio subsequente a uma perda tão inesperada, a necessidade de experimentar arroubos vertiginosos e obliterantes que estavam categoricamente fora do alcance para qualquer esposa, com ou sem doutorado.

Duas horas depois, Zuckerman deixava o apartamento com sua mala e suas receitas de tricô. Na mão livre levava um livro de capa dura, mais ou menos do tamanho dos cadernos de redação que ele usava para fazer suas anotações. Carol o encontrara no fundo da gaveta de lingeries, debaixo de algumas caixas de luvas de inverno ainda embrulhadas no papel original da loja em que tinham sido adquiridas. Na capa do livro, via-se a reprodução de um desenho em pastel, retratando em tons róseos um bebê adormecido, de um louro angelical, e dotado dos tradicionais cachinhos, cílios e bochechas rechonchudas. Uma mamadeira vazia jazia ao lado do cobertor encapelado, e uma das mãozinhas do bebê repousava semiaberta junto a seus labiozinhos rubros e carnudos. O livro se chamava *Cuidados com o seu bebê*. Na extremidade inferior da capa estava impresso o nome do hospital onde Zuckerman tinha nascido. *Cuidados com o seu bebê* provavelmente tinha sido presenteado a sua mãe no quarto da maternidade, logo após o parto. O excesso de uso desmanchara a lombada, e ela a consertara com fita adesiva: duas velhas tiras de durex que haviam amarelado com o tempo e que estalaram quando Zuckerman abriu o livro e viu na contracapa a marca de seu pezinho, deixada ali em sua primeira semana de vida. Na primeira página, com a caligrafia simétrica que lhe era própria, sua mãe registrara os detalhes do nascimento de Nathan: dia, hora, nomes dos pais e do obstetra. Na página seguinte, sob o título "Observações sobre o desenvolvimento do bebê", anotara semanalmente seu peso durante o primeiro ano de vida; depois registrara o dia em que ele firmara o pescoço, o dia em que se sentara, engatinhara, ficara em pé, dissera a primeira palavra, começara a andar, e os dias em que haviam nascido seus primeiros dois dentes. Em seguida, vinha o conteúdo do livro propriamente dito — cem páginas de "orientações" para criar e educar uma criança recém-nascida. "Cuidar de um bebê é uma grande arte", diziam à mãe de primeira viagem; "... estas orientações são o resultado da experiência acumulada por nossos médicos ao longo de muitos anos...". Zuckerman pôs a mala no chão do elevador e começou a virar as páginas. "Deixe o bebê dormir a manhã inteira num lugar ensolarado... Para pesar o bebê, dispa-o por completo... Depois do banho, seque-o com toalhas macias e aquecidas, estimulando delicadamente a pele... As melhores roupas de baixo para um bebê são as de algodão... Há dois tipos de laringite espasmódica... A manhã é o melhor período para brincar..."

O elevador parou, a porta se abriu, porém toda a atenção de Zuckerman estava voltada para uma manchazinha incolor que ele identificara no meio da página, próximo ao item "Alimentação". "É importante esvaziar totalmente cada seio a cada vinte e quatro horas, a fim de manter a produção do leite. Para esvaziar o seio com a mão..."

O leite de sua mãe manchara a página. Zuckerman não possuía nenhuma evidência concreta disso, mas também não era um arqueólogo apresentando um artigo acadêmico: era o filho que aprendera a viver no corpo dela, e agora aquele corpo estava num caixão debaixo da terra, e ele não precisava de nenhuma evidência concreta. Se ele, que pronunciara sua primeira palavra na presença dela a 3 de março de 1934 — e sua última palavra ao telefone com ela no domingo anterior —, se ele achasse por bem acreditar que uma gota do leite dela caíra ali enquanto ela fazia como o livro dizia que uma jovem mãe devia fazer para esvaziar os seios, quem haveria de contestá-lo? Fechando os olhos, levou a língua à página, e quando os abriu de novo notou que, do outro lado do saguão, apoiando-se com cansaço em seu andador de alumínio, uma velha macilenta o observava pela

334   ZUCKERMAN ACORRENTADO

porta aberta do elevador. Bom, se a velhinha fazia ideia do que tinha acabado de ver, agora podia contar a todos no prédio que tinha visto tudo.

No saguão havia um cartaz sobre a realização, num tal de Bal Harbour Hotel, de um evento destinado à arrecadação de fundos em favor de Israel e, pregado a seu lado, um aviso em *crayon*, agora obsoleto, anunciando um festival de Hanucá no pátio do edifício, patrocinado pela Comissão de Atividades Sociais do condomínio. Zuckerman já tinha passado pelas caixas de correio dos moradores, quando resolveu dar meia-volta e procurar a de sua mãe. "S. Zuckerman — Apto. 414." Descansou a mala no chão, apoiou nela o livro dos bebês e tocou com os dedos as letras em alto-relevo da plaqueta. Quando estourou a Primeira Guerra, ela tinha dez anos. Quando a guerra acabou, tinha catorze. Quando a Bolsa quebrou, estava com vinte e cinco. Tinha vinte e nove quando eu nasci e trinta e sete em 7 de dezembro de 1941. Quando Eisenhower invadiu a Europa, ela tinha a mesma idade que eu... Porém nada disso aplacava a aflição que ele sentia, uma aflição como a dos bebês que, vendo-se a sós no berço, põem-se a perguntar a si mesmos: aonde foi a mamãe?

Na véspera, Henry passara pelo Correio e solicitara que a correspondência da mãe deles fosse redirecionada para South Orange. Contudo, no interior da caixa de correio havia um envelope branco, decerto um cartão de condolências deixado por algum vizinho naquela manhã. No bolso do paletó, Nathan tinha as chaves reserva de sua mãe; o chaveiro ainda estava identificado com uma das etiquetazinhas que ela costumava usar: "Chaves reserva do apartamento". Com a menor delas, Zuckerman abriu a caixa de correio. O envelope não estava endereçado. Em seu interior, encontrou uma ficha de arquivo verde-clara em que alguém que preferira permanecer anônimo rabiscara com uma caneta tinteiro:

QUE A SUA MÃE TENHA

MUITOS PAUS PARA CHUPAR NO INFERNO —

E QUE VOCÊ EM BREVE

FAÇA COMPANHIA A ELA!

UM DE SEUS MUITOS

INIMIGOS

E no Inferno ainda por cima. Uma coisa que nem na terra ela fazia, seu imbecil filho da puta. Quem teria escrito aquilo? O jeito mais rápido de descobrir era subir de novo e perguntar para Esther. A prima de seu pai sabia da vida de todo mundo. E não tinha nada contra retaliações; eram a base do sucesso que ela conquistara na vida. Examinariam juntos a lista de moradores do edifício até Essie identificar quem tinha sido o responsável por aquilo, quem e de qual apartamento; então ele iria até o hotel do Meyer Lansky* e procuraria o chefe dos mensageiros para saber de alguém que pudesse fazer o serviço. Por que não isso, para variar um pouco, em vez de voltar para Nova York e pôr a ficha de arquivo verde--clara na pasta "Morte da mamãe"? Não dava para ele continuar sendo um banana para sempre, o pamonha de um escritor que não fazia nada com as emoções mais fortes além de jogá-las no colo de seus personagens, para que se houvessem com elas nos livros. Saber que os dez dedos que tinham escrito aquelas vinte e cinco palavras seriam esmagados pelas botas de um retardado mental valia uma nota preta. Era bem capaz de os marginais de Miami aceitarem até cartão de crédito.

E, no entanto, quem a investigação revelaria ser o dono dos dedos estropiados? Qual seria a piada dessa vez — um dos viúvos aos quais sua mãe ensinara a dobrar a roupa lavada ou o velho manquitola que acenara da garagem para Zuckerman enquanto ele regava as plantas dela?

Um banana incorrigível, Zuckerman voltou para casa e para suas pastas. Banana e mau-caráter, um sujeito dissimuladamente vingativo, veladamente malicioso que, usando a máscara da ficção para se esconder, expusera sem motivo nenhum a mãe que o amava tanto. Verdadeiro ou falso? Num debate escolar, Zuckerman seria convincente defendendo ambas as proposições.

Na pior. Perdera a mãe, o pai, o irmão, o torrão natal, o tema, a saúde, os cabelos — e, segundo o crítico Milton Appel, o talento também. Não que tivesse, segundo Appel, muito talento para perder. Na *Inquiry*, a revista cultural judaica que quinze anos antes publicara os primeiros contos de Zuckerman, Milton Appel lançara contra a sua carreira um ataque que fazia a investida de Macduff sobre Macbeth parecer quase lânguida. Se tivesse sido decapitado, Zuckerman ainda poderia se considerar um homem de sorte. Uma cabeça não satisfazia a Appel; ele esquartejava suas vítimas, pedaço por pedaço.

---

* Meyer Lansky (1902-1983), judeu nascido na atual Bielorrússia, emigrou com a família para os Estados Unidos em 1911 e tornou-se um dos maiores gângsteres do país. (N. T.)

Zuckerman não conhecia Appel. Só haviam se visto duas vezes — num mês de agosto em Springs, na ponta leste de Long Island, quando se encontraram por acaso, caminhando pela praia de Barnes Hole; e depois, muito rapidamente, num grande festival universitário de artes, em que participaram de mesas de conferência distintas. Esses encontros tinham acontecido alguns anos depois de Appel ter publicado uma resenha do primeiro livro de Zuckerman no *New York Times*. Zuckerman ficara esfuziante com a resenha. Em 1959, no *Times*, o escritor de vinte e seis anos tinha para Appel um quê de menino prodígio. Os contos de *Formação superior* eram "originais, competentes, precisos" — quase minuciosos demais, na opinião de Appel, ao descrever o barulho que os judeus americanos faziam no afã de adentrar o Reino das Delícias Suínas: como o mundo que Zuckerman conhecia ainda permanecia insuficientemente transformado pela imaginação do jovem escritor, o livro, a despeito de toda a sua originalidade, tinha para Appel um caráter mais de registro social que de obra de arte.

Catorze anos mais tarde, na esteira do sucesso de *Carnovsky*, Appel procedeu a uma reavaliação do que chamou de o "caso" de Zuckerman: agora os judeus descritos em *Formação superior* eram irreconhecíveis como tipos humanos, tendo sido distorcidos por uma imaginação obstinada, vulgar e em grande medida indiferente à representação rigorosa do universo social e aos princípios da ficção realista. Um único conto se salvava; o resto daquela primeira coletânea era uma baboseira tendenciosa, subproduto de uma hostilidade generalizada e sem foco. E não havia, nos três livros subsequentes, nada que pudesse redimi-los — romancezinhos vis, sem graça e condescendentes, marcados por uma aversão desdenhosa às profundidades complexas. A não ser como caricatura, jamais existira judeus como os judeus de Zuckerman; como literatura capaz de interessar pessoas adultas, não se podia dizer que aqueles livros chegassem mesmo a existir, tratando-se antes de uma variedade de subliteratura destinada à classe média recentemente "liberada", uma mercadoria fabricada para determinado "público", e não uma obra de ficção para leitores sérios. Ainda que provavelmente não fosse um antissemita rematado, amigo dos judeus Zuckerman não era: a animosidade ofensiva de *Carnovsky* estava aí para prová-lo.

Como já tinha ouvido a maioria dessas acusações antes — e quase sempre na *Inquiry*, de cuja admiração editorial ele havia muito não gozava —, Zuckerman tentou manter a sensatez por quinze minutos. *Ele não me acha engraçado. Bom, não tem sentido mandar uma carta dizendo para ele rir. Ele acha que descrevo vidas*

LIÇÃO DE ANATOMIA 337

judaicas só com o intuito de denegri-las. Ele pensa que eu baixo o tom para agradar as massas. Para ele, é uma profanação vulgar. Piadas sujas alçadas à condição de heresia. Ele acha que sou "superior" e "obsceno" e só. Bom, ele não tem nenhuma obrigação de pensar de outra forma. Nunca pretendi ser um Elie Wiesel.

No entanto, muito tempo depois de terem se encerrado os quinze minutos de sensatez, Zuckerman continuava abalado, revoltado, ultrajado, não tanto por conta da reavaliação crítica de Appel, como pelo exagero polêmico, o esculacho que não perdoava nada e desafiava para a briga. Era o tipo de coisa que o deixava todo eriçado. Não falhava nunca. O que mais doía era o fato de Milton Appel ter sido, ele próprio, um menino prodígio da geração de judeus anterior à de Zuckerman — fora editor e colaborador da *Partisan Review*, de Philip Rahv, e pesquisador da Indiana School of Letters, de John Crowe Ransom, tendo publicado ensaios sobre o modernismo europeu e análises sobre a eclosão da cultura de massas nos Estados Unidos quando Zuckerman ainda estava no colégio, aprendendo a ser um rebelde com Philip Wylie e seu Finnley Wren.* No começo dos anos 50, durante a temporada de dois anos que passara no forte Dix, Zuckerman compusera um "Diário do Exército", descrevendo, em quinze páginas, o encarniçado ressentimento de classe que grassava entre os militares negros recém-chegados da Coreia, os oficiais brancos que tinham sido reconvocados para a ativa e os recrutas com diploma universitário como ele próprio. Apesar de rejeitado pela *Partisan Review*, o manuscrito fora devolvido com uma observação que o deixara quase tão radiante quanto se o texto tivesse sido aceito: "Estude mais Orwell e volte a nos procurar. M. A.".

Um dos primeiros ensaios publicados pelo próprio Appel na *Partisan Review*, escrito pouco depois de ele voltar da Segunda Guerra, fora objeto de leituras fervorosas entre os colegas de Zuckerman em Chicago, nos idos de 1950. Ninguém, até onde eles sabiam, jamais escrevera tão desabusadamente sobre o abismo que se abria entre os simplórios pais judeus, cujos valores haviam se formado no isolamento e na insegurança de um meio imigrante americano, e seus irrequietos e livrescos filhos americanos. Appel extrapolava os limites moralizantes da ques-

---

* Em *Finnley Wren* (1934), uma versão ficcional de Philip Wylie (1902-1971), mais conhecido como autor de obras de ficção científica, ouve as histórias que o loquaz Finnley Wren conta sobre sua vida, em que abundam episódios iconoclastas e críticas ao moralismo e materialismo da classe média norte-americana. (N. T.)

tão, conferindo-lhe os contornos de um drama determinista. Não poderia ser diferente de nenhum dos lados — era um conflito de integridades. Sempre que voltava para Chicago depois de um feriado conturbado em Nova Jersey, Zuckerman tirava sua cópia do ensaio da pasta ("Appel, Milton, 1918-") e o relia mais uma vez a fim de readquirir um olhar distanciado sobre suas desavenças com a família. Ele não estava sozinho... Era um tipo social... O desentendimento com seu pai era uma necessidade trágica...

A bem da verdade, o tipo de judeuzinho intelectual que Appel retratava, ilustrando seus conflitos com passagens dolorosas de sua adolescência e juventude, parecia a Zuckerman bem mais mal-arranjado do que ele próprio. Talvez porque fossem rapazes mais profunda e exclusivamente intelectuais, talvez porque tivessem pais menos esclarecidos. Fosse por que fosse, Appel não minimizava o sofrimento. *Alheado, desenraizado, angustiado, desnorteado, cabisbaixo, atormentado, impotente* — era como se estivesse descrevendo a vida interior de um condenado a trabalhos forçados no Mississippi, em vez de as aflições de um filho que idolatrava livros que o seu pai inculto era tapado demais para respeitar ou compreender. Zuckerman por certo não se achava, aos vinte anos, um sujeito atormentado *e* impotente *e* angustiado — só queria que o pai largasse do seu pé. Apesar de todo o alívio proporcionado pelo ensaio, ele se perguntava se o conflito não comportava mais elementos de comédia do que Appel parecia disposto a admitir.

Por outro lado, Appel poderia muito bem ter tido uma criação mais desafortunada do que a sua, e o jovem Appel talvez tivesse sido aquilo que ele próprio posteriormente denominaria um "caso". Segundo Appel, durante a adolescência lhe causava a mais profunda vergonha o fato de seu pai, cujo sustento era ganho na boleia de uma carroça, só conseguir falar desimpedidamente com ele em iídiche. Quando, com vinte e poucos anos, chegou o momento de o filho abandonar o lar de imigrantes desvalidos e alugar um quarto para si próprio e para seus livros, não houve como fazer o pai entender nem aonde ele ia, nem por que estava indo. Gritaram e berraram um com o outro, choraram, esmurraram a mesa e bateram portas, e só então o jovem Milton saiu de casa. Zuckerman, por sua vez, tinha um pai que falava inglês e exercia a podologia num edifício comercial do centro de Newark, com vista para os plátanos do Washington Park; um pai que tinha lido *Diário de Berlim*, de William Shirer, e *Um mundo só*, de Wendell Willkie, e que se orgulhava de estar sempre atualizado; um cidadão consciente, bem informado; pertencente, é verdade, a uma das mais humildes ordens médicas, mas

LIÇÃO DE ANATOMIA 339

mesmo assim um profissional liberal e, naquela família, o primeiro. Quatro irmãos mais velhos eram comerciantes e vendedores; o dr. Zuckerman fora o primeiro que não interrompera os estudos no ginásio. O problema de Zuckerman era que seu pai entendia *alguma coisa*. Os dois também gritavam e berravam um com o outro, mas depois se sentavam para conversar sobre seus problemas com calma; e isso, quando começa, não tem fim. Isso sim é um tormento. Para o filho, atacar o pai com um facão de açougueiro, estripá-lo e sair porta da rua afora pode ser uma solução mais caridosa do que sentar todo santo dia para conversar com calma quando não há mais nada o que conversar.

Zuckerman estava no forte Dix quando soube da publicação de uma antologia de narrativas iídiches, organizadas e traduzidas por Appel. Era a última coisa que Zuckerman esperava depois da dicção dolorida e dramática daquele ensaio em que o autor assinalava a profundidade de seu alheamento em relação ao passado judeu. Havia também os ensaios críticos com que Appel desde então construíra sua reputação junto às revistas de cultura, e que lhe tinham valido, mesmo sem mestrado ou doutorado, primeiro um emprego de auxiliar de ensino na New School of Social Research e, depois, um cargo de professor no Bard College. Appel escrevera sobre Camus, Koestler, Verga e Górki, sobre Melville, Whitman e Dreiser, sobre o espírito que se revelara na coletiva de imprensa de Eisenhower e sobre a mentalidade de Alger Hiss — escrevera sobre praticamente tudo, menos sobre a língua em que seu pai anunciava, do alto da boleia de sua carroça, a chegada do garrafeiro. Mas não porque o judeu estivesse escondido. A disposição polêmica, a sensibilidade agressivamente marginal, a rejeição dos laços comunitários, a propensão a examinar eventos sociais como se fossem sonhos ou obras de arte — esses eram, aos olhos de Zuckerman, os traços distintivos dos judeus intelectuais trintões e quarentões em que ele se espelhava para moldar seu próprio estilo de reflexão. Ler nas páginas das revistas de cultura os ensaios e contos publicados por Appel e outros de sua geração — filhos judeus de famílias imigrantes, nascidos uma década ou mais depois de seu pai — servia apenas para confirmar a sensação que Zuckerman tivera pela primeira vez em seus anos de graduação em Chicago: ser criado como um judeu americano de segunda ou terceira geração era receber um passe para sair do gueto e ingressar num universo intelectual sem quaisquer limitações. Na ausência de laços com o Velho Mundo e do garrote de uma Igreja como a dos italianos, irlandeses e poloneses, sem gerações de ancestrais americanos para prendê-lo à vida americana ou obstruir, com o tapa-olhos da lealdade, a visão de suas deformidades, o sujeito podia ler o que bem entendesse e escrever como e o que mais lhe aprouvesse. Alheado? Era só uma maneira diferente de dizer "Livre!". Um judeu livre até dos judeus — mas só com a condição de manter, sem titubear, a consciência de si mesmo como judeu. Esse era o propulsor eletrizantemente paradoxal da coisa.

Era quase certo que o motivo que a princípio levara Appel a compilar sua antologia de literatura iídiche tivesse sido o simples entusiasmo com a descoberta de um idioma cuja amplitude ele nunca poderia ter adivinhado ouvindo a fala rude de seu pai. No entanto, parecia haver ali também uma intenção deliberadamente provocadora. Longe de indicar algo reconfortante e inautêntico como o retorno do filho pródigo ao lar, a antologia dava a impressão de ser, antes de tudo, um posicionamento *contra*: para Zuckerman, mesmo se para mais ninguém, um posicionamento contra a vergonha dissimulada dos assimilacionistas, contra as distorções dos nostálgicos do judaísmo, contra a fé fria e aborrecida dos novos e prósperos subúrbios — e, melhor que tudo, um encorajador posicionamento contra o desdém esnobe daqueles renomados departamentos de Literatura Inglesa, de cujas impecáveis fileiras cristãs o judeu literato, com seu sotaque vira-lata e suas inflexões estridentes, tinha sido até outro dia categoricamente excluído. Para o admirador de Appel, um rapazola buliçoso que ainda não completara sua formação, o resgate daqueles escritores iídiches tivera o efeito dinâmico de uma ação rebelde — uma rebeldia que parecia ainda mais saborosa por se voltar contra a própria rebeldia inicial do organizador da antologia. O judeu livre, um animal levado por sua nova e inesgotável fome a tal estado de arrebatamento e agitação que, de repente, empina nas patas traseiras e morde o próprio rabo, deliciando-se com o gosto de si mesmo e simultaneamente proferindo frases angustiadas sobre os suplícios infligidos por seus dentes.

Depois de ler a antologia iídiche de Appel, Zuckerman usou sua licença seguinte para ir até Nova York e, na Quarta Avenida, entre a Union Square e o Astor Place, a região dos livros usados, onde ele costumava fazer a festa comprando volumes da Modern Library a vinte e cinco centavos cada um, pôs-se a vasculhar os sebos até encontrar uma gramática de iídiche e um dicionário inglês-iídiche usados. Comprou-os, levou-os de volta para o forte Dix e, após o jantar no refeitório, retornou ao escritório vazio e silencioso em que, durante o dia, ele redigia releases para o Departamento de Relações Públicas do Exército. Ali, sentou-se à sua escrivaninha para estudar iídiche. Uma lição apenas por noite e, quando fosse

LIÇÃO DE ANATOMIA   341

dispensado, estaria lendo seus antepassados literários na língua original deles. Conseguiu manter o plano de estudos por seis semanas.

Da aparência que Appel tinha em meados dos anos 60, Zuckerman guardara só uma vaga lembrança. Rosto redondo, óculos, não muito alto, um princípio de calvície — era tudo de que conseguia se lembrar. Talvez suas feições não fossem tão memoráveis quanto seus pontos de vista. Bem mais vívida era a imagem que lhe ficara de uma mulher espetacular. Continuaria casado com a bela e delicada morena que caminhava com ele pela praia de Barnes Hole? Zuckerman recordava ter ouvido rumores sobre uma paixão adúltera. Qual das duas teria sido ela, a abandonada ou a conquistada? De acordo com a nota biográfica publicada na *Inquiry*, Milton Appel tinha se licenciado de sua cátedra na New York University e estava passando o ano letivo em Harvard. Quando se falava em Appel nos meios literários de Manhattan, Zuckerman tinha a impressão de que o nome Milton era entoado com simpatia e respeito incomuns. Não encontrava quem quisesse mal ao sacana. Jogava verde, e nada. Em Manhattan. Inacreditável. *Havia* um diz que diz sobre uma filha hippie que largara a faculdade e estava envolvida com drogas. Ótimo. Isso devia deixar o sujeito num desgosto só. Então correu a notícia de que Milton estava internado num hospital de Boston, com pedras nos rins. Zuckerman teria gostado de presenciar sua extração. Alguém comentou que um conhecido o vira em Cambridge, caminhando com uma bengala. Por causa de pedras nos rins? Viva. Isso aplacava um pouco a animosidade. Animosidade? Estava fulo da vida, e a coisa se tornou ainda mais visceral quando ele soube que, antes de publicar "O caso de Nathan Zuckerman", Appel sondara o público, apresentando o artigo numa série de palestras universitárias, mostrando para estudantes e professores como os seus livros eram ruins. Depois Zuckerman ouviu dizer que a *Inquiry* recebera uma única carta em sua defesa. E essa carta, que Appel destroçara em réplica de uma linha, tinha sido escrita por uma moça com quem Zuckerman dormira tempos antes, no verão que passara lecionando na Bread Loaf School of English. Bom, ele bem que se divertira também — mas onde andava o resto de seus admiradores, todos aqueles aliados influentes? Os escritores não devem — e não só dizem a si mesmos que não devem, como todos os que não são escritores volta e meia fazem questão de lembrá-los disso —, os escritores obviamente não devem, mas mesmo assim de vez em quando acabam por levar essas coisas a sério. O ataque de Appel — não, o próprio Appel, em si e por si mesmo, o fato exasperante de

342 ZUCKERMAN ACORRENTADO

sua existência corpórea — passou a dominar os pensamentos de Zuckerman (ao lado de sua dor e de seu harém).

A satisfação que o imbecil proporcionara aos babacas! A imagem que aqueles xenófobos tinham de Zuckerman, a visão que tinham dele aqueles judeus sentimentais, chauvinistas, filisteus, recebendo a sanção ilustrada do inatacável Appel — judeus cujas discussões políticas e prazeres culturais e convenções sociais, cujas meras conversas à mesa de jantar o Professor Catedrático não suportaria nem por dez segundos. Só o que tinham de kitsch bastaria para deixar Appel com engulhos; as preferências que manifestavam quando se tratava de entretenimento judaico tinham sido tema de artigozinhos cáusticos que Appel publicara ciosamente nas últimas páginas de alguns periódicos intelectuais. E eles tampouco suportariam Appel por muito tempo. A severa dissecação moral a que Appel submetia suas inofensivas atividades de lazer — se Appel tivesse feito aqueles comentários em volta da mesa de carteado da YMHA, e não em publicações de que eles nunca tinham ouvido falar — lhes teria parecido coisa de gente doida. Veriam nada menos que antissemitismo na censura que Appel fazia a seus sucessos de bilheteria favoritos. Ah, como ele era duro com aqueles judeus bem--sucedidos por gostarem de porcarias diluídas, fáceis, cafonas. Perto de Milton Appel, Zuckerman teria começado a parecer um bom moço para aquela gente. A ironia era justamente essa. Zuckerman fora criado no meio social que *adorava* aquelas porcarias, convivera com gente assim a vida toda, eram seus parentes ou amigos da família; visitara-os, almoçara e jantara com eles, dera risada com eles e escutara-os manifestando suas opiniões, enquanto Appel conversava com Philip Rahv na editora e bancava o cavalheiro com John Crowe Ransom. Zuckerman continuava mantendo contato com eles. Também sabia que em lugar nenhum, nem em seus textos de juventude mais satíricos, seria possível encontrar algo que se comparasse às náuseas que Appel sentia ao ver esse público confirmando sua "identidade judaica" na Broadway. Como sabia disso? Ah, esse é o tipo de coisa que você sabe a respeito de alguém que é obrigado a detestar: o sujeito o acusa de crimes que ele próprio comete e o usa para castigar a si mesmo. O nojo de Appel aos milhões de afortunados que rezavam no santuário da delicatéssen e cultuavam *Um violinista no telhado* estava muito além de qualquer coisa que poderia ser encontrada nas páginas mais ofensivas de Zuckerman. Como tinha tanta certeza? Odiava Appel, só isso. Odiava-o e nunca perdoaria nem esqueceria aquele ataque.

LIÇÃO DE ANATOMIA   343

Mais cedo ou mais tarde, todo escritor leva a chicotada de duas mil, três mil, cinco mil palavras que arde bem mais do que as setenta e duas horas regulamentares e continua inflamada para o resto da vida. Zuckerman agora tinha a sua: para guardar em seu baú de citações até morrer, a resenha menos amável de todas, gravada tão indelevelmente em sua memória (e com tanta utilidade) quanto "Abou Ben Adhem" e "Annabel Lee", os dois primeiros poemas que a professora de inglês mandara que ele decorasse no colégio.

O ensaio de Appel aparecera na *Inquiry* — e Zuckerman começara a se roer de raiva — em maio de 1973. Em outubro, na tarde do dia de Yom Kippur, cinco mil tanques egípcios e sírios atacaram Israel. Pegos de surpresa, dessa vez os israelenses levaram três semanas para destruir os exércitos árabes e alcançar as periferias do Cairo e de Damasco. Após a reação vitoriosa, porém, veio a derrota de Israel: no Conselho de Segurança da ONU, na imprensa europeia e mesmo no Congresso americano, choviam críticas à agressão judaica. Cúmulo dos cúmulos, em sua busca desesperada por aliados, Milton Appel recorreu ao pior dos escritores judeus, na esperança de que ele escrevesse um artigo manifestando apoio ao Estado de Israel.

O pedido não foi feito diretamente, e sim por intermédio de um conhecido comum, Ivan Felt, que tinha sido assistente de Appel na NYU. No ano anterior, Zuckerman, que conhecera Felt em Quahsay, a colônia de artistas, apresentara-o a seu editor, e o primeiro romance de Felt, em vias de ser publicado, traria na orelha um parágrafo elogioso escrito por Zuckerman. O tema de Felt era a fúria destrutiva e insolente dos anos 60, a anarquia e a libertinagem que tinham virado pelo avesso até as vidas americanas mais improváveis, enquanto Johnson devastava o Vietnã para os canais de TV. O livro era malcriado como o próprio Felt, mas, ai, bem menos arrogante; Zuckerman achava que, se ele permitisse que *toda* aquela natureza arrogante inundasse sua prosa, e se ele abandonasse a objetividade insincera e abrisse mão da deferência que estranhamente insistia em conceder à temática moral grandiosa, Ivan Felt ainda poderia tornar-se um artista de verdade, na linha do diabólico e perverso Céline. E mesmo que sua ficção não tivesse tal sorte, suas cartas, escrevera Zuckerman a Felt, ficariam para sempre inscritas nos anais da paranoia. Em que medida o excesso de confiança açodado e presunçoso, bem como o egoísmo exibicionista, ofereceria proteção ao escarcéu verborrágico, isso ainda não era possível prever. Felt tinha vinte e sete anos e toda uma carreira literária pela frente.

Syracuse — 1/12/73

Nathan,

Segue (anexo) xerox de parágrafo referente a NZ extraído de minha correspondência com M. Appel. (O resto é sobre uma carta de recomendação que pedi a ele — e aproveito para pedir uma a você também — para ver se consigo uma vaga de professor na Brown.) Estive em Boston faz dez dias e fui visitar o púlpito do sujeito na Harvard. Fazia um tempão que eu tinha mandado para ele as provas do livro e ele não dava sinal de vida. Disse que leu um capítulo, mas não vê "nenhuma graça" no que "esse tipo de humor representa". Que eu estou apenas avacalhando o "prestígio" de tudo o que me dá medo. Perguntei que mal havia nisso, mas ele não quis encompridar; falou que já não tinha muito que dizer sobre o meu livro, que no momento não está interessado em literatura. Só pensa nos inimigos de Israel. "Estão doidos para acabar com a gente", ele disse. Falei que é assim que eu via *tudo*. Quando, instantes depois, comentei: "Quem não está preocupado com Israel?", ele achou que eu só estava querendo puxar o saco dele — que eu só estava dizendo isso da boca para fora. Então lasquei o pau naquela arenga que ele publicou sobre você. Ele disse que se eu queria polemizar, deveria ter escrito para a revista. Estava sem energia e sem disposição para isso agora: "Outras coisas na cabeça". Na saída, acrescentei que se tinha um judeu que se preocupava com Israel esse judeu era você. O parágrafo em anexo é fruto dessa minha provocação. No mundo civilizado, sabe-se que a resposta do famigerado paranoico não tardará. Quero só ver quais serão os efeitos, num sujeito amável como você, desse convite para que você alivie a sua consciência.

Do seu banheiro público,

I. F.

"Raiva guardada, muita raiva", era o que o jovem dr. Felt tinha a dizer sobre as origens do sofrimento de Zuckerman. No ano anterior, ao receber a notícia de sua internação hospitalar, Felt ligara de Syracuse para saber o que tinha acontecido e, algum tempo depois, ao passar por Nova York, fizera questão de visitar o escritor. Antes mesmo de entrar no apartamento, envergando sua japona de adolescente, Felt o agarrara pelos braços — braços cuja força se esvaía dia a dia — e, não inteiramente de brincadeira, anunciara seu parecer.

LIÇÃO DE ANATOMIA 345

Felt tinha um físico de estivador, andava com os passos empertigados de um trapezista, cobria-se com várias camadas de roupas como um camponês e exibia as feições indistintas e indecifráveis de um gângster bem-sucedido. Pescoço taludo, costas frondosas, pernas que absorviam qualquer impacto — enrolando-o bem enroladinho, a pessoa poderia introduzi-lo na boca de um canhão e dispará-lo como um projétil. No Departamento de Inglês de Syracuse havia os que, com fósforos e pólvora na mão, faziam fila à espera dessa oportunidade. Não que isso o incomodasse. Felt já determinara o relacionamento apropriado de Ivan Felt com seus semelhantes. Como fizera Zuckerman aos vinte e sete anos: Persistir sozinho. Como Swift e Dostoiévski e Joyce e Flaubert. Independência obstinada. Rebeldia inabalável. Liberdade temerária. Um "Não!" a plenos pulmões.

Era a primeira vez que os dois se encontravam no apartamento da rua 81. Tão logo entrou na sala de estar e tirou a japona, o boné e o sem-fim de blusas velhas que tinha por baixo do casaco e por cima da camiseta, Felt se pôs a opinar sobre tudo o que via: "Cortinas de veludo. Tapete persa. Consolo de lareira antigo. O gesso com motivos ornamentais no teto, o assoalho de tacos encerados no chão. Ah, mas mesmo assim, ascético como manda o figurino. Nem um pingo de hedonismo, e apesar disso: *conforto*. Chiquérrima essa sua decoração austera, Nathan. É o apezinho de um monge endinheirado".

Porém Zuckerman estava menos interessado no sarcasmo com que Felt examinava seu apartamento do que no novo diagnóstico. Incrível como não paravam de brotar, esses diagnósticos. Todo mundo queria dar o seu pitaco. Era a doença de mil significados. As pessoas liam a sua dor como se fosse o seu quinto livro.

"Raiva guardada?", indagou Zuckerman. "De onde tirou isso?"

"*Carnovsky*. Um veículo sem igual para a expressão dos seus ódios inconfessáveis. A sua raiva jorra em ritmo de enchente, Nathan — é tanta raiva que o corpo não aguenta. Apesar disso, fora dos livros, você age como se não estivesse nem aí. É a compostura em pessoa. De modo geral, os seus livros transmitem mais senso de realidade do que você. Da primeira vez que o vi, naquela noite em Quahsay, quando você, o Hóspede Cintilante do Mês, entrou no salão de jantar, eu disse para a pequena Gina, a poeta lésbica: 'Aposto que fora das páginas daqueles best-sellers esse sujeito nunca perde a cabeça'. Por acaso perde? Sabe como fazer para perder?"

"Você é mais duro na queda do que eu, Ivan."

"Isso é só uma maneira educada de dizer que sou mais desagradável do que você."

"Quando *você* se enfurece fora do texto?"

"Me enfureço quando quero me livrar de alguém. Tem gente no meu caminho. A raiva é um revólver. Eu aponto e atiro, e continuo atirando até que sumam da minha frente. Sou como você é no texto fora do texto *e* no texto. Você se controla e fica calado. Eu falo o que me dá na telha."

Nessa altura, com as várias camadas de roupa de Felt removidas e espalhadas pelo chão, o apezinho do monge endinheirado dava a impressão de ter sido alvo de uma turba de saqueadores.

"E você acredita no que diz", perguntou Zuckerman, "quando fala o que dá na telha?"

Sentado no sofá, Felt olhou para Zuckerman como se o amigo fosse demente. "Não faz a menor diferença se *eu* acredito. Você é tão bom soldado que nem sequer entende. O importante é fazer com que *eles* acreditem. Você é mesmo um bom soldado, Nathan. Enfrenta com seriedade o ponto de vista do adversário. Faz tudo isso *do jeito correto*. Precisa fazer assim. O fato de as pessoas se sentirem incomodadas com a revelação dos segredos infamantes da sua vida íntima é algo que o deixa perplexo. Você fica de queixo caído. Fica *triste*. Não entende o motivo de tanto escândalo. Justo você! Abatido pelo mal-estar dos línguas-sujas! Tão carente do respeito dos homens e do carinho das mulheres. Tão precisado da aprovação do papai e do amor da mamãe. Nathan Zuckerman! Quem diria?"

"Já você não precisa de nada, não é Ivan? Acredita *nisso*?"

"Eu só não deixo a culpa se imiscuir em tudo, não do jeito que vocês, os bons soldados, fazem. A culpa é o quê? Nada — coisa de quem precisa se sentir bem consigo mesmo. As pessoas me detestam? Me xingam? Me reprovam? Tanto melhor. Na semana passada uma garota tentou se matar na minha casa. Veio com os comprimidos dela atrás de um copo d'água. Tomou tudo enquanto eu dava aula para a minha turma de imbecis da tarde. Quando a encontrei, fiquei uma arara. Chamei a ambulância, claro. Mas ir com ela? Aí já era demais. E se ela tivesse morrido? Problema dela. Se a menina está a fim de se matar eu não tenho nada com isso. Não me meto na vida de ninguém e não quero ninguém se metendo na minha. Eu digo: 'Não quero saber dessa história — pra mim não dá'. E saio atirando até mandar tudo pros quintos dos infernos. A gente só precisa dessa cambada pra ganhar dinheiro, Nathan — com o resto a gente dá um jeito."

"Obrigado pela aula."

"Não me agradeça", disse Felt. "Aprendi no colégio, lendo os seus livros. Raiva. Aponte e atire e continue atirando até acabar com eles. Em dois tempos você volta a ser um escritor esbanjando saúde."

Eis o parágrafo de Appel, xerocado por Felt e encaminhado para Zuckerman:

Para ser sincero, não sei se há muito que possamos fazer — primeiro exterminam os judeus com gás, agora querem usar petróleo. Em Nova York, isso envergonha muita gente: é como se fossem circuncidados por outros motivos. Os mesmos que fizeram a maior algazarra por causa do Vietnã, agora que a coisa é com Israel, andam meio quietos (com exceção de um ou outro). Apesar disso, tendo em vista que a opinião pública, ou pelo menos aquela fraçãozinha minúscula que está a nosso alcance, tem lá sua importância, permita-me fazer uma sugestão que talvez o irrite, mas que farei assim mesmo. Por que não pede a seu amigo Nate Zuckerman que escreva um artigo para o *Times* defendendo Israel? Tenho certeza de que vão publicar. Se eu saísse em defesa de Israel no *Times*, ninguém daria muita bola; é o que se espera de mim. Mas, com o prestígio que o Zuckerman tem junto àquela parcela do público que não quer saber da gente, se ele se manifestasse categoricamente, o efeito poderia ser interessante. Talvez ele já tenha até escrito alguma coisa a esse respeito, mas se publicou eu não vi. Ou será que ele ainda acha que os judeus, como diz o tal de Carnovsky, fariam melhor enfiando seu sofrimento histórico no cu? (Não se preocupe, sei muito bem que entre o personagem e o autor há uma diferença; mas também sei que homens crescidos não devem fazer de conta que a diferença é tão grande quanto dizem a seus alunos que é.) De qualquer modo, deixando de lado a óbvia hostilidade que nutro pela forma como ele vê essas coisas, até porque isso não vem ao caso, acredito sinceramente que, se o Zuckerman viesse a público, o efeito seria interessante. Tenho a sensação de que o mundo inteiro está querendo foder com os judeus. Em momentos assim, até o mais independente dos espíritos pode chegar à conclusão de que vale a pena dizer alguma coisa.

Bom, agora a raiva extrapolara os livros. Compostura? Não era com ele. Tirou um exemplar de *Carnovsky* da estante. Por acaso estava dito em algum lugar ali que os judeus fariam melhor enfiando seu sofrimento no abre aspas fecha aspas? Um sentimento tão cáustico largado assim, como um sapato, entre aquelas páginas? Revirou o livro à procura da fonte da repugnância de Appel e encontrou-a no fim de sua primeira terça parte: penúltima linha de duas mil palavras de protesto semi-histérico contra a obsessão de uma família que não parava de se afligir com a condição de minoria — declaração de independência proferida por Carnovsky à irmã mais velha, no santuário de seu quarto, aos catorze anos de idade.

Ou seja: sem cair no faz de conta com que os homens crescidos enganam seus alunos, Appel atribuíra ao autor o brado rebelde de um garoto claustrofóbico de catorze anos. E o sujeito ainda se dizia crítico literário? Não, não — era só um protetor aflito da judiaria ameaçada de extinção. Aquele parágrafo poderia ter sido escrito pelo pai de Carnovsky. Poderia ter sido escrito pelo pai de Zuckerman. Em iídiche, poderia ter sido escrito pelo pai de Appel, o garrafeiro imigrante e iletrado que, se não deixara o jovem Milton ainda mais pirado do que Carnovsky, evidentemente o deixara com o coração partido.

Zuckerman esquadrinhou o parágrafo como um litigante profissional, devolvido com furor àquilo que mais o exasperava. Então ligou para Diana na faculdade. Precisava que ela datilografasse uma coisa para ele. Precisava que ela viesse o mais rápido possível. A raiva era um revólver e ele queria abrir fogo.

Diana Rutherford era aluna da Finch, uma faculdade do Upper East Side frequentada por moças ricas como Tricia, a filha dos Nixon. Zuckerman estava pondo uma carta no correio quando a conheceu. Usava as roupas de vaqueira da moda: jaqueta e calças jeans batidas sem descanso nas pedras crestadas pelo sol do Rio Grande, depois despachadas para o Norte e penduradas nas araras da Bonwit's. "Senhor Zuckerman", dissera ela, cutucando-o de leve no ombro no momento em que ele introduzia o envelope no orifício da caixa do correio, "posso entrevistá-lo para o jornal da faculdade?" A poucos metros de distância, duas colegas de quarto riam sem parar do atrevimento da moça. "Você escreve para o jornal da faculdade?", perguntou ele. "Não." A confissão veio acompanhada de um sorriso largo e sem malícia. Sem malícia? Os vinte anos são a idade da malícia. "Moro logo ali. Vamos comigo até lá", disse ele, "e enquanto a gente anda eu penso no assunto." "Oba", respondeu a figura. "O que faz uma moça esperta como você numa escola como a Finch?" "Meus pais acham que eu preciso aprender a cruzar as pernas quando estou de saia." Apesar disso, vinte metros à frente, quando chegaram ao prédio de Zuckerman e ele perguntou se ela gostaria de entrar, o atrevimento desapareceu e Diana voltou rebolando para a esquina onde deixara as amigas.

Na tarde do dia seguinte, quando a campainha tocou, Zuckerman perguntou pelo interfone quem era. "A menina que não escreve para o jornal da faculdade." As mãos de Diana tremiam quando Zuckerman abriu a porta. Ela acendeu um cigarro, depois tirou o casaco e, sem esperar pelo convite, pôs-se a examinar os livros e as fotos do escritor. Verificou tudo, cômodo por cômodo. Zuckerman a acompanhava.

No escritório, Diana perguntou: "Não tem nada fora do lugar aqui?".

"Só você."

"Olha, se estiver numas de ser superirônico, não serei páreo pra você." Apesar da voz trêmula, a moça não tinha papas na língua. "Ninguém na sua posição precisa ter medo de alguém na minha posição."

De volta à sala de estar, Zuckerman pegou o casaco que ela deixara no sofá, e antes de pendurá-lo, inspecionou a etiqueta. Comprado em Milão. Detalhe que deixava a posição de certo zé-ninguém milhões de liras para trás.

"É sempre despachada assim?", indagou.

"Estou fazendo um trabalho sobre você." Na extremidade do sofá, Diana acendeu seu segundo cigarro. "Mentira. Estou nada."

"Veio para faturar uma aposta."

"Pensei que você era um cara com quem eu poderia conversar."

"Sobre?"

"Os homens. Ando de saco cheio deles."

Zuckerman fez um café e Diana começou pelo namorado, um estudante de Direito. Ele fazia pouco-caso dela e ela não entendia o porquê. O rapaz ligava aos prantos no meio da noite para dizer que não estava a fim de vê-la, mas também não queria romper com ela. Por fim, Diana escrevera uma carta para ele, perguntando o que estava acontecendo. "Sou moça", explicou a Zuckerman, "e quero trepar. Fico me sentindo feia quando ele diz que não quer."

Diana era uma garota esguia; tinha uma bundinha minúscula, seios pequenos em forma de cone, e seus cabelos pretos eram cacheados e curtos. Seu queixo era redondo como o de uma criança, e o mesmo valia para seus olhos escuros de índia. Era vertical e curva, delicada e angulosa, e feia é que não era, a não ser quando fazia bico, uma expressão de menina de rua que se formava ao redor de sua boca sempre que ela começava a se queixar. Estava vestida como uma criança: saiazinha de camurça por cima de um collant preto de corpo inteiro e, furtados do armário da mamãe para impressionar as outras garotas, sapatos pretos de salto alto com tiras de *strass*. O rosto também era, com efeito, um rosto de bebê, até ela começar a sorrir — um sorriso largo e cativante. Rindo, Diana parecia ser uma mulher que já tinha visto de tudo na vida e escapara ilesa, uma cinquentona de sorte.

As coisas que ela vira e às quais sobrevivera tinham sido os homens. Perseguiam-na desde os dez anos.

"Metade da sua vida", disse ele. "O que aprendeu?"

"Tudo. Querem gozar no seu cabelo, querem bater na sua bunda, querem ligar do trabalho e pedir para você se masturbar enquanto faz a lição de casa. Não tenho mais ilusões, senhor Zuckerman. Tem um amigo do meu pai que liga pra mim todos os meses, desde quando eu estava na sétima série. Com a mulher e os filhos, ele é um doce de pessoa, mas liga pra mim desde que tenho doze anos. Disfarça a voz e é sempre a mesma porcaria: 'A mocinha quer vir aqui sentar no meu pau?'."

"E o que você faz?"

"No princípio eu não sabia o que fazer, ficava só escutando. Depois comecei a ter medo. Comprei um apito. Para soprar no telefone. Estourar o tímpano dele. Mas, quando tomei coragem e fiz isso, ele riu. Ficou com *mais* tesão. Faz oito anos já. Uma vez por mês ele me liga na faculdade. 'A mocinha quer vir aqui sentar no meu pau?' Eu digo: 'É isso que você quer? Só isso?'. Ele não responde. Não precisa. Porque é. Não é nem fazer a coisa em si. Ele só quer falar. Pra mim."

"Todo mês, há oito anos, e você não tomou nenhuma providência, fora comprar um apito?"

"O que eu vou fazer? Ligar para a polícia?"

"O que acontecia quando você tinha dez anos?"

"O motorista me bolinava no caminho para a escola."

"Sério?"

"O cara que escreveu *Carnovsky* duvida?"

"Bom, você pode estar inventando coisas para parecer interessante. As pessoas fazem isso."

"Uma coisa eu garanto: são os escritores que precisam inventar coisas, não as meninas."

Depois de uma hora, para Zuckerman era como se Temple Drake tivesse vindo de carona de Memphis para falar sobre Popeye com Nathaniel Hawthorne.* Estava perplexo. Era um pouco difícil acreditar em tudo o que Diana dizia que tinha visto — em tudo o que ela parecia estar dizendo que era. "E os seus pais?", quis saber. "O que eles dizem dessas aventuras tão deprimentes com todos esses homens nojentos?"

"Pais?" Diana se levantou de um pulo, arrancada por aquela única palavra do ninho que escavara para si mesma entre as almofadas do sofá. A extensão das pernas cobertas pela malha do collant, a rapidez e a agressividade dos dedos delicados, o ritmo zombeteiro e petulante que ela empregava antes de dizer o que tinha para dizer — uma aprendiz de matadora, concluiu Zuckerman. Ficaria sensacional, aliás, com roupas de toureira. Talvez se assustasse no começo, mas não era difícil imaginá-la indo em frente e fazendo o serviço. *Vamos, venha me pegar.* Ela está se soltando e enfrentando a coisa com coragem — ou se esforçando, mesmo correndo o risco de quebrar a cara, para aprender. É evidente que tem um lado dela que quer e atrai essa atenção erótica — e outra parte que fica furiosa e confusa; mas no conjunto há algo mais intrigante aqui do que simples aventureirismo adolescente. Dá para perceber uma espécie de independência perversa, servindo de camuflagem para uma moça (e mulher, e menina, e garota) muito interessante e nervosa. Zuckerman ainda se lembrava de como era dizer: "Vamos, venha me pegar". Isso, claro, antes de ser pego. Alguma coisa o pegara. Fosse qual fosse seu nome, alguma coisa o pegara.

"Em que mundo *você* vive?", perguntou Diana. "Isso *acabou*. Esse negócio de pai e mãe não existe mais. Olha, tentei fazer dar certo o lance com o estudante de Direito. Pensei que ele me ajudaria a me concentrar nessa droga de faculdade. Ele é estudioso, pratica esportes, não vive se drogando e tem só vinte e três anos — e para mim isso é jovem. Dei o maior duro com ele, caramba, com ele e com as pirações dele, e agora, agora ele simplesmente não quer mais ir para a

---

* Em *Santuário* (1931), de William Faulkner (1897-1962), a bem-nascida estudante universitária Temple Drake é violentada com uma espiga de milho por Popeye, um gângster impotente. A natureza corrompida do homem é um tema central na obra do escritor Nathaniel Hawthorne (1804-1864). (N. T.)

cama comigo. Não entendo qual é o problema desse menino. Se olho para ele com um pouco de malícia, ele vira um bebê. Fica com medo, acho. Os que têm a cabeça no lugar são um tédio que Deus me livre, e os que parecem interessantes, quando você vai ver, são todos birutas. Sabe aonde isso vai me levar? Faz ideia do que estou prestes a fazer? Casar. Casar, engravidar e dizer para o empreiteiro: 'A piscina o senhor pode pôr ali'."

Vinte minutos depois de receber o telefonema de Zuckerman, Diana estava sentada no escritório com as páginas a serem batidas à máquina e enviadas pelo correio para Appel. Zuckerman recheara de garranchos quatro compridas páginas amarelas antes de se mudar da poltrona para o tapetinho de atividades. De volta ao decúbito dorsal, pôs-se a massagear o músculo superior do braço, na esperança de fazê-lo parar de latejar. Sua nuca também estava pegando fogo: o preço a pagar pelo texto em prosa mais extenso e vigoroso que havia escrito em mais de ano. E ainda tinha balas no tambor. E se eu, por meio da análise cuidadosa daqueles primeiros ensaios, demonstrar que Appel ataca Zuckerman em virtude de um conflito doloroso com o pai, ainda insuficientemente resolvido em seu íntimo; e se eu apresentar evidências de que não foi só por causa da ameaça muçulmana que ele quis reavaliar o meu "caso", mas também por conta de Ocean Hill-Brownsville e do antissemitismo negro,* da censura a Israel aprovada pela ONU e até da greve dos professores de Nova York? E se eu mostrar que isso tem a ver com o dadaísmo midiático daqueles Yippies judeus barulhentos,** cujos ideais de chiqueirinho ele associa ridiculamente a mim? Vamos à *minha*

* Ocean Hill e Brownsville são dois bairros do Brooklyn que, a partir da década de 1960, passaram a ser habitados sobretudo por indivíduos negros de baixa renda. Em maio de 1968, um conselho comunitário criado para gerir as escolas da região demitiu de forma sumária treze professores e seis funcionários administrativos, todos brancos e, em sua maioria, judeus. O conflito que se seguiu, opondo o sindicato dos professores — em que a presença judaica também era acentuada — aos ativistas negros, culminou com greves que paralisaram o sistema educacional de Nova York. As acusações mútuas de racismo e antissemitismo minaram as relações entre os dois grupos que até então se percebiam como aliados nas lutas políticas da cidade. (N. T.)
** Liderado por judeus como Abbie Hoffman (1936-1989) e Jerry Rubin (1938-1994), o Yippie, acrônimo de Youth International Party (Partido Internacional da Juventude), surgiu em 1968 com a pretensão de atuar como uma espécie de braço político da contracultura dos anos 60. Promovia manifestações de caráter teatral, marcadas pela irreverência e pelo deboche às instituições. (N. T.)

reavaliação da obra dele. Não é que Appel pense ter se equivocado a respeito de Zuckerman em 1959. Ou sobre seu próprio desenraizamento em 1946. Estava certo na época e continua com a razão, agora que mudou de ideia. A "cabeça" pode mudar, ou dar a impressão de mudar, mas a paixão inquisitorial pelos veredictos condenatórios continua a mesma. Por trás da admirável flexibilidade de tão conscienciosa reavaliação, a subestrutura teórica ainda é concreto resistente a explosões: nenhum de nós é tão *seriózny* quanto Appel. "Milton Appel e suas reconsiderações irrefutáveis." "Certo e rígido em todas as décadas: os espasmos polêmicos de um juiz inclemente." Os títulos vinham-lhe às dúzias.

"Nunca tinha visto ninguém ficar do jeito que você estava quando falou comigo no telefone", disse Diana em seu disfarce de secretária: macacão folgado e malha grossa de lã, originalmente destinados a ajudar Zuckerman a ditar sua ficção. Quando ela vinha com a saiazinha infantil, o ditado não durava muito. A saia era um motivo a mais para ele desistir. "Você devia ver a sua cara", prosseguiu ela. "Esses óculos prismáticos, esse rosto contorcido. Precisa ver o estado em que você fica. Você deixa uma coisa dessas se apossar de você e ela vai crescendo, crescendo até fazer você perder a cabeça. Com cabelo e tudo. Aliás, é por isso que está ficando careca. É por isso que tem tanta dor. *Olhe* só pra você. Já se olhou no espelho hoje?"

"Você não sente raiva de certas coisas? Eu estou com raiva."

"Sinto, claro que sinto. Na vida de todo mundo sempre tem alguém nos bastidores que fica espezinhando a gente, deixando a gente com cistite. Mas eu *penso* sobre essas pessoas. Faço a minha ioga. Corro em volta do quarteirão, jogo tênis e tento esquecer. Não consigo fazer como você. Passaria o resto da vida com o estômago embrulhado."

"Você não está entendendo."

"Bom, eu acho que estou. Essas coisas acontecem na faculdade."

"Não dá para comparar uma coisa com outra."

"Eu acho que dá. A gente leva o mesmo tipo de porrada na faculdade. E são difíceis pra caramba de superar. Ainda mais quando você sente que são a maior injustiça."

"Bata essa carta."

"É melhor eu ler antes."

"Não precisa."

Observando-a através dos óculos prismáticos, Zuckerman aguardou com impaciência que Diana lesse a carta, enquanto continuava a massagear o braço na esperança de aplacar a dor. O que às vezes ajudava no caso do músculo deltoide era o supressor eletrônico de dores. Mas os neurônios porventura chegariam a acusar o choque de baixa voltagem com aquela descarga de indignação torrando seu cérebro?

"Não vou bater carta nenhuma. Não com um conteúdo desses."

"E desde quando isso é da sua conta?"

"Eu me recuso a bater esta carta, Nathan. Você fica fora de si quando começa com essas coisas, e esta carta é um despautério. 'Se uma praga de energia solar barata deixasse os árabes com uma mão na frente e outra atrás, o senhor estaria se lixando para os meus livros.' Nathan, você não está regulando bem. Isso não faz o menor sentido. Ele escreveu o que escreveu porque é assim que vê os seus livros. Ponto. Por que *se importar* com o que esses caras pensam, quando você é quem é e eles não são ninguém? *Olhe* pra você. Que boca mais vulnerável, que expressão mais ressentida! Seus cabelos estão literalmente em pé. Quem é esse sujeitinho afinal? Quem é esse tal de Milton Appel? Nunca li nenhum livro dele. Não dão nenhum curso sobre ele na faculdade. Não entendo como um homem como você entra num lance desses. Você é um cara tão sofisticado, tão civilizado — como pode cair na armadilha dessa gente e se deixar transtornar dessa maneira?"

"Você tem vinte anos, nasceu em berço de ouro e foi criada entre os cristãos de Connecticut. É perfeitamente compreensível que não compreenda o que está em jogo aqui."

"Bom, aposto que muita gente que não tem vinte anos, não nasceu em berço de ouro nem foi criada entre os cristãos de Connecticut também não compreenderia, não se visse você assim. 'Se aqueles judeus de *Formação superior*, a seus olhos tão autênticos em 1959, de repente se tornaram a excreção de uma imaginação vulgar, isso se deve ao fato de que, em 1973, a agressividade dos judeus só tem legitimidade se for dirigida contra o Egito, a Síria e a OLP.' Você não pode achar que foi por causa da OLP que ele escreveu esse artigo, Nathan."

"Mas *foi*. Se não fosse pelo Yasser Arafat, ele não estaria pegando no meu pé. Você não sabe do que são capazes os nervos sensíveis dos judeus."

"Estou vendo. Me faz um favor? Vá tomar um Percodan. Vá fumar um baseado. Vá tomar uma vodca. Mas, pelo amor de Deus, *se acalme*."

"Vá até aquela escrivaninha e bata essa carta à máquina. Eu pago você para datilografar para mim."

"Bom, não paga tão bem assim. Não o bastante para eu fazer isso." Diana tornou a ler um trecho da carta em voz alta. "'Na sua opinião, não será do islamismo insano nem da cristandade combalida que receberemos o golpe fatal, mas sim desses judeus de merda que escrevem livros como o meu, esses judeus que levam nos genes a doença hereditária que é o ódio de ser judeu. E tudo isso só para ganhar uns trocados. Seis milhões de mortos — seis milhões de exemplares vendidos. Não é assim que o senhor vê a coisa?' Que absurdo, Nathan, que exagero. Você, um marmanjo de quarenta anos, esperneando feito o garotinho que o professor pôs de castigo no canto da sala!"

"Vá para casa. Fico admirado com a sua presença de espírito, o autocontrole que você deve ter para me espinafrar dessa maneira, mas prefiro que vá embora."

"Vou ficar até você se acalmar."

"Não vou me acalmar. Já fiquei calmo tempo demais. Tchau."

"Acha mesmo que está agindo com inteligência ao se mostrar tão implacável com essa maldade horrível que fizeram com você? Essa maldade imensa?"

"Ah, então eu devia perdoá-lo?"

"Claro que sim. Escute aqui, eu *sou* cristã. Acredito pra valer em Jesus Cristo. E em pessoas como Gandhi. E *você* agora deu para ressuscitar o Velho Testamento, esse livro que é um horror, um horror. Um livro seco e duro que nem pedra. Olho por olho, dente por dente e perdão nem pensar. Sim, estou dizendo que sou a favor de perdoar os meus inimigos. Não posso crer que, no fim das contas, essa não seja a solução mais saudável para todos."

"Diana, não venha me receitar paz e amor, por favor. Não me ponha na geração de vocês."

"O Gandhi não era da minha geração. Jesus não era da minha geração. São Francisco de Assis não era da minha geração. E, como você está cansado de saber, *eu* não sou da minha geração."

"Mas eu não sou Jesus, nem Gandhi, nem são Francisco, nem você. Sou um judeu mesquinho, ranzinza, vingativo e intransigente, e já fui ofendido demais por outro judeu mesquinho, ranzinza, vingativo e intransigente, e se você está pensando em ficar, bata à máquina o que eu escrevi, porque às minhas juntas sofridas custou uma dor infernal escrevê-lo."

"Tudo bem. Se você é um judeu desse tipo, e se esses judeus são tão centrais para o seu pensamento — e que eles tenham essa ascendência toda *é* incompreensível pra mim, falando sério —, mas se você está atolado assim nesse lance de judeu e se Israel significa mesmo alguma coisa pra você, então é claro que eu bato isto à máquina — mas só se você ditar um artigo sobre Israel para o *New York Times*."

"Você não está entendendo. Esse pedido do Appel, depois do texto que ele publicou na *Inquiry* sobre mim, é o cúmulo dos insultos. Na *Inquiry*, editada pelo tipo de gente que ele costumava criticar antes de começar a criticar gente como eu!"

"Acontece que não é insulto nenhum. Se ele pediu o que pediu, foi porque as pessoas sabem quem você é, porque você é facilmente *identificado* com os judeus americanos. O que eu não consigo entender é o motivo de tanto auê. Ou você atende ao pedido dele ou não atende — o que não tem cabimento é se sentir insultado por um troço que não foi feito com a intenção de insultá-lo."

"E qual *foi* a intenção? O sujeito quer que eu escreva um artigo dizendo que não sou mais antissemita e que amo Israel do fundo do meu coração — ora essa, ele que vá tomar no cu."

"Não consigo acreditar que ele queira que você escreva isso."

"Diana, quando alguém que disse o que esse sujeito disse sobre mim e a minha ficção e os judeus, quando esse sujeito vira e diz por que pra variar você não escreve um artigo falando bem de nós — bom, como é que não entra na sua cabeça, Diana, que para mim isso é particularmente *irritante*? 'Escreva um artigo defendendo Israel.' Mas e a hostilidade aos judeus que está no âmago de cada palavra que eu publico? Disseminar aquela caricatura na *Inquiry*, acusando publicamente a *mim* de ser um caricaturista, e depois, em particular, sugerir esse artigo — e não sem alguma expectativa de que o criptoantissemita aqui aceitaria a sugestão! 'O prestígio que o Zuckerman tem junto àquela parcela do público que não quer saber da gente.' Claro — a escória, a escória que eu me encarrego de divertir com os meus livros. Se Zuckerman, um judeu que caiu nas graças da escória porque também acha os judeus importunos e desagradáveis, se ele se dispusesse a falar *pelos* judeus *para* a escória, 'o efeito poderia ser interessante'. Não tenha dúvida! O mesmo efeito interessante dos casos de esquizofrenia! Por outro lado, quando, em meio a uma crise no mundo judaico, Appel se pronuncia, 'é o que se espera'. Sinal de um profundo compromisso humano e de uma previsível compaixão extremada. Sinal de que o que temos diante de nós é nada mais nada menos que o bom, o melhor, o mais responsável filho judeu de todos. Ah, esses judeus! Esses judeus e seus filhos responsáveis! Primeiro, ele diz que eu uso o disfarce da ficção para difamar os judeus, agora quer que eu faça lobby para eles no *New York Times*! A ironia é que os que de fato têm um ódio visceral dos judeus burgueses e desprezam pra *valer* o dia a dia deles são esses gigantes intelectuais tão complexos. Têm *asco* deles — e também não fazem muita questão de sentir o cheiro do proletariado judeu. Todos, de uma hora para outra, irmanados com o mundo do gueto de seus pais tradicionais, agora que os pais tradicionais foram despachados para o arquivo morto do Beth Moses Memorial Park. Quando estavam vivos, seus filhos queriam esganar aqueles imigrantes desgraçados, por se atreverem a pensar que podiam ser alguma coisa na vida sem ter lido o Proust de *No caminho de Swann* em diante. E o gueto — o que o gueto via desses caras eram as costas: cair fora, dar no pé, porque ali não dava nem para respirar, ir embora para escrever sobre judeus formidáveis como Ralph Waldo Emerson e William Dean Howells. Mas agora, com os Weathermen* na parada, além de mim e dos meus chapas Jerry Rubin e Herbert Marcuse e H. Rap Brown, agora eles ficam por aí suspirando: ah, o que aconteceu? Onde foi parar a disciplina maravilhosa dos velhos e bons tempos das aulinhas de hebraico? E o linóleo? E a tia Rose? E aquela autoridade patriarcal inflexível tão maravilhosa que na época eles queriam atacar a facadas? Olha, é óbvio que eu não gostaria de ver nenhum judeu exterminado. Isso não faria muito sentido. Mas não sou especialista em Israel. Sou especialista em Newark. E não é nem Newark inteira. Sou versado é naquele pedacinho de Newark chamado Weequahic. E, pensando bem, Weequahic é um bairro enorme. Vou só até a Bergen Street."

"Mas não é questão de você ser ou não especialista. A questão é que as pessoas vão ler o que você tiver escrito porque no momento você é muito famoso."

"Famoso o Sammy Davis também é. E a Elizabeth Taylor, então, nem se fala. São mais famosos que eu. E são judeus de verdade que não se desacreditaram publicando livros indecentes. Não abriram a porteira para as forças ilícitas que andam corrompendo a cultura. Se o Appel quer alguém famoso, por que não fala com eles? Aceitariam o convite na hora. Além do mais, ser famoso pelo que me fez famoso é justamente o que me torna repreensível aos olhos do Appel.

---

* Organização de extrema esquerda, ativa entre o fim dos anos 60 e início dos 70, que empregava táticas terroristas e pretendia derrubar o governo dos Estados Unidos para instaurar uma "ditadura do proletariado" no país. (N. T.)

Foi por causa *disso* que ele resolveu me passar um sabão. Parece que ele leu aquele livro como se fosse mesmo um manifesto em defesa da vida pulsional. Como se nunca tivesse ouvido falar em obsessão. Nem em repressão. Nem em judeus reprimidos e obsessivos. Como se não fosse ele próprio um deles, aquele mentecapto regredido! Diana, eu não tenho nada a dizer, a pedido do Appel, sobre Israel. Posso até escrever um ensaio sobre um escritor qualquer, e mesmo isso leva seis meses, mas longe de mim sair por aí escrevendo textos sobre política internacional — é melhor nem me pedir. Não faço esse tipo de coisa, nunca fiz. Não sou a Joan Baez. Não sou um pensador como o Leonard Bernstein. Não tenho a menor importância política — fico lisonjeado por ele insinuar que tenho."

"Mas você tem importância como judeu. Quer queira, quer não. E como pelo jeito você quer, poderia muito bem escrever esse texto. Por que tanta onda? É só dizer o que você pensa. Mais simples, impossível. Exponha o seu ponto de vista."

"Não vou usar a página de opinião do *Times* para expiar a culpa pelos livros que ele me acusa de ter escrito! Fiz algumas piadas sobre as maluquices que a gente inventava para bolinar uma menina em Newark e até parece que joguei uma bomba no Knesset. Não tente me confundir com essa sua clareza de quatrocentona ianque — 'não precisa criar caso'. Claro que preciso! Não é a primeira vez que eles me põem naquela coluna da *Prepúcio*: O Judeu com Ódio de Ser Judeu do Mês."

"Mas isso é uma picuinha de gueto que não interessa a *ninguém*. Quantos judeus sabem dançar na cabeça de um alfinete? *As pessoas estão se lixando*. Você não pode ficar remoendo as coisas que uma revista idiota falou sobre você — sua cabeça vira suco. E se a revista é tão ruim como você diz, por que perder tempo com isso? Além do mais, um assunto é tão importante, e o outro, tão insignificante — e pra você os dois se misturaram de um jeito estranhíssimo, de um jeito que, pra mim, é *incompreensível*, por mais que você tente explicar. Acho que você perdeu completamente o senso de medida e, falando sério, se alguém tivesse me dito antes que você era assim... Ou que os judeus eram assim. Para mim eram imigrantes — ponto final. Não, *não* dá para entender. Talvez eu só tenha vinte anos, mas você tem quarenta. É isso que acontece quando a pessoa chega aos quarenta?"

"Exatamente. A pessoa começa a subir pelas paredes. É *exatamente* isso que acontece. Você passa vinte anos ganhando a vida numa profissão e ainda tem gente que diz que você não entende do riscado, que você não dá para a coisa! E o pior é que você mesmo não tem certeza disso. Como vou saber se o Appel não está certo? E se a minha ficção for tão ruim quanto ele diz que é? Eu detesto o cara, e é óbvio que ele ficou desnorteado com os anos 60, mas isso não faz dele um energúmeno, entende? É um dos poucos por aí que ainda fala coisa com coisa. E, convenhamos, até as críticas mais indigentes contêm uma dose de verdade. As pessoas sempre veem as besteiras que você tenta varrer para debaixo do tapete."

"Mas ele pega pesado *demais*. Não tenta ser minimamente imparcial. Não enxerga as coisas boas. Não admite nem que você é engraçado. Isso é ridículo. Ele só vê defeito em você. Ora bolas, defeito todo mundo tem."

"Mas suponha que ele esteja com a razão. Suponha que ninguém precise dos meus livros. Suponha que nem eu precise deles. Sou engraçado? E daí? Os Irmãos Ritz também são. Provavelmente mais do que eu. Suponha que seja verdade o que ele insinua e que eu, com a minha imaginação vulgar, tenha envenenado a percepção das pessoas sobre a realidade judaica. Suponha até que isso seja apenas uma meia verdade. E se os vinte anos que passei escrevendo ficção não forem senão o efeito de uma compulsão que faz gato e sapato de mim — a submissão a uma compulsão vil e inconsequente que eu, recorrendo a todos os meus princípios, transformo numa coisa muito digna, mas que provavelmente não é lá muito diferente do impulso que, dia após dia, fazia minha mãe passar cinco horas varrendo e limpando a casa dela. Como eu fico então? Quer saber, vou estudar medicina."

"Como é?"

"Medicina. Tenho quase certeza de que, com o meu histórico escolar, consigo uma vaga. Quero ser médico. Vou voltar para a Universidade de Chicago."

"Ah, vá ver se eu estou na esquina. Até agora isto era só uma conversa deprimente. Agora virou conversa de doido."

"Não, faz tempo que eu penso nisso. Quero ser obstetra."

"Com a sua idade? Sério? Daqui a dez anos você vai estar com cinquenta. Me desculpe, mas um homem de cinquenta é velho."

"E daqui a sessenta anos, vou estar com cem. Mas não vou me preocupar com isso agora. Por que não vem comigo? É só transferir os créditos que você concluiu na Finch. Faremos nossa lição de casa juntos."

"Pretende escrever o artigo sobre Israel ou não?"

"Não. Quero esquecer Israel. Quero esquecer os judeus. Devia ter feito isso no dia em que saí de casa. Ponha o pênis para fora em público e é claro que logo aparece a radiopatrulha — mas, no duro, isso já ficou um pouco cansativo. Foi a maneira que eu encontrei de me libertar de tudo o que me cerceava quando menino, e só fez estender o cativeiro por quarenta anos. Basta de livros meus, basta de reprimendas deles. Revolta, obediência — disciplina, arruaça — regras, insubordinação — impropérios, recriminação — provocação, humilhação —, não, esse pega pra capar foi um equívoco colossal. Não é essa a posição na vida que eu esperava ocupar. Quero ser obstetra. Alguém briga com os obstetras? Até o obstetra que fez o parto do Bugsy Siegel* dorme à noite com a consciência tranquila. O sujeito agarra o que vem e todos o adoram. Quando o bebê aparece, ninguém sai gritando: 'Você chama isso de bebê!? Desde quando isso é um bebê!?'. Não, o que quer que o obstetra dê para as pessoas elas levam para casa. Ficam agradecidas pelo simples fato de que na hora ele estava com elas. Imagine aqueles bebês todos lambuzados, Diana, com aqueles olhos puxadinhos, imagine o que ver isso faz com a alma da pessoa, *ver* isso todas as manhãs, em vez de ficar se esfalfando para escrever mais duas páginas de qualidade duvidosa. A concepção? A gestação? As dores do parto? Isso é com a mãe. Você só precisa lavar as mãos e estender o lençol. Vinte anos respirando o ar rarefeito das esferas literárias é suficiente — chegou a hora de curtir o que rola na sarjeta. O lodo, o limo, o pinga-pinga pegajoso. As coisas. Nada de palavras, só coisas. Tudo o que as palavras significam mas não são. O mais vulgar dos gêneros — a vida. Você está certíssima quando diz que daqui a pouco vou ser um cinquentão. Chega de palavras! À sala de parto, antes que seja tarde. Cair de cabeça na Cloaca Máxima e em tudo o que dali exsuda. Largue a Finch, Diana, e venha para Chicago comigo. Venha estudar na minha *alma mater*."

"Largo a Finch, e adeus herança. Sem contar que você não me quer. Você quer é uma babá, uma preceptora."

"Faria diferença se eu dissesse que me casaria com você?"

"Não comece com sacanagem."

"Mas faria?"

"Sim, faria, claro que faria. Case comigo. Case comigo agora. Esta noite. Aí a gente foge da sua vida e você vai ser médico e eu vou ser mulher de médico. Vou atender o telefone. Vou marcar as consultas. Vou esterilizar os seus instru-

---

* Benjamin "Bugsy" Siegel (1906-1947), gângster de ascendência judaica, desempenhou papel importante na implantação dos cassinos de Las Vegas. (N. T.)

mentos. Que se dane a minha herança. Vamos casar já. Vamos sair esta noite para fazer os exames de sangue e encontrar um juiz de paz."

"Esta noite o meu pescoço está doendo muito."

"Foi o que eu imaginei. Pare de falar merda, Nathan. Você só tem uma saída, e a saída é: *tocar em frente*. ESCREVER OUTRO LIVRO. *Carnovsky* não é o fim do mundo. Você não pode transformar a sua vida num inferno só por causa de um livro que calhou de fazer um sucesso enorme. Não pode ficar paralisado por conta de uma coisa assim. Levante do chão, faça com que esses cabelos voltem a crescer, endireite esse pescoço e escreva um livro *sem* falar desses judeus. *Aí os judeus vão parar de encher o seu saco.* Ah, que pena você não conseguir se libertar disso. Não tem o menor cabimento você continuar remoendo essa história. Está *sempre* brigando com o seu pai? Sei que isso pode parecer um clichê, e provavelmente seria mesmo, se estivéssemos falando de qualquer outra pessoa, mas no seu caso eu acho que tem tudo a ver. Quando eu folheio esses livros que você tem na estante, o seu Freud, o seu Erikson, o seu Bettelheim, o seu Reich, não encontro uma única linha sobre a figura do pai que não esteja sublinhada. E, no entanto, quando você me fala do seu pai, fico com a sensação de que ele não era uma figura das mais impressionantes. Pode até ter sido o maior calista de Newark, mas duvido que fosse de meter medo em alguém. Que um sujeito com uma inteligência fenomenal como a sua e com tanta liberdade no mundo... que *isso* derrube você! Que você se deixe abater tanto assim por causa desses *judeus*! Você odeia esse tal de Appel? Quer continuar alimentando esse ódio para sempre? O que ele fez com você foi uma sacanagem sem tamanho? Tudo bem, então esqueça essa carta maluca — vá lá e dê um murro no nariz dele. Os judeus têm medo do enfrentamento físico? Meu pai teria amassado o nariz do sujeito se achasse que tinha sido insultado como você acha que foi. Mas você não é homem para isso, como também não é homem para esquecer essa história — como não é homem nem sequer para escrever o artigo para o *New York Times*. Só quer saber de ficar aí deitado com esses seus óculos prismáticos, fazendo castelos no ar, sonhando com a ideia de virar médico e ter um consultório com um retrato de uma mulher de médico em cima da mesa e poder voltar DO trabalho PARA casa e sair para PASSEAR e ser você o sujeito que se levanta da poltrona do avião quando a aeromoça pergunta se tem algum médico a bordo."

"E por que não? Quando um passageiro desmaia no avião, elas nunca perguntam se tem algum escritor a bordo."

"Lá vem você com o seu humor casmurro. Volte para Chicago, vá estudar de novo, vá ser o queridinho dos professores e entrar para a lista dos melhores alunos e ter uma carteirinha da biblioteca e participar de toda a programação estudantil. Aos quarenta anos de idade. Sabe por que eu não me casaria com você? Mesmo que você quisesse, eu diria não. Nunca me casaria com alguém tão fraco."

3. Enfermaria

Poucos dias depois, numa manhã particularmente deprimente de dezembro de 1973, após ter perdido boa parte da noite no esforço infrutífero de compor, com a ajuda de seu gravador cassete, uma resposta mais razoável a Milton Appel, Zuckerman, de colar ortopédico no pescoço, desceu ao hall do prédio para ver por que o carteiro tocara sua campainha. Arrependeu-se de não ter pegado um casaco: sua vontade era enfrentar o frio lá fora e ir até a esquina para pular do alto do Stanhope Hotel. Já não parecia digno de preservação. Da uma às quatro da madrugada, com uma almofada térmica cingindo sua coluna cervical, disputara mais quinze assaltos com Appel. E agora o novo dia: que função igualmente proveitosa poderia desempenhar ao longo das intermináveis horas que passaria acordado? Cunilíngua, e olhe lá. Venha um pouquinho mais para cá, assim, agora sente aqui. Prestava para isso e mais nada. Para isso e para sentir raiva de Appel. Sufocado por mães e esbravejando com judeus: Zuckerman tornara-se Carnovsky. Era o que os jornalistas desde o começo diziam.

O problema de pular é que o sujeito arrebenta a cabeça. Não deve ser agradável. E se ele acabasse só fraturando a medula no toldo do hotel? Bom, aí ficaria paralítico para o resto da vida, um destino milhões de vezes pior do que a dor que o infernizava tanto. Por outro lado, uma tentativa fracassada de suicídio que não o deixasse aleijado poderia lhe fornecer um novo tema — o que era bem mais do que ele obtivera do sucesso até então. Mas e se a dor fosse embora bem na hora em que ele estivesse caindo, indo-se tão intempestivamente quanto chegara, apeando de seu corpo no instante exato em que ele pulasse do prédio — e aí? E se em cada saliência ou reentrância da fachada do edifício ele visse um novo livro, um novo começo? Muito provavelmente é a meio caminho do chão que isso acontece. Que tal ir até o Stanhope só para fazer um teste? Ou a dor desaparece antes de eu chegar à esquina ou eu entro no hotel e espero o elevador. Ou ela desaparece antes de eu entrar no elevador ou eu subo até o último andar, abro a porta de emergência e vou para o telhado. Sigo direto até o parapeito e me debruço para olhar os carros passando lá embaixo, e então ela se dá conta de que eu não estou brincando, que dezesseis andares é alto pra chuchu, que depois de um ano e meio *está na hora de ela me deixar em paz*. Eu me debruço na mureta e digo para a dor — com voz de quem está disposto a tudo — "Mais um minuto e eu pulo!". Vou pregar um susto tão grande nessa desgraçada que ela vai dar no pé.

Mas, com esses pensamentos, Zuckerman só conseguia amedrontar a si próprio.

Na caixa de correio havia dois envelopes de papel manilha, e estavam tão apertados ali dentro que ele ralou os nós dos dedos no afã de puxá-los para fora. Os prospectos da faculdade de medicina! Os formulários de admissão! O que não se atrevera a contar para Diana fora que ele já mandara uma carta, semanas antes, solicitando informações à Universidade de Chicago. Em seu lugar na sala de espera dos médicos, observando os pacientes que chegavam e partiam, Zuckerman começara a pensar: Por que não? Quatro décadas, quatro livros, pai e mãe mortos e um irmão com quem nunca mais vou falar — pelo jeito o meu exorcismo está feito. Por que não tentar uma segunda vida *assim*? Esses caras conversam a valer com cinquenta pessoas aflitas todos os dias. De manhã à noite são bombardeados com histórias, nenhuma delas produto da imaginação deles. Histórias que têm a intenção de chegar a um desfecho categórico, útil, conclusivo. Histórias com um objetivo claro e pragmático: *Me cure*. Eles prestam atenção em todos os detalhes, depois põem mãos à obra. E o trabalho que têm a fazer ou é praticável ou impraticável, ao passo que o meu, quando muito, é ambas as coisas, e na maioria das vezes nem isso.

Pôs-se a rasgar o envelope mais bojudo — puxa, não experimentava uma excitação como essa desde o outono de 1948, quando começaram a chegar os

LIÇÃO DE ANATOMIA 365

primeiros prospectos das faculdades em que ele pretendia tentar uma vaga. Todos os dias voltava correndo para casa após a última aula e, tomando o seu copo de leite, lia vorazmente sobre a vida por vir; nem mesmo o embrulho contendo a primeira edição em capa dura de seu primeiro livro oferecera uma promessa de emancipação tão completa como aquelas brochuras universitárias. Na capa do livreto que Zuckerman tinha nas mãos agora, via-se um estudo em claro-escuro de uma torre universitária, uma Gibraltar acadêmica, alta e austera, símbolo por excelência da solidez inexpugnável da vocação médica. Na orelha da primeira capa, o calendário universitário. *4-5 de janeiro: Matrículas para o primeiro trimestre... 4 de janeiro: Início das aulas...* Virou rapidamente as páginas, à procura do capítulo "Exigências para a admissão", e leu até chegar ao item "Critérios de seleção" e às palavras que mudariam tudo.

A comissão de seleção procura tomar suas decisões com base na capacidade, desempenho, personalidade, caráter e motivação dos candidatos. Questões relativas a raça, cor, religião, sexo, estado civil, idade, nacionalidade, origem étnica ou localização geográfica jamais são levadas em consideração pela Pritzker School of Medicine na análise dos formulários de admissão enviados pelos candidatos.

Não se importavam que ele tivesse quarenta anos. A vaga era dele.

Recuando uma página, porém, más notícias. Dezesseis horas de química, doze de biologia, oito de física — só para completar o curso básico, o dobro da carga horária que ele imaginara. Em Ciências. Bom, quanto antes, melhor. Quando as aulas começarem, em 4 de janeiro, estarei lá para acender o meu bico de Bunsen. Vou fazer a mala e pegar um avião para Chicago — daqui a um mês estou me debruçando sobre o meu microscópio! Tinha uma porção de mulheres da idade dele fazendo a mesma coisa — o que haveria de impedi-lo? Um ano na dureza do curso básico, quatro anos de graduação, três anos de residência, e aos quarenta e oito estaria pronto para abrir um consultório. O que significava que ainda teria vinte e cinco anos para se dedicar à medicina — se a saúde o permitisse. Era a mudança de profissão que lhe *devolveria* a saúde. A dor desapareceria aos poucos; do contrário, ele trataria de curar a si próprio: isso estaria a seu alcance. Mas ficar na mão de médicos que não tinham interesse, paciência ou mesmo curiosidade o bastante para resolver um mistério como o seu, isso nunca mais.

Era aí que os anos dedicados à ficção lhe seriam úteis. O médico pensa: "No fim, todo mundo se estrepa. Não há nada que eu possa fazer. Este sujeito está morrendo, e a vida não tem cura". O bom escritor, porém, não lava as mãos diante do sofrimento de seu personagem, não para deixá-lo nas garras de medicamentos narcóticos ou da morte. E tampouco se conforma em abandonar um personagem à própria sorte, insinuando que a dor de que ele se queixa é autossugestionada e que, sendo assim, ele de certa forma faz por merecê-la. O escritor aprende a estar por perto, tem de estar, a fim de encontrar algum sentido para a vida incurável, a fim de rastrear as reviravoltas do desconhecido — esse verdugo —, mesmo quando não há sentido nenhum a ser encontrado. A experiência de Zuckerman com todos os médicos que haviam se equivocado no diagnóstico dos estágios iniciais do tumor de sua mãe, e que depois haviam se mostrado incapazes de fazer algo por ele, convencera-o de que, mesmo se estivesse acabado como escritor, não seria um médico pior do que eles.

Zuckerman ainda estava no hall do edifício, retirando maços de formulários do envelope da Universidade de Chicago, quando um entregador da UPS abriu a porta da rua e disse que tinha um pacote para ele. Pois é, parecia estar acontecendo: depois que o pior passa, até as encomendas são para você. Tudo é para você. A ameaça de suicídio mudara sua sorte — uma ideia no fundo nada inteligente em que Zuckerman se viu acreditando.

A embalagem continha um travesseiro de uretano, com aproximadamente quarenta e cinco centímetros de comprimento por trinta de largura. Prometido uma semana antes e desde então esquecido. Tudo acabava esquecido na monotonia improdutiva de seus quinhentos dias vazios. A maconha da noite também não ajudava. Sua atividade mental se restringia à administração da dor e das mulheres: ou estava decidindo qual comprimido tomar ou agendando chegadas e partidas para minimizar os riscos de colisão.

Soubera do travesseiro no banco. Estava na fila, esperando para sacar dinheiro — dinheiro para a passagem de Diana —, tentando manter a calma, apesar das fisgadas que sentia ao longo da extremidade aliforme de sua escápula esquerda, quando um senhor baixinho, de cabelos brancos, e bronzeado uniforme no rosto compadecido, cutucou-o de leve nas costas. Trajava um jaquetão cinza muito elegante e tinha um chapéu também cinza na mão enluvada que mantinha junto ao corpo. Luvas de camurça cinza. "Conheço um tratamento para você se livrar dessa coisa", disse ele a Zuckerman, apontando o colar ortopédico. O mais discreto sotaque iídiche. Um sorriso prestativo.

"Qual?"

"É só usar o travesseiro do doutor Kotler. Elimina dores crônicas contraídas durante o sono. Baseado em pesquisas conduzidas pelo doutor Kotler. Um travesseiro elaborado segundo critérios científicos, concebido especialmente para pessoas que sofrem como você. Com esses seus ombros largos e esse seu pescoço comprido, o que os travesseiros normais fazem é pinçar nervos e causar dor. Os ombros também doem?", perguntou. "A dor vai até o braço?"

Zuckerman fez que sim com a cabeça. Dor por todo lado.

"E nas radiografias não aparece nada? Nenhum histórico de traumatismos, nenhum acidente, nenhuma queda? Começou de repente, do nada?"

"Exatamente."

"Tudo contraído durante o sono. Foi isso que doutor Kotler descobriu, e foi com base nisso que ele bolou esse travesseiro. Durma com um travesseiro desses e adeus torcicolos e dores nas costas. Vinte dólares mais o frete. Vem com uma fronha de cetim. Mas só tem na cor azul."

"O senhor por acaso não é o pai do doutor Kotler, é?"

"Nunca fui casado. Se sou pai de alguém, isso nunca saberemos." Ofereceu a Zuckerman um envelope em branco que tirou do bolso. "Anote aqui o seu nome e o seu endereço. Vou pedir para mandarem um para você amanhã. O pagamento é contra a entrega."

Bom, ele tentara todas as outras coisas, e más intenções aquele velhinho divertido certamente não tinha. Com seus cabelos brancos ondulados e seu rosto moreno, com suas lãs e peles de tom cinza suave, o sujeito parecia saído de uma história para crianças, um daqueles duendes judeus velhuscos, com orelhas de abano em forma de coração, e lóbulos caídos, como os de um Buda, e canais auditivos tão escuros que davam a impressão de servir de toca para algum camundongo; um nariz compridíssimo para um homem que mal batia no peito de Zuckerman, alargando-se à medida que se projetava para baixo, de modo que as narinas, duas grandes meias-luas, permaneciam quase ocultas sob a ponta larga e pesada; e olhos que não tinham idade, olhos castanhos, brunidos e saltados, como os que se veem em fotos de pequenos violinistas prodígio aos três anos de idade.

Observando Zuckerman escrever o nome, o velho indagou: "N. de Nathan?".

"Não", retrucou Zuckerman, "de Nuca."

"Mas é claro. Você é aquele rapaz que me fez rir a valer. Eu bem que pensei que talvez fosse você, mas fiquei em dúvida — perdeu bastante cabelo desde a última foto sua que eu vi." Tirou uma luva e estendeu a mão. "Sou o doutor Kotler. Não fico alardeando isso para gente que não conheço. Mas você está longe de ser um desconhecido, N. Zuckerman. Cliniquei em Newark por muitos, muitos anos. Comecei quando você nem era nascido. Tinha um consultório no Hotel Riviera, entre a Clinton e a High, antes de o prédio ser comprado pela igreja do Father Divine."

"No Riviera?" Zuckerman riu, esquecendo-se por alguns instantes de sua escápula. N. de Nostalgia. O sujeito era um personagem saído de uma história para crianças: a sua própria. "Foi no Riviera que os meus pais passaram a lua de mel."

"Casal de sorte. Naquela época era um hotel formidável. Meu primeiro consultório ficava na Academy Street, perto do *Newark Ledger*. Comecei com as dores lombares do pessoal que trabalhava no jornal e uma mesa para exame clínico de segunda mão. A namorada do comandante do corpo de bombeiros tinha uma loja de lingerie na mesma rua, pertinho do meu consultório. O Mike Shumlin, irmão do Herman, o tal que era produtor de teatro, era dono da rede de magazines Japtex. Quer dizer que você é o nosso escritor? Ficou tão sumido depois do escândalo que fizeram em torno do seu livro que eu imaginei que fosse um peso-galo como eu. Li aquele livro. Confesso que, depois de topar quinhentas vezes com a palavra *pênis*, quase perdi a paciência, mas quantas lembranças dos tempos de juventude você fez brotar em mim, rapaz. Para mim era uma alegria em cada página. Você fala do Laurel Garden, na Springfield Avenue. Pois eu assisti à terceira luta que o Max Schmeling fez nos EUA, organizada pelo Nick Kline, justamente no Laurel Garden. Em janeiro de 1929. O adversário dele, um italiano chamado Corri, foi a nocaute no primeiro assalto, com um minuto e meio de luta. Os alemães de Newark estavam todos lá — você precisava ver a algazarra que fizeram. Vi o Willie La Morte ganhar do Izzie Schwartz no verão daquele ano — valendo o título dos pesos-moscas, em quinze assaltos. Tem uma passagem em que você menciona o Empire Burlesque, a casa noturna que ficava na Washington Street, perto do mercado. Eu conhecia o gerente, um sujeito meio grisalho chamado Sutherland. Aquela polonesa loura, Hinda Wassau, a que era a rainha do striptease — eu a conhecia pessoalmente. Era minha paciente. Também conhecia o Rube Bernstein, o produtor com quem a Hinda se casou. E tem a parte sobre o nosso time de beisebol, o velho Newark Bears. Cuidei do joelho do Charlie Keller, que na época era um menino. O técnico, George Selkirk, era um grande amigo meu. Você fala do aeroporto de Newark. Quando o aeroporto foi inaugurado, o prefeito era o Jerome Congleton. Estive na inauguração. Naquele tempo só tinha um hangar. E eu também estava lá no dia em que inauguraram o Pulaski Skyway. Que obra de engenharia aquela — um viaduto da Roma antiga passando por cima dos brejos de Jersey City. Tem também uma hora em que você cita o Branford Theater. Eu adorava aquele lugar. Assisti aos primeiros shows, com o Charley Melson e a banda dele. E o Joe Penner dizendo: 'Quer um patinho?'. Ah, naquela época Newark era o meu pedaço. Rosbife no Murray's. Lagosta no Dietsch's. A estação do metrô, nossa porta de saída para Nova York. As alfarrobeiras se estendendo pela rua, com suas vagens finas e retorcidas. A rádio WJZ, com o Vincent Lopez. A WOR, com o John B. Gambling. O Jascha Heifetz no palco do Mosque. O B.F. Keith Theater — o antigo Proctor's — com números transmitidos diretamente do Palace da Broadway. A Kitty Doner com os irmãos Rose e Ted. O Ted cantava, a Rose dançava. A Mae Murray esbanjando glamour ao aparecer em público. O Alexander Moissi, um ator austríaco extraordinário, subindo ao palco do Shubert, na Broad Street. O George Arliss. O Leslie Howard. A Ethel Barrymore. Era uma cidade formidável naquela época, a nossa querida Newark. Grande o bastante para oferecer atrações de primeira linha, mas suficientemente pequena para que a gente pudesse andar na rua cumprimentando os conhecidos. Agora já era. Tudo o que importava para mim foi pelo ralo do século XX. Vilna, a minha cidade natal, foi dizimada pelo Hitler e depois roubada pelo Stálin. Newark, a minha América, foi abandonada pelos brancos e destruída pelos negros. Foi o que eu pensei em 1968, naquela noite em que botaram fogo em tudo. Primeiro a Segunda Guerra, depois a Cortina de Ferro, e então o Incêndio de Newark. Chorei quando começou o quebra-quebra. Minha linda Newark. Eu amava aquela cidade."

"Todos nós a amávamos, doutor Kotler. O que o traz a Nova York?"

"Boa pergunta de ordem prática. Vivo aqui agora. Faz oito anos. Um homem exilado. Um produto dos tempos. Deixei para trás a minha clínica maravilhosa, os meus amigos queridos, juntei os meus livros e as minhas relíquias, encaixotei o que restava dos meus travesseiros e, aos setenta anos de idade, me mudei para cá. Vida nova em minha oitava década na Terra. Saindo daqui vou para o Metropolitan Museum. Quero ver aqueles Rembrandts magníficos. Estou estudando as obras-primas dele, um pouquinho de cada vez. É preciso disciplina. Mas é muito recompensador. O sujeito era mágico. Também ando estudando as Escrituras. Resolvi escarafunchar todas as traduções. Cada coisa incrível que a gente encontra ali. Se bem que do enredo em si eu não gosto. Os judeus estão sempre às voltas com acontecimentos tão dramáticos na Bíblia, mas nunca aprenderam a escrever um bom drama. Não como os gregos, na minha opinião. Os gregos ouviam um espirro e já mandavam brasa. O sujeito que espirrou faz o protagonista; o que deu a notícia, o mensageiro; e os que estavam por perto, o coro. E dá-lhe compaixão, horror, angústia, suspense. Isso você não tem com os judeus na Bíblia. Ali é dia e noite negociando com Deus."

"O senhor parece que sabe como tocar o barco."

Gostaria de poder dizer o mesmo de mim; gostaria, pensou Zuckerman com infantilidade, que o senhor pudesse me ensinar.

"Faço o que a cabeça manda, Nathan. Sempre fiz. Nunca me neguei as coisas que importavam. E acho que sei quais eram. Ajudei um pouco os outros também. Tentava manter, digamos assim, um equilíbrio. Vou mandar um travesseiro para você. E não vou cobrar nada. Em agradecimento pelas lembranças maravilhosas que você me proporcionou. Não tem sentido sofrer com essa dor. Você não dorme de bruços, dorme?"

"De lado e de costas, pelo que sei."

"Já ouvi essa história centenas de vezes. Amanhã mesmo mando um travesseiro e uma fronha para você."

E ali estavam. E, incluída no pacote, havia também uma observação datilografada no papel timbrado do médico. "Lembre-se, não ponha o Travesseiro do Dr. Kotler sobre um travesseiro normal. O Travesseiro do Dr. Kotler faz o serviço sozinho. Não havendo melhoras significativas em duas semanas, entre em contato comigo pelo telefone RE 4-4482. No caso de problemas crônicos, pode ser necessária uma manipulação no início. Dores recalcitrantes podem ser tratadas com técnicas de hipnose." A carta era assinada da seguinte maneira: "Dr. Charles L. Kotler, Dolorologista".

E se o travesseiro funcionasse mesmo e a dor desaparecesse por completo? Zuckerman queria que anoitecesse logo e chegasse a hora de ir para a cama para poder se deitar com ele. Queria que 4 de janeiro e o início das aulas chegassem logo. Queria que 1981 chegasse logo — seria então que abriria seu consultório. Ou, no mais tardar, em 1982. Levaria o travesseiro do dolorologista para Chicago — e deixaria o harém para trás. Com Gloria Galanter, tinha ido longe demais, mesmo para alguém tão debilitado como ele. Com a cabeça apoiada no dicionário de sinônimos e Gloria sentada em sua cara, ele se dera conta de como era absurdo esperar que o sofrimento humano tivesse efeitos enobrecedores. Gloria era a mulher, a paparicada e insubstituível mulher do genial mago das finanças que a muito custo convencera Zuckerman a abandonar seus investimentos ultraconservadores, e em três anos quase dobrara seu capital. Marvin Galanter era tão fã de *Carnovsky* que inicialmente nem quisera cobrar por seus serviços; na primeira reunião que tiveram, o contador disse a Zuckerman que pagaria eventuais multas do próprio bolso, caso a Receita Federal contestasse as deduções que ele pretendia aplicar no cálculo de seu imposto de renda. *Carnovsky*, sustentava Marvin, era a história de sua própria vida, e ele faria qualquer coisa pelo sujeito que havia escrito aquele livro.

Sim, ao menos de Gloria ele precisava se desfazer — o problema é que não conseguia resistir aos seios dela. Sozinho no tapetinho de atividades, tentando, como sugerira o reumatologista, encontrar uma maneira de se distrair da dor, às vezes Zuckerman não fazia outra coisa senão pensar nos seios de Gloria. Das quatro mulheres de seu harém, era com Gloria que o desamparo dele chegava ao fundo do poço — enquanto ela própria parecia a mais feliz das quatro, a mais, de um jeito estranho e delicioso, lepidamente independente, ainda que confinada às necessidades mofinas de Zuckerman. Gloria o distraía com seus seios e levava comida para ele: bolos de chocolate da Greenberg's, *strudels* da Mrs. Herbst's, pão *pumpernickel* do Zabar's, potinhos de caviar beluga da Caviarteria, frango ao limão do Pearl's Chinese Restaurant, lasanha do "21". Mandava o motorista até a Allen Street só para comprar pimentões recheados no Seymour's Parkway e então pegava o carro e vinha requentá-los para o jantar de Zuckerman. Desaparecia na pequena cozinha com seu casaco de pele de raposa, e ao voltar com a panela fumegante, tinha só os sapatos de salto alto nos pés. Gloria estava chegando aos quarenta — era um mulherão robusto, de pele morena, seios grandes e redondos como alvos, e cabelos castanhos crespíssimos. Seu rosto poderia pertencer a uma mulata: olhos amendoados, maxilares imponentes e lábios carnudos, com extremidades singularmente saltadas. Suas costas exibiam vergões vermelhos. Zuckerman não era o único ser primitivo que ela cobria de mimos, e ele não se importava com isso. Comia a comida e lambia seus seios. Lambia seus seios lambuzados de comida. Não havia nada que Gloria não se lembrasse de trazer na bolsa: sutiãs com orifícios para os mamilos, calcinhas com abertura na frente, câmera Polaroid, vibrador, gel K-Y, venda para os olhos da Gucci, corda de veludo trançado — e, para animar a festa, no aniversário de Zuckerman, um grama de cocaína. "Os tempos mudaram", disse ele. "Antes a gente só precisava de uma camisinha." "Quando um menino fica doente", retrucou Gloria, "ele precisa de brinquedos." É verdade, e na Antiguidade, as pessoas acreditavam que os ritos dionisíacos tinham efeitos terapêuticos para quem se encontrasse fisicamente debilitado. Também havia o antigo tratamento conhecido como imposição das mãos. Gloria tinha a História Clássica a seu lado. O método que a mãe de Zuckerman usava para fazê--lo sarar, quando o filho estava com febre e não podia ir para a escola, era jogar cartas com ele na beira da cama. Para não se atrasar com os afazeres domésticos, ela ficava passando roupa no quarto enquanto os dois fofocavam sobre a escola e os amigos dele. Ainda hoje Zuckerman se inebriava ao sentir o cheiro do ferro quente deslizando sobre a roupa. Gloria, lubrificando um dedo e introduzindo-o no ânus dele, pôs-se a falar de seu casamento com Marvin.

Disse-lhe Zuckerman: "Gloria, você é a mulher mais safada que eu já conheci".

"Se eu sou a mais safada, coitado de você. Trepo com o Marvin duas vezes por semana. Fecho o meu livro, apago o cigarro, desligo o abajur e me desviro."

"Fica de barriga para cima?"

"O que você queria? Então ele mete em mim e eu sei direitinho o que fazer para ele gozar. Aí ele resmunga qualquer coisa sobre tetas e amor e goza. Eu acendo a luz, viro para o lado, acendo um cigarro e pego o meu livro de novo. Estou lendo aquele que você recomendou. O da Jean Rhys."

"O que faz para ele gozar?"

"Dou três voltinhas pra cá e três pra lá e passo o dedo nas costas dele assim — e ele goza."

"Sete coisas então."

"Isso. Sete coisas. Aí ele fala qualquer coisa sobre as minhas tetas e sobre o amor e goza. Depois pega no sono e então eu posso me virar de lado e acender a luz e ler o meu livro. Essa Jean Rhys me deixa apavorada. Outra noite, quando terminei o livro em que ela conta a história daquela mulher que entra pelo cano e acaba na maior merda, eu virei para o Marvin, dei um beijinho nele e disse: 'Te amo'. Mas trepar com ele é foda, Nathan. E está ficando cada vez pior. Quando você é casada, vive pensando: 'Pior que isso não dá pra ficar' — e no ano seguinte você vê que dá, sim. É a obrigação mais abominável que já tive de cumprir na vida. Às vezes, quando está com dificuldade para gozar, o Marvin diz: 'Gloria, Gloria, fala uma indecência pra mim'. Não é fácil, preciso pensar um bocado, mas acabo falando. Ele é um pai maravilhoso, é um marido maravilhoso, e merece toda a ajuda do mundo. Mas, mesmo assim, teve uma noite em que eu pensei que não dava mais pé. Fechei o meu livro, apaguei a luz e disse para ele: 'Marv, está faltando alguma coisa no nosso casamento'. Mas nessa altura ele estava começando a roncar. 'Fica quietinha', resmungou. 'Psssssiu. Dorme.' Eu não sei o que fazer. Não *tenho* o que fazer. O esquisito, o espantoso, o mais desconcertante é que o Marvin foi, sem a menor dúvida, o verdadeiro amor da minha vida, e eu, sem a menor dúvida, fui o amor da vida do Marvin, e ainda que nunca, nunca mesmo, tenhamos sido felizes, durante uns dez anos tivemos um casamento apaixonado, com tudo o que um casal pode desejar: saúde, dinheiro, filhos, uma Mercedes na garagem, pia com duas cubas no banheiro, casas de veraneio e tudo o mais. E tão infelizes, e tão apegados um ao outro. Não faz sentido. E agora eu convivo com esses monstros noturnos, três enormes monstros noturnos: não ter dinheiro, morrer e ficar velha. Não posso me separar do Marvin. Eu não aguentaria o tranco. Ele não aguentaria o tranco. Os meninos entrariam em parafuso — e eles já não batem muito bem. Mas eu preciso de excitação. Estou com trinta e oito anos. Preciso de atenção extra."

"Por isso arruma amantes."

"E com eles é uma tortura também, sabe? Nessas coisas, nem sempre dá para você controlar os sentimentos. Não dá para controlar os sentimentos do outro. Estou com um agora que quer eu fuja com ele para a Colúmbia Britânica. Diz que a gente consegue viver na boa só com o que a natureza dá. Ele é bonito. É jovem. Tem um cabelão. E um jeito bem selvagem. Apareceu em casa para restaurar uns móveis antigos, e começou pela minha restauração. Mora numa água-furtada horrível. Ele diz: 'Nem acredito que estou trepando com você'. Fala isso na hora em que está trepando comigo. Isso me excita, Nathan. A gente toma banho junto. É uma delícia. Mas desde quando isso é razão para eu deixar de ser a mãe do Adam e do Toby e a mulher do Marvin? Quem vai ajudar os meninos a encontrar as coisas que eles perdem se eu estiver na Colúmbia Britânica? 'Mamãe, cadê a minha borracha?' 'Só um segundo, amor, estou no banheiro. Já procuro para você.' Tem alguém procurando alguma coisa, eu ajudo — é para isso que servem as mães. Você perdeu alguma coisa, eu *tenho* que procurar. 'Encontrei, mamãe.' 'Que bom, filhinho. Fico feliz.' E fico mesmo — quando eles encontram a borracha, Nathan, eu fico feliz. Foi assim que eu me apaixonei pelo Marvin. Na primeira vez em que estive no apartamento dele, quando não fazia nem cinco minutos que eu estava ali, ele olhou para mim e disse: 'Por acaso você viu o meu isqueiro, Gloria, aquele isqueiro que eu adoro?'. E eu me levantei e comecei a procurar — e encontrei. 'Está aqui, Marvin.' 'Ah, que bom.' Foi assim que ele me conquistou. Não precisou mais nada. Olha, o que me mantém *viva* são os banhos que eu tomo com o meu bambino italiano e aqueles cabelos compridos e aqueles bíceps de aço que ele tem — mas como posso abandonar esses três e esperar que encontrem sozinhos as coisas que eles perdem? Com você é tranquilo — é como se fosse um irmão. Você precisa, eu preciso, e estamos conversados. Além do mais, você sabe que tirou a sorte grande com aquela putinha de luxo matreira." Gloria tivera um encontro inesperado com Diana, numa tarde em que aparecera de maneira imprevista no apartamento de Zuckerman e mandara o motorista entrar com um vaso de palmeiras para alegrar o quarto do doente. "Ela é perfeita pra você. Novinha, de alta estirpe, e estava um escândalo naquela saiazinha minúscula — suculenta, como quando você morde uma maçã ou uma pera bem gostosa. Eu adorei a boca de mulher de bandido. Faz um contraste malandro com o QI alto. Enquanto resolvíamos onde pôr o vaso, eu a vi no fim do corredor — no banheiro, retocando a maquiagem. Tão compenetrada que, se uma bomba explodisse ali dentro, ela nem perceberia. Se eu fosse você, não me livrava dela."

"Não estou em condições", disse Zuckerman, empalado no nó do dedo de Gloria, "de me livrar de ninguém."

"Que bom. Para certas mulheres você pode ser uma presa interessante. Há mulheres que sonham com isto: um homem rico e famoso que precisa de cuidados. Depois da convalescença demorada, podem ficar com os créditos por tê-lo ajudado a sarar e, na eventualidade de ele não aguentar e, Deus me livre, bater as botas, viram donas da vida dele após a morte. Me aponte uma mulher que não gostaria de ser a viúva de um homem famoso. Ficar com *tudo* o que ele tinha."

"Está falando das mulheres em geral ou de você em particular?"

"Sendo a vontade de Deus, Nathan, não sei de nenhuma mulher que se recusasse a carregar essa cruz. A sua sorte é que a menina é nova e convencida demais e ainda não conhece as mumunhas do negócio. Ótimo. Deixe que ela seja uma flor quando você começa a choramingar. Melhor pra você. Nenhuma mãe judia como eu minimizaria a importância de uma aflição mórbida. Se não acredita, leia esse livro de que andam falando tanto por aí: *Carnovsky*. As mães judias sabem como se apossar de seus filhos queixosos. No seu lugar, eu ficaria atenta a isso."

Jaga, naquela sessão inaugural que Zuckerman tivera na clínica tricológica de Anton, a princípio lhe parecera, por causa de seu avental branco e comprido, assim como do lenço branco que tinha na cabeça, uma noviça de uma ordem de freiras enfermeiras; então ele a ouviu falar, e o sotaque eslavo — somado à indumentária de esteticista e ao profissionalismo zeloso e enfadonho com que ela massageava seu couro cabeludo — fez com que Zuckerman se lembrasse das médicas de *Pavilhão de cancerosos*, outra das obras em que ele buscara ensinamentos austeros durante sua semana de tração cervical. Seu horário era o último do dia e, terminada a segunda sessão, ao sair do Commodore e tomar o rumo de casa, ele viu Jaga caminhando à sua frente no Vanderbilt Place. Estava vestida com um velho casaco de feltro preto, cuja barra, em bordado vermelho, começara a descosturar nas costas. O aspecto surrado de um casaco que em outro tempo e lugar fora elegante subverteu um pouco a aura de superioridade alheada que Jaga assumia ao se ver a sós numa salinha de atendimento com um homem em vias de ficar careca. O passo apressado e agitadiço fazia com que ela parecesse estar fugindo. Talvez estivesse mesmo: fugindo de outras daquelas perguntas que Zuckerman começara a lhe fazer enquanto recebia a agradável massagem de seus dedos. Jaga era pequena e frágil, tinha uma tez da cor de leite desnatado e um rostinho pontiagudo, ossudo, extenuado, um rosto que parecia ligeiramente focinhudo, como o de um ratinho, até que, ao término da sessão, ela tirou o lenço da cabeça e revelou o brilho diáfano dos cabelos quase cítreos de tão louros, e, com isso, uma suavidade que de outro modo permanecia obscurecida por aquela máscara minúscula e hirta de tensão. Os indecifráveis olhos lilases de súbito ficaram deslumbrantes. Apesar disso, Zuckerman não tentou alcançá-la. Não podia apertar o passo por causa da dor e, ao recordar o sarcasmo azedo com que ela desdenhara da meia dúzia de perguntas amistosas que ele lhe havia feito, achou por bem não gritar seu nome. "Gosto de ajudar", respondera, quando ele perguntou como se interessara pela tricologia. "Adoro ajudar pessoas com problemas." Por que emigrara para a América? "Sempre sonhei com a América." O que estava achando de viver ali? "Todo mundo é tão legal. As pessoas dão bom-dia para a gente. Em Varsóvia não tem gente legal assim."

Na semana seguinte, ao convite que Zuckerman lhe fez para um drinque, ela disse sim — em tom brusco, como se estivesse dizendo não. Estava com pressa, só poderia ficar para uma taça de vinho rápida. No reservado do bar, tomou três taças rápidas e então, sem que ele houvesse feito nenhuma pergunta, pôs-se a explicar sua estada na América. "Varsóvia era muito sem graça. Eu vivia entediada. Queria mudar de ares." Na semana seguinte, Jaga tornou a dizer sim como se dissesse não, e dessa vez tomou cinco taças de vinho. "Custo a acreditar que você tenha saído de lá só porque estava entediada." "Não comece com os clichês", disse ela. "Não quero a sua compaixão. É o cliente que precisa de compaixão, não a tricologista com cabelos para dar e vender." Na outra semana, ela foi até o apartamento dele e, pelos óculos prismáticos, Zuckerman a viu entornar sozinha a garrafa de vinho que lhe dera para abrir. Por causa da dor, o romancista já não conseguia usar o saca-rolhas. Bebericava vodca por um canudinho de vidro curvo.

"Por que está aí no chão?", indagou ela.

"É uma história sem graça."

"Sofreu um acidente?"

"Não que eu me lembre. E você, sofreu algum, Jaga?"

"Você devia viver mais misturado com as pessoas", disse-lhe ela.

"Como sabe como devo viver?"

Bêbada, Jaga levou o assunto adiante. "Você devia aprender a viver mais misturado com as pessoas." Por causa do vinho e por conta do sotaque, dois terços do que ela falava eram incompreensíveis para ele.

À porta, ajudou-a a vestir o casaco. Jaga cerzira o pedaço da barra que estava descosturando no dia em que ele a vira andando apressada pelo Vanderbilt Place, porém o que o casaco precisava era de um forro novo. À própria Jaga parecia faltar todo e qualquer forro. Ela dava a impressão de ter sido descascada, exibindo uma brancura débil e semitransparente que não era sequer uma membrana interna, e sim a polpa nua e pálida de seu ser. Nathan achava que, se a tocasse, a sensação a faria gritar.

"Tem qualquer coisa de imoral em nós dois", disse ela.

"Do que está falando?"

"Gente maníaca como eu e você. É melhor eu nunca mais vir aqui."

Em pouco tempo, todas as noites, ao voltar para casa, ela dava uma paradinha ali. Começou a passar sombra nos olhos e a usar um perfume forte, e seu

LIÇÃO DE ANATOMIA 377

rosto só se espichava como o de um ratinho quando ele insistia em fazer suas perguntas mais idiotas. Apareceu com uma blusa de seda nova, no mesmo tom lilás dos olhos; no entanto, embora deixasse o primeiro botão descuidadamente desabotoado, não fazia nenhum movimento em direção ao tapetinho de atividades. Em vez disso, esticava-se no sofá, aninhava-se sob a manta de tricô e entornava taça após taça de vinho tinto — e então partia em disparada rumo ao Bronx. Tendo descalçado os sapatos, subia de meia na escada de biblioteca e corria os olhos pelas prateleiras. Do degrau mais alto, perguntava se podia pegar um livro emprestado, e então se esquecia de levá-lo para casa. Todos os dias mais um clássico norte-americano do século xix era adicionado à pilha abandonada em cima da escrivaninha. Com certo desdém, zombando de si mesma, dele, de sua biblioteca, de sua escada de biblioteca, aparentemente ridicularizando todos os sonhos e anseios humanos, Jaga chamava o lugar onde empilhava os livros de "Meu cartaz".

"Por que não leva para casa?", indagou Zuckerman.

"Não, não, não com grandes romances. Estou velha demais para esse tipo de sedução. Nem sei por que você me deixa entrar aqui, neste santuário da arte. Não sou uma 'personagem interessante'."

"O que fazia em Varsóvia?"

"Fazia em Varsóvia como faço aqui."

"Por que não dá um tempo, Jaga? Custa responder a uma perguntinha besta como essa?"

"Por favor, se está procurando alguém interessante para usar na sua ficção, fale lá na clínica com alguma das outras garotas do Anton. São mais novas, mais bonitas e mais bobas, e vão achar o máximo que você faça perguntinhas bestas a elas. Têm mais aventuras para contar do que eu. Você vai poder entrar nelas e elas vão poder entrar nos seus livros. Mas se o que quer de mim é sexo, pode ir tirando o cavalo da chuva. Detesto esfregação. Acho uma chatice. Não gosto dos cheiros e não gosto dos sons. Uma ou duas vezes com uma pessoa ainda vai — mais que isso é sociedade na imundície."

"Você é casada, Jaga?"

"Sou. Tenho uma filha de treze anos. Mora com a avó em Varsóvia. Sabe tudo sobre mim agora?"

"O que o seu marido faz?"

"O que ele 'faz'? Não é um grafomaníaco como você. Por que um sujeito inteligente faz perguntas idiotas sobre o que as pessoas 'fazem'? Porque é americano ou porque é grafomaníaco? Se está escrevendo um livro e quer que eu o ajude com as minhas respostas, sinto muito. Sou insossa demais. Sou apenas a Jaga, com os seus altos e baixos. E se está tentando escrever um livro com as respostas que recebe, então você também é insosso demais."

"Faço perguntas para passar o tempo. Será que isso é suficientemente cínico para os seus padrões?"

"Não entendo de política, não me interesso por política, não quero responder a perguntas sobre a Polônia. Estou me *lixando* para a Polônia. Quero que aquilo tudo vá para o inferno. Vim para cá para fugir daquilo e ficaria grata se você não me aborrecesse com coisas que pertencem ao passado."

Numa noite de novembro em que ventava muito e a chuva e o granizo sacudiam as janelas e a temperatura tinha caído abaixo de zero, Zuckerman ofereceu dez dólares para que ela pegasse um táxi. Jaga jogou o dinheiro na cara dele e foi embora. Minutos depois, estava de volta, o casaco de feltro preto já encharcado. "Quando vai querer me ver de novo?"

"Quando você quiser. Venha sempre que o seu rancor estiver no ponto."

Como se pretendesse mordê-lo, Jaga investiu contra os lábios de Zuckerman. No dia seguinte ela disse: "Fazia dois anos que eu não beijava ninguém".

"E o seu marido?"

"Nem isso a gente faz mais."

O homem com quem ela fugira da Polônia não era seu marido. Isso foi revelado a Zuckerman da primeira vez que Jaga abriu os outros botões da blusa de seda nova e se ajoelhou a seu lado no tapetinho de atividades.

"Por que fugiu com ele?"

"Viu? Eu não devia ter contado nem isso. Falo em 'dissidente' e você já fica excitado. Um personagem interessante. Você se excita mais com a palavra dissidente do que com o meu corpo. Meu corpo é só pele e osso." Jaga tirou a blusa e o sutiã e os jogou em cima da escrivaninha, ao lado da pilha de livros que ela não levava para casa. "Meus seios não têm o tamanho certo para os americanos. Sei disso. Não têm a forma de que os americanos gostam. Aposto que você não imaginava que eu tivesse um corpo tão envelhecido."

"Pelo contrário, é um corpo de criança."

"É, uma criança. Sofreu nas mãos dos comunistas, a coitadinha — vou falar dela num livro. Por que você tem de ser tão clichê?"

"Por que você tem de ser tão difícil?"

"Você é que é difícil. Por que não me deixa simplesmente vir aqui, tomar o seu vinho, fingir que pego alguns livros emprestados e beijar você quando estou a fim? Qualquer homem com algum coração faria isso. Tem horas em que você deveria parar com esse negócio de ficar o tempo inteiro escrevendo livros. Olha" — e, de joelhos, depois de abrir a saia e levantar a anágua, deu as costas para ele, inclinou o corpo para a frente e apoiou as palmas das mãos no chão. "Olha, é a minha bunda. Os homens gostam disso. Se quiser, pode me comer por trás. É a nossa primeira vez e deixo você fazer o que quiser comigo, qualquer coisa que lhe dê prazer, *menos continuar com essas suas perguntas.*"

"Por que tem tanto ódio daqui?"

"Porque eu estou encalhada aqui! Ô, sujeito idiota, é claro que eu odeio este lugar! Vivo com um homem que está encalhado aqui. O que tem para ele fazer aqui? A mim não incomoda trabalhar numa clínica capilar. Mas para um homem não dá. Se ele arrumasse um emprego assim, em um ano estaria acabado. Acontece que eu pedi que ele fugisse comigo, pedi que ele me salvasse daquele hospício, de modo que agora não posso dizer para ele pegar um esfregão e arrumar um emprego de faxineiro em Nova York."

"Em que ele trabalhava antes de vir para cá?"

"Você entenderia tudo errado se eu contasse. Iria logo pensar que se trata de algo 'interessante'."

"Talvez eu não entenda as coisas tão mal quanto você imagina."

"Ele me salvou das pessoas que estavam envenenando a minha vida. Agora eu tenho a obrigação de salvá-lo do exílio. Ele me salvou do meu marido. Ele me salvou do meu amante. Ele me salvou das pessoas que estavam destruindo tudo o que eu amava. Aqui eu sou os olhos dele, a voz dele, o arrimo dele. Se eu fosse embora, ele não aguentaria as pontas. Não é questão de ser amada, é questão — acredite se quiser — de amar alguém."

"Ninguém falou para você largar o sujeito."

Jaga abriu uma segunda garrafa de vinho e, nua, sentada no chão ao lado de Zuckerman, rapidamente ingeriu metade de seu conteúdo. "Mas é o que eu quero", disse ela.

"Quem é ele?"

"Um menino. Um menino que não soube usar a cabeça. Foi o que o meu amante disse para ele fazer. Viu a gente num café em Varsóvia e veio falar conosco, fulo da vida. 'Quem é você?', gritou com o menino."

"E o menino respondeu o quê?"

"Ele disse: 'Não é da sua conta'. Para você isso não parece uma coisa tão heroica. Mas quando um dos homens tem a metade da idade do outro, é uma façanha."

"Ele fugiu com você porque queria ser um herói e você fugiu com ele porque queria fugir."

"E agora você acha que sabe por que adoro fazer cartaz de mim mesma com os seus livros. Agora você acha que sabe por que venho me embebedar com esses seus Bordeaux tão caros. 'Ela está querendo trocar o sujeito por mim.' Só que não é nada disso. Mesmo com a minha vulnerabilidade de exilada, não vou me apaixonar por você."

"Que bom."

"Deixo você fazer o que quiser comigo, mas não vou me apaixonar."

"Ótimo."

"Só bom? Só ótimo? Nada disso, no meu caso é excelente. Porque não há mulher no mundo que viva se apaixonando pelo homem errado como eu. Nos países comunistas, eu bati o recorde. Ou são casados, ou são assassinos, ou são como você, caras que não querem mais se envolver com ninguém. São gentis, são simpáticos, são mãos-abertas com dinheiro e vinho, mas o que veem na gente é material para a construção de personagens interessantes. Puro gelo quente. Conheço os escritores."

"Não vou perguntar de onde. Continue."

"Conheço os escritores. Têm sentimentos bonitos. Levam a gente no bico com seus sentimentos bonitos. Mas os sentimentos somem rapidinho quando você não está mais posando para eles. Decifram a gente, põem a gente no papel e aí a porta da rua é serventia da casa. A única coisa que eles dão é atenção."

"Poderia ser pior."

"Ah, claro, aquela atenção toda. Para a modelo é uma delícia enquanto dura."

"O que você fazia na Polônia?"

"Já falei. Eu era a campeã das que se apaixonavam pelo homem errado." E se ofereceu novamente para ficar na posição que mais o agradasse e mais o excitasse penetrá-la. "Goze do jeito que quiser, e não espere por mim. Para um escritor, isso é melhor do que fazer mais perguntas."

E o que é melhor para você? Era difícil fazer a gentileza de não perguntar. Jaga estava certa no que se referia aos escritores — Zuckerman estivera o tempo todo pensando que, se ela falasse bastante, poderia encontrar no que a polonesa dizia algo que o estimulasse a escrever. Jaga o insultava, destratava-o e às vezes ficava tão furiosa na hora de ir embora que tinha de fazer força para se controlar e não bater nele. O que ela queria era ter um colapso e ser socorrida, queria ser heroica e passar por cima das dificuldades, e parecia odiá-lo sobretudo porque ele, ouvindo sem esboçar reação, e tão somente por isso, a fazia lembrar que nenhuma dessas coisas estava a seu alcance. Escritor em decadência, Zuckerman dava tudo de si para manter a atitude imperturbável. Não se deve confundir prazer com trabalho. Estava ali para escutá-la. Escutar era o único tratamento que ele tinha para oferecer. As pessoas vêm, pensava ele, e me contam coisas, e eu escuto, e vez por outra digo: "Talvez eu compreenda mais do que você imagina", mas não há nada que eu possa fazer para curar as aflições de todos os pacientes que cruzam o meu caminho, curvados sob o peso de seus fardos e de seus dissabores particulares. É monstruoso que todo o sofrimento do mundo seja bom para mim, na medida em que leva água para o meu moinho — e que, quando confrontado com a história de alguém, tudo o que eu possa fazer seja desejar transformá-la em *material*, mas se o sujeito é possuído assim, paciência, é assim que ele é possuído. Tem um lance demoníaco nesse negócio, uma coisa de que o comitê do prêmio Nobel não fala muito. Seria bom ter, particularmente diante dos necessitados, motivos puros e desinteressados como todas as outras pessoas, mas, ai, o serviço aqui é outro. O único paciente atendido pelo escritor é ele próprio.

Depois de Jaga ter ido embora, e depois de Gloria ter passado pelo apartamento com o jantar dele, e algumas horas antes de ele retomar a gravação de mais uma réplica a Appel, Zuckerman disse a si mesmo: "Comece esta noite. Arregace as mangas e mãos à obra", e começou pela transcrição de todas as palavras que ainda recordava da longa diatribe que Jaga proferira naquela tarde, sentada em cima dele no tapetinho de atividades. A pelve da polonesa subia e descia à feição de algo que tiquetaqueia, um mecanismo tão automático quanto um metrônomo. Arremetidas suaves, regulares, incansáveis, um vaivém ritmado, como um batimento cardíaco, um vaivém de uma precisão excruciante, e ela o tempo todo falando sem parar, falando do mesmo jeito que trepava, com uma frieza constante e voluptuosa, como se ele fosse um homem e aquele fosse um ato que ela não execrava *totalmente*. Zuckerman sentia-se um preso escavando um túnel com uma colher.

"Odeio a América", disse-lhe ela. "Odeio Nova York. Odeio o Bronx. Odeio a Bruckner Boulevard. Na Polônia, qualquer vilarejo tem pelo menos dois prédios renascentistas. Aqui só se vê casa feia, uma pior que a outra, e a gente ainda tem que aguentar os americanos com suas perguntas diretas. Não dá pra ter uma conversa mais filosófica com ninguém. Aqui, se a pessoa é pobre, não pode detestar ser pobre." Tique-taque. Tique-taque. Tique-taque. "Você me acha mórbida e psicopata. Jaga, a doida. Acha que eu deveria ser como uma garota americana — tipicamente americana: animada, confiante, talentosa. Como essas americanazinhas inteligentes que pensam: 'Posso ser atriz, posso ser poeta, posso ser uma boa professora. Confio em mim, estou mais madura — eu não era madura quando estava ficando madura, mas agora estou muito mais madura'. Você acha que eu deveria ser uma dessas americanas xaropes, tão, tão boazinhas, uma dessas moças que, na inocência delas, pensam que a pessoa só precisa ser legal, animada, talentosa. 'Como pode um homem como Nathan Zuckerman passar duas semanas apaixonado por mim e depois me largar? Eu sou tão legal, tão animada, tão confiante, tão talentosa. E tenho me sentido tão madura — como pode?' Mas eu não sou ingênua a esse ponto, portanto não se preocupe. Quando acabar, volto para a minha escuridão. Quanto a elas, se tinha alguma escuridão na vida delas, o psiquiatra explicou. E agora elas veem que isso faz parte. São coisas assim que dão sentido à vida. Deixam a gente mais madura. Elas compram isso. Algumas, as mais espertas, vendem. 'Eu aprendi tanto com esse relacionamento. Estou mais madura.' Se tem escuridão na vida delas, é uma escuridão boa. Quando vão para a cama com você, elas sorriem. Querem que seja um momento maravilhoso." Tique-taque. "Uma experiência linda." Tique-taque. "Uma coisa cheia de ternura e carinho." Tique-taque. "Uma coisa *meiga*. Mas esse otimismo americano não é para o meu bico. Eu não aguento me separar das pessoas. Não *aguento*. E nessas horas eu não sorrio. Não me sinto mais madura. Eu sinto é que estou desaparecendo!" Tique-taque, tique-taque. "Contei para você, Nathan, que eu fui estuprada? Naquele dia em que saí daqui debaixo de chuva?" "Não, não contou." "Eu estava indo para o metrô debaixo daquele aguaceiro. Estava bêbada. E pensei que não conseguiria chegar até a estação — bêbada daquele jeito, eu não conseguia nem andar direito. Então fiz sinal para um táxi. E essa limusine parou. Não lembro direito. Foi o motorista da limusine. O nome dele também era polonês — é disso que eu lembro. Acho que eu apaguei na limusine. Nem sei se fiz alguma coisa provocante. A gente an-

LIÇÃO DE ANATOMIA 383

dou, andou, andou. Pensei que estávamos indo para o metrô, e então ele parou e disse que eram vinte dólares. Eu não tinha vinte dólares. E falei: 'Bom, vou ter que fazer um cheque'. E ele disse: 'Como vou saber se o cheque é bom?'. E eu disse: 'Ligue para o meu marido'. Isso era a última coisa que eu queria fazer, mas estava tão bêbada que não tinha a menor ideia do que estava fazendo. E dei o seu número para ele." "Onde vocês estavam nessa altura?" "Sei lá. Acho que no West Side. Então ele disse: 'Tá legal, vamos ligar pro seu marido. Tem um restaurante aqui. Vamos entrar e usar o telefone deles'. Então eu fui, e não era restaurante coisa nenhuma — era só uma escadaria. E ele me jogou no chão e me estuprou. E depois me levou para o metrô." "E você se sentiu muito mal ou foi uma coisa sem importância?" "Ah, já está atrás de 'material'. Não foi nada de mais. Bêbada do jeito que eu estava, não senti nada. No fim ele ficou com medo de que eu chamasse a polícia. Porque eu falei que pretendia fazer isso. Falei pra ele: 'Você me estuprou e isso não vai ficar assim. Não saí da Polônia para vir para cá para ser estuprada por um polaco'. E ele disse: 'Bom, e quem é que garante que você não foi para a cama com centenas de homens? Ninguém vai acreditar em você'. E eu nem estava pensando mesmo em procurar a polícia. Ele tinha razão — *não* acreditariam em mim. Eu só queria mostrar para ele que ele tinha feito uma coisa horrível. Ele era branco, tinha nome de polonês, era boa-pinta, novo — por que aquilo? Que graça tem para um homem estuprar uma bêbada? Que prazer ele sente nisso? Aí ele me levou para a estação e perguntou se estava tudo bem comigo, se eu achava que conseguiria pegar a linha certa. E no fim acabou indo até a plataforma comigo e comprou um presentinho para mim." "Que bonzinho." "E não ligou para você?" "Não." "Desculpa eu ter dado o seu telefone, Nathan." "Não tem problema." "O estupro em si — não foi nada. Fui para casa e me lavei. E o que eu encontro chegando lá? Um cartão-postal. Do meu amante em Varsóvia. E foi aí que eu comecei a chorar. Isso sim me fez mal. Um postal!? Depois de tanto tempo, quando ele finalmente resolve dar o ar da graça, ele pega e me escreve um postal!? Me veio uma imagem na cabeça, depois que eu vi aquele cartão-postal, da casa dos meus pais antes da guerra — uma imagem de tudo o que a gente perdeu. Pode até ser que, em termos éticos, este país de vocês seja um país melhor que a Polônia, mas até nós, até *nós* — quer gozar?" "Até nós o quê?" "Até nós merecíamos um destino um pouco melhor. Tirando o dia em que eu nasci, nunca tive uma vida normal. Não sou uma pessoa muito normal. Antes eu tinha uma filhinha para me dizer que o meu perfume era bom e que as minhas almôndegas eram as melhores do mundo. Isso eu também perdi. Não tenho nem mais casa. Não tenho nem meia casa. Sou uma mulher sem-casa. E se estou lhe dizendo essas coisas é para você saber que, quando se cansar de trepar comigo, eu não vou fazer drama, eu vou entender. Só te peço uma coisa", disse ela no exato instante em que o corpo de Zuckerman, não contente com todas as peças que já andava lhe pregando, eclodiu sem aviso. "Só te peço que me deixe continuar sendo sua amiga."

Esforçando-se para resistir ao que tivera de beber com Jaga e de fumar com Gloria, Zuckerman sentou-se ereto na poltrona e, com o caderno de redação aberto sobre a tábua de compensado, e o colar ortopédico em volta do pescoço, tentou inventar o que ainda não sabia. Comparou seu pequeno exílio com o de Jaga. O exílio dela com o do dr. Kotler. Exílios assim também são uma doença; ou saram em dois ou três anos, ou se tornam crônicos e duram para sempre. Tentou imaginar uma Polônia, um passado, uma filha, um amante, um cartão-postal, como se a sua cura dependesse apenas de que ele, recomeçando a escrever, passasse a ser um escritor que escrevia histórias que não tinham nada a ver com a sua própria história. *As desventuras de Jaga*. Mas não conseguia chegar a lugar nenhum. Mesmo que houvesse vítimas de torturas, desgraças, crueldades e perdas em todos os cantos do planeta, isso não significava que ele pudesse transformar em suas as histórias delas, por mais apaixonantes e intensas que parecessem perto de sua vida comezinha. A pessoa pode sentir por uma história um fascínio semelhante ao que o leitor experimenta, porém o leitor não é um escritor. Desespero também não ajuda: uma história não se faz numa noite, mesmo quando é escrita numa sentada só. Sem contar que, se Zuckerman escrevesse sobre coisas que não conhecia, quem haveria de escrever sobre as coisas que ele conhecia?

E o que é que ele conhecia? A história que ele seria capaz de dominar e da qual seus sentimentos haviam sido cativos, aquela história terminara. As histórias de Jaga não eram as suas histórias e as suas histórias também não eram mais suas.

A fim de se preparar para deixar o tapetinho de atividades e fazer a viagem de mil e duzentos quilômetros até Chicago — quando o trajeto mais extenso que havia percorrido nos últimos doze meses fora o que o levara até Long Island, em busca de um supressor de dores —, antes de mais nada Zuckerman passou quinze minutos debaixo da ducha de cem dólares que ele comprara na Hammacher Schlemmer com a garantia de que seu potentíssimo jato de água quente lhe restituiria a saúde. Tudo o que saiu do chuveiro foi um borrifozinho tímido. Em algum apartamento do velho edifício alguém devia estar usando o lava-louça ou enchendo a banheira. Zuckerman saiu do banho com um aspecto bastante escaldado, mas sem ter melhorado nada. Com frequência saía do banho sem ter melhorado nada, mesmo quando a pressão era forte e a água jorrava com a intensidade prescrita. Desembaçou o espelho do armário da pia e contemplou o físico avermelhado. Nenhum abominável inimigo orgânico à vista, absolutamente nenhuma chaga; só a parte de cima do tronco, motivo de orgulho no passado, com o mesmo aspecto frágil que costumava ter após os banhos matinais de costume, os que ele tomava para espantar a rigidez do sono. Sob orientação do fisioterapeuta, Zuckerman estava tomando três chuveiradas escaldantes ao dia. Era de esperar que o calor, em associação com o impacto da água, dissolvesse o espasmo e servisse como contrairritante para a dor. "Analgesia por hiperestímulo" — o mesmo princípio das agulhas de acupuntura e das bolsas de gelo a que ele recorria entre as chuveiradas escaldantes e também do pulo que pensara em dar do alto do Stanhope Hotel.

Enquanto se enxugava, Zuckerman apalpou as costas até localizar, a meio caminho do trapézio superior esquerdo, a região em que o desconforto muscular era mais acentuado, o local particularmente sensível na altura dos processos e à direita da terceira vértebra cervical, e a dor que, ao mexer o braço, ele sentia no ponto de ligação da cabeça longa do tendão do bíceps esquerdo. Os intercostais entre a oitava e a nona costela estavam apenas moderadamente doloridos, apresentando, de fato, ligeira melhora desde a última vez que os examinara, duas horas antes, e a dormência incômoda no deltoide esquerdo até que era suportável — uma sensação semelhante à que um jogador de beisebol experimentaria depois de arremessar nove turnos seguidos numa noite fria de setembro. Se fosse apenas o deltoide que o fustigasse, Zuckerman seria um homem feliz; se houvesse uma maneira de entrar em acordo com a Fonte de Todas as Dores para que lhe coubesse, ainda que até a morte, o padecimento no músculo trapézio *ou* o mal-estar cervical — qualquer *um* de seus incontáveis sintomas em troca do alívio permanente de tudo o mais...

Pulverizou a base do pescoço e a cintura escapular com o segundo spray de cloreto de etila (presente de seu último osteopata) da manhã. Tornou a pôr o colar ortopédico (fornecido pelo neurologista) para proteger o pescoço. E, tendo tomado um Percodan (receitado com relutância pelo reumatologista) no café da manhã, travou um debate consigo mesmo — sofredor pusilânime vs. adulto responsável — sobre a conveniência de tomar outro num intervalo de tempo tão curto. Ao longo dos meses, Zuckerman tentara não passar de quatro comprimidos de Percodan em dias alternados, para não viciar. A codeína prendia seu intestino e o deixava sonolento, ao passo que o Percodan não somente diminuía a dor pela metade, como também proporcionava uma doce e agradável injeção de ânimo a uma sensação de bem-estar lastimavelmente atrofiada. Os comprimidos de Percodan estavam para Zuckerman como as pedras de chupar para Molloy — sem eles não dava pé.

Apesar das advertências sombrias de seu velho eu, Zuckerman pensou que, embora ainda não fosse nem meio-dia, ele bem que poderia dar um tapa num baseado: caso contrário, como encarar os mil e duzentos quilômetros de viagem sem enlouquecer? Costumava deixar doze baseados enrolados no compartimento de ovos da geladeira e um saquinho plástico com uns trinta gramas (obtidos por Diana na drogaria da Finch) no compartimento de manteiga. Um tapa bem fundo, para o caso de pegar um táxi sem amortecedores: todos os táxis em que ele andava com o colar ortopédico no pescoço pareciam ter sido adquiridos de alguma revenda congolesa de carros usados. Mesmo não podendo confiar na maconha para dar um chega pra lá na dor como o Percodan, dois ou três tapas faziam que ele se esquecesse um pouco dela, às vezes por até meia hora. Quando chegasse ao aeroporto, o segundo Percodan (ingerido às pressas, depois de muita hesitação) já teria iniciado sua percolação e ele ainda contaria com o resto do baseado para lhe prestar auxílio adicional durante o voo. Deu dois tapinhas — depois do primeiro pega mais demorado —, e então, com cuidado, apagou o baseado, guardou-o numa caixa de fósforos e pôs a caixinha no bolso do paletó.

O passo seguinte era fazer a mala: um terno cinza, meias e sapatos pretos. Entre as gravatas de seda penduradas na porta do armário, escolheu uma mais sóbria, e então pegou uma das camisas azuis que tinha na cômoda. Uniforme para a entrevista na faculdade de medicina — e para todas as aparições públicas, já lá se iam vinte e cinco anos. Para enfrentar a queda de cabelos, pegou a solução hormonal, o preparado cor-de-rosa número sete, um pote do condicionador especialmente preparado por Anton e um frasco de seu xampu. Para enfrentar a dor, o supressor eletrônico, três marcas de comprimidos, um frasco novo de cloreto de etila, a bolsa de gelo grande, duas almofadas térmicas (a estreita, em forma de laço, que fechava em volta do pescoço, e a mais comprida e pesada, que ele usava nos ombros), os onze baseados que haviam ficado na geladeira e uma garrafinha de prata da Tiffany com seu monograma (presente de Gloria Galanter), que ele encheu até a boca com vodca cem por cento russa (presente do escritório do maridão Marvin: uma caixa de Stolichnaya e uma de champanhe em comemoração a seu aniversário de quarenta anos). E, por fim, o travesseiro do dr. Kotler. Antes, costumava ir para Chicago levando uma caneta, um bloco de anotações e um livro.

Não telefonaria para dizer aonde estava indo antes de chegar a LaGuardia. Não faria isso nem quando estivesse lá. Qualquer provocaçãozinha de qualquer uma de suas mulheres bastaria para detê-lo, ainda mais se ele pensasse nos táxis congoleses e nos buracos da East River Drive e no inevitável atraso do voo. E se tivesse que entrar numa fila? E se precisasse levar a mala até o terminal? Naquela manhã, levar a escova de dentes à boca já fora um custo. E de todas as coisas com as quais não conseguiria lidar, a mala seria só o começo. Dezesseis horas de química orgânica? Doze de biologia? Oito de física? Nem os artigos da *Scientific American* ele conseguia acompanhar. Com seus conhecimentos de matemática, não entendia nem a seção de finanças da *Business Week*. Aluno de Ciências? Só podia estar brincando.

Também era de se perguntar se Zuckerman estava regulando bem, ou se estaria entrando naquele estágio das enfermidades crônicas conhecido como Busca Histérica da Cura Milagrosa. Era bem possível que toda aquela história de Chicago não fosse senão isto: peregrinação purificadora a um lugar sagrado. Nesse caso, ele que se cuidasse — a próxima parada era a astrologia. Pior, o cristianismo. Ceda à avidez por mandraquices médicas e você será levado ao derradeiro estágio da estupidez humana, a mais absurda de todas as grandes ilusões criadas pela humanidade enferma: os Evangelhos, o travesseiro do nosso principal dolorologista, o curandeiro voduísta, o dr. Jesus Cristo.

Para dar um refresco aos músculos depois da canseira que tinha sido arrumar a mala e para recobrar a coragem de pegar o avião e voar para Chicago — ou para, inversamente, arrefecer o impulso maluco que com efeito o lançaria pelos ares (do alto do Stanhope) —, Zuckerman estirou-se sobre a cama desfeita, no cubo escuro de seu quarto. O cômodo se projetava para fora do corpo do edifício, avançando sobre o fosso enclausurado do pátio dos fundos. Num apartamento de resto bonito e confortável, era o único aposento escuro, frio, acanhado e só um pouco mais ensolarado do que uma cripta. As duas janelas que não havia como lavar tinham sido dotadas de grades fixas para impedir a entrada de ladrões. A árvore moribunda do pátio interno reduzia ainda mais o pouco de luz que entrava pela janela lateral e a janela dos fundos era em parte obstruída por um ar-condicionado. Pelo carpete, corria um emaranhado de extensões elétricas — para o supressor de dores e para as almofadas térmicas. Em cima do criado-mudo, amontoava-se metade dos copos da cozinha — água para tomar os comprimidos —, junto a uma máquina de enrolar cigarros e um pacotinho de seda para cigarros. Fragmentos verdes de maconha jaziam espalhados sobre um pedaço de papel toalha. Os dois livros abertos, um em cima do outro, tinham sido comprados na seção de livros usados da Strand Bookstore: um manual inglês de 1920 sobre medicina ortopédica, com fotos de procedimentos cirúrgicos horripilantes, e as mil e quatrocentas páginas da *Anatomia* de Henry Gray, um exemplar da edição de 1930. Fazia meses que Zuckerman se dedicava ao estudo de livros de medicina, e não exatamente com o objetivo de se afiar para eventuais processos seletivos. O presidiário autodidata guarda debaixo da cama e ao longo das paredes de sua cela os volumes lidos e relidos com os quais pretende conquistar a liberdade; assim também o paciente que cumpre uma pena à qual acredita ter sido ilegalmente condenado.

O gravador cassete jazia abandonado na metade desocupada da cama de casal, bem onde, às quatro da manhã, Zuckerman pegara no sono com ele. Também ali estava o material referente a Milton Appel, textos acondicionados numa pasta de arquivo a que ele dormira abraçado por não poder abraçar Diana. Ligara para ela, implorando-lhe que viesse ficar com ele depois de Gloria ter voltado para Marvin e de Jaga ter saído aos prantos rumo ao Bronx e depois de ele próprio ter passado um bom tempo alternando erraticamente entre a poltrona e o chão, tentando criar, a partir das pistas fornecidas por Jaga, uma história que fosse dela, e não dele. Tanto esforço para nada — e a culpa não era só da maconha e da vodca. Deixando a mim mesmo de lado, não consigo ser escritor, porque é o ingrediente pessoal que me serve de combustível. Mas, se continuar me aferrando ao ingrediente pessoal, vou desaparecer cu adentro. Nem o Dante suou tanto para sair do Inferno como eu estou suando para me safar de Zuckerman-Carnovsky. Não quero representar a Varsóvia dela — é o que a Varsóvia dela representa que eu quero: um sofrimento que não seja semicômico, o mundo das dores históricas monumentais, em vez deste torcicolo pentelho. Guerra, destruição, antissemitismo, totalitarismo, uma literatura em que o próprio destino da cultura está em jogo, escrever no olho do furacão, um martírio que faça mais sentido — algum sentido, *qualquer* sentido — do que aturar o lero-lero de coquetel no talk-show do Dick Cavett. Acorrentado à consciência que tenho de mim mesmo. Acorrentado à retrospecção. Acorrentado a meu drama nanico até morrer. Histórias sobre Milton Appel agora? Ficção sobre a minha queda de cabelos? Não, isso não. Os cabelos de qualquer pessoa, menos os meus. "Diana, venha para cá, passe a noite comigo." "Não." "Por quê? Por que não?" "Porque não estou a fim de passar dez horas seguidas chupando o seu pau nesse seu tapetinho de atividades para depois ficar outras dez horas escutando você falar mal do tal de Appel." "Mas eu já deixei essa história pra lá." Porém Diana desligou: Zuckerman tornara-se mais um de seus homens nojentos.

Pegou o gravador e voltou a fita. Então apertou o "Play". Ao ouvir a própria voz — fantasmagórica e lúgubre por causa de um defeito no mecanismo de áudio —, pensou: até parece que apertei um botão chamado "Regredir". Foi aqui que eu comecei.

"Caro professor Appel", entoou seu fantasma esganiçado, "meu amigo Ivan Felt me falou da estranha sugestão que o senhor fez a ele, instando-o a pedir que eu escrevesse um artigo em defesa de Israel para o *New York Times*. Talvez não tenha sido tão estranho assim. Talvez o senhor tenha mudado de opinião sobre mim e os judeus depois de ter explicado para Elsa Stromberg que há uma diferença entre antissemitas como Goebbels (a cujos escritos ela comparou os meus livros em carta publicada na *Inquiry*) e aqueles como Zuckerman, que simplesmente não gostam de nós. Foi uma concessão muito amável da sua parte."

Zuckerman apertou o "Stop", depois o "Fast Forward", e então o "Play" de novo. Não podia ser tão idiota quanto parecia na gravação. O problema era a velocidade em que a fita estava rodando.

"Na carta que escreveu a Felt, o senhor diz que nós, 'homens crescidos', não devemos nos enganar (não faz mal que enganemos nossos alunos) quanto às 'diferenças entre o personagem e o autor'. Contudo, não pareceria isso contradizer..."

Deixou-se ficar ali deitado, escutando a fita até o final. Alguém que diz "Não pareceria isso contradizer" merece um tiro na cabeça. Você disse que eu disse. Ela disse que eu disse que ele disse que você disse. Tudo naquele tom xaroposo, pedante, fantasmagórico. Minha vida artística.

Não, não era de uma polêmica que estava precisando; precisava desesperadamente era de uma reconciliação, e não com Milton Appel. Zuckerman ainda não entendia como ele e o irmão podiam ter cortado relações. Essas coisas acontecem, sem dúvida, e, no entanto, a ideia de que em determinada família os irmãos não se falam é tão impressionante, tão idiota, parece uma coisa tão despropositada. Não dava para acreditar que para Henry um livro fosse mais letal do que a arma de um crime. Era um ponto de vista obtuso demais para um sujeito inteligente como ele sustentar durante quatro anos. Talvez Henry só estivesse à espera de que Nathan, na condição de primogênito, escrevesse uma carta ou telefonasse para ele. Não dava para acreditar que Henry, um menino sempre tão doce e solícito, sempre sobrecarregado com os excessos de generosidade de seu coração, pudesse realmente continuar a odiá-lo ano após ano.

Sem dispor de evidências, Zuckerman identificou em Carol sua verdadeira inimiga. Sim, elas é que sabiam como odiar e continuar odiando, as tímidas que têm medo de olhar você no olho. Não toque no seu irmão, dissera ela a Henry, ou vai acabar virando uma caricatura nas páginas de um livro — e eu também, e as crianças. Ou quem sabe o problema tinha sido dinheiro: quando uma família se despedaça assim, a culpa não costuma ser da literatura. Carol se ressentia de que Nathan tivesse ficado com metade da herança deixada pelos pais de Henry. Era o fim da picada, o sujeito tinha faturado um milhão *difamando* os que só queriam o seu bem e ainda herdava mais cem mil, já descontados os impostos. Ah, mas essa não era a Carol. Carol era uma mulher moderna, responsável, bem-intencionada, profundamente orgulhosa de sua tolerância esclarecida. Mas, se nada impedia que Henry ensaiasse uma reaproximação, por que ele não dera sinal de vida nem no aniversário de Nathan? Henry nunca deixara os aniversários do irmão passar em branco. Ligava todos os anos desde que Zuckerman entrara na faculdade. "E aí, Natey, como está se sentindo com dezessete anos?" Com vinte e cinco. Com trinta. "Quarenta?" Zuckerman teria dito — "Eu me sentiria melhor, Hesh, se parássemos de besteira e fôssemos almoçar juntos". Porém o maior dos aniversários chegou e passou e ele não recebeu nenhuma ligação, nenhum cartão, nenhum telegrama do único membro que restava em sua família; só o champanhe do Marvin pela manhã e a mulher do Marvin à tarde e, no começo da noite, Jaga, bêbada, com o rosto amassado no tapetinho de atividades e o traseiro empinado em sua direção, gritando: "Me fode, me fura, me prega na Cruz com esse seu cacete judeu!", no momento mesmo em que Zuckerman se perguntava quem tinha sido mais idiota — se Henry, por não ter aproveitado a data para declarar uma trégua, ou se ele, por ter imaginado que o fato de estar fazendo quarenta anos livraria automaticamente Henry do fardo que era ter Nathan Zuckerman como irmão.

Tirou o aparelho do criado-mudo, mas sentiu um cansaço tão grande que não conseguiu discar nem o primeiro dígito do código de área. Não era a primeira vez que isso acontecia ao tentar ligar para Henry. Estava tão cheio de sua sentimentalidade quanto da retidão deles. Não dava para ter as duas coisas: aquele irmão e aquele livro.

O número que Zuckerman discou foi o de Jenny. Uma pessoa a quem, até então, ele não devia explicações.

Deixou chamar. Jenny devia estar nos fundos, com seu bloco de desenhos, retratando os bancos de neve que haviam se formado no pomar. Ou talvez estivesse no barracão, rachando lenha com o seu machado. Na véspera mesmo ele recebera notícias de Bearsville, uma carta comprida e cativante, em que ela dizia: "Tenho a sensação de que você está prestes a cometer uma loucura", e não haviam sido poucas as vezes que Zuckerman tornara a pegar a carta para reler aquele trecho e ter certeza de que ela dissera prestes a cometer uma loucura, e não se render por completo à loucura. O esforço que teria de fazer para se recuperar de um colapso nervoso pra *valer* seria terrível. Poderia levar tanto tempo quanto a faculdade de medicina. Ou mais. Nem depois do fracasso de seus casamentos — estragos que continuavam a lhe parecer incompatíveis com uma personalidade ordeira como a sua — Zuckerman perdera o juízo ou a vontade de viver. Por pior que a coisa fosse, continuava a levar sensatamente a vida, até que o surgimento de uma nova aliança o auxiliasse a restaurar a velha harmonia. Só nos últimos seis meses é que aqueles surtos de desorientação tão deprimentes e assustadores tinham começado a erodir mais seriamente seu talento para viver com estabilidade, e isso não se devia à dor apenas, mas também ao fato de estar vivendo sem dar à luz um livro que desse luz a ele. Na vida que levava antes, Zuckerman nunca teria imaginado que seria capaz de resistir a mais de uma semana sem escrever. Indagava-se como os bilhões de pessoas que não escreviam faziam para encarar a pancadaria do dia a dia — tudo o que os assediava, aquele empanzinamento da cabeça, e tão pouco disso conhecido ou nomeado. Quando não estava cultivando Zuckermans hipotéticos, os meios de que dispunha para decifrar sua existência eram, com efeito, tão bons quanto os de um hidrante. Contudo, ou já não havia existência para decifrar, ou ele não tinha imaginação para converter em ficção aparentemente exibicionista aquilo em que a existência se transformara. O verniz retórico se desgastara: era o eu nu e cru que o prendia e o amordaçava, estava reduzido a seu umbigo não hipotético. Não podia mais fazer de conta que era outra pessoa e, como médium de seus livros, já não existia.

Ofegante com a corrida, Jenny atendeu o telefone no décimo quinto toque, e Zuckerman desligou na mesma hora. Se lhe contasse aonde estava indo, ela, como Diana, tentaria demovê-lo. Todas elas tentariam fazer isso, justo no momento em que a lucidez estava vindo à tona. Jaga, com seu sotaque enevoado, despejaria desespero polonês na cabeça dele: "Você quer ser médico como aquelas pessoas que confessam crimes que não cometeram. Alô, Dostoiévski. Chega de clichê". Gloria daria risada e falaria algum absurdo: "Acho que você está precisando de um filho. Vou virar bígama e a gente faz um. Tenho certeza de que o Marvin não se importaria — ele gosta mais de você do que eu". Porém a sabedoria autêntica de Jenny o demoveria. Não entendia por que ela já não o tinha mandado passear. Ela e as outras. Para Gloria, imaginava Zuckerman, ficar zanzando pelo apartamento dele com uma calcinha fio dental era uma boa maneira de ocupar duas ou três tardes por semana; Diana, a aprendiz de matadora, queria experimentar de tudo um pouco; e Jaga precisava de um porto seguro entre a casa que não era casa e a clínica de Anton — e o tapetinho de atividades de Zuckerman, coitada, fora o que de melhor ela conseguira arrumar. Mas por que Jenny o aturava? Jenny pertencia à longa linhagem das esposas equilibradas, mulheres que tinham tato de especialista em explosivos para desarmar a paranoia horrenda e a indignação casmurra de um escritor e para podar, de tempos em tempos, os desejos incompatíveis que brotam junto à máquina de escrever, mulheres adoráveis e nem um pouco propensas a ficar espezinhando o marido, adoráveis, perspicazes, prestimosas, as filhas obedientes de famílias problemáticas, mulheres perfeitas, das quais ele sempre acabava se divorciando. O que você prova seguindo sozinho quando poderia ter a seu lado a vitalidade colossal de Jenny e aquele coração que nunca desespera?

Bearsville, N. Y.
Início da Era Pleistocênica
Querido Nathan

Estou me sentindo forte e otimista e volta e meia me pego assobiando marchinhas militares, como costuma acontecer quando me sinto assim, enquanto você está cada vez mais desesperado. Nos últimos tempos venho notando uma coisa no seu rosto que só desaparece depois do sexo, e mesmo assim só por uns cinco minutos. Tenho a sensação de que você está prestes a cometer uma loucura. Sei disso porque há algo em mim que se curva ao seu talhe (coisa que soa mais obscena do que de fato é). Você não precisa fazer quase nada para me agradar. A minha avó (que me pediu para dizer que usa casaco tamanho GG) dizia sempre para mim: "Só quero que você seja feliz", e isso me irritava profundamente. Não era só felicidade o que eu queria. Que coisa mais sem graça! Mas com o passar do tempo, comecei a ver mais profundidade nisso, e na boa e simples natureza de modo geral. Você encontrou uma moça à qual pode fazer feliz. Sou desse tipo, se quer saber.

Nunca contei a você que ao voltar da França, confusa como eu estava, procurei um psicanalista. Ele me disse que homens e mulheres dotados de impulsos sexuais muito desregrados frequentemente são atraídos por estilos de repressão violenta; com impulsos mais mansos, as pessoas se sentem à vontade para libertar o animal que têm dentro de si. Isso para explicar um pouco melhor o que estou querendo dizer quando digo que há algo em mim que se curva ao seu talhe. (Em termos eróticos, nós — mulheres — optamos, ainda garotinhas, entre fazer o papel da sacerdotisa ou o da oferenda. Depois não tem mais conversa. Mas quando a gente está na metade da carreira, dá vontade de mudar, e foi justamente essa a oportunidade que você me proporcionou com aquele dinheiro que eu torrei na Bergdorf's. Para deixar a coisa ainda mais clara.)

Estou cercada de neve por todos os lados. Foram vinte e cinco centímetros na noite passada, sem contar os trinta que tinham caído anteontem. Máxima prevista para o dia de hoje nesta montanha: menos vinte. Vem vindo uma nova era do gelo. Estou aproveitando para pintar a paisagem. É estranha e lunar. Qualquer hora dessas vou me olhar no espelho e ver dentes de sabre no lugar dos meus caninos. E você, está vivo? Está tudo bem aí em Nova York? Não foi a impressão que me deu quando nos falamos na segunda-feira. Pus o fone no gancho e comecei a pensar em você como alguém que antes eu conhecia. Tem certeza de que esse Milton Appel é a última palavra? Vamos chamá-lo de Tevie* e ver se você continua chateado. Ele acha que você faz o que faz por causa do prazer sádico que tira da coisa? Para mim

---

* Protagonista da série de contos intitulada "Tevie, o leiteiro", do escritor iídiche Scholem Aleichem (1859-1916), em que se baseia o roteiro de *Um violinista no telhado*. Um dos traços marcantes desse personagem cômico é a citação insistente e equivocada de passagens e comentários bíblicos. (N. T.)

o seu livro é uma sacação genial atrás da outra. Não sei como você pode duvidar disso. Um bom romancista, na minha opinião, é menos um alto sacerdote da cultura secular do que alguém que lembra um cachorro inteligente. Sensibilidade extraordinária a certos estímulos, como o faro dos cachorros, e empobrecimento seletivo na comunicação deles. Uma combinação que produz não discursos articulados, mas textos que latem, ganem, escavam freneticamente, apontam, uivam, rastejam, o escambau. Cachorro bom, livro bom. E você é um cachorro dos bons. Será que isso não chega? Um dia você escreveu um romance chamado *Salada de emoções*. Por que não o lê? Deveria ler pelo menos o título. Alguém que escreveu os livros que você escreveu e moldou seu destino a partir de uma salada de emoções, alguém que sempre teve sentimentos ambíguos em relação a sua família, seu país, sua religião, sua educação, e até em relação ao próprio sexo... deixa pra lá. É o seguinte. Não posso falar nada e falar sozinha não é a mesma coisa. Vi para alugar aqui em cima uma casinha que é a sua cara. Não é rústica como a minha. É confortável e bem aquecida. E fica pertinho. Daria para eu cuidar de você. Eu poderia apresentar você para os vizinhos e você teria com quem conversar. Poderia apresentar você para a natureza. A natureza não tem igual: *até a arte mais abstrata usa cores que existem na natureza.* Você está com quarenta anos, chegou à metade do caminho, e está esgotado. Sem brincadeira, essa dor que você sente no ombro está mais para dor da alma do que para dor localizada. A questão é que você está farto de si mesmo, farto de servir aos objetivos da sua imaginação, farto de lutar contra os objetivos que os Appel judeus querem impor a você. Aqui em cima você vai poder deixar tudo isso para trás. Se não se livrar da dor, talvez se liberte ao menos do peso dessa sua dignidade carrasca e da busca por motivos, bons ou maus. Não estou sugerindo que a minha montanha mágica sirva de local para sete anos de cura castorpiana. Mas por que você não experimenta e vê o que acontece em sete meses? Não entendo como alguém pode achar que vive em Nova York. Você, que eu saiba, não acha, e nunca achou. A vida que você leva aí não tem essa dimensão. A vida que você leva aí não tem dimensão nenhuma. Você se trancou numa enfermaria. Aqui, no meio do mato, só muito de vez em quando o isolamento parece insuportável. Na maior parte do tempo, o que a gente sente é uma solidão estimulante. Aqui faz *sentido* viver longe das pessoas. E eu vivo aqui. Na pior das hipóteses, você pode conversar comigo. Estou começando a ficar ansiosa por não poder cuidar de mais ninguém além de mim e do meu gato.

Mais citações para ampliar seus horizontes. (Gente inteligente também é cafona.)

Nel mezzo del cammin di nostra vita
mi ritrovai per una selva oscura,
che la diritta via era smarrita.
— Dante

No inverno, é bom andar com a neve nos joelhos; no outono, com as folhas secas nos
tornozelos; no verão, entre o milho maduro; na primavera, em meio à relva; é bom estar
sempre com os ceifadores e com as camponesas, no verão sob um céu enorme, no inverno
junto à lareira, e sentir que sempre foi assim e que sempre será assim. Dorme-se num monte
de palha, come-se pão preto; bom, isso no mínimo deixa a pessoa mais saudável.
— Van Gogh

Com amor,
Uma camponesa

P.S.: É claro que me aflige saber que o seu ombro continua péssimo, mas não acho que isso vá impedir você de seguir em frente. Se eu fosse um espírito maligno e estivesse bolando um plano para fazer o Zuckerman fechar o bico e um dos meus capetinhas sugerisse: "Que tal infernizá-lo com um torcicolo?", eu diria: "Não, não dá. Isso é moleza para ele". Espero que a dor melhore, e acho que se você vier para cá, esse seu torniquete interno vai acabar afrouxando. E, mesmo que isso não aconteça, aposto que você vai dar um jeito e voltar a escrever, com ou sem dor. A vida é mais forte que a morte. Se não acredita em mim, venha ver o livro sobre os realistas holandeses do século XVII que eu comprei outro dia (um calhamaço cheio de reproduções por trinta e dois mangos). O Jan Steen era incapaz de pintar uma tacha de estofado que fosse sem apregoar justamente isso.

Não, não contaria a Jenny o que pretendia fazer e não alugaria a casinha na montanha. É da minha vitalidade que eu estou atrás, não de um retiro ainda mais isolado; a empreitada é voltar a viver entre as pessoas, não tirar um diploma em técnicas avançadas de sobrevivência solitária. Mesmo tendo a você com quem conversar, o resultado do inverno em frente à lareira e do céu imenso do verão não será um homem novo e potente — será um garotinho. Serei *eu* o filho que teremos. Não, não posso me entregar aos seus cuidados nessa casinha confortá-vel e bem aquecida. Não vou passar recibo das babaquices que aquele analista dizia sobre "retornar ao modo infantil". Agora é renunciar à renúncia — correr para os braços da massa!

Mas, e se o pão preto da Jenny for o remédio que vai me curar da dor? *Você não precisa fazer quase nada para me agradar. Você encontrou uma moça à qual pode fazer feliz. Estou começando a ficar ansiosa por não poder cuidar de mais ninguém além de mim e do meu gato. Se você vier para cá, esse seu torniquete interno vai acabar afrouxando.*

Sei, e quando a ideia de me fazer sarar perder o ar de novidade? Claro que a Gloria tem razão e que para algumas mulheres o homem adoentado (que em outros departamentos vai bem, obrigado) representa uma grande tentação, mas e quando a convalescença demorada não acontece e as doces recompensas não parecem a caminho? Todas as manhãs, às nove em ponto, ela se manda para o ateliê, e só reaparece na hora do almoço — suja de tinta e pensando nas dificuldades técnicas que tem pela frente — ansiosa por engolir um sanduíche e voltar ao trabalho. Conheço essa absorção. Minhas ex-mulheres também. Se eu estivesse bem de saúde e engalfinhado com um livro, poderia até aceitar a sugestão e me mudar para lá, comprar uma parca e um par de botas de neve e virar camponês com a Jennifer. Separados durante o dia para a concentração profunda, pelejando sozinhos, tal qual escravos da terra, com o produto obstinado da imaginação, e então nos reunindo à noite, relaxados, para repartir comida e vinho e palavras e sentimentos e sexo. Acontece que repartir sexo é mais fácil do que repartir dor. Disso ela não tardaria a se dar conta, e eu acabaria me vendo com um exemplar da ARTnews na mão e a bolsa de gelo nas costas, aprendendo a destilar ódio contra o Hilton Kramer,* e ela varando não só os dias, mas também as noites, a braços com o Van Gogh no ateliê. Não, não dava para ele passar de artista a michê de artista. Precisava se livrar de todas as mulheres. Se não havia algo de suspeito em alguém que achava normal perder tempo com uma pessoa como ele, a ele decerto não fazia bem perder tempo com todas elas. Com sua benevolência, sua complacência, sua prontidão em atender às minhas necessidades, elas me privam do que me é mais necessário para sair deste buraco. A Diana é mais esperta, a Jenny é a artista e a Jaga sofre pra *valer*. E com a Gloria, no mais das vezes, eu me sinto como o Gregor Samsa, enfiado debaixo do armário, à espera de que a irmã apareça com a tigela de restos de comida. Todas essas vozes, esse coro insistente, esfregando na minha cara — como se eu já não fizesse isso por conta própria —

---

* Importante crítico de arte norte-americano, nascido em 1928. (N. T.)

o meu despropósito, o meu ócio, a minha condição privilegiada e o fato de que, mesmo na desventura, sou um bem-aventurado. Mais uma mulher me passando sermão e estou pronto para a camisa de força.

Ligou para o dr. Kotler.

"Aqui é Nathan Zuckerman. O que o senhor quer dizer com 'dolorologista'?"

"Ah, como vai Nathan? Então o travesseiro chegou? Agora você vai ficar bom."

"Chegou, sim, obrigado. O senhor se diz 'dolorologista'. Eu estava aqui deitado com o seu travesseiro e pensei em ligar para saber o que é isso."

Porém, ele telefonara para se informar sobre as técnicas de hipnose empregadas nos casos de dores recalcitrantes; telefonara porque as práticas ortodoxas dos médicos mais conceituados não tinham servido para aliviar nada, porque não podia se dar ao luxo de recusar a possibilidade de uma cura só por conta da idade ou da excentricidade do médico ou porque o sujeito era um exilado nostálgico saído da mesma pilha de escombros que ele. Todo mundo vem de algum lugar, chega a uma determinada idade e fala com um sotaque ou outro. Sua cura não viria nem de Deus nem do Mount Sinai Hospital, quanto a isso não restavam dúvidas. A hipnose, para alguém que passara anos a fio produzindo ele próprio o fenômeno hipnótico, parecia um retrocesso terrível, mas se havia alguém de fato capaz de falar *diretamente* com a dor, sem que ele precisasse sair em busca de significados, sem que a estática do ego se pusesse a buzinar em seus ouvidos...

"A dolorologia foi inventada pelo doutor Kotler ou é um ramo da medicina, uma área de estudos como as outras?"

"É uma coisa que os médicos estudam todos os dias quando os pacientes entram no consultório e dizem: 'Doutor, dói aqui'. Mas eu considero a dolorologia uma especialidade particular minha, por causa da abordagem que adoto: nada de medicamentos e engenhocas. Sou da época do estetoscópio, do termômetro e do fórceps. Para as outras coisas, tínhamos dois olhos, dois ouvidos, duas mãos, uma boca e o instrumento mais importante de todos: intuição clínica. A dor é como um bebê chorando. Não sabe dizer o que quer. O dolorologista descobre o que é. Poucos dos meus colegas têm tempo para o quebra-cabeça das dores crônicas. A maioria se amedronta com esse tipo de coisa. A maior parte dos médicos tem medo da morte e de quem está morrendo. As pessoas precisam de um amparo absurdo ao morrer. E o médico amedrontado não tem como oferecer isso a elas."

"O senhor está muito ocupado hoje à tarde?"

"Para Nathan Zuckerman nunca estou ocupado."

"Eu gostaria de ver o senhor, gostaria de conversar sobre o que faremos se o travesseiro não funcionar."

"Você parece aflito, rapaz. Venha logo e almoce comigo. Moro de frente para o East River. Quando me mudei para cá, pensava que passaria quatro ou cinco horas por dia olhando o rio. Agora as minhas semanas andam tão agitadas que eu até esqueço que o rio está aqui."

"Quero falar sobre a hipnose. No seu bilhete, o senhor diz que às vezes a hipnose é útil para tratar o que eu tenho."

"Sem querer minimizar o seu desconforto, eu diria que ela é útil até para coisas bem piores do que o que você tem. Asma, enxaqueca, colite, dermatite — já vi até um sujeito com nevralgia do trigêmeo, uma dor horrível que dá no rosto, recuperar a vontade de viver graças à hipnose. Já tratei de gente que havia sido desenganada pelos outros médicos, e hoje eu não dou conta de responder às cartas desses pacientes, casos tidos como incuráveis, que eu ajudei a recobrar a saúde por meio da hipnose. Minha secretária está precisando de uma secretária, tal é o volume da minha correspondência."

"Daqui a uma hora eu estou aí."

Dali a uma hora, porém, ele estava em seu quarto, deitado na cama desfeita, ligando para Cambridge, Massachusetts. Chega de ficar todo encolhido antes de atacar. *Mas eu não estou encolhido, e não é o meu primeiro ataque. E quem disse que ele vai me escutar, por mais generoso que eu seja ao enumerar pacientemente as dezenas de erros dele? Há alguma esperança de que ele fique com remorso? Você acha que vai receber as bênçãos do sujeito só porque fez um interurbano para dizer que ele não sabe ler? Ele externa os pensamentos certos sobre os judeus e você externa os pensamentos errados, e não adianta se esgoelar porque nada do que você disser vai mudar isso. Mas foram esses Appel que urubuzaram os meus músculos com o mau-olhado judeu deles. Espetam os alfinetes e eu grito ai e ponho meia dúzia de Percodans goela abaixo. E mau-olhado é um negócio que é preciso espantar com um pedaço de pau aceso! Mas ele não é o substituto do meu pai e muito menos o grande cacique guerreiro que o Nathan jovenzinho tentava a todo custo agradar e só conseguia contrariar. Eu não sou o Nathan jovenzinho. Sou um cliente de quarenta anos da Anton's Trichological Clinic. Quando os seus cabelos começam a cair, você não sente mais necessidade de ser "compreendido". O pai que chamou você de puto pouco antes de morrer está morto e o compromisso de fidelidade conhecido como "judaicidade" foge à alçada do julgamento*

LIÇÃO DE ANATOMIA 399

moralizante deles. Foi o Milton Appel quem me fez ver isso, numa de suas encarnações. E você não precisa se dar o trabalho de contar para ele.

Tarde demais para dar ouvidos à razão: a telefonista de Harvard atendera a ligação e o estava transferindo para o Departamento de Língua e Literatura Inglesa. São o verdadeiro lado podre da literatura, essas altercações inspiradas, mas se para melhorar é preciso enfiar o pé na lama, vamos lá, rumo ao atoleiro. Não tenho nada a perder além da dor. *Acontece que o Appel não tem nada a ver com essa dor. Essa dor apareceu um ano antes de ele publicar aquele artigo. Esse negócio de mau-olhado judeu não existe. Doença é uma condição orgânica. O motivo não é vingança. Não há motivos. Só células nervosas, doze bilhões de células nervosas, e nenhuma delas precisa de resenhas literárias para deixar você maluco. Vá fazer uma sessão de hipnose. Até a hipnose é menos primitiva que isto. Deixe que o dolorologistazinho oracular seja o seu anjo da guarda, já que é uma solução regressiva que você quer. Vá até lá e deixe que ele sirva o almoço para você. Fale para a Gloria vir e trazer duas vendas, uma para ela e outra para você. Vá morar nas montanhas. Case-se com a Jenny. Mas pare de apelar para o Tribunal dos Appel.*

A secretária do Departamento de Língua e Literatura Inglesa passou a ligação para a sala de Appel, onde um aluno de pós-graduação atendeu e disse que o Catedrático não se encontrava ali.

"Será que consigo falar com ele em casa?"

"Não sei."

"Tem o telefone da casa dele?"

"Não posso dizer."

Um discípulo, sem dúvida, para quem todas as opiniões do Catedrático são sagradas, inclusive as que dizem respeito a mim.

"Aqui quem está falando é o Nathan Zuckerman."

Zuckerman imaginou o discípulo com um sorriso escarninho no rosto, passando um bilhete cifrado, cheio de veneno, para outro discípulo de sorriso escarninho no rosto. O sujeito deve tê-los às dúzias. Eu mesmo já fiz parte do batalhão.

"É sobre um artigo que o Appel me pediu para escrever. Estou ligando de Nova York."

"O professor Appel não anda bem de saúde", alegou o discípulo. "Vai ter que esperar até ele voltar."

"Não dá", disse Zuckerman. "Também não estou bem de saúde", e na mesma hora ligou para o serviço de informações de Boston. Enquanto a atendente vasculhava o catálogo telefônico à procura de um número, Zuckerman espalhou sobre a cama o conteúdo arquivado na pasta referente a Appel. Jogou os livros de medicina no chão e dispôs sobre o criado-mudo todos os rascunhos das cartas inacabadas que tentara escrever à mão. Não podia confiar em sua capacidade de falar de improviso, não enquanto estivesse alterado daquele jeito; mas se esperasse até conseguir pensar com clareza e falar com serenidade, não faria o telefonema.

Uma mulher atendeu na residência de Appel, em Newton. *A morena bonita da praia de Barnes Hole? Nessa altura deve estar com os cabelos brancos. Todo mundo alcançando a sabedoria, menos eu. Essa ligação só vai servir para oferecer fundamentação à tese original dele. Só vai servir para você se transformar num desses birutas que vivem ligando para você. Quando o viu andando na praia, ficou tão impressionado assim com aqueles ombros estreitos e aquela cintura branquela e flácida? Claro que ele detesta os seus livros. Aquele monte de sêmen espalhado por todo lado não faz mais o gênero dele. Nunca fez — pelo menos não em livros. Vocês dois formam uma dissonância perfeita. Você extrai histórias dos seus vícios, inventa duplos para os seus demônios — ele vê na crítica literária uma voz em prol da virtude, o púlpito ideal para recriminar nossas fraquezas de caráter. A virtude está incluída na franquia. A virtude é o objetivo. Ele ensina, ele julga, ele corrige — retidão é tudo. E aos olhos da retidão, você está fazendo uso de meios pseudoliterários espúrios para exprimir desejos injustificáveis, está cometendo o crime cultural da dessublimação. A questão se resume a isto, mais banal impossível: você não deve recorrer à vida genital para criar uma comédia judaica. Deixe o pau ejaculador para góis como o Genet. Trate de sublimar, meu filho, faça como os físicos que nos deram a bomba atômica.*

"Aqui é Nathan Zuckerman. Gostaria de falar com Milton Appel."

"Ele está descansando."

"É um assunto urgente." A mulher não respondeu, e ele acrescentou com gravidade: "É sobre Israel".

Enquanto falava, Zuckerman remexia nas cartas deixadas sobre o criado-mudo, à procura de algo apropriado para a abertura das hostilidades. Escolheu (por conta do vigor pugnaz), depois rejeitou (por carecerem de um mínimo de tato e consideração), depois reconsiderou (em virtude dessas mesmas deficiências) três frases que ele havia escrito na noite anterior depois de ter desistido de escrever sobre Jaga; sobre Jaga ele não conseguira escrever nem três palavras. *Professor Appel, estou convencido de que, entre as qualidades de um indivíduo ou de um grupo, as que mais convidam à violência da culpa neurótica são a integridade e a inocência públicas. As raízes do antissemitismo são fundas, emaranhadas e difíceis de esterilizar. No entanto, considerando que declarações veiculadas por judeus exerçam algum impacto, ainda que mínimo, sobre a opinião e o preconceito gentios, penso que estampar o anúncio "Judeus são punheteiros" nas paredes dos banheiros públicos teria efeitos muito mais benéficos do que o artigo que o senhor quer que eu escreva para o* New York Times.

"Aqui é Milton Appel."

"Aqui é Nathan Zuckerman. Desculpe interromper o seu descanso."

"O que você quer?"

"Podemos trocar duas palavrinhas?"

"Por favor, de que se trata?"

Será que ele está muito doente? Mais doente do que eu? Que voz horrível. Parece deprimido. Vai ver que ele é sempre assim, ou vai ver que o que ele tem nos rins não é só um cálculo renal. Talvez o mau-olhado funcione nos dois sentidos e eu tenha dado um câncer para ele. Não posso negar que o meu ódio esteja nesse patamar.

"Meu amigo Ivan Felt me repassou a carta em que o senhor sugere a ele que me peça para escrever um artigo sobre Israel."

"O Felt mandou aquela carta para você? Ele não tinha o direito de fazer isso."

"Mas fez. Xerocou o parágrafo que o senhor escreveu sobre o amigo dele, o Nate Zuckerman. Está bem aqui na minha frente. 'Por que não pede a seu amigo Nate Zuckerman que escreva etc... a menos que ele ache que os judeus fariam melhor enfiando seu sofrimento histórico no cu.' Que sugestão mais estranha. Estranhíssima. Estranha o suficiente, nesse contexto, para me tirar completamente do sério." Agora Zuckerman estava lendo um trecho de uma de suas cartas inacabadas. "Se bem que o senhor muda tanto de opinião sobre o meu 'caso' que talvez tenha tido mais um espasmo de flexibilidade desde que esclareceu para os leitores da *Inquiry* a diferença entre antissemitas como Goebbels e pessoas como Zuckerman, que 'simplesmente não gostam de nós'."

Sua voz já estava descontrolada, tão trêmula de raiva que ele chegou a pensar em pôr para rodar a fita cassete da noite anterior, deixando que ela o dublasse no telefone enquanto tentava recobrar as inflexões de um adulto maduro, ponderado, seguro de si, convincente. Mas não — purgações exigem mais turbulência que isso; do contrário, poderia muito bem descansar a cabeça no travesseiro do dr. Kotler e tomar sua mamadeira. Não — deixe que o seu coração martele e ponha essa dor para fora do jeito que um badalo arranca o som de um sino. Tentou vislumbrar como seria isso. Ondas de dor brotando longitudinalmente da silhueta de seu tronco, coleando pelo chão, avançando sobre a mobília, deslizando pelas frestas das venezianas e então se espalhando por todos os cantos do apartamento, pelo prédio inteiro, sacudindo as janelas nos batentes — a descarga de sua aflição ecoando como um trovão sobre Manhattan, e o *Post* chegando às ruas com a manchete: ZUCKERMAN AFINAL SEM DOR, *18 meses de calvário terminam com explosão sônica.* "Se entendi direito a carta que o senhor escreveu para o Felt, pedindo que ele me pedisse algo que, ao que tudo indica, o senhor prefere não pedir diretamente a mim, o fato é que o senhor agora parece nutrir a suspeita (em particular, claro — jamais em público) de que, longe de detestar os judeus 'por serem judeus' e de vilipendiá-los com ânimo patológico em meus livros, é possível que no fundo eu me aflija com os problemas que os afligem..."

"Escute, espere um pouco. Você tem todo o direito de estar furioso, mas não propriamente comigo. Esse parágrafo que o Felt fez a gentileza de mandar para você pertence a uma carta de natureza estritamente pessoal. Em nenhum momento ele me perguntou se poderia encaminhá-la para você. Quando resolveu fazer isso, ele sabia muito bem que você ficaria indignado, pois é claro que o que eu escrevi não é coisa que se escreva, e não passa, é óbvio, de um extravasamento de sentimentos íntimos. Mas isso me parece ser o tipo da coisa de que aquele personagem dele seria capaz de fazer, o personagem daquele livro que ele escreveu com as patas da frente. A meu ver ele foi indelicado, intriguista e maldoso — com nós dois. Deixando de lado as cobras e os lagartos que você provavelmente diz do ensaio que eu escrevi sobre os seus livros e das minhas opiniões em geral, você há de convir que, se eu resolvesse escrever uma carta para você, pedindo que publicasse um artigo sobre Israel na página de opinião do *New York Times*, eu seria mais diplomático, em vez de fazer a coisa de maneira a deixá-lo espumando de raiva, com ou sem razão."

"Isso porque o senhor seria mais 'diplomático' ao escrever uma carta para mim, apesar de ter escrito o que escreveu naquele ensaio sobre os meus livros..." Que jogo de palavras mais bobo. Que pedantice. Improvisando desse jeito você acaba perdendo o rumo.

Revirou a cama à procura daquelas três frases cortantes da noite anterior. A página devia ter caído no chão. Esticou o braço para recuperá-la, sem inclinar o pescoço ou virar a cabeça, e foi só depois de retomar às pressas o ataque que se deu conta de que estava lendo a página errada. "Uma coisa é o senhor pensar que está enganando os seus alunos ao dizer que há uma diferença entre os personagens e o autor — se é assim que o senhor vê a coisa hoje em dia —, mas despojar o livro de seu tom, o enredo de suas circunstâncias, a ação de seu impulso, desconsiderar o contexto que confere a um tema seu espírito, seu sabor, sua vida..."

"Olha, eu já não tenho a energia de quando lecionava Introdução à Literatura i."

"Não seja convencido. Eu estava sugerindo um reforço em Interpretação de Texto. E não desligue — ainda não terminei."

"Sinto muito, mas não posso esticar a conversa. Eu não esperava que o que escrevi sobre os seus livros desse mais alegria a você do que dão a mim as críticas que as pessoas fazem aos meus textos. Mas acho, sinceramente, que o Felt poderia ter nos poupado esse agastamento se tivesse agido com um mínimo de civilidade. Não me parece descabido que eu supusesse que uma carta pessoal minha não seria posta em circulação sem o meu consentimento prévio. E em nenhum momento ele me pediu esse consentimento."

"Primeiro o senhor solta os cachorros em cima de mim, agora os solta em cima do Felt." E é por isso que *ele* está doente, compreendeu Zuckerman. É viciado em passar sabão nos outros. Tomou uma overdose disso. Essa mania de dar veredictos, essa fissura em sentenciar — o que é bom para a cultura, o que é prejudicial à cultura —, e agora o veneno está matando o sujeito. Assim espero.

"Deixe-me terminar", disse Appel. "O Felt me deu a entender que você estava realmente preocupado com a situação de Israel. O fato de você saber o porquê de eu ter escrito esse parágrafo não o torna menos ultrajante para você, claro, mas não custaria nada dar o braço a torcer e ver que a minha sugestão não foi uma provocação gratuita. Isso fica por conta do nosso amigo Ivan, cujo talento, até onde vejo, se inclina totalmente nessa direção. Eu escrevi para ele. Se ele tivesse um pingo de boas maneiras..."

"Como o senhor. Claro. Boas maneiras, decência, cortesia, decoro, retidão, civilidade — ah, que capa de Torá mais linda o senhor usa para cobrir o seu gancho de açougueiro! Que *limpinho* que o senhor é!"

"E a sua capa de Torá, Zuckerman? Vamos parar com as grosserias, por favor. Por que este telefonema, afinal, senão para falar da sua capa de Torá? Se o Felt tivesse um pingo de boas maneiras, teria escrito para você: 'O Appel acha que valeria a pena você publicar um artigo sobre Israel no *New York Times*, já que a coisa está preta e, na opinião dele, você consegue atingir um tipo de gente que não dá ouvidos a ele'."

"E que tipo de gente é esse? Gente como eu, que não gosta dos judeus? Ou gente como o Goebbels, que os manda para as câmaras de gás? Ou será o tipo de gente que eu paparico — como o senhor, com a sua civilidade, com a sua decência, com o seu decoro, diz na *Inquiry* —, gente que eu paparico ao optar por ter um 'público', em vez de ter leitores, como o senhor e o Flaubert. Os meus engodos subliterários e o seu imaculado coração crítico! E o Felt é que é o indelicado, o maldoso! O que no Felt é asqueroso, no Appel é virtude — no senhor tudo é virtude, até a imputação de motivos infames. E ainda tem a cara de pau de dizer, naquele seu ensaiozinho sanguinário, que *eu* adoto uma atitude moral 'superior'! Diz que o meu pecado é o 'desvirtuamento', e aí desvirtua o que eu escrevo para mostrar como o meu livro é desvirtuado! Perverte as minhas intenções e depois me chama de perverso! Pega a minha comédia com essa sua gravidade de dez toneladas e a transforma numa paródia grotesca! De um lado, minhas fantasias vulgares e vingativas, de outro, suas honradas e idealistas preocupações humanistas! Eu sou o sucesso da cultura pop-pornô, o senhor é o Defensor da Fé! A Civilização Ocidental! A Grande Tradição! O Ponto de Vista Sério! Como se a seriedade não pudesse ser uma coisa tão idiota quanto qualquer outra! Seu desgraçado sentencioso, alguma vez na vida o senhor formulou uma opinião que não fosse um julgamento moral? Duvido que isso esteja a seu alcance. O senhor e esse bando de cidadãos judeus responsáveis, todos tão ilibados, impolutos, altruístas, fiéis, movidos pelos princípios mais elevados, tomando para si os problemas do povo judeu e se afligindo com o futuro do Estado de Israel — levantando pesos como se fossem halterofilistas da virtude! Milton Appel, o Charles Atlas da bondade! Ah, os confortos proporcionados por esse papel tão difícil! E como o senhor é bom nisso! Tem até uma máscara de modéstia para deixar bananas como eu sem ação. Eu estou na 'moda', o senhor é eterno. Eu não faço nada que preste, o senhor *pensa*. As porcarias dos meus livros são moldados em concreto, o senhor faz reavaliações conscienciosas. Eu sou um 'caso', tenho uma 'carreira', o senhor obviamente tem uma missão. Ah, vou lhe dizer qual é a sua missão — Presidente da Sociedade Rabínica pela Supressão da Risada no Interesse dos Valores Elevados! Ministro do Estilo Oficial para Qualquer Livro Judaico que não seja o Manual de Circuncisão. Diretiva número um: Não fale da sua pica. Imbecil! E se eu mostrar por aí aquele seu ensaio de juventude, em que o senhor fala sobre não ser judeu o bastante aos olhos do papai e dos judeus — aquele ensaio que o senhor escreveu antes de embarcar na caretice da causa adulta? Eu bem que gostaria de ver o que os açougueiros kosher da *Inquisição* diriam disso. Acho bastante esquisito que o senhor não se lembre mais daquele formidável *cri de coeur*, escrito antes que o seu eu se tornasse tão legítimo e o seu coração tão puro, se dos meus primeiros contos o senhor não consegue esquecer!"

"Zuckerman, você tem o direito de pensar o que quiser de mim, e eu vou ter de aturar isso, da mesma maneira que você aturou o que eu disse sobre os seus livros. O que *eu* acho esquisito é que você não tenha nada a dizer sobre a sugestão em si, a despeito da raiva que sente de quem a fez. A questão é que os perigos que o destino reserva aos judeus são um problema muito mais amplo do que a opinião que eu tenho dos seus livros, recentes ou antigos, e da opinião que você tem das minhas opiniões."

Ah, se tivesse catorze anos e fosse Gilbert Carnovsky, Zuckerman diria para o sujeito quais eram os perigos que o destino reservava aos judeus e o mandaria enfiar todos no cu. Porém Zuckerman tinha quarenta anos e era Zuckerman, e assim, demonstrando para si mesmo, ainda·que para mais ninguém, a diferença entre personagem e autor, pôs o fone no gancho e naturalmente se deu conta de que não tinha se livrado da dor. Ficando em pé na cama atolada de papéis, os punhos fechados erguidos para o teto do quarto escuro, ele gritou, berrou, e descobriu que, por ter ligado para Appel e dado vazão a sua cólera, só tinha piorado.

4. Fogo no rabo

Uma vodca dupla quando o avião levantou voo, três tapinhas no toalete sobrevoando um curso d'água na Pensilvânia, e Zuckerman até que estava se virando bem. Não sentia muito mais dor do que sentiria se tivesse ficado em casa sem fazer nada além de cuidar da dor. E toda vez que sua determinação começava a ruir e ele dizia a si mesmo que aquilo era uma fuga motivada por um impulso ridículo, que estava se precipitando numa direção que não fazia sentido nem prometia alívio, tentando se safar do que era impossível escapar, ele abria o livreto da universidade e relia a programação incluída na página 42, em que se especificava a carga diária de estudos de um aluno do primeiro ano de medicina.

O dia começa às oito e meia da manhã, cinco dias por semana, com Biologia 310/311. Depois, das nove e meia ao meio-dia, Clínica Médica 300 e 390. Um intervalo de uma hora para o almoço e, de uma às cinco da tarde, todos os dias, Anatomia 301. Depois, à noite, é hora das leituras e das tarefas. Dias e noites ocupados não por ele, com o pouco que ele sabia, mas por eles, com tudo o que ele não sabia. Passou à descrição de Clínica Médica 390.

INTRODUÇÃO AO PACIENTE. Este curso é oferecido no primeiro ano da graduação... Cada aluno entrevistará um paciente na frente da classe, enfocando os seguintes

LIÇÃO DE ANATOMIA   407

aspectos: queixa atual, surgimento da doença, reações à enfermidade e à hospitalização, alterações nos hábitos, características pessoais, padrão de enfrentamento do problema etc...

Parece familiar. Lembra a arte da ficção, com a diferença de que o padrão de enfrentamento do problema e as características pessoais pertencem a pacientes saídos diretamente das ruas. Outras pessoas. Deviam ter me falado sobre elas há muito tempo.

360. MEDICINA FETAL-MATERNAL. O aluno trabalhará em período integral na ala da maternidade. Terá de revisar a bibliografia referente aos métodos e técnicas do registro de parâmetros fisiológicos maternais e fetais durante o trabalho de parto...
361. OBSTETRÍCIA: SALAS DE PARTO. Essa disciplina optativa abrange basicamente os conteúdos da obstetrícia hospitalar, sobretudo no que diz respeito à experiência na sala de parto. O acompanhamento de algumas pacientes selecionadas também permitirá que o aluno tenha contato com os cuidados do pós-parto...

Foi só quando estavam passando por Michigan que Zuckerman descobriu que quem opta por se especializar em obstetrícia também se especializa em ginecologia. Formações tumorais. Infecções dos órgãos reprodutivos. Bom, isso daria uma nova perspectiva a uma velha obsessão. Além do mais, depois de *Carnovsky*, ele estava em dívida com as mulheres. Pelo que lera nas resenhas publicadas na imprensa feminista, não se surpreenderia se as militantes espalhassem fotos suas pelas agências de correio, ao lado dos cartazes "Procura-se o Marquês de Sade", assim que elas tomassem Washington e começassem a guilhotinar os mil principais artistas misóginos do país. Zuckerman não se queimara menos com elas do que com os censores judeus. Queimara-se mais. Tinham-no posto na capa de uma de suas revistas. POR QUE ESTE HOMEM ODEIA AS MULHERES? As moçoilas não estavam para brincadeiras — queriam sangue. Bom, os papéis se inverteriam e ele passaria a cuidar das anormalidades que afetassem o fluxo menstrual delas. Debelar desordens menstruais dá de dez a zero em ele disse que ela disse que eu disse que você disse na escala de valores de qualquer um. Em memória da mãe a que ele não quisera fazer mal algum. Em nome das ex-mulheres que tinham dado o melhor de si. Para seu harém benemerente. Onde eu forniquei, diagnosticarei, receitarei, operarei e curarei. Salve a colposcopia, abaixo o Carnovsky.

Estudar medicina é maluquice, coisa de homem doente que se ilude com a ideia de que vai curar a si próprio. E a Jenny previu isso: eu devia ter ido para Bearsville.

Porém ele *não* era um homem doente — estava *combatendo* a imagem de si mesmo como doente. Todos os pensamentos e emoções capturados pelo egoísmo da dor, a dor dando voltas e mais voltas em torno de si mesma, diminuindo tudo menos o isolamento — primeiro é a dor que esvazia o mundo, depois é o esforço que a gente faz para derrotá-la. Não toleraria nem mais um dia disso.

Outras pessoas. Tão ocupado diagnosticando todas as outras pessoas que você não tem tempo de hiperdiagnosticar a si próprio. A vida não examinada — a única que vale a pena viver.

O sujeito que ocupava a poltrona do corredor a seu lado estava guardando na pasta os papéis que o absorviam desde que eles haviam embarcado. Quando o avião começou a descer, ele se virou para Zuckerman e, com a afabilidade dos vizinhos de assento, indagou: "Viajando a negócios?".

"Pois é."

"Qual é o seu ramo?"

"Pornografia", disse Zuckerman.

A resposta inusitada pareceu divertir o sujeito. "Mas do lado dos que vendem ou dos que compram?"

"Dos que publicam. Vim falar com o Hefner. Hugh Hefner. Dono da *Playboy*."

"Ah, o Hefner todo mundo conhece. Outro dia saiu uma matéria no *Wall Street Journal* contando de onde vêm os cento e cinquenta milhões que ele fatura por ano."

"Também não precisa esfregar na cara", disse Zuckerman.

O homem riu amistosamente e parecia inclinado a deixar o assunto morrer. Porém a curiosidade foi mais forte. "E o que você publica?"

"*Rapidinhas.*"

"É uma revista?"

"Não conhece? Nunca viu nas bancas?"

"Para falar a verdade, não."

"Mas a *Playboy* você conhece, não é?"

"Já vi por aí."

"Costuma abrir e dar uma olhada, certo?"

"De vez em quando."

"Bom, eu, pessoalmente, acho a *Playboy* uma chatice. Por isso não faturo cento e cinquenta milhões por ano: minha revista não é sem sal como a do Hefner. Tudo bem, reconheço, morro de inveja do dinheiro dele. É um cara respeitável, bem-aceito, tem distribuição nacional, e a *Rapidinhas* ainda não saiu do gueto pornô. Não me surpreende que você não a conheça. A circulação da *Rapidinhas* é pequena porque o conteúdo é sujo pra caramba. Não tem entrevistas com o Jean-Paul Sartre para torná-la suficientemente kosher e animar um cara como você a comprar um exemplar nas bancas e ir para casa bater uma punheta enquanto baba com todas aquelas gostosas. Só que eu não acredito nisso. O Hefner está mais para empresário. Eu não me encaixo nessa categoria. Claro que é um negócio lucrativo — mas para mim o dinheiro não é o principal."

Era difícil determinar o quanto o "cara como você" se ofendera com a alusão. Com um jaquetão de risca de giz cinza e uma gravata de seda marrom, era um homem alto, de aspecto saudável, grisalho, um cinquentão que, apesar de provavelmente não estar acostumado a ouvir insultos gratuitos como aquele, não levaria a sério as provocações de alguém socialmente inferior. Zuckerman pensou que o pai de Diana deveria ser mais ou menos como ele. O sujeito perguntou: "Posso saber o seu nome?".

"Milton Appel. A-p-p-e-l. Com ênfase na segunda sílaba. Je m'appelle Appel."

"Bom, vou ficar de olho nessa sua revista."

Fazendo pouco de mim. "Fique mesmo", disse Zuckerman. Seu pescoço estava doendo e ele se levantou e foi ao toalete para fumar o que restava do baseado.

Estavam sobrevoando o lago Michigan, a uma altura ainda considerável da superfície encrespada da água e das placas de gelo flutuantes, quando Zuckerman retornou a seu assento. Vastas extensões do lago permaneciam completamente congeladas, com estilhaços de gelo por toda parte, formando um imenso deserto de lascas brancas — os destroços de um bombardeio de lâmpadas enregeladas. Calculara que a essa altura estariam passando pelos arranha-céus que se erguem às margens do lago, apertando os cintos para a aterrissagem. Vai ver que a descida que ele imaginara não fora a do avião, mas a sua. Devia ter aguentado o reaparecimento da dor em vez de verter mais maconha naquele coquetel de comprimidos e vodca. Porém sua intenção não era passar o resto do dia em decúbito dorsal depois que aterrissassem. Correndo os olhos pela relação de professores que formavam o corpo docente da faculdade, deu com o nome de um de seus amigos mais antigos, Bobby Freytag. Em seu primeiro ano em Chicago, os dois tinham dividido um quarto no Burton Judson Hall, o dormitório situado a apenas um quarteirão da universidade, do outro lado da Midway Plaisance. Bobby agora era professor de anestesiologia da School of Medicine e integrava o corpo clínico do Billings Hospital. Sua amizade com Bobby agilizaria as coisas. O primeiro golpe de sorte em um ano e meio. Agora nada iria detê-lo. Desistiria de Nova York e voltaria para Chicago. Mais de vinte anos tinham se passado desde que se formara. Como tinha curtido aquele lugar! Mil e duzentos quilômetros se estendendo entre ele e a casa de seus pais: Pensilvânia, Ohio, Indiana — os melhores amigos que um jovem pode ter. No fim do primeiro dia já pensava em ficar ali para o resto da vida. Tinha a impressão de ter chegado a Chicago numa carruagem de conquistador do Velho Oeste, de tão imenso e definitivo que lhe parecera o deslocamento. Tornara-se um americano grandalhão e alegre da noite para o dia e, no Natal, ao voltar para casa, estava cinco quilos mais gordo e pronto para sair no braço com o primeiro filisteu que encontrasse pela frente. Naquele seu primeiro ano em Chicago, ele descia até o lago nas noites estreladas e ficava ali sozinho, emitindo ruídos — o balido à la Gant sobre o qual lera em *Of time and the river*. Andava pelo El com um exemplar de *A terra desolada* nas mãos, lendo no trem até chegar à Clark Street, onde garotas tão jovens quanto ele tiravam a roupa nas casas de striptease. Se você lhes pagasse um drinque quando desciam do palco, elas davam uma colher de chá e punham a mão no seu pau. Falava sobre isso nas cartas que escrevia. Tinha dezessete anos e passava o tempo todo pensando em seus cursos, em seu pau e em seus chapas Pensilvânia, Indiana e Ohio. Se naquela altura alguém houvesse sugerido que ele fizesse medicina, teria rido na cara da pessoa: não pretendia desperdiçar a vida redigindo receitas. Sua vida era grande demais para isso. Professores formidáveis, textos impenetráveis, colegas neuróticos, causas controversas, filigranas semânticas — "O que *significa* esse 'significado'?" —, sua vida era *enorme*. Conheceu caras que, embora regulassem em idade com ele e fossem inteligentíssimos, sofriam de depressões profundas, gente que não conseguia sair da cama de manhã e que não ia às aulas nem concluía seus cursos. Conheceu gênios de dezesseis anos que em dois trimestres tinham terminado a graduação e já estavam começando o doutorado em Direito. Conheceu moças que nunca trocavam de roupa, garotas que pintavam os olhos com lápis preto e usavam todos os dias a mesma indumentária à la Quartier Latin, moças atrevidas, irreverentes, falantes, com cabelos compridos que por pouco não roçavam suas meias sete oitavos pretas. Teve um colega de quarto que usava capa. O fulano se vestia com uma jaqueta do Exército e calças cáqui, como se fosse o último dos veteranos de guerra. Na Stineway's Drugstore, volta e meia ele via sujeitos grisalhos que haviam entrado na faculdade muito antes da guerra e continuavam por ali, pensando nos créditos que ainda tinham de fazer enquanto tentavam levar alguma garota para a cama. Ficou sócio da Film Society e assistiu a *Ladrões de bicicleta* e *Roma, cidade aberta* e *O Boulevard do Crime*. Esses filmes foram uma revelação para ele. Como foi o curso "História da Civilização Ocidental", do professor Mackauer — como foi a limpação de bunda em Rabelais e as bostas maduras que Lutero servia a torto e a direito em suas *Conversas à mesa*. Estudava das seis às dez, todas as noites, depois se mandava para o Jimmy's, onde aguardava com os amigos a chegada dos integrantes mais animados da academia. Um sociólogo — que antes de se dedicar ao estudo da cultura pop trabalhara no mundo caído da *Fortune* — às vezes ficava bebendo com eles até o bar fechar. Mais glamoroso ainda era o seu professor de Humanidades III, um "poeta" que já tinha publicado alguns versos e que saltara com os paraquedistas da agência de serviços estratégicos na Itália ocupada e continuava a usar seu impermeável de campanha. O sujeito ostentava um nariz quebrado e lia Shakespeare em voz alta durante a aula — e todas as meninas se apaixonaram por ele, e o jovem Zuckerman também. Na frente da classe, ele discorria sobre obras como *Poética*, *Oresteia*, *Uma passagem para a Índia*, *Retrato do artista quando jovem*, *Rei Lear*, *Autobiografia de Benvenuto Cellini* —, analisando-as para os alunos como se fossem livros sagrados. Enrico Fermi foi dar uma aula para a turma do curso Panorama da Física, e conquistou os alunos ao fingir que precisava da ajuda deles para resolver os cálculos matemáticos que havia posto na lousa. Quando os alunos o rodearam para formular as perguntas idiotas que as pessoas costumam fazer às celebridades, Zuckerman se atreveu a indagar ao teórico da Bomba em que ele andava trabalhando. Fermi riu. "Nada de muito importante", respondeu. "Afinal, eu entendo mesmo é de física pré-Fermi." Foi o comentário mais sagaz que ele já tinha ouvido. Ele próprio estava ficando com a língua cada vez mais afiada, esbanjando ironia e despretensão nas conversas — e vertendo fel sobre o país e seus valores. A Guerra Fria em seus piores dias e eles estudando o *Manifesto comunista* no curso de Ciências Sociais. Como se não bastasse ser judeu na América cristã, estava se tornando membro de mais uma minoria malquista e suspeita, os "intelectualoides" ridicularizados pelo *Chicago Tribune*, o quinta-coluna cultural da sociedade materialista. Passou algumas semanas caído por uma loura alta, de camisa de flanela xadrez, que pintava quadros abstratos. Ficou arrasado ao descobrir que a garota era lésbica. Estava se tornando um rapaz sofisticado — Manischewitz e Velveeta já haviam dado lugar a "queijo e vinho" e, em vez de Taystee Bread, quando tinha dinheiro para comer fora, ele pedia baguete francesa — mas uma lésbica? Nunca teria lhe passado pela cabeça. Se bem que um caso, embora curto, com uma moça mulata ele teve. Acariciando-a alucinadamente por baixo da blusa, no subsolo do Ida Noyes Hall, ainda se imbuiu de frieza analítica para pensar: "Esta é a vida de verdade", muito embora a vida jamais lhe tivesse parecido tão estranha. Fez amizade com um cara um pouco mais velho que ele, um habitué da Stineway's que transava psicanálise, fumava maconha, entendia de jazz e se dizia trotskista. E em 1950, para alguém que mal tinha desgrudado da barra da saia da mãe, isso era coisa séria. Foram a um bar de jazz, na rua 46 — dois estudantes judeus brancos assistindo ao show com ar estudantil, cercados por rostos escuros, pouco amistosos e nada estudantis. Numa noite inesquecível, ele ouviu Nelson Algren falar sobre o submundo do boxe no Jimmy's. E ainda em seu primeiro semestre, Thomas Mann esteve em Chicago; a palestra *dele* foi na Rockefeller Chapel. Um evento extraordinário: o bicentenário de Goethe. Com um sotaque alemão, Mann se expressou no inglês mais vistoso que Zuckerman já tinha ouvido; o sujeito falava *em prosa*, com elegância e veemência e clareza — frases pungentes, de uma civilidade aniquiladora, que descreviam com intimidade o gênio de Bismarck, Erasmo e Voltaire, como se fossem colegas que haviam jantado em sua casa na véspera. Goethe era "um milagre", dizia Mann, mas o verdadeiro milagre era Zuckerman estar sentado a duas fileiras do estrado do anfiteatro, aprendendo, com o Bom Europeu, a falar sua própria língua materna. O romancista alemão pronunciou o adjetivo grandioso cinquenta vezes naquela tarde: Grandioso, Incomparável, Sublime. À noite, em êxtase com tanta erudição, Zuckerman ligou para casa, mas em Nova Jersey ninguém tinha ouvido falar em Thomas Mann, nem mesmo em Nelson Algren. "É uma pena", disse em voz alta ao pôr o fone no gancho, "é uma pena que não tenha sido o Sam Levenson."* Aprendeu alemão. Lia Galileu, santo Agostinho, Freud. Participava de protestos contra os baixos salários dos negros que trabalhavam no hospital universitário. Com a eclosão da Guerra da Coreia,

---

* Sam Levenson (1911-1980), escritor, humorista e apresentador de televisão, nascido no Brooklyn, filho de imigrantes judeus. (N. T.)

ele e seu melhor amigo se declararam inimigos de Syngman Rhee. Lia Croce, pedia sopa de cebola, espetava uma vela numa garrafa de Chianti e improvisava uma festa. Descobriu os filmes de Charlie Chaplin e de W. C. Fields, e os documentários, e os espetáculos mais obcenos de Calumet City. Passeava pelo Near North Side para dirigir seu olhar de desprezo aos publicitários e turistas. Nadava no Promontory Point com um adepto do positivismo lógico e escrevia resenhas detonando os escritores beat no *Maroon*, o jornal dos alunos da universidade. Na cooperativa, comprou seus primeiros discos de música clássica — gravações do Quarteto de Cordas de Budapeste — de um vendedor homossexual que ele tratava pelo nome. Nas conversas, começou a se referir à "pessoa" quando o sujeito da ação era ele próprio. Ah, tudo era tão maravilhoso, uma vida tão grande e excitante quanto se poderia imaginar, e então ele cometeu seu primeiro erro. Ainda na graduação, publicou um conto — na *Atlantic Monthly*. Dez páginas sobre as altercações entre uma família de judeus de Newark e uma família de judeus sírios, numa pousada do litoral de Jersey — um conflito vagamente baseado num fuzuê armado por um tio seu, um sujeito para lá de esquentado, sobre o qual seu pai lhe falara (em tom de reprovação) numa de suas visitas a Newark. Na *Atlantic Monthly*, logo de cara. Era como se a vida tivesse ficado ainda maior. Escrever tornaria tudo ainda mais intenso. Escrever, e Mann dera testemunho disso — quando não com o próprio exemplo —, era o único objetivo recompensador, a experiência inigualável, a luta inflamada, e não era possível escrever senão como um fanático. Na ficção, sem fanatismo nada se obtinha de grandioso. Naquela altura, Zuckerman nutria as expectativas mais elevadas sobre a gigantesca capacidade que a literatura tinha de tragar e purificar a vida. Escreveria mais, publicaria mais, e a vida se tornaria colossal.

Porém o que se tornou colossal foi a página seguinte. Pensava que escolhera a vida, mas o que tinha escolhido fora a página seguinte. Tirando tempo para escrever histórias, não lhe ocorria conjecturar o que o tempo poderia estar tirando dele. Foi só gradualmente que começou a identificar o aprimoramento da mão de ferro do escritor com evasão da experiência; e os meios a que recorria para dar a partida à imaginação — para expor, revelar e inventar vida —, com a forma mais severa de encarceramento. Achava que tinha escolhido a intensificação de tudo e, em vez disso, escolhera o retiro e o monasticismo. Anos mais tarde, depois de assistir a uma produção de *Esperando Godot*, disse para a mulher que na altura era sua esposa solitária: "O que há de tão excruciante nisso? É um dia como outro qualquer na vida de um escritor. Com a diferença de que o Pozzo e o Lucky não aparecem no pedaço".

Chicago o tirara da Nova Jersey judaica, então viera a ficção e o mandara de volta para lá. E ele não tinha sido o primeiro: havia os que fugiam de Newark, em Nova Jersey, e os que fugiam de Camden, em Ohio, e de Sauk Centre, no Minnesota, e de Asheville, na Carolina do Norte;* não aturavam a ignorância, as rixas, o tédio, a retidão, a intolerância, o sem-fim de gente tacanha; não suportavam a mesquinhez; e então passavam o resto da vida sem pensar em outra coisa. Não se desligar jamais passava a ser o trabalho deles — a tarefa a que se dedicavam o dia inteiro.

Claro que agora queria virar médico — para escapar não só daquela retrospecção interminável, mas também dos conflitos que ele provocara ao basear seu último romance no conflito original. Depois do triunfo popular de seu diabólico ato de agressão, o penitente ato de submissão. Agora que seus pais tinham morrido, ele poderia ir em frente e fazê-los felizes: de pária filial a clínico judeu, encerrando de uma vez por todas o desentendimento e o escândalo. Mais cinco anos e faria uma residência em leprologia e seria perdoado por todos. Como Nathan Leopold.** Como Macbeth: depois da ordem para que jogassem o último dos cadáveres inocentes numa vala, a filiação à Anistia Internacional.

Não vai dar certo, pensou Zuckerman. Não, não vai funcionar. É uma ilusão definitivamente sentimental. Ao matar um rei, você mata um rei — e, em seguida, ou não aguenta o tranco e se entrega, ou se apresenta para ser coroado. E se é "vem me pegar, MacAppel", paciência.

"Sabe por que não tenho uma distribuição nacional?", perguntou, virando-se para o sujeito do assento ao lado. "Porque a minha revista não é sem sal como a dele."

---

* Camden é a cidade natal de Sherwood Anderson (1876-1941), cujos contos e romances influenciaram escritores como Ernst Hemingway e William Faulkner. Em Sauk Centre nasceu Sinclair Lewis (1885-1951), primeiro norte-americano a receber o Nobel de literatura. Asheville é a terra de Thomas Wolfe (1900-1938), autor dos clássicos *Look homeward, angel* (1929) e *Of time and the river* (1935). (N. T.)

** Nathan Leopold (1904-1971), aluno brilhante da Universidade de Chicago que, com o colega Richard Loeb (1905-1936), e motivado apenas pelo desejo de cometer um "crime perfeito", em 1924 sequestrou e assassinou um rapaz de catorze anos. (N. T.)

"É, você falou."

"A revista dele é só uma obsessão por mulheres peitudas. É isso e a capacidade que o Hefner tem de ficar de conversa fiada sobre a importância da liberdade de expressão. Na *Rapidinhas* a gente mostra *tudo*. Sou contra qualquer tipo de censura. A minha revista é um espelho e a gente quer refletir o mundo como ele é. Quero que os meus leitores saibam que não têm por que ter vergonha se estão com vontade de afogar o ganso. Se curtem bater uma punheta, qual o problema? Isso não faz deles pessoas desprezíveis. E eles não precisam do Sartre para dar um ar de legitimidade à coisa. Não sou gay, mas estamos começando a publicar uma porção de matérias nessa linha. Damos uma força para os sujeitos casados que estão à procura de sexo rápido. Hoje em dia são os caras casados que pagam a maioria dos boquetes. Você por acaso é casado?"

"Sou. Por acaso sou casado, sim. Por acaso tenho três filhos."

"E não sabia disso?"

"Não, não sabia."

"Bom, pela *Playboy* é que não teria ficado sabendo mesmo. Esse tipo de coisa não é para os leitores do Hefner. E também não aparece nas páginas do *Wall Street Journal*. Mas o fato é que é nas últimas fileiras dos cinemas, nos banheiros dos bares, nos estacionamentos dos restaurantes de beira de estrada, é aí que o americano médio está recebendo boquete. O sexo está mudando neste país — as pessoas estão fazendo surubas, chupando boceta, as mulheres estão trepando mais, os homens casados estão chupando pau, e a *Rapidinhas* reflete isso. O que queriam que a gente fizesse — mentisse? Eu vejo as estatísticas. É uma mudança radical. Nunca é suficiente para um revolucionário como eu. Ainda temos muito chão pela frente. Mas uma coisa é inegável: na última década a produção de sêmen na América cresceu no mínimo duzentos por cento. Só que ninguém vai ficar sabendo disso lendo a *Business Week*. Você fala da *Playboy*. Um cara casado como você, que pega uma *Playboy* para dar uma olhada, o sujeito vê aquelas coelhinhas deliciosas, e são todas inacessíveis, não são para o bico dele. Pois é. A solução é descabelar o palhaço e depois deitar na cama ao lado da mulher. Mas as piranhas que você vê na *Rapidinhas*, essas você sabe que com um telefonema e cinquenta pratas você papa. É a diferença entre fantasia infantil e realidade."

"Bom", respondeu o homem do lado, virando-se para guardar na pasta o último de seus papéis, "vou ficar atento a isso."

"Fique mesmo", disse Zuckerman. Porém não se sentia inclinado a parar, mesmo considerando que a paciência do sujeito já tinha se esgotado. Estava começando a se divertir a valer no papel do pornógrafo Milton Appel. Era como passar umas feriazinhas longe de Zuckerman.

Bom, não muito longe — mas por que parar? "Sabe de onde tirei a ideia de criar a *Rapidinhas*?"

Nenhuma resposta. Não, o sujeito não estava nem um pouco interessado em saber de onde Appel tirara a ideia de criar a *Rapidinhas*. Mas Nathan estava.

"Antes eu tinha uma casa de suingue", disse Zuckerman. "Na rua 81. A Milton's Millenia. Você também não deve ter ouvido falar dela. A pessoa precisava ficar sócia para frequentar. Não tinha prostituição, ninguém pagava por sexo e na legislação não havia nada que pudessem usar para me obrigar a fechar as portas. Sexo consensual, e em Nova York isso é permitido. Como não podiam fazer nada, começaram a pegar no meu pé. Meu extintor de incêndio estava a trinta e não a quinze centímetros do chão. Lá se ia a minha licença para vender bebidas. Aí o encanamento estoura e os meus chuveiros ficam sem água. Era uma coisa muito avançada para a época, esse era o problema. Bom, eu tinha um gerente lá que acabou preso por falsificação. Pegou seis anos. Um sujeito muito boa gente chamado Horowitz. Mortimer Horowitz." Mortimer Horowitz era o nome do editor-chefe da *Inquiry*. "Judeu também", continuou Zuckerman. "Nesse ramo, tem judeu saindo pelo ladrão. Invadiram a pornografia como fizeram com o resto da mídia. Você por acaso é judeu?", perguntou.

"Não."

"Bom, entre os pornógrafos bem-sucedidos, os judeus são maioria. Se bem que os católicos não ficam muito atrás. É católico?"

"Sou", disse o sujeito, já não se esforçando para disfarçar a irritação, "sou católico apostólico romano."

"Bom, tem uma porção desses também. Gente que está se rebelando. Enfim, o fato é que o Horowitz era meio gordo" — era mesmo, o filho da puta — "e suava pra caramba, e eu gostava do Horowitz. Não era dos mais inteligentes, mas era boa pessoa. Gente fina. Bom, acontece que quando o assunto era sexo, o Horowitz adorava contar vantagem, e aí eu apostei mil dólares com ele, outro cara apostou dois mil e um terceiro cinco mil — quantos orgasmos ele conseguiria ter. Ele jurava que era capaz de gozar quinze vezes em dezoito horas. Pois não é que o sacana gozou quinze vezes em *catorze* horas? Chamamos um estudante de medicina para verificar a ejaculação. Cada vez que gozava, o Horowitz dava um tempo para a gente checar. Isso foi num quarto escuro, nos fundos da Milton's Millennia. Em 1969. Ele ficava lá, trepando com uma fulana, e dali a pouco gritava Estou gozando, e o estudante de medicina entrava com uma lanterna e a gente via se tinha porra mesmo. Lembro de estar ali parado e dizer com os meus botões: 'A minha vida é isto, e não é uma coisa depravada, é espetacular'. Lembro que eu pensei: 'Quando rodarem *A história de Milton Appel*, esta vai ser *a* cena do filme'. Mas foi o lado espetacular da coisa que me pegou pra valer. Pensei: 'A gente registra todo tipo de recorde. Número de assistências do jogador, rebatidas válidas, média disso e daquilo durante a temporada. Por que não a porra na perereca? Olha só o Horowitz e esse recorde incrível que amanhã deveria estar na primeira página do *New York Times*, e a notícia não vai chegar nos ouvidos de ninguém. E foi essa a matéria de capa do primeiro número da *Rapidinhas*. Há quatro anos. Mudou a minha vida. Posso ser franco com você? Uma revista como a *Playboy* eu não quero *nem de graça*, nem que me prometam um faturamento na casa dos *quinhentos* milhões..."

A aeronave tocou o asfalto e correu pela pista. Zuckerman estava de volta. Chicago! Mas não conseguia parar. Como estava se divertindo! E quanto tempo fazia que não se divertia assim. E como demoraria para tornar a se divertir desse jeito. De volta aos estudos por mais quatro anos.

"Outro dia um cara ligou pra mim e disse: 'Appel, quanto você daria por umas fotos do Hugh Hefner trepando?'. O fulano me garantiu que arrumaria dez fotos do Hefner trepando com as coelhinhas dele. E eu falei que por aquilo eu não dava nem um centavo. 'Por acaso você acha que a notícia de que o Hugh trepa é nova? Me arrume umas fotos do papa trepando — aí a gente faz negócio'."

"Amigo", disse o sujeito a seu lado, "assim não dá!", e desafivelou o cinto de segurança e, mesmo com o avião ainda não de todo estabilizado, pulou para o outro lado do corredor e se atirou num assento vazio. "Ei!", gritou a aeromoça. "Será que o senhor pode esperar sentado até chegarmos ao terminal, *por favor*?"

Antes mesmo de se dirigir à esteira para aguardar a bagagem, Zuckerman achou um telefone público e ligou para o Billings Hospital. Teve de pôr mais uma moeda enquanto a secretária tentava encontrar Bobby. Não podia desligar e esperar que o médico retornasse a ligação mais tarde, disse a ela; era um velho amigo que acabara de chegar a Chicago e precisava falar com o dr. Freytag imediatamente. "Puxa, ele já deve estar na escada..." "Tente alcançá-lo. Explique que é o Nathan Zuckerman. Diga que é muito importante."

"Zuck!", exclamou Bobby ao atender o telefone. "Zuck, que surpresa fantástica. Onde você está?"

"No aeroporto. Aqui no O'Hare. Acabo de descer do avião."

"Puxa, que ótimo. Veio dar uma palestra?"

"Vim para voltar à faculdade. Como aluno. Estou com o saco cheio de escrever, Bob. Fiz o maior sucesso com o meu último livro, faturei uma grana preta e criei ojeriza a essa porcaria toda. Não quero mais saber disso. Pra mim acabou, falando sério. E a única coisa em que consigo pensar, a única coisa que me proporcionaria alguma satisfação, seria eu me tornar médico. Quero fazer medicina. Vim ver se consigo me matricular ainda este trimestre no curso básico para completar os pré-requisitos de Ciências. Preciso ver você agora mesmo, Bobby. Estou com os formulários de admissão. Quero me sentar e conversar com você e ver como posso fazer para conseguir uma vaga. O que acha? Será que me aceitam, um quarentão que não entende patavina de química, física ou biologia? No meu histórico escolar praticamente só tem A. E são As suados, Bob. São As da década de 1950 — sólidos como o dólar daqueles tempos."

Bobby estava rindo — Nathan tinha sido uma das figuraças que animavam as madrugadas do dormitório deles, e aquilo só poderia ser mais do mesmo, uma performancezinha por telefone em homenagem aos velhos tempos. Bobby sempre se mijara de rir por qualquer coisa. Não puderam continuar juntos no segundo ano porque as risadas eram um perigo para a asma dele — gargalhadas descontroladas volta e meia se transformavam em acessos asmáticos. Ao ver Natha atravessando o pátio da universidade em sua direção, Bobby levantava a mão e implorava: "Não, pelo amor de Deus, não começa. Tenho uma aula agora". Ah, como ele se deliciara fazendo piadas naqueles tempos. Todo mundo dizia que ele precisava pôr aquelas coisas no papel e dar um jeito de publicar. E foi o que ele fez. Agora queria ser médico.

"Bob, posso dar um pulo aí hoje à tarde?"

"Puxa, estou enrolado até as cinco."

"Até eu chegar aí vão ser mais de cinco."

"Tenho uma reunião às seis, Zuck."

"Não faz mal, já dá para trocar uma palavrinha. Epa, minha mala vem vindo — te vejo mais tarde."

LIÇÃO DE ANATOMIA   419

Estava de volta a Chicago e sentia-se exatamente como se sentira da primeira vez que estivera ali. Uma nova existência. Era assim que tinha de ser: com audácia, determinação, intrepidez, e não se rendendo à hesitação, às dúvidas, ao desânimo constante. Antes de sair da cabine telefônica, preferiu não arriscar o terceiro Percodan em oito horas e deu um gole na garrafinha de vodca. A não ser pelo fio cortante de dor que começava em sua orelha direita, descia pelo pescoço e se espalhava pela parte superior das costas, não experimentava nenhum desconforto mais sério. Contudo, era justamente essa a dor de que ele menos gostava. Se não fosse pela audácia, pela determinação e pela intrepidez de que se sentia infundido, talvez estivesse até começando a se render ao desânimo. O incômodo muscular, ele conseguia suportar, as fisgadas, o retesamento, a sensibilidade exagerada, tudo isso ele conseguia suportar, mesmo no longo prazo; mas não esse rastro lancinante que ardia sem parar e que, a qualquer movimentozinho minúsculo da cabeça, queimava-o como uma língua de fogo. E era uma dor que nem sempre ia embora da noite para o dia. No verão daquele ano, fustigara-o por nove semanas seguidas. Melhorara um pouco depois de doze dias à base de Butazolidin, mas nessa altura o Butazolidin deixara seu estômago num estado tal que arroz-doce era a coisa mais pesada que ele conseguia digerir. Gloria preparava para ele uma tigela de arroz-doce de forno sempre que podia passar duas horas no apartamento. De trinta em trinta minutos, quando o timer apitava na cozinha, ela se levantava do tapetinho de atividades e, de cinta-liga e salto alto, ia correndo abrir o forno e mexer o arroz. Depois de um mês se alimentado com o arroz-doce de Gloria e não muito mais que isso, e não havendo sinais de melhora, despacharam-no para o Mount Sinai Hospital para fazer um raio X do trato intestinal. Não encontraram nenhuma perfuração nas paredes do intestino, mas Zuckerman foi aconselhado pelo gastrenterologista a nunca mais tomar Butazolidin com champanhe. Tinha feito assim: uma garrafa da caixa que ganhara de Marvin em seu aniversário de quarenta anos, sempre que Diana vinha vê-lo depois da aula e ele tentava e não conseguia ditar nem uma página — nem um parágrafo. Não via motivos para não comemorar: sua carreira chegara ao fim, Diana estava só começando, e o champanhe era Dom Pérignon.

Contratou uma limusine. Seria o meio de transporte mais rápido e menos trepidante até o hospital, e o motorista estaria à sua espera para carregar a mala. Ficaria com o carro até arrumar um hotel para passar a noite.

O motorista na realidade era uma mulher, uma moça atraente, não muito alta, mas encorpada, na casa dos trinta, com dentes brancos e bonitos, um pescoço esguio e um jeito ágil e diligente que lembrava as maneiras galantes de um mordomo. Sua jaqueta e suas calças de lã verde-escuras tinham um corte de uniforme de equitação, e ela também calçava botas de couro pretas de cano alto. Das costas de seu quepe saía uma trança loura.

"Vou para o South Side. Para o Billings Hospital. Fico mais ou menos uma hora por lá. Quero que me aguarde."

"Sim, senhor."

O carro começou a se movimentar. De volta! "Se importaria se eu dissesse que você não é o homem que eu esperava encontrar?"

"De jeito nenhum", respondeu a moça, com uma risada alegre e cheia de vida.

"Isso é só um bico ou é o que você faz mesmo da vida?"

"Ah, é o que eu faço mesmo. É a minha profissão. E a do senhor?" Mocinha despachada.

"Pornografia. Tenho uma revista, uma casa de suingue e uma produtora de filmes pornô. Vim falar com o Hugh Hefner."

"Vai se hospedar na Mansão Playboy?"

"Tenho nojo daquele lugar. Não dou a mínima para o Hefner e para o séquito dele. Pra mim aquela mansão é igual à revista que ele publica: fria, sem graça e elitista."

O fato de ele ser um pornógrafo não deixara a moça nem um pouco incomodada.

"Meu compromisso é com o homem comum", disse ele. "Meu compromisso é com os caras que cresceram comigo na esquina e com os caras que serviram comigo na Marinha Mercante. Foi por isso que entrei nesse negócio. O que eu não aguento é a hipocrisia. A farsa. A negação dos nossos pintos. A distância entre a vida como eu a levava na esquina, com sexo à flor da pele e muita bronha e o tempo todo pensando em boceta, e as pessoas que dizem que não deveria ser assim. Como fazer para arrumar boceta — essa era a questão. Essa era a única questão. Era a maior questão de todas. E ainda é. Chega a dar medo de tão enorme que é — e, no entanto, se você diz uma coisa dessas em voz alta, acham que você é um monstro. Tem um lance anti-humano nisso que pra mim não dá pé. Tem uma mentira aí que me faz vomitar. Entende o que estou querendo dizer?"

"Acho que sim."

"Claro que entende. Não estaria guiando uma limusine se não entendesse. Você é como eu. Não me dou bem com disciplina e autoridade. Não risque uma linha branca no chão e diga que eu não posso passar para o lado de lá. Porque é o que eu vou fazer. Quando eu era garoto e me metia em brigas de soco, na grande maioria das vezes era porque não aceitava que as pessoas dissessem não para mim. É uma coisa que me deixa enlouquecido. O meu lado rebelde diz: Eles que se fodam, ninguém vai me dizer o que fazer."

"Sim, senhor."

"Não significa que eu precise ser contra toda e qualquer regra que exista por aí. Violência não é comigo. Exploração de crianças eu acho repugnante. De estupro eu não sou a favor. Xixi e cocô não me dão o menor tesão. Na minha revista saem uns contos que eu acho repulsivos. 'O pirulito da vovó' — eu detestei esse conto. Era infame e vulgar e eu detestei. Mas na minha redação tem muita gente boa e inteligente, e enquanto não começarem a mijar nas paredes e estiverem se aplicando no trabalho, permito que façam o que bem entenderem. Ou você dá liberdade aos caras ou não dá. Não sigo a linha que o Sulzberger adota no *New York Times*. Não me preocupo com o que andam pensando nos conselhos de administração da América corporativa. É por isso que você não encontra a minha revista por aqui. É por isso que não consigo uma distribuição nacional como o Hefner. É por isso que vim falar com ele. Ele acha que a liberdade de expressão não pode sofrer nenhum tipo de restrição? Vamos ver se ele está a fim de comprar essa briga aqui em Illinois ou se só está falando da boca pra fora. Comigo não é o dinheiro em primeiro lugar, como é com ele. Sabe o que é?"

"O quê?"

"A contestação. O ódio. A indignação. O ódio não tem fim. A indignação é brutal. Como você se chama?"

"Ricky."

"Eu sou o Appel. Milton Appel. Rima com 'Abel', como em: 'Radical, Dorival!'. Todo mundo por aí faz cara de sério quando fala de sexo, Ricky — e é uma mentirada que Deus me livre. E é *isso* que pra mim vem em primeiro lugar. Quando eu estava na escola e assistia às aulas de moral e cívica, eu achava que a América era um lugar especial. Da primeira vez que me levaram preso, custei a entender que estavam me prendendo por ser livre. As pessoas diziam pra mim, quando comecei a mexer com sacanagem: Até quando acha que vão deixar você

422   ZUCKERMAN ACORRENTADO

fazer isso? Que absurdo. O que é que estão me deixando fazer? Estão me deixando ser um americano. Por acaso eu estou desrespeitando a lei? Não quero parecer o Hefner falando, mas eu achava que a liberdade de expressão estava na Constituição. Você não?"

"Sim, senhor."

"E o pessoal da ACLU,* por acaso ajuda? Acham que eu empresto má fama à causa da liberdade. Desde quando a liberdade tem boa fama? Liberdade é o que eu faço. Liberdade não é aceitar o Hefner — é aceitar a *mim*. E a *Rapidinhas* e a Milton's Millennia e a Produções Supercarnais. Reconheço, noventa por cento da pornografia que há por aí é burra, banal e sem graça. Só que isso também vale para a maioria dos seres humanos, e ninguém se atreve a dizer que eles não podem existir. Para a maior parte das pessoas, a realidade é que é banal e sem graça. A realidade é sentar na privada. Ou esperar um táxi. Ou ficar preso na chuva. Não fazer porra nenhuma é que é real. Ler a *Time*. Mas quando as pessoas trepam, elas fecham os olhos e fantasiam outra coisa, uma coisa ausente, esquiva. Bom, é por essa coisa que eu luto, e é isso que dou a elas, e acho que, na maior parte das vezes, o que eu faço é bom. Quando eu me olho no espelho, não me sinto um canalha. Nunca traí o meu pessoal, nunca. Gosto de voar para Honolulu de primeira classe, gosto de usar relógios de catorze mil dólares, mas nunca me permiti ser coagido e manipulado pelo dinheiro. Se eu ganho mais do que todo mundo que trabalha para mim é porque as bombas estouram no meu colo, o processado sou eu, não eles. Eles se divertem à beça, lá na minha redação. Vivem me chamando de porco capitalista — são todos pró-Fidel e anti-Appel, e ainda rabiscam na minha porta as frases que aprenderam com os professores deles em Harvard. 'A administração é uma merda.' 'A *Rapidinhas* é cabeça demais.' Anarquistas das nove às cinco, às minhas custas. Só que eu não vivo numa anarquia. Vivo numa sociedade corrupta. Tenho que enfrentar um mundo de John Mitchells e Richard Nixons, sem contar o analista, sem contar a morte, sem contar a quarta mulher falando em separação e um filho de sete anos que eu não quero meter nessa história porque não é desse jeito que eu quero. Isso não é liberdade para ele. Está me entendendo?"

"Sim, senhor."

---

* American Civil Liberties Union: entidade criada em 1920 para defender os direitos e liberdades individuais garantidos pela Constituição. (N. T.)

"Faz mais ou menos um ano, quando a minha mulher começou a falar em divórcio, antes de eu topar fazer análise — ela arrumou um amante, o primeiro da vida dela, e eu fiquei arrasado. Não aguentei o baque. Pirei. Bateu a maior insegurança. Eu levo centenas de mulheres para a cama e ela foi para a cama com um cara só e mesmo assim eu perdi completamente o rebolado. E o sujeito era um bolha. Ela arrumou um cara mais velho do que eu — e brocha, ainda por cima. Quer dizer, ela não foi atrás de um garotão de vinte e cinco anos. E mesmo assim eu perdi o rebolado. Era campeão de damas. Mortimer Horowitz. Vivia ali sentado, de olho no tabuleiro, dizendo: 'dama'. Era isso que ela queria. A gente se reconciliou e eu falei para ela: 'Meu bem, veja se da próxima vez você pelo menos arruma um cara que seja uma ameaça para mim, vá se engraçar com um surfista da Califórnia. Mas ela arrumou um judeu água-morna — o campeão de damas do Washington Square Park. E essa é a barra que eu tenho que aguentar, Ricky: jogar o jogo, manter a calma, falar manso, ser correto. Só que eu nunca maneirei as minhas posições só para ser um cara correto e receber as recompensas que os meninos corretos recebem — como, por exemplo, não ir para a cadeia e ter porte de arma e não precisar vestir um colete à prova de balas toda vez que eu saio para ir a um restaurante. Nunca maneirei o tom para proteger o meu dinheiro. Tem um lado meu que diz: Foda-se essa montanha de dinheiro. E eu gosto desse meu lado. Quando o Nixon ganhou, eu poderia ter dado uma maneirada na revista e evitado muita aporrinhação. Depois que fecharam a Milton's Millennia, eu poderia ter entendido o recado e dado um tempo. Mas voltei à carga com a Millennia II, maior e melhor e mais suntuosa que a anterior, com uma piscina de quinze metros e um traveco para animar a noite fazendo striptease, uma boneca linda, com uma rola enorme, e foda-se o Nixon. Eu vejo como os negros são tratados neste país. Vejo as injustiças e fico enojado. Mas por acaso eles combatem as injustiças? Não. Combatem o pornógrafo judeu. Bom, o pornógrafo judeu vai espernear. Porque eu acredito profundamente no que estou fazendo, Ricky. Lá na redação todo mundo ri de mim: virou uma polêmica na minha vida o fato de Milton Appel acreditar no que faz. É como a Marilyn Monroe dizendo: 'Eu sou uma atriz, eu sou uma atriz'. Era uma gostosa também. Canso de falar para as pessoas que eu sou um cara sério, mas que valor tem a minha palavra se o promotor pega a *Rapidinhas* no meio da audiência e mostra a capa com uma garota branca chupando a vara de um negro enquanto cavalga uma vassoura? A gente vive num mundo cruel, Ricky. Os que transgridem são execrados como se fossem a escória. Tudo bem, estou me lixando. Mas não venham me dizer que a escória não tem o direito de existir lado a lado com toda essa gente correta. *Isto* é o fundamental pra mim: não o dinheiro, mas a anti-humanidade que se diz correta. Os corretos. Não me preocupo com o que meu filho vai ser, não estou nem aí se ele começar a usar meia-calça, contanto que não se torne uma pessoa *correta*. Sabe o que me dá mais medo do que a cadeia? Que ele se rebele contra um pai como eu, e que seja esse o meu castigo. A vingança da sociedade bem-comportada: um rapaz que seja muito, muito, muito correto — mais uma alma aterrorizada, domesticada pela inibição, suprimindo a loucura, sem nenhum outro desejo a não ser viver em paz harmoniosa com as autoridades."

"Quero uma segunda vida. Não tem nada de mais nisso."

"Mas que pressuposto é esse de que você está partindo?", indagou Bobby. "Acha que dá para voltar a ser uma tábula rasa também? Não acredito nisso, Zuck. Se vai realmente entrar nessa viagem, por que foi escolher justo uma profissão que requer uma preparação tão penosa e entediante? Escolha pelo menos uma coisa mais fácil, assim o prejuízo não é tão grande."

"O mais fácil não atende à necessidade de uma coisa difícil."

"Vá escalar o Everest."

"Isso é igual a escrever. É você sozinho com a montanha e uma picareta. É você consigo mesmo, no maior isolamento, com uma empreitada quase irrealizável pela frente. Isso *é* escrever."

"Quando se é médico, é você consigo mesmo também. Quando está debruçado sobre a cama do paciente, você entra num relacionamento extremamente complexo, sofisticado, uma coisa que você desenvolve ao longo dos anos, graças à prática e à experiência, mas mesmo assim ainda é você consigo mesmo, no maior isolamento."

"Não é isso que 'consigo mesmo' significa para mim. Qualquer trabalhador especializado experimenta esse isolamento. Quando eu estou comigo mesmo, o que eu examino não é o paciente deitado na cama. Também fico debruçado sobre a cama, não tenha dúvida, mas quem está ali deitado sou eu. Tem escritores que fazem o caminho inverso, mas a coisa a que eu dou vida vive em mim. Eu escuto, escuto com a maior atenção, mas não tenho nada em que me apoiar além da minha vida interior — e eu não aguento mais a minha vida interior. Nem o pouco que sobrou dela. A subjetividade é o meu tema, e eu estou cheio dela."

"E foi só isso que pôs você para correr?"

Conto para ele? Será que o Bobby me deixaria bom de novo? Não vim até aqui para ser tratado, mas sim para tratar; não para ser reabsorvido pela dor, e sim para criar um mundo novo em que eu possa me absorver; não para receber passivamente os cuidados e a atenção de alguém, mas para me adestrar na profissão que os oferece. Se eu contar, ele vai me mandar para o hospital, e eu quero é ir para a escola.

"Foi a vida de ruminante que me pôs para correr. Engolir a coisa como experiência e então regurgitá-la para uma segunda rodada como arte. Mastigando tudo, procurando relações — muito tempo dentro de mim, Bob, escarafunchando aqui e ali. O tempo todo em dúvida, sem a menor certeza de que o esforço vale mesmo a pena. Estou me iludindo quando penso que na anestesiologia as dúvidas não são metade da sua vida? Eu olho para você e vejo um barbudão confiante, um sujeito que não tem dúvida de que o que ele faz tem valor e de que é bom no que faz. Que os serviços que você presta são valiosos é um fato incontestável. O cirurgião rasga o paciente para tirar uma coisa estragada lá de dentro e o paciente não sente nada — por sua causa. É algo claro, exato, é indiscutivelmente útil e relevante. E eu invejo isso."

"É mesmo? Está pensando em ser anestesista? Desde quando?"

"Desde que pus os olhos em você. Você parece nos trinques. Deve ser sensacional. Faz uma visitinha ao quarto deles na noite anterior à operação e diz: 'Meu nome é Bobby Freytag e amanhã eu vou pôr o senhor para dormir com um pouco de pentotal sódico. Vou ficar do seu lado durante a cirurgia para ter certeza de que todas as suas funções estão em ordem e, quando o senhor acordar, estarei lá para apertar a sua mão e deixar o senhor o mais confortável possível. Aqui, tome um destes e o senhor vai dormir como um anjo. Meu nome é Bobby Freytag e eu passei a vida inteira estudando e me preparando e trabalhando só para garantir o seu bem-estar'. É isso aí, quero ser um anestesista como você."

"Ah, pare com isso, Zuck. Abre logo o jogo. Você está com uma cara péssima. Está cheirando a gim."

"É vodca. Tomei umas doses no avião. Morro de medo de voar."

"Não é só isso, não. Os seus olhos. A sua cor. O que é que está acontecendo, Zuck?"

Não. Não permitiria que a dor envenenasse mais um de seus relacionamentos. Nem pusera o colar ortopédico, com medo de que não o deixassem sequer participar do processo seletivo quando descobrissem que ele, além de ser um quarentão que não entendia patavina de química e física e biologia, ainda por cima estava doente. Tinha abandonado as ruidosas e insistentes necessidades da dor no tapetinho de atividades, ao lado de seus óculos prismáticos. Dera por encerrada aquela história de ficar olhando do chão para as figuras gigantescas de todos os que se punham em pé a seu lado. Percodan, se fosse preciso. O travesseiro do Kotler, na expectativa daquela chance em um milhão, mas, caso contrário, para todas as pessoas que encontrasse em Chicago — para Bobby e a comissão de seleção certamente —, mais um mortal indestrutível, feliz e saudável como no dia em que viera ao mundo. É preciso resistir a toda e qualquer tentação de descrever esse suplício (das primeiras pontadas ao flagelo debilitante) para o seu invejável ex-colega de quarto, por mais craque em analgésicos que ele seja. Não há mais nada a fazer pela minha dor ou a ser dito sobre ela. Ou os remédios ainda são muito rudimentares, ou os médicos ainda não estão à altura do problema, ou eu sou incurável. Quando sentisse dor, faria de conta que era prazer. Toda vez que a língua de fogo o castigar, diga para si mesmo: "Ah, que delícia — como é bom viver". Pense na dor não como uma punição injustificável, mas como uma recompensa gratuita. Pense nela como um êxtase crônico, incômodo apenas na medida em que até as coisas boas, em excesso, podem gerar desconforto. Pense nela como sua passagem para uma segunda vida. Imagine que você deve tudo a ela. Imagine o que quiser. Esqueça aqueles Zuckermans fictícios, acorrentados aos livros, e invente um Zuckerman real para o mundo. É assim que os outros fazem. Sua próxima obra de arte: *você*.

"Me fale sobre a anestesiologia. Aposto que é uma ciência cristalina. Você dá uma coisa para eles dormirem, eles dormem. Quer que a pressão deles suba — injeta uma substância e faz a pressão subir. Quer que a pressão suba um tanto assim, faz com que suba um tanto assim — quer que suba mais um pouco, faz com que suba mais um pouco. Não é como eu estou falando? Você não estaria com essa cara se não fosse. A leva a B e B leva a C. Você sabe quando está certo e sabe quando está errado. Estou idealizando a coisa? Não precisa nem responder. Dá para ver no seu jeito, dá para ver em você, dá para ver isso exalando de todos os seus poros."

Era o comprimido de Percodan que ele tomara ao entrar no hospital, o terceiro do dia (pelo menos esperava que fosse o terceiro, e não o quarto) que o fazia falar sem parar daquele jeito. Às vezes o Percodan tinha este efeito: primeiro o delicioso tranco da partida, e então você passava duas horas sem conseguir fechar a boca. A isso se somava a excitação que ele sentia por ver o diligente, tímido e afável Bobby transformado num médico grandalhão e experiente: um cavanhaque preto para cobrir as cicatrizes deixadas pelas acnes, um consultório espaçoso no Billings, com vista para o gramado da Midway Plaisance, onde eles costumavam jogar *softball* aos domingos, e várias prateleiras ocupadas por centenas de livros de que o romancista nunca tinha ouvido falar. Só a visão de Bobby pesando noventa quilos já era empolgante. Bobby fora mais magro ainda que Nathan, um caniço estudioso, com asma, problemas de pele e o temperamento mais doce da história da adolescência. Era o único rapaz de dezessete anos que Nathan conhecera que não se queixava de nada. De súbito Zuckerman teve tamanho orgulho dele que se sentiu como se fosse o seu pai, o pai de Bobby, como se fosse o proprietário da loja de bolsas femininas da rua 71, onde Bobby ia dar uma mão nas noites de quarta-feira e nas tardes de sábado. Seus olhos começaram a arder com uma sensação lacrimejante, mas não, jamais obteria a chancela de Bobby apoiando a cabeça na mesa e caindo no choro. Não era o lugar nem a hora, ainda que ambos instassem tudo o que permanecia havia tanto tempo contido a vir à tona numa grande rajada purgativa. Veja, também seria muito bom acertar alguém com um tiro. Quem quer que o houvesse deixado debilitado daquele jeito. Acontece que ninguém era responsável — e, ao contrário do pornógrafo, ele não tinha uma arma.

As lágrimas, Zuckerman segurou, porém não conseguiu parar de falar. Além da exaltação provocada pelo Percodan, havia a resolução histórica e definitiva que ele adotara fazia só um minuto — a decisão de não sentir mais dor, mesmo quando estivesse com dor, o firme propósito de tratá-la não como dor, mas como prazer. E não estava falando de um prazer masoquista, não senhor. Era uma asneira das grossas, pelo menos no seu caso, dizer que a dor tinha como contrapartida secretas gratificações mórbidas. Todos querem fazer da dor uma coisa interessante — primeiro as religiões, depois os poetas, e então, para não ficar para trás, até os médicos entram na dança com sua obsessão psicossomática. Querem que a dor tenha *significado*. Qual o sentido dessa dor? O que você está escondendo? O que está manifestando? O que está revelando? A pessoa não pode simplesmente sentir dor. Tem que padecer seus significados. Mas a dor não é interessante e não tem sentido nenhum — é só uma porcaria de dor, é o *oposto* de algo interessante, e não há nada, *nada* que a faça valer a pena, a menos que, para começo de conversa, a pessoa seja biruta. Nada fazia valer a pena os consultórios médicos e os hospitais e as farmácias e as clínicas e os diagnósticos contraditórios. Nada fazia valer a pena a depressão e a humilhação e o desamparo e a experiência de você se ver privado do trabalho, das caminhadas, dos exercícios e dos derradeiros vestígios de independência. Nada fazia valer a pena você ser incapaz de arrumar a própria cama pela manhã sem no instante seguinte ter de voltar rastejando para ela, nada, nem mesmo um harém de cem donzelas, todas só de cinta-liga, todas cozinhando arroz-doce ao mesmo tempo para você. Ninguém o convenceria de que estava sentindo aquela dor havia um ano e meio porque achava que fazia por merecê-la. O que o deixava louco da vida era que não achava isso. Não estava dando vazão a sentimentos de culpa — não tinha sentimentos de culpa. Se concordasse com os Appel e suas admoestações, não teria nem escrito aqueles livros. Não teria sido sequer capaz de escrevê-los. Não teria tido vontade de escrevê-los. Claro que estava cansado da batalha, mas disso não resultava que sua doença representasse uma capitulação ao veredicto deles. Não era punição nem culpa que ele estava expiando. Não passara quatro anos naquela universidade formidável, com os professores martelando humanismo racional em sua cabeça, para acabar expiando culpa irracional por meio de dor orgânica. Não passara vinte anos escrevendo, e escrevendo principalmente *sobre* culpas irracionais, para terminar irracionalmente culpado. Tampouco precisava da doença para chamar atenção. O que ele queria era não chamar mais atenção — de máscara e avental na sala de cirurgia, *esse* era o objetivo. Longe dele continuar sofrendo por conta de alguma razão banal, romântica, engenhosa, poética, teológica ou psicanalítica — e certamente não por conta de proporcionar satisfação a Mortimer Horowitz. Mortimer Horowitz era a melhor razão do mundo para você ficar bem. Não tinha cabimento, e ele não embarcaria nessa. De jeito nenhum.

Três (ou quatro) comprimidos de Percodan, pouco mais de meio grama de maconha, duzentos mililitros de vodca, e Zuckerman estava vendo tudo com clareza e não conseguia parar de falar. Tinha acabado. Os dezoito meses haviam chegado ao fim. Tomara uma decisão e ponto final. *Estou me sentindo bem.*

"É incrível, Bob. Eu era o cara que fazia todo mundo rolar de rir com a minha falação, com as minhas gozações, com a minha irreverência, e você era o garoto aplicado, obediente, asmático, que ajudava o pai na loja de bolsas. Vi o seu nome no livreto da universidade e pensei: 'Então foi aqui que o Bobby resolveu se esconder. Atrás do cirurgião'. Mas o que eu estou vendo é alguém que não está se escondendo de nada. Alguém que sabe quando está certo e quando está errado. Alguém que não tem tempo de ficar coçando a cabeça na sala de cirurgia, pensando no que vai fazer em seguida, se vai dar certo ou não. Alguém que sabe *como* fazer a coisa certa — como fazê-la *rápido*. Sem espaço para errar. Nenhuma dúvida sobre o que está em jogo. Vida vs. Morte. Saúde vs. Doença. Anestesia vs. Dor. O que isso não deve fazer por um homem!"

Bobby reclinou na cadeira e riu. Uma gargalhada sonora — já não faltava oxigênio naqueles pulmões. Tornara-se um homenzarrão do tamanho de um Falstaff. Mas a pança não era de cerveja — era de serventia. Bobby pesava o quanto valia.

"Quando você aprende a fazer, Zuck, fica fácil. É como andar de bicicleta."

"Não, não, as pessoas tendem a desvalorizar a sofisticação de suas especialidades."

"Falando em especialidade, li na *Time* que você foi casado quatro vezes."

"Na vida real, só três. E você?"

"Uma só. Uma mulher", disse Bobby, "um filho, uma separação."

"E como vai o seu pai?"

"Não muito bem. Minha mãe morreu faz pouco tempo. Tinham quarenta e cinco anos de casados. Não está sendo fácil para ele. Quando não tinha motivo para choro, ele já não era dos judeus menos emotivos — agora não consegue nem dizer que é quarta-feira sem ficar com os olhos marejados. De modo que a coisa anda meio complicada. Ele está passando uns tempos comigo. E o seu pessoal?"

"Meu pai morreu em 1969. Um derrame seguido de um enfarte. Um ano depois foi a vez da minha mãe. Um tumor na cabeça. De uma hora para outra."

"Quer dizer que ficou órfão? E está solteiro? Não é esse o problema, Zuck? Abandono?"

"Tem umas garotas cuidando de mim."

"Que porcaria você andou tomando, Zuck?"

"Nenhuma. Não tomei nada, não. Ando um pouco atordoado, só isso. As mulheres, os livros, as garotas, os enterros. A morte dos meus pais foi uma paulada. Fazia anos que eu ensaiava a coisa na minha ficção, mas foi bem pior do que eu imaginava. Mas o problema mesmo é que eu estou de saco cheio do meu trabalho. Não é a atividade enobrecedora que prometiam em Humanidades III. Viver com fome de experiência, num regime exclusivamente à base de palavras, isso acabou comigo, Bob, esse ritual de que a gente precisa para escrever. Para quem está de fora talvez pareça o suprassumo da liberdade — o sujeito não tem horário, manda em si mesmo, a fama sorri para ele e aparentemente ele pode escrever sobre qualquer coisa. Mas quando você está escrevendo, os limites estão *em toda parte*. Você está amarrado ao seu tema. Está condenado a dar sentido a ele. É obrigado a fazer dele um livro. Se quer ser lembrado a quase todo instante de suas limitações, não tem profissão melhor. Sua memória, sua dicção, sua inteligência, suas afinidades, suas observações, suas sensações, sua compreensão — nunca são suficientes. Você adquire uma consciência muito maior das suas carências do que seria recomendável ter. É você inteiro transformado numa clausura da qual só quer saber de fugir. E as obrigações todas tornadas ainda mais ferozes por terem sido impostas por você mesmo."

"Qualquer construção que sirva de ajuda a alguém é também uma delimitação. Sinto informá-lo, mas isso vale até para a medicina. Todo mundo está preso ao que faz bem."

"Olha, é simples: não aguento mais ficar vasculhando a memória e me alimentando do passado. Do meu canto não tem mais nada para ver; se cheguei a fazer isso bem um dia, já não é o caso. Quero uma conexão ativa com a vida, e é pra já. Quero uma conexão ativa *comigo*. Estou cansado de canalizar tudo para a ficção. Quero experimentar a coisa pra valer, *na veia*; e não para depois usar na ficção, mas pela coisa em si. Já passei muito tempo vivendo da bagagem de mim mesmo. Quero começar de novo por mil e um motivos."

Porém Bobby fazia que não com o rosto barbudo: não entendia, não se convencia. "Se você tivesse fracassado como escritor e estivesse na lona, se não tivesse publicado nada do que escreveu e fosse um completo desconhecido, e se estivesse pensando em se tornar um assistente social, coisa que só exigiria de você mais dois anos de estudo, bom, aí tudo bem. Se nesses seus anos de escritor você tivesse estado o tempo todo às voltas com médicos e hospitais, se tivesse passado os últimos vinte anos lendo manuais e periódicos de medicina nas horas livres... Mas, como você mesmo diz, seus conhecimentos em Ciências são mais ou menos tão rasos quanto os que você possuía em 1950. Se tivesse levado algum tipo de vida secreta esses anos todos... Mas por acaso levou? Quando teve essa ideia brilhante?"

"Dois ou três meses atrás."

"Acho que o seu problema é outro."

LIÇÃO DE ANATOMIA 431

"Qual?"

"Não sei. Vai ver que *é* só cansaço. Talvez você devesse pôr um aviso na porta: 'Fui pescar', e se mandar para o Taiti e ficar um ano por lá. Vai ver que só precisa dar um tempo e recobrar o fôlego como escritor. Só você pode dizer. Talvez esteja precisando trepar mais ou coisa assim."

"Não adianta. Já tentei. Todas as armadilhas exteriores do prazer, e o resultado é o inverso do prazer. Trepar, escalar o Everest, escrever livros — não são coisas muito gregárias. O Mailer tentou se eleger prefeito de Nova York. O Kafka falava em trabalhar como garçom num café em Tel Aviv. Eu quero ser médico. O sonho de romper as amarras não é tão raro assim. Acontece com os escritores mais calejados. O trabalho suga você, e suga você, e você começa a se perguntar se ainda há muito de você a ser sugado. Alguns apelam para a bebida, outros dão um tiro na cabeça. Eu prefiro a faculdade de medicina."

"Acontece que os problemas que você tem tido para escrever, sejam quais forem, continuarão a existir, entende, quando você for um médico. A coisa pra valer também pode ser desgastante. Nada garante que você não venha a se encher dos cânceres, dos derrames, das famílias recebendo as más notícias. A gente se cansa dos tumores malignos do mesmo jeito que se cansa de qualquer outra coisa. Olha, eu estou mergulhado até o pescoço no mundo da experiência, e não é tão recompensador quanto parece. O envolvimento é tão grande que você não tem nem chance de entender as coisas por que está passando. Cada um faz as suas escolhas. Só acho que você vai ser o doutor Zuckerman do mesmo jeito que é o escritor Zuckerman, sem tirar nem pôr."

"Mas o isolamento não vai estar lá, a solidão não vai estar lá — não *tem* como estar. As diferenças físicas são brutais. Tem mil pessoas circulando por este hospital. Sabe quem circula pelo meu escritório, sabe a quem eu submeto à palpação e a quem eu peço para dizer: 'Ahhh'? Escrever não é uma atividade das mais sociáveis."

"Pois até disso eu discordo. Essa solidão de que você fala é obra sua. Trabalhar com outras pessoas é algo que obviamente não combina com a sua natureza. O seu temperamento é o seu temperamento, e vai ser a você mesmo que você vai continuar pedindo para dizer: 'Ahhh'."

"Bob, lembra como eu era naquele tempo? Não é um esquisitão que você tem na memória, caramba. Eu era um menino alegre, dado, extrovertido. Vivia rindo. Transbordando autoconfiança. Quase pirando de tanto entusiasmo intelectual. Seu velho chapa Zuck não era um sujeito macambúzio, Bob. Era alguém com fogo no rabo para começar a vida."

"E agora está com fogo no rabo para mandar tudo às favas. Pelo menos é o que me parece estar subentendido em tudo o que você disse até agora."

"Não, não, não — com fogo no rabo para *re*começar. Olha, só estou querendo tentar a sorte numa faculdade de medicina. O que há de tão errado nisso?"

"O que há de errado é que isso é muito diferente de tirar uma licença de seis meses. É um investimento enorme em termos de tempo e dinheiro. Para um sujeito com quarenta anos, que não demonstra ter uma aptidão excepcional para a coisa, que não tem uma cabeça exatamente científica, vai ser quase impossível."

"Eu sei que consigo."

"Tudo bem — vamos dizer que você consiga, coisa de que eu duvido. Quando prestar para alguma coisa, vai estar beirando os cinquenta. Companhia você vai ter à beça, mas reconhecimento? Nenhum. E como vai lidar com isso quando estiver com cinquenta anos?"

"Vou adorar."

"Está falando da boca para fora."

"De jeito nenhum. O reconhecimento eu já tive. O público eu já tive. No fim das contas, com o público não acontece nada, mas eu passei por poucas e boas. Precisei me condenar à prisão domiciliar. Bobby, não tenho a menor vontade de fazer confissões ou de ser visto como alguém propenso a indiscrições confessionais, mas foi justamente isso que deixou as pessoas alvoroçadas. A fama que eu conquistei não é literária, é sexual, e fama sexual é uma merda. Não, será um prazer abrir mão disso. O gênio mais invejável na história da literatura é o sujeito que inventou a sopa de letrinhas: ninguém sabe quem é. Não há nada mais desgastante do que ter de sair por aí fingindo que você é o autor dos livros que escreveu — salvo fingir que não é."

"E a questão financeira, já que o reconhecimento você acha dispensável?"

"Já ganhei dinheiro. Uma bolada. Tenho muito dinheiro e preocupações com dinheiro, e também não vou sentir falta disso."

"Bom, você tem bastante dinheiro, menos o que vai gastar para pagar a faculdade e se manter durante dez anos. Mas ainda não me convenceu de que quer mesmo ser um médico ou de que tem condições de ser um médico, e não vai convencer a comissão de seleção."

"E as minhas notas? E todos aqueles As, caramba. As dos anos 50!"

"Zuck, na condição de membro do corpo docente desta instituição, fico tocado por saber que você ainda se anima a trazer todos aqueles As à baila. Mas, para a sua informação, o estudante que aparece aqui com alguma coisa que não seja A nem entra na nossa seleção. A questão para nós é qual A nós vamos pegar. E não vamos pegar um A só porque se trata de um escritor que não quer mais ficar sozinho diante da máquina de escrever e cansou de trepar com as namoradas. Para você talvez seja uma boa maneira de fugir do que está fazendo, mas o fato é que há uma escassez de médicos neste país e o número de vagas nos cursos de medicina é limitado et cetera e tal. É o que eu diria para você, se fosse diretor da faculdade. Eu é que não iria querer explicar o seu caso para o conselho universitário. Não do jeito que você está me explicando e não com você nesse estado. Fez um checkup recentemente?"

"Acabo de chegar de viagem, só isso."

"Uma viagem de bem mais de três horas, pelo visto."

O telefone de Bobby tocou. "Sou eu... O que houve? Calma, tente se controlar. Se acalme. Não aconteceu nada com ele... Eu também não sei por onde ele anda, pai... Não, morto ele não está — saiu com alguém... Escute, por que o senhor não vem até o hospital e espera na minha sala? Podemos comer alguma coisa no chinês... Então ligue a TV — chego em casa às oito e faço um espaguete... Pai, eu não estou nem aí para o que o Gregory vai comer... Eu sei que ele é um menino de ouro, um rapaz sensacional, mas acontece que eu não me preocupo mais em saber se ele se alimenta direito ou não. Não fique aí sentado esperando o Gregory. Desse jeito o senhor vai acabar enlouquecendo de tanta preocupação com o Gregory. Ouça, sabe quem está aqui comigo, bem na minha frente? Meu velho colega de quarto, o Zuck... O Nathan. Nathan Zuckerman... Espere, vou passar para ele." Bobby estendeu o aparelho por cima da mesa. "É o meu pai. Dê um alô."

"Senhor Freytag — aqui é o Nathan Zuckerman. Como vai?"

"Ah, hoje não estou muito bem. Não, não estou nada bem. Perdi a minha mulher. Perdi a minha Julie." O velho começou a chorar.

"É, eu soube. Sinto muito. O Bobby me contou."

"Quarenta e cinco anos, uma vida maravilhosa, e agora a minha Julie se foi. Está no cemitério. Como é possível? Um cemitério em que você não pode nem deixar uma flor porque senão passa alguém e rouba. Escute, diga para o Bobby — ele ainda está por aí? Ele já saiu?"

"Está aqui."

"Diga a ele, por favor, eu esqueci de dizer — preciso dar um pulo lá amanhã. Tenho que ir ao cemitério antes que comece a nevar."

Zuckerman devolveu o fone para Bobby.

"Que foi?... Não, o Gregory não pode levar o senhor. Pai, o Gregory não vai limpar o túmulo. Já foi muito ele ter concordado em perder uma manhã para ir ao enterro... Eu sei que ele é um rapaz sensacional, mas o senhor não pode... Quê? Claro, só um minuto." Para Zuckerman, Bobby disse: "Ele quer falar alguma coisa para você".

"Alô? Senhor Freytag?"

"Zuck, Zuck — só fui me lembrar agora. Me perdoe, ando tão confuso. Joel Kupperman — lembra-se? Eu costumava chamar você de Joel Kupperman, o garoto dos programas de perguntas e respostas."

"Lembro, sim."

"Claro, você sabia todas as respostas."

"Acho que sabia mesmo."

"Ah, se sabia, você e o Bobby viviam com o nariz nos livros. Que garotos estudiosos vocês eram! Hoje de manhã eu estava justamente contando para o Gregory como o pai dele se sentava à mesa e ficava estudando. Ele é um bom menino, Zuck. Só precisa de orientação. Não vamos desistir desse rapaz! Nós fizemos um Bobby, podemos fazer outro. Mesmo que eu tenha de me encarregar disso sozinho. Zuck, rápido, o Bob de novo, antes que eu me esqueça."

O telefone voltou para Bobby.

"Oi, pai... Pai, se o senhor falar mais uma vez para ele que eu adorava fazer a lição de casa, esse menino vai nos esfaquear aos dois... O senhor vai ao cemitério, não se preocupe... eu entendi... vou dar um jeito... chego em casa às oito... Pai, ponha isto na cabeça — ele não vai jantar em casa só porque o senhor gostaria que ele jantasse em casa... Porque *normalmente* ele não janta em casa... Não sei onde, mas alguma coisa ele come, tenho certeza. Às oito eu estou aí. Assista um pouco de tv até eu chegar. Não vou demorar..."

Bobby estava passando por um mau pedaço. O fim do casamento com uma mulher depressiva, o desprezo de um filho rebelde de dezoito anos, a responsabilidade por um pai desgostoso que, aos setenta e dois anos, suscitava nele uma ternura e uma exasperação infinitas; além disso, após o divórcio, responsabilidade total e exclusiva pelo filho. Devido a uma infecção grave de caxumba, contraída no fim da adolescência, Bobby não podia ter filhos, e Gregory fora adotado quando ele ainda estava na faculdade. Criar uma criança naquela altura tinha sido um fardo pesadíssimo, porém sua jovem mulher queria porque queria começar uma família, e Bobby era um rapaz sério e cumpridor de suas obrigações. Claro que seus pais papaparicaram Gregory desde o instante em que o recém-nascido chegou em casa. "Todo mundo o paparicava — e o que isso fez dele? Um bosta."

A voz, a que a contrariedade emprestava um tom cansado, dizia mais do sofrimento de Bobby que do endurecimento de seu coração. Estava claro que não era fácil para ele extirpar o que restava de seu amor pelo fedelho insensível. O próprio pai de Zuckerman precisara sentir que estava se despedindo da vida antes que *ele* finalmente criasse coragem para renegar o filho. "É um ignorante, um preguiçoso, um egoísta. O bostinha de um americano consumista. Os amigos são todos uns titicas, uns zeros à esquerda, os idiotas para os quais são feitas as propagandas de automóvel. Só sabem falar de planos que os deixarão milionários antes dos vinte e cinco anos — sem pegar no batente, claro. Imagine se na época em que estávamos na faculdade alguém diria a palavra milionário com admiração. Quando ele se põe a cacarejar os nomes dos chefões da indústria do rock, me dá vontade de torcer o pescoço dele. Nunca pensei que pudesse acontecer, mas quando o vejo com os pés em cima do pufe e uma Budweiser na mão, assistindo a uma rodada dupla de beisebol na TV, até do White Sox eu sinto ódio. Se eu passasse os próximos vinte anos sem ver o Gregory, juro que ficaria feliz da vida. Mas ele é um aproveitador de marca maior, e pelo jeito vou ter de aturá-lo para sempre. Pelo que me consta, está matriculado em alguma faculdade do centro da cidade, mas acho que ele não sabe nem qual. Diz que não vai à aula porque não tem onde estacionar. Peço para ele fazer alguma coisa e ele me manda à merda, diz que assim não dá, que ele vai embora de casa, que vai morar com a mãe e nunca mais vai voltar porque eu sou um pentelho que só sabe encher o saco. 'Vá mesmo, Greg', eu respondo, 'pegue o carro e vá pra lá esta noite. A gasolina fica por minha conta.' Mas a mãe mora naquele frio de rachar do Wisconsin e não bate muito bem, e os cretinos que ele conhece vivem todos por aqui, e então, quando dou por mim, em vez de sair de casa para nunca mais voltar, ele está trepando com uma menina no quarto. É um doce, o Gregory. Na manhã seguinte à morte da minha mãe, quando expliquei que o avô dele passaria uns tempos conosco até se recuperar do baque, ele subiu pelas paredes. 'O vovô, *aqui*? Como assim, ele vai morar conosco? Se o vovô vier para cá, onde eu vou trepar com a Marie? Estou fazendo uma pergunta séria. Me *responda*. Na casa dela? Com a família inteira assistindo?' Isso doze horas depois de minha mãe ter morrido sem dar aviso. Eu tinha passado a noite na casa deles, fazendo companhia para o meu pai. Eles armaram a mesa de carteado na sala e iam começar a jogar, só os dois. De repente minha mãe põe as cartas dela na mesa. 'Não quero mais jogar', ela diz. A cabeça cai para trás, e babau. Enfarte fulminante. E ele veio ficar uns tempos conosco, até passar essa fase mais difícil. O Gregory sai para as noitadas dele bem na hora em que o meu pai põe o pijama para assistir ao jornal das dez. 'Aonde esse menino vai a esta hora? Aonde você está indo, *bubeleh*, às dez da noite?' O sem-vergonha reage como se o avô estivesse falando russo. Eu digo: 'Esquece, pai'. 'Mas se ele sai às dez da noite, a que horas vai chegar em casa?' Eu explico que essas perguntas ultrapassam toda compreensão — para respondê--las, só com a cabeça de uma Ann Landers.* É triste. Ele começou a se dar conta de quem é o nosso *bubeleh*, e justo numa hora em que não está em condições de encarar a verdade. O *bubeleh* é um vigarista trambiqueiro que não se dispõe nem a ir até a esquina para comprar um litro de leite para os sucrilhos do avô. Não tem sido agradável de ver. Passamos as últimas três semanas juntos, como na época em que eu era menino e ajudava na loja. Com a diferença de que agora o menino é ele. A mãe morre, o pai idoso passa a ser o filho do filho. Vemos as notícias sobre o Watergate juntos. Jantamos juntos. De manhã, eu preparo o café da manhã para ele antes de vir para o hospital. No caminho de volta para casa, paro para comprar os biscoitos com cobertura de chocolate de que ele gosta. Dou dois biscoitos para ele, com um Valium e um copo de leite quente, antes de ele se deitar. Na noite em que a minha mãe morreu, eu fiquei por lá e dormi com ele na cama deles. Na primeira semana, ele vinha para cá de manhã, sentava na minha cadeira e ficava por aqui enquanto eu estava no centro cirúrgico. Falava à minha secretária sobre a loja de bolsas. Passava a manhã na minha sala, quatro horas lendo o jornal, até eu chegar e levá-lo para almoçar no refeitório. Não há nada como o desamparo de um pai para deixar a gente de joelhos. É por isso que não consigo perdoar o cafajeste do meu filho. A vulnerabilidade desse velho, e o desgraçado não está nem aí. Eu sei que ele só tem dezoito anos. Mas *tão* insensí-

---

* Referência a uma coluna de aconselhamento muito popular nos Estados Unidos, publicada entre 1943 e 2002. (N. T.)

vel? *Tão* tapado? Mesmo que tivesse oito, seria de virar o estômago. Meu pai me toma tanto tempo que ainda não pude nem pensar direito na minha mãe. Imagino que isso vá ficar para depois. E com você, Zuck, como tem sido sem os seus pais? Ainda me lembro deles e do seu irmão caçula vindo de trem visitar você."

As diferenças entre as atribulações familiares por que ambos estavam passando, Zuckerman preferiu não discutir naquele momento — isso só faria suscitar mais interpretações depreciativas a respeito de seus motivos. Ainda estava pasmo com a frieza pragmática com que Bobby manifestara sua oposição. O plano que ele tinha feito para mudar sua vida parecera tão absurdo a Bobby quanto havia parecido a Diana, no dia em que sugerira a ela que se mudasse para Chicago com ele e pedisse uma transferência da Finch para lá.

"Como é a sensação", indagou Bobby, "depois de três ou quatro anos sem tê-los por perto?"

"Sinto falta deles." Falta. Sentir a ausência de. E também incompletude, o lamento por uma oportunidade perdida.

"Como reagiram quando você publicou *Carnovsky*?"

Nos tempos de faculdade, Zuckerman teria dito a verdade — naqueles tempos, teria feito Bobby passar praticamente a noite em claro enquanto lhe contava a verdade. Mas explicar que seu pai jamais perdoara o escárnio que vira em *Carnovsky*, a zombaria a que, a seu ver, ele submetera tanto os Zuckerman quanto os judeus; descrever a perturbação que se apossara de sua mãe, aquela mulher sempre tão cordata — o orgulho ferido, a confusão emocional, o constrangimento social que ela experimentara durante o último ano de vida, tudo por causa da mãe de *Carnovsky*; contar a Bobby que seu irmão chegara mesmo a sustentar que o que ele havia feito não fora comédia, mas assassinato... Bom, não lhe parecia apropriado, vinte anos depois, continuar se queixando ao colega de quarto de que em Nova Jersey ninguém sabia ler direito.

Na Outer Drive, com Ricky ao volante. Chicago à noite, disse o Percodan, vá conhecer a nova escultura do Picasso, dê uma passada pelo velho El, vá ver os bares imundos que você descrevia como "autênticos" no seu diário e que agora viraram lojas de roupas transadas — "Primeiro um quarto para eu me deitar um pouco. Meu pescoço. Preciso pegar o colar ortopédico na mala." Mas o Percodan não queria saber de história. Esse colar ortopédico é uma muleta. Você não vai entrar na faculdade de medicina com esse colar ortopédico. "E o que é o Percodan?" Tem razão, mas é melhor descartar uma muleta por vez. Você está de volta, mas isto aqui é só Chicago, não Lourdes.

Na Outer Drive, era mais a Chartres que Zuckerman parecia ter voltado: ausente enquanto erguiam os torreões, estava vendo a maravilha e o resultado de toda uma era, uma lenda fabricada em vinte anos. Tinham erguido Roma, Atenas, Angkor Wat e Machu Picchu enquanto ele escrevia (e defendia — estupidamente defendia!) seus quatro livros. Parecia estar vendo luzes elétricas pela primeira vez também. Faixas descontinuadas de iluminação, estreladas, quadriculadas, trançadas, projetando-se para o alto, e então vinha o muro fantasma da borda do lago e, de seus dias e de sua época, nada mais. E para embaralhar o enigma de toda aquela luz codificando todo aquele negrume — e dos quatro livros, das mil páginas, das trezentas mil palavras que tinham feito dele o que ele era hoje —, havia todo aquele ópio sintético, açoitando o seu sangue e saturando o seu cérebro.

Oxicodona. Esse era o ingrediente responsável pelo desnorteamento. O que as claras de ovos tinham sido para o bolo de anjo de sua mãe, a oxicodona era para o Percodan. Zuckerman se instruíra sobre a substância no seu *Physicians' desk reference to pharmaceuticals and biologicals*, a vigésima quinta edição em capa azul do guia de remédios, mil e quinhentas páginas para folhear antes de dormir, superando, em trezentas páginas, até a *Anatomia* de Gray, o calhamaço que repousava sobre seu criado-mudo. Trinta páginas eram ocupadas por fotos coloridas, em tamanho real, de mil medicamentos controlados. Zuckerman tomava quinhentos miligramas de Placidyl — um remédio para dormir que vinha numa cápsula avermelhada, de textura gelatinosa, e que deixava na boca um gosto e um hálito ligeiramente ácidos — e, enquanto esperava para ver se uma cápsula só daria conta do recado, deitava-se sozinho com o seu PDR, estudando, à luz do abajur, efeitos colaterais e contraindicações, e sentindo-se (quando conseguia) como o menino sonolento que ia para a cama com o seu álbum de selos, na época em que examinar marcas-d'água com uma lente de aumento era o que bastava para fazê-lo capotar — e não por um período de trinta minutos, mas por dez horas.

Na maioria dos casos, a aparência dos comprimidos não tinha nada de excepcional, lembravam M&Ms, eram como a contrapartida farmacopaica dos conjuntos multicoloridos de selos enfadonhos, retratando monarcas inexpugnáveis e inatacáveis fundadores da pátria. Acontece que, enquanto esperava o

LIÇÃO DE ANATOMIA   439

sono chegar, Zuckerman tinha todo o tempo do mundo e, tal qual o jovem filatelista de outrora, esquadrinhava as mil fotos à procura das pílulas mais delicadamente decoradas, das mais excêntricas, das mais criativas: para enfrentar enjoos, Wans, supositórios que lembravam torpedos em tom pastel, saídos de algum jogo de guerra; comprimidos chamados Naqua, usados no tratamento de edemas, moldados como frágeis flocos de neve; comprimidos Quaalude, comercializados como sedativos, gravados com a inicial Q, à maneira de um sinete. Para terapias com esteroides, Decadron, em forma de chapéu de festa, e para amolecer as fezes, cápsulas de Colace, brilhantes como rubis. As cápsulas de Paral, outro sedativo, pareciam garrafas de vinho borgonha em forma de almandina, e para debelar infecções graves, V-Cillin K, minúsculos ovos brancos de avestruz em que se via o nome "Lilly" estampado, como se fossem feitos para uma criança que estivesse aniversariando. O comprimido de Antvert era marcado com a ponta de uma flecha fóssil, o de Ethaquin com um inseto fóssil, e, raspada na superfície da pílula Theokin, via-se uma letra que a Zuckerman parecia rúnica. Para aliviar a dor havia as cápsulas de Darvon, que pareciam batons em miniatura, as drágeas de Phenaphen, disfarçadas de pastilhas de hortelã, e a matriz em que foi moldado o placebo original, a drageazinha cor-de-rosa de Talwin. Porém, nenhuma delas — e Zuckerman experimentara doses cavalares de todas as três — aliviava a dor de Zuckerman como a oxicodona que o mestre-cuca dos Laboratórios Endo misturava com uma pitada de aspirina, uma pitada de cafeína, uma pitada de fenacetina, e então cobria de leve com uma pincelada de tereftalato de homatropina para preparar o doce, suave e empolgante Percodan. Onde ele estaria se não fosse o Percodan? Rezando diante do travesseiro do dr. Kotler, e não rodando pela cidade, com a meia-noite ainda a horas de distância.

À meia-noite acabar sem dor. Keats estudou medicina (também dizem que foi uma resenha que o matou). Keats, Conan Doyle, Smollett, Rabelais, Walker Percy, Thomas Browne. A afinidade entre as duas vocações era real — e isso não era conversa mole do Percodan, eram fatos biográficos incontestáveis. Tchekhov. Céline. A. J. Cronin. Carlo Levi. Williams Carlos Williams, esse nascido em Rutherford, Nova Jersey...

Ele devia ter recitado essa lista para o Bobby. Mas esses aí já eram médicos quando começaram a escrever, ele teria contestado. Não, como eu primeiro quis ser artista, não vai haver médico que confie em mim. Vão duvidar que isso esteja a meu alcance. Ou que eu esteja falando sério. Vão desconfiar de mim como médico do mesmo jeito que desconfiam de mim como escritor. E os coitados dos pacientes? Esse médico novo escreveu *Carnovsky* — ele não quer me curar, só quer pegar a minha história e pôr num livro.

"Você é feminista, Ricky?"

"Sou apenas uma motorista."

"Não me entenda mal. Eu até gosto das feministas, de tão idiotas que elas são. Vivem falando em exploração. Exploração para elas na maioria das vezes é um cara fazendo sexo com uma mulher. Quando eu vou aos programas de TV, quando me convidam para participar de um debate com as feministas e elas começam com o nhe-nhe-nhem delas, eu digo: 'Quer saber? Conheço o lugar perfeito para vocês. Não tem pornografia, não tem prostituição, não tem sacanagem. Chama-se União Soviética. Por que não vão para lá?'. Em geral isso as deixa quietinhas por alguns instantes. Mas é eu dar as caras num lugar que começa o perrengue. É um tal de vou te processar pra cá, vou quebrar a sua cara pra lá. Vivo numa guerra constante. Todo mundo quer a minha pele, sou uma espécie em extinção. É que eu represento uma ameaça, entende? Uma baita ameaça. Sinto a todo momento que estou sendo atacado, sinto isso fisicamente. E não é modo de dizer. Tem gente por aí disposta a me transformar em presunto. Eu recebo ameaças de morte, Ricky. Se você visse as cartas que eu recebo, metade diz coisas do tipo: 'Tinha que ser um judeu para fazer essas coisas. Tinha que ser um judeu para descer tão baixo'. É como o cálculo dos mortos no Vietnã. Se excluem você da categoria dos seres humanos, podem dizer que a sua eliminação é justificável. Um sujeito pode vir com uma bala e acabar com tudo. Pode ser amanhã. Pode ser esta noite. Eu preciso de um porte de arma. Estou precisando urgentemente de um porte de arma. Armas eu tenho, uma porção delas, mas sabe como é, preferia que estivessem legalizadas. Só que, em Nova York, o prefeito não quer de jeito nenhum liberar o meu porte, e ainda me pede para declarar apoio ao adversário dele, o safado. Não diretamente, não, isso ele não faz — um belo dia me aparece um sujeito no escritório e diz: 'O prefeito gostaria que você blá, blá, blá'. E eu tenho que fazer. Se eu não faço, aí é que os fiscais da prefeitura não me dão mais sossego. Morro de medo de sequestro. Nas minhas entrevistas e nas minhas declarações públicas, nunca menciono minha mulher e meu filho. Fiz até um seguro no Lloyds contra sequestros. Mas não pense que vão me fazer desistir. Não vou começar a dar uma de bom pornógrafo, não vou bancar o pornógrafo aceitável, como o Hefner com aquela porcaria de 'filosofia' aceitável dele. Nunca vou bancar o judeu aceitável, nunca. Qual é a sua religião, Ricky?"

"Sou luterana."

"Nunca tive vontade de ser protestante. Os judeus têm, acontece com uma porção deles. Não comigo. Até entendo a vontade que o cara sente de ser um sujeito assimilado, um cidadão respeitável, com toda aquela fleuma dos quatrocentões protestantes, mas eu não caio nessa esparrela. Conheço bem esses quatrocentões de sangue azul, com suas belas cabeleiras grisalhas e seus ternos de risca de giz e nenhuma espinha na bunda. São os meus advogados. É a eles que eu mando me representar nas audiências. Não mando judeus. Os judeus são muito pirados. São como eu. Extremistas volúveis. Os judeus suam. Esses caras nunca perdem as estribeiras — tem uma frieza neles que eu admiro. Esses caras são *mansos*. Eu não quero ser assim. E, mesmo que tentasse, não conseguiria. Eu sou o judeu selvagem, o judeu dos pampas. Sou o Golem dos EUA. Mas eu gosto desses caras — são eles que me mantêm fora da cadeia. Se bem que muitos deles são birutas também, sabia? São alcoólatras, as mulheres deles vivem enfiando a cabeça no forno, os filhos tomam LSD e pulam da janela para ver se voam. Os quatrocentões têm problemas, eu sei. O que eles não têm são os meus inimigos. Monopolizei o mercado. Todo mundo me odeia. Todo mundo. Em Nova York, tem uma companhia teatral de que eu queria me tornar assinante. É o Inquiry Club. Adoro o show business, os pastelões, as comédias de antigamente. Mas não aceitam o meu nome. Aceitam os brutamontes que fazem os serviços mais sujos para a Máfia, aceitam os Shylocks mais filhos da puta, mas os empresários judeus que mandam no negócio não querem me ver nem pintado por lá. Tenho mais inimigos que o Nixon. A polícia. Os gângsteres. O próprio Nixon, o demente, paranoico, salafrário do Nixon. Na Suprema Corte, então, você precisa ver o que falam de mim. O presidente do tribunal, o Warren Burger, me detesta. E os outros também. O Lewis Powell, o Harry Blackmun, o William Rehnquist. Até o Byron White, aquele que, quando jogava futebol, a torcida chamava de 'Canhão', até ele fala poucas e boas de mim. Minha *mulher* é minha inimiga. Meu *filho* é meu inimigo. Tenho um analista que eu *pago* para ser meu inimigo. Ou querem acabar comigo, me pôr atrás das grades, tomar o meu lugar, ou querem me transformar em outra pessoa. Comecei a fazer análise há três meses. Já fez análise, Rick?"

"Não, senhor."

442 ZUCKERMAN ACORRENTADO

"Dá um puta medo, Ricky. Não tem um produto pronto e acabado. Hoje de manhã eu estava justamente me queixando disso com o meu analista, estava dizendo para ele que a análise é um processo sem fim. Às vezes, de uma sessão para a outra, fico pensando se não estou jogando dinheiro fora. A sessão custa cem mangos. Dá mais de mil e seiscentos dólares por mês. É caro. Mas eu tenho uma mulher conservadora pra chuchu e ela queria que eu fizesse análise e então eu estou fazendo. É o meu quarto casamento. Ela é conservadora e a gente quebra o pau o tempo todo. Ela diz que pornografia é coisa de gente imatura. Eu digo para ela: 'Tá, você tem razão, mas e daí?'. Ela acha que eu estou muito acima disso. Diz que eu me fixei numa persona que não combina comigo. Ah, que ser humano formidável eu não seria se fosse outra pessoa. É isso que ela e o meu analista querem. Não posso negar que eu esteja um pouco cansado da pornografia. Tem um lance muito compulsivo aí — eu sei disso. Ando meio cheio dessa conversa de boceta pra cá e boquete pra lá e das pessoas discutindo quem tem a maior rola, se fulano, sicrano ou beltrano. Tem hora que esses processos judiciais me deixam com o saco na lua. Não aguento mais as polêmicas. Tem me dado uma preguiça danada ter de mover mundos e fundos para que as pessoas possam ver outras pessoas trepando — mas, para os que querem ver, por que 'não'? Hoje em dia as pessoas têm acesso a uma infinidade de porcarias, por que não mais essa? Meu analista me pergunta: 'Por que você se esforça tanto para ser inaceitável?'. Inaceitável, eu? Os leitores da *Rapidinhas* não me consideram inaceitável. Os pobres coitados que querem bater uma punheta assistindo a um bom filme pornô não me consideram inaceitável. As pessoas que frequentam a Milton's Millennia ii não me consideram inaceitável. Não estou dizendo que o sujeito pode chegar lá e jogar a mulherada no chão e traçar todas elas. Eu nunca disse que lá o cara pode comer todas as gostosas que quiser. Isso foi uma coisa que aquelas feministas fascistas puseram na minha boca, aquelas lambisgoias que tinham ódio dos pais e agora têm ódio de mim. Porque eu não sou assim. Na Milton's é tudo consensual, e as mulheres só entram se estiverem acompanhadas por um homem. Desse jeito você já elimina os noventa por cento que diriam: 'Ah, isso eu não faço'. Na mesma hora você sabe que a sua margem de erro é quase zero. Todas as que *quiserem* dar pra você, você come. É o melhor custo-benefício de Nova York, são vinte e cinco dólares só para entrar. Por mais trinta e cinco, você tem um quarto só para você, tem a sua comida quentinha e tem a noite toda para aproveitar. E sabe que está em *segurança*. Reabri há um ano e meio e até agora não tivemos nenhuma briga. Me diga o nome de um bar em Chicago em que não tenha havido uma briga nos últimos dezoito meses. Na Milton's, para brigar por mulher, o cara precisa ser muito ruim da cabeça. Você briga onde tem repressão, onde os seus desejos são negados. Na Milton's, você obviamente está com uma mulher, você só está ali *porque* está com uma mulher — então você pode ficar olhando e descascar uma ou pode comer a mulher que está com você ou pode fazer um troca-troca com outro casal, se os parceiros forem com a cara uns dos outros. Temos quartos pequenos para você trepar com privacidade e temos o grande salão da orgia, com espelhos e um bar. Claro, em certa medida é entediante — cem pessoas trepando, mas e daí? Não estou dizendo que seja sofisticado. Nossos clientes são gente de Jersey e de Queens. Os bonitos e famosos não frequentam a Milton's, e quando aparecem por lá, é só para olhar. Gente bonita que gosta de suruba prefere aquelas festas só para convidados, como fazem na Califórnia. Na Milton's, as pessoas são legais, mas não estão com essa bola toda — é um lugar tipo classe média. Você tem ideia, Rick, de quantos são os que vão lá e de fato trepam?"

"Não, senhor."

"Chuta."

"Se o senhor não se importar, acho melhor eu me concentrar na direção. O trânsito está complicado."

"Vinte por cento. No máximo. Oitenta por cento só assiste. Feito televisão. Coisa de espectador. Mas não é como a mansão do Hefner e as festas regadas a champanhe que ele oferece para a turma dele. Quando eu vejo o Hefner e a Barbi na TV, me dá vontade de vomitar. Eu trabalho para o homem comum. Ofereço entretenimento, informação — legitimo sentimentos em pessoas tão reais quanto quaisquer outras. Precisam de sacanagem para se excitar? Qual é o problema? Continuam sendo seres humanos, entende, e há milhões deles por aí. As revistas masculinas, somadas, têm trinta milhões de leitores. É mais do que o total de votos do McGovern na eleição de 1972. Se as revistas masculinas tivessem se reunido e feito uma convenção e lançado um candidato, o cara teria ficado na frente do George McGovern. Tem mais homens comprando revistas para bater punheta do que pessoas vivendo na Holanda, na Bélgica, na Suécia, na Finlândia e na Noruega juntas. E, apesar disso, o meu analista diz que eu não fiz nada além de institucionalizar a minha neurose. Dá vontade de falar para ele: 'Diga isso para o Napoleão. Diga isso para o Sigmund Freud!'. Esse é o problema da psicanálise, na minha opinião. Claro que eu quero ser um pai melhor. Tenho de lidar com um filho de sete anos, um menino inteligente à beça, muito precioso para mim, e difícil como ele só. Ele não me dá sossego, é um garoto esperto, vive questionando tudo o que eu faço. E então? Educo o meu pequeno Nathan com valores que o incentivem a questionar a autoridade ou a aceitá-la? Não tenho a menor ideia. Não gosto de ter que estabelecer proibições — não faz o meu estilo. Mas aqui estou eu, faturando sete milhões de dólares por ano, o mais perseguido terrorista da revolução sexual, e não faço ideia do que ensinar ao meu filho. Quero aprender a compartilhar as coisas com ele. Quero que ele sinta a minha força e perceba quem eu sou, e quero me divertir com ele. Estou preocupado com o Nathan. É bem capaz de as pessoas o maltratarem por minha causa. Mas será que eu tenho de mudar toda a minha vida em função dele? Por ora ele só tem sete anos e não sabe direito quem eu sou. Ele sabe que às vezes as pessoas pedem o meu autógrafo, mas não entende direito o que eu faço. Eu explico que produzo filmes, que sou dono de uma casa noturna e que publico uma revista. Uma vez ele quis ver a *Rapidinhas*. Eu disse: 'Não é próprio para a sua idade, é uma revista para gente adulta'. Então ele disse: 'Tá, mas o que tem dentro?'. E eu: 'Pessoas fazendo amor'. E ele: 'Ah'. 'O que você acha que significa fazer amor?', eu pergunto. E ele responde: 'Como eu vou saber?' — todo indignado. Mas, quando descobrir, vai ser difícil para ele. Quando eu vou buscá-lo na escola, os garotos de doze anos já sabem quem eu sou — e isso me preocupa. Mas para alguém como eu a análise é uma coisa complicada. Ser repulsivo me proporcionou tantas compensações. Ouço o meu analista falando sobre monogamia e sobre a importância de eu estar comprometido com o meu casamento, e essas ideias me parecem meio bobas. É isso que ele me oferece como ideal de saúde. Não sei — será que estou defendendo uma neurose estúpida e entrincheirada ou será que estou pagando cem dólares por hora para me submeter à lavagem cerebral de um burguês profissional? Tenho uma porção de namoradas. Ele quer que eu me livre delas. Faço sexo grupal. Ele diz que não está certo. Minha recepcionista faz boquete em mim. Ele manda eu dar um basta nisso. Minha mulher é meio desligada — é uma mulher muito boa, inocente, que vive no mundo da lua e não desconfia de nada. As pessoas não acreditam que ela não saiba, mas esse é o tipo de mulher que ela é, e eu tomo cuidado para não dar bandeira. Então essa é *A história de Milton Appel*: o pornógrafo mais notório da América, e no que diz respeito à minha sexualidade, levo

a vida desonesta da maioria dos americanos. Ridículo. O marginal mais alucinado e antissocial de todos, a encarnação da pouca-vergonha, o Castro da rola,
a personificação da mania orgástica, o comandante em chefe da pornocracia
americana..."

Ele não teria conseguido parar nem que quisesse. *Deixe-o falar.*

5. O corpus

Tinha se registrado como um homem que faturava sete milhões de dólares por ano. Lembrava-se de antes ter tentado fazer, com sua verdadeira identidade, uma caminhada sentimental pelo Loop. Como isso não deu certo, voltou para o carro e eles partiram rumo ao Ambassador East. Tomaram alguns drinques no bar do hotel. Até onde ele se lembrava, insistira muito com ela para que largasse a limusine e fosse dirigir o seu Rolls Royce em Nova York. Homens assim não sossegam enquanto não conseguem o que querem. Oferecera-lhe um futuro maravilhoso como motorista de Milton Appel. Ela riu, uma jovem de bem com a vida, saída havia apenas alguns anos do interior do Minnesota, alegre, educada, e não tão simples como parecera a princípio, com vinte e sete anos e um extraordinário par de olhos azul-turquesa e uma trança loura e os braços roliços de uma criança saudável. Ela riu e disse não, mas ele não se deu por vencido. O velho paradoxo pornográfico: o sujeito precisa dar muito valor à inocência para se comprazer de sua violação. Pediria uma mesa para dois no Pump Room, disse a ela, e continuariam negociando durante o jantar, porém, ao subir até o quarto para se lavar e trocar de roupa, jogara-se na cama a fim de dar um descanso à carne, e agora se via numa penumbrosa manhã de inverno.

Nos idos de 1949, quando os perigos das perseguições noturnas ainda eram todos metafóricos, ele dava de três a quatro voltas pelo Loop depois que escurecia. Partindo do Orchestra Hall — onde o rapaz que se formara musicalmente ao som da programação de *Make-Believe Ballroom* e *Your Hit Parade* ouvira pela primeira vez a Quinta de Beethoven —, ele andava até a LaSalle Station (espumando de ódio ao ver o prédio da Bolsa de Valores), depois seguia para a Randolph Street, atravessando o centro de cores garridas, que sempre o lembrava de sua cidade natal, da Market Street lá em Newark, com seus restaurantes chineses, suas lojinhas de artigos baratos, seus *grillrooms*, suas lojas de calçados, seus fliperamas, todos encimados por outdoors e espremidos entre parrudas salas de cinema. Na State & Lake Station, passava por baixo do El e, apoiando as costas num pilar, aguardava o arrepio das primeiras trepidações. O fato de alguém nascido em Nova Jersey ouvir um trem elevado passando com estardalhaço em Illinois, poucos metros acima de sua cabeça, parecia-lhe um fenômeno tão obscuro e arrebatador quanto quaisquer dos mistérios insondáveis que atormentavam Eugene Gant em *Of time and the river. Se isso pode acontecer, tudo pode acontecer.* Entendendo-se por "tudo" nada de minimamente semelhante à dor no pescoço que, em 1973, depois de ele ter caminhado apenas alguns quarteirões, obrigara-o a voltar à limusine e rumar para o hotel, onde, com a roupa do corpo, dormira dez horas seguidas.

Sonhara a noite inteira. Havia uma mulher nua. Era baixinha e compacta, tinha o rosto velado e uma idade indecifrável, a não ser pelos seios de aspecto jovem, grotescamente altos e esféricos e túrgidos. Em cima de um tablado, posava para uma aula de pintura. Era sua mãe. Ansiando por ela, Zuckerman tinha outro sonho. Ela entrava voando em seu quarto, dessa vez nitidamente sua mãe e mais ninguém — contudo vinha na forma de uma pomba, uma pomba branca, com um disco largo, redondo e branco, denteado como uma serra circular, girando entre suas asas para mantê-la no ar. "Discórdia", dizia ela, e ia embora por uma janela aberta. Imobilizado na cama, ele a chamava. Jamais experimentara tamanho desconsolo. Tinha seis anos e suplicava: "Não foi por querer, mamãe. Volte, por favor".

Ela está aqui comigo. Às três da manhã, no Ambassador East, onde Zuckerman se encontrava sob um disfarce duplo — falsamente registrado com o nome de seu pior inimigo e fazendo-se passar por uma ameaça à sociedade —, o fantasma de sua mãe viera atrás dele. Não estava sendo poético nem louco. Algum poder do espírito de sua mãe sobrevivera ao corpo dela. Zuckerman sempre tendera a pensar — de modo racional, como todo bom racionalista — que a vida acabava com a morte do corpo humano. No entanto, às três da manhã, totalmente desperto no quarto escuro, compreendeu que não era bem assim. A vida acaba e não acaba. Há um poder espiritual, um poder mental, que continua vivo depois que o corpo morre, e esse poder se prende aos que pensam na pessoa morta, e o de minha mãe veio se revelar aqui em Chicago. As pessoas diriam que isso é só mais subjetividade. Eu próprio diria isso. Mas a subjetividade é um mistério também. As aves têm subjetividade? A subjetividade é só o nome da rota que ela usa para chegar até mim. Não é que eu queira ter esse contato, nem que ela queira ter esse contato, e não é que esse contato vá durar para sempre. Ele também está morrendo, como o corpo está morrendo. Esse resquício do espírito dela também está morrendo, porém ainda não se foi de todo. Está neste quarto. Está aqui, ao lado da cama.

"Perto", disse para ela o mais suavemente possível, "... mas não tão perto."

Quando estava viva, ela não queria correr o risco de me contrariar. Queria que eu a amasse. Não queria perder o meu amor, e jamais me criticava ou discutia comigo. Agora tanto faz que eu a ame ou não. Ela não precisa de amor, não precisa de amparo, está além desses estorvos todos. Tudo o que restou foi a mágoa que eu causei. E foi uma tremenda mágoa. "A senhora era inteligente o bastante para perceber que literatura é literatura, mas, ainda assim, o fato é que o Nathan tinha usado coisas que eram reais, e a senhora amava o Nathan mais que tudo no mundo..."

Zuckerman não sabia se o som da voz dela seria maravilhoso ou aterrorizante. Continuou sem saber. Esperou por uma resposta, mas ela não falava nada; estava apenas presente.

"O que a senhora quer, mãe?"

Porém ela estava morta. Não queria nada.

Acordou numa ampla suíte presidencial, com vista para o lago. Antes mesmo de tirar a roupa e entrar no banho, ligou para a casa de Bobby. No entanto, às oito da manhã, o dia de Bobby no hospital já tinha começado. Das oito às oito, pensou Zuckerman; e à noite, os chamados de emergência.

Foi o sr. Freytag quem atendeu o telefone. O velho estava passando aspirador em algum tapete, e teve de desligar o aparelho para escutar melhor. Disse que Bobby tinha saído.

"As manhãs não costumam ser boas", explicou a Zuckerman. "Já limpei o forno, já descongelei o freezer... Mas é a minha Julie que eu quero de volta. Será que isso é errado, será que é puro egoísmo querer a minha Julie de volta para mim?"

"Não é não."

"Estou em pé desde as cinco da manhã. E o Gregory ainda não deu sinal de vida. Não entendo como o Bobby admite isso. O menino não se preocupa nem em ligar para o pai para dizer onde está. São oito da manhã. Está começando a nevar. Vem vindo uma nevasca daquelas. O mundo inteiro recebeu a notícia. Deu no *Today Show*, deu nos jornais. Só o Gregory é que não está sabendo. Preciso sair antes que o tempo fique ruim de vez, mas por onde será que ele anda?" Estava começando a soluçar. "Que coisa, nevar assim tão cedo. É demais para mim, Zuck. Meio metro de neve."

"E se eu levasse o senhor? Pegamos um táxi e vamos juntos."

"Eu tenho carro, um belo automóvel — mas o Bobby ficaria louco da vida se eu fosse sozinho, ainda mais com um tempo desses. Ah, como ela gostava de ficar olhando pela janela quando nevava. Parecia uma garotinha, sempre que via a primeira nevada do ano."

"Então pegamos o seu carro e eu levo o senhor."

"Nem pensar. Você tem a sua vida e eu não quero incomodar. De jeito nenhum."

"Passo aí às dez."

"Mas e se o Gregory aparecer e..."

"Se ele aparecer, o senhor vai. Se não tiver ninguém aí quando eu chegar, vou entender que o senhor foi com ele."

No chuveiro, examinou o tronco. Nada de encorajador ali. A diferença era que, pelo segundo dia consecutivo, seria ele quem estaria no comando, não a dor. A melhor maneira de se adaptar à dor é não se adaptar à dor. Precisara de um ano e meio para aprender, mas agora sabia. Primeiro, levaria o sr. Freytag ao cemitério, antes que a neve enterrasse a mulher dele uma segunda vez. O filho estava ocupado, o neto continuava desaparecido, porém Zuckerman estava livre e bem-disposto. Como era fácil atender às necessidades de um pai! Era uma tarefa para a qual Nathan recebera uma educação excelente — para a qual, ainda bem pequeno, demonstrara ter um talento prodigioso. Foi só depois de chegar à idade adulta que a ocupação para a qual seus outros talentos o habilitavam tornou-se um empecilho àquela vocação inicial. Sua maneira de lidar com *isso* o apartou do pai, da mãe, do irmão e, então, de três mulheres — estava mais envolvido com sua ficção do que com eles, absorvido no relacionamento sacrificial com os livros, e não com as pessoas que ajudavam a inspirá-los. Com o passar dos anos, à acusação de distanciamento, somaram-se queixas sexuais das mulheres. Então viera a dor, tão persistente que até da ficção o afastara. No tapetinho de atividades, quaisquer outras dificuldades, grandes ou pequenas, eram inconcebíveis: nenhum personagem imaginável além do que sentia dor. O que me impede de ficar bom, o que eu faço, ou o que não faço? O que essa doença quer de mim afinal? Ou será que sou eu que quero alguma coisa dela? O interrogatório não tinha uma finalidade útil, e, no entanto, a única razão de sua existência era essa busca incessante do significado perdido. Se tivesse feito um diário da dor, a coisa toda se resumiria ao registro de uma palavra: Eu.

Na época em que ainda perseguia uma causa oculta, Zuckerman chegara mesmo a conjecturar se a dor não teria por objetivo fornecer-lhe um novo tema, a dádiva da anatomia para a musa evanescente. Bela dádiva. Lançar sobre uma enfermidade desnorteadora não apenas o olhar fixo do paciente, mas também a atenção obsessiva do escritor! Sabe lá Deus o que o seu corpo seria capaz de aprontar com ele, caso o sofrimento físico por fim se revelasse benéfico para o seu trabalho.

Não, rumo ao divórcio número quatro, agora da carne e de seu queixume sem fim. Dissolver de uma vez por todas esse casamento sem futuro e voltar a ser dono do próprio nariz. Primeiro fazer as vezes de filho no cemitério, depois almoçar com o Bobby e, se ele topar quebrar o meu galho (e se no almoço eu insistir, ele topa), quinze minutos com o diretor da faculdade de medicina. Será que o Bobby não percebeu que o sujeito pode faturar bonito em cima disso? "Esta instituição acredita na diversidade. Oferecemos uma vaga para este escritor e decidimos trazê-lo para cá com esses outros estudantes. Será uma experiência nova e enriquecedora para ele e será uma experiência nova e enriquecedora para nós. Todos nos beneficiaremos dessa química engenhosa que eu, o doutor Inovador, concebi." Por que não, pombas? Me deixe pelo menos falar com o cara. E, depois do almoço, a secretaria de graduação, para se matricular no primeiro trimestre do retorno à universidade. Ao anoitecer, a carreira de escritor estaria oficialmente encerrada e o futuro de médico a caminho. Na véspera ele abandonara oficialmente a condição de paciente. Dera um basta nos desmandos da matéria inconsequente. A partir de agora, o espírito falaria mais alto. Tenho aspirações, e elas precisam ser satisfeitas.

LIÇÃO DE ANATOMIA   451

Tomou um Percodan com um gole de vodca e usou o telefone instalado ao lado da privada para pedir que trouxessem o café no quarto enquanto ele se barbeava. Precisava tomar mais cuidado com a bebida e os comprimidos. E chega de Milton Appel. Toda aquela força bruta jorrando em sua vida. Espremera mais coisas naquela limusine do que nos últimos quatro anos diante da máquina de escrever. Sentira-se como um enorme tubo de pasta linguística. Diatribe, álibi, anedota, confissão, expostulação, promoção, pedagogia, filosofia, ataque, apologia, denúncia, uma confluência espumante de paixão e linguagem, e tudo para a plateia de uma pessoa só. Na aridez do seu deserto, um tal oásis de palavras! Quanto mais energia o sujeito consome, mais vai acumulando. São hipnóticos, esses doidos tagarelas. Vão pondo tudo para fora, e não só no papel. Soltam a língua pra valer. A humanidade dele. A depravação dele. Os ideais dele. Será que é um charlatão?, indagou-se Zuckerman. Não parece se conhecer muito bem, não sabe se dá a impressão de ser pior do que é ou se tenta se fazer passar por algo melhor. Mas o que ele diz é tão diferente assim do que já tínhamos ouvido em *A profissão da sra. Warren*? O vocabulário talvez tenha amadurecido um pouco desde a época do Shaw, mas a lição continua a mesma: a madame é mais virtuosa do que a sociedade enferma e hipócrita. Continua a ser o Sade, e não o editor de *Rapidinhas*, quem realmente consegue levar o argumento até o limite, abrindo mão de todo tipo de pretexto moral — nenhuma proposição senão a de que o prazer justifica tudo. Talvez seja por conta da mulher, do analista e do filho — e você facilita bastante a vida dele ao lhe dar um filho, em vez de uma filha —, mas ele ainda não consegue ir tão longe. Claro, ele é judeu e, falando em termos antissemíticos, se um judeu quer ganhar dinheiro com um bordel, ele trata de dar ao negócio um ar de centro de amparo ao homem adulto. Em termos filossemíticos, o que a coitada da Ricky tivera de aturar naquele bar fora um santo, na linha dos grandes curandeiros judeus iniciada com Freud e seu círculo: o cruzado e filantropo dr. Appel, resolvido a aliviar as tensões psíquicas da humanidade sofredora. A causa nobre da Milton's Millennia. Nenhuma briga em dezoito meses — se pegar como o McDonald's, pode significar o fim de todas as guerras. E, no entanto, a obstinação moral, a paixão por ser diferente — talvez ele seja aquilo que mais confere a alguém o orgulho secreto de ser judeu. Quanto mais convivo com o sujeito, mais gosto dele.

"Eu sou *sério*", disse Zuckerman em voz alta, agora no quarto, vestindo-se para o grande dia que tinha pela frente. "... por que as pessoas relutam tanto em acreditar em mim quando eu digo isso? Estive em quatro escolas particulares até encontrar uma que aceitasse o Nathan. Um menino com um QI de 167, e nas três primeiras, não quiseram matriculá-lo. Por minha causa. Fui com ele às entrevistas. Por que não iria? Eu queria conhecer o currículo. Sou um homem digno. Eu me sinto um homem muito digno. Tenho o maior respeito pela educação. Quero que o meu filho tenha uma educação de primeira. Lembro de como foi para mim ler o Henry Miller quando eu tinha quinze anos. Aquelas páginas todas de chupação de boceta. Eu lia as descrições que ele fazia das bocetas e me dava conta de como eu era limitado. Não era capaz de descrever uma boceta em mais do que seis palavras. Foi a primeira vez na vida em que me ocorreu ter vergonha do meu vocabulário. Se os professores tivessem me explicado que, ampliando o meu vocabulário, eu seria capaz de descrever uma boceta como o Henry Miller, jamais teria ficado para trás nos estudos. Eu teria tido motivação. É isso que eu quero dar para o meu filho. Sou capaz de qualquer coisa por esse menino. Na semana passada mesmo eu tomei um banho com ele. Foi maravilhoso. Você não faz ideia. Aí eu chego no doutor Horowitz e ele me diz pelo amor de Deus não faça isso, o membro masculino é muito ameaçador para uma criança. A criança se sente mal. Pô, fiquei me achando um merda. O Horowitz diz que também isso eu entendi errado. Mas eu quero ter *intimidade* com o Nathan. E nesse dia eu tive. Foi uma coisa de homem. Quando eu era pequeno, o meu pai nunca estava por perto. E eu quero fazer diferente. O meu pai nunca me deu nada. Agora eu sou um cara bem-sucedido, então ele se manca. Ele vê o meu Rolls Royce, vê que tem uma porção de gente trabalhando pra mim, vê que eu moro numa casa de multimilionário, vê como a minha mulher se veste, vê a escola em que o meu filho estuda e trata de ficar bem quietinho. Só que o meu filho tem um QI de 167. Então, como eu faço, me diga, quando ele começa a me perguntar sobre os meus negócios? O que eu respondo pro menino? Você que é escritor, você que é o gênio das grandes sacadas, diga aí — como alguém pode ser pai sem ter respostas para dar? Porque eu preciso aguentar firme e *não ter respostas para dar*. Se bem que você também ficaria tão sem resposta quanto eu. Você não tem filhos, então não sabe *nada*. Se dependesse de você, os Zuckerman do futuro não teriam nem ideia do que significa a segurança máxima desse amor alucinado. Se dependesse de você, os Zuckerman do futuro nem existiriam! Zuckerman, o Grande Emancipador, decreta o fim de toda a procriação... Mas quem não tem um filho não sabe o que é sofrer. Não sabe o que é alegria. Não sabe o que é tédio, não sabe — *ponto*. Quando o Nathan estiver com doze anos e começar a bater punheta, aí eu posso chegar pra ele e explicar direitinho como funciona o negócio. Mas para um menino de sete anos? Como eu faço para explicar para um menino de sete anos a vontade incontrolável que a gente tem de gozar?"

Bom, por maior que fosse o prazer a ser auferido da travessura, era hora de ir. Como personagem, ele ainda não está bem acabado, mas quem está? Assim ia pensando Zuckerman até que, ao chegar ao saguão do hotel, foi informado pelo porteiro de que o seu carro e a sua motorista estavam à sua espera. O pornógrafo da boca contestadora aparentemente a contratara até o final de sua estada.

Grandes flocos de neve brancos corriam pelo capô da limusine quando eles pegaram de novo a Outer Drive. Ao longe, o céu parecia prestes a desabar, trazendo das planícies setentrionais o primeiro grande show da temporada. O calvário do sr. Freytag estava em vias de começar: um inverno no Meio-Oeste — nevascas para tornar a enterrá-la todas as noites. A mãe de Zuckerman estava no Sul ensolarado, onde as pessoas eram sepultadas uma vez só. Depois do enterro, um sujeito musculoso, vestido com uma camiseta imunda e estampando no bíceps uma tatuagem do Corpo de Fuzileiros Navais, levara Zuckerman para um canto e explicara que ele era o Mike, o encarregado do cemitério, e perguntara como a família desejava que o nome dela fosse gravado na lápide. Mike tinha ouvido dizer que os dois filhos regressariam em breve para Nova Jersey, e precisava saber como queriam que o serviço fosse feito. Disse-lhe Zuckerman: "Faça como o do meu pai". "O do seu pai tem mais de um centímetro de profundidade", advertiu Mike; "nem todo mundo sabe fazer." Perplexo com a velocidade assassina do tumor e, depois, com a brevidade da internação hospitalar, Zuckerman continuou sem entender. O enterro terminara num átimo. Estava pensando que aquelas coisas *deveriam* ser feitas duas vezes: da primeira, a pessoa poderia ficar só ali parada, sem saber o que estava acontecendo, ao passo que, da segunda, poderia olhar em volta e ver quem estava chorando, ouvir as palavras que estavam sendo ditas, compreender ao menos um pouco do que estava se passando; sentimentos proferidos sobre uma sepultura às vezes podem alterar uma vida, e ele não ouvira nada. Não se sentia como um filho que acabara de presenciar o enterro da mãe, e sim como um ator substituto, daqueles usados nos ensaios para conferir

454   ZUCKERMAN ACORRENTADO

o efeito da iluminação sobre o figurino. "Tudo bem", disse Mike, "deixa comigo. Vou arrumar alguém que saiba fazer isso sem estragar a pedra. Alguém com um preço bom e que não enrole vocês. Já percebi que vocês querem que cuidem bem da sua mãe." Zuckerman captou a mensagem. Deu a Mike todos os trocados que tinha no bolso e disse que o veria no ano seguinte. Entretanto, depois de terem esvaziado e vendido o apartamento, ele nunca mais estivera na Flórida. A prima Essie encomendara a lápide e escrevera para os meninos, dizendo que o pessoal do cemitério regava a grama todos os dias, a fim de manter a área em volta do túmulo sempre verde. Porém aos olhos daquela tristeza absurdamente intratável, isso valia tanto quanto regar a Antártida. A mamãe se foi. A mamãe também é matéria. Quase três anos, e a ideia não perdera nada de sua força. Ainda agora vinha sem mais nem menos e obliterava todos os outros pensamentos. Uma vida que antes se subdividia conforme as datas de seus casamentos, de seus divórcios, de suas publicações, agora estava dividida em dois períodos históricos bem distintos: antes e depois daquelas palavras. A mamãe se foi. O tema daqueles sonhos que o haviam torturado a noite inteira, as palavras que tinham feito seu pequeno duplo pedir aos prantos: "Volte, eu não fiz por querer".

Essa saudade de uma mãe de que ele se emancipara aos dezesseis anos — seria motivo de tanta tristeza se estivesse trabalhando e passando bem de saúde? Será que ele estaria sentindo um *pingo* desse desgosto todo? Tudo consequência da doença misteriosa! Mas teria ficado doente se não fosse a saudade? Claro que uma perda tão grande, tão inesperada, pode abalar a saúde de qualquer um — e o mesmo se aplica a controvérsias e antagonismos coléricos. Mas até agora? Três, quatro anos depois? Será que um desgosto pode ser tão grande assim? E será que eu sou tão delicado assim?

Ah, muito, muito delicado, delicado demais até para lidar com as suas próprias contradições. A experiência da contradição *é* a experiência humana; todo mundo equilibra essa trouxa na cabeça — como você pode arriar? Onde já se viu um romancista desprovido de metades, quartos, oitavos e décimos sextos irreconciliáveis? Esse é um que não dispõe dos recursos necessários para escrever romances. E nem tem o direito de fazê-lo. Ele não estava desertando por vontade própria; estava sendo expulso da tropa a pontapés. Fisicamente inapto por ter se despedaçado. Não tinha muque para a coisa. Nem alma.

O despropósito é o mesmo, pensou: a tentativa de defender os livros e a tentativa de explicar a dor. Depois que eu ficar bom, nunca mais vou me dar ao luxo de fazer essas coisas. *Depois que eu ficar bom.* Que fantástico tributo à vontade indômita, esse pensamento encorajador logo na manhã do dia seguinte — e tão factível quanto a probabilidade de que uma mulher morta volte à vida porque, num sonho, um menino lhe pede desculpas aos prantos.

Zuckerman por fim se deu conta de que sua mãe tinha sido seu único amor. E voltar para a faculdade? O sonho de ao menos ser adorado novamente por seus professores, agora que ela tinha se ido. Tinha se ido e, no entanto, parecia mais presente do que nos últimos trinta anos. De volta aos bancos escolares e aos dias em que podia contentar sem esforço os poderes estabelecidos — e desfrutar do vínculo mais apaixonado que tivera na vida.

Tomou um segundo Percodan e pressionou o botão para baixar a janela divisória que separava o compartimento de trás do banco da frente da limusine.

"Por que eu sou inaceitável para você, Ricky?"

"Não é isso. Acho você interessante."

Desde a sessão de negociações no bar, Ricky deixara o "senhor" de lado.

"O que vê de interessante em mim?"

"Sua maneira de encarar as coisas. Qualquer um acharia isso interessante."

"Mas trabalhar para mim em Nova York você não quer."

"Não."

"Acha que eu exploro as mulheres, não é? Acha que eu as degrado. A menina que trabalha no Merchandise Mart e ganha cem dólares por semana não está sendo explorada, mas a que faz um filme Supercarnal e, em um dia — um *dia*, Rick —, fatura quinhentas pratas, essa sim está sendo explorada. Não é isso que você pensa?"

"Não sou paga para pensar."

"Ah, mas pensa que é uma beleza, não tenha dúvida. Uma moça bonita e independente assim, me conta vai, para quem você anda dando? Nesse seu trabalho você deve ver muita rola."

"Não sei do que você está falando."

"Tem namorado?"

"Acabei de me divorciar."

"Filhos?"

"Não."

"Por que não? Não quer pôr uma criança no mundo? Por quê? Será que é porque a maternidade, para vocês feministas, é uma coisa inconveniente, ou será que é por causa da Bomba? Quero saber por que você não tem filhos, Ricky. Do que você tem medo?"

"Um lar sem filhos é sinal de medo para o editor da *Rapidinhas*?"

"Resposta afiada. Mas por que o sarcasmo? Estou lhe fazendo uma pergunta séria sobre a vida. Eu sou um homem sério. Por que você não engole isso? Não estou dizendo que eu sou um homem imaculado — mas tenho valores, estou fazendo uma cruzada, e então é sobre essa cruzada que eu quero falar. Por que as pessoas têm tanta dificuldade em me levar a sério? Me crucificaram na cruz do sexo — eu sou um mártir na cruz do sexo, e não me olhe assim. É verdade. Eu me interesso por religião. Não estou falando daquela cretinice das proibições deles, mas de *religião*. Eu me interesso por Jesus. Por que não? O sofrimento dele é uma coisa com a qual eu consigo me identificar. Digo isso para as pessoas e elas olham pra mim desse jeito que você está me olhando. Egocentrismo. Ignorância. Blasfêmia. Falo isso num *talk show* e começam a chover as ameaças de morte. Acontece que o cara nunca se referiu a si mesmo, entende, como o Filho de Deus. Dizia apenas que era o Filho do Homem, um membro da raça humana, com tudo o que ela tem de bom e de ruim. Mas os cristãos não quiseram nem saber, e fizeram dele o Filho de Deus, e acabaram se transformando em tudo o que ele recriminava nas pregações dele. Uma nova Israel, mas toda errada. Só que a nova Israel sou eu, Ricky — Milton Appel."

Aí a coisa pegou.

"Você e Jesus Cristo. Meu Deus", disse ela, "tem gente que não se enxerga mesmo."

"Por que não Jesus? Jesus também era odiado. Homens de dores e que sabem o que é padecer. Appel Dolorosus."

"'Padecer'? E o prazer? E o poder? E o dinheiro?"

"É verdade. Reconheço. Adoro o prazer. Adoro ejacular. Quando a gente ejacula, sente uma coisa profunda, maravilhosa. Eu e a minha mulher fizemos sexo anteontem à noite, antes de eu vir para cá. Ela estava menstruada e eu estava morrendo de tesão e então ela me pagou um boquete. Foi delicioso. Tão delicioso que eu não conseguia dormir. Duas horas depois, descasquei uma. Não queria deixar a sensação ir embora. Queria sentir de novo. Mas aí ela acordou e me viu gozando e começou a chorar. Ela não entende. Mas uma mulher do mundo como você entende, não é, Ricky?"

Ricky não se deu ao trabalho de responder. Fazia o que era paga para fazer, concentrada na direção. Um autocontrole sobre-humano. Daria uma mulher e tanto para um escritor.

"Quer dizer que você acha que eu degrado as mulheres. É por isso que, por mais que eu aumente a minha oferta, não vai comigo para Nova York."

Quando percebeu que ela não responderia, Zuckerman se inclinou no assento, aproximando-se o bastante para que as palavras pingassem uma a uma no ouvido dela. "Porque você é a filha da mãe de uma feminista."

"Escute aqui, senhor Dolorosus, eu guio para quem me paga. O carro é meu e eu faço o que eu quero. Trabalho para mim mesma. Não sou empregada do Hefner aqui — não serei sua empregada lá."

"Porque é a filha da mãe de uma feminista."

"Não, senhor. Acontece que esta divisória de vidro no carro serve para mim também. Porque o fato é que eu não estou *nem um pouco* interessada na sua vida, e é claro que não iria para Nova York para me envolver com um negócio desses. Não me cheira nada bem, se quer saber. E o que mais fede é essa sua sinceridade. Você pensa que, por ser franco e sincero, tudo o que você faz é aceitável. Mas não é. Essa sua sinceridade só torna tudo ainda pior. Até essa sua sinceridade é uma maneira de degradar as coisas."

"Sou pior do que os executivos que você leva de cá para lá enquanto eles sacaneiam os trabalhadores americanos? Sou pior do que os políticos que você leva de cá para lá enquanto eles sacaneiam os pretos americanos?"

"Não sei. A maioria fica quieta aí atrás. Chegam com as pastas deles e se põem a fazer as anotaçõezinhas deles e eu não sei se eles são muito ou pouco asquerosos, não sei nem se de fato são asquerosos. Mas você eu sei."

"Sou o pior cara que já conheceu na vida?"

"Provavelmente. Não o conheço direito. Mas aposto que a sua mulher diria que é."

"O pior."

"Acho que sim."

"Tem pena da minha mulher, não é?"

"Ah, se tenho. Tentar levar uma vida normal, tentar criar um filho e ter uma vida razoavelmente decente — e com um homem como você? Com um homem que dedica sua vida a 'xotas' e 'paus' e 'gozos', que só fala em 'boceta' ou sei lá o quê...?"

"Tem pena de mim, Ricky?"

"De você? Não. *Você* quer isso. Mas *ela* não quer esse tipo de vida. Tenho pena do seu filho."

"Do pobrezinho também."

"Se quer mesmo saber, acho que o seu filho não tem a menor chance, senhor Appel. Ah, eu sei que à sua maneira egocêntrica o senhor o adora — mas quando esse menino crescer e descobrir que era assim que o pai dele ganhava a vida, quando souber que ele era até famoso por causa disso, bom, vai ser um começo meio barra-pesada para ele, não vai? Claro que, se o senhor pretende que ele cuide do seu império, aí está tudo arranjado. Mas é por isso que o manda para as melhores escolas particulares? Para editar a *Rapidinhas*? Tenho pena da sua mulher, tenho pena do seu filho e tenho pena de todas as pessoas que vão ao cinema assistir às suas produções Supercarnais. Tenho pena delas, se precisam dessas coisas para ficar excitadas. E tenho pena das garotas que fazem esses filmes, se é isso que elas precisam fazer para ganhar a vida. Eu também não tive instrução. Fui educada para me casar, e não deu muito certo. Então agora eu sou motorista. E uma boa motorista. Eu não faria o tipo de trabalho que elas fazem de jeito nenhum — e não porque eu seja feminista, mas porque estragaria a minha vida sexual, e eu gosto muito de sexo para correr o risco de estragar essa parte da minha vida. As cicatrizes ficariam para sempre. A privacidade, entende, é uma causa tão boa quanto a pornografia. Não, não é porque eu sou a filha da mãe de uma feminista que acho o senhor inaceitável. É porque eu sou um ser humano. O senhor não se limita a degradar as mulheres. A exploração dessas mulheres imbecis é só uma parte. O senhor degrada tudo. A sua vida é uma indecência. Em todos os aspectos. E o senhor consegue piorar ainda mais as coisas porque nem de boca fechada o senhor sabe ficar."

"Ah, mas vamos nos restringir só às mulheres, minha cara representante do gênero humano — vamos nos concentrar nessas garotas de que você sente tanta pena, essas meninas que não têm a sorte de dirigir suas próprias limusines. Nos meus filmes há garotas, algumas delas, que são tão cabeças-ocas que não sabem nem escovar os dentes — e eu pago a elas cem dólares por hora. Isso é degradar as mulheres? Dar a elas o dinheiro para que paguem o aluguel é marcá-las com cicatrizes para o resto da vida? Já aconteceu de eu estar no set e ter de levar a menina até o banheiro para lavar os *pés* dela, de tão sujos que estavam. Isso é degradar as mulheres? Quando uma delas aparece cheirando mal, nós lhe ensinamos noções de higiene feminina. Porque algumas dessas moças, minha caríssima

LIÇÃO DE ANATOMIA   459

representante do gênero humano, algumas delas chegam da rua fedendo mais do que eu. Mas nós vamos e compramos kits de higiene para elas e as ensinamos a usá-los. Na maioria das vezes, essas meninas, quando vêm trabalhar comigo, são umas songamongas, mas quando vão embora, elas pelo menos têm alguma *semelhança* com aquilo que eu entendo por gente. A Shirley Temper é tão boa quanto qualquer atriz do teatro convencional. E por que ela trabalha comigo? Porque leva *mil dólares para casa todos os dias. Meu dinheiro.* Isso é degradar as mulheres? Ela trabalha comigo porque, na Broadway, as peças estreiam e dali a uma semana já saem de cartaz, e aí ela vai para o olho da rua de novo, enquanto comigo sempre tem trabalho, e ela pode se sentir digna como qualquer moça trabalhadora, além de ter a oportunidade de fazer uma porção de papéis diferentes. Claro, tem as que se encaixam no caso clássico da mulher que só pensa em arrumar um cafetão forçudo para arrancar até o último centavo dela. Tem gente que sempre vai ser explorada e que nunca assume a responsabilidade pela própria vida. Exploração acontece em todo lugar em que existam pessoas que queiram ser exploradas. Mas a Shirley diz foda-se para isso. E não é que ela tenha sido colega de faculdade da Jane Fonda e da Gloria Steinem. A faculdade que ela frequentou foram as ruas de Scranton, na Pensilvânia. Foda-se, ela diz, aos dezesseis anos, e larga o emprego de caixa na A&P — sai dos cortiços de Scranton para faturar cinquenta mil em seu primeiro ano conosco. Aos *dezesseis.* As meninas que fazem filmes pornôs, a maioria delas tem *orgulho* do que faz. Você se excita guiando uma baita limusine destas e se vestindo com esses uniformes de homem? Bom, elas se excitam mostrando a boceta. Elas curtem exibicionismo, e quem é você nessas suas botas de agente da Gestapo para dizer a elas que estão erradas? Tem uma porção de caras por aí batendo punheta para elas. E elas adoram isso. Isso é exploração? Isso é degradação? Isso é *poder*, filha. A mesma coisa que você sente atrás desse volante aí. A Marilyn Monroe está morta, mas a garotada da América continua descabelando o palhaço para aquelas tetas maravilhosas. Isso é uma exploração da Marilyn Monroe? Isso é a imortalidade dela! Debaixo da terra ela não é nada, mas para meninos que ainda nem nasceram ela sempre vai ser uma deusa. Essas mulheres não têm vergonha de trepar em público. Ao contrário, elas adoram. Ninguém está forçando ninguém a fazer nada. Se é na seção de fitas da Woolworth's que elas se sentem liberadas, podem ir trabalhar lá, por dois dólares a hora. Corpos é que não faltam, tem mulheres aos montes que querem fazer isso, seja pelo dinheiro, pela sem-vergonhice ou pela catarse, de modo que você não precisa forçar as pessoas. Para as mulheres inclusive é mais fácil do que para os homens. Elas podem fingir o orgasmo. Mas para o coitado que fica ali, debaixo daquelas luzes todas, não é piquenique não. O cara que mais faz bravata, o fulano que vem e diz: Ei, eu quero entrar na brincadeira, eu tenho um pinto enorme — é esse que na hora H brocha. Exploração? Se tem alguém que é explorado nesse negócio são os *homens*. A maioria dessas meninas entra na maior ego trip quando está na frente da câmera. Tudo bem, no meu último filme tinha animais também, mas ninguém obrigou ninguém a trepar com eles. Foi por causa do cachorro, inclusive, que o Chuck Raw, o meu astro, não quis participar. Ele disse: 'Eu sou louco por cachorros, Milton, e não vou participar desse negócio. Eles ficam despirocados quando trepam com mulher — não seguram a onda. O cachorro que come uma mulher está acabado como animal'. E isso me faz ter o maior respeito pelo Chuck. Eu tenho coragem de defender as minhas convicções e ele tem coragem de defender as convicções dele. Será que não deu para entender ainda? Ninguém está pondo grilhões nessas pessoas! Eu estou é *rompendo* os grilhões delas! Sou um monstro que tem algo para oferecer! Estou transformando a vida sexual do povo americano! Estou libertando este país!"

Um terceiro Percodan e teve início o estupor. De repente, não havia palavra que parasse em sua cabeça. Voavam de um lado para outro, não permaneciam nem dois segundos juntas. Saber o que ele estava pensando demandava um esforço enorme. Quando encontrava uma resposta, já tinha esquecido a pergunta. Precisava começar penosamente de novo. Além da neblina, havia um fosso, e além do fosso, uma brancura etérea. Não pergunte como, porém mais além disso, do lado de fora e acima do lago, ele entreviu um prodígio de movimentos delicados e inaudíveis: neve caindo. Nada jamais se compararia à experiência de sair no fim da tarde da Chancellor Avenue School e voltar para casa em meio à neve. Era o que de melhor a vida tinha para oferecer. A neve era a infância — protegida, despreocupada, amada, obediente. Então vinha a audácia, e depois da audácia a dúvida, e depois da dúvida a dor. O que a dor crônica nos ensina? Venham até a lousa e escrevam suas respostas. A dor crônica nos ensina: um, o que é bem-estar; dois, o que é covardia; três, uma coisinha ou outra sobre o que é ser condenado a trabalhos forçados. Dor exige um esforço brutal. Que mais, Nathan, a coisa mais importante? Ela nos ensina quem é que manda no pedaço. Correto. Agora liste as opções que uma pessoa tem para lidar com a dor: A pessoa pode aguentá-la. Pode enfrentá-la. Pode odiá-la. Pode tentar entendê-la. Pode experimentar fugir. E se nenhuma dessas técnicas proporcionar alívio? Percodan, disse Zuckerman; se nada mais funcionar, mande para o inferno a ideia de que a consciência é o mais elevado dos valores: encha a cara, se drogue. Levar a consciência em tão alta conta pode ter sido o meu primeiro erro. Há muito a ser dito em favor do entorpecimento irresponsável. Isso é uma coisa em que eu nunca acreditei, e ainda hoje reluto em admitir. Mas é verdade: a dor é enobrecedora no longo prazo, sem dúvida, mas um pouco de entorpecimento não faz mal a ninguém. O entorpecimento não tem como fazer de você um herói, como o sofrimento, mas é doce e misericordioso.

Quando a limusine encostou em frente à casa de Bobby, Zuckerman já tinha esvaziado sua garrafinha e estava pronto para o cemitério. Na escada da frente, com um chapéu de pele, um casacão e um par de galochas pretas, um senhor avançado em anos tentava varrer a neve. Nessa altura nevava pesado, e assim que ele chegava ao último degrau, era obrigado a voltar ao primeiro. Eram quatro degraus, e o velho ficava subindo e descendo com sua vassoura.

Zuckerman, olhando de dentro do carro: "Não é à toa que isto se chama vale de lágrimas".

Depois: "Você não quer ser médico, quer é ser mágico".

Ricky veio abrir a porta para ele. Como não sabia direito nem o que estava pensando, não tinha como tentar adivinhar o que ela estaria pensando. Mas não fazia mal — permanecer embotado em relação àquela coisa toda era uma bênção. Sobretudo porque o que você acha que as pessoas estão pensando não é o que as pessoas estão pensando, é só fruto da sua imaginação, como todo o resto. Ah, paranoia irônica é dose para elefante. Em geral, quando a paranoia é pra valer, pelo menos a ironia sai de cena e você quer ir para as cabeças. Mas quando você enxerga no seu ódio ruidoso e justiceiro um ato absolutamente cômico, o único a ser dominado é você. "Volto em dez minutos", disse a ela. "Só vou dar uma rapidinha."

Caminhou até onde o velho continuava a varrer inutilmente a escada.

"Senhor Freytag?"

"Pois não? Quem é você? Que houve?"

Mesmo em seu estupor, Zuckerman compreendeu. Quem morreu, onde está o corpo? Que calamidade hedionda, estava indagando o velho, sobreviera a qual de seus entes amados e insubstituíveis? Pertencem a outra história, esses velhos judeus, uma história que não é a nossa, uma maneira de ser e de amar que não é a nossa, e que não queremos para nós mesmos, que seria horrível para nós — e apesar de tudo, por causa dessa história, eles não têm como nos deixar indiferentes quando estampam um medo assim no rosto.

"Eu sou o Nathan Zuckerman." Para se identificar, foram necessários alguns instantes de árdua concentração. "O Zuck", disse Zuckerman.

"Meu Deus, Zuck! Mas o Bobby não está em casa. O Bobby foi para a faculdade. A mãe do Bobby morreu. Fiquei viúvo."

"Eu sei."

"Mas é claro! Não sei onde eu ando com a cabeça! Deve ser na lua! Ah, essa minha cabeça, Zuck, tem me pregado cada peça!"

"Vim para levar o senhor ao cemitério."

O sr. Freytag quase tropeçou no próprio pé ao recuar em direção à escada. Talvez tivesse sentido o bafo da bebida, ou pode ter sido a visão do automóvel comprido e preto.

"É o meu carro."

"Mas que barca, Zuck. Meu Deus."

"Ganhei na loteria, senhor Freytag."

"O Bobby me falou. Que maravilha. Quem diria."

"Vamos", disse Zuckerman. "Indo. Então?" Se voltasse para o carro talvez não desmaiasse.

"Mas eu estou esperando o Gregory." Arregaçou a manga do casaco para consultar o relógio. "Ele deve estar chegando. Tenho medo que escorregue e leve um tombo. Ele está sempre correndo. Não olha por onde anda. Se acontecer alguma coisa com esse menino...! Preciso pegar o sal para jogar aqui... antes que ele chegue. Se você cobre o chão com sal, a neve não vira gelo. O sal derrete tudo. Ei, e o seu chapéu? Vamos entrar, Zuck, você não pode ficar aqui fora sem chapéu!"

No interior da casa, Zuckerman encontrou uma poltrona e sentou. O sr. Freytag falava com ele da cozinha. "Sal de cristais grossos — sal kosher..." Um longo tratado sobre o sal.

Tapete navajo. Móveis de teca. Luminárias Noguchi.

A austeridade funcional em voga no Hyde Park.

Todavia, faltavam coisas. Marcas discretas, na altura dos olhos, de quadros que tinham sido retirados. Buracos no reboco, onde antes havia ganchos. A divisão dos bens. A mulher ficara com aquelas coisas. Levara os discos também. Nas prateleiras sob o toca-discos, restavam apenas quatro deles, com capas velhas e rasgadas. A estante de livros da sala de estar também parecia ter sido saqueada. Aparentemente, tudo o que permanecera intacto com Bobby fora Gregory.

Zuckerman penou para descobrir onde estava — para *estar* onde estava — ao se ver em outro lugar. O quarto de Gregory. O sr. Freytag mantinha aberta a porta do armário do rapaz. "Ele não é como esses garotos que a gente vê hoje em dia, sujos e desmazelados. É um menino muito asseado. Sempre com o cabelo penteado, sem um fio fora do lugar. E sabe se vestir. Dê uma olhada nessas camisas. As azuis todas juntas, as marrons todas juntas, as listradas de um lado, as xadrez do outro, as lisas no meio. Tudo perfeito."

"É um bom rapaz."

"No fundo é um rapaz *maravilhoso*, Zuck. Mas o Bobby é um homem ocupado, e da mãe, infelizmente, ele não recebeu orientação nenhuma. Ela não sabia orientar nem a si mesma, como poderia orientar o menino? Mas, desde que eu vim para cá, tenho tentado pôr um pouco de juízo na cabeça dele. E sabe de uma coisa? Acho que está dando certo. Ontem de manhã eu me sentei com ele, só nós dois, aqui mesmo, neste quarto, e eu falei a ele longamente sobre o pai dele. Contei como o Bobby se aplicava nos estudos. Como trabalhava na loja. E você precisava vê-lo escutando. 'Eu sei, vovô, eu sei.' Contei para ele como entrei no comércio de bolsas, como eu e o meu irmão largamos a escola e fomos trabalhar num curtume para ajudar o meu pai a sustentar uma família de oito pessoas. Aos catorze anos de idade. E como, depois de 1929, arrumei um carrinho e, nos fins de semana e à noite, saía vendendo bolsas com defeito de porta em porta. Durante o dia eu trançava *chalot** numa padaria, e à noite saía com o meu carrinho, e você sabe o que ele disse para mim, quando eu terminei? Ele disse assim: 'O senhor teve uma vida dura, vovô'. O Bobby tem o trabalho dele e eu tenho o meu. Foi o que me ocorreu quando eu estava sentado com esse menino. Vou voltar a ser pai. Alguém tem que fazer alguma coisa e esse alguém serei eu!" Tirou o casaco e tornou a consultar o relógio. "Vamos esperar", disse ele. "Mais quinze minutos, e se até as dez em ponto ele não aparecer, nós vamos. Eu não entendo. Liguei para os amigos dele. Ninguém sabe do Gregory. Aonde será que ele vai todas as noites? Ele pega o carro e vai para onde? Como faço para saber

---

* Plural de *chalá*, o pão trançado que os judeus consomem no *shabat* e em dias santos. (N. T.)

se está tudo bem com ele? Eles pegam o carro e vão para onde? Será que *eles* sabem? Esse carro dele: erro número cinquenta e seis. Eu falei para o Robert: 'Não dê um carro para esse menino!'." Então o velho caiu no choro. Era um homem forte, parrudo, moreno como Bobby, ainda que agora sua pele tivesse assumido um tom cinza doentio por conta da tristeza. Lutava contra as lágrimas com toda a extensão de seu tronco: percebia-se nos ombros, no peito, nas mãos carnudas que haviam trançado aquelas *chalot* durante a Depressão como era enorme o desprezo que ele sentia por sua fraqueza: parecia disposto a sair arrebentando tudo em volta. Estava vestido com calças xadrez e uma camisa de flanela vermelha — os trajes de um homem que, estando a seu alcance, não se sujeitaria a nada. Acontece que não estava.

Achavam-se sentados na cama de Gregory, sob um pôster grande, em que se via um menino de dez anos, com tatuagens no corpo e óculos espelhados no rosto. O quarto era pequeno e estava aquecido, e tudo o que Zuckerman queria era entrar debaixo das cobertas. Tentava vencer as ondas, subindo até a crista e tirando a cabeça para fora d'água, e então mergulhava de novo no sulco do estupor.

"Estávamos jogando cartas. Eu disse: 'Querida, preste atenção nos meus descartes. Você não está prestando atenção nos meus descartes. Não devia ter me dado aquele três'. Um três de ouros. Um três de ouros — e a coisa se acabou ali. Foi impressionante. Urina escorrendo pelas pernas da minha mulher, uma mulher que a vida inteira foi limpíssima. Molhando o tapete da sala. Eu vi a urina e compreendi que não tinha mais jeito. Venha aqui, Zuck, venha comigo. Quero lhe mostrar uma coisa bonita."

Outro armário. Um casaco de pele. "Está vendo isto?"

Ele estava vendo, mas também para ele a coisa se acabava ali.

"Repare no cuidado que a Julie tinha com este casaco. Ainda está novo em folha. Era assim que ela fazia com *tudo*. Está vendo? Forro de seda preto com as iniciais dela. Botões de osso de primeira. Tudo de primeira. A única coisa que me deixou comprar para ela em toda a sua vida. Eu dizia: 'Nós não somos mais pobres, me deixe comprar um broche de diamantes para você'. 'Não preciso de diamantes.' 'Então me deixe comprar um anel bem bonito, com a sua pedra da sorte. Você passou esses anos todos trabalhando feito uma condenada na loja, você merece.' Não, para ela a aliança de casamento era mais do que suficiente. Mas fez doze anos nesse último outono, era o aniversário de cinquenta e cinco anos dela, e então eu a obriguei, sem exagero, eu a *obriguei*, a ir comigo comprar este casaco. Você precisava ver a cara dela na hora de tirar as medidas — branca como um fantasma, como se estivéssemos jogando fora o nosso último centavo. Uma mulher que para si própria não queria *nada*."

"A minha também."

O sr. Freytag não pareceu ouvir isso. Talvez Zuckerman não tivesse dito nada. Possivelmente não estivesse nem acordado.

"Eu não quis largar um casaco desses naquele apartamento vazio e correr o risco de algum ladrão entrar lá e levar. O inverno estava chegando e ela resolveu tirá-lo do fundo do armário, Zuck... no mesmo dia... naquela *manhã...*"

De volta à sala de estar, o velho parou diante da janela da frente e olhou para a rua. "Vamos dar a ele mais cinco minutos. Dez."

"Como o senhor quiser."

"Hoje eu identifico pequenos sinais de como ela estava doente. Começava a passar uma camisa e tinha que parar e ficar quinze minutos sentada. Eu não somei dois e dois. Achava que aquele cansaço era só coisa da cabeça dela. Ah, mas que raiva! Que inferno! Tudo bem, que se dane, vamos embora. Vamos indo. Vou pegar um chapéu para você e nós vamos. E botas. Vou pegar umas botas do Bobby para você. Como é que um homem adulto sai nesse tempo sem um chapéu, sem botas, sem nada? Está pedindo para ficar doente!"

No carro, rumo ao cemitério, o que há para se pensar? Avançando pelas ruas que o levarão ao cemitério, em vias de desmaiar ou perfeitamente acordado, é simples: o que o aguarda. Não, a coisa permanece invisível, oculta, e é você que vai ao encontro dela. A doença é uma mensagem que vem do túmulo. Saudações: Você e o seu corpo são uma coisa só — aonde ele vai, você vai atrás. Seus pais tinham se ido e ele era o próximo. A caminho do cemitério, num automóvel comprido e preto. Não era de admirar que o sr. Freytag quase tivesse caído de susto: só faltava o caixão.

O velho estava curvado sobre si mesmo, o rosto escondido nas mãos. "Ela era a minha *memória*."

"A minha também."

"Pare!", de repente o sr. Freytag se pôs a bater na divisória de vidro com o punho. "Pare! Encoste!" Virando-se para Zuckerman, exclamou: "É aqui, a mercearia do meu amigo, é aqui!".

A limusine se deslocou em direção ao meio-fio da avenida larga e inóspita. Armazéns baixos, lojas abandonadas, ferros-velhos em três esquinas.

"Foi zelador do nosso prédio. Um rapaz mexicano, um rapaz muito bom e gentil. Entrou no negócio com um primo. Estão indo de mal a pior. Sempre que passo por aqui, eu entro e compro alguma coisa, mesmo que não esteja precisando. Tem três filhos lindos, ainda pequenos, e a pobrezinha da mulher perdeu os dois seios por causa de um câncer. Uma moça de trinta e quatro anos. Uma coisa horrível."

Ricky deixou o motor ligado, enquanto Zuckerman e o sr. Freytag atravessavam a calçada de braço dado. A neve estava cobrindo tudo.

"Onde está o Manuel?", perguntou o sr. Freytag à moça do caixa. Ela apontou para os fundos do estabelecimento mal iluminado. Passando pelo corredor de enlatados, Zuckerman se apavorou: ficou com medo de cair e derrubar tudo no chão.

Manuel, um sujeito gorducho, com feições índias no rosto moreno e balofo, estava ajoelhado no chão, marcando preços em caixas de cereais com uma etiquetadora. Cumprimentou o sr. Freytag com uma risada alegre. "Olá, patrão! O que o senhor conta?"

O sr. Freytag fez sinal para que Manuel abandonasse o que estava fazendo e se aproximasse. Precisava confidenciar uma coisa.

"O que foi, patrão?"

Com os lábios junto ao ouvido de Manuel, o velho sussurrou: "Fiquei viúvo".

"Puxa vida."

"Quarenta e cinco anos de casados. Hoje está fazendo vinte e três dias."

"Puxa vida. Mas que coisa. Que triste."

"Estou indo ao cemitério. Vem chegando uma tempestade."

"Puxa, a sua senhora era tão gentil. Uma mulher tão boa."

"Parei para comprar um pouco de sal. Preciso daquele sal grosso kosher."

Manuel o levou até a seção do sal. O sr. Freytag tirou dois pacotes da prateleira. No caixa, Manuel recusou o dinheiro. Depois de pôr as duas embalagens numa sacola, acompanhou-os até o carro em mangas de camisa, debaixo de neve.

Despediram-se com um aperto de mãos. O sr. Freytag, quase às lágrimas, disse: "Avise a Dolores".

"Que tristeza", disse Manuel. "Que tristeza."

Dentro do carro, o sr. Freytag lembrou-se de que tinha mais uma coisa para dizer e quis baixar o vidro. Não encontrando nenhuma manivela na porta, pôs-se a esmurrar a divisória. "Abra o vidro! Não consigo abrir!"

Ricky pressionou um botão e, para alívio do velho, o vidro começou a baixar. "Manuel!", chamou por entre os flocos de neve que caíam do céu. "Venha cá!"

À porta da mercearia, o rapaz se voltou, levando a mão à cabeça num gesto cansado e espalhando a neve que caíra sobre seus cabelos escuros. "Sim, senhor."

"É melhor você pegar uma pá e tirar essa neve da calçada, Manuel. Só falta agora alguém escorregar bem na frente do seu mercado."

O sr. Freytag foi chorando o resto do caminho. Segurava os dois pacotes de sal kosher no colo, embalando a sacola como se nela estivessem os restos mortais da sra. Freytag. A neve que castigava os vidros da limusine, flocos grandes e pesados, rodopiando com violência, levou Zuckerman a conjecturar se não deveria mandar Ricky dar meia-volta. A tempestade tinha chegado. Porém, Zuckerman sentia-se como uma mesa limpa, uma mesa vazia, uma mesa de madeira clara e escovada, à espera de que alguém viesse pôr a toalha e os pratos e os copos e os talheres. Forças ele não tinha mais.

Passaram sob um viaduto ferroviário, pichado com hieróglifos debiloides em seis cores. "Esses miseráveis", disse o sr. Freytag ao ver o patrimônio público vandalizado. O asfalto da passagem inferior estava cheio de buracos e os buracos cobertos com água preta. "É um crime", disse o sr. Freytag quando Ricky diminuiu a marcha. "Este é o caminho para o cemitério. Os cortejos passam por aqui, mas esse prefeito enfia a mão no dinheiro e os outros que se ferrem."

Passaram pelo túnel, fizeram uma curva acentuada que acompanhava o barranco íngreme da linha de trem, onde se viam vários pedaços enferrujados de maquinário abandonado, e ali, do outro lado da via, para além de uma cerca alta de barras de ferro pretas, começavam as sepulturas, quilômetros e mais quilômetros de cemitério descampado, desembocando, à distância, numa estrutura em forma de caixote, que provavelmente não passava de uma fábrica, mas que, expelindo fumaça escura em meio aos tons cinzentos da nevasca, parecia coisa bem pior.

"É aqui!", o sr. Freytag golpeava a divisória. "O portão é este!" E notou pela primeira vez que o motorista não era um homem. Puxou Nathan pela manga, porém Nathan não estava ali. No lugar onde tudo se acabava, ele também havia se acabado. Nem aquela mesa ele era mais.

Ricky abrira um guarda-chuva preto e conduzia os dois passageiros até o portão do cemitério. Tinha um trabalho a fazer e o fazia. Dignidade. Com quem quer que fosse.

"Eu vi a trança, uma trança de mulher, mas foi como se não tivesse visto."
O sr. Freytag entabulara uma conversa. "Ultimamente só tenho olhos para coisas tristes."

"É normal."

"Uma moça. Guiando um carro desse tamanho. Num dia assim."

"Pois o senhor sabe que eu comecei a trabalhar numa casa funerária judaica? Foi o meu primeiro emprego de motorista."

"Sério? Mas... transportava o quê?"

"Os parentes da pessoa falecida."

"Incrível."

"Eu dizia para o meu marido que os judeus devem ter percepção extrassensorial. É impressionante como a notícia se espalha quando um deles morre. As pessoas vêm às dezenas, vêm de todas as partes para confortar a família do morto. Foi a minha primeira experiência com os judeus. Meu respeito pelo povo judaico começou ali."

O sr. Freytag desabou no choro. "Tenho três caixas de sapatos cheias de cartões de condolências."

"Bom", disse-lhe Ricky, "isso mostra que ela era muito querida."

"Você tem filhos, moça?"

"Não, senhor. Ainda não."

"Ah, precisa ter, precisa ter."

Avançando sozinhos por um caminho que ia ficando todo branco, os dois homens entraram no cemitério judaico. Pararam diante de um montinho de terra nua, onde uma lápide exibia o nome da família. Agora o sr. Freytag estava possesso. "Mas não foi assim que eu pedi! Por que não tiraram o excesso de terra? Por que não nivelaram o terreno? Isto está parecendo um aterro sanitário! Três semanas, e agora começou a nevar e eles ainda não fizeram o serviço *direito*! É este aqui — não dá para entender. Este é o túmulo da Julie. E eu expliquei para eles, mas pelo visto são surdos. Olhe a porcaria que fizeram!" Levava Zuckerman pela mão, de um túmulo a outro. "Meu irmão está aqui, minha cunhada ali, então vem a Julie" — o montículo que os coveiros haviam deixado com aspecto de aterro sanitário — "e eu vou ficar aqui. E daquele lado", disse ele, fazendo um gesto na direção da fábrica fumarenta, "lá, na parte velha — estão o pai e a mãe dela, o meu pai, a minha mãe e as minhas irmãs mais novas. Tão lindas, uma delas morreu nos meus braços, com dezesseis anos..." Estavam novamente pa-

LIÇÃO DE ANATOMIA   469

rados diante da lápide com a inscrição "PAUL FREYTAG 1899-1970". "Tem um bolso aí embaixo, Paul? Esse idiota do meu irmão. Fez fortuna com uma luvaria. Mas era mão de vaca que só vendo. A vida inteira comprou pão dormido. Só pensava no dinheiro dele. No dinheiro e no pinto dele. Desculpe eu falar assim, mas é a verdade. Sempre azucrinando a mulher. Não tinha a menor consideração por ela. Não deixava a coitada em paz, nem quando ela teve um câncer na vagina. Um sujeitinho que parecia dono de bomboneria. E ela era uma lady. A mulher mais doce do mundo. E inteligente também. No baralho a Tilly era imbatível — ninguém ganhava dela. Passamos bons tempos juntos, os quatro. Em 1965, ele vendeu o negócio por cem mil e recebeu outros cem mil pelo prédio. Pagavam três, quatro mil por ano só para ele ficar por lá e cuidar da clientela que ele tinha formado. Mas não dava um centavo para a mulher comprar o que quer que fosse. Esteve dois anos doente, e não houve quem o convencesse a comprar um controle remoto para que ele não precisasse se levantar da cama quando queria mudar o canal da TV. Economizou até o fim. Até o fim. Até o fim, Paul! Por acaso você tem um bolso aí embaixo, seu muquirana desgraçado? Ele se foi — todos se foram. E agora sou eu que estou na beira esperando para ser empurrado. Sabe como eu convivo com a morte agora? Vou para a cama à noite e digo: 'Estou pouco me lixando'. É assim que a gente faz para perder o medo da morte — chega uma hora em que você está pouco se lixando."

Arrastou Nathan de volta para os torrões de terra congelada que se amontoavam sobre sua mulher. "O Bobby dela. O bebê dela. Como ela cuidou dele naquele quarto escuro. Como o menino sofreu com aquela caxumba. E é isso que muda uma vida. Não tem cabimento, Zuck. É o fim da picada. Será que o Bobby teria escolhido aquela garota como mulher se soubesse que não tinha ficado com nenhuma sequela? De jeito nenhum. O fato é que ele não se achava digno de nada melhor. Que o Robert da minha Julie pensasse uma coisa dessas! E, no entanto, acho que foi o que aconteceu. Com o que aquele rapaz tinha para oferecer, com tudo o que ele conquistou, o respeito, a admiração que ele tem na área dele — esse capricho da sorte? Uma caxumba! E um filho que manda o pai à merda! Por acaso o Bobby teria gerado, se pudesse, um menino tão desabusado? Ele teria feito um filho com *sentimentos*, sentimentos como *nós* temos sentimentos. Um menino que trabalharia e estudaria e ficaria em casa e tentaria se destacar como o pai. É para isso que uma pessoa agoniza e morre? É isso que a gente ganha em troca de tanto esforço e sofrimento? Um desgraçado que atende o telefone e manda o pai à merda? Um moleque que pensa: 'Essa gente, essas pessoas, eu nem sou da família, e vejam só o que eles fazem'. Um sem-vergonha que diz: 'Olhem como eu me aproveito dessa idiotice de amor judaico deles'. Porque, afinal, quem é ele? Por acaso sabemos de onde ele veio? Ela queria ter um filho de qualquer maneira, de uma hora para outra ela precisava ter um filho. Então eles arrumaram um bebezinho órfão, e o que é que há nas raízes desse menino que nós não conhecemos que o faz agir assim com o Bobby? Eu tenho um filho brilhante. E todo esse brilhantismo ficou preso nos genes dele! Tudo o que nós demos ao Bobby, bloqueado dessa maneira nos genes dele, enquanto tudo o que nós *não* somos, tudo o que nós somos *contra*... Como isso tudo pode terminar com o Gregory? Mandar à merda? O *pai* dele? Vou torcer o pescoço desse moleque, vou fazê-lo pagar pelo que fez com esta família! Vou matar esse puto! Vou *mesmo*!"

Zuckerman, com o que lhe restava de força nos braços enfermiços, atirou-se sobre o pescoço do velho. *Ele* é que iria matar — e nunca mais se considerar superior ao seu crime: dar um basta nos desmentidos; da acusação mais severa, assumir toda a culpa imputada. "Esses seus genes sagrados! O que o senhor acha que tem dentro da cabeça? Genes com a palavra JUDEU costurada neles? É só isso que o senhor vê nessa cabeça de mentecapto, a virtude natural e imaculada dos judeus?"

"Pare, Zuck!" O sr. Freytag tentava afastá-lo com as grossas mãos enluvadas. "Pare com isso! Zuck!"

"O que o menino faz a noite inteira? Ora, está por aí, aprendendo a trepar!"

"Zuck, não — Zuck, olhe os mortos!"

"*Nós* somos os mortos! Esses ossos dentro dos caixões é que são os judeus vivos! É essa gente que comanda o espetáculo!"

"Socorro!" O velho se soltou, virou-se para o portão, tropeçou — e Zuckerman avançou devagar na direção dele. "Rápido!", gritou o sr. Freytag. "Me ajude aqui!" E, pedindo socorro enquanto corria, o velho a ser estrangulado se foi.

Só o turbilhão de neve branca agora, tudo o mais obliterado, com exceção das lápides cinzeladas, e suas mãos tentando freneticamente esganar aquela garganta. "Nossos genes! Nossos pacotinhos sagrados de açúcares judeus!" Então suas pernas levantaram voo e ele foi parar no chão. Dali, deu início à declamação, a plenos pulmões, lendo em voz alta as palavras que via gravadas na pedra por toda parte. "Honra teu Finkelstein! Não comete Kaufman! Não faze para ti ídolos na forma de Levine! Não tomarás em vão o nome de Katz!"

LIÇÃO DE ANATOMIA   471

"Ele — ele — está fora de si!"

"Ó, Senhor", bramiu Zuckerman, apoiando as palmas das mãos e os joelhos na neve e avançando centímetro por centímetro, "que fazeis sair da terra a vontade de gozar e nos transformais a todos em macacos, abençoado sois!" Com os olhos praticamente cegados pela neve derretida e a água gelada encharcando seu colarinho e empapando suas meias, ele continuou engatinhando na direção do último dos pais a exigir satisfação. "Freytag! Seu castrador! Vou torcer o seu pescoço!"

Porém, as botas o impediram de continuar: duas botas de cano alto, botas de cavalaria, tão bem engraxadas que a neve não aderia a elas. Sinistras, poderosas, lustrosas, esplêndidas — botas que teriam inspirado cautela também em seus antepassados barbudos.

"É esta" — riu Zuckerman, vomitando flocos de gelo abrasadores — "é esta a sua proteção, papai Freytag? Essa grande respeitadora dos judeus?" Esforçou-se para reunir forças e deixar o chão do cemitério. "Saia da minha frente, cadela inocente!" Mas, bloqueado pelas botas de Ricky, ele não foi a lugar nenhum.

Acordou num cubículo hospitalar. Havia alguma coisa errada com sua boca. Sua cabeça estava absurdamente grande. A única coisa de que tinha consciência era esse buraco imenso e cheio de ecos que era o interior de sua cabeça. Dentro da cabeça enorme havia algo que mal se movia e era igualmente enorme. Essa era a sua língua. Sua boca inteira, de orelha a orelha, era pura dor.

Em pé, ao lado da cama, achava-se Bobby. "Vai ficar tudo bem", disse ele.

Agora Zuckerman começava a sentir os lábios, inchados e quase do tamanho da língua. Porém, abaixo dos lábios, nada.

"Estamos esperando o cirurgião plástico. Ele vai costurar o seu queixo. Você rasgou toda a pele da parte de baixo da mandíbula. Ainda não sabemos se há alguma fratura, mas no ferimento em si ele vai dar um jeito, e aí poderemos tirar alguns raios X da boca e ver o tamanho do estrago. Vamos examinar a cabeça também. Não acho que você tenha fraturado o crânio, mas é melhor dar uma olhada. Perto do que poderia ter sido, até que você não se saiu tão mal: só esse corte e alguns dentes quebrados. Nada que não dê para consertar."

Zuckerman não entendeu nada disso — só sabia que sua cabeça estava ficando cada vez maior e dali a pouco sairia rolando. Bobby repetiu a história:

"Você estava com o rei Lear na charneca. Levou um tombo. Foi de cara no chão, feito uma prancha, em cima da lápide do meu tio Paul. Meu pai diz que o barulho parecia uma laje desabando no concreto. Ele pensou que você tinha tido um enfarte. O ponto de impacto foi no queixo. Fez um corte comprido e fundo. Seus dois dentes da frente quebraram um pouco abaixo da linha da gengiva. Você ainda acordou quando levantaram você, ficou totalmente consciente por alguns segundos e disse: 'Esperem, preciso me desfazer de alguns dentes'. E cuspiu os pedaços de dente na mão, e então apagou de novo. Não parece ter fraturado nada, não tem hemorragia intracraniana, mas vamos nos certificar de tudo antes de dar o próximo passo. Vai doer um pouco, mas você vai ficar bom".

O punho enluvado que era a língua de Zuckerman projetou-se para a frente, à procura de seus dentes incisivos. Só encontrou as cavidades esponjosas e cascalhentas. Fora isso, dentro de sua cabeça, tontura, ecos, negrume.

Com paciência, Bobby tentou uma terceira explicação. "Você estava no cemitério. Lembra disso? Levou o meu pai para visitar o túmulo da minha mãe. Apareceu com uma limusine em casa hoje de manhã, por volta das nove e meia. Agora são três da tarde. Vocês foram para o cemitério, estacionaram perto do barranco e você e o meu pai entraram. Parece que ele ficou meio nervoso. Você também. Não lembra disso? Você se descontrolou um pouco, Zuck. No começo, meu pai achou que era um piripaque. Quem estava dirigindo a limusine era uma moça. Forte como um touro. Parece que você tentou esmurrá-la. Foi quando levou o tombo. Foi ela quem carregou você de volta para o carro."

Zuckerman indicou, por meio de um balbucio indistinto, que continuava não se lembrando de nada. Sofrera aquele estrago todo e não sabia como. Seu maxilar inferior permanecia travado, impedindo-o de falar. Também no pescoço ele começara a notar um enrijecimento. Não conseguia mexer a cabeça de jeito nenhum. Aprisionamento total.

"Deve ser uma amnésia temporária, só isso. Não se apavore. Não é da queda. Tenho certeza de que não houve nenhuma lesão cerebral. São as coisas que você andou tomando. É comum esse tipo de perda de consciência, principalmente quando tem álcool no meio. Não me surpreende que você tenha perdido os modos com a moça. Deram uma olhada nos seus bolsos. Três baseados, uns vinte comprimidos de Percodan e uma bela garrafinha da Tiffany, com o seu monograma, mas já vazia, sem nenhuma gota de birita NZ. Fazia algum tempo que você tinha embarcado na viagem. A motorista disse que você estava cheio de onda, que veio com uma história sobre você e o Hugh Hefner. É o que as pessoas chamam de hedonismo irresponsável, um lance recreativo, ou você anda se automedicando para tratar de algum problema?"

Zuckerman descobriu um tubo intravenoso no braço direito. Sentia que, muito lentamente, estava começando a voltar de um lugar negro, a respeito do qual não sabia nada. Com o indicador da mão livre, traçou a letra D no ar. Os dedos estavam funcionando, o braço estava funcionando; testou as pernas e os dedos dos pés. Funcionavam. Da clavícula para baixo, estava totalmente vivo, porém era na boca que passara a existir. Tinha deixado de ser um pescoço e ombros e braços para tornar-se uma boca. Naquele buraco se achava o seu ser.

"Estava tomando essas porcarias todas para não sentir dor."

Zuckerman conseguiu emitir um grunhido — e sentiu o gosto de seu próprio sangue. Tinha passado da vodca para o sangue.

"Mostre onde dói. Não estou me referindo à boca. Quero saber da dor que você estava medicando por conta própria, antes da folia de hoje de manhã."

Zuckerman apontou.

"E o diagnóstico?", indagou Bobby. "Escreva o diagnóstico. Nesse caderninho."

Ao lado de Zuckerman, havia um bloco de anotações, um bloco largo de espiral, e uma caneta hidrográfica. Bobby destampou a caneta e a pôs na mão de Zuckerman. "Não tente falar. Vai doer demais. Por ora você não pode falar, nem bocejar, nem comer, nem rir. E procure não espirrar — pelo menos por enquanto. Escreva para mim, Zuck. Isso você sabe fazer."

Zuckerman escreveu uma palavra: NENHUM.

"Não tem diagnóstico? Há quanto tempo está assim? Escreva."

Ele preferiu mostrar o número com os dedos — para provar de novo que podia mexer os dedos e que conseguia contar e que sua cabeça não saíra rolando.

"Dezoito", disse Bobby. "Horas, dias, meses, anos?"

No ar, com a ponta da caneta, Zuckerman descreveu um M.

"Tempo demais para o meu gosto", disse Bobby. "Se faz dezoito meses que isso está assim, tem alguma coisa causando essa dor."

A sensação de que sua cabeça era um vazio continuava a perder intensidade. Ainda não se lembrava do que havia acontecido, mas por ora estava pouco se lixando: tudo o que compreendia era que estava encrencado e com dor. A coisa se tornara excruciante.

Nesse meio-tempo, de sua boca saiu um som áspero, uma espécie de rosnado: sim (o resmungo tinha por objetivo sugerir), tem de haver alguma coisa causando essa dor.

"Bom, você não vai sair deste hospital enquanto não descobrirmos o que é."

Zuckerman bufou, com isso engolindo um segundo trago de sangue pisado.

"Ah, já passou pelos médicos, não é?"

Com um dedo, Zuckerman indicou que não fora nem por um nem por dois nem por três médicos que havia passado. Estava ficando sarcástico. Irritado. Furioso. Também *isso* eu fiz a mim mesmo! Obrigando o mundo inteiro a prestar atenção no meu gemido!

"Bom, essa história acabou. Vamos reunir uma equipe multidisciplinar aqui no hospital para cuidar do seu caso, vamos virar você pelo avesso e descobrir qual é o problema, e então vamos livrar você disso."

Zuckerman teve um pensamento claro e composto, o primeiro desde aquela manhã. O primeiro desde que saíra de Nova York. Talvez o primeiro em dezoito meses. Pensou: Os médicos são pura confiança, os pornógrafos são pura confiança e, nem é preciso dizer, as mocinhas fortes como touros que hoje em dia dirigem limusines vivem completamente fora do alcance das dúvidas. Ao passo que as dúvidas são metade da vida de um escritor. Dois terços. Nove décimos. A cada novo dia, uma dúvida nova. A única coisa de que eu nunca duvidei foi das minhas dúvidas.

"Outra coisa que nós vamos fazer é tirar você desse carrossel medicamentoso. Se não é para ficar nas nuvens que você toma essas coisas, então é fácil cortar o vício. Dependência clínica — não chega a ser um problema. Assim que consertarmos a sua boca e o inchaço melhorar, faremos uma desintoxicação para limpar você dos analgésicos e da bebida. Da maconha também. *Isso* é infantilidade. Vou mantê-lo internado como meu paciente até livrar você da dependência. Estamos falando em três semanas, no mínimo. Mas não dá para trapacear, Zuck. A cura para o alcoolismo não são dois martínis antes do jantar. Vamos eliminar as drogas e a bebida e vamos fazer o possível para descobrir a causa e eliminar a dor que faz você querer ficar chapado. Está entendido? Eu mesmo vou administrar a sua abstinência. Vai ser gradual e indolor e, se você cooperar e não trapacear, não tem risco de recaída. Vai voltar ao ponto em que estava antes de tudo isso começar. Gostaria que tivesse me contado o que estava acontecendo quando nos vimos ontem. Não vou perguntar por que não me contou. Vamos virar essa página. Achei que tinha alguma coisa errada, você parecia tão alucinado, mas falou que não era nada e na hora não me ocorreu examinar você, Zuck, para ver se encontrava marcas de agulha. Está com muita dor? Na boca?"

Zuckerman fez sinal de que estava realmente com dor.

"Bom, só estamos esperando o cirurgião plástico. Ainda estamos no pronto-socorro. Ele vai descer e cuidar da ferida e tirar o que ficou aí dentro e dar uns pontos em você para que depois ninguém perceba a cicatriz. Quero que seja ele para não correr o risco de o serviço ficar malfeito. Depois vamos tirar umas fotos. Se for preciso mexer imediatamente na sua boca, pedimos para o cara do maxilar descer. Ele sabe que você está aqui. Se tiverem de consertar alguma coisa aí dentro, ele é o melhor. É o bambambã nesse tipo de coisa. Vou ficar com você até isso terminar — mas tem de ser um passo por vez. Não posso dar nada para a dor agora, não depois de você ter tomado o que tomou. Não quero que tenha outro 'piripaque'. Aguente firme. Força. Vai acabar passando. Não serão as horas mais curtas do mundo, mas também não vai durar para sempre."

Zuckerman encontrou a caneta e, com dedos tão inábeis quanto os de um aluno da primeira série, escreveu cinco palavras no bloco de espiral: NÃO POSSO FICAR TRÊS SEMANAS.

"Não? Por que não?"

AS AULAS COMEÇAM EM 4 DE JANEIRO.

Bobby arrancou a folha, dobrou-a na metade e guardou-a no bolso do avental. Passava lentamente a lateral da mão de um lado para outro do queixo barbudo — distanciamento clínico —, porém seus olhos, examinando o paciente, traíam apenas exasperação. Ele está pensando — pensou Zuckerman — "O que houve com esse sujeito?"

Um médico chamado Walsh apareceu no cubíbulo de Zuckerman — quanto tempo depois de Bobby ter ido embora, Zuckerman não tinha a menor condição de dizer. Era um homem alto, ossudo, na casa dos cinquenta anos, com um rosto longilíneo, flácido, abatido, cabelos grisalhos muito finos, e uma rouquidão de fumante na voz. Falava sem tirar o cigarro da boca. "Bom", disse a Zuckerman com um sorriso desconcertante, "atendemos trinta mil pessoas por ano, mas até onde eu sei você é o primeiro que chegou aqui nos braços de uma motorista."

Numa folha em branco do bloco de anotações, Zuckerman escreveu: QUANDO ESTÁ DOENTE, TODO HOMEM PRECISA DE UMA MÃE.

Walsh deu de ombros. "A ralé em geral vem se arrastando, ou chega em coma numa maca. Especialmente drogados como você. A moça disse que você deu um show antes de partir para a Terra de Oz. Parece que estava doidão. Tomou o quê?"

O QUE VOCÊS ENCONTRARAM. PERCODAN VODCA MACONHA. PARA A DOR.

"É, para dor isso funciona bem. Se é marinheiro de primeira viagem, bastam três ou quatro comprimidos de Percodan, algumas doses de birita e, se não tiver muita tolerância, vai a nocaute. As pessoas começam a exagerar nos analgésicos e dali a pouco estão pondo fogo no colchão ou se jogando na frente de um ônibus. Uma noite dessas atendemos um cara que tinha tomado todas, igualzinho a você. Estava viajando legal quando, catapimba, foi de cabeça escada abaixo. Quatro lances. Só não quebrou os dentes. Você até que teve sorte. Caindo de cara no chão do jeito que caiu, podia ter se estrepado feio. Podia ter quebrado a cabeça. Podia ter mordido a língua e arrancado um pedaço fora."

EU ESTAVA MUITO MAL?

"Ah, você estava bem zureta, amigo. Sua respiração estava fraca, você tinha se vomitado inteiro e a sua cara estava que era uma coisa. Tiramos um pouco de sangue para ver o que você tinha tomado, demos uma lavada no seu estômago e injetamos um antagonista narcótico, estabilizamos a sua respiração e ligamos você numa bolsa IV. Estamos esperando o cirurgião descer. Limpamos a ferida, mas ele vai ter que colar o seu queixo, se você quiser continuar virando a cabeça das moças."

COMO É SER MÉDICO DE PRONTO-SOCORRO? NÃO SABER O QUE VAI APARECER EM SEGUIDA. DEVE TER QUE PENSAR RÁPIDO. SER POLIVALENTE.

O médico riu. "Está escrevendo um livro ou coisa assim?" Tinha uma risada engraçada, semelhante a uma buzina, e um arsenal de gestos nervosos. Um médico com dúvidas. Tinha de haver um em algum lugar. Poderia ser confundido com o auxiliar de enfermagem — ou com um paciente psiquiátrico. Seus olhos pareciam aterrorizados. "Eu não leio nada, mas a enfermeira conhece você. Antes que o transfiram para um quarto, vem pedir o seu autógrafo. Diz que temos uma celebridade no pedaço."

A PERGUNTA É SÉRIA. Estava tentando pensar em algo que não fosse aquela dor de orelha a orelha. VOU ENTRAR NA FACULDADE DE MEDICINA. VALE A PENA SE ESPECIALIZAR EM ATENDIMENTO DE EMERGÊNCIA?

"Bom, se quer mesmo saber, é uma maneira meio insana de ganhar a vida. Em geral, depois de sete anos nisso, o cara está acabado. Mas eu não entendi essa história de faculdade de medicina. Você é o escritor famoso. O cara que escreveu o tal livro indecente."

DEVEM SALVAR MUITAS VIDAS. ISSO DEVE FAZER O TRABALHO DURO VALER A PENA.

"É, acho que sim. O negócio esquenta pra valer duas ou três vezes por dia. As pessoas chegam aqui mais pra lá do que pra cá, e a gente tenta fazer alguma coisa para ajudar. Não posso dizer que todo mundo saia sorrindo, não é bem assim que funciona. Veja o seu caso. Chegou com uma overdose e, três, quatro horas depois, começou a voltar. Às vezes o paciente *não* acorda. Mas, espere aí, está de sacanagem comigo? Pelo que ouvi dizer, você escreve esses best-sellers que fazem as pessoas morrer de rir — o que está aprontando? Resolveu tirar um sarro da minha cara?"

COMO SE TORNOU MÉDICO DE PRONTO-SOCORRO?

Outra buzinada nervosa. "A cabeça não andava boa", disse ele, e então teve um acesso de tosse horrível, que pareceu lançá-lo para fora do quarto. Instantes depois, Zuckerman o ouviu gritando no corredor: "Onde foi que puseram o diabético?".

Zuckerman não fazia ideia de quanto tempo mais havia se passado quando Walsh tornou a aparecer ao pé de sua cama. Tinha uma coisa urgente para dizer, algo a esclarecer a seu respeito antes que ele (ou o escritor) voltasse ao trabalho. Se era para acabar aparecendo nas páginas de um best-seller hilariante, seria bom que Zuckerman ao menos entendesse direito a sua história.

É uma máquina de livros o que as pessoas veem quando me encontram. E, por mais consternador que isso seja, elas têm razão. Uma máquina de livros que se alimenta de vidas — incluindo, dr. Walsh, a minha própria.

"A maioria dos médicos de pronto-socorro que eu conheço tem problemas", disse ele. "Alcoolismo. Distúrbio mental. Non falar bem o língua. Então vamos lá, comigo foi o Demerol. Não me dou bem com Percodan, não me dou bem com morfina, e até com álcool eu passo mal. Mas Demerol... Sorte sua não ter descoberto o Demerol. Faz muito sucesso com quem tem dores que não vão embora. Deixa você numa alegria só. Relaxado. Sem problemas."

QUAIS ERAM OS SEUS PROBLEMAS?

"Tudo bem", disse ele, a irritação agora evidente e sem disfarce. "Vou lhe contar, Zuckerman, já que está interessado em saber. Eu tinha um consultório em Elgin. Uma mulher, um filho e um consultório. Não segurei a onda. Você sabe o que é isso. Não estaria aqui se não soubesse. Então apelei para o De-

478 ZUCKERMAN ACORRENTADO

merol. Está fazendo dez anos. Para mim, o maior problema na relação com os pacientes é acompanhar, ao longo do tempo, o tratamento de alguém que está em maus lençóis. Aqui embaixo, no pronto-socorro, a gente troca o fusível e dá o fora. Tapamos o vazamento com o dedo durante alguns instantes, e pronto. Mas, se o cara pega um caso difícil em algum andar aí em cima, um caso que se prolonga, dia após dia, ele precisa saber como lidar com a coisa no longo prazo. Não pode desmoronar ao vê-los morrer. Eu não consigo. Com o meu histórico e me aproximando dos sessenta anos, me considero um sujeito de sorte por conseguir fazer o que faço. Cumpro as minhas quarenta horas semanais, recebo o meu salário e vou para casa. Gordon Walsh não dá para muito mais do que isso. Agora você sabe."

Para Zuckerman, porém, isso parecia ser tudo o que um homem poderia desejar, o fim de sua busca por algo que o livrasse do eu. Depois que Walsh foi embora pela segunda vez, tentou imaginar aquelas semanas de quarenta horas e esquecer o que estava acontecendo em sua boca. Acidentes de carro. Acidentes de moto. Quedas. Queimaduras. Derrames. Enfartes. Overdoses. Facadas. Ferimentos à bala. Mordidas de cachorro. Mordidas de gente. Partos. Ataques de loucura. Colapsos. Isso sim é *trabalho*. As pessoas chegam nas últimas, e você as mantém vivas até o cirurgião aparecer e fazer o conserto. Tira-as do perigo e então desaparece. Relega-se ao esquecimento. O que pode ser menos ambíguo que isso? Se o diretor dissesse para ele, lá na faculdade: "Não, não tem lugar para você, não com a sua história, com a sua idade, não depois do que aprontou por aqui", ele responderia que queria ser apenas mais um médico de pronto-socorro, cheio de problemas e com um histórico de dúvidas exemplar. Nada no mundo poderia fazê-lo mais feliz do que isso.

Já estava escuro em Chicago quando o cirurgião plástico chegou. Desculpou-se pelo atraso, mas viera de carro de Homewood, em meio à nevasca. Cuidou de Zuckerman no próprio cubículo do pronto-socorro, costurando seu queixo com pontos internos, de modo a deixar apenas uma cicatriz muito fina. "Se quiser", disse — uma brincadeira para animar o paciente —, "fazemos outro corte aqui e tiramos esse princípio de papada. Assim continua jovem para as moças." Se haviam aplicado nele uma anestesia local, Zuckerman não sabia dizer. Talvez estivesse doendo demais para sentir a agulha do médico.

As radiografias indicaram que a mandíbula tinha sido fraturada em dois pontos, de modo que o cirurgião maxilofacial foi chamado e, por volta da hora do jantar, levaram Zuckerman para o centro cirúrgico. O cirurgião sessentão explicou tudo antes de dar início ao procedimento — falando em surdina, como os locutores de TV ao transmitir uma partida de tênis, descreveu para Zuckerman o que viria a seguir. Duas fraturas, explicou: uma em diagonal, na frente, uma pequena fenda que começava onde os dentes tinham se quebrado e descia até a ponta do queixo, e uma segunda fratura mais para trás, junto à articulação. Como, na altura do queixo, os fragmentos não estavam numa posição muito boa, ele teria de fazer uma pequena incisão para entrar e realinhá-los; depois pegaria um fio de arame bem fino, faria alguns furos e amarraria o osso. Junto à articulação, não era necessário operar. Poriam barras de metal em seus dentes de cima e de baixo, tiras de elástico entrecruzadas para manter as barras unidas umas às outras, e isso seria suficiente para reparar a segunda fratura e proporcionar uma mordida uniforme. Ao acordar, Zuckerman não deveria se assustar se tivesse a impressão de estar ligeiramente engasgado — era uma sensação provocada pelas tiras de elástico, que tinham por finalidade manter sua boca "mais ou menos fechada". Tratariam de retirá-las assim que possível. E então, pela vigésima vez naquele dia, ele ouviu a promessa de que, quando seu rosto estivesse bom de novo, continuaria a fazer sucesso com as garotas.

"Sim, é um rompimento ósseo limpo, mas não limpo o bastante para o meu gosto." Essas palavras do cirurgião foram as últimas que ele ouviu. Bobby, que estava ali para anestesiá-lo, confortou-o com uma palmadinha no ombro. "Hora de ir para Xanadu, Zuck", e lá se foi ele, ao som de "... não limpo o bastante...".

Bobby estivera com ele para fazê-lo dormir e aparecera na sala de recuperação para ver se estava tudo bem quando ele acordou, mas quando, a certa altura da noite, o efeito da xilocaína passou, Zuckerman se viu sozinho e por fim se deu conta do que a dor era realmente capaz. Até então tinham sido só cosquinhas.

Uma das estratégias que ele adotou para passar de um minuto a outro foi tentar chamar a si mesmo de sr. Zuckerman, como se estivesse sentado na cadeira do juiz. Perseguir aquele velho por entre aqueles túmulos, sr. Zuckerman, foi a coisa mais idiota que o senhor já fez na vida. O senhor abriu as janelas erradas, fechou as portas erradas, concedeu jurisdição sobre a sua consciência ao tribunal errado; passou metade da vida escondido e está mais do que na hora de deixar de ser um filho — o senhor tem sido, sr. Zuckerman, o mais absurdo escravo do constrangimento e da vergonha, e apesar disso, no que diz respeito à estupidez despropositada e indesculpável da coisa, nada se compara a sair em perseguição, pelas vielas de um cemitério e debaixo de uma nevasca daquelas, a um comerciante aposentado que se encontrava compreensivelmente horrorizado por ter descoberto, enxertado em sua própria árvore genealógica, o gói que estraga tudo. Fixar toda essa dor, repressão e esgotamento nesse Katzenjammer Karamázov, nesse pontífice de segunda, atacá-lo, como uma espécie de falsa divindade, e cobri-lo de bordoadas... Mas é claro que havia os direitos inalienáveis de Gregory a defender, as liberdades de um moleque repulsivo e irresponsável por quem o senhor, assim que batesse os olhos nele, sr. Zuckerman, nutriria a mais profunda aversão. Parece, sr. Zuckerman, que talvez o senhor tenha perdido o seu norte desde que Thomas Mann, em seu altar, olhou para baixo e o exortou a ser um homem grandioso. Ante o exposto e por tudo o mais que nos autos consta, eu o condeno a ficar com a boca amarrada.

Quando a tática bem-humorada se mostrou ineficaz — o mesmo acontecendo com a tentativa de se distrair recitando para si mesmo o que ainda se lembrava das passagens de *Contos de Canterbury* decoradas no colégio —, Zuckerman segurou a própria mão e fez de conta que era outra pessoa. Seu irmão, sua mãe, seu pai, suas mulheres — um por um, vieram sentar ao lado de sua cama e pegar sua mão na deles. A dor era impressionante. Se pudesse abrir a boca, teria gritado. Depois de cinco horas, se pudesse ir até a janela, teria pulado, e dez horas depois, começou a melhorar.

Ao longo dos dias seguintes, ele não era nada além de uma boca quebrada. Sugava por um canudo e dormia. Isso era tudo. À primeira vista, sugar é a coisa mais fácil do mundo, algo que ninguém precisa ser ensinado a fazer, porém como os seus lábios estavam extremamente machucados e doloridos, e como o seu rosto ainda estava muito inchado e o canudo só entrava de viés na boca, nem sugar direito ele conseguia, e precisava aspirar, como que do fundo do estômago, para que o líquido começasse a correr por sua boca. Dessa maneira ele sugava sopa de cenoura, frutas amassadas e uma bebida láctea com sabor de banana que, embora exaltada por suas propriedades altamente nutritivas, era tão doce que o deixava nauseado. Quando não estava sugando polpa líquida ou dormindo, ficava explorando sua boca com a língua. Nada existia senão o interior de sua boca. Fazia todo tipo de descobertas ali dentro. A boca é quem você é. Não dá para chegar muito mais perto do que você pensa de si mesmo. A próxima parada é o cérebro. Não admira que a felação tenha granjeado tamanha reputação. A sua língua vive dentro da sua boca e a sua língua é você. Despachava a língua

LIÇÃO DE ANATOMIA   481

para todos os cantos, a fim de ver o que andava acontecendo além das barras de metal arqueado e das tiras de elástico. Percorria a abóboda do palato, descia até as cavidades macias e cavernosas dos dentes quebrados e então mergulhava sob a linha da gengiva. Era ali que o haviam cortado e amarrado. Para a língua era como a viagem rio acima em *Coração das trevas*. A calmaria misteriosa, as milhas e milhas de silêncio, a língua rastejando conradianamente em direção a Kurtz. Eu sou o Marlow da minha boca.

Sob a linha da gengiva tinham ficado pedaços de osso e de dente esmagados, e o médico passara algum tempo, antes de corrigir a fratura, escalavrando a região, a fim de tirar dali todos aqueles fragmentos minúsculos. Os novos incisivos ainda estavam por vir. Zuckerman não conseguia se imaginar mordendo coisa alguma de novo. A ideia de alguém tocando o seu rosto era horrível. A certa altura, dormiu dezoito horas seguidas e depois não se lembrava de que houvessem medido sua pressão ou trocado sua bolsa IV.

Uma jovem enfermeira do turno da noite veio animá-lo com o *Chicago Tribune*. "Puxa", disse ela, um pouco corada com a excitação, "o senhor é mesmo importante, não é?" Zuckerman fez sinal para ela deixar o jornal ao lado de seu remédio para dormir. No meio da noite — de alguma noite — ele por fim pegou o exemplar que ela deixara para ele e o examinou à luz da cabeceira da cama. O jornal estava dobrado de maneira a exibir as colunas sociais.

> A última do nosso motorista de celebridades: Como o tempo voa! Rebelde nos anos 60, o escritor Nathan ("Carnovsky") Zuckerman se recupera no Billings Hospital de uma cirurgia plástica. Um retoquezinho para o Romeu quarentão, que depois volta ao "Elaine's" e à cena nova-iorquina. Nathan chegou incógnito à cidade e jantou no Pump Room na véspera da recauchutada...

Chegou um cartão do sr. Freytag. No adesivo contendo o endereço do remetente, onde se lia: "Sr. e Sra. Harry Freytag", o pai de Bobby riscara o "e Sra.". Não devia ter sido fácil fazer aquele risco. O cartão dizia: "Fique bom logo!". No verso havia uma mensagem pessoal, escrita à mão:

Caro Nathan,

O Bobby me falou sobre o falecimento de seus queridos pais de que eu não estava sabendo. Todo o seu sofrimento como filho explica o que quer que tenha acontecido e não é preciso acrescentar mais nada. O cemitério era o último lugar do mundo para você. Só lamento não ter sabido antes. Espero não ter tornado as coisas ainda piores com alguma coisa que eu disse.

Você fez um grande nome na vida e merece parabéns por isso. Mas quero que saiba que para o pai do Bobby você ainda é o Joel Kupperman ("O garoto dos programas de perguntas e respostas") e sempre será. Fique bom logo.

Com o carinho dos Freytag,
Harry, Bobby e Greg

O último dos pais antiquados. E nós, pensou Zuckerman, os últimos dos filhos antiquados. Quem nos suceder compreenderá de que maneira, a meio caminho do século XXI, nesta enorme, leniente e desarticulada democracia, um pai — e nem sequer um pai que se destacasse pela erudição, pela eminência ou pelo poder incontestável — era capaz de adquirir a estatura de um pai num conto de Kafka? Não, acabaram-se os bons tempos de antigamente, quando, amiúde e sem dar pela coisa, um pai podia condenar um filho a ser castigado por seus crimes, e o amor e o ódio à autoridade podiam ser esse angu doloroso e confuso.

Havia uma carta do jornal dos alunos da universidade, o *Maroon*. Os editores gostariam de fazer uma entrevista com ele sobre o futuro de seu tipo de ficção na era pós-modernista de John Barth e Thomas Pynchon. Como imaginavam que, em virtude de sua cirurgia, ele talvez preferisse não ser visto por ninguém, será que poderia por favor responder, na extensão que achasse mais conveniente, as dez perguntas incluídas na folha em anexo.

Bom, pelo menos tinham feito a gentileza de não aparecer para atormentá-lo ali mesmo; ainda não se sentia em condições de usufruir dos prazeres da vida de escritor.

1. Por que o senhor continua a escrever? 2. A que propósitos serve a sua ficção? 3. O senhor se vê como parte de uma reação conservadora, a serviço de uma tradição em decadência? 4. O seu sentido de vocação sofreu alterações significativas por conta dos acontecimentos da última década?

Sim, sim, disse Zuckerman, sem dúvida, e deslizou para baixo da linha da gengiva.

Na manhã do quarto dia, levantou-se e foi se olhar no espelho. Até então não tivera interesse em saber como estava sua aparência. Extremamente pálido e abatido. Esparadrapo embaixo do queixo. Bochechas afundadas de fazer inveja a estrelas de cinema e, em volta do esparadrapo, um princípio de barba hirsuta que nascera com os fios todos brancos. E mais calvo. Quatro dias em Chicago tinham posto a perder quatro meses de tratamento tricológico. O inchaço melhorara, mas entre um lado e outro do maxilar havia uma assimetria alarmante, e mesmo com as costeletas cobrindo a pele, as escoriações pareciam feias. Tinham uma cor púrpura, como um sinal de nascença. Seus lábios rachados e manchados também apresentavam pontos de vermelhidão. E faltavam de fato dois dentes. Zuckerman se deu conta de que perdera os óculos. Tinham ficado sob a neve do cemitério, sepultados com a mãe de Bobby até a primavera. Tanto melhor: por ora ele não fazia questão de ver com nitidez as peças pregadas pela irrisão. Ele próprio já fora considerado um grande trocista, porém nunca tão diabolicamente inspirado assim. Mesmo sem o auxílio dos óculos, percebia que não estava no melhor de sua forma. Pensou: Só não me faça escrever sobre isto depois. Nem tudo tem de ser um livro. Pelo menos não isto.

Todavia, ao voltar para a cama, pensou: O fardo não é que tudo tenha de ser um livro. É que tudo *possa* ser um livro. E que não conte como vida enquanto não for.

Então veio a euforia da convalescença — e o afrouxamento de suas tiras de elástico. Nas semanas que se seguiram à bem-sucedida operação, impulsionado pelo entusiasmo de a cada dia se libertar um pouco mais do esteio narcótico, embalado pelo prazer de estar aprendendo pela segunda vez, em quarenta anos, a formar monossílabos simples com os lábios e o palato e a língua e os dentes, ele passeava pelo hospital com seu roupão e seus chinelos e sua nova barba branca. Nada do que pronunciava com a voz debilitada soava gasto, usado — todas as palavras pareciam deslumbrantemente cristalinas, e a catástrofe oral tinha ficado para trás. Tentou esquecer tudo o que havia acontecido na limusine, no cemitério, no avião; tentou esquecer tudo o que havia acontecido desde a primeira vez em que estivera em Chicago, ao entrar na faculdade. *Eu tinha dezesseis anos e entoava "... shantih, shantih, shantih" no El. É a última coisa de que me lembro.*

Os residentes de primeiro ano, rapazes de vinte e poucos anos, bigodes recém-adquiridos, os olhos com olheiras fundas em razão dos plantões de vinte e quatro horas, apareciam em seu quarto depois do jantar para se apresentar e bater papo. Pareciam-lhe crianças ingênuas, inocentes. Era como se, ao descerem do estrado do anfiteatro com seus diplomas de médico, tivessem dado um passo em falso e caído de cabeça na segunda série. Traziam seus exemplares de *Carno-*

vsky para que ele os autografasse, e indagavam com solenidade se Zuckerman estava trabalhando num novo livro. O que Zuckerman queria saber era a idade do aluno mais velho de suas respectivas turmas no curso de Medicina.

Pôs-se a ajudar os pacientes em pós-operatório que começavam a sair da cama, empurrando vagarosamente pelo corredor as hastes com suas bolsas IV. "Doze voltas", gemeu um acabrunhado homem de sessenta anos que tivera a cabeça recentemente enfaixada. Verrugas de pigmentação escura podiam ser vistas na base de sua coluna, onde o laço da camisola hospitalar tinha se desfeito. "... doze voltas no andar", explicou a Zuckerman, "devem dar um quilômetro." "Bom", disse Zuckerman com o maxilar enrijecido, "o senhor não precisa fazer um quilômetro hoje." "Tenho um restaurante de frutos do mar. Gosta de peixe?" "Adoro." "Então vamos combinar um jantar quando você estiver melhor. Al's Dock. 'Onde as lagostas são do Maine, você sabe que come bem.' É meu convidado. Vai ver o que é um peixe fresco. Uma coisa eu aprendi. Não dá para servir peixe congelado. Tem gente que percebe a diferença e aí você fica numa enrascada. Tem que servir peixe fresco. No nosso cardápio, a única coisa congelada é o camarão. E você, o que faz?" Ah, meu Deus — e agora, apresento o meu número? Não, não, na condição debilitada em que se encontravam, seria perigoso demais para ambos. Vestir aquela máscara não era bolinho: por mais que se divertisse, sua performance exuberante tornava ainda mais implacáveis todos os fantasmas e frenesis. O que parecia ser uma nova obsessão para exorcizar as velhas obsessões eram apenas as velhas obsessões fazendo-o alegremente chegar ao extremo dos extremos de que ele era capaz. Ao extremo? Não conte com isso. Desse manancial tem muito destempero para sair. "Estou desempregado", disse Zuckerman. "Um jovem prestativo como você?" Zuckerman deu de ombros. "Um pequeno contratempo, só isso." "Bom, deveria entrar no negócio de frutos do mar." "Pode ser", disse Zuckerman. "Você ainda é novo...", e com essas palavras o *restaurateur* se pôs a reprimir as lágrimas, controlando a comiseração do convalescente por todas as coisas vulneráveis, incluindo ele próprio e sua cabeça enfaixada. "Não dá para explicar a sensação", disse ele. "Foi por um triz. Quem não passou por isso não sabe o que é. A gente quer se agarrar à vida. Quando escapa da morte", disse ele, "a gente começa a ver as coisas com novos olhos, a gente vê *tudo* com novos olhos", e, seis dias depois, sofreu uma hemorragia e foi desta para a melhor.

Os soluços de uma mulher — e Zuckerman estacou, petrificado, diante do quarto dela. Perguntava-se o que deveria fazer, se é que deveria fazer alguma coisa — *Qual é o problema? De que ela precisa?* —, quando uma enfermeira veio lá de dentro e passou apressada por ele, resmungando só em parte consigo mesma: "Tem gente que acha que vai ser torturada". Zuckerman espreitou o interior do quarto. Viu os cabelos grisalhos espalhados sobre o travesseiro e um exemplar de *David Copperfield* aberto sobre o lençol que cobria o peito da mulher. Ela regulava em idade com ele e usava uma camisola azul-clara de seu guarda-roupa pessoal, com duas alcinhas absurdamente encantadoras. Não seria de todo despropositado imaginar que ela se deitara para descansar um pouco antes de ir a uma festa numa noite de verão. "Será que há alguma coisa...?" "Não pode ser!", exclamou ela. Zuckerman avançou um pouco mais, adentrando o quarto. "Que foi?", sussurrou ele. "Vão tirar a minha laringe", disse ela aos prantos — "vá embora!"

Na sala de espera, situada numa das extremidades do andar da otorrinolaringologia, Zuckerman ia dar uma olhada nos familiares dos pacientes que estavam sendo submetidos a procedimentos cirúrgicos. Sentava-se e ficava à espera de notícias com eles. Sempre havia alguém jogando paciência à mesa de carteado. Eram tantas as preocupações, e não tinha um que se esquecesse de embaralhar as cartas antes de começar uma partida. Uma tarde, Walsh, o médico que cuidara dele no pronto-socorro, viu Zuckerman ali, com um bloco de papel de carta amarelo no colo, em cujas folhas ele não tinha sido capaz de escrever mais do que "Querida Jenny". Querida Diana. Querida Jaga. Querida Gloria. Basicamente, o que fazia era ficar riscando palavras que estavam erradas em todos os sentidos possíveis: *esgotado... me detestando... não aguentava mais os tratamentos... aquela mania de doença... aquele reino de equívocos... uma hipersensibilidade a todos os limites inescapáveis... tudo o mais excluído dos pensamentos...* Nada fluía com um mínimo de naturalidade — uma voz de missivista, pedante, empolada, macaqueando tons de grande sinceridade, exprimindo, quando muito, sua enorme reserva em recorrer às cartas para explicar o que quer que fosse. Não conseguia falar com inteligência sobre o fato de não ter correspondido às expectativas ao fazer o papel de homem em decúbito dorsal, e tampouco conseguia se desculpar ou dizer-se envergonhado. Já não era emocionalmente convincente. E, no entanto, bastava se sentar para escrever, e lá vinha mais uma explicação, fazendo-o recuar com aversão diante de suas palavras. Era a mesma coisa com os livros: por mais engenhoso e elaborado que fosse o disfarce, lá estava ele, respondendo a acusações, refutando alegações, açulando com raiva o conflito enquanto tentava a todo custo ser compreendido. O interminável depoimento público — que maldição! A melhor razão de todas para nunca mais voltar a escrever.

No elevador, enquanto desciam, Walsh saboreava as últimas tragadas de seu cigarro — está saboreando, pensou Zuckerman, certo desprezo por mim também.

"Quem acabou dando um jeito no seu queixo?", indagou Walsh.

Zuckerman disse-lhe o nome.

"O melhor de todos", observou Walsh. "Sabe como ele fez para ascender às alturas grisalhas? Foi estudar na França, alguns anos atrás, com o figurão da área. Realizava experiências com macacos. Escreveu um livro contando tudo. Arrebentava a cara deles com um taco de beisebol e depois examinava o perfil das fraturas."

Para depois pôr tudo num livro? Pior do que as barbaridades com que ele tinha de se haver em sua linha de trabalho. "É verdade isso?"

"Se é assim que você faz para chegar às alturas? Não pergunte para mim. Gordon Walsh nunca foi de sentar a mão em ninguém. E aquele seu viciozinho, Zuckerman? Já se livrou do Percodan?"

Por causa de seu vício, Zuckerman precisava tomar, duas vezes ao dia, uma bebida que tinha aspecto e gosto de refrigerante de cereja — o seu "coquetel para a dor", como se referiam à bebida. Era administrado rotineiramente — de manhã cedo e no fim da tarde — pela enfermeira que acompanhava o dependente em sua reeducação. Ingerida a intervalos regulares, e não em resposta à dor, a bebida lhe dava a oportunidade de "reaprender" a encarar o seu "problema". "Hora de beber", dizia ela, "o trago nosso de cada dia", enquanto o obediente Zuckerman esvaziava o copo. "Não anda tomando nada às escondidas, não é, senhor Z.?" Ainda que nos primeiros dias sem os comprimidos e a vodca ele tivesse se sentido desagradavelmente agitado e nervoso — frágil o bastante, em certos momentos, para conjecturar se conseguiria encontrar no hospital alguém disposto a ajudá-lo a quebrar as regras de Bobby —, a resposta era não. "Nada de clandestino com o senhor Z.", garantia ele. "Bom menino", dizia ela, e, com uma conspiratória piscadela de hospital, dava por encerrado o joguinho pseudossedutor. A mudança na proporção entre ingredientes ativos e xarope de cereja era de conhecimento apenas da equipe médica; o coquetel era a alma da estratégia de descondicionamento de Bobby, um processo gradual que tinha por objetivo reduzir a zero, ao longo de um período de seis semanas, a ingestão de medicamentos. A ideia era

LIÇÃO DE ANATOMIA 487

livrar Zuckerman da dependência psicológica dos analgésicos, assim como da "síndrome do comportamento de dor".

Quanto à investigação da dor por trás do comportamento, isso ainda estava por ser encomendado. Bobby não queria que Zuckerman, cujo ânimo após um ano e meio demandava, por si só, um tratamento um tanto quanto cauteloso, caísse num estado de abatimento e perplexidade quando um número excessivo de dedos de um número excessivo de médicos começasse a cutucá-lo de cima a baixo na tentativa de descobrir o que havia de errado com ele. Por ora, era preciso canalizar a energia de Zuckerman para a superação da arraigada dependência das drogas e do debilitante trauma da face, ainda mais tendo em vista que a oclusão da mandíbula não estava como deveria estar e que ainda havia dois dentes incisivos pela frente.

"Por ora estou indo bem", disse Zuckerman em resposta à pergunta sobre o seu vício.

"Bom", retorquiu Walsh, "vamos ver quando você não estiver mais sob vigilância. Ladrões armados não assaltam bancos enquanto estão sob a custódia do Estado. Isso acontece na semana em que são soltos."

No térreo do edifício, os dois desceram do elevador e avançaram pelo corredor que conduzia ao pronto-socorro. "Estamos atendendo uma senhora de oitenta e oito anos. O pessoal da ambulância foi apanhar o irmão dela, um velho de oitenta e um anos que tinha sofrido um derrame. Sentiram alguma coisa no ar e a trouxeram junto."

"Sentiram o quê no ar?"

"Já vai ver."

A mulher tinha só metade do rosto. Uma das faces, da extremidade inferior da bochecha à órbita do olho, e ao longo de toda a extensão do maxilar, fora destruída pelo câncer. Desde o surgimento de uma pequena bolha, quatro anos antes, tratava-se sozinha, passando mercurocromo e cobrindo a ferida com uma gaze que ela trocava uma vez por semana. Dividia um quarto com o irmão, fazia a faxina e cozinhava para ele, e nenhum vizinho, nenhum comerciante das redondezas, ninguém que tivesse visto aquilo se preocupara em saber o que havia por baixo da gaze e chamar um médico. Era uma senhora franzina, tímida, reservada, bem articulada, pobre mas digna, e, ao ver Zuckerman se aproximando em companhia de Walsh, fechou a camisola hospitalar em volta da garganta. Baixou os olhos. "Como vai o senhor?"

Walsh apresentou seu colega. "Este é o doutor Zuckerman. Nosso residente em humanismo. Ele gostaria de dar uma olhada no seu rosto, senhora Brentford."

Zuckerman estava vestido com um roupão do hospital, calçava chinelos, e sua barba ainda não tinha um aspecto muito apresentável. Faltavam-lhe dois dentes e sua boca estava cheia de pedaços de metal. Apesar disso, a mulher disse: "Ah, claro. Obrigada".

Walsh explicou o caso para Zuckerman. "Faz uma hora que estamos retirando as escamas e drenando o pus — deixamos limpinho para o senhor, doutor." Levou o residente em humanismo até a cabeceira da cama e apontou uma lanterna para a ferida.

Havia um buraco do tamanho de uma moeda na maçã do rosto. Através dele, Zuckerman podia ver a língua se movimentando nervosamente no interior da boca. O próprio maxilar estava em parte exposto, um pedaço de dois ou três centímetros de osso, tão branco e limpo quanto um azulejo esmaltado. O restante, dali até a órbita do olho, era um naco de carne crua, algo saído do piso do açougue para servir de comida ao gato. Zuckerman evitou respirar para não sentir o cheiro.

Ao saírem para o corredor, Walsh foi sacudido por um acesso de tosse provocado pelas risadas. "O senhor está verde, doutor", disse quando por fim conseguiu falar. "É melhor ficar com os livros."

Diariamente, por volta das dez da manhã, os grandes cestos de pano que permaneciam dispostos ao longo do corredor se enchiam com a roupa de cama usada pelos pacientes durante a noite. Zuckerman estava de olho nesses cestos havia algumas semanas — toda vez que passava por um deles sentia a mais estranha das tentações. Foi na manhã seguinte à cachorrada que Walsh aprontara com ele, quando não havia ninguém por perto para perguntar que raios ele pensava que estava fazendo, foi então que ele finalmente mergulhou os braços no emaranhado de lençóis, toalhas, camisolas e pijamas. Não imaginava que pudesse ser tão úmido. Sentiu uma fraqueza na região da virilha; sua boca se encheu de bile — era como se estivesse com sangue pelos cotovelos. Era como se a carne malcheirosa do rosto da sra. Brentford estivesse ali, entre as suas mãos. No fim do corredor, Zuckerman ouviu uma mulher gritar, a mãe, a irmã ou a filha de alguém, o grito de uma sobrevivente — "Ela ficou beliscando a gente! Bateu na gente! Chamou a gente de cada coisa! Depois morreu!". Outra catástrofe — a todo instante, atrás de cada porta, *no quarto ao lado*, as provações mais terríveis que se poderia imaginar, uma dor desumana e inescapavelmente real, um pranto e um sofrimento de fato dignos de toda a resistência que um homem é capaz de oferecer. Um dia ele seria o médico da sra. Brentford. Seria um cirurgião maxilofacial. Estudaria anestesiologia. Coordenaria um programa para dependentes químicos, oferecendo a seus pacientes o exemplo de sua bem-sucedida desintoxicação.

Até aparecer alguém no corredor e gritar: "Ei, *você*! Está tudo bem aí?", Zuckerman continuou com a cabeça e os braços submersos nos lençóis dos convalescentes, dos doentes e dos moribundos — e de quem quer que houvesse morrido durante a noite —, sua esperança tão funda quanto o chamado insistente daquele seu lar remoto porém irrenunciável. *Isto é a vida. A vida com as garras de fora.*

Desse dia em diante, sempre que os residentes passavam pelo seu quarto à noite, Zuckerman pedia para acompanhá-los em seu giro pelo hospital. Em cada cama, um medo diferente. O que o médico queria saber, o paciente contava. Não havia segredo que fosse escandaloso ou degradante — tudo era revelado e tudo estava em jogo. E o inimigo era invariavelmente cruel e real. "Tivemos de cortar o cabelo da senhora, para não corrermos o risco de deixar alguma coisa para trás." "Ah, não tem problema", respondeu numa vozinha aquiescente a mulher negra de porte avantajado e rosto de bebê. O residente virou com cuidado a cabeça da paciente. "Era muito fundo, doutor?" "Tiramos tudo", disse o residente, mostrando a Zuckerman a incisão suturada que se estendia por vários centímetros sob o curativo oleoso, bem atrás da orelha. "A senhora pode ficar sossegada. Não tem mais nada aqui." "Verdade? Deu tudo certo então?" "Está novinha em folha." "E... e eu vou ver o senhor de novo, doutor?" "Claro", disse ele, e apertou a mão dela e a deixou em paz no travesseiro, retirando-se do quarto com Zuckerman, o residente do residente, a tiracolo. Que profissão! O vínculo paternal com os que se veem indefesos diante da adversidade, a troca humana urgente, imediata! Todo esse trabalho indispensável a ser feito, essa escavação da doença — e ele usara sua devoção fanática para ficar sentado entre quatro paredes, a sós com uma máquina de escrever!

Por quase todo o período em que permaneceu ali como paciente, Zuckerman vagava pelos movimentados corredores do hospital universitário, patrulhando e fazendo planos por conta própria durante o dia e, em meio ao silêncio que então descia sobre a ala da otorrinolaringologia, acompanhando os residentes à noite, como se ainda acreditasse que poderia se desacorrentar de um futuro como homem à parte e escapar do corpus que era o seu.

A ORGIA DE PRAGA

... dos cadernos de anotações de Zuckerman

Nova York, 11 de janeiro de 1976

"O seu romance", diz ele, "é um dos cinco ou seis livros da minha vida."

"A senhora precisa explicar para o senhor Sisovsky", digo à companheira dele, "que os elogios já estão de bom tamanho."

"Os elogios já estão de bom tamanho", ela diz para o sujeito. Uma mulher com cerca de quarenta anos, olhos claros, malares proeminentes, cabelos escuros partidos com uma risca austera — um rosto perturbado, fascinante. Em sua têmpora, uma veia azul salta perigosamente, enquanto ela permanece empoleirada na beira do meu sofá, quase sem se mexer. Toda de preto como Hamlet. Sinais de desgaste acentuado na parte de trás da saia de veludo do conjuntinho fúnebre. O perfume é forte, as meias estão desfiadas e os nervos parecem à flor da pele.

Ele deve ser uns dez anos mais novo: encorpado, parrudo, musculoso, com um rosto largo que, em virtude também do nariz pequeno, faz pensar na potência ameaçadora de um punho enluvado. Vejo-o baixando a testa e arrombando portas com esse rosto. Porém os cabelos meio compridos são os cabelos do pop star — grossos, sedosos, com uma cor preta e um brilho quase orientais. Está vestido com um terno cinza, de tecido levemente lustroso. O paletó tem cavas altas e está pegando um pouco nos ombros. As calças se agarram a um abdômen desproporcionalmente possante — um jogador de futebol usando calças compridas. Os sapatos brancos de bico fino precisam de conserto; a camisa branca é usada com os botões de cima abertos. Tem qualquer coisa do boa-vida, qualquer coisa do marginal e qualquer coisa também do menino riquinho. Onde o inglês da mulher descamba para um sotaque mais carregado, o de Sisovsky revela apenas pequenas imperfeições, e sua pronúncia é tão confiante — com a elegância esdrúxula das vogais oxfordianas — que suas ocasionais violências sintáticas me parecem antes um artifício, um jogo irônico para fazer com que o anfitrião americano não se esqueça de que, afinal de contas, ele é só um refugiado, pouco mais do que um recém-chegado a esse idioma que já domina com tanta fluência e charme. Por baixo de toda essa deferência comigo, aposto que é um dos que não se dobram facilmente, um dos leões que rugem com o vigor de sua indignação.

"Peça para ele me falar sobre o livro *dele*", digo a ela. "Como é o título?"

No entanto, é sobre o meu livro que ele continua falando. "Assim que descemos do avião que nos trouxe de Roma até o Canadá, o primeiro livro que eu comprei foi o do senhor. Soube que causou escândalo aqui na América. E quando o senhor se mostrou tão gentil e concordou em me receber, eu fui à biblioteca para ver como os americanos reagiram ao seu livro. É uma questão que me interessa por causa da forma como os tchecos reagiram ao meu livro, que também causou escândalo."

"Qual foi o escândalo?"

"Por favor", diz ele, "longe de mim querer comparar nossos livros. O seu é coisa de gênio, ao passo que o meu não é nada. Quando estudei a obra do Kafka, fiquei com a impressão de que o destino que os livros dele tiveram nas mãos dos kafkologistas foi ainda mais grotesco que o destino de Josef K. E acho que isso vale para o senhor também. Essa reação escandalosa dá outra dimensão ao seu livro, uma dimensão grotesca que agora faz parte dele, como as idiotices kafkológicas fazem parte do Kafka. Do mesmo modo que até a proibição do meu livrinho cria uma dimensão completamente alheia às minhas intenções."

"Por que proibiram o seu livro?"

"O fardo de idiotice que o senhor precisa carregar é mais pesado do que o fardo da proibição."

"Não é verdade."

"Infelizmente é, *cher maître*. O senhor minimiza o significado da sua vocação. Pensa que não há cultura literária que tenha importância. Há um definitivo enfraquecimento existencial na sua posição. O que é de se lamentar, porque o fato é que o senhor escreveu uma obra-prima."

Só que em momento nenhum ele diz do que é que gosta no meu livro. Vai ver que no fundo não gosta do livro. Vai ver que não o leu. Não é sem tino essa persistência. O exilado que não tem onde cair morto teima em externar sua comiseração pelo americano bem-sucedido.

O que será que ele quer?

"Mas é o senhor", lembro-o, "que está sendo impedido de exercer a sua profissão. Por maior que tenha sido o escândalo, fui enormemente — estrambolicamente — recompensado. Jogaram de tudo no meu colo, de um apartamento no Upper East Side às moções de apoio à liberdade condicional para assassinos que não mereciam estar atrás das grades. É esse o poder que os escândalos conferem por aqui. Foi ao *senhor* que castigaram para valer. Proibir o seu livro, impedir o senhor de publicar, obrigar o senhor a sair do país — o que poderia ser mais traumático e idiota do que isso? Fico contente em saber que gosta do meu livro, mas pare com as delicadezas em relação à situação do *cher maître, mon cher ami*. Por que o livro que o senhor escreveu causou tanto escândalo?"

Diz a mulher: "Conte a ele, Zdenek".

"O que há para contar?", replica ele. "Eles têm mais dificuldade em lidar com um sorriso satírico do que com o fanatismo ideológico explícito. Eu ri. Eles são ideólogos. Eu detesto ideologia. É isso que provoca tanta afronta. Provoca também a minha dúvida."

Peço a ele que me explique a dúvida.

"Publiquei uma satirazinha inofensiva em Praga, em 1967. Os russos vieram nos visitar em 1968, e desde então não publiquei mais nada. Não há mais nada para ser dito. O que me interessa são essas resenhas sem pé nem cabeça que eu li sobre o seu livro na biblioteca. Não porque sejam descabidas — isso era de esperar. O problema é que não há uma que se possa chamar de inteligente. A pessoa lê essas coisas na América e começa a temer pelo futuro, pelo mundo, por tudo."

"Que o senhor tema pelo futuro, até mesmo pelo mundo, eu entendo. Mas por 'tudo'? A pessoa que se solidariza com um escritor por conta de resenhas descabidas ganha um amigo para a vida inteira, Sisovsky. Mas, isso feito, eu gostaria de saber sobre a sua dúvida."

A ORGIA DE PRAGA   495

"Fale a ele sobre a sua *dúvida*, Zdenek!"

"Mas como? No fundo, eu nem acredito na minha dúvida. Acho que não tenho dúvida nenhuma. Mas acho que deveria ter."

"Por quê?", pergunto.

"Eu me lembro de como eram as coisas antes da invasão de Praga", diz ele. "Garanto que nenhuma dessas resenhas sobre o seu livro teria sido publicada em Praga nos anos 60 — o nível é baixo demais. E isso a despeito do fato de que, segundo noções simplificadas, éramos um país stalinizado, enquanto os Estados Unidos eram o país da liberdade de pensamento."

"Zdenek, não é sobre essas resenhas que ele quer que você fale — ele quer saber sobre a sua dúvida!"

"Calma", Sisovsky diz a ela.

"O homem está fazendo uma pergunta."

"E eu estou respondendo."

"Então responda. *Responda*. Ele já falou que os elogios estão de bom tamanho!" Itália, Canadá e agora Nova York — a mulher está tão cansada dele quanto dessa peregrinação toda. Enquanto ele fala, ela fecha os olhos por alguns instantes e leva a mão à veia saltada que tem na têmpora — como se recordasse ainda outra perda irreparável. Sisovsky toma o meu uísque, ela não aceita nem uma xícara de chá. Queria estar bem longe daqui, provavelmente na Tchecoslováquia, e desacompanhada.

Intervenho — antes que ela comece a gritar — e pergunto: "Daria para ter ficado na Tchecoslováquia, mesmo com o seu livro proscrito?".

"Daria. Mas, se eu tivesse ficado na Tchecoslováquia, acabaria tomando o caminho da resignação. Não podia escrever, não podia falar em público, não podia nem ver os meus amigos sem que me levassem para ser interrogado. Tentar fazer alguma coisa, qualquer coisa, é pôr o seu bem-estar em risco, e o bem-estar da sua mulher e o dos seus filhos e o dos seus pais. Tenho uma mulher lá. Tenho uma filha e tenho uma mãe que está envelhecendo e que já sofreu sua cota de privações na vida. Você opta pela resignação porque compreende que não há o que fazer. Não há como resistir à russificação do meu país. O fato de que todo mundo deteste a ocupação não serve, a longo prazo, como defesa. Vocês, americanos, pensam em termos de um ou dois anos; os russos pensam em séculos. Eles sabem, de maneira instintiva, que vivem num tempo de longa duração, e que o tempo está do lado deles. Têm profunda convicção disso, e estão certos. A verdade é que aos poucos a população vai aceitando seu destino. Já se passaram oito anos. Só os escritores e os intelectuais continuam a ser perseguidos, só os que escrevem e pensam são reprimidos; os demais estão contentes, contentes até com o ódio que sentem dos russos, e, no geral, a vida nunca foi tão boa para eles como agora. A modéstia exige, por si só, que os deixemos em paz. Não dá para você ficar esperneando, exigindo que publiquem seus livros e ignorar que você talvez só esteja sendo movido pela vaidade. Não sou um gênio formidável como o senhor. As pessoas têm Musil e Proust e Mann e Nathan Zuckerman para ler, por que deveriam ler as coisas que eu escrevo? Meu livro não foi um escândalo só por causa do meu sorriso satírico. É que em 1967, quando o livro saiu, eu tinha vinte e cinco anos. Era a nova geração. O futuro. Acontece que essa minha geração do futuro foi a que melhor se ajeitou com os russos. Ficar na Tchecoslováquia e arrumar encrenca com os russos por conta do meu livrinho — por quê? Que importância teria outro livro meu?"

"Não é esse o ponto de vista do Soljenítsin."

"Bom para ele. Por que eu deveria apostar tudo na tentativa de publicar outro livro com um sorriso satírico? O que vou provar enfrentando o regime, pondo em risco a minha vida e a vida de todo mundo que eu conheço? O problema é que, infelizmente, por mais que eu desconfie dos descaminhos da vaidade, desconfio ainda mais do caminho da resignação. Não para os outros — cada um faz o que tem que fazer —, mas para mim mesmo. Não sou corajoso, mas não posso me acovardar totalmente."

"E será que isso também não é pura vaidade?"

"Exato — é uma dúvida *cruel*. Se resolvo ficar na Tchecoslováquia, claro, posso arrumar algum tipo de trabalho e ao menos continuar a viver no meu país e extrair alguma energia disso. Posso, ao menos, ser um tcheco — mas não posso ser um escritor. Ao passo que, no Ocidente, posso ser um escritor, mas não um tcheco. Aqui, onde, como escritor, estou reduzido à mais completa insignificância, não sou nada além de um escritor. Como me tiraram todas as outras coisas que dão sentido à vida — meu país, minha língua, amigos, família, memórias et cetera —, aqui, para mim, fazer literatura é tudo. Mas a única literatura que eu sei fazer tem tanto a ver com a vida de lá que somente lá ela pode ter o efeito que eu almejo."

"Quer dizer que ainda mais pesado do que o fardo da proscrição é a dúvida que ela fomenta."

"Em mim. Só em mim. A Eva não tem nenhuma dúvida. Ela só tem ódio."

Eva é apanhada de surpresa. "Ódio de quê?"

"De todos os que traíram você", diz Sisovsky a ela. "De todos os que a abandonaram. Você os odeia, gostaria que estivessem mortos."

"Eu nem penso mais neles."

"Quer que sejam torturados no Inferno."

"Esqueci totalmente deles."

"Eu bem que gostaria de contar ao senhor sobre Eva Kalinova", diz Sisovsky para mim. "Por vulgar que seja anunciar uma coisa dessas, é muito ridículo que o senhor não saiba. É humilhante para mim pedir que o senhor ature o drama da minha dúvida enquanto a Eva está aí, sentada como se não fosse ninguém."

"Estou bem aqui, sentada como se não fosse ninguém", diz ela. "Não precisamos disso."

"Eva", diz ele, "é a maior atriz tchekhoviana de Praga. Dê um pulo em Praga e pergunte. Ninguém contesta isso, nem o regime. Não há Nina, nem Irina, nem Macha que se compare com as que ela fez."

"Não quero isso", diz ela.

"Quando a Eva pega um bonde em Praga, até hoje as pessoas aplaudem. Praga inteira é apaixonada por Eva desde que ela tinha dezoito anos."

"É por isso que escrevem no meu muro: 'a puta do judeu'? Porque são apaixonados por mim? Não seja bobo. Isso acabou."

"Em breve ela volta aos palcos", garante-me ele.

"Para ser atriz na América, você precisa falar um inglês que não deixe as pessoas com dor de cabeça!"

"Sente-se, Eva."

Mas a carreira dela acabou. Ela não pode se sentar.

"Não dá para a pessoa subir no palco e falar um inglês que ninguém entende! Ninguém vai me contratar para fazer isso. Não quero mais atuar em peça nenhuma — cansei de ser uma pessoa artificial. Não aguento mais imitar todas aquelas Irinas e Ninas e Machas e Sachas tão comoventes. É uma coisa que me deixa confusa e deixa os outros confusos também. Para começo de conversa, somos uma gente que fantasia demais. Lemos demais, sentimos demais, fantasiamos demais — queremos todas as coisas erradas! Estou *contente* por ter dado adeus aos meus sucessos. No fim das contas, o sucesso fica com a pessoa, não com o que ela faz em cima do palco. O que há de bom nisso? Para que serve? Só para alimentar o egocentrismo. O Brejnev me deu a chance de não ser ninguém, uma pessoa comum que faz um trabalho de verdade. Vendo vestidos — e as pessoas precisam mais de vestidos do que das tontas dessas atrizes tchekhovianas tão comoventes!"

"Mas de que", pergunto, "precisam as atrizes tchekhovianas?"

"De participar da vida dos outros como participam de uma peça, e não de participar de uma peça como deveriam participar da vida dos outros! Precisam jogar fora seu egoísmo e seus sentimentos e sua beleza e sua arte!" Começando a chorar, ela diz: "Eu, pelo menos, até que enfim joguei fora essas coisas!".

"Eva, conte para ele sobre os seus demônios judeus. Aqui nos Estados Unidos ninguém entende de demônios judeus como o senhor Zuckerman. Ela é perseguida por demônios judeus", explica-me Sisovsky. "Eva, você precisa contar a ele sobre o vice-ministro da Cultura e o que aconteceu depois que você se separou do seu marido. Eva era casada com um homem de quem vocês nunca ouviram falar na América, mas na Tchecoslováquia o país inteiro gosta dele. É uma personalidade do teatro muito querida. Não tem semana em que não apareça na TV. Deixa às lágrimas as mães um pouco mais idosas quando se põe a cantar canções folclóricas da Morávia. E, quando fala com as mocinhas com aquela voz horrorosa dele, elas ficam todas histéricas. Nos jukeboxes, no rádio, em toda parte, você ouve essa voz horrível que dizem que é a voz de um cigano ardente. A mulher desse homem não tem com que se preocupar. Pode fazer os papéis que bem entender no Teatro Nacional. Pode viver em paz. Pode fazer todas as viagens ao exterior que quiser. Com a mulher desse homem, ninguém mexe."

"Nem ele", diz ela. "Zdenek, por que você me atormenta desse jeito? Não faço questão de ser um personagem irônico num conto tcheco cheio de ironias. Tudo o que acontece na Tchecoslováquia, as pessoas dão de ombros e dizem: 'É puro Schweik, é puro Kafka'. E eu estou cheia dos dois."

"Me fale sobre os seus demônios judeus", digo eu.

"Não tenho nenhum", responde ela, olhando com raiva para Sisovsky.

"A Eva se apaixonou por um tal de Polak e abandonou o marido para ficar com ele. Acontece que, com a amante do Polak", diz Sisovsky, "eles mexem. Esse Polak já teve muitas amantes, e nunca deixaram de mexer com nenhuma delas. Eva Kalinova é casada com um Artista de Mérito da República Socialista da Tchecoslováquia, mas abandona o marido para ficar com um agente sionista, um inimigo burguês do povo. E é por isso que escrevem 'a puta do judeu' no muro do teatro e põem no correio poemas em que a acusam de imoral e também mandam caricaturas do Polak com um nariz de judeu enorme. É por isso que escrevem cartas para o Ministério da Cultura, denunciando-a e exigindo que ela seja impedida de subir aos palcos tchecos. É por isso que ela é chamada para falar com o vice-ministro da Cultura. Ao trocar um Artista de Mérito — e um egomaníaco enfadonho e sentimental —, como Petr Kalina, por um judeu parasita como Pavel Polak, Eva mostrou que valia tanto quanto uma judia."

"Por favor", diz ela, "pare de contar essa história. Essa gente toda sofre por suas ideias, por seus livros proscritos e pela volta da democracia à Tchecoslováquia — essas pessoas sofrem por seus princípios, por sua humanidade, por seu ódio aos russos, e nessa história horrível eu continuo a sofrer por amor!"

"'A senhora sabia', diz a ela o nosso ilustrado vice-ministro da Cultura, 'a senhora sabia, madame Kalinova'", prossegue Sisovsky, "'que metade de nossos concidadãos acha que a senhora é judia de nascimento?' E Eva diz para ele, muito secamente — porque a Eva sabe ser uma mulher muito seca, muito linda e muito inteligente quando não está irritada com as pessoas ou morrendo de medo —, muito secamente ela diz: 'Meu caro senhor, no século XVI a minha família sofria perseguições na Boêmia por ser protestante'. Mas isso não o abala — a informação não é nova para ele. Continua: 'Diga-me, por que a senhora fez o papel da judia Anne Frank quando tinha dezenove anos?'. Eva responde: 'Porque entre dez jovens atrizes, foi a mim que escolheram. E todas as dez estavam loucas para ficar com o papel'. 'Jovens atrizes', ele pergunta, 'ou jovens judias?'"

"Tenha dó, Zdenek. Não quero mais ouvir essa minha história ridícula! Não quero mais ouvir a sua história ridícula! Estou farta de ouvir a nossa história, estou farta de *viver* a nossa história! Isso foi na Europa, isto é a América! Eu tremo só de pensar que um dia fui essa mulher!"

"'Jovens atrizes', ele pergunta a ela, 'ou jovens judias?' Eva diz: 'Que diferença faz? Imagino que algumas eram judias. Mas eu não sou'. 'Bom, então', diz ele a Eva, 'por que quis continuar fazendo o papel dessa judia por dois anos seguidos se, já naquela época, a senhora não era ao menos uma simpatizante sionista?' Eva responde: 'Fiz o papel de uma judia em *Ivánov*, de Anton Tchekhov. Fiz o papel de uma judia em *O mercador de Veneza*, de Shakespeare'. Isso não o convence de nada. O fato de Eva ter feito uma judia até numa peça de Anton Tchekhov, em cuja obra é preciso procurar muito para encontrar um judeu, não melhora, na opinião do vice-ministro, as coisas para ela. 'Mas todo mundo sabe', Eva explica a ele, '... que eu estava só *representando*. Mesmo que metade do país acredite que eu seja judia, isso não faz de mim uma judia. Por algum tempo as pessoas diziam que eu era meio cigana também; é bem provável que muitas ainda achem isso por causa daquele filme ridículo que eu fiz com o Petr. Mas, senhor vice-ministro', diz Eva, 'o que todo mundo sabe, e o que é um fato incontestável, é que eu não sou nada disso: *eu sou uma atriz.*' Ele a corrige: 'Uma atriz, madame Kalinova, que gosta de representar judias, que as representa de forma magistral — é *isso* que todo mundo sabe. O que todo mundo sabe é que não há no país inteiro ninguém capaz de representar uma judia melhor do que a senhora'. 'Mas, ainda que esse absurdo seja verdade, até isso agora é crime neste país?' Nessa altura, Eva está aos gritos e, obviamente, está chorando. Está tremendo da cabeça aos pés. E isso de repente leva o homem a querer ser gentil com ela, com certeza mais gentil do que tinha sido até então. Oferece um conhaque para Eva se acalmar. Esclarece que não está se referindo ao que diz a lei. Não está nem exprimindo uma opinião pessoal. Ele próprio ficou muito comovido em 1956 ao ver Eva no papel da pequena Anne Frank. Chorou durante a peça — nunca se esqueceu disso. A confissão deixa Eva completamente transtornada. 'Então do que é que o senhor está falando?', pergunta a ele. 'Estou falando dos sentimentos do povo', ele responde. 'Estou falando dos sentimentos do grande povo tcheco. Que a senhora tenha abandonado Petr Kalina, um Artista de Mérito, para se tornar amante de um sionista como o Polak, já foi muito ruim, mas para o povo isso é imperdoável por causa do seu histórico, madame Kalinova, da sua insistência em fazer judias nos nossos palcos.' 'Isso não tem cabimento', Eva diz a ele. 'Não pode ser. O povo tcheco se encantou com Anne Frank, as pessoas se encantaram *comigo* por causa da interpretação que fiz dela!' Então ele tira da pasta todas essas cartas falsas, escritas por todos os aficionados de teatro que se diziam ofendidos — cartas tão falsas quanto as frases que tinham aparecido nos muros do teatro. E isso encerra a questão. Eva é dispensada do Teatro Nacional. O vice-ministro fica tão satisfeito consigo mesmo que sai por toda parte se vangloriando do modo como lidou com a puta do Polak, mostrando para o arrogante daquele judeu safado quem é que manda neste país. Pensa que, quando a notícia chegar a Moscou, os russos vão condecorá-lo pela crueldade e pelo antissemitismo. Eles têm uma medalha de ouro só para esses casos. Só que em vez disso o homem perde o emprego. A última informação que eu tive é que ele estava trabalhando como editor-assistente na editora responsável pela publicação de livros religiosos. Porque o fato é que os tchecos *adoraram* Anne Frank. E como algum superior já estava mesmo querendo se livrar daquele vice-ministro idiota, ele é posto no olho da rua por causa da maneira como lidou com Eva Kalinova. Claro que, para a Eva, teria sido melhor se, em vez de demitir o vice-ministro, eles a tivessem reconduzido à posição de atriz principal do Teatro Nacional. Acontece que na Tchecoslováquia a Justiça não é tão desenvolvida assim. Nossos juízes são melhores para punir do que para remediar."

"Não são bons em *nada*", diz Eva. "Eu é que sou uma molenga. Eu é que sou uma idiota e não consigo me defender daqueles cafajestes! Eu choro, começo a tremer, abro a guarda. Eu *mereço* o que eles fazem. Neste mundo, e ainda brigando por causa de um homem! Deviam ter me cortado a cabeça. *Assim* teriam feito justiça!"

"E agora", diz Sisovsky, "Eva está com outro judeu. Na idade dela. Agora é que está acabada mesmo."

Ela esbraveja em tcheco, ele responde em inglês. "É domingo", Sisovsky diz a ela, "o que você vai fazer em casa? Tome um drinque, Eviczka. Beba um pouco de uísque. Tente aproveitar a vida."

Novamente em tcheco, ela pede algo a ele, ou o recrimina, ou recrimina a si mesma. Em inglês, e de novo com muita gentileza, ele diz: "Eu sei. Mas o *Zuckerman* está interessado".

"Eu vou embora!", ela me diz — "Preciso ir!", e deixa precipitadamente a sala.

"Bom, eu vou ficar...", murmura Sisovsky, esvaziando o copo. Antes que eu possa me levantar para acompanhá-la, ouço-a abrir e bater com força a porta do meu apartamento.

"Já que está curioso", diz Sisovsky, enquanto lhe sirvo mais uma dose, "ela disse que ia para casa e eu perguntei o que ela ia fazer em casa e ela disse: 'Estou farta da sua mente e estou farta do meu corpo e não suporto mais essas histórias maçantes!'."

"Ela quer ouvir uma história nova."

"Quer ouvir é um homem novo. Está irritada porque pensa que eu a trouxe até aqui só para exibi-la. O que eu vou fazer — largá-la sozinha no quarto para que ela se enforque? Num domingo? Aqui em Nova York, sempre que vamos a algum lugar e há outro homem no programa, ela me acusa disso. 'Qual é a função desse homem?', ela pergunta. Há cenas dramáticas em que ela me chama de cafetão. Sou um cafetão porque ela quer me abandonar e tem medo de me abandonar porque em Nova York ela não é ninguém e está completamente sozinha."

"E não pode voltar para Praga?"

"Para a Eva é melhor não ser Eva Kalinova aqui do que não ser Eva Kalinova lá. Em Praga, ela perderia as estribeiras quando visse quem eles puseram para fazer o papel de madame Arkádina."

"Mas aqui ela está perdendo as estribeiras vendendo vestidos."

"Não", diz ele. "O problema não são os vestidos. O problema são os domingos. Domingo não é o melhor dos dias na semana do expatriado."

"Por que deixaram que vocês saíssem de lá?"

"A ordem agora é deixar sair todos os que queiram ir embora do país. Os que não querem ir embora, eles precisam manter quietos. E os que não querem ir embora e também não ficam quietos, esses vão para a cadeia."

"Eu não sabia, Sisovsky, que ainda por cima você era judeu."

"Pareço com minha mãe, que não era judia. O judeu era meu pai. E não só um judeu, mas, como você, um judeu que escrevia sobre judeus; como você, um judeu que vivia obcecado com esse negócio de judeu. Escreveu centenas de contos sobre judeus, só que não publicou nenhum. Era um homem introvertido. Lecionava matemática no colégio da cidadezinha em que morávamos. Escrevia para si mesmo. Você fala iídiche?"

"Sou um judeu cuja língua é o inglês."

"Meu pai escrevia em iídiche. Para ler os contos dele, tive de aprender iídiche por conta própria. Não falo nada. Nunca tive a oportunidade de treinar com ele. Meu pai morreu em 1941. Antes mesmo de os judeus começarem a ser deportados, um nazista veio até a nossa casa e deu um tiro na cabeça dele."

"Por que justo nele?"

"Como a Eva não está mais aqui, eu posso contar. É outra de minhas histórias europeias maçantes. Uma das favoritas dela. Em nossa cidade havia um oficial da Gestapo que gostava de jogar xadrez. Logo no início da ocupação ele descobriu que meu pai era o mestre de xadrez da região, e todas as noites o chamava à sua casa. Meu pai era muito tímido com as pessoas, era tímido até diante dos alunos. Mas acreditava que minha mãe e meu irmão seriam protegidos se ele fosse gentil e fizesse a vontade do oficial. Por isso, sempre que era chamado, ele ia. E eles *foram* protegidos. Os judeus da cidade tiveram que se mudar para o bairro judaico. Todos passaram a viver espremidos ali. Para os outros, a cada dia as coisas iam ficando um pouco piores, mas não para a minha família. Por mais de ano, ninguém os incomodou. Meu pai não podia mais dar aula no colégio, mas tinha autorização para ganhar algum dinheiro como professor particular. À noite, depois do jantar, ele saía do bairro judaico para ir jogar xadrez com o oficial da Gestapo. Bom, havia na cidade outro oficial da Gestapo. E esse oficial tinha um dentista judeu que era seu protegido. O dentista estava consertando todos os dentes do nazista. A família do dentista também foi deixada em paz e o dentista pôde continuar com seu consultório. Certo domingo, um domingo provavelmente bem parecido com este, os dois oficiais da Gestapo saíram juntos para beber, e se embriagaram, mais ou menos como, graças à sua hospitalidade, estamos agradavelmente nos embriagando aqui. Tiveram uma briga. Eram bons amigos, de modo que a briga deve ter sido séria, porque o nazista que jogava xadrez com meu pai ficou tão furioso que foi até a casa do dentista, tirou o sujeito da cama e deu um tiro na cabeça dele. Isso irritou tanto o outro nazista que, na manhã seguinte, ele veio até a nossa casa e deu um tiro na cabeça do meu pai, e aproveitou e matou o meu irmão também, que na época tinha oito anos. Quando o levaram para falar com o comandante alemão, o assassino do meu pai explicou: 'Ele matou o meu judeu, então eu matei o judeu dele'. 'Mas o que o menino tinha a ver com a história?' 'Bom, é para o senhor ver como eu estava furioso.' Os dois foram repreendidos e instruídos a não fazer mais isso. E parou por aí. Mas até essa reprimenda foi extraordinária. Naquele tempo não havia lei dizendo que era proibido atirar na cabeça dos judeus."

"E a sua mãe?"

"Minha mãe se escondeu numa fazenda. Foi onde eu nasci, dois meses depois. Não somos parecidos com meu pai. Meu irmão também não era, mas a vida curta que ele teve foi apenas azar. Eu e minha mãe sobrevivemos."

"E por que o seu pai, com uma mulher ariana, escrevia contos em iídiche? Por que não em tcheco? Ele certamente falava tcheco com os alunos do colégio."

"Escrever em tcheco era para os tchecos. Mesmo tendo se casado com minha mãe, meu pai nunca se imaginou um tcheco de verdade. Em casa, um judeu que é casado com uma judia pode esquecer que é judeu. Um judeu que é casado com uma ariana como a minha mãe tem o rosto dela para não deixá-lo esquecer."

"Nem em alemão ele escrevia?"

"Não éramos alemães sudetos, entende, e também não éramos judeus de Praga. Claro que o alemão era uma língua menos distante para ele por causa do iídiche. Alemão ele fez questão de que o meu irmão aprendesse direito. Ele próprio leu Lessing, Herder, Goethe e Schiller, mas o pai dele não era nem um judeu da cidade como ele, era um judeu do interior, um comerciantezinho que vivia num vilarejo. Com os tchecos, judeus desse tipo falavam tcheco, mas em família só falavam iídiche. Essas coisas aparecem todas nos contos do meu pai: um desterro e um isolamento enormes. O título de um deles é 'Língua materna'. Três páginas apenas, sobre um menino judeu que fala um alemão livresco, um tcheco sem cor local e um iídiche de gente mais simples do que ele. Eu me atreveria a dizer que, perto do isolamento do meu pai, o do Kafka não era nada. Kafka pelo menos tinha o século XIX no sangue — aqueles judeus todos de Praga tinham. Se não pertencia a lugar nenhum, à literatura pelo menos Kafka pertencia. Meu pai não pertencia a nada. Se ele não tivesse morrido, acho que eu acabaria desenvolvendo um antagonismo enorme em relação ao meu pai. Eu pensaria: 'Qual o motivo da solidão desse homem? Por que ele é tão triste, tão retraído? Faria melhor se engajando na revolução — aí não viveria sentado com a cabeça entre as mãos, tentando descobrir a que lugar pertence'."

"Os filhos são famosos no mundo inteiro pelas opiniões generosas que têm sobre seus pais."

"Quando vim para Nova York e escrevi minha carta para você, eu disse para a Eva: 'Sou parente desse homem formidável'. Estava pensando no meu pai e nos contos dele. Depois que cheguei da Europa, já li cinquenta romances americanos sobre judeus. Em Praga eu não tinha notícia desse fenômeno tão incrível e tão abrangente. Na Tchecoslováquia, no período entre as duas guerras, meu pai era uma aberração. Mesmo que tivesse tentado publicar seus contos, para onde os mandaria? E mesmo que tivesse publicado todos os duzentos contos que escreveu, ninguém teria se importado — não com um tema assim. Mas na América meu pai teria se tornado um escritor famoso. Se ele tivesse emigrado antes de eu nascer, se aos trinta anos ele tivesse vindo para Nova York, alguém o descobriria e o ajudaria e os contos dele acabariam saindo nas melhores revistas. E hoje ele seria algo mais do que apenas outro judeu assassinado. Passei anos e anos sem pensar no meu pai e agora estou sempre me perguntando o que ele acharia da América que estou vendo. Me pergunto o que a América acharia dele. Teria setenta e dois anos hoje. Estou obcecado pelo grande escritor judeu que ele poderia ter sido."

"São tão bons assim os contos dele?"

"Não estou exagerando. Meu pai era um escritor profundo, um escritor maravilhoso."

"De que tipo? Na linha de um Scholem Aleichem? De um Isaak Bábel?"

"Só posso lhe dizer que a prosa dele era elíptica, despojada, autoconsciente, e isso tudo de uma maneira muito própria e singular. Ele sabia ser veemente, sabia ser complexo, sabia ser erudito — sabia ser qualquer coisa. Não, esse não é o iídiche de Scholem Aleichem. É o iídiche de Flaubert. A última coisa que ele escreveu, uma série de dez contos curtos sobre nazistas e judeus, é o comentário mais triste que eu já li sobre o que a vida tem de pior para oferecer. São contos sobre a família do comandante nazista com quem ele jogava xadrez à noite. Sobre as visitas que fazia à casa do nazista e sobre como todos ficavam encantados com ele. Chamou-os de 'Contos de um enxadrista'."

"O que aconteceu com esses contos?"

"Estão entre os livros que eu deixei em Praga. E os livros estão com a minha mulher. E a minha mulher não gosta muito mais de mim. Começou a beber por minha causa. Nossa filha endoidou por minha causa e foi morar com uma tia por minha causa. A polícia não deixa a minha mulher em paz por minha causa. Por isso acho que não vou ver os contos do meu pai de novo. Minha mãe aparece na casa dela para pedir os contos que seu marido escreveu e minha mulher começa a lhe contar todas as minhas infidelidades. Mostra fotos de minhas amantes, sem roupa. Infelizmente, essas fotos também estavam no meio dos meus livros."

"Acha que ela seria capaz de destruir os contos do seu pai?"

"Não, não. Isso ela não faria. A Olga é escritora também. É muito conhecida na Tchecoslováquia por seus livros, por suas bebedeiras e por mostrar a vagina para todo mundo. Você gostaria da Olga. Ela já foi muito bonita, com pernas bonitas e compridas e olhos cinzentos e felinos — e os livros dela também eram bonitos. É uma mulher que gosta de agradar. Só de mim é que ela não gosta. Qualquer coisa que outro homem queira, a Olga faz. E faz com vontade. Se um dia você fosse a Praga e conhecesse a Olga e a Olga de repente se apaixonasse por você, ela seria até capaz de dar os contos do meu pai para você, se você pedisse com jeito. A Olga é louca por amor. Faz qualquer coisa por amor. Um escritor americano, um americano genial, famoso, atraente, que não abuse da inocência americana a ponto de fazer papelão — se ele pedisse a ela os contos do meu pai, a Olga os entregaria para ele, tenho certeza. A questão é não levar a mulher para a cama antes da hora."

Praga, 4 de fevereiro de 1976

Na casa do Klenek, toda terça-feira à noite, com ou sem a presença dele, há uma festa imperdível. No momento, Klenek está dirigindo um filme na França. Como, em termos formais, ele ainda é casado com uma baronesa alemã, a legislação tcheca o autoriza a passar metade do ano fora do país, a fim de que possa, para todos os efeitos, conviver com a mulher. As portas da indústria cinematográfica tcheca não se abrem mais para ele, porém Klenek continua morando em seu palacete e não é impedido de se relacionar com seus velhos amigos, muitos dos quais agora têm a honra de figurar no rol dos principais inimigos do regime. Ninguém sabe ao certo o motivo desses privilégios — talvez Klenek seja propaganda útil, alguém que o regime pode exibir aos críticos externos como um artista que faz o que quer da vida. Além disso, ao permitir que ele trabalhe no exterior, podem continuar tributando a dinheirama que ele fatura por lá. E, esclarece Bolotka, é bem capaz que ele também seja um espião. "O Klenek deve contar coisas para eles", diz Bolotka. "Não que isso tenha importância. Ninguém conta nada para ele, e ele sabe que ninguém conta nada para ele, e eles sabem que ninguém conta nada para ele."

"Para que isso então?"

"Com o Klenek, a espionagem não é por questões políticas — é pelo sexo. A casa tem escutas em toda parte. A polícia secreta ouve gravações das festas do Klenek. Ficam escondidos do lado de fora e espiam pelas janelas. É o trabalho deles. Às vezes até veem alguma coisa e ficam excitados. Uma alternativa agradável para se distraírem da mesquinhez e da crueldade da rotina profissional deles. Faz bem para eles. Faz bem para todos. Garotas de quinze anos vão às festas do Klenek. Vestem-se como prostitutas e vêm de lugares que às vezes ficam a quase duzentos quilômetros daqui. Todo mundo, até as crianças, está em busca de prazer. Você gosta de orgias, venha comigo. Desde a chegada dos russos, as orgias tchecas são as melhores da Europa. Menos liberdade, melhores trepadas. Nas festas do Klenek, você pode fazer o que quiser. Não tem drogas, mas tem uísque à vontade. Pode trepar, pode se masturbar, pode ver fotos pornográficas, pode se olhar no espelho, pode ficar sem fazer nada. As melhores pessoas de Praga vão a essas festas. As piores também. Somos todos camaradas agora. Vamos para a orgia, Zuckerman — você vai ver o último estágio da revolução."

Klenek mora num palacete do século XVII, na Kampa, uma pequena ilha residencial a que chegamos descendo uma escada comprida e úmida na extremidade da ponte Carlos. Parado na praça de paralelepípedos que há em frente à casa, ouço as águas do Moldava batendo na funda ribanceira de pedra. Saí do hotel com Bolotka e atravessamos a pé o labirinto do gueto, passando pelas lápides caídas do que é hoje, segundo ele me informa, o cemitério judaico mais antigo que restou na Europa. Do outro lado da grade de ferro, a mixórdia de placas tortas e carcomidas lembra menos um lugar de descanso eterno do que algo que um ciclone devastou. Doze mil judeus enterrados em camadas, numa área que, em Nova York, comportaria um pequeno estacionamento. A garoa umedecendo as lápides, corvos nas árvores.

A festa: senhoras corpulentas com impermeáveis de raiom, moças atraentes com joias e vestidos longos, cinquentões vestidos com ternos deselegantes que os deixam com ar de funcionários do Correio, velhos de cabelos brancos, alguns rapazes franzinos com jeans americanos — porém nenhuma menina de quinze anos. Talvez Bolotka queira se divertir às custas do visitante e esteja exagerando as profundezas da depravação de Praga — um pouco de água fria nas fantasias que o cidadão do mundo livre cultiva sobre as virtudes do sofrimento político.

A meu lado num sofá, Bolotka me explica quem é quem e quem gosta do quê.

"Aquele ali era jornalista até ser demitido. Adora pornografia. Eu mesmo o vi comendo uma moça por trás e lendo um livro de sacanagem ao mesmo tempo. Aquele outro é artista, um pintor abstrato horrível. A melhor pintura abstrata que ele fez foi no dia em que os russos chegaram. Saiu e pintou todas as placas de rua para deixar os tanques confusos, sem saber onde estavam. Tem o pinto mais comprido de Praga. Aquele mais atrás, o escrivãozinho, aquele é o senhor Vodicka. Um escritor muito bom, um excelente escritor, mas medroso como ele só. Se vê uma petição, ele desmaia. Depois que você o reanima, ele diz que vai assinar: tem noventa e oito por cento de motivos para assinar e só dois por cento de motivos para não assinar e só precisa pensar um pouco sobre esses dois por cento para depois assinar. Mas no dia seguinte os dois por cento viraram cem por cento. Esta semana mesmo, o senhor Vodicka se desculpou com o governo por quaisquer lapsos políticos que ele tenha cometido. Tem esperança de que, fazendo assim, deixem que ele volte a escrever sobre sua perversão."

"E vão deixar?"

"Claro que não. Dessa vez vão dizer para ele escrever um romance histórico sobre a cerveja Pilsen."

Vem juntar-se a nós uma mulher alta e esbelta, que se destaca por ostentar uma cabeleira volumosa, tingida de acaju e arranjada sobre a testa numa profusão de cachinhos. Seu rosto adunco está recoberto por uma grossa camada de maquiagem. Seus olhos são cinzentos e felinos, seu sorriso é insinuante. "Sei quem é você", diz baixinho para mim.

"E você, quem é?"

"Não sei. Nem parece que eu existo." Para Bolotka: "Eu existo?".

"Esta é a Olga", diz Bolotka. "Dona das pernas mais sensacionais de Praga. Está mostrando para você. Fora isso, ela não existe."

O sr. Vodicka se aproxima de Olga, curva-se como um cortesão e pega a mão dela. É um homenzinho apagado de sessenta anos que se veste com esmero e usa óculos pesados. Olga não dá a menor atenção a ele.

"Meu amante quer me matar", ela diz para mim.

O sr. Vodicka está cochichando alguma coisa em seu ouvido. Olga o manda embora com um gesto de desprezo, porém ele leva a mão dela ao rosto com fervor.

"Ele quer saber se ela não tem um garoto para ele", explica Bolotka.

"Quem é ela?"

"Foi a mulher mais famosa do país. Olga escrevia as nossas histórias de amor. Um homem faltava a um encontro com ela num restaurante e ela escrevia uma história de amor e o país inteiro discutia por que o homem tinha faltado ao encontro. Ela fazia um aborto e dizia para o médico que podia ser qualquer um dos onze homens com os quais havia ido para a cama recentemente e o país inteiro discutia se era mesmo possível que fossem tantos homens assim. Ia para a cama com uma mulher e o país inteiro lia a história e tentava adivinhar quem seria a mulher. Tinha dezessete anos e já havia escrito um best-seller: *Touha*. O querer. A nossa Olga ama, mais do que tudo, a coisa ausente. Ama o interior da Boêmia. Ama a sua infância. Mas sempre falta alguma coisa. Ela sofre da loucura que vem depois da perda. E isso até *antes* dos russos. Klenek a viu num café, uma moça alta do interior, o coração transbordando de *touha*, e a trouxe para viver com ele. Isso foi há mais de vinte anos. Olga ficou sete anos casada. Teve uma filha. Pobrezinha da menina. Então o marido foge com a outra mulher famosa do país, uma atriz tcheca muito bonita que ele vai arruinar na América, e a Olga fica sob os cuidados do Klenek."

"Por que ela precisa de cuidados?"

"Por que você precisa de cuidados, Olga?", Bolotka pergunta a ela.

"Que horror", ela diz. "Estão falando de mim esta noite. Estão falando sobre as pessoas com quem eu trepo. Eu nunca treparia com essas pessoas."

"Por que você precisa de cuidados, Olga?", torna a perguntar Bolotka.

"Porque eu estou tremendo. Ponha a mão em mim para ver como eu estou tremendo. Eu não paro de tremer. Tenho medo de tudo." Aponta para mim. "Tenho medo dele." Ela se atira no sofá, no espaço entre mim e Bolotka. Sinto, roçando nas minhas, as pernas mais sensacionais de Praga. Também tenho a impressão de sentir a *touha*.

"Você não parece com medo."

"Como eu tenho medo de tudo, tanto faz se eu vou para um lado ou para outro. Se eu entro numa confusão muito grande, você vem e casa comigo e me leva para a América. Mando um telegrama e você vem e me salva." Voltando-se para Bolotka: "Sabe o que o senhor Vodicka quer agora? Está com um garoto que nunca viu mulher. E quer que eu mostre para ele. Foi lá fora buscar o menino". Então para mim: "O que veio fazer em Praga? Está procurando o Kafka? Os intelectuais vêm todos para cá procurar o Kafka. O Kafka morreu. Deveriam procurar a Olga. Está pensando em ir para a cama com alguém aqui em Praga? Se estiver, me avise". Para Bolotka: "Kouba. Olha o Kouba! Não posso ficar nesta casa com esse Kouba por perto!". Para mim: "Quer saber por que preciso de cuidados? *Por causa de comunistas burros como esse Kouba!*". Aponta um sujeito baixinho e careca que entretém animadamente um círculo de amigos em meio ao vaivém desordenado de convivas. "O Kouba sabia o que era a vida boa para nós. Esses Kouba precisaram de vinte anos para aprender, e *continuam* burros demais para aprender. Muito cérebro e pouca inteligência. *Nenhuma* inteligência. O Kouba é um dos nossos grandes heróis comunistas. Não sei como ainda está em Praga. Quando os russos nos invadiram, nem todos os heróis comunistas que estavam na Itália com suas namoradas se deram o trabalho de voltar das férias. E sabe por quê? Porque quando os russos ocuparam Praga, pelo menos eles ficaram livres das mulheres deles. Alguns dos nossos heróis comunistas mais importantes agora estão com suas namoradas ensinando marxismo-leninismo em Nova York. A única coisa que eles lamentam é que a revolução tenha caído nas mãos erradas. Tirando isso, são como o Kouba — continuam achando que têm cem por cento de razão. Mas me diga, o que você veio fazer em Praga? Não está procurando o Kafka, nenhum dos nossos heróis de Nova York mandou você e você não está interessado numa boa foda. Adoro esta palavra: *foda*. Por que em tcheco a gente não tem essa palavra, Rudolf?" De novo para mim: "Me ensine a falar foda. Que festa fodida de boa, não é? Dei uma foda gostosa ontem. Palavra fantástica. Me ensine".

"Vá se foder."

"Palavra linda. Vá se foder. Mais."

"Foda-se este lugar. Foda-se o mundo inteiro."

"Isso, foda-se este lugar. Foda-se o mundo inteiro e foda-se essa gente toda. Que o mundo se foda até parar de foder comigo. Viu, eu aprendo rápido. Na América eu seria uma escritora tão famosa quanto você. Mas, falando em foda, você está com medo de trepar comigo. Por quê? Como é que você escreve esse livro cheio de sacanagem que faz você ficar tão famoso, se tem medo de trepar com alguém? Você não gosta de trepar com ninguém ou é só comigo?"

"Com ninguém."

"Ele está sendo gentil, Olga", diz Bolotka. "É um homem educado, por isso não diz a verdade. Porque você é um caso perdido mesmo."

"Por que eu sou um caso perdido?"

"Porque na América as moças não falam assim com ele."

"Como elas falam na América? Me diga o que eu tenho que fazer para ser como as moças americanas."

"Poderia começar tirando a mão do meu pinto."

"Certo. Entendi. E depois?"

"Depois nós conversaríamos um pouco. Tentaríamos nos conhecer melhor primeiro."

"Por quê? Isso eu não entendo. Conversar sobre o quê? Sobre os índios?"

"É, conversaríamos bastante sobre os índios."

"E *aí* eu poria a mão no seu pinto."

"Isso."

"E aí você me comeria."

"Isso, na América é assim que a gente faria."

"Vocês são muito esquisitos."

"Não somos os únicos."

O sr. Vodicka, vermelho de excitação, vem arrastando o garoto pela sala. Tudo excita o sr. Vodicka: ser dispensado por Olga como uma criança importuna, ser tratado por Bolotka como um sabujo infame, a indiferença do rapaz, já cansado de ser objeto de um desejo tão capacho. Os esplendores cenográficos da sala de estar de Klenek — tapeçarias de veludo bordô, móveis e objetos antigos, tapetes persas puídos, fileiras de sombrias paisagens românticas, penduradas nas paredes revestidas com lambris de carvalho — não suscitam no garoto mais do que um sorrisinho afetado. Ele já andou por toda parte; nos bordéis, aos doze anos, já tinha experimentado do bom e do melhor.

O sr. Vodicka é escrupuloso com as apresentações. Bolotka traduz: "Ele está dizendo para a Olga que o garoto nunca viu uma mulher. Foi assim que o convenceu a vir até aqui. Prometeu que mostraria uma mulher para ele. Está dizendo para a Olga que ela precisa mostrar para ele, ou o menino vai embora".

"E agora, o que vai fazer?", pergunto a Olga.

"O que eu vou fazer? Vou mostrar para ele. Eu posso trepar com você. O senhor Vodicka só consegue trepar com sonhos. Se eu tenho medo de tudo, ele tem mais ainda."

"Então vai fazer por compaixão."

Pondo minhas mãos em seus seios, Olga diz: "Se não fosse por compaixão, Zuckerman, as pessoas não passariam nem um copo d'água umas para as outras".

Diálogo em tcheco. Bolotka traduz.

Olga diz ao sr. V.: "Primeiro quero ver o dele".

O rapaz não parece nem um pouco a fim de facilitar. Roliço, aveludado, moreno e cruel: um cremosíssimo caramelo.

Olga faz sinal para ele ir embora. "Que se dane, pode ir, vá."

"Por que quer ver o dele?", indago a ela.

"Não quero ver nada. Já vi tantos que estou cansada. É o senhor Vodicka que quer."

Durante cinco minutos, ela fala com o garoto no tcheco mais suave e amoroso, até que, por fim, ele se aproxima, arrastando infantilmente os pés, e, olhando para o teto com o cenho franzido, abre o zíper. Olga pede que ele chegue um pouco mais perto e, então, com dois dedos e um dedão, vasculha o interior de suas calças. O garoto boceja. Ela tira o pênis para fora. O sr. Vodicka olha. Todos nós olhamos. Diversão leve na Praga ocupada.

"Agora", diz Olga, "vão pôr uma foto minha na tv com esse pinto na mão. Tem câmeras por todo lado nesta casa. Na rua, tem sempre alguém tirando fotos de mim. Metade do país ganha a vida espionando a outra metade. Sou uma pseudoartista decadente, degenerada, burguesa, negativista — e vão usar essa cena para provar isso. Vão me destruir com isso."

"Por que fez, então?"

"É bobagem não fazer." Em inglês, ela diz para o sr. V.: "Vamos, vou mostrar para ele". Fecha o zíper do rapaz e o conduz para fora da sala. O sr. Vodicka segue avidamente atrás deles.

"*Tem* câmeras escondidas aqui?", pergunto a Bolotka.

"O Klenek diz que não, só microfones. Talvez tenham posto câmeras nos quartos, para filmar as trepadas. Mas você trepa no chão e deixa a luz apagada. Não precisa se preocupar. Não se apavore. Se quiser trepar com ela, trepe no chão. Ninguém vai tirar fotos de vocês no chão."

"Quem é o amante que quer matar a Olga?"

"Não tenha medo dele; ele não vai matar a Olga e também não vai matar você. Ele não quer nem vê-la. Uma noite a Olga está bêbada e furiosa porque ele não quer mais saber dela e ela descobre que ele tem uma namorada nova e aí ela telefona para a polícia e diz que está sendo ameaçada de morte por ele. A polícia vem, mas nessa altura a brincadeira já acabou e ele está sem roupa e se desculpou por ter arrumado outra namorada. Mas os policiais também estão bêbados e o levam mesmo assim. O país inteiro está bêbado. Nosso presidente passou três horas na televisão, pedindo às pessoas que parem de beber e voltem ao trabalho. Você pega um bonde à noite, na hora em que a majestosa classe operária está voltando para casa, e a majestosa classe operária cheira a cervejaria."

"O que aconteceu com o amante da Olga?"

"Ele tinha uma declaração de um médico dizendo que sofria de distúrbios psiquiátricos."

"E era verdade?"

"Ele andava com essa declaração para que não mexessem com ele. Se você consegue provar que é louco, eles não mexem com você. Mas ele sempre foi completamente normal: queria trepar com as mulheres e escrever poemas e não se interessava por idiotices políticas. Isso prova que ele *não* é louco. Mas os policiais chegam e leem a declaração e o levam para o manicômio. É onde ele está agora. A Olga acha que ele quer matá-la por causa do que ela fez. Mas ele está contente de ter ido para lá. Não precisa mais passar o dia inteiro trabalhando no guichê da estação ferroviária. Está tendo um pouco de paz e sossego e finalmente conseguiu voltar a escrever. No manicômio, ele pode passar o dia inteiro escrevendo poemas, em vez de ficar preenchendo bilhetes de trem."

"Como vocês conseguem viver assim?"

"A adaptabilidade do ser humano é uma grande bênção."

Olga, de volta à sala, senta-se no meu colo.

"Onde está o senhor Vodicka?", indago a ela.

"Ficou no banheiro com o menino."

"O que você fez com aqueles dois, Olga?", pergunta Bolotka.

"Não fiz nada. Quando mostrei para ele, o menino deu um grito. Baixei as calças e ele gritou: 'É horrível'. Mas o senhor Vodicka estava curvado, com as mãos nos joelhos, me examinando com aqueles óculos de fundo de garrafa. Vai ver que está querendo escrever sobre um assunto diferente. Ele olha bastante e depois diz para o garoto: 'Ah, meu amigo, não sei — claro que não faz o nosso gênero, mas esteticamente falando, não é *horrível*'."

Dez e meia. Marquei um encontro com Hos e Hoffman num bar às onze. Todos acham que vim a Praga para me solidarizar com seus escritores proscritos, quando na realidade meu objetivo é fazer negócio com a mulher transbordando de *touha* que está sentada no meu colo.

"Você vai ter que se levantar, Olga. Estou de saída."

"Vou com você."

"Espere mais um pouco", Bolotka diz para mim. "Nosso país é pequeno. Não temos tantos milhões de meninas de quinze anos assim. Mas se esperar um pouco, elas vão chegar. E vão valer a pena. São o pudinzinho tcheco que todos nós gostamos de comer. Por que a pressa? Está com medo de quê? Veja — aqui não acontece nada. Em Praga você pode aprontar o diabo que ninguém liga. Duvido que tenha tanta liberdade assim em Nova York."

"Ele não quer uma menina de quinze anos", diz Olga. "Essas meninas, quando chegam aos quinze, já são putas velhas. Ele quer uma mulher de quarenta."

Faço Olga descer do meu colo e me levanto para ir embora.

"Por que você se comporta assim?", pergunta Olga. "Tem o maior trabalho de vir até a Tchecoslováquia e aí se comporta desse jeito. Nunca mais vou ver você."

"Vai, sim."

"Está mentindo. Você vai voltar para aquelas moças americanas e conversar sobre os índios e trepar com elas. Da próxima vez que vier, me avise antes, assim eu posso estudar os meus índios e depois você me come."

"Almoce comigo amanhã, Olga. Passo aqui para pegar você."

"Mas e *esta* noite? Por que não me come *agora*? Por que vai embora se gostou de mim? Eu não entendo esses escritores americanos."

Se me vissem, meus leitores americanos também não entenderiam. Não estou comendo todo mundo — a bem da verdade, não estou comendo ninguém. Estou sentado com educação no sofá, trocando gentilezas. Sou um espectador digno, bem-comportado, confiável, alguém seguro, afável, calmo, educado, o sujeito que tem serenidade e decoro suficientes para não ir logo tirando as calças, e *esses* são os temíveis escritores. Todos os mimos e rapapés, todos os paparicos que pervertem são meus e, no entanto, que comédia de costumes espirituosa e sofisticada esses lazarones de Praga extraem de sua situação insuportável, esse negócio avassalador que é estar completamente garroteado, palmilhando a esteira da humilhação. Silenciados, são verdadeiros línguas de trapos. Eu sou só ouvidos — e planos, um americano no exterior, com a ilusão tonificante, ainda que antiquada, de estar desempenhando um papel útil, digno e honrado.

Com o intuito de reconfortá-la, Bolotka oferece a Olga uma explicação sobre o motivo de ela não estar mais no meu colo. "É um garotinho de classe média. Deixe-o em paz."

"Mas isto aqui é uma sociedade sem classes", diz ela. "Isto é o socialismo. Para que serve o socialismo, se quando eu quero não aparece ninguém para trepar comigo? Todos esses grandes nomes internacionais vêm a Praga para ver a opressão em que a gente vive, mas nenhum deles quer saber de ir para a cama comigo. Por que isso? O Sartre esteve aqui e não quis trepar comigo. A Simone de Beauvoir veio junto e não quis trepar comigo. O Heinrich Böll, o Carlos Fuentes, o Graham Greene — e nenhum deles quis trepar comigo. Agora você, e é a mesma história. Pensa que vai salvar a Tchecoslováquia assinando uma petição, *mas é de uma boa foda com a Olga que depende a salvação da Tchecoslováquia.*"

"A Olga está bêbada", diz Bolotka.

"E está chorando", acrescento.

"Não se preocupe com ela", diz Bolotka. "É apenas a Olga."

"Agora", diz ela, "vão me interrogar sobre você. Vão ficar seis horas me interrogando sobre você e eu não vou nem poder dizer que nós fomos para a cama."

"É assim que funciona?", indago a Bolotka.

"Não convém fazer drama com esses interrogatórios", diz ele. "É trabalho de rotina. Sempre que a polícia tcheca chama alguém para depor, eles perguntam sobre todas as coisas a respeito das quais a pessoa pode ter alguma informação. Eles se interessam por tudo. No momento estão interessados em você, mas isso não significa que entrar em contato com você seja uma coisa comprometedora ou que possam acusar as pessoas que entram em contato com você. Não precisam disso para acusar as pessoas. Se querem acusar alguém, eles vão e acusam e não precisam de nada. Se me perguntarem o que você veio fazer na Tchecoslováquia, eu digo."

"Ah, é? Diz o quê?"

"Que você veio por causa das meninas de quinze anos. Digo para eles: 'Leiam o livro dele e vão entender o que ele veio fazer aqui'. A Olga vai ficar bem. Daqui a algumas semanas o Klenek está de volta e a Olga vai ficar bem. Não precisa se dar ao trabalho de trepar com ela esta noite. Alguém faz isso, não se preocupe."

"Eu *não* vou ficar bem", diz Olga aos prantos. "Case comigo e me leve daqui, Zuckerman. Se você casar comigo, eles são obrigados a me deixar ir embora. Está na lei — e até *eles* respeitam isso. Você não precisaria trepar comigo. Poderia trepar com as moças americanas. Não precisaria gostar de mim, não precisaria nem dar dinheiro para mim."

"E ela esfregaria o chão da sua casa para você", diz Bolotka, "e passaria as suas belas camisas. Não é, Olga?"

"Sim! Sim! Eu ficaria o dia inteiro passando as suas camisas."

"Isso na primeira semana", diz Bolotka. "Depois viria a segunda semana e a delícia que é ser o marido de Olga."

"Não é verdade", diz ela. "Eu deixaria o Zuckerman em paz."

"Então ela começaria com a vodca", diz Bolotka. "E com as aventuras."

"Na América não", choraminga Olga.

"Ah", diz Bolotka, "quer dizer que em Nova York você não morreria de saudade de Praga?"

"Não!"

"Olga, na América você acabaria dando um tiro na cabeça."

"Vou acabar dando um tiro na cabeça *aqui*!"

"Com o quê?", pergunta Bolotka.

"Com um tanque! Esta noite! Vou roubar um tanque russo e dar um tiro de canhão na minha cabeça!"

Bolotka ocupa um quarto frio e úmido no alto de uma escadaria lúgubre, numa rua de edificiozinhos miseráveis, quase na periferia de Praga. Estive mais cedo lá. Ao notar que olho com desalento à minha volta, ele me garante que não devo me penalizar demais por seu padrão de vida — esse era o lugar em que ele vinha se esconder da mulher muito antes de seu grupo teatral ser dissolvido e de o proibirem de produzir seu teatro de revista "decadente". Para um homem com preferências como as suas, não pode haver lugar melhor. "Trepar na esqualidez", informa-me Bolotka, "deixa as mocinhas excitadas." Meu terno de tweed espinha de peixe o fascina e ele me pergunta se pode experimentá-lo para ver como é a sensação de ser um escritor americano endinheirado. Bolotka é um sujeito grandalhão, de ombros curvados e andar desajeitado. Tem um rosto largo, com traços mongóis, pele bexiguenta e olhos puxados, olhos que são como fissuras na parte frontal do crânio, olhos verdes e oblíquos, cujo manifesto é: "Nesta cabeça você não enfia nada de falso". Tem uma mulher em algum lugar, e filhos também; recentemente ela quebrou o braço ao tentar impedir que a polícia entrasse no apartamento deles para confiscar os milhares de livros do marido ausente.

"Por que ela se importa tanto com você?"

"Ela não se importa — ela me detesta. Mas os detesta ainda mais. Em Praga, os velhos casais agora têm algo para odiar ainda mais do que uns aos outros."

Está fazendo um mês que a polícia bateu na porta do buraco de Bolotka para informá-lo de que o governo tinha autorizado os principais criadores de caso do país a ir embora. Sua papelada estava pronta e eles davam quarenta e oito horas para ele arrumar as coisas e se mandar da Tchecoslováquia.

"Falei para eles: 'Por que não vão *vocês*? Daria no mesmo, entendem? Dou quarenta e oito horas para *vocês* caírem fora daqui'."

Mas será que ele de fato não estaria melhor em Paris, ou do outro lado da fronteira, em Viena, onde gozava da reputação de inovador teatral e poderia retomar a carreira de diretor?

"Tenho dezesseis namoradas em Praga", responde ele. "Ir embora como?"

Bolotka me empresta um roupão para que eu não passe frio enquanto ele tira a roupa e veste o meu terno. "Você fica com mais jeito de gorila ainda", comento, quando ele se levanta para desfilar com as minhas roupas.

"E você, mesmo com esse roupão pavoroso", diz ele, "parece um impostor alegre e saudável e despreocupado."

A história de Bolotka.

"Eu tinha dezenove anos, estava na universidade. Queria ser advogado como meu pai. Mas depois de um ano, resolvo parar o Direito e me matricular na Escola de Belas-Artes. Claro que antes eu tenho que passar por uma entrevista. Estamos em 1950. Provavelmente eu teria que passar por cinquenta entrevistas, mas não fui além da primeira. Entrei na sala e eles pegaram a pasta com a minha 'ficha'. Tinha trinta centímetros de espessura. Falei para eles: 'Como pode ter tanta coisa aí, se eu ainda nem vivi? Ainda não tive uma vida — como vocês podem ter todas essas informações?'. Mas eles não explicam. Fico ali sentado e eles examinam a pasta e dizem que eu não posso largar o Direito. O dinheiro dos trabalhadores está sendo gasto na minha formação. Os trabalhadores passaram um ano investindo no meu futuro como advogado. Os trabalhadores não fizeram todo esse investimento para agora eu mudar de ideia porque decidi que quero ser artista. Eles dizem que não posso me matricular na Escola de Belas-Artes e que nunca mais vou poder fazer nenhum outro curso universitário e eu digo: 'tudo bem', e volto para casa. Não dei muita bola. Não era tão ruim assim. Eu não teria que me tornar um advogado, tinha algumas namoradas, tinha o meu pinto, tinha os meus livros e tinha o Blecha, meu amigo de infância, alguém com quem eu podia conversar e que me fazia companhia. Acontece que eles também conversavam com ele. Naquela altura, o Blecha fazia planos de se tornar um poeta famoso, um romancista famoso e um dramaturgo famoso. Uma noite ele enche a cara e confessa que anda me espionando. Eles sabiam que o Blecha era um velho amigo meu e sabiam que ele escrevia e que vinha me ver com frequência, então o contrataram para me espionar e escrever um relatório por semana para eles. O Blecha escrevia mal pra chuchu. Escreve mal até hoje. Eles diziam que liam aqueles relatórios e não conseguiam entender uma palavra do que estava escrito ali. Diziam que não dava para acreditar em nada do que ele escrevia sobre mim. Então eu disse: 'Blecha, não fique assim, me deixe ver esses relatórios — não podem ser tão ruins quanto eles dizem. Desde quando eles entendem de alguma coisa?'. Mas os relatórios *eram* terríveis. Ele embaralhava o sentido de tudo que eu dizia, fazia a maior confusão com lugares e horários, e a redação em si era um horror. Blecha estava com medo de que eles o demitissem — tinha medo inclusive de que suspeitassem que, por fidelidade a mim, ele os estivesse enganando. E, se pusessem isso na ficha *dele*, ele seria prejudicado para o resto da vida. Além do mais, para ficar me escutando, ele desperdiçava todo o tempo que deveria estar dedicando a seus poemas e a suas histórias e a suas peças. Não estava realizando nada de seu. Andava num desgosto só por causa disso. Pensara que a traição só lhe tomaria algumas horas por dia e que no resto do tempo ele poderia continuar sendo um Artista Nacional, um Artista de Mérito, um dos agraciados com a Comenda do Estado Tcheco por sua contribuição artística relevante. Bom, a solução estava na cara. Eu disse: 'Blecha, vou seguir a mim mesmo para você. Sei melhor do que você tudo o que eu faço ao longo do dia e não tenho mais nada com que me ocupar. Vou espionar a mim mesmo e escrever os relatórios e aí você os apresenta como se fossem seus. Vão querer saber como conseguiu melhorar a porcaria da sua redação da noite para o dia, mas você fica na sua e diz que estava doente. Assim a sua ficha continua limpa e eu me livro da sua companhia, seu canalha'. A ideia deixou o Blecha nas nuvens. Ele passou a me dar metade do que recebia deles e ficou tudo bem — até que eles resolveram que ele era tão bom espião e tão bom escritor que o promoveram. O Blecha entrou em pânico. Veio falar comigo e disse que a ideia tinha sido minha e que então eu precisava ajudá-lo. Queriam que ele começasse a espionar gente mais encrenqueira que eu. No Ministério do Interior, estavam inclusive usando os relatórios dele para treinar novos recrutas. Ele disse: 'Você tem jeito para a coisa, Rudolf, para você é só uma técnica. Eu sou muito criativo para esse tipo de trabalho. Mas se eu disser não para eles agora, vão pôr isso na minha ficha e no futuro eu vou acabar me dando mal. Posso me dar mal já, se descobrirem que quem escreveu os relatórios foi você'. E foi assim que eu fiz para ganhar uns trocados na juventude. Ensinei o nosso renomado Artista de Mérito e detentor da Comenda do Estado Tcheco por sua contribuição artística relevante a escrever em tcheco conciso e claro e a contar em poucas palavras as coisas que acontecem na vida das pessoas. Não foi fácil. O sujeito não conseguia descrever nem um cadarço. Não sabia o nome de nada. E não via nada. Eu dizia: 'Mas, Blecha, o amigo estava triste ou alegre, era desajeitado ou elegante? Estava fumando? Passou a maior parte do tempo ouvindo ou falando? Blecha, como você vai se tornar um grande escritor se é um espião tão ruim?'. Isso o deixava tiririca comigo. Ele não gostava dos meus insultos. Falava que tinha nojo daquele negócio de espionagem, que aquilo lhe dava bloqueio de escritor. Dizia que era impossível pôr seu talento criativo para funcionar enquanto tivesse o espírito comprometido daquele jeito. Comigo era diferente. Sim, isso era preciso deixar claro — comigo era diferente porque eu não tinha ideais artísticos elevados. Eu não tinha ideal nenhum. Se tivesse, não teria concordado em espionar a mim mesmo. Com certeza não aceitaria ser pago por isso. O fato é que ele perdera o respeito que tinha por mim. Ele pensa que isso é uma triste ironia, porque quando eu saí da universidade, foi a minha integridade que significou tanto para ele e para a nossa amizade. Recentemente o Blecha me falou isso de novo. Ele estava almoçando com o senhor Knap, outro de nossos renomados Artistas de Mérito que também foi agraciado com a Comenda do Estado Tcheco por sua contribuição artística relevante, além de ser o atual secretário do Sindicato dos Escritores deles. O Blecha estava bastante bêbado, e sempre que bebe assim ele fica todo meloso e precisa dizer a verdade para as pessoas. Veio até a minha mesa, onde eu também estava almoçando, e perguntou como andavam as coisas. Disse que gostaria de poder ajudar um velho amigo em dificuldades e então cochichou: 'Quem sabe daqui a alguns meses, Rudolf... É que eles não gostam que você seja tão alienado. O fenômeno da alienação é malvisto nas instâncias superiores, mas como é por você, vou fazer tudo o que estiver a meu alcance...'. Mas de repente ele puxou uma cadeira, sentou-se e disse: 'Você só não pode sair por aí contando mentiras a meu respeito, Rudolf. Ninguém acredita mesmo em você. Meus livros estão em toda parte. As crianças leem os meus poemas na escola, dezenas de milhares de pessoas leem os meus romances, na TV eles exibem as minhas peças. A única coisa que você consegue é parecer irresponsável e amargo quando conta essa história. E, com todo o respeito, meio louco também'. Então eu digo para ele: 'Mas, Blecha, eu não conto isso para ninguém. Nunca contei'. E ele diz: 'Ora, meu velho — então como é que todo mundo sabe?'. E então eu digo: 'Porque as crianças leem os seus poemas, Blecha, as pessoas leem os seus romances e, quando ligam a TV, elas veem as suas peças'."

Praga, 5 de fevereiro de 1976

O telefone me acorda às quinze para as oito.

"Aqui é a sua futura esposa. Bom dia. Vim visitar você. Estou no saguão do hotel. Vou subir para visitar você no seu quarto."

"Não, não. Eu desço e me encontro com você aí embaixo. Era para ser almoço, não café da manhã."

"Por que você está com medo de que eu visite você se eu te amo?", indaga Olga.

"Aqui não é uma boa ideia. Você sabe disso."

"Estou subindo."

"Vai acabar criando problemas para si própria."

"Eu não."

Ainda estou vestindo as calças quando ela aparece na minha porta com um casaco de camurça comprido que dá a impressão de ter passado por uma guerra de trincheiras e botas de couro de cano alto em tal estado que sou levado a pensar que ela as tem usado na lavoura. Contrastando com as peles de animal surradas, imundas, seu pescoço e rosto alvos parecem dramaticamente vulneráveis — dá para perceber por que as pessoas lhe fazem coisas de que nem sempre ela gosta: suja, atrevida e desamparada; um desamparo sexual profundo e inextirpável, como os que, no passado, deixava os maridos burgueses tão orgulhosos na sala de estar e tão confiantes na cama. *Como tenho medo de tudo, tanto faz se vou para um lado ou para outro.* Bom, ela não vai, já foi: é a encarnação do desespero mais destrambelhado.

Deixo-a entrar rápido e fecho a porta. "A prudência não é o seu forte."

"Isso eu nunca tinha ouvido. Por que diz isso?", pergunta ela.

Aponto para o lustre de latão que pende sobre a cama, um dos lugares preferidos, conforme me disse Sisovsky em Nova York, para a instalação de mecanismos de escuta. "Quando estiver no quarto do hotel", advertiu-me ele, "tome cuidado com o que fala. Há escutas escondidas por toda parte. E no telefone é melhor não falar nada. Não fale do manuscrito com ela pelo telefone."

Olga se atira numa poltrona ao lado da janela enquanto continuo a me vestir.

"Você precisa entender", diz ela em voz alta, "que não vou casar com você por dinheiro. Vou casar com você", prossegue ela, fazendo gestos na direção do lustre, "porque você fala que gosta de mim à primeira vista e eu acredito nisso, e também gosto de você à primeira vista."

"Parece que você não dormiu."

"Dormir como? Só consigo pensar no meu amor por você, e eu fico feliz e triste ao mesmo tempo. Quando penso no nosso casamento e nos nossos filhos, eu não fico com vontade de dormir."

"Vamos tomar o café da manhã em algum lugar. Vamos sair daqui."

"Primeiro diz que me ama."

"Eu te amo."

"É por isso que vai casar comigo? Por amor?"

"Por que mais poderia ser?"

"Fala o que você mais gosta em mim."

"Do seu senso de realidade."

"Mas você não pode gostar de mim só por causa do meu senso de realidade, você precisa gostar de mim pelo que eu sou. Fala todos os motivos por que você gosta de mim."

"No café."

"Não. Agora. Não posso casar com um homem que eu acabo de conhecer" — ela rabisca alguma coisa num pedaço de papel enquanto fala — "e pôr a minha felicidade em jogo fazendo a escolha errada. Preciso ter certeza. Devo isso a mim mesma. E aos meus pais que já estão velhinhos."

Ela passa o bilhete para mim e eu leio. *A polícia tcheca é* BURRA *e entende tudo errado, mesmo quando a conversa é em tcheco. Você precisa falar* DEVAGAR *e* CLARO *e* ALTO.

"Gosto do seu humor."

"Me acha bonita?"

"Muito."

"E do meu corpo, você gosta?"

"Adoro o seu corpo."

"Gosta de fazer amor comigo?"

"Indescritivelmente."

Olga aponta o lustre. "O que significa 'indescritivelmente', querido?"

"Mais do que as palavras permitem dizer."

"É muito melhor trepar comigo do que com as moças americanas."

"Melhor impossível."

No elevador do hotel, descendo com o ascensorista uniformizado (outro agente da polícia, segundo Bolotka) e três japoneses madrugadores, Olga pergunta: *"Jura* que ainda não deu nenhuma foda na Tchecoslováquia?".

"Não, Olga, não dei. Mas pelo visto tem gente aqui que vai acabar fodendo comigo."

"Quanto custa um quarto neste hotel?"

"Não sei."

"Claro. Você é tão rico que não precisa saber. Sabe por que eles põem escutas nesses hotéis chiques, e sempre em cima da cama?"

"Por quê?"

"Ficam ouvindo os estrangeiros trepando nos quartos. Querem saber como as mulheres gozam nas outras línguas. Como elas gozam na América, Zuckerman? Me ensine o que as moças americanas falam quando elas estão gozando."

No térreo, o recepcionista sai de trás de seu balcão e atravessa o saguão para falar conosco. Oferecendo-me desculpas corteses, dirige-se a Olga em tcheco.

"Fale inglês!", exige ela. "Quero que ele entenda! Quero que ele ouça esse insulto em inglês!"

Homem atarracado, com cabelos grisalhos, modos formais e um rosto carrancudo, o funcionário não dá bola para a raiva de Olga; prossegue imperturbavelmente em tcheco.

"Qual é o problema?", indago a ela.

"Fale para ele!", diz Olga aos gritos para o funcionário. "Fale para ele o que você quer!"

"A madame precisa mostrar a carteira de identidade. É uma norma."

"Por que é uma norma?", inquire ela. "Conte para ele!"

"Os hóspedes estrangeiros se registram com seus passaportes. Os cidadãos tchecos precisam apresentar a carteira de identidade quando querem subir a um quarto para visitar alguém."

"A menos que seja uma prostituta! Nesse caso ela não precisa mostrar nada, só dinheiro! Pegue — eu sou uma prostituta. Pegue as suas cinquenta coroas — agora nos deixe em paz!"

O sujeito desvia do dinheiro que ela enfia na cara dele.

Para mim, Olga explica: "O senhor me desculpe. Eu deveria ter deixado isso claro antes. Nos países civilizados, dar chicotadas numa mulher é contra a lei, ainda que ela esteja sendo paga para apanhar. Mas tudo se ajeita se você escorrega um dinheiro para o canalha. Tome aqui!", grita ela, virando-se novamente para o funcionário, "aqui tem cem! Ah, mas eu não quero ofender você! Aqui tem cento e cinquenta!".

"Por favor, a madame precisa apresentar a carteira de identidade", diz ele para mim.

"Você sabe quem eu sou", rosna ela, "todo mundo neste país sabe quem eu sou."

"Preciso anotar o número no meu livro, madame."

"Será que você pode me explicar por que está me fazendo passar esse vexame na frente do meu futuro marido? Por que quer que eu tenha vergonha da minha nacionalidade na frente do homem que eu amo? Olhe para ele! Veja como ele se veste! Repare no casaco com gola de veludo! Repare nas calças com botões em vez de zíper como as suas! Por que está tentando fazer com que um homem desses se arrependa da ideia de casar com uma mulher tcheca?"

"Só quero ver a carteira da identidade dela, meu senhor. Garanto que a devolverei em seguida."

"Olga", digo baixinho, "já chega."

"Está vendo?", ela grita para o funcionário. "Agora ele está enojado. E sabe por quê? Porque ele está pensando: Onde foram parar aqueles bons modos dos europeus de antigamente? Que espécie de país é este que permite tal quebra de etiqueta com uma senhora no saguão de um grande hotel?"

"Madame, devo lhe pedir que permaneça aqui enquanto relato que a senhora não quis mostrar sua carteira de identidade."

"Faça isso. E eu o acusarei de faltar ao respeito com uma senhora que se encontra no saguão de um grande hotel, na capital de um país europeu civilizado. Veremos qual de nós dois será preso. Veremos quem é que vai para o campo de trabalhos forçados."

Sussurro no ouvido dela: "Dê o documento para ele".

"Vá!", ela vocifera na cara do funcionário. "Chame a polícia. É um favor que você me faz. Tem um homem que não tirou o chapéu para uma senhora no elevador do Jalta Hotel e agora está cumprindo dez anos numa mina de urânio. Tem um porteiro que se esqueceu de fazer reverência ao se despedir de uma senhora e agora está preso numa solitária que não tem nem banheiro. Pelo que fez, você vai ficar para o resto da vida sem ver a sua mulher e a sua mãe. Seus filhos vão ter vergonha do nome do pai. Vá. Vá! Quero que o meu futuro marido veja o que fazemos neste país com gente que não tem modos. Quero que ele veja que aqui nós não admitimos que a mulher tcheca seja vítima de grosserias! Chame as autoridades — agora mesmo! Enquanto isso, nós vamos tomar o nosso café da manhã. Venha, querido, venha."

Olga me pega pelo braço e me arrasta para longe dali, porém não antes de o funcionário dizer: "Há uma mensagem para o senhor", e em seguida me entregar um envelope. O bilhete está escrito à mão, em papel timbrado do hotel.

Caro sr. Zuckerman,

Sou um estudante tcheco e tenho profundo interesse pela literatura americana. Escrevi um trabalho sobre a sua ficção, a respeito do qual eu gostaria de conversar com o senhor. "O luxo da autoanálise e sua relação com as condições econômicas nos EUA". Se o senhor puder me receber, virei encontrá-lo aqui mesmo no hotel, quando for melhor para o senhor. Peço que deixe um recado na recepção.

Muito respeitosamente,
Oldrich Hrobek

Os hóspedes que já estão tomando o café olham por cima da borda de suas xícaras quando Olga se nega com vigor a ocupar a mesa de canto a que somos conduzidos pelo maître. Ela aponta para uma mesa junto às portas de vidro que se abrem para o saguão. Em inglês, o maître me explica que a mesa está reservada.

"Para o café da manhã?", retruca ela. "Que mentira mais esfarrapada."

Somos acomodados na mesa junto às portas que dão para o saguão. Digo: "E agora, Olga? Qual é a próxima que você vai aprontar?".

"Por favor, não me pergunte sobre essas coisas. São pura idiotice. Quero ovos, por favor. Ovos pochés. Nada na vida é tão puro quanto um ovo poché. Vou desmaiar se não comer."

"Me conte qual era o problema com a primeira mesa."

"Grampeada. Esta aqui também deve estar; é provável que todas estejam. Foda-se, estou me sentindo muito fraca. Foda-se este lugar. Foda-se isso tudo. Me ensine mais uma. Hoje estou precisando de uma boa."

"Onde passou a noite?"

"Você não me quis, então eu encontrei uns caras que me queriam. Chame o garçom, por favor, senão eu acabo desmaiando. Estou enjoada. Vou vomitar no banheiro."

Olga sai correndo da mesa e eu vou atrás dela, porém ao chegar à porta do salão de jantar, meu caminho é obstruído por um rapaz com um cavanhaque minúsculo. Está usando um impermeável verde-escuro com cavilhas e tem uma pasta na mão. "Por favor", diz ele, com o rosto a poucos centímetros do meu — um rosto tenso, evidenciando pânico e muita preocupação —, "acabo de ir ao seu quarto para tentar falar com o senhor. Sou Oldrich Hrobek. Recebeu o meu bilhete?"

"Neste minuto", digo, enquanto observo Olga atravessar o saguão às pressas, rumo ao banheiro feminino.

"O senhor precisa ir embora de Praga o mais rápido possível. Não deve continuar aqui. Se não partir imediatamente, vai ficar em maus lençóis."

A ORGIA DE PRAGA   525

"Eu? Como sabe disso?"

"Estão reunindo informações para acusar o senhor. Sou aluno da Universidade de Praga. Interrogaram o meu orientador, interrogaram a mim."

"Mas eu acabo de chegar à cidade. Vão me acusar *de quê*?"

"Eles disseram que o senhor veio numa missão de espionagem e que era melhor eu ficar longe do senhor. Disseram que vão pôr o senhor na cadeia por causa do que veio fazer aqui."

"Vão me prender por espionagem?"

"Por conspirar contra o povo tcheco. Por conspirar contra o sistema socialista com um bando de desclassificados. O senhor é um sabotador ideológico — precisa ir embora hoje."

"Sou um cidadão americano." Toco a carteira em que guardo não apenas meu passaporte, mas também minha carteirinha de associado do PEN Clube norte-americano, assinada pelo presidente, Jerzy Kosinski.

"Há pouco tempo, um americano desceu do trem em Bratislava e na mesma hora foi posto na cadeia por dois meses porque o confundiram com outra pessoa. Não era o homem certo, e nem por isso o soltaram. Faz uma semana, um austríaco foi levado do hotel para a cadeia e agora espera para ser julgado por participar de atividades nocivas à nação tcheca. Teve um jornalista da Alemanha Ocidental que eles afogaram no rio. Disseram que ele estava pescando e caiu. Os linhas-duras querem mandar um recado para o país. Com você eles podem mandar esse recado. Foi o que a polícia falou para mim. Vão acontecer muitas, muitas prisões."

Ouço com clareza o som das águas do rio batendo na funda ribanceira de pedra, em frente ao palacete de Klenek.

"Por minha causa."

"Inclusive por causa do senhor."

"Talvez eles só estejam querendo amedrontar você", digo eu, com o *meu* coração a mil, quase saindo pela boca.

"Senhor Zuckerman, eu não deveria estar aqui. Não deveria ter vindo até aqui — mas fiquei com medo de não encontrar o senhor. Tem mais coisas. Se o senhor for até a estação de trem, em cinco minutos eu encontro o senhor lá. Fica no alto da rua principal — saindo do hotel à esquerda. O senhor vai ver. Vou fingir que encontro o senhor por acaso, em frente ao café principal da estação. Por favor, disseram a mesma coisa para a minha namorada. Eles a interrogaram no trabalho — sobre o senhor."

"Sobre mim. Tem certeza dessas coisas todas?"

O estudante pega a minha mão e a sacode com vigor exagerado. "Foi uma honra conhecê-lo pessoalmente!" Diz isso alto o bastante para que, no salão de jantar, todos os que queiram ouvir, ouçam. "Me desculpe pela interrupção, mas eu precisava cumprimentá-lo. Não tenho culpa se sou um admirador basbaque! Foi um prazer!"

Olga retorna com um aspecto ainda pior do que tinha ao sair. Além disso, agora está cheirando mal. "Que país!" Deixa-se cair pesadamente na cadeira. "A pessoa não pode nem vomitar no banheiro sem que apareça alguém para escrever um relatório. Dei com um homem em frente ao sanitário quando terminei. Tinha ficado o tempo todo ali, escutando. 'Limpou direito?', ele pergunta. 'Limpei, sim', eu respondo. 'Deixei tudo limpo.' 'Você grita, faz escândalo, não respeita nada', ele diz. 'Entra alguém depois de você e vê a sujeira que você fez e põe a culpa em mim.' 'Vá ver, então. Entre e veja', digo para ele. E ele entra mesmo. Um homem de terno, um homem que pensa e raciocina! Ele entra para ver se está tudo em ordem."

"Foi incomodada por mais alguém?"

"Não. Eles não têm coragem. Não se eu estiver tomando o café da manhã com você. Você é um escritor internacional. Eles não querem causar problemas na presença de um escritor internacional."

"Então por que aquele sujeito insistiu tanto em ver a sua carteira de identidade?"

"Porque ele tem medo de não fazer isso. Todo mundo tem medo. Agora eu quero tomar o meu café da manhã com o meu escritor internacional. Estou com fome."

"Por que não vamos a outro lugar? Quero falar com você sobre uma coisa séria."

"Quer casar comigo. Quando?"

"Depois falamos disso. Agora vamos."

"Não, a gente tem que ficar aqui. A gente tem sempre que mostrar para eles que não está com medo." Quando Olga pega o cardápio, noto que ela está tremendo. "Você não pode ir", diz ela. "Você tem que ficar e aproveitar o seu café da manhã e tomar várias xícaras de café, e depois tem que fumar um charuto. Se eles veem você fumando um charuto, eles deixam você em paz."

"Você bota muita fé num simples charuto."

"Eu conheço esses policiais tchecos — dê uma baforada na cara deles e você vai ver como são corajosos. Ontem à noite eu fui para o bar, porque você não queria trepar comigo, e então eu estou lá, conversando com o barman sobre a partida de hóquei, e dois homens entram e sentam e começam a pagar drinques para mim. Na rua tem uma limusine do Estado estacionada. A gente bebe, eles ficam falando alto e dando risada com o barman, e então eles me mostram o carrão. Falam para mim: 'Que tal dar uma volta naquele ali? Não para interrogar você, só para a gente curtir um pouco. A gente bebe mais vodca e fica curtindo'. Eu pensei: 'Não se apavore, não mostre para eles que você está com medo'. Então eles pegam a limusine e me levam até um prédio de escritórios, e a gente entra e lá dentro está tudo escuro, e quando eu digo que não estou enxergando nada, um deles diz que eles não podem acender a luz. 'Com a luz acesa', ele diz, 'a gente fica muito exposto.' Quer dizer que *ele* está com medo. Agora eu sei que ele também está com medo. Provavelmente não deviam nem estar usando o carro, deve ser do chefe deles — tem alguma coisa errada nessa história. Eles abrem uma porta e a gente senta numa sala escura e os dois servem vodca para mim, mas nem esperam eu terminar de beber. Um deles põe o pinto para fora e tenta me fazer sentar nele. Eu apalpo o pinto e digo: 'Mas com isso assim é tecnicamente impossível. Você não vai conseguir fazer nada com esse negócio mole. Quero ver o dele. Xi, com esse é mais tecnicamente impossível ainda. Quero ir embora. Aqui não é legal, e eu não consigo enxergar nada. Quero ir embora!'. E aí eu comecei a gritar..."

O garçom volta à nossa mesa para anotar o pedido. Ovos pochés para dois — a coisa mais pura que a vida tem para oferecer.

Após minhas três xícaras de café, Olga pede um charuto cubano para mim e, às oito e meia da manhã, na hora da Europa Central, eu, que fumo um charuto a cada dez anos e depois sempre me pergunto por quê, faço a vontade dela e acendo o charuto.

"Você precisa fumar o charuto até o fim, Zuckerman. Quando a liberdade voltar à Tchecoslováquia, vão transformá-lo em cidadão honorário por ter fumado esse charuto. Vão pôr uma placa no muro do hotel falando de Zuckerman e seu charuto."

"Tá bom, eu fumo o charuto até o fim", contraponho, baixando a voz, "se você me entregar os contos do pai do Sisovsky. Os contos em iídiche que o Sisovsky deixou aqui. Conheci o seu marido em Nova York, Olga. Ele me pediu para vir aqui e pegar os contos do pai dele."

"Aquele sacana! Aquele porco!"

"Olga, eu não tinha a intenção de tocar nesse assunto assim tão de repente, mas fui aconselhado a não ficar muito mais tempo neste país."

"Você se encontrou com aquele monstro em Nova York!"

"Foi."

"E a *ingénue* passadinha? Conheceu também? E ela contou como sofre com os homens todos se atirando aos pés dela? Ele contou que com ela nunca é um tédio na cama? Com ela sempre parece um estupro! É por isso que você veio, não pelo Kafka, mas por *ele*?"

"Fale mais baixo. Vou levar esses contos para os Estados Unidos."

"Para ele faturar em cima do pai morto — em Nova York? Para agora ele comprar joias para ela em Nova York também?"

"Ele quer publicar uma tradução dos contos nos Estados Unidos."

"Por quê? Por amor? Por *devoção*?"

"Não sei."

"*Eu sei!* Eu sei! Foi por isso que ele abandonou a mãe, foi por isso que me abandonou, foi por isso que abandonou a filha — por causa desse amor todo, dessa devoção toda que ele tem. Abandonou a gente para ficar com a puta que todo mundo estupra. O que *ela* está fazendo em Nova York? Continua no papel da Nina, em *A gaivota*?"

"Acho que não."

"Por que não? Ela fazia esse papel aqui. A nossa maior atriz, a estrela tcheca que a cada ano fica mais velha, mas nunca chega à vida adulta. A pobrezinha da estrela que vive às lágrimas. E o Sisovsky o elogiou tanto assim para fazer você acreditar que ele é um homem cheio de amor e devoção que só se importa com a memória do pai adorado? Por acaso ele fez tantos elogios aos seus livros que você não foi capaz de perceber o que são *aqueles dois*? Foi por *ele* que você veio à Tchecoslováquia — por causa dele? Porque ficou com pena de dois tchecos desterrados? Tenha pena de *mim*. Eu estou na minha terra, e *é muito pior!*"

"Estou vendo."

"E é claro que ele contou como foi que o pai dele morreu."

"Contou."

"'Ele matou o meu judeu, então eu matei o judeu dele.'"

"Isso."

"Bom, é mais uma mentira. Aconteceu com outro escritor, alguém que nem escrevia em iídiche. Que não tinha mulher nem filho. O pai do Sisovsky morreu num acidente de ônibus. O pai do Sisovsky se escondeu no banheiro de um amigo gentio, passou a guerra inteira ali, escondido dos nazistas — e o amigo levava cigarros e putas para ele."

"Acho meio difícil acreditar nisso."

"Claro — não é uma história tão horrível! Todos eles dizem que os nazistas mataram seus pais. Hoje em dia até as meninas de dezesseis anos sabem que não devem acreditar nisso. Só pessoas como você, só um judeu americano idiota, raso e sentimental que pensa que pode haver virtude no sofrimento!"

"Você se enganou de judeu — isso nunca me passou pela cabeça. Me entregue os manuscritos. Que benefício eles podem trazer para alguém aqui?"

"O benefício de não estar lá, beneficiando a ele e àquela atriz horrorosa! Da décima fileira para trás, não dá nem para *ouvir* o que ela diz. Não dá para ouvir o que ela diz *nunca*. É uma atriz de quinta categoria, que acabou com a reputação do Tchekhov em Praga pelos últimos cem anos, por causa das pausas sentimentaloides que ela fazia, e agora vai acabar com o Tchekhov em Nova York também. Nina? Ela deveria fazer o papel do velho Firs! O sem-vergonha quer viver às custas do pai? Que vá para o inferno! Que viva às custas daquela atriz dele! Se é que alguém consegue ouvir o que ela diz!"

Espero por Hrobek num banco comprido, no corredor que se estende do lado de fora do café da estação. Seja porque o estudante chegou antes, ficou cansado de esperar e foi embora, seja porque foi preso, seja porque não era um estudante, e sim um provocador ostentando um cavanhaque ralo e um impermeável surrado, seja qual for o motivo, o fato é que ele não dá sinal de vida.

Na eventualidade de que tenha resolvido esperar no interior do café, em vez de permanecer sob o escrutínio dos agentes de segurança à paisana que patrulham os saguões da estação, entro no café e corro os olhos pelo ambiente: um salão amplo e mal iluminado, um lugar sujo, abafadiço, opressivo. Toalhas de mesa puídas e cheias de remendos, sobre as quais repousam canecas de cerveja e, agarrados às canecas, homens com cabelos à escovinha, trajando roupas cujos tons vão do cinza ao preto, imersos em camadas e mais camadas de fumaça de cigarro e só vez por outra abrindo a boca para falar alguma coisa. Recém-saídos do turno noturno ou talvez enchendo a cara *a caminho* do serviço. Suas fisionomias indicam que nem todo mundo ouviu o presidente na ocasião em que ele passou três horas na televisão pedindo que as pessoas não bebessem tanto.

Dois garçons envergando paletós brancos encardidos atendem as cinquenta e poucas mesas, ambos idosos e sem pressa. Como metade do país, pelos cálculos de Olga, ganha a vida espionando a outra metade, é bem provável que pelo menos um deles trabalhe para a polícia. (Será que estou ficando paranoico demais ou será que estou começando a entender o espírito da coisa?) Em alemão, peço um cafezinho.

A visão dos operários com suas cervejas me faz lembrar de Bolotka, que trabalha como zelador de um museu, agora que não dirige mais uma companhia teatral. "É assim", explica Bolotka, "que organizamos as coisas agora. Os serviços gerais ficam a cargo dos escritores, dos professores e dos engenheiros civis, e quem pilota a construção são os bêbados e os espertalhões. Demitiram meio milhão de pessoas. Deixaram *tudo* na mão dos bêbados e dos espertalhões — eles se dão melhor com os russos." Imagino o Styron lavando copos numa lanchonete da Penn Station, a Susan Sontag embalando pãezinhos numa padaria da Broadway, o Gore Vidal pegando a bicicleta para entregar salames nos refeitórios de Queens — olho para o chão imundo e me vejo com um esfregão e um balde na mão.

Sinto sobre mim o olhar fixo de um sujeito sentado a uma mesa próxima, enquanto continuo pensando na trabalheira que deve dar para limpar esse chão e, em razão disso, em como são imprevistas as consequências da arte. Lembro-me da atriz Eva Kalinova e do uso que fizeram de Anne Frank para tirá-la dos palcos — o fantasma de uma santa judaica voltando como um demônio para assombrá-la. Anne Frank como maldição e estigma! Não, não há nada que não se possa fazer com um livro, não há causa em que até o mais inocente de todos os livros não possa ser engajado, e não apenas por *eles*, mas também por mim e por você. Se houvesse nascido em Nova Jersey, Eva Kalinova também desejaria que Anne Frank não tivesse morrido do jeito que morreu; contudo, tendo vivido, como Anne Frank, no tempo e no continente errados, só lhe resta desejar que a garota judia e seu pequeno diário não houvessem nem sequer existido.

Mais poderoso que a *espada*? Este lugar prova que um livro pode menos do que a mente de seu leitor mais tacanho.

Quando me levanto para ir embora, o jovem operário que estava de olho em mim também se levanta e me segue.

★ ★ ★

Pego um bonde junto ao rio, e então desço num ponto a meio caminho do museu onde Bolotka aguarda a visita que prometi lhe fazer. A pé, e com o auxílio de um mapa de Praga, acabo me perdendo, mas também me livro do meu acompanhante. Ao chegar ao museu, tenho a sensação de que esta é uma cidade que eu conhecia de outros carnavais. Os bondes antigos, as lojas feias e desabastecidas, as pontes enegrecidas pela fuligem, as galerias estreitas e as rue-las medievais, as pessoas num estado de abatimento impenetrável, seus rostos fechados pela solenidade, rostos que parecem estar em greve contra a vida — esta é a cidade que eu imaginava nos piores anos da guerra, quando, com pouco mais de nove anos, e na condição de aluno da escola de hebraico, saía depois do jantar com a minha latinha azul e branca para solicitar contribuições para o Fundo Nacional Judaico aos vizinhos. Esta é a cidade que eu imaginava que os judeus comprariam quando tivessem juntado dinheiro suficiente para ter uma pátria. Eu sabia sobre a Palestina e os entusiasmados adolescentes judeus que es-tavam drenando os pântanos e transformando o deserto em terra cultivável, mas também tinha a lembrança, alimentada por nossa vaga crônica familiar, de ruas sombrias e acanhadas, onde os estalajadeiros e alambiqueiros que tinham sido nossos antepassados no Velho Mundo viviam apartados, como estranhos, dos famigerados poloneses — e, portanto, o que eu imaginava que os judeus pode-riam comprar com as moedinhas que eu arrecadava era uma cidade usada, uma cidade em ruínas, uma cidade tão depauperada e deprimente que ninguém mais pensaria em fazer uma oferta por ela. Sairia por uma ninharia — o proprietário ficaria feliz da vida por se ver livre daquele cacareco antes que viesse tudo abai-xo. Nessa cidade carcomida, se ouviriam histórias intermináveis — nos bancos do parque, nas cozinhas à noite, quando a pessoa estivesse na fila da mercearia ou pendurando roupas no varal, narrativas cheias de ansiedade, com episódios de intimidação e fuga, casos de resistência extraordinária e relatos de reveses deploráveis. Para um menino de nove anos, impressionável, emotivo e extrema-mente suscetível a símbolos de *páthos*, os sinais distintivos de uma pátria judaica deveriam ser, em primeiro lugar, a decrepitude avassaladora das casas, os séculos de deterioração que haviam barateado tanto o preço da propriedade, os canos repletos de vazamentos e as paredes mofadas e o madeiramento apodrecido e os fogões fumarentos e os repolhos fervendo nas panelas, impregnando com um cheiro azedo a semiescuridão dos poços das escadas; em segundo, as histórias, o afã generalizado em contar e escutar, o interesse infinito dos moradores em sua própria existência, o fascínio com sua alarmante desdita, a escavação e lapidação de *toneladas* dessas histórias — a indústria nacional da pátria judaica, se não seu único meio de produção (se não sua única fonte de satisfação) sendo a elaboração de narrativas a partir da faina da sobrevivência; em terceiro, as piadas — porque sob o calvário da melancolia perpétua e de todo o esforço despendido apenas em não esmorecer, há sempre uma piada à espreita, um retrato escarninho, uma tirada sarcástica, uma pilhéria que o sujeito inventa para ridicularizar sutilmente a si mesmo até chegar ao desfecho hilariante: "Para você ver do que é capaz o sofrimento!". Um lugar em que o que se inala são séculos e o que se ouve são vozes e o que se vê são judeus, transidos de queixume e embalados em jocosidade, suas vozes trêmulas de rancor e vibrando com pesar, uma sociedade córica, proclamando com veemência: "Dá para acreditar? Já pensou?", no momento mesmo em que sustentam, com a matreirice mais aliciante do mundo, por meio de mil e uma flutuações de andamento, tom, inflexão e diapasão: "Pois foi isso mesmo que aconteceu!". Que coisas assim possam acontecer — essa é a moral das histórias —, que coisas assim possam acontecer comigo, com ele, com ela, com você, conosco. Esse é o hino nacional da pátria judaica. Pois o fato é que, nesse lugar, ao ouvir alguém começar a contar uma história — ao ver os semblantes judaicos controlando a ansiedade e fingindo inocência e exibindo perplexidade —, você realmente se sente impelido a ficar em pé e pôr a mão no coração.

Aqui, onde a cultura literária é mantida em cativeiro, a arte da narrativa floresce pelas bocas. Em Praga, as histórias não são simplesmente histórias; são o que as pessoas têm em vez de vida. Aqui, proibidas de serem outras coisas, as pessoas se tornaram suas histórias. A narração de histórias é a forma que a resistência assumiu contra a coerção dos poderes estabelecidos.

Não falo a Bolotka dos sentimentos suscitados por minha sinuosa rota de fuga, nem da associação por ela inspirada entre a Polônia de meus antepassados, sua Praga de edificiozinhos miseráveis e a Atlântida judaica dos sonhos de um menino norte-americano. Apenas explico o motivo do meu atraso. "Um sujeito me seguiu quando eu saí da estação de trem e peguei o bonde. Consegui despistá-lo antes de chegar aqui. Espero não ter feito mal em vir mesmo assim." Descrevo o estudante Hrobek e mostro seu bilhete a Bolotka. "Acho que o funcionário do hotel que me entregou esse bilhete é da polícia."

Depois de ler duas vezes a mensagem, Bolotka diz: "Não se preocupe, só estavam assustando o rapaz e o professor dele".

"Se foi isso, conseguiram. E me assustaram também."

"Seja qual for o motivo, não tem nada a ver com você. Eles fazem isso com todo mundo. É uma das leis do poder, semear uma desconfiança generalizada. Uma das técnicas básicas que eles usam para *ajustar* as pessoas. Mas em você eles não podem encostar. Não faria sentido, mesmo para os padrões de Praga. A estupidez de um regime tem limites, porque vai que um dia o outro lado volte ao poder. É assim que *a gente* põe medo *neles*. Um estudante universitário deveria entender isso. Ele não está fazendo os cursos certos."

"Quer dizer que, por ter ido ao meu hotel, ele piorou as coisas para si próprio — e para o professor dele também, se isso tudo for verdade."

"Não dá para saber. É capaz de haver outras coisas sobre esse garoto que a gente não sabe. É no estudante e no professor que eles estão interessados, não em você. Você não tem culpa se o rapaz fez besteira."

"Ele era jovem. Queria ajudar."

"Não fique com pena do menino só porque ele tem complexo de mártir. E não dê tanto crédito à polícia secreta. Claro que o funcionário do hotel é tira. Naquele hotel todo mundo é tira. Mas os policiais são iguaizinhos aos críticos literários — das poucas coisas que veem, a maior parte eles entendem errado. Aqui eles *são* os críticos literários. Nossa crítica literária é crítica policial. Quanto ao garoto, nessa altura ele já voltou para o quarto e está lá, sem as calças, contando vantagem para a namorada, dizendo que salvou a sua vida."

Por baixo do macacão, Bolotka está enchumaçado com um colete de pele sebento e repulsivo, cujos pelos avermelhados poderiam ter sido arrancados do próprio cascão que ele tem por pele, e, por conseguinte, seu aspecto é ainda mais bárbaro e selvagem no trabalho do que no recreio. Ele parece, *neste* antro, um daqueles animalões que vemos no zoológico, um bisão ou um urso. Estamos num depósito gélido que tem mais ou menos o dobro do tamanho de um closet de proporções medianas e um terço da área da quitinete em que Bolotka mora. Bebericamos a mesma caneca de chá com *slivovitz* — eu, para me acalmar; Bolotka, para se aquecer. As caixas de papelão empilhadas até o teto contêm seus produtos de limpeza, seus rolos de papel higiênico, suas latas de cera, seus potes de desentupidor; encostados na parede estão a enceradeira, a escada e uma coleção de vassouras. Num canto, o canto que Bolotka chama de "meu escritório", veem-se uma banqueta, uma luminária com haste articulada e a chaleira elétrica para ferver a água em que ele mergulha seus saquinhos de chá e depois tempera com aguardente. Ele lê aqui, e escreve, se esconde, dorme; aqui, numa tira de carpete estendida entre o escovão e a enceradeira, Bolotka entretém dezesseis garotas, ainda que nunca, informa-me ele, num espaço tão exíguo, todas ao mesmo tempo. "Mais de duas e não tem lugar para o meu pinto."

"E você tem certeza de que eu não preciso mesmo me preocupar com o alerta que o rapaz me fez? Olha lá, hein, Rudolf, estou confiando em você. No dia em que você aparecer em Nova York, não vou deixar que seja atacado pelos trombadinhas ao sair às três da manhã para dar uma mijada no Central Park. Espero a mesma consideração da sua parte aqui. Estou correndo perigo?"

"Já passei um breve período na cadeia, Nathan, esperando que me levassem a julgamento. Me soltaram antes do julgamento começar. Era ridículo demais até para eles. Me acusavam de ter cometido um crime contra o Estado: nas minhas peças, os heróis estavam sempre rindo quando deveriam estar chorando, e isso era considerado um crime. Diziam que eu era um sabotador ideológico. A crítica stalinista, que chegou a existir neste país até virar motivo de chacota, sempre censurava personagens que não exibissem moral elevada e dessem bom exemplo. Quando a mulher de um herói morria no palco, coisa que vivia acontecendo nas minhas peças, o Stálin só se satisfazia se o sujeito se debulhasse em lágrimas. E é claro que o Stálin sabia muito bem o que era perder uma mulher. Assassinou as três que teve e, ao assassiná-las, sempre se desfazia em pranto. Bom, na cadeia a gente se dava conta de onde estava ao acordar, e se punha a xingar. A gente ouvia os outros xingando nas outras celas, os bandidos de verdade, os cafetões, os assassinos e os ladrões. Eu era só um rapazola, mas me punha a xingar também. O que eu aprendi foi que você não pode parar de xingar, você não pode parar de xingar nunca, não se está na cadeia. Esquece esse bilhete. Mande essa gente e seus alertas pro inferno. Qualquer coisa que você queira fazer em Praga, qualquer coisa que queira ver em Praga, qualquer mulher que queira comer em Praga, é só falar que eu dou um jeito. Ainda há um prazer ou outro para um estrangeiro em viagem pela *Mitteleuropa*. Hesito em dizer que Praga seja 'alegre', mas, nos dias que correm, às vezes é uma cidade muito divertida."

Meio da tarde. A água-furtada de Olga no alto do palacete de Klenek. Pela janela de pequenos retângulos de vidro, tem-se uma visão indistinta de um pináculo do castelo de Praga. Olga de roupão na cama. Tão branca, mesmo sem maquiagem, que chega a parecer uma bruxa. Ando de cá para lá, ainda de casaco, indagando a mim mesmo por que esses contos precisam ser reavidos. Por que a obstinação? Qual é a motivação aqui? Será isto uma luta inflamada por esses contos maravilhosos ou a retomada da luta em prol da caricatura de mim mesmo? Ainda o filho, ainda o garotinho tentando a todo custo obter a resposta amorosa do pai? (Mesmo que o pai seja o pai do Sisovsky?) Suponha que os contos nem sejam tão maravilhosos assim, suponha que se trate apenas do meu querer — a forma assumida pela minha touha. Por que estou dizendo a mim mesmo: "Não aceite não como resposta"? Por que, quanto maiores são os obstáculos, mais eu me deixo levar? Isso não é um problema se você está escrevendo um livro, isso é o que é escrever um livro, mas seria tão difícil assim eu me convencer de que estou cometendo a estupidez de dotar esses contos de um significado que eles não podem ter? Qual pode ser o seu alcance? Se sua genialidade pudesse realmente nos surpreender, eles já teriam vindo à tona há muito tempo. O autor não tinha mesmo a intenção de ser lido, só estava atendendo às necessidades dele e de mais ninguém. Por que não fazer a vontade do sujeito, em vez de fazer a sua vontade, ou a de Sisovsky? Pense em todo o miserê de que a ficção dele será poupada se, em vez de tirar esses contos do esquecimento, você simplesmente der meia-volta e for embora... E no entanto eu fico. Nas antigas parábolas sobre a vida espiritual, o herói busca uma espécie de santidade, ou um objeto sagrado, ou a transcendência, instruindo-se em práticas de magia ao sair à procura de seu ser superior, arrebanhando a ajuda de velhas enrugadas e adivinhos, usando máscaras... Bom, isto aqui é o arremedo dessa parábola, e a parábola, a idealização desta farsa. A alma se cobrindo de ridículo no momento mesmo em que peleja para ser salva. Entra Zuckerman, um homem sério.

O. Está com medo de casar com uma alcoólatra? Eu te amaria tanto que não beberia.

Z. E os contos serão o seu dote?

O. Talvez.

Z. Onde eles estão?

O. Não sei.

Z. O Sisovsky os deixou com você — é claro que você sabe. A mãe dele veio até aqui para tentar pegá-los e você mostrou as fotos das amantes dele para ela. Foi o que ele me contou.

O. Não seja sentimental. Eram fotos das xoxotas delas. Acha que são tão diferentes assim da minha? Acha que são mais bonitas? Olha só. (*Abre o roupão*) Veja. Igualzinha às delas.

Z. Suas coisas estão todas aqui?

O. Eu não tenho *coisas*. No sentido de que vocês, americanos, têm *coisas*, eu não tenho *nada*.

Z. Os contos estão aqui?

O. Me leva até a embaixada americana para a gente casar.

Z. E aí você me entrega os contos.

O. Quem sabe. Me diga uma coisa, o que você está ganhando com essa história?

Z. Uma dor de cabeça. Uma baita dor de cabeça e a visão panorâmica da sua xoxota. Mais ou menos isso.

O. Ah, quer dizer que é por idealismo. Pelo bem da literatura. Por altruísmo. Você é um grande americano, um grande humanista e um grande judeu.

Z. Te dou dez mil dólares pelos contos.

O. Dez mil dólares? Dez mil dólares não me fariam mal. Mas você não me dobraria nem com um caminhão de dinheiro. O que está me pedindo não tem preço.

Z. E você não liga para a literatura.

O. Ligo sim. Acho a literatura o máximo. Mas não tanto quanto manter essas coisas longe dele. E dela. Acha mesmo que eu entregaria esses contos para você? Para ele cobrir a fulana de joias? Acha mesmo que lá em Nova York ele vai publicar esses contos no nome do pai dele?

Z. E por que não?

O. E por que sim? O que *ele* ganha com isso? Ele vai é publicar esses contos como se fossem dele. O pai que ele amava tanto está morto e enterrado faz muito tempo. Ele vai publicar os contos como se fossem dele e vai ficar famoso na América, como vocês judeus costumam todos ficar.

Z. Não sabia que você era antissemita.

O. Culpa do Sisovsky. Se casar comigo eu me emendo. Você me acha tão desinteressante assim que não quer casar comigo? Acha aquela *ingénue* coroca mais atraente do que eu?

Z. Não acredito que você esteja falando sério, Olga. Você é mesmo impressionante. Não deixa de ser um jeito de lutar pela vida.

O. Case comigo então, se acha que sou tão impressionante por lutar pela vida assim. Você não é casado. Está com medo de quê — de eu passar a mão no seu dinheiro?

Z. Escute, Olga, você não quer sair da Tchecoslováquia?

O. Talvez eu queira você.

Z. E se eu arrumar alguém para casar com você? O sujeito vem, leva você para os Estados Unidos e, assim que se divorciar dele, eu dou dez mil dólares para você.

O. Quer dizer que eu sou tão repulsiva que só posso me casar com um desses seus amigos esquisitos?

Z. Como faço para arrancar esses contos de você, Olga? Me diga.

O. Zuckerman, se você tivesse sentimentos tão elevados em relação à literatura quanto quer que eu tenha, se estivesse disposto a fazer tão grandes sacrifícios pela literatura quanto espera que eu faça, já estaríamos casados há vinte minutos.

Z. Foi tão horrível assim o que Sisovsky fez, a ponto de o pai dele, mesmo morto, ter de sofrer também?

O. Quando os contos forem publicados em Nova York sem o nome do pai, o pai vai sofrer mais, acredite em mim.

Z. Vamos supor que isso não aconteça. Suponhamos que eu impeça isso.

O. *Você*, passar a perna no Zdenek?

Z. Vou entrar em contato com o *New York Times*. Ligo para eles antes de ver o Zdenek, e conto a história toda desses contos. Vão fazer uma matéria sobre eles. Suponha que eu faça isso assim que chegar aos Estados Unidos.

O. Então é *isso* que você está ganhando! *Esse* é o seu idealismo! O maravilhoso Zuckerman consegue resgatar, do outro lado da Cortina de Ferro, duzentos contos iídiches ainda inéditos, escritos pela vítima de uma bala nazista. Vai se tornar um herói para os judeus e para a literatura e para todo o mundo livre. Não bastassem os milhões de dólares e os milhões de garotas que já tem, vai ganhar o Prêmio Americano de Idealismo Literário. E o que vai acontecer comigo? Vou para a cadeia por desviar clandestinamente um manuscrito para o Ocidente.

Z. Eles não vão saber que foi você quem os entregou a mim.

O. Mas eles sabem que os contos estão comigo. Eles sabem de tudo o que eu tenho. Eles têm uma lista de tudo o que *todo mundo tem*. Você fica com o prêmio de idealismo, ele fica com os royalties, ela fica com as joias e eu pego sete anos de cana. Pelo bem da literatura.

Aqui ela se levanta da cama, vai até a cômoda e da gaveta mais alta tira uma grande caixa de bombons. Solto a fita que envolve a caixa. Em seu interior, centenas de páginas de um papel estranhamente grosso, muito parecido com o papel-manteiga em que os alimentos gordurosos costumavam ser embrulhados nas mercearias. A tinta é preta, as margens são perfeitas, a caligrafia iídiche é um capricho só. Nenhum dos contos parece ter mais do que cinco ou seis páginas. Não sou capaz de lê-los.

O. (*De volta à cama*) Não precisa me dar dinheiro nenhum. Não precisa arrumar nenhum esquisitão para ser meu marido. (*Começando a chorar*) Não precisa nem me comer, já que eu sou uma mulher tão sem graça. Trepar é a única liberdade que sobrou neste país. Trepar é tudo o que sobrou para a gente fazer que eles não têm como proibir, mas você não precisa trepar comigo, já que, perto das moças americanas, eu sou uma mulher tão sem graça. Ele pode até publicar os contos no nome dele, o seu amigo Sisovsky. Que se dane. Quero mais é que se dane. Apesar do charme que ele usou para seduzir você, apesar do charme que ele usa para seduzir *todo mundo*, ele é capaz de ser muito mau-caráter — sabe? Tem brutalidade que não se acaba naquele seu Sisovsky. Ele falou para você sobre aquelas dúvidas todas que ele tem — aquelas dúvidas trágicas? Que papo mais furado! Antes do Zdenek ir embora, a vaidade pessoal em Praga era medida em miliosisovskys. Zdenek vai sobreviver na América. Ele é humano no pior sentido da palavra. Zdenek vai prosperar, graças ao pai morto. E ela também. E eu não quero nada em troca. A única coisa que eu quero é que, quando ele perguntar quanto você teve que dar para mim, quantos dólares e quantas fodas, você faça o favor de dizer a ele que não precisou dar nada. Diga isso a *ela*.

Não faz nem quinze minutos que estou de volta ao hotel quando dois policiais à paisana aparecem no meu quarto e confiscam a caixa de bombons que contém o manuscrito iídiche. Vêm acompanhados do funcionário do hotel que pela manhã me entregou o bilhete de Hrobek. "Eles gostariam de examinar

A ORGIA DE PRAGA   539

os pertences do senhor", explica-me ele — "dizem que alguém perdeu uma coisa que talvez o senhor tenha pegado por engano." "Os meus pertences são problema meu. Eles não têm nada que se meter com isso." "Aí é que o senhor se engana. É justamente com isso que eles têm que se meter." Quando os policiais começam a revirar as minhas coisas, pergunto ao sujeito: "E você, por que vive se metendo?". "Eu só trabalho na recepção. As minas não são apenas para os intelectuais que não cooperam com o regime. Os funcionários hoteleiros também podem ser rebaixados. Como disse um de nossos célebres dissidentes, um homem que só fala a verdade: 'Sob os pés de todo cidadão, sempre há degraus mais baixos na escada do Estado'." Exijo que me deixem ligar para a embaixada americana, e não com o intuito de marcar um casamento. Como resposta, recebo ordens de arrumar as malas. Vão me levar para o aeroporto e me embarcar no próximo avião para fora do país. Não sou mais bem-vindo na Tchecoslováquia. "Quero falar com o embaixador americano. Eles não podem confiscar as minhas coisas. Não há nada que os autorize a me expulsar do país." "O senhor precisa entender que, por mais raros que lhe pareçam ser os defensores fervorosos deste regime, há também aqueles que, como estes dois cavalheiros, acreditam piamente que o que eles fazem é direito, correto e necessário. Brutalmente necessário. Receio que quaisquer atrasos adicionais os obrigue a ser menos lenientes do que seria do agrado do senhor." "Mas não tem nada nessa caixa, só um simples manuscrito — contos escritos por alguém que morreu há trinta anos, ficções sobre um mundo que nem existe mais. Que ameaça isso pode representar para alguém?" "Na situação em que estamos, meu senhor, eu sou muito grato por ainda poder sustentar minha família. Não há nada que um funcionário de um hotel de Praga possa fazer por um escritor, esteja ele vivo ou morto." Quando digo pela terceira vez que quero falar com a embaixada, sou informado de que, se não fizer imediatamente as malas e me preparar para partir, serei preso e levado para a cadeia. "Quem me garante", pergunto, "que não vão me levar para a cadeia de qualquer jeito?" "Acho que o senhor", responde o recepcionista, "terá de confiar neles."

Ou a Olga mudou de ideia e chamou a polícia, ou a polícia foi atrás dela. Todo mundo diz que a casa do Klenek está cheia de escutas. Só não consigo acreditar que ela e o recepcionista do hotel estejam juntos nessa história, mas isso talvez se deva ao fato de que eu *sou* um judeu americano idiota, raso e sentimental.

540   ZUCKERMAN ACORRENTADO

Na recepção, os policiais aguardam enquanto pago as minhas contas com o Diners Club, e então me acompanham até uma limusine preta. Um deles senta na frente, com o motorista e a caixa de bombons, e o outro se instala no compartimento traseiro, comigo e com um senhor grandalhão que usa óculos e se apresenta com uma voz grossa e grave e diz se chamar Novak. Os cabelos são brancos, finos e macios, como a penugem de um dente-de-leão seco. Fora isso o sujeito é carne pura. Não tem os modos afáveis do recepcionista do hotel.

Deixamos para trás o tráfego pesado da cidade, mas não sei dizer se estamos de fato a caminho do aeroporto. Estarão me levando para a cadeia numa limusine? Parece que sempre venho parar nesses carros pretos enormes. O painel anuncia que este é um Tatra 603.

"*Sie sprechen Deutsch, nicht wahr?*", pergunta-me Novak.

"*Etwas.*"

"*Kennen sie Fräulein Betty MacDonald?*"

Continuamos em alemão. "Não", respondo.

"Não *conhece?*"

"Não."

"Não conhece a senhorita Betty MacDonald?"

Não consigo parar de pensar que essa história ainda pode acabar mal — ou, por outro lado, que eu poderia ter abandonado honrosamente a missão a partir do momento em que me dei conta de que os perigos eram reais. Se Sisovsky disse que ele era a minha contrapartida no mundo de que minha afortunada família havia escapado, eu não precisava mostrar que ele tinha razão e me apressar em trocar de lugar com ele. Fico com o destino dele e ele com o meu — não era mais ou menos isso que ele tinha em mente desde o princípio? *Quando vim para Nova York, eu disse para a Eva: "Sou parente desse homem formidável".*

Culpado de conspirar contra o povo tcheco com uma mulher chamada Betty MacDonald. Infiro ser este o motivo da minha penitência.

"Sinto muito", digo eu. "Não sei quem é."

"Mas", diz Novak, "ela escreveu *O ovo e eu.*"

"Ah. Lembrei. Sobre uma fazenda... não era? Li no primário."

Novak está incrédulo. "Mas é uma obra-prima!"

"Bom, eu não diria que nos Estados Unidos *O ovo e eu* seja considerado uma obra-prima. Duvido que algum americano com menos de trinta anos tenha ouvido falar nesse livro."

"Não posso acreditar."

"É sério. Fez sucesso nos anos 40, esteve entre os mais vendidos, virou filme, mas livros assim vêm e vão. Deve haver fenômenos similares por aqui."

"Isso é uma tragédia. E o que aconteceu com a senhorita Betty MacDonald?"

"Não faço ideia."

"Por que na América coisas assim acontecem com uma escritora como a senhorita MacDonald?"

"Acho que nem a senhorita MacDonald esperava que seu livro durasse para sempre."

"O senhor não me respondeu. Fugiu da minha pergunta. Por que coisas assim acontecem na América?"

"Não sei."

Em vão procuro por placas que indiquem que estamos no caminho do aeroporto.

De repente Novak fica irritado. "Aqui nós não temos paranoia com escritores."

"Eu não disse que tinham."

"Sou escritor. Sou um escritor muito bem-sucedido. E ninguém tem paranoia comigo. Somos o país mais letrado da Europa. Nosso povo ama os livros. Lá no Sindicato dos Escritores temos dezenas de escritores, poetas, romancistas, dramaturgos, e ninguém é paranoico com eles. Não, não é dos escritores que nós desconfiamos na Tchecoslováquia. Neste nosso pequeno país, os escritores têm um grande fardo para carregar: são responsáveis não apenas por fazer a literatura do país, como também devem ser a pedra de toque dos bons costumes e da consciência pública. Ocupam uma posição de destaque em nossa vida nacional porque são indivíduos que levam uma vida irrepreensível. Nossos escritores são amados por seus leitores. O país se volta para eles em busca de norte moral. Não, é dos que não se conformam com a vida comum, é desses que todos nós temos medo. E com razão."

Posso imaginar a contribuição que o sujeito dá à literatura do país: *Mais uma série de bem-humoradas narrativas novakianas sobre as ruazinhas tortuosas da Velha Praga, histórias que brincam gostosamente com todos os cidadãos, dos mais simples aos mais importantes, sempre com jocosidade popular e imaginação travessa. Companhia imprescindível para os sentimentais nestas férias.*

"O senhor é do Sindicato dos Escritores?", pergunto.

Minha ignorância provoca um olhar de despeito. Como ouso me considerar uma pessoa de formação sólida se não capto o significado do Tatra 603? Diz ele: *"Ich bin der Kulturminister"*.

Quer dizer que esse é o sujeito que cuida da cultura na Tchecoslováquia, o homem cujo trabalho é conciliar os objetivos da literatura com os objetivos da sociedade, tornando a literatura, de um ponto de vista social, menos *ineficiente*? As pessoas escrevem, se é que conseguem escrever aqui, com essa camisa de força.

"Bom", digo eu, "é muita gentileza sua, senhor ministro, ter vindo em pessoa acompanhar minha partida. Tem certeza de que esse é o caminho para o aeroporto? Eu, sinceramente, não estou reconhecendo a estrada."

"O senhor deveria ter tido o cuidado de vir falar comigo assim que chegou. Teria sido proveitoso. Eu teria explicado ao senhor como é a vida das pessoas normais na Tchecoslováquia. O senhor teria se dado conta de que o cidadão comum não pensa como os indivíduos que o senhor preferiu conhecer. Não se comporta como eles e não os admira. O tcheco comum tem aversão a essa gente. Quem são eles? Uns pervertidos sexuais. Uns neuróticos alienados. Uns egomaníacos amargurados. O senhor os considera corajosos? Acha a coisa entusiasmante, o preço a pagar pela grande arte que produzem? Bom, o tcheco trabalhador, o cidadão comum que deseja uma vida melhor para si mesmo e para sua família, não compartilha desse entusiasmo. A seus olhos, não passam de um bando de rebeldes e parasitas e marginais. O Kafka que eles adoram tanto pelo menos tinha consciência de sua esquisitice, reconhecia que era um desajustado que jamais conseguiria estabelecer um relacionamento saudável e normal com seus concidadãos. Mas *essa* gente? São uns transviados incorrigíveis que propõem transformar em norma seu panorama moral. O pior é que, deixados por conta própria, vivendo a seu bel-prazer, essa turma destruiria o país. Não estou nem me referindo à degeneração moral deles. Com isso eles apenas desgraçam a si mesmos e a suas famílias e arruínam a vida de seus filhos. Eu me refiro é à estupidez política deles. O senhor sabe o que o Brejnev disse para o Dubček em 68, quando mandou que pusessem o nosso grande líder reformista num avião e o embarcassem para a União Soviética? O Brejnev tinha despachado algumas centenas de milhares de soldados para Praga, a fim de chamar o senhor Dubček à razão e fazê-lo ver o disparate que era aquele seu programa de reformas. Mas, para não correr riscos com aquele gênio, fez questão de que o apanhassem num fim de tarde em seu gabinete e o levassem à União Soviética para uma conversinha."

À União Soviética. Vai que me enfiem num Aeroflot, vai que esse seja o próximo avião para fora do país. Vai que resolvam me manter *aqui. Quando certa manhã Nathan Zuckerman acordou de sonhos intranquilos, encontrou-se em sua cama metamorfoseado num faxineiro encarregado de esfregar o chão do café de uma estação ferroviária. Há petições para ele assinar, ou não assinar, há questões para ele responder, ou não responder, há inimigos a desprezar, há amigos a consolar, a correspondência não chega, o telefone está mudo, há informantes, colapsos nervosos, traições, ameaças, há para ele até mesmo uma estranha forma de liberdade — invalidado pelas autoridades, uma pessoa supérflua, livre de responsabilidades e sem nada para fazer, ele experimenta o tipo de bons momentos de que a pessoa goza no Inferno de Dante; e, para completar e acabar de vez com ele no suplício da farsa, há Novak de cócoras nas fuças da cultura: quando acorda pela manhã e se dá conta de onde está e se lembra em que se transformou, ele começa a xingar e não para mais de xingar.*

Levanto a voz. "Sou um cidadão americano, senhor ministro. Quero saber o que está acontecendo aqui. Por que esses policiais? Não cometi nenhum crime."

"O senhor cometeu vários crimes, cada um deles passível de ser punido com penas de até vinte anos atrás das grades."

"Exijo que me levem à embaixada americana."

"Permita-me que eu lhe conte as coisas que o Brejnev disse ao senhor Dubček e que o senhor Bolotka se esqueceu de mencionar ao discorrer sobre o tamanho de seu órgão sexual. Primeiro, ele deportaria a nossa intelligentsia tcheca em massa para a Sibéria; segundo, transformaria a Tchecoslováquia numa república soviética; terceiro, tornaria o russo a língua oficial nas escolas. Em vinte anos, ninguém se lembraria de que um dia tinha havido um país chamado Tchecoslováquia. Isto aqui não são os Estados Unidos da América, onde vocês consideram aceitável escrever sobre os assuntos mais bizarros e não ligam para coisas como correção, decoro e vergonha e não têm o menor respeito pela moralidade do cidadão comum e trabalhador. Este é um país pequeno, com quinze milhões de habitantes, dependente como sempre foi da boa vontade da potência vizinha. Os tchecos que incitam a ira da potência vizinha não são patriotas — *são o inimigo*. Não há nada a seu respeito que mereça ser louvado. Os homens que devem ser exaltados neste país são homens como o meu pai. O senhor quer ter consideração por alguém na Tchecoslováquia? Tenha consideração pelo meu paizinho! Eu admiro o meu velho pai e por um bom motivo. Tenho *orgulho* daquele homenzinho."

E o seu pai, será que ele sente orgulho de você e pensa que você é tudo o que deveria ser? Novak certamente é tudo o que pensa que deveria ser — ele tem a noção exata do que *todo mundo* deveria ser. Uma convicção parece se seguir à outra.

"Meu pai é um simples mecânico, há muito tempo aposentado, e o senhor sabe qual foi a contribuição que ele deu para a sobrevivência da cultura tcheca e do povo tcheco e da língua tcheca — e até mesmo da literatura tcheca? Uma contribuição maior que a da puta lésbica que, ao abrir as pernas para um escritor americano, representa, a seus olhos, o autêntico espírito tcheco. O senhor faz ideia de como meu pai expressou a vida inteira seu amor pelo país? Em 1937, ele aclamou Masaryk e a República, saudou Masaryk como nosso grande herói e salvador nacional. Quando o Hitler veio, ele louvou o Hitler. Depois da guerra, aplaudiu quando Beneš se elegeu primeiro-ministro. E quando o Stálin pôs Beneš para correr, ele saudou o Stálin e o nosso grande líder Gottwald. Até mesmo quando o Dubček assumiu, ele exaltou por alguns minutos o Dubček. Mas agora que o Dubček e seu grande governo reformista se foram, ele nem sonharia em elogiá-los. Sabe o que ele me diz agora? Quer ouvir a filosofia política de um ver- dadeiro patriota tcheco que por oitenta e seis anos viveu neste pequeno país, que construiu um pequeno lar, decente e confortável, para sua mulher e seus quatro filhos e que agora vive uma aposentadoria digna, usufruindo, como tem todo o direito de usufruir, de seu cachimbo e de seus netos e de sua caneca de cerveja e da companhia de seus velhos e bons amigos? Ele diz para mim: 'Filho, se alguém afir- masse que Jan Hus* não passava de um judeu imundo, eu concordaria'. Assim são os nossos homens do povo, homens que representam o verdadeiro espírito tcheco — *assim são os nossos realistas!* Pessoas que entendem o que é *necessidade*. Pessoas que não torcem o nariz para a ordem e que só veem o pior em tudo. Pessoas que sabem distinguir entre o que é possível fazer num pequeno país como o nosso e o que são ilusões estúpidas e maníacas — *pessoas que sabem como se sujeitar a sua desventura histórica!* É a *essas* pessoas que devemos a sobrevivência de nossa pátria amada, não a um bando de artistas alienados, degenerados e egomaníacos!"

---

* Jan Hus (c. 1370-1415), líder religioso que lutou pela reforma da Igreja Católica na Boêmia, pre- nunciando a reforma luterana que ocorreria no século seguinte. (N. T.)

★ ★ ★

A alfândega é uma barbada — foi tão minuciosa a revista das minhas coisas na cômoda do hotel que minhas malas são pesadas e despachadas sem mais delongas e os policiais me levam direto para o posto de verificação de passaportes. Não fui detido, não serei julgado, condenado e preso; não terei o destino de Dubček, nem o de Bolotka, nem o de Olga, nem o de Zdenek Sisovsky. Vão me pôr num voo da Swissair com destino a Genebra, sem escalas, e de lá pegarei um avião para Nova York.

Swissair. A palavra mais bonita da língua inglesa.

E, no entanto, assim que o medo começa a passar, você fica fulo da vida por estar sendo expulso. "O que poderia ter me atraído para este lugar ermo", diz K., "se não fosse o desejo de permanecer aqui?" — aqui, onde não tem lero-lero de pureza e bondade, onde a linha divisória entre o heroico e o perverso não é lá muito nítida, onde todo tipo de repressão fomenta uma paródia de liberdade e a experiência da desventura histórica engendra em suas vítimas imaginativas essas formas caricatas de desespero humano — aqui, onde tomam o cuidado de lembrar aos cidadãos (para o caso de algum maluco começar a fazer onda) que "o fenômeno da alienação é malvisto nas instâncias superiores". Nesta nação de narradores, eu tinha apenas começado a ouvir todas as suas histórias; tinha apenas começado a sentir que estava me desfazendo da *minha* história, escapando, tão mudamente quanto possível, da narrativa que me encerra. O pior de tudo foi ter ficado sem aquela caixa de bombons tão absurdamente real, recheada com as histórias que eu vim resgatar em Praga. Mais um potencial escritor judeu que morre na praia; uma imaginação que não deixará o mínimo vestígio, assim como não guardará vestígios da imaginação de ninguém — nem dos policiais que fazem crítica literária, nem dos estudantes que se alimentam de significados e vivem tão somente para a arte.

Claro que a minha teatral amiga Olga, de cujo número andei participando no papel de homem careta, não estava necessariamente tentando me pregar uma peça ao revelar que o autor iídiche passou a guerra no banheiro, sobrevivendo à base de cigarros e putas, e que quando o sujeito afinal bateu as botas, não foi com uma bala na cabeça, mas debaixo de um ônibus. E pode ser que a intenção de Sisovsky na América *fosse* realmente simular que a obra do pai era sua. Todavia, ainda que as histórias de Sisovsky, aquelas que me foram relatadas em Nova York, tenham sido talhadas com o intuito de explorar os sentimentos do ouvinte, uma ficção estrategicamente concebida a fim de me pôr em ação, isso não aplaca a sensação de irrelevância extemporânea que experimento agora. Mais uma investida contra um mundo de significados que degenera em fiasco pessoal, e dessa vez no tempo recorde de quarenta e oito horas! Não, a história de uma pessoa não é uma pele de que ela possa se livrar — é inescapável, sua própria carne e osso. Você a garimpa até morrer, a história incrustada com os temas de sua vida, a história sempre recorrente que é, a um só tempo, uma invenção sua e a sua própria invenção. Ser elevado à condição de eminência cultural graças às façanhas literárias dele não parece combinar com o meu destino. O discurso de despedida do ministro da Cultura — quarenta e cinco minutos sobre comportamentos artísticos desviantes e respeito filial — é tudo que recebo para levar para casa. Eles sabiam muito bem com quem estavam lidando.

Tenho também de me perguntar se na narrativa de Novak não há uma dose tão grande de invenção quanto na de Sisovsky. O verdadeiro patriota tcheco a quem a nação deve sua sobrevivência pode muito bem ser mais um personagem saído de um arremedo autobiográfico, outro pai de mentirinha, fabricado para servir aos propósitos de um filho com disposição para contar histórias. Como se o núcleo da existência já não fosse bastante fantástico, ainda mais fabulações para enfeitar as extremidades.

Um sujeito elegante, bem-apessoado, de olhos escuros, um homem mais ou menos da minha idade, esguio, com um aspecto viçoso e traços persas, aguarda do outro lado do balcão, junto ao oficial do Exército cuja tarefa é vistoriar os estrangeiros que estão saindo do país. Seu terno azul cintado parece ter sido especialmente confeccionado para ele em Paris ou Roma — não tem nada a ver com os ternos que andei vendo por aqui, tanto nas ruas como nas orgias. Um homem com requintes europeus, um sujeito que não deve fazer menos sucesso com as mulheres do que Bolotka, o proxeneta de Novak. Em inglês, e com empáfia, ele pede para ver os papéis do cavalheiro. Entrego-os ao soldado, que por sua vez os passa para ele. Procede a uma breve leitura dos detalhes biográficos — a fim de determinar, entende?, se sou ficção ou fato —, e então, com um olhar sarcástico, examinando-me como se eu agora fosse completamente transparente, aproxima-se tanto de mim que sinto o cheiro do óleo que ele tem no cabelo e da loção pós-barba que passou no rosto. "Ah, claro", diz, indicando sua magnitude no esquema geral das coisas com aquele sorriso cuja intenção é constranger a pessoa, o sorriso do poder que quer se mostrar benigno, "Zuckerman, o agente sionista", diz ele, e devolve o meu passaporte americano. "Para nós", informa-me ele, "foi uma honra entreter o senhor. Agora pode voltar para o seu mundinho."

548   ZUCKERMAN ACORRENTADO

Sobre o autor

Em 1997, Philip Roth ganhou o prêmio Pulitzer por *Pastoral americana*. Em 1998, recebeu a National Medal of Arts na Casa Branca e, em 2002, conquistou a mais alta distinção da American Academy of Arts and Letters, a Gold Medal in Fiction. Recebeu duas vezes o National Book Award e o National Book Critics Circle Award, e três vezes o prêmio PEN/Faulkner. *Complô contra a América* foi premiado pela Society of American Historians em 2005. Roth recebeu dois prestigiosos prêmios da PEN: o PEN/Nabokov (2006) e o PEN/Saul Bellow (2007). E, em 2011, ganhou o Man Booker International Prize. É o único escritor americano vivo a ter sua obra publicada em edição completa pela Library of America.

1ª EDIÇÃO [2011] 1 reimpressão

ESTA OBRA FOI COMPOSTA POR ACOMTE EM DANTE E IMPRESSA
PELA GEOGRÁFICA EM OFSETE SOBRE PAPEL PÓLEN SOFT DA SUZANO S.A.
PARA A EDITORA SCHWARCZ EM OUTUBRO DE 2021

A marca FSC® é a garantia de que a madeira utilizada na fabricação do papel deste livro provém de florestas que foram gerenciadas de maneira ambientalmente correta, socialmente justa e economicamente viável, além de outras fontes de origem controlada.